La Primera Meiga

Juan J. Prieto

Título original: La Primera Meiga

Autor: Juan J. Prieto

Primera Edición: Amazon.es, agosto, 2014 © juanjprieto, todos los derechos reservados.

ISBN–13: 978–1500998066

ISBN–10: 1500998060

Portada: Marta González Piñeiro

Fotografías Portada: Shutterstock

Correcciones: Raquel Campos López

Maquetación: Ismael Calvo – Ovo Publicidade

Blog: Elena Lucio – Proímaxe

Redes Sociales: José Alcañiz – www.esterea.com

Coach Editorial: Silvia Bermúdez

www.laprimerameiga.com

En 1.617 la flota turca invadió las costas de la península del Morrazo. En el saqueo, Pedro Barba, un pequeño armador y Antón, cuñado suyo, murieron a manos de los piratas en la playa de Rodeira. Eran el marido y el hermano de María Soliño.

Así pues, ella quedó viuda y propietaria de una casa de dos plantas de piedra, varias fincas, una dorna y, lo más importante, los Derechos de Presentación en varias capillas y feligresías de la zona, entre ellas la Iglesia de San Martiño en Moaña, la Colegiata de Cangas y la Iglesia de San Cibrán en Aldán, pudiendo por tanto elegir a sus titulares en función de vacante y disponiendo de un porcentaje de las ganancias que cada parroquia generase.

Era entonces, María Soliño, una mujer con una importante fortuna que pronto llamó la atención de los nobles del lugar. Pero a ella poco le importaba aquello y cada noche recorría la playa, escuchando las olas y recordando a sus muertos.

Los reiterados paseos de noche a lo largo de su orilla, fueron causa suficiente para acusarla de brujería y conducirla a las cárceles del Santo Oficio en San Martín Pinario allá por el año de 1.621 de nuestro Señor. Acusada de entregar su alma al diablo y de poseer poderes demoniacos, fue sometida hasta que confesó ser bruja, llegando incluso a declarar que había mantenido contactos carnales con el maligno.

Este testimonio fue motivo suficiente para despojarla de cuantos bienes poseía y condenarla a llevar el hábito de penitente durante seis meses, desterrada allá por los bosques de Cangas. Según la historia popular, allí murió abandonada a su suerte. Nadie la pudo enterrar y nunca encontraron su cuerpo. Tampoco existe certificado de defunción.

Se sabe que otras ocho mujeres de Cangas de diferentes estratos sociales fueron también ajusticiadas con ella, como justificación a la arbitraria causa que se siguió contra ella. No he podido averiguar sus verdaderos nombres, pero yo he querido dárselos como merecido homenaje.

Esta es la supuesta historia real que se llegó a convertir en leyenda. El resto de lo escrito en este libro es pura ficción, y aunque utilizo, como otros autores afamados, nombres de personajes reales, algunos de ellos aún vivos, lo relatado aquí sólo ha existido en mi calenturienta imaginación... Y espero que cuando lo termines de leer, querido lector, también en la tuya.

Sólo quiero pedirte una cosa: No seas impaciente, no lo estropees. Deja el final para el final. Pienso que me lo agradecerás.

Marín, 17 de Julio de 2.014

Lo único que he hecho ha sido adaptar mi vida a lo que los hombres deciden que necesitan... pero ahora no... Por primera vez en mi vida hay gente que me respeta... Todo el mundo se calla para oír lo que tengo que decir... ¡Jamás me había ocurrido nada igual!

Cita de la película "Erin Brockovich" de Steven Soderbergh

A las mujeres nos gusta que se nos conozca por nuestros hechos, no por lo que somos. Mi abuela era una meiga buena. Sí, he dicho bien, una meiga, no una bruja. Aquí en Galicia haberlas *hailas* y siempre se les ha dado mala fama y no es del todo cierto. Cuentan las leyendas que las meigas te podían echar el mal de ojo y quitarte la salud, llevándote por extrañas enfermedades incluso hasta la muerte, llegado el caso, y que solo las brujas eran capaces de deshacer los hechizos satánicos, las envidias, la mala suerte a sus enemigos o *los malos aires* que lanzaban a los más *cativos*. Yo digo que no es verdad. O por lo menos mi abuela María nunca lo hizo. No sé sí tenía el poder, pero sé que ella no hubiera sido capaz. Tampoco hacía pócimas mágicas, ni raros brebajes en grandes ollas de cobre. Aliviaba del dolor a la gente del pueblo con sus recetas hechas a base de plantas y hierbas cultivadas por ella misma o que mandaba comprar en los herbolarios. Dicen que también hacía la imposición de manos como las curanderas y que se comunicaba con los espíritus del otro lado. Yo nunca fui testigo de ello. Cierto o no, era una persona muy querida por sus hechos: siempre ayudando, dispuesta para todo el mundo, y aunque mujer de mucho carácter, seguramente cultivado en las costumbres de trato de la cultura de aldea gallega, siempre tenía una sonrisa y una buena palabra para el prójimo. Y digo era, porque ha muerto.

Hoy me encuentro en una especie de limbo: Aún no he llorado. No sé por qué. Motivos tengo. Todos tenemos en nuestra vida a gente que nos marca para siempre y yo ya no... Las dos personas más importantes en la mía, mi abuela y mi madre, ya no están conmigo.

La primera nació allá por los años veinte, cómo no, en la aldea, aquí en la parroquia de Coiro en Cangas do Morrazo, zona de meigas y curanderas; no podía ser de otro modo. Según me contaba de pequeñita, las pocas veces que mi madre y yo la íbamos a visitar, nuestra familia llevaba más de cuatro siglos en la villa, aunque no me terminaba de definir el linaje de mis antepasados y siempre me decía que cuando fuera mayor me lo contaría. Pues bien, se ha ido y no me ha dibujado mi árbol genealógico. Creo que nunca se lo perdonaré.

De familia humilde, a caballo entre el trabajo en el campo y la mar, pasó, según ella misma evocaba, una niñez entre la felicidad y la larga sombra de las penurias. Como era tradición en aquellos años, pronto dejó el hogar paterno para casarse con Pedro, mi abuelo, al que no conocí. Poco tiempo de desposada llevó la pobre, no le dio tiempo ni a perder la pasión de los primeros días de nupcias. Recién terminada la Guerra Civil fue detenido y fusilado por los falangistas en la playa de Rodeira, acusado de colaboración con los republicanos al haber dado comida y albergue a sus convecinos antes de que murieran de inanición. En el pueblo se murmuraba que un pretendiente de juventud de mi abuela, invadido por los celos y enrolado en el ejército nacional, lo había denunciado. En connivencia con el párroco de Coiro urdieron toda la trama para conseguir que le condenaran. Sin embargo ella, todos los domingos, después de la misa del mediodía en la colegiata de Santiago, confesaba sus pecados pidiendo perdón por el odio que su corazón seguía albergando todos los días de su existencia y me recitaba sus nombres para que no se me olvidaran nunca, como si algún día me fuera a encontrar con ellos de bruces: Antonio Pita, el cura traidor, y Juan Fernández, el dedo acusador. Así, con esta frialdad, los mentaba y a mí me entraba el miedo solo con oírlos. Y a pesar de que guardo los mejores recuerdos del padre Pablo, prior de la colegiata y más tarde profesor mío en el instituto, nunca llegué a entender por qué no renegó ni de Dios ni de la Iglesia. Pero por algún motivo que nunca sabré explicar, su fe en Dios aún fue más inquebrantable.

María, mi abuela, se aferró a la vida por cuestiones naturales del estado de buena esperanza: estaba encinta de su difunto. Ahí comenzaron los paseos nocturnos por la playa llorando al marido perdido. Y después vino la leyenda de que hablaba con su espíritu. Al principio la gente del pueblo la observaba y con el paso de los días la empezó a acompañar en su triste lento caminar sobre la orilla, cuentan que con la intención de contactar con los familiares perdidos en los días de la guerra. Yo nunca lo he creído.

La niña que habitaba su vientre era mi madre. El único y gran regalo que le pudo quedar de mi abuelo. Viuda y joven, sobrevivió a los duros años de la pos-guerra, a base de mucho trabajo y más sacrificio. Sirvió en las casas de los verdugos de su esposo, tragando orgullo e hieles, para poder dar de comer y un porvenir a su hija. Cuidó enfermos y ejerció de curandera en la clandestinidad a cambio de cuatro perras que lentamente iba escondiendo entre las baldosas del viejo *cortello* en el que vivían.

Siempre juntas, siempre unidas, fueron uña y carne, y mi madre, María, también, como la abuela, siguiendo la tradición familiar con el nombre de las primogénitas, se hizo mujer, guapa y buena moza, pero sensata y agradecida obedeció los deseos de mi abuela y se fue a estudiar magisterio a Santiago de Compostela, que para eso había ahorrado. Terminados los estudios regresó a Cangas y aprobó plaza de profesora en la escuela infantil de Coiro, al lado de la iglesia. El apoyo del nuevo párroco, el padre Pablo, compañero de docencia de mi madre, y consejero espiritual de la familia primero en la iglesia y después en la colegiata, fue fundamental para las dos mujeres. Nunca las abandonó. Desde el principio, con el embarazo a mi abuela, de recién nacida a mi madre, en las épocas de hambruna en los años posteriores a la guerra, trapicheando con las cartillas de racionamiento y con el estraperlo que se movía entre la población civil y la policía del momento, para que sus fieles más débiles no tuvieran mayor sufrimiento y desdicha. Jugó con la niña en su más tierna infancia, la llevó de la mano a la escuela, la protegió en la pubertad y le guío en la juventud, ocupando el lugar que le corresponde al verdadero padre.

Madre e hija se profesaban un cariño infinito, lleno de amor y sobre todo de respeto y admiración mutua. La madre veía reflejados sus propósitos en la hija y mi madre respondía con una dedicación absoluta a mi abuela. Años después la vieja me contaría a trazos que a mi madre nunca se le conoció novio. Los años fueron pasando para las dos mujeres y una se tenía a la otra. Es cierto que mi abuela siempre apartó a mi madre de sus manejos de meiga buena y de sus paseos nocturnos por la playa. Pero un día, tal y cómo me relato el padre Pablo años después, sucedió al revés: Mi abuela no fue a caminar a Rodeira y por primera vez mi madre quiso ir sola y de noche. Nunca se supo quién fuera, se rumorea que el hijo de Juan Fernández, enviado por él mismo, vigilante, que no había olvidado aún la afrenta del rechazo que mi abuela siempre le demostró, también de viuda. Mi madre fue asaltada y violada: Yo fui el resultado de aquel macabro acto de alguien que decía llamarse un hombre.

Mi madre acababa de entrar en los cuarenta, y comenzaba la añorada década de los ochenta. A partir de aquel día, y siempre según el relato del padre Pablo, ya nada fue igual. Cada vez que volvieron a estar juntas era como si nunca hubiera pasado nada, y yo lo llenaba todo. Pero mi madre dejó de dar clases en el colegio y la casa poco tiempo después de nacer yo. Consiguió plaza en Pontevedra y mis primeros y menudos recuerdos son de la zona vieja y la plaza de la Ferrería, donde con mis correteos espantaba las bandadas de palomas que huían despavoridas a las torres de la iglesia de San Francisco. Algún fin de semana arreábamos a coger el trolebús a Marín enlazando con la línea que llegaba hasta Cangas. Pasábamos todo el día con la abuela, siempre dentro de casa, y aunque mantengo vagos recuerdos, ellas estaban muy unidas y felices pero como si nadie pudiera saber que la hija y la nieta estaban allí de visita. Nunca se me ha quitado esta sensación de misterio y ocultación, como si intuyera que en verdad era así, que nos escondíamos de algo o de alguien.

Con seis añitos y gracias a las recomendaciones del padre Pablo, mi madre encontró un buen empleo como maestra de español en un colegio católico de una pequeña ciudad italiana en la región de la Lazio, llamada Velletri. Allí conocí al padre Benedicto, hombre de Dios pero fundamentalmente del espíritu humano, que me transmitió su sabiduría y una gran parte de su conocimiento en las ciencias y en las humanidades, y me enseñó más que nada a pensar con libertad, sin ataduras y sin adoctrinamientos. Fue mi primer "maestro" en el sentido literal de la palabra. Y allí, en aquel precioso pueblecito, junto a mi madre pasaron los años de mi infancia, con algún escarceo rápido, visto y no visto, a Galicia, en algún verano para estar unos pocos días con mi abuela. Y siempre de la misma sigilosa forma, a la que me acabé habituando y terminando por no darle mayor importancia.

Justo antes de empezar mi adolescencia, coincidiendo con la celebración de los Juegos Olímpicos de Barcelona, y por necesidades de la orden religiosa benedictina a la que estaba adscrito el colegio donde mi madre trabajaba y yo estudiaba, de las Hermanas de María, que se llamaba, le ofrecieron traslado de la plaza de profesora para Buenos Aires. Y como si de cambio de ciclo se tratara por mi cambio de edad, cambié de país, de ciudad y de mentor: El padre Francisco fue el encargado de moldear mi personalidad en la mudanza de la inocencia al descubrimiento del amor, del sexo, del propio cuerpo, y a la rebeldía y necesidad de probar lo prohibido como el alcohol, el tabaco, las drogas y por supuesto las salidas nocturnas juveniles. Hubo momentos en que hubiera preferido estar vigilada en Cangas, lo juro. La observación de mis actos y de mi vida íntima y personal que el padre Francisco ejerció sobre mí fue inagotable. Hoy recuerdo con amor las álgidas discusiones que yo mantenía con él casi a diario, digo yo porque él ni se inmutaba: todo era comprensión, paciencia, ternura y una sonrisa de complicidad que relajaba las tensiones de mi acaloramiento hormonal.

Mi memoria retiene con mucha fuerza el último abrazo, el de la despedida. ¡Cuánto lo quise y ni siquiera se lo dije! Acababa de cumplir los dieciséis años y mi madre se empezó a sentir mal, muy débil y deprimida. Como buena gallega de aldea, siempre fue muy terca, pero al final el padre Francisco y yo conseguimos que fuera al médico. Ya en los primeros análisis saltaron todas las alertas. Después vinieron las placas, biopsias y todo el catálogo de pruebas y protocolos pertinentes. El diagnóstico fue claro: cáncer de mama invasivo con metástasis de nivel IV. O lo que era lo mismo: dos meses de vida.

Al principio el golpe fue muy duro. Estuvo una semana sin hablar, tumbada en su dormitorio, sin querer ver a nadie y casi todo el tiempo llorando. No sé de dónde sacó las fuerzas. Pasado el trance de esos días, una mañana se levantó, abrió las ventanas de la casa y dejó entrar la luz del sol y el aire fresco a raudales. Se acercó a mí y me abrazó con fuerza y me dijo: «Quiero volver a casa». Yo me eché a llorar desconsoladamente y ella me confortaba susurrándome al oído «tranquila, mi niña, tranquila, ya pasó», mientras me mesaba mi rubia cabellera enredada de grandes mechas negras naturales. Sus profundos ojos miel se clavaban en los míos y sus labios finos y grandes me premiaban con una sonrisa llena de paz. El padre Francisco nos ayudó empaquetando y ordenando la parte de nuestra vida que se quedaba allá en nuestro Buenos Aires, en mi querido barrio porteño del Retiro, a horcajadas con el Mar de la Plata, paseando por la Plaza de San Martín, viendo a las parejas de enamorados besarse al sonido de un rasgado tango, o viajando por las estaciones y los pequeños tranvías, o jugando al futbol con *los boludos,* o compartiendo el ajetreo diario del puerto y sus mercancías, el olor, el sudor, el calor, el sol, el viento, todo lo echo de menos… ya más nunca pude volver.

Mi madre murió aquí en Cangas, como ahora mi abuela. Madre e hija juntas de nuevo. Sus últimos días siguen grabados en mis retinas. Su cara de felicidad. El reencuentro. Ya no se ocultó de nadie, ni la abuela la escondía, y a mí tampoco. Fue como si bajaran la guardia. Y yo, sin embargo, me seguía sintiendo vigilada. No lo sé explicar. El caso es que expiró dichosa. Una semana antes, ya encamada, me llamó y con su mirada vidriosa me pidió perdón por abandonarme tan pronto y me ordenó que me quedara con la abuela y obedecerla fielmente. Me hizo prometer que acataría todo aquello que ella me encargara sin preguntar ni por qué, ni por quién, ni para quién, que cuando llegara el momento se me haría saber, que era primordial que fuera así por mi seguridad y la de la abuela. La verdad que nunca lo tomé en serio y siempre he creído que fueron sus últimos pensamientos delirantes. Después me agarró mi mano derecha y suavemente depositó en ella al abrirla un anillo de signo masculino, modelo sello, con un topacio negro precioso y brillante, perfectamente tallado. «Era de tu padre. Llévalo siempre encima. Algún día él te buscará y el anillo te salvará la vida. Ya sé que te preguntarás por qué tengo algo que perteneció a la persona que más odio en este mundo, y también cómo cayó en mis manos. La mejor forma que tengo de protegerte es dejarte en la ignorancia. Llegará el día en que la verdad se te revele por sí sola. Espero que entonces lo entiendas y sepas perdonarme. Ahora tu mirada me interroga pero no puedo darte las respuestas. Es mi voluntad, hija mía, respétala. Y por favor, nunca, no lo olvides nunca: ¡llévalo siempre contigo!» Estupefacta. Así me quedé. Pero la amaba tanto que no la cuestioné y simplemente obedecí. Desde entonces lo llevo colgado de una cadena al cuello, al igual que el Cristo del Consuelo en forma de crucifijo en plata que años después, ya terminada la carrera y las especializaciones, y tras mis primeros éxitos editoriales y cinematográficos, y con destino a Los Ángeles, me regaló mi abuela con el mismo y obsesivo objetivo: mi protección. Cuenta la historia que cuando el saqueo pirata hace casi cuatro siglos, la colegiata ardió entera y lo único que se salvó sin daño alguno fuera el crucifijo.

Ahora están las dos muertas y yo ya solo tengo sus recuerdos: los que han quedado grabados en la memoria y en mi corazón, y los que me dieron de forma especial antes de su adiós: Un anillo y un crucifijo son los "amuletos" que, desde donde ellas estén, me ayudarán ante las dificultades de la vida. O por lo menos eso es lo que pensaban ellas. Típico de Galicia.

Y debo confesar que a pesar de tanta influencia religiosa, y de mis más que queridos maestros, el padre Benedicto y el padre Francisco, he perdido la fe. Hace tiempo que dejé de creer. No puedo concebir un Dios que permite tanta tropelía y mayores desgracias. Me ha quitado lo que más quiero y no se lo voy a perdonar.

De pequeña admiré su dogma: hacer el bien, amar al prójimo y ayudar al débil. Pero a medida que los años fueron pasando y amparada por la libertad de pensamiento en la que precisamente me educaron mis dos sacerdotes, llegada la universidad y mis años mozos me fui desvinculando y el desarraigo fue creciendo lenta pero firmemente.

Con la muerte de mi madre llegó la primera negación y mi conversión al ateísmo fue ganando enteros. Y aunque mi abuela se empeñaba en devolverme al camino de lo místico, yo ocultamente me iba deslizando al mundo del paganismo. Hasta hoy. Creo que ya he llegado al agnosticismo. Y solo el respeto a mi abuela me hará sobrevivir a las exequias fúnebres que me esperan esta misma tarde. ¿Dónde está el Dios que me enseñaron? Me encuentro en la segunda negación. ¿Cuándo daré la tercera?

No sé ni cómo empezar esta mi historia. Soy novelista y guionista de cine y parece ser que con bastante éxito: varios premios literarios de renombre (prefiero no hacer publicidad de las editoriales para evitar susceptibilidades), un par de Oscars y tres Goyas decoran las vitrinas de mi casa de Los Ángeles, en una bonita y céntrica urbanización de Beberly Hills, en el condado de Santa Mónica, donde resido en la actualidad, para ser más exactos. Quiero decir que se supone que sé escribir, vamos que lo hago bien... o al menos lo hacía hasta ahora, hasta que me dieron la triste noticia que me ha traído de regreso a mis raíces.

Escribiendo no me ha ido mal en la vida, la verdad. Pero nunca conté nada de mí, hasta la fecha nunca lo había hecho. Puede ser que algunos de mis protagonistas tuvieran cosas muy mías, no voy a decir que no. Soy de las que piensa que todos los escritores impregnamos algo de nuestra personalidad y de nuestras experiencias vitales en los personajes que creamos, reales o de ficción, da igual: llevan parte de nuestra esencia. Pero hacerlo sobre una misma no solo me parecía una perogrullada sino también una falta de respeto al lector. Sin embargo, aquí estoy ahora mentalizándome en desnudar mis interioridades al igual que cualquier famosillo de tres al cuarto del *reality show* de moda.

Se lo debo a la memoria de mi abuela María y por primera vez no solo puedo, también quiero hacerlo. Y aunque sé que me estoy mintiendo a mí misma, todo vale con tal de dejar en estas páginas lo que ella ha significado para mí. Porque es eso: ella es la excusa para seguir escribiendo, como si una fuerza interior difícil de explicar con palabras me empujara a hacerlo sin saber el camino adonde me llevarán estas páginas ni el destino que tendrán. Pero necesito recordarla aquí y así y, sin saber por qué, hablar de mí también.

Como iba contando al principio, mi abuela tiene la culpa de que este aquí, de vuelta a mis orígenes y componiendo estas primeras líneas, no sé si de un pequeño diario o de mi nueva novela, o la base para el guion de mi próxima película. Días antes de partir, uno de los grandes estudios de Hollywood (tampoco voy a decir su nombre para evitar suspicacias y porque además no quiero meterme en líos por culpa de la maldita cláusula de confidencialidad) me realizó el encargo de escribir un nuevo libreto; importante que la historia fuera mística y mejor que tuviera que ver con el más allá, y si fuera un suceso épico real, basado en alguna de las muchas leyendas populares y que además lo pudiera relacionar con el presente. Estupendo. En fin: una locura.

Pero últimamente no ando muy cuerda, así que simplemente acepté. Vamos, que no le di demasiadas vueltas al nuevo encargo, como suelo hacer con la mayoría de las cosas. El caso es que no sé cómo hago, pero al final todo me termina saliendo bien. Sin embargo esta vez no tenía ni idea de por dónde empezar y para más *inri* no me encuentro precisamente en mi mejor momento creativo. No siempre tu imaginación está dispuesta. Le había sacado mucho partido en pocos años y ahora el pozo estaba seco, sin agua. Ya los dos guiones anteriores no fueron especialmente brillantes. Últimamente he recurrido a crónicas urbanas vulgares y fáciles de desarrollar para salir del paso: típica chica de New York que después de buscar el amor probando mucho sexo con distintos hombres pierde la esperanza... pero casualidades del destino, al final aparece el príncipe azul del cuento, unos cuantos desencuentros, unas lagrimitas de cebolla a tiempo, y por supuesto un final feliz, porque yo solo sé hacer finales felices, que quede claro.

Y en esas estaba, intentando iluminar mi lunática mente para encontrar la crónica fantástica en busca de mi tercer Oscar, cuando me comunicaron el fatal desenlace de mi yaya: mi abuela había muerto.

No lo pensé mucho, mejor dicho, nada. Aun a sabiendas de que no llegaría a tiempo, preparé un par de maletas ligeras y busqué la mejor combinación posible para llegar cuanto antes: Dos días he tardado en llegar. Antes hablé con mi pareja, Jose, y como ya suponía, lo abandonó todo por mí, y aquí está a mi lado.

Llevamos toda la vida juntos, a cachos, pero siempre juntos. Nos conocemos desde niños, crecimos juntos a fines de semana, hasta que me fui de España. Pero cuando venía en verano él siempre estaba esperándome en casa de la abuela. Íbamos a la playa y caminábamos por la arena agarrados de la mano siendo chavales y jugueteábamos con las olas. Y cuando volví con mi madre y me quedé sola con la abuela no me dejó ni a sol ni a sombra, siempre pendiente de mí.

Menos mal que no estudiamos lo mismo, porque si no iba a ser un poco aburrido... Él es decorador interiorista, y de los buenos. Maneja la madera de una forma increíble. Igual hace muebles que esculturas. Es un verdadero artista. Realiza decorados espectaculares para los estudios más importantes de Holywood. Sus sets de rodaje tienen mucha fama por su versatilidad y comodidad para realizar las tomas. Así que muchas veces coincidimos trabajando en la misma película o spot publicitario...

No sé quién tenía más ganas de volver, si él o yo. Lo digo porque lo que más perpleja me ha dejado no ha sido que haya dejado colgado a un productor a menos de quince días para la grabación de una serie para televisión, basada en la vida y obras de los hechiceros y chamanes de las razas aborígenes americanas como los sioux, los pies negros, mohicanos, apaches, comanches y demás tribu... y que este esté con un cabreo monumental que seguramente termine en una demanda y reclamación de daños y perjuicios (y puedo asegurar que los yanquis no se andan con chiquitas, ni menudencias con estas cosas). No, esto no me sorprendió en demasía; es más, lo asumo como normal en Jose hacía mí, pues siempre me ha dispensado un trato de amor platónico elevado a la enésima potencia y un instinto de protección que me río yo del osito polar de Santa Lucía. No, no fue esto, sino que ya tenía las maletas preparadas y no tuve que esperar por él. Todo lo contrario, él sí que tuvo que aguardar por mí. Y no me lo quito de la cabeza. Es como si ya supiera lo que iba a ocurrir, como si ya conociera el devenir de los acontecimientos.

El caso es que ahora estamos juntos en la que fue mi casa de juventud, aquí en Cangas do Morrazo, una preciosa villa marinera de la ría de Vigo, casi con las islas Cíes enfrente, cubriéndonos la entrada al Océano Atlántico. Y ha sido todo tan rápido: Mientras me duchaba, Jose se encargó de preparar el mejor itinerario posible. Y aunque no hemos tenido mucho tiempo para asimilar nuestro inesperado regreso, pululando de terminal en terminal, aeropuerto tras aeropuerto, aviones varios y al final un taxi, se nos ha hecho largo el viaje, dos días extenuantes sin apenas descanso. Casi lo que más necesitamos ahora es ¡dormir!

Esta tarde es el funeral. Ayer la enterraron. Evidentemente sabíamos que no íbamos a estar presentes, pero por lo menos llegamos a tiempo para la que sé que va ser la despedida multitudinaria de todo el pueblo: era una mujer muy querida y por eso la admiro tanto y la voy a echar mucho de menos.

No sé por qué la historia que tanto andaba buscando últimamente para escribir creo que la voy a encontrar aquí. Es como una premonición. Solo las mujeres entendemos de esto. ¿Será que tenemos algo de brujas? Bueno, en mi tierra, somos algo *meigas*, que es bastante mejor que ser una bruja fea y mala.

Jose lo es todo para mí. Estoy escribiendo esto mientras se asea. Lo quiero tanto que ni siquiera me atrevo a decírselo y no quisiera que sepa que lo voy a destripar en mi libro. Espero que cuando se entere ya no haya remedio. No le gusta figurar en ningún sitio ni que se hable de él. Al principio pensé que era por su modesta forma de ser, pero con el tiempo me ha invadido idéntica sensación de la niñez de la abuela cuando nos "escondía" a mi madre y a mí. Y algo de desasosiego sí que me causa. No lo llevo bien y no sé por qué, como tampoco llevo del todo bien ese sigiloso control sobre mi vida. Bueno, exactamente no es así, es más bien sobre todos mis movimientos, como si me estuviera espiando continuamente. Y el caso es que no creo que sea por desconfianza, sino por un exacerbado instinto de protegerme no sé de qué extraño peligro. Celoso no es. Suspicaz tampoco. Y aunque me contradiga, controlador tampoco. Me lío yo misma, no lo comprendo. A veces pienso que son imaginaciones mías. Yo le pregunto y él siempre me sonríe sexymente y me contesta «Caperucita, hay mucho lobo suelto», y claro después me besa y me quedo contenta pero *aparvada* y sin resolver mis dudas. Así que he terminado por asumirlo. Y aunque no del todo, también me he ido acostumbrando y le doy poca importancia ya.

Me he enrollado. Jose es un sol. Y encima guapo. Mejor dicho, guapísimo. Moreno, siempre con esa barba de dos o tres días, que pica pero poco. Cara de niño que no ha roto un plato, con delicados rasgos, casi femeninos. Y unos ojos negros que cuando se te clavan no sabes si te están pidiendo guerra o quieren ocultar algún oscuro secreto. Y no hablemos de su cuerpo… Pero lo mejor es su dedicación hacía mí. Siempre pendiente y "casi" sin molestar. Sus gestos, cariñosos, sus palabras, siempre positivas. Y su paciencia conmigo. Cómo aguanta mis cortos pero frecuentes ataques de histeria cuando las cosas no salen como yo quiero. Cómo me apacigua. Cómo me mima…

Me estoy desviando. Además va a salir de la ducha y me va a pillar. Pero si va a pertenecer a esta historia debo explicar cómo es. Ya he dicho que nos conocemos desde niños. Pero fue después de la muerte de mi madre, a partir de empezar a vivir con la abuela, cuando empezamos a compartir poco a poco nuestras vidas y algún pequeño secreto que no voy a desvelar. Me fui a estudiar a Santiago comunicación audiovisual y él se vino conmigo. Es como si lo hubiera programado de antemano, como si ya supiera lo que yo iba a hacer con mi vida y él hubiera ajustado su futuro al mío. Así que se matriculó en la Escuela Superior de Arte y Diseño. Compartimos piso, evidentemente, y jueves nocturnos con tunas incluidas. Y los fines de semana volvíamos a casa. Y así durante cuatro años inolvidables, donde nuestra amistad se escapó dando paso al amor, que aún mantenemos vivo después de más de diez años. Somos pareja de hecho y de derecho, aunque no lo hayamos firmado. Todo lo tenemos a medias, y aunque modernos e independientes, decidimos las cosas en equipo. Discutimos lo justo y no hemos estado enfadados nunca más de dos horas seguidas; con Jose es muy difícil estarlo. Nunca hemos hablado de matrimonio, ni tampoco de nuestras más íntimas creencias. Sabemos cómo pensamos cada uno y respetamos con silencio y aceptación al otro, su forma de ser. Y así ha sido desde el principio.

Terminamos nuestras carreras y pronto encontramos nuestro lugar profesional. Yo escribiendo y él decorando. Después yo haciendo cine y él diseñando los sets y platós de rodaje de mis películas. No sé cómo se las ingenió pero, sin depender de mí su contratación y sin que le presentara a los productores, él conseguía el *chollo* y de ese modo no se apartaba de mí. Puedo contar la anécdota de mi última película como guionista: el primer día de trabajo con el productor ejecutivo y con el director habíamos quedado en las oficinas de los estudios para hacer la planificación y el *timing* de las primeras jornadas de rodaje, cuando me presentan al jefe de decoradores con el fin de coordinar todo el trabajo. No sé la cara que debí poner pero todos se quedaron mirando para mí pues me había quedado muda por completo. Jose, tan natural y espontáneo como siempre, me da un beso. «"Ah, pero os conocíais?», pregunta el productor, y Jose le contesta todo tranquilo: «vivimos juntos». Por cierto, esto ya fue en Los Ángeles. Porque esa es otra: siempre consiguió ir adonde el destino me llevaba. ¿Cómo lo hacía? Aún no he sido capaz de explicármelo. ¿Se entiende ahora por qué digo que en el fondo me siento vigilada, protegida en exceso…? A veces tengo la impresión que no me libraría de él ni con una orden de alejamiento. Pero no me importa, pues me hace muy feliz…

—¿Qué escribes? –Primero me besa y después me pregunta.

—Tonterías. Notas sobre cosas que me pasaron con la abuela, sobre ella…

—No es mala idea, cielo. La vida de la abuela María te daría para una buena historia.

—¿Crees que debería hacerlo? ¿No se enfadaría? —En realidad ya lo estoy haciendo y salvo que sea cierto que podía hablar con los muertos, no creo que pueda venir a decírmelo.

—Conociéndola, seguro que si es lo que tú quieres hacer por su memoria te apoyaría. Nunca te negó nada… —Me da otro beso, esta vez en la frente— Hace años que no paseo por la playa y como no podemos dormir, voy a mojarme un poco los pies antes de ir a comer, ¿vienes?

—Casi no. Estoy concentrada en las primeras líneas y me acabas de abrir un poco las ideas. Será mejor que intente seguir escribiendo ¿no te importa?— No me dice nada y me lo dice todo. Sonríe tiernamente y me acaricia mi mejilla con suavidad. Abre la puerta de casa y bajando el escalón se desliza por la fina arena de Rodeira.

Tras la conversación con Jose me doy cuenta de que tiene razón, de que podría ser una buena historia, pero también de lo poco que en realidad sé sobre la vida de mi abuela. Rebusco en los recovecos de mi memoria y voy encontrando pequeños fragmentos de mi niñez y bastantes menos de mi infancia y adolescencia compartidos con ella. Tengo muchos de mi juventud y algunos más del inicio de la madurez. Y casi ninguno desde que soy una mujer de provecho, como se diría. Y sin embargo ha llenado toda mi vida, ha estado en ella omnipresente.

Pienso entonces que no estaría mal pasar una temporada en el pueblo e investigar sobre su vida y obras. Seguro que resultará del todo interesante y que me llevaría muchas sorpresas. Sospecho que esa virtud suya de meiga que tanto me ocultó da para una buena novela... Absorta en mis pensamientos el ruido de la llave en la cerradura que abre la puerta principal de la casa me sobresalta. ¿Quién puede tener llave de la casa de mi abuela, y mía ahora? Entre el susto que tengo encima y mi cabecita haciendo conjeturas raras ya no me da tiempo a nada... y del sobresalto paso a la alegría. No podía ser otra: la pequeña y bella Nora.

La chiquilla hecha mujer. ¡Y qué mujer! Qué alta está, y qué cuerpo, madre mía, de medidas y curvas lujuriosas sin nada que envidiar a los de la mayoría de las protagonistas de mis películas. Pelo y ojos negros en un rostro perfecto e inocente.

Manos delicadas, hechas para la danza o la música. Armonía y belleza en movimiento hacía mí. Me abraza fuerte. No me suelta.

—¡Mi pequeña Nora! –sollozo.

—¿Cuándo habéis venido? ¿Por qué no avisasteis? —Me besa emocionada.

—No sabíamos cuándo llegaríamos y estamos sin dormir. Queríamos estar tranquilos y algo descansados antes del funeral. ¿Y tú aquí?

—¿Quieres decir que por qué tengo llave de la casa? —Me sonríe con cierto grado de picardía, conocedora de mi ignorancia. Asiento con la cabeza—. Tranquila, María. Ya sabía que la abuela no te había contado nada. Los dos últimos años necesitaba ayuda, y como soy como de la familia y además estudié auxiliar de enfermería, con especialización en la tercera edad, pues la abuela se empeñó en que le hiciera compañía, así que me contrató.

—No tengo la menor duda de que aliviaste su dolor, y de que a tu lado, sus últimos días fueron más felices —le agradecí.

—Tengo la impresión de que fue así. Te nombraba continuamente, María. Ella sabía que no podría despedirse de ti. Le dije que te avisara y siempre se negaba, decía que no era el momento, que el destino había escrito así esta página de vuestras vidas. No fui capaz de convencerla, María, y no sabes cuánto lo siento. Pero conocías bien a tu abuela: hasta me amenazó con echarme una maldición si te avisábamos; lo digo porque nos lo

34

prohibió a todo el grupo, ya sabes, Rosalía, Helena, bueno a todas y a ellos también —intenta disculparse Nora.

—No te preocupes, mi niña. Todos sabíamos del carácter de la abuela María—medio sollozo. Un par de lágrimas resbalan por mi cara.

—No María, no sabes cuánto lo siento. Tu nombre estaba a cada momento en su boca. Sus pensamientos estaban contigo y siempre repetía, ha llegado la hora...

—Pobre, sabía que se moría.

—Sí, siempre lo supo... —Apartándose con dulzura de mí y con los ojos vidriosos— Venía a recoger alguna de mis cosas y después tenía pensado enviaros las llaves y alguna de las pertenencias de ella que con insistencia me pidió, haciéndome prometer que me aseguraría de que llegarían a tu poder. Pero aprovechando que estás aquí...

—No te entiendo...

Me muestra una pequeña llavecita de plata que lleva colgada al cuello de una fina cadena también de plata. Estamos en una sala a modo de despacho y con una gran biblioteca repleta de ejemplares de todo tipo, decorada a caballo entre la piedra y la madera trabajada de pino y mezcla de *carballo*. Espaciosa y muy pulcra y ordenada, cada cosa en su sitio y un sitio para cada cosa. En una gran mesa central con diferentes tapetes, estaba yo escribiendo en mi portátil. Al fondo, una alacena antigua, perfectamente restaurada, con un armario del mismo estilo al lado. Nora se acerca y abre su estrecha puerta. En uno de los cajones inferiores hay un cofre no muy grande. Se quita la cadena y lo abre con la pequeña llave que me acaba de enseñar. Extrae unos documentos atados con un lazo rojo en forma solemne y me los entrega. Desato el nudo del lazo y atónita empiezo a leerlos.

—Es una copia del testamento y la escritura de esta casa, entre otras propiedades. Me nombra su heredera universal... Tampoco corría tanta prisa...

—Me dijo que los vieras con atención, que era importante y que pronto comprenderías... —La miro pasmada.

—No sé, no veo nada especial. Tampoco sé por qué se empeñó en comprar esta casa, fue la obsesión de su vida... No le encuentro mucha explicación... También hay aquí otros documentos... —Me quedo paralizada.

—¿Qué pasa, María? —Pregunta asustada Nora.

—¡Y esto!

—¿El qué María?

—¡Esto! ¿No lo ves..?

—¿Qué tengo que ver, María?

—Estos documentos son los derechos de presentación de María Soliño y su hermano Antón sobre la colegiata de Santiago en Cangas y la iglesia de San Cibrao en Aldán...

—¿Y..?

—¡Que esta fue la casa de María Soliño!

—¿Qué te quiere decir la abuela?

—No lo sé, Nora, pero un mensaje entre líneas me había guardado... El hermano de María Soliño se llamaba Antón, igual que el tío de mi madre y del que me habló muchas veces...

—¿Y qué fue de él? A lo mejor nos puede aclarar algo de lo que está pasando...

—Lo dudo, Nora. Murió fusilado junto a su cuñado, mi abuelo Pedro. Igual que en la leyenda de María Soliño mueren a manos de los piratas Pedro, su marido, y su hermano Antón, y también en la playa de Rodeira... —Nos quedamos mirando la una para la otra sin saber qué decir—. En verdad que no conocí a mi abuela... —Recupero la compostura, guardo los pergaminos que acabo de leer e invito a Nora a salir de la casa—. Venga, vamos a la playa a buscar a Jose, se alegrará mucho de verte.

—¿Dónde vais a comer?

—No teníamos pensado nada todavía, pero tienes razón, se nos va a hacer tarde. ¿Qué sugieres?

—Marcos y yo os invitamos...

—¿Marcos?

—Sí. Somos novios. Es un magnífico cocinero. Trabaja en El Bruño. ¿Os apetece?

—No sería capaz de rechazar una invitación como esta ni borracha. Nora... ¡Sorpréndeme!

Después de comer exquisitamente con Nora y Marcos, pasamos un momento por casa a fin de prepararnos para la ocasión. No soy muy amiga de estos temas pero sé guardar las formas y evidentemente debo un respeto por mi abuela, hasta ahí llego. Así que como mandan los cánones del lugar me he vestido de luto riguroso: Blusa casi blanca con escote vistoso y discreto al mismo tiempo; falda ni muy ajustada ni muy ceñida y ni muy corta ni muy larga; americana pequeña en chaquetilla sin abrochar, medias y zapatos de tacón y, en la mano, llevo un bolsito a juego. No luzco joya alguna y la única licencia que me he permitido es un bonito pero distinguido sombrero, por supuesto, sin velo. Menos la blusa todo el conjunto es negro. Y aunque luce un sol radiante he prescindido de las sempiternas gafas oscuras pues no tengo ganas de que me confundan con una especie de viuda mafiosa al estilo *El Padrino de Coppola,* que si de algo entiendo es de los estereotipos que marca la industria del cine. A su vez Jose va en perfecta sintonía con mi atuendo con un traje estilado y ceñido de azul marino casi negro, y camisa del mismo color bien acompañada por una fina corbata oscura que aún no sé cómo conseguí que se anudara, pues las odia a muerte. En fin, que parecemos una pareja de revista.

Creí que estaba preparada para esto, pero a medida que nos vamos acercando a la colegiata y se deja escuchar el afligido tañido de sus campanas anunciando el responso en memoria de mi abuela, un nudo me estrangula la garganta y noto cómo mis ojos se vuelven vidriosos y húmedos. Observo cómo se agolpa la multitud en los aledaños del templo. Tal y cómo sospechaba debe de estar todo el pueblo, o así me lo parece a mí. Hay que ver cómo nos regodeamos en la muerte. Y más en la Galicia rural, donde se convierte en todo un culto. Salvo que por ser futbolista hayas llenado estadios, o abarrotado de butacas el teatro por ser actor o colgado el cartel de no hay entradas por ver uno de tus conciertos, será sin duda el día de tu funeral cuando más gente congregues a tu alrededor: familiares, vecinos, conocidos, fans, curiosos, amigos y por supuesto tus enemigos se presentarán con cierto halo de obligación a tus exequias. Llenarás de falsas plañideras la iglesia de turno entre murmullos y cotilleos por lo buena persona que fuiste en vida... y estaba claro que mi abuela no iba a ser menos el día de su despedida, y aunque sé que este no es el caso, pues ella sí que ha sido una persona muy querida por todo aquel que la conoció, no puedo reprimir cierto desprecio y una ligera sensación de hipocresía en nuestras vidas, dándome vueltas en la cabeza el famoso refrán de "a burro muerto la alfalfa al rabo".

Intento encontrar caras conocidas entre la multitud. No busco familiares directos pues no los tengo. Conmigo se termina el linaje. Mi, digamos parentela, o lo más parecido a ella, son la pandilla de amigos desde la época de niños, aquellos con los que jugué a fines de semana, con los que después compartí los veranos de la adolescencia y primera juventud. Y años más tarde, viviendo ya en casa de la abuela, aunque pasaba la semana en Santiago, casi todos los sábados salíamos en tropa, lo digo por el número, casi veinte mozos yendo de *festa rachada*. Oteo, por tanto, con incertidumbre entre el gentío a la caza y captura de los míos y por fin los localizo, bajo el pórtico renacentista de la colegiata. Un calor especial se apodera de mí al verlos. Pero no me da tiempo a más. En lenta procesión la muchedumbre me hace casi imposible el caminar. Besos, abrazos, susurros al oído, apretones en los brazos y miles de pésames y «te acompaño en el sentimiento» y la verdad es que a la gran mayoría ni los conozco y creo que no los he visto en la vida.

Solo me son familiares los reporteros gráficos que desde la entrada y medio acordonados por las fuerzas del orden esperan impacientes mi llegada, pues aquí nadie se olvida de quién soy, evidentemente. Parece que la muerte de mi abuela también es noticia y aunque ya tendremos tiempo para hablar de esto, naturalmente discrepo... Intentan abordarme con preguntas que ni escucho ni tengo intención de contestar y pronto me rodea una multitud agobiante que los va apartando..: Recuerdo con cierta vaguedad que me han presentado al alcalde, a no sé qué personalidades de la Diputación, al director del museo, a la presidenta de la Asociación Contra el Cáncer, a su médico, al farmacéutico, al sargento de la Guardia Civil, al jefe de la Policía

Local (pues han tenido que cortar el tráfico debido al sepelio), al patrón mayor de la cofradía de pescadores, a varios empresarios de la zona, al de la Asociación de vecinos, al director del instituto "María Soliño", al responsable de la funeraria, a algún directivo del equipo de balonmano de la máxima categoría, al representante de la plaza de abastos, al carnicero, a la cajera del super, y aquí ya me perdí... Me asfixio, me ahogo, me dan sofocos y entre sollozos siento que voy a desmayarme. Noto agarrarme con fuerza la mano de Jose y escucho gritos. Me voy. Algo me reanima rápidamente. Abro los ojos y veo a Eva, mi amiga, creo recordar que es doctora, o algo así. Apenas distingo sus tintes caoba en el pelo a juego con sus vivos ojos. Su cara de piel fina se inclina hacia mí para observarme con estudiada precisión. Sus mejillas sonrosadas llenas de color se acercan a las mías y antes de nada, sus labios rojizos igualmente me alivian al oído *«tranquila María, ya estoy aquí»*. Se ha abierto paso hasta mí a empujones, rápidamente ha comprobado mi pulso, mi respiración y la forma de mis pupilas y después me ha dado a oler una especie de solución de amoníaco apropiada para estas circunstancias y que llevaba en pequeñas ampollas como parte de un mini-kit de primeros auxilios, dentro de su bolso. Y todo este jaleo por lo menos ha servido para que nos despejen el paso y nos hagan llegar tranquilos a la puerta de la iglesia.

Y aquí están. Espero acordarme de todos... Thalía, Rosalía, Nora, Eva, Alba, Helena y Sofía, las chicas y Mateo, Andrés,

Felipe, Juan, Santiago, Lucas y Marcos, los chicos. Este es mi clan, al que pertenezco. Somos como hermanos de sangre, más que amigos; bueno, e incluso la mayoría hemos terminado siendo pareja, o esas eran mis últimas noticias. El roce hace el cariño, dicen. Y en nuestro caso ha sido mucho más. Podemos vivir cada uno en un lugar diferente del planeta, podemos estar sin vernos años, pero al volver a estar juntos es como si el tiempo no hubiera pasado y sentimos la misma intensidad que cuando éramos unos chiquillos. La verdadera amistad no se rompe ni con la distancia ni con el tiempo, siempre permanece en tu corazón.

Ahora no soy capaz de repasar en mi memoria si están todos. Creo que falta alguno… Seguro que están entre la gente… También supongo que no es fácil que haya podido venir el grupo entero. Hace años que no sé de sus vidas y aunque los sentimientos siguen intactos, el contacto se perdió. Un poco de remordimiento me impregna al verlos, pues la verdad no me he preocupado nada por mantener ese contacto, inmersa en mi trabajo y en mis éxitos personales. Ahora me doy cuenta que no tengo excusa alguna y que no soy merecedora de su respeto y mucho menos de su perdón… Ellos están ahí y yo hace tiempo que les he fallado…

Nos hemos unido en una especie de abrazo múltiple continuo y discontinuo, con fuerza; al principio todos abrazados al unísono, y por grupos después, nos hemos besado y acariciado, nos hemos tocado con ternura y casi no nos hemos dicho nada, no hace falta. A casi todos se nos escapan algunas lágrimas lentas y furtivas, a otros algún sollozo, y una paz y felicidad neutra nos llena por dentro al vernos otra vez juntos. No soy capaz de recordar cuándo fue la última vez, seguramente días antes de mi partida a Los Ángeles. Vuelven los colores, sabores y olores de aquellos días como una ráfaga de viento fugaz. Y me gusta pero no me da tiempo a disfrutarla todo lo que quisiera. Este lapso en la ecuación del dios Cronos no deja despejar la incógnita y siguiendo los preceptos del maestro Einstein y su teoría de la relatividad, nos devuelve a la realidad, dejando este momento en la dimensión de un espacio anterior.

Así y entre tanta fraternidad, una mano huesuda y de piel muy arrugada y vieja tira con desdén de mí. Sujeta mi rostro y me da un beso tierno y sentido en la mejilla, para susurrarme a continuación al oído y con voz suave y templada «hija, ha llegado la hora, a tu abuela siempre le gustaba llegar puntual a sus citas». Me quedo mirándole fijamente unos segundos y le sonrió con nostalgia. «Padre Pablo», pronuncio despacio. No hace falta que diga nada más, pues sé que lo he dicho todo solo citando su nombre. Me coge de la mano y a pesar de su avanzada edad se mueve con relativa agilidad. Calculo que ya tendrá poco más de noventa, como mi abuela, pues siempre decían que pertenecían a la misma quinta. Le sigo. Con la otra mano, la izquierda, gesticula con habilidad y consigue que la multitud que abarrota la iglesia nos ceda el paso, dejándonos el pasillo que conduce al retablo central. Mira que he desfilado veces y hasta he tenido que posar. Y para muestra un botón: Hasta en la alfombra roja del teatro Kodak. Quiero decir que debiera estar acostumbrada a que me observaran y a ser el centro de atención. Sin embargo esta vez me siento incómoda. Todo el mundo me mira y no sé si es con admiración, pena o aprensión. Quizás sea esto lo que me desconcierta y me pone muy nerviosa. Miro detrás mía y me tranquiliza ver que en paso de procesión me siguen Jose y los demás. Ahora entiendo el nerviosismo de la novia cuando la llevan al altar. Quiero imaginar que por lo menos es de felicidad, porque no puedo entender de otra manera pasar por este suplicio. Ha sido breve, pues la colegiata no es excesivamente grande. De hecho más de la mitad de la gente se ha quedado fuera. Tampoco importa demasiado: muchos lo agradecerán, pues seguramente solo estén por figurar y para fisgar, que se dice por aquí; y otros se conformarán con oír la liturgia a través del equipo de megafonía que por lo visto se ha instalado para tan magna ocasión. Esto me hace pensar que a lo mejor mi abuela era socialmente más importante de lo que yo pensaba, y por ende, que no la llegué a conocer todo lo bien que yo suponía.

Por fin! ¡Ya hemos llegado! El padre Pablo suelta suavemente mi mano y me hace un signo para que me acomode en el primer banco de la izquierda, el que está más cerca del púlpito.

Obedezco. Jose y el resto de amigos me acompañan en este asiento y el siguiente por detrás. Con gesto cansado observo a mi izquierda la pequeña bóveda del crucero. Allí está el Cristo del Consuelo, el mismo que llevo colgado al cuello y que mi abuela me regaló con devoción. Presiento que me observa, que está escudriñando el valor de mi fe. Y me avergüenzo. Se me escapa a la razón. Pensaba que mis creencias no solo estaban apagadas, sino también que ya eran cenizas esparcidas al viento. Y al cerrar los ojos esa pequeña vocecita que todos tenemos me está diciendo que no. Los abro y miro de soslayo otra vez al crucifijo y me asusto, porque casi estoy convencida de que ha movido ligeramente la cabeza y que ahora sus ojos se han clavado en mí. Dura poco. No lo puedo describir pero una serenidad como nunca tuve llena con un calor dulce mi pecho. El padre Pablo ya está preparado y va a comenzar el acto religioso. Toda la iglesia se pone en pie y un silencio sepulcral y lleno de respeto penetra el ambiente. Ya no dobla la campana. Y seguramente yo esté equivocada porque ni siquiera afuera se escucha un murmullo. Me llena de orgullo esta actitud del pueblo y en un susurro inaudible pronuncio un *quérote* en su memoria, mientras lloro en silencio de alegría por lo que estoy viviendo ahora. En verdad mi abuela era amada y respetada.

«Bienaventurados los perseguidos porque de ellos será el reino de los cielos». La voz suave del padre Pablo llena el aire limpio y con olor a incienso de la cripta. A la mayoría de los asistentes les sorprenden estas palabras mientras se santiguan y quedan descolocados, sin saber si continuar o parar. Nos miramos unos a otros un tanto extrañados y muchos abren los ojos con cierto estupor. «Hermanos, nos hemos reunido en la Casa de Dios para hacer un sentido homenaje a nuestra hermana María... a mi amiga». Hace una pausa y se respira el silencio. «Siempre me decía que venía a misa a escuchar la palabra de Dios, no a repetir de memoria oraciones que no sentía, que ella hablaba con él a todas horas y que su corazón estaba lleno de su amor. Como mujer abnegada al Padre que nunca creyó en los ritos, me hizo prometerle que, en su adiós, solo hablaría de lo que fue en vida y que daría las gracias en su nombre a todos aquellos que en verdad la amasteis y supisteis estar a su lado. Y también me pidió que a aquellos que por el motivo que fuere os hubiera hecho daño, que la perdonarais...». Otro silencio que nos mantiene con expectante atención a todos los presentes, dominando los tempos del acto. «Y me rogó, casi me suplicó, que cuando llegara este momento le hiciera un último favor y voy a cumplir su voluntad... Hace ya muchos años de esto». Después de dar un ligero suspiro eleva un grado su voz templada. «Esta es mi ofrenda a María: cumplir la promesa que le hice y no celebrar la liturgia, o no como es la costumbre, al menos... tal y cómo ella quería...» Se toma unos segundos y eleva las manos mirando hacia el cielo tapado por la cúpula de la colegiata. Sus nuevas palabras salen estridentes y con esplendor de su garganta. Comienza el sermón.

«Bienaventurados los perseguidos porque de ellos será el reino de los cielos. Estoy convencido de que María ya está en él, junto al Padre. Esta es su historia: Recién desposada fusilan a su marido por dar cobijo y comida a sus vecinos; mientras en su vientre venía una niña que en soledad crió con esmero y plena dedicación. Recuperada de la ausencia de su hombre a través de la felicidad que le proporcionaba su hija correspondiéndole con mucho amor y enorme admiración, otra vez la vida le abofeteó y en la misma mejilla... Porque el mal acecha siempre, nunca descansa. Aquellos mismos que le quitaron a quien más quería, lo volvieron a hacer, esta vez violando y ultrajando a la persona que más amaba, a su hija, María, que así también se llamaba... Muchos de los que hoy estáis aquí hubierais blasfemado contra el Padre y renegado de la existencia de vuestro Dios en estas circunstancias. ¿Y qué hizo ella? Pues no solo no renunció al Señor sino que además le dio gracias sinceras desde el corazón por la nueva vida que le llegaba: su nieta. Y eso que era el producto de la deshonra para una mujer y del estupro del hombre. Supo beber el cáliz que el Señor le daba, sufriendo como madre y abuela, y las protegió alejándolas de ella». Nadie mueve ni un pelo. Vamos, que ni se pestañea. Me pregunto adónde quiere llevar la semblanza el padre Pablo...

«A pesar de sus oraciones, el Señor se llevó a su morada de nuevo al ser que más amaba en la tierra... la enfermedad no perdonó y María, su hija, murió aún joven. La vida la volvió a abofetear y en la misma mejilla, igual que a Cristo, nuestro Señor. Tampoco esto le hizo renegar de su fe. Aceptó su destino con abnegación y resignación. Era una mujer fuerte y siempre decía que esa era su estrella, que el Padre le había encomendado una misión difícil y exigente, como con nuestra madre la Virgen María. Dios estaba con ella y ella se había entregado a él». Su discurso ha conectado en los feligreses. El cura lo nota y maneja bien las pausas, los distintos elementos y fragmentos de su plática y sobretodo los niveles y tonos de su voz.

«Bienaventurados los misericordiosos porque ellos verán a Dios. Yo creo que María vio al Padre. Estoy convencido. Y él le respondió dándole el don de la curación y de la comunicación con los seres queridos que nos dejaron. La iluminó con su gracia porque su corazón estaba limpio...» Algunos murmullos de desaprobación se empiezan a escuchar. Yo estoy algo desubicada. No conocía esta faceta del padre Pablo de llamar a las cosas por su nombre de una forma tan clara y directa. La verdad que no sé qué pretende decir a la gente del pueblo un día como hoy, en un acto tan multitudinario... Desde luego, está comprando muchas papeletas para que el obispado le jubile forzosamente... Mañana sale en el *Faro de Vigo* seguro y con un titular, algo así: *"Viejo cura se vuelve loco: La difunta María hablaba con los muertos"*.

«Pedro le preguntó a Jesús cuántas veces tenía que perdonar al que le ofendía o debía: Setenta veces siete». Ha pronunciado esta sentencia con rotundidad y una potencia de tono máxima. Se acabó el run run y los chismorreos de las viejas beatas cotillas. «Así perdono María a los que la agraviaron. Es verdad que su boca siempre los recordaba, pero su corazón no guardó nunca rencor. No cabía en ella. Su fe era inquebrantable. Para muchos difícil de entender y por eso también estáis aquí, por admiración. Y en verdad os digo, que el camino que eligió María es el que nos hará libres».

«Bienaventurados los que tienen sed y hambre de justicia porque serán saciados». Vuelve a hablar con seguridad y firmeza. La expectación es máxima, pues a estas alturas de la homilía, casi todos estamos esperando alguna otra sugerencia o ligereza del párroco. Estoy llena de curiosidad y un poco nerviosa. Algo no me huele bien. Los años han hecho chochear al padre Pablo... Aunque pensándolo bien, la disertación está bastante bien trazada y argumentada. No sé, algo no me gusta, y el caso es que no debiera desconfiar de él, por lo que fue para mi abuela, para mi madre y para mí misma. «Os aseguro que pronto llegará. No como dicen muchos, a sangre y a espada, sino por la voluntad del hombre. Nuevos tiempos se acercan. La luz vendrá y el pecador también buscará el camino: Y todos, absolutamente todos, lo encontraremos y nuestras faltas serán perdonadas. Pero aún queda un largo recorrido, aunque breve en el tiempo, para conocer un mundo mejor».

«Cambios importantes se avecinan, también en la Iglesia. A mí ya poco me queda y puedo y debo decirlo: También la iglesia ha pecado». Bueno, bueno... Ya está liada. Menos mal que no iba conmigo el tema. Así que al final es una reivindicación pseudosindical. Vaya, vaya, con el padre Pablo... y con más de noventa años... que Dios nos pille confesados... «Y deberá predicar con el ejemplo si no quiere que sus ovejas se desperdiguen con falsos pastores. Tendrá que pedir perdón por todos sus atropellos y tropelías, por todas las mentiras a lo largo de los siglos, por todas sus riquezas y por sus soberbias y por haberse alejado de Dios».

«María fue un modelo a seguir. No le recuerdo maldad, ni soberbia y sin embargo siempre se confesaba y a pesar de su humildad, ella pensaba que no era merecedora de la gracia del Padre. Siempre andamos echando la culpa a los demás de nuestras desgracias. Miremos con otros ojos, veamos nuestros defectos y las virtudes del hermano. Eso era María».

«Siempre dispuesta, siempre ayudando... Sus ganas de vivir eran contagiosas... Quiero deciros que no le gustaría veros llorar su ausencia. La mejor manera de recordarla es copiarla, aprender de ella. Así lo hubiera querido».

Hace un silencio prolongado y se me queda mirando. Y de repente me señala con su dedo índice. No me lo puedo creer. Me pongo nerviosa y me ruborizo, sé que todas las miradas se centran en mí.

«Ahora te toca a ti María, terminar el camino. Está escrito. Es tu destino. El Padre te ha elegido, como eligió a María, madre de nuestro señor. Sé que tu fe tiene zozobras, también lo sabía tu abuela. Pero pronto descubrirás el sentido de la vida y continuarás su obra. No tardará en llegar a ti el Espíritu Santo para llenarte de gracia y sabiduría y llevar a los tuyos a la tierra prometida y hacer de este mundo un lugar mejor...» Estoy soñando. No entiendo estas palabras. Yo solo venía al funeral de mi abuela. Nada que ver con una especie de profecía divina a la que según este *señor* estoy abocada. No me siento la salvadora de nadie... Quisiera gritar *¡no!* con todas mis fuerzas pero estoy paralizada. Miro a Jose y me asiente con la cabeza. No entiendo que está sucediendo. Mis amigos de siempre me sonríen con aprobación... Dios mío ¿qué está pasando? La iglesia se llena de murmullos y susurros chirriantes. La gente del pueblo me ve con una rara emoción y susurran palabras y comentarios en referencia a una imprevista y supuesta locura del padre Pablo. Es para pensarlo... *Se le ha ido la olla, está tolo, ni que fuera el día del juicio final y qué pinta esta chica, ¿la elegida de Dios?, ¿se ha vuelto loco o qué?, hay que informar al arzobispado, ¡pero quién se ha creído qué es!*

¡Blasfemo!..." Mientras, mis más allegados ni se inmutan, como si creyeran a pies juntillas las predicciones del cura, y esto me perturba más. No acierto a comprender qué está ocurriendo, algo se escapa a mi inteligencia. El padre Pablo ha permitido este alboroto pacientemente, como si lo hubiera hecho aposta, como si su intención fuera levantar viejas polémicas espirituales. Al cabo de algo más de un minuto casi eterno, finaliza con sencillez y gravedad su controvertido discurso: «Este es mi anuncio, este es mi homenaje a María. Descanse en paz y en la gracia de Dios». Hace una señal con la mano y desde el atrio superior una voz casi celestial comienza a cantar una versión especial del Ave María, con un coro de voces angelicales acompañándola. Es Thalía. Siempre era ella quien cantaba en las ceremonias. Giro la cabeza y la veo interpretar para mí. Pequeñita y blanca como la leche, su potente voz inunda el templo por completo, elevándose hasta las encrucijadas de sus ábsides, aprovechando toda su acústica. Sus ojos claros expresan el sentimiento que nace de sus cuerdas vocales. Su cara de niña, su pelo rubio cortado a mechones ensalza su presencia. Y los niños la siguen al son con una perfección imposible de describir. Cierro los ojos llorosos y lo siento dentro de mí. Una eclosión de emociones habita mi alma si es que la tengo. Las palabras del padre Pablo retumban en mi cabeza y sin embargo no molestan la armonía del Ave María que llena mis oídos. De nuevo un efecto de paz, de soledad plena de mí y de calor impregnan los poros de mi piel y mi ser. Los pelos de punta y

la carne de gallina. La apoteosis de las últimas notas y suspiro con angustia y tristeza. No abro los ojos, no quiero. Siento los abrazos de mis amigos, las caricias y los besos y ni siquiera escucho sus frases de consuelo. Cuando los abro, veo una cola enorme que va deshaciéndose a medida que van dándome el pésame. Sin embargo nadie se atreve a hacerme comentario alguno en referencia a las manifestaciones del padre Pablo. No sé si es el respeto hacía mi abuela o simplemente que están igual de anonadados que yo. Ya debo de tener ojeras y los lagrimales enrojecidos. Himpo. Nunca lo había hecho. A los que vienen junto a mí ya no los distingo. La imagen de la abuela con su risa pícara me nubla cualquier otra posibilidad. Ya no estoy aquí y mi noción del tiempo no existe.

No sé cuánto ha durado pero ya se han ido y me han dejado. Mis amigos caminan juntos hablando entre ellos hacía el pórtico principal. Solo está Jose conmigo. Me vuelve a abrazar y mi rostro se refugia en su pecho. Ya no puedo llorar, ya no tengo más lágrimas. Al retirar mi rostro me encuentro con la expresión tierna y comprensiva del padre Pablo.

—Te espero mañana por la mañana temprano aquí en la colegiata, hija mía. Tengo que darte algo que me han enviado para ti. Creo que debe ser importante… —Hago ademán de preguntar, pero enseguida me lo impide—. Chssst… ahora debes relajarte y

descansar y mañana será otro día. No te olvides, ven temprano. —
Asiento con la cabeza cada vez más desconcertada.

—Vamos, María, nos esperan. Quieren que tomemos un café aquí al lado, otra vez todos juntos —obedezco sin rechistar. La idea del reencuentro con mis amigos de siempre me reconforta y seguro que me distrae de tanto misterio que me empieza a rodear. Necesito dejar de pensar y de volver a abstraerme con cosas mundanas. Mi interior creo que ya ha tenido bastante por hoy. Tengo unos deseos terribles de un buen capuchino, como los que tomaba en Italia. Me doy cuenta que mi memoria me ha traicionado. Otra vez mi intuición de ¿meiga? me sugiere que algo tiene que ver mis años en Velletri con el encargo del padre Pablo. ¿Acertaré esta vez?

Estamos tomando café en un establecimiento situado en la plazuela que rodea la colegiata, enfrente de la estatua del apóstol Santiago. Se llama *Plantaciones de Origen*. No lo conocía. Mucho ha cambiado Cangas en los últimos ocho años que llevo fuera. El local me recuerda a los bares "latinos" de Los Ángeles, con cierto olor a La Habana, según dicen, pues nunca estuve allí. La verdad es que el nombre le pega. Tiene ese aire a Café Gijón, pero más moderno, y sin perder la identidad gallega que le da la piedra del país. Grande, pero acogedor y con una correcta combinación de maderas nobles. Me agrada la separación de sus ambientes: en la cristalera de la fachada principal hay un altillo amplio con bastantes mesas y bancos, muy apropiado para tomar un café tranquilo y por cierto exquisito. A la izquierda de la entrada, bajando las escaleras y haciendo frente con la barra unas mesitas altas para ir de vinos o cervezas según se tercie. Y al fondo a la izquierda, como aprovechando una especie de entreplanta, pero sin tabiques ni nada que se le interponga, una simulación de terraza interior con mesas y sillas más de la época actual, habitáculo ideal para los más futboleros, completado con una gran pantalla de plasma, como no podía ser de otra manera.

Bien. Pues nosotros no estamos en ninguno de los espacios que he mencionado. Nos encontramos en un sitio algo parecido a un semisótano, con el único y pequeño inconveniente de que están las *toilettes* al lado. Un rincón apartado, de forma regular, casi cuadrada, y aunque más pequeño, no por ello menos holgado, decorado con elegantes e iluminados expositores de miniaturas de coches de metal al estilo de las vitrinas de los museos. Ocupamos sus juntadas mesas imitación mármol de toda la vida como si de la orden de los Caballeros de la Mesa Redonda se tratara.

Juro que lo voy a intentar, pero que quede constancia que siempre se me han dado mal las descripciones de mis personajes. Soy un desastre, lo reconozco... Escribir dicen que no lo hago mal, pero definir la fotografía de las personas, pues como en las pelis: cualquier parecido con la realidad puede ser pura coincidencia. Y esta vez, encima son de verdad. La que voy a liar cuando lo lean. Bueno, allá vamos. Que sea lo que Dios quiera, nunca mejor dicho.

Enfrente de mí está Rosalía. Creo recordar que tiene un par de años más que yo, así que ya está un tanto pasada de la treintena. Muy atractiva, aunque la expresión de su pálido rostro sea un tanto dura. Mi pelirroja alborotada, parece que no se peina nunca, y tampoco se arregla sus densas cejas. Mirada azul profunda: sus ancestros le han dejado un sello inconfundiblemente celta. Siempre fue un poco mandona. Era la que lo organizaba todo en el grupo; programaba nuestras fiestas juveniles y le gustaba ordenar nuestros corazones haciendo y deshaciendo parejas. Sus labios me soplan para despertarme...

—¿Cómo estás, María? —Me pregunta con dulzura.

—Emocionada de veros a todos de nuevo, de volver a compartir con vosotros... —Le contesto desde el corazón— ¿Y tú? ¿Qué es de tu vida? ¿A qué te dedicas? ¿Tienes pareja? ¡Dios mío! Tengo tantas preguntas...

—Y las vamos a contestar, cariño. Todas, una a una y cada uno las suyas... Hace ya años que no sabes de nosotros y es normal que sientas curiosidad. Pero estate tranquila, no seas impaciente... —Me agarra las manos sobre la mesa— Ahora tenemos toda la tarde para nosotros... Yo me licencié en Turismo y trabajo en una empresa que se dedica a organizar eventos y viajes de negocios y de... placer. Seguro que el próximo te lo preparo yo ¿qué te apuestas? —Se ríe la muy pícara, como si me estuviera intentando decir algo, ¿tendrá también otra sorpresa más preparada para mí? —¿Quién sabe? A lo mejor tu luna de miel... ja, ja, ja... —y la carcajada se extiende al resto.

—¡Ni hablar! El matrimonio aún no entra en mis planes — contesto un tanto molesta. Nos acabamos de reencontrar y ya me quiere arreglar mi vida. Veo que efectivamente no ha cambiado nada y me alegro por ello...

—Pues con las ganas que tenemos de ir a vuestra boda... —Continúa el asedio ahora Mateo.

—Entonces cásate tú —le replica con cierto pitorreo Jose.

—Anda, no hables Jose, que yo sí que te invité a mi boda y ni caso me hiciste. Aún te la tengo guardada... —Sonríe con malicia. Mateo es el marido de Rosalía. Hacen buena pareja, siempre lo hicieron. No es pelirrojo, pero casi. Rubio intenso con mezclas castañas y en corta melena. Ojos verdes que se te clavan mientras sus labios fuertes sonríen burlonamente cuando los miras. Barba informal y de cuatro pelos, rubia también. Algo de vikingo tiene… Espero que no sean los cuernos…

—¿Sigues trabajando en el súper? –Le pregunta Jose.

—Como no tuviste a bien llevarme al Hollywood ese porque sabías que te iba a quitar el *chollo*, pues decidí seguir en el mundo de la alimentación… Bueno, ahora, soy encargado, que lo sepas… y amo de mi casa, porque como mi mujer gana más que yo, pues yo a cuidar del hogar y de los niños, que para eso creo en la igualdad de sexos, la de verdad… —se cachondea.

—Venga ya —me sale del alma—, pero si nunca supiste freír un huevo y la loza para lo único que te servía era para el tiro al plato…

—Bueno María, si lo ves ahora, no lo conoces —me replica Helena.

—¿Qué dices?

—Sí, hija, sí —vuelve a hablarme Rosalía—, es un encanto de marido. Mejor que cuando éramos novios. Yo estoy fuera todo el día, y él se organiza en función de sus turnos. Me tiene la casa como los chorros del oro y me trae a los niños como pinceles. La única pega es cuando llego a casa por la noche…

—¿Qué ocurre? —Pregunto toda intrigada.

—Me tiene la cena preparada y todo perfecto, pero luego...

—¿Luego qué?

—Qué va a ser, María... Ya sabes... *"Estoy cansado, me duele la cabeza, los niños me han dado mucha guerra..."* Vamos, que no mojo... —dice toda consternada.

—Ja, ja, ja... —Carcajada general.

—Estarás de queja querida... —Protesta con cierto aire indignado Mateo. Hace a continuación una mueca burlona para decir: —Ya sabes lo que hay... Sábado, sabadete... lo dejamos ahí. —Nos sonreímos el resto.

—Si hicieras más ejercicio no te pasaría eso —continúa Lucas.

—Más aún... Te parecerá poco el que hago cuando voy a vuestra cabaña los fines de semana: Soy el transportista oficial de la mercancía, o sea, las viandas, ayudo a montar y desmontar el chiringuito, limpio y fregoteo, y aún quieres que haga más ejercicio... Sabía que me querías mal pero tanto...

—Sabes que no me refiero a ese tipo de ejercicio. ¿Cuándo vas a venir al complejo para que te de unas cuántas lecciones? —Lucas quiere ser serio pero Mateo no le da muchas opciones. Son tan distintos y siempre se llevaron tan bien que nadie entendimos que química especial les unía. Parecen Zipi y Zape, igual que los personajes del comic... Mateo es Zipi y Lucas, Zape. Moreno y de ojos oscuros. De melenita idéntica al del tebeo. Un hombre mediterráneo en toda regla. Sé que fue a la universidad pero ya no me acuerdo lo que iba a estudiar. Le recuerdo como el chico serio y formal del grupo. Y al revés que a Zape, no le recuerdo travesura alguna. Educado y tan excesivamente caballeroso y cortés, que a veces se hacía empalagoso. Mucho con Helena no pega que digamos, salvo en que los dos son amantes del deporte y de la naturaleza. Eso aún lo recuerdo…

—Pero si no tengo tiempo —casi le reprocha Mateo a Lucas.

—Entonces, cuando dejas a los niños ¿no puedes quedarte tú también?

—Estoy muy cansado…

—Excusas, así te estás poniendo de barrigón… Conmigo terminabas chico diez en veinte sesiones…

—¿Sesiones de qué? –Pregunto evidentemente intrigada.

—Perdóname, María. Sí, cómo no, te lo explico. Helena y yo tenemos un complejo lúdico-deportivo en los montes de Cangas, arriba, por la zona de Coiro.

—¿Te acuerdas de las fincas que tenían los padres de Helena? –Interviene Juan con su voz ronca. Se nota que es fumador. Me mira inquieto con sus ojos marrones.

—Sí claro. Montábamos las tiendas de campaña las noches de San Juan, cuando empezábamos a salir ya también en parejas…
—Le recuerdo, al mismo tiempo que Alba me asiente con la cabeza y me guiña el ojo. Allí empezaron la mayoría de nuestros primeros escarceos amorosos. Jose y Felipe se susurran al oído una

frase que no alcanzo a entender. Pero como mujer soy capaz de hacer varias cosas a la vez y al final consigo escuchar algo parecido a un *"sí, fue allí"*. Le doy un codazo a Jose para que no siga contando nuestras intimidades y la cara redonda de Felipe se contrae en una risa contenida. Juan con su flequillo negro cubriéndole la frente y una expresión levemente infantil contempla lo ocurrido. Centra mi atención con un leve gesto y alzando ligeramente su tono consigue que todos le escuchemos.

—Pues Lucas y Helena han construido nuestro "refugio"...——Se produce alguna exclamación de desaprobación por parte del grupo, como si la expresión no fuera considerada muy oportuna— Tenéis que venir. Invirtieron todos sus ahorros en ello y alguna aportación desinteresada que les hicimos los que pudimos y el resultado fue increíble...

—¿Pero de qué se trata exactamente? —Insisto en saber más.

—Hemos recreado, con la mayor exactitud que el proyecto nos permitió, el castro de Santa Trega... —Al fin me desvela Helena. Tampoco ha cambiado. Sigue teniendo un pelo largo castaño alisado precioso. Su tez está igual de blanca que cuando íbamos a la playa y con el sol de verano terminaba más roja que un cangrejo. Me mira como si no lo hubiera hecho nunca, con sus ojos castaños miel, casi iguales a los míos. Y su boca me larga continuas sonrisas pequeñitas de alegría—. Organizamos campamentos para niños y mayores para que vivan las experiencias de nuestros antepasados… durmiendo en los pequeños habitáculos cubiertos de palos de madera y paja, similares a las pallozas, pudiendo contemplar las noches limpias y estrelladas… tenemos cuadras y caballerizas, y hemos domado varios ejemplares salvajes y también alguna yegua, así que también hacemos rutas a caballo los fines de semana y los otros días doy clases de monta y equitación, ya sabes que siempre anduve metida entre ellos como una potrilla más… Lucas es maestro en esgrima y artes marciales, y además domina las técnicas del tiro con arco, así que tenemos grupos organizados con niños que aprenden a su lado, tanto el arte de la espada, como defensa personal y manejo de flechas, también con ballesta y en perfecta armonía con nuestro entorno natural… —Me acabo de quedar "acojonada". Falto unos pocos de años y menuda fiesta se montan sin mí…

—Sí, pero si no fuera por el menda, no habría jolgorio los fines de semana —protesta Mateo.

—Ya, ya, mucho hacer pero quién cocina soy yo —ahora es Marcos el que interviene. Me encantan sus rizos castaños. Acompañan la travesura infantil de su cara. Es como si tuviera el síndrome de Peter Pan, sigue siendo un niño. Solo un poco de barba rala con algún pelo ya gris le delatan, porque sus ojillos oscuros nerviosos y sus labios un tanto afeminados, le otorgan el don de la eterna juventud.

—Mucho habláis. Se os va la fuerza por la boca. Si no fuera por las verduras de mi huerta, los cabritos que mato para vosotros y las sardinas que pesco, ibais apañados. Gentuza, que sois todos una gentuza... —Ríe con estridencia Andrés— Perdona, María, pero a estos hay que ponerles en su lugar...

—¿Qué tienes? ¿Una huerta? —Le pregunta intrigado Jose.

—Bueno... Vamos a llamarlo así. Tengo unos poquitos invernaderos y una pequeñita explotación ganadera y cuando se tercia, también salgo a pescar... No quise seguir estudiando después del Bachiller y me puse a trabajar las fincas de papá y mamá... y poco a poco, una ayudita de aquí, otra pequeña subvención de allá, y algo de trabajo, que también hay que trabajar, no os vayáis a pensar, pues voy tirando... —Sonríe satisfecho de sí mismo. Esta rojo de horas de esfuerzo al sol, se le nota. Sus manos son duras, ásperas y callosas. Casi no tiene pelo ya, a pesar de sus poco más de treinta años de vida. Su rostro ancho y anguloso transmite plenitud. Se nota a la legua que las cosas no le han ido mal. Bien afeitado, su boca descubre una dentadura bien cuidada.

—No le hagáis ni puto caso, que es el tío más rico de Cangas... —Exclama Juan.

—Fue a hablar "el maquinitas" —le reprocha Andrés.

—¿"Maquinitas"? —pregunto intrigada.

—Lo dice porque soy informático... —Me contesta Juan como si no tuviera mayor importancia su ocupación. Con su índice derecho se recoloca la montura de sus gafas de pasta color ocre. Sus ojos marrones no pueden disimular que es algo bizco. Esto le da una gracia peculiar a su cara imberbe aunque en el hoyuelo de su barbilla luce un pequeño mechón negro. Su boca pequeña se mueve nerviosa al hablar. —Uno de tantos...

—No te creas ni papa, María... —ahora es Felipe quien habla. Me llama mucho la atención su engominado peinado hacía atrás con su pelo oscuro mostrando el inicio de la escasez a base de pronunciadas entradas. Gesticula suavemente señalando a Juan y sus ojos verdes lo miran con ironía— ¿Sabes cómo lo llamamos en el grupo, ¿no? —Muevo negativamente la cabeza— *el hacker.* Ponle un ordenador en sus manos y te consigue hasta los archivos de la Nasa el muy cabrón. Nos tiene controlados a todos a través del Facebook y otras redes sociales... No tengas encendido el móvil cerca de él pues ya te puedes ir olvidando de tus tarjetas de crédito, cuentas bancarias, secretos profesionales y pasiones inconfesables...

—No seas mentiroso, Felipe... —Medio grita medio enfadado Juan.

—Bueno, lo dicho, tenéis que venir a Santa Trega... ¿Verdad chicos? —Pregunta en alto Felipe.

—Tiene razón Felipe, tenéis que venir... —Confirma Helena.

—Bueno, aún no sabemos qué vamos a hacer... —se me adelanta Jose.

—Yo os lo enseño y os preparo un día especial para que lo disfrutéis. De momento soy el monitor jefe, mientras Lucas no se atreva a despedirme —el resto se echa a reír.

—Tú sigue tentando a la suerte entrando en mi cuenta de correo que todo llegará —le responde.

—El día menos pensado me lo llevo arrestado a comisaría —asevera Santiago con ironía. Como me queda en la otra esquina y le es más difícil participar no me había fijado en él. Sí que está muy cambiado. Se ha dejado una barba espesa. Era el mayor de todos, y aunque no es mucho el tiempo que nos lleva, se nota. Tanto la barba como el pelo ya son grises y le dan un aspecto de señor que hace parecer nuestro hermano mayor. No le distingo los labios. Y su mirada simula dura y penetrante, aunque yo sepa que es todo amabilidad. Me acabo de enterar de que es policía. De joven me hubiera parecido imposible. Ahora le pega.

—Por tenerte a ti de enchufe, tendré por lo menos derecho a un bocata de más, digo yo…

—Sí claro y con lima para las rejas, no te jode!

—Por cierto —interrumpo la conversación— gracias, Eva, por lo que hiciste a la entrada de la iglesia…

—Eres tonta, María. Enseguida vi que te ibas y simplemente actúe por instinto.

—Terminaste la carrera de medicina, ¿verdad? —le pregunto.

—Sí. Bueno, ahora estoy haciendo prácticas de cooperante para Cruz Roja.

—¿Dónde?

—Ando de aquí para allá. Hasta el año pasado estuve en Buenos Aires…

—¿Buenos Aires? ¡Ay, cuánto lo añoro!

—Sí, la verdad es que es un lugar muy lindo y lleno de vida, y de necesidad… últimamente no andan demasiado bien por allí las cosas…

—¿Viste al padre Francisco?

—Claro, mujer. Manteníamos contacto con frecuencia.

—¿Qué tal está?

—Estupendo, como siempre. Ahora es obispo… El pueblo lo adora por su sencillez. Siempre al lado de los más débiles. No gusta su plática a los ricos y menos a los políticos.

—Nunca cambió su discurso y además le gustaba predicar con el ejemplo. No tenía pelos en la lengua.

—Pues sigue igual. No te olvides de que además es muy cariñoso y cercano con la gente. Siempre tiene un buen gesto. Y su humor… Parece mentira que sea cura… Es un bromista empedernido…

—¡Cuánto me hubiera gustado enviarle un abrazo!

—Me habló mucho de ti, María. Te llevaba en su corazón. Me decía que discutíais muy a menudo y que eras muy rebelde. Hasta me contó el día que te pilló fumando porros y cómo te llevó casi a rastras a casa mientras tú no parabas de chillar… —Miles de recuerdos y pequeñas anécdotas se cruzan en mi memoria. A modo de *flash back* una parte medio olvidada de mi pasado recobra vida en mis pensamientos. Debo quedarme absorta en ellos, pues noto cómo la mano de Jose se planta delante de mis ojos perdidos en otro tiempo, en otro lugar.

—¿Dónde estabas? —Me inquiere.

—En mi barrio, en El Retiro, con el padre Francisco…

—Tenemos tiempo. Otro día quedamos y te cuento con detalle… —Me promete Eva como intentándome consolar. —Porque os vais a quedar unos días, ¿verdad?

—No tenemos decidido aún nada —responde Jose.

—¿Qué prisa tenéis? —Vuelve a la carga Helena.

—Tenemos trabajos pendientes —ahora soy yo quien replica.

—¿No acabáis de llegar y ya os queréis ir? —Me reprocha Nora.

—No es eso… pero no tengo claro sí será una buena idea estar mucho tiempo aquí en Cangas, llena de recuerdos y de momentos que ya no podré recuperar…

—Ya sabemos todos lo duro que es esto para ti, pero huyendo tampoco vas a estar mejor. Tómate unos días y relájate un poco. Dentro de poco verás las cosas con otra perspectiva. Además tendrás que arreglar papeles y un montón de temas, imagino… —Me intenta convencer Santiago.

—Tenía pensado contratar un abogado o a algún especialista.

—Yo sé de alguien que te puede ayudar... –Otra vez Rosalía arreglándome la vida.

—Yo, por ejemplo... —Se postula Sofía. Tan calladita, ni le había prestado atención. Casi ni me había percatado de su presencia. Se ha levantado para que la vea mejor y con los brazos abiertos se me presenta ante mí mientras sus ojillos negros me miran con una mueca llena de gracia en su rostro de maestra de escuela a la vieja usanza, a través de sus diminutas gafas modelo Castelao, que es como muy de nuestra tierra. —Quién mejor que una abogada frustrada, transformada en profesora de cole de pueblo...

—¡De eso nada! —protesta Rosalía. —Es una pasada con los niños. No hay rapaz que se le resista a la hora de que aprendan las matemáticas, la geografía, las física y la química y hasta la música. No sabes cómo la respetan y la quieren. El cariño con que los trata...

—Es tan fácil cómo preguntarles a nuestros hijos... — Apuntilla Mateo.

—¡Ah, es verdad! ¡Tenéis niños! —Exclamo emocionada— ¿Cómo se llaman?

—David y Raquel. Siete y cinco añitos. Dos torbellinos...

—Es increíble. Qué mayores nos estamos haciendo... Ya sois padres!

—Tienes que conocerlos. ¿Ves cómo no puedes irte tan pronto? —Me sentencia Mateo.

—¿Pero qué eres Sofía, maestra o abogada? —Cambio de tema.

—Abogada sin ejercicio que sacó plaza de profesora en la escuela infantil de Coiro. Pero creo que te puedo ayudar a resolver todos los trámites y el papeleo de la abuela María.

—Te lo agradezco de corazón.

—¿Somos amigas, no? —Tiene razón.

—¿Y tú Eva, dónde decías que estabas ahora?

—He vuelto a Cangas. Tengo que preparar el examen de acceso a MIR, y quiero centrarme, así que mejor en casa. De todas formas estoy echando una mano en Cruz Roja y Cáritas y ayudando a los asistentes sociales del Concello, como voluntaria.

—Tu siempre tan altruista…

—Ya sabes que nací así.

Al lado de Eva está Alba. No ha musitado palabra. Nos miramos fijamente. Siempre fue muy introvertida. Sus ojos grises, impasibles, me transmiten algo de frialdad. Su cabello cortado, rubio casi platino, y su tez blanca, le dan una fisonomía casi aria y extremadamente bella. Lleva los labios pintados de rojo sangre y está perfectamente maquillada.

—Hola, María.

—Pensé que no me ibas a hablar…

—Me gusta escuchar y observar –me asevera.

—¿Y qué ves, Alba? –Le interrogo.

—A tu abuela, María. Veo la fuerza de ella en ti. Eres como una de las estrellas que veo en el observatorio, llena de luz… —No sé qué decir. Ahora sonríe abiertamente y vuelvo a ver a la Alba soñadora de mi juventud. Me tenía confundida. —Levántate y dame un abrazo, tonta, que solo has tenido ojos para los demás y a mí me has dejado para el final —obedezco. Y nos fundimos con fuerza. Un fuerte sentimiento de profunda amistad domina mis esencias. Y un vértigo infinito por no perder este instante me atolondra. Nos dejamos estar. Thalía canta con voz baja y preciosa una vieja nana gallega. «Bienvenida. *Quérote moito.* Tienes que quedarte, *miniña».* Echo un par de lágrimas y me separo levemente mientras le pregunto al oído sí vive en el pueblo. —No, vivo entre Madrid y París, un poco a medias. Trabajo para el Centro Europeo de Astronomía Espacial en Madrid, pero dependo de la Agencia Espacial Europea con sede en Paris.

—¿Astrónoma? —grito. Alba sonríe y hace movimientos afirmativos con la cabeza ante mi asombro.

—¿Sabes? Creo que los astros guiarán tu destino… –Me aparto ligeramente y me quedo mirándola casi embelesada y algo mosqueada. Me da un beso sincero en la frente. Thalía se ha acercado a nosotras. Ya no canta. Me agarra las dos manos con fuerza y me mira con ternura. El resto nos observa en silencio respetando el momento.

—Gracias, Thalía. Me conmovió tu Ave María en la iglesia. Deberías dedicarte a cantar…

—Ya lo hago.

—Me refiero profesionalmente.

—Ya veo que Jose te tiene obnubilada, cielo. Soy soprano. Hace un año debuté en el Palau de la Música en Barcelona…

—¿Y yo sin enterarme? ¿Cómo no me hiciste llegar una invitación?

—Estabas con uno de tus últimos estrenos, creo recordar que fue *Lluvia de agosto*…

—Pero hubiera intentado hacer un hueco…

—No quise molestarte. Pensé que habría más oportunidades…

—¿Y ellos?

—Estuvieron todos menos Jose y tú. Pero no te preocupes. No pasa nada.

—Estuvisteis todos…

—Bueno todos exactamente no… —Interviene Eva. Me quedo mirando al grupo. Jose, con gesto algo más serio, me indica que me vuelva a sentar. Mientras lo hago efectúo un rápido recuento y por fin me doy cuenta que faltan dos: Clío y Tomás.

—¿Y Clío? —Pregunto alarmada.

—No pudo venir. Vive en Roma —me responde con rapidez Eva.

—¿Y está bien?

—Sí, mujer. Es monja misionera.

—¿Qué? —Me quedo otra vez como una estúpida asombrada. Compruebo que en estos años mis amigos son ciertamente un tanto desconocidos para mí y que he sido yo quién me he alejado de ellos.

—No te sorprendas. ¿No te acuerdas María que aún estando tú aquí, ella ya hablaba de irse de misiones…? Dos años después empezó a preparar el noviciado. Ahora vive en un pueblecito llamado Velletri, que tú conoces bien, con la orden de las Hijas de María. Nos escribe con frecuencia y a veces también hablamos por el Skipe. Sé que quiere mandarte un abrazo y verte, así me lo dijo nada más enterarse de lo de tu abuela.

—Vaya con Clío! Ya no me acordaba de su vocación… Supongo que habrá conocido al padre Benedicto…—Dejo caer con un ligero suspiro.

—Nos habla mucho de él y de lo que te recuerda. Dice que ha rezado mucho por ti desde que te fuiste de allí, tan chiquilla. —Me confirma Eva. De seguido pregunto impaciente por el amigo que me falta.

—¿Y Tomás?

Algo no va bien. Todos callan. El silencio corta el aire. Respiro profundamente sin hacer ruido. Cuento hasta tres…

—¿Y Tomás? —Repito la pregunta. Y por fin habla Santiago.

—Tomás nos dejó hace ya casi cinco años, como ahora lo hizo tu abuela…

—¿Muerto? —Sollozo.

—Siempre estuvo enamorado de Clío y aunque llegaron a ser casi novios, ella tenía clara su elección. Tomás no lo llevó bien, y aunque nosotros estuvimos pendientes de él, no pudimos evitar que se alejara y que se fuera con otro tipo de compañías no de nuestro agrado. Acabó siendo toxicómano. Conseguimos recuperarlo y convencerlo para que ingresara en un centro de rehabilitación, en concreto con Proyecto Hombre. Y cuando ya estaba o parecía perfectamente curado, y nunca le habían detectado nada, unas pruebas médicas le diagnostican el VIH como portador del virus y enfermo de sida. No fuimos capaces de encontrarle explicación alguna. En contra de lo que pensamos él no se derrumbó y comenzó a ayudar a otros enfermos y a colaborar en asociaciones y organizaciones médicas vinculadas a la enfermedad. Sin embargo, pocos meses después, un día sin más, apareció muerto tumbado boca abajo en la cama de su habitación, con una jeringuilla y una sobredosis de heroína, causa de la muerte oficial… El caso está cerrado, pero yo intento seguir con la investigación, pues no sé por qué, pero estoy convencido de que Tomás fue asesinado.

De piedra. Inerte. Inmóvil. Paralizada. Así estoy yo. Ni siquiera lloro. No comprendo nada. Algo enfadada sí que estoy. No me han dicho nada hasta el último momento. Se me aparece la imagen de él sonriendo. Siempre despeinado. Desaliñado. Los vaqueros sucios. Y aquel bigote adolescente. Se reía de todo y de todos. Y ahora ya no volveré a escuchar sus risas, ni sus chistes malos, esos verdes que tanto le gustaba contar.

Jose me abraza y lleva mi cara al calor de su pecho. Sigo sin hablar. No quiero y tampoco puedo. Es mejor así. Dos duelos en el mismo día es un poco *heavy*.

—Será mejor que nos vayamos a descansar. Ha sido un día muy intenso cariño... —Me habla Jose con voz queda. Sin embargo lo han escuchado todos. —Mañana tienes que levantar temprano para ir junto el padre Pablo...

El nombre del cura me hace reaccionar. Asiento y me incorporo con calma al tiempo que uno a uno voy observando a todos mis amigos. Mi enrevesada cabecita trabaja a velocidad de crucero: *Mi destino. Dios me ha elegido. El Espíritu Santo llegará a mí. La Tierra Prometida...* y también *Nora y los papeles de mi abuela...* ¿Qué está pasando? ¿Hay algo de lo que me deba enterar?

—Antes de despedirnos, me gustaría que alguien me diera una explicación lógica sobre las extravagantes profecías que el padre Pablo ha hecho de mí.

—Yo no le daría la más mínima importancia. Desde que tu abuela cayó muy enferma ya, ha perdido bastante. Ya sabes, es muy mayor, y seguramente ya no debería estar al frente de la parroquia —es Lucas quien toma la palabra y el dominio de la situación.

—Pues a mí no me ha parecido que estuviera desvariando precisamente. Creo más bien que anda demasiado lúcido... —Reprocho. —Es más, ha reconocido lo que todo el mundo sabía y a mí siempre se me había negado: Que mi abuela hacía de curandera y que hablaba con los muertos.

—No le des más vueltas, María... —Continúa Rosalía ahora. —Pienso que él ve en ti a su buena amiga, y que en ese momento perdió la razón y te habló como si fueras la abuela.

—O sea, que pensáis que está loco.

—No exactamente, mujer... Jose tiene razón. Es mejor que vayáis a dormir. Mañana será otro día y podrás aclararlo personalmente con él. ¿A qué hora te dijo que tenías que estar en la colegiata?

—¿Cómo sabes eso? ¿Quién te lo ha dicho, Rosalía? —Estoy encendida.

—Se lo acabo de escuchar a Jose, creo... —Balbucea.

—¡No me mientas! ¡No me mintáis más! ¿Qué me estáis ocultando? ¿Qué quería decir el padre Pablo con esas palabras en la homilía? ¿Alguien tiene los santos cojones de decírmelo?

Silencio. Mucho silencio. Miradas bajas. Estoy en lo cierto. Algo está pasando y no me estoy enterando. Pego un puñetazo en la mesa y saltan por los aires vasos de cerveza y pocillos de café. Todo el local se nos queda mirando con cara de confusión y cierto estupor. Me incorporo rauda y ágil y gritando "Y vosotros decís ser mis amigos" y me voy corriendo en dirección a la calle llena de ira y llorando de rabia.

Todos agolpados intentan salir detrás de mí, pero Jose les frena y les dice "dejadla sola, es mejor que se tranquilice. Ya me encargo yo. Mañana nos vemos. No os preocupéis". Se quedan *apapahostiados* en el centro del café y tan solo Lucas y Santiago, más tranquilos, discuten con cierto acaloramiento ante el camarero de la barra por quién paga lo consumido.

Después de golpear la puerta al salir, camino sollozando despacio hasta la colegiata y delante de la estatua del apóstol Santiago a lomos de su caballo me postro resignada. Una inmensa soledad domina todo mi ser (o quizás debiera decir ¿mi alma?) Ha sido fugaz pero he sentido pasar una sombra vigilante, negra y oscura, casi a mi lado. Me sobresalto. Solo fue un instante, pero suficiente para apreciar su frío aliento. Unas manos familiares me abrazan por la espalda. Jose me besa delicadamente en el cuello. Yo me dejo. Aunque traicionada, sé que puedo confiar en él. Ahora no quiero preguntarle nada. Voy a hacerle caso. Estoy agotada y necesito dormir ya. Seguro que, bien descansada, mi mente verá las cosas más claras.

Me yergo, Jose me ayuda. Levanto mis ojos y otros negros preciosos de gitana me interrogan con mucha dulzura.

—¿Es usted la nieta de María? —No recuerdo a nadie que me haya tratado de usted nunca jamás.

—Sí, yo soy.

—Soy Esther, amiga de su abuela... —Es una hermosa mujer joven azabache y aceituna de líneas incontestables, voz melodiosa y siseante, largos cabellos, vestido oscuro y ajustado y un maravilloso profundo y suave al mismo tiempo olor a jazmín natural. —Quisiera darle nuestras más sinceras condolencias en nombre propio y de mi familia. No fui al funeral. No quería molestar ni a la señora, ni a los amigos y vecinos de la señora. María era una buena mujer. Yo acudí a ella desesperada. Tengo un buen hombre y somos muy felices, pero no era capaz de darle un hijo y aunque él siempre me decía que no le importaba, yo me obsesioné por ello. Había oído hablar mucho de ella pero tenía miedo de que me rechazara. Un día me armé de todo el valor que el amor a mi marido me daba y me atreví a hablar con ella. Me abrazó y con mucho cariño me preparó un brebaje natural hecho a base de ortigas, diente de león y germen de trigo que me hizo tomar durante los días esenciales del ciclo y con el poder de sus

79

manos abrió mi vientre a la fertilidad. De esto hace poco más de un año. Hace un par de meses fui madre de un niño precioso y ahora la felicidad es plena en mi hogar. Durante el embarazo compartimos confidencias y pequeñas penas del corazón. Me habló mucho de usted y me dijo que un día la conocería, que volvería al pueblo y que nos veríamos. No supuse que sin ella ya aquí... —Le agarro las manos y la miro llena de alegría y nostalgia. —Ahora me gustaría compensar mi deuda. María tenía el poder de la curación y hablaba con los que ya están en el otro lado. Yo puedo predecir el futuro a través de la línea de la vida. Déjeme, por favor, en honor a su abuela, leerle el destino en su mano.

—La verdad es que no creo en esas cosas... —Musito.

—Por favor mi señora, déjeme hacerlo por su abuela... — Suplica la gitana.

—No tiene mayor importancia, déjala —me susurra Jose, y termino accediendo. Total a estas alturas ya poco me puede sorprender, pienso. Le doy mi mano derecha extendida con la palma hacia arriba y ella la sujeta con fuerza y mira con fijación la línea que marca mi destino, según se dice.

—Una poderosa estrella ilumina su camino. Hay muchas personas pendientes de usted, mi señora, y esto es bueno. Hay otros muchos seres oscuros que vigilan sus actos y esto es malo. Su destino está escrito y la hora está ya cercana. Pronto hablará con sus antepasados, igual que la abuela María. Y sus amigos la seguirán y usted les guiará. Aceptará la misión que le ha sido encomendada. Y... —La escucho con inusitada atención. Me gusta la poesía que tiene su palabra. Y mucho caso en sus augurios no le estoy haciendo. Pienso que ya es demasiada la gente que hoy ha querido vaticinar mi futuro. Pero me estoy asustando. Ha soltado mi mano y está temblorosa y se arrodilla ante mí, —...es la elegida, mi señora, la que alumbrará el camino de los hombres. Bendita sea María entre todas las mujeres.

Los primeros rayos de sol de la mañana entran por el ventanal del dormitorio y me hacen daño en los ojos. Los abro y me giro lentamente de mi lado de la cama. Extiendo mi brazo y compruebo que Jose ya se ha levantado. Me incorporo súbitamente pensando que debe ser tarde. No quiero llegar con retraso a la cita con el padre Pablo. He descansado bien pero me encuentro algo pesada. Me siento en el borde del amplio camastro de mi abuela. Muevo bruscamente la cabeza mientras con mis dedos aliso con agitación mi alborotado pelo rubio repleto de mechas castañas… Me miro en el espejo de la puerta del armario que tengo frente mía y parezco una bruja. Deslizo su puerta corredera y descuelgo de una percha una bata camisón de seda o tejido similar color hueso y me visto pues estoy desnuda; siempre duermo así, toda ropa me molesta mientras lo hago.

Voy a la cocina y Jose está terminando de preparar el desayuno. Huele bien y tengo hambre. Ayer ni siquiera cené. Ha hecho café, zumo de naranja y huevos revueltos acompañados de tostas de jamón untadas en jugo de tomate. No sabe cuánto se lo agradezco. Me siento en la mesa que enorme ocupa el centro y Jose me coloca una bandeja ya con todo preparado. Da la vuelta y se coloca detrás de mí. Me abraza por el cuello e inclinándose me da un beso en la frente primero y otro en la boca a continuación.

—¿Cómo te encuentras, cielo?

—Creo que tengo algo de resaca mental, pero bien.

—Bueno. Ahora almuerzas tranquila, terminas y te das una relajante ducha, te pones guapa y te vas dando un pequeño paseo con este día precioso a la colegiata.

—Jose… —Le digo inquieta.

—¿Qué, cariño?

—Ayer me comporté como una idiota, ¿verdad?

—¿Por qué dices eso, María? —Me pregunta con mirada conciliadora.

—Me puse como una histérica con todos… Hace años que no los veo y no sé qué me pasó, que me porté como una estúpida. Y contigo también. ¿Me perdonas? —Me responde con otro beso un poco más largo. —¿Y ellos? ¿Estarán muy enfadados?

—¡Qué va! Ya los conoces, son tus amigos, no te abandonarán. Lo de ayer es normal cariño: La muerte de la abuela, los documentos guardados en el baúl, el funeral y las palabras del padre Pablo. Creo que fue bastante por un día. Pero ya verás como todo se aclara…

—¿Y Esther, la gitana? —Le pregunto también con la mirada.

—Tú y yo no creemos en esas cosas. Ya lo hemos hablado otras veces… Supongo que la mujer quería mostrarte su agradecimiento a la abuela y bueno, sabes cómo es de supersticiosa esta gente…

—¡Sí, tienes razón! —le respondo no muy convencida. Mientras estoy comiendo me van saltando en mi memoria pequeños fragmentos de todas las conversaciones, sensaciones e imágenes de la tarde de ayer en el café. Algo que nunca me había planteado y por supuesto ni me preocupaba me ronda la cabeza. —Jose...

—Sí, cielo.

—¿Tú me quieres? —Como un jarro de agua fría le espeto sin más. Le he pillado descolocado pues deja de sorber el café y con una expresión de asombro desconocida para mí, me mira asustado.

—¿Qué me quieres decir, María?

—Si me quieres, Jose —insisto.

—Sabes que sí... ¿A qué viene esto ahora? —Me pregunta con lógico mosqueo.

—No, por nada... ¿Te fijaste?, Rosalía y Mateo se casaron, tienen hijos...

—¿Y..? —se le van a salir los ojos, te lo digo yo.

—No, nada... Solo quería saber si me quieres lo suficiente... Nunca hablamos de planes, ni de futuro, ni... de nosotros juntos. —¡Ya está! ¡Lo solté!

—Pero María... —Balbucea y está muy, pero que muy nervioso. Tanto que hasta me parece sexy. —Si eres tú la que nunca ha querido hablar de nuestra situación...—Parece que se recompone. —Siempre dijiste que lo que durara estaba bien, que

85

no se le podía poner límites ni fechas de caducidad al amor... Y yo te quiero, siempre te he querido y siempre te querré, y si no te he pedido más es porque me conformo con la forma que le quieras dar...

—¿Te casarías conmigo? —Le interrumpo bruscamente y alzo la cabeza para verle frente a frente. Quiero observar cuánto me mienten sus ojos. Está asustado, mejor dicho, ya no es miedo, es pánico: parece ser que la palabra matrimonio tiene estos efectos perniciosos no solo en mí...

—Sí quiero. —¡Vaya, la hemos jodido! Vamos a ver quién gana...

—¿Te gustaría tener hijos? —¡Bingo! Está a punto de meterse debajo de la mesa...

—¡Si tú quieres, sí! —Me responde con contundencia.

Guardo silencio. Le mantengo la mirada, pero ya no lo veo a él. Como tantas veces, ya me he ido. Mi mente está en otro sitio. Buscando recovecos del alma que casi ni sabía que tenía... La idea de ser madre surge por primera vez. Ni por lo más remoto me lo hubiera planteado nunca. Y ahora, de pronto, sin causa aparente que lo justifique, tan solo la aparición de los hijos de nuestros amigos me ha revolucionado mis pensamientos. ¿Estaría preparada? ¿Qué haría si ahora quedara embarazada? Ni siquiera sé si me gustan los niños. ¿Lo tendría o abortaría? ¿Tengo derecho como mujer a decidir? Poseo el poder de dar la vida, pero también puedo eliminarla... ¿Acaso soy Dios para determinar si doy o quito la vida al nuevo ser que lleve dentro? Mi conciencia trabaja rápido y me adentro en los caminos de la moral... Yo nací de una violación porque mi madre resolvió que así fuera. Pudo haber hecho lo contrario y yo no estaría aquí pensando en dilemas imposibles para los que no encuentro respuesta entre otras cosas porque nunca me lo pare a pensar, ni se me pasó por la imaginación esta disyuntiva... Y si quisiera tener un hijo y saliera mal... ¿Lo querría igual? ¿Soy yo quien juzgue a las mujeres que toman la determinación de interrumpir la gestación? No, no seré yo tampoco. ¿No será también mayor desdicha para el que llega ser un hijo no deseado, y entonces hacerlo infeliz, abandonarlo a su suerte, o maltratarlo? ¿Qué es mejor entonces? ¿Tiene algo que decir el padre de la criatura en ciernes a todo esto? ¿Podemos disponer lo que queramos sin tener en cuenta lo que ellos quieren?... Todas estas preguntas se me han agolpado en este lapsus. Solo son preguntas a mí misma. No tengo respuestas ni juicios de valor. Vuelvo a la realidad. Jose no ha apartado la vista de mí. Impaciente aguarda mi respuesta.

—Quiero ser madre.

He dejado a Jose más desorientado que una brújula en una lavadora. Una delicada brisa acaricia mi cara mientras camino. Aunque es temprano el sol de julio calienta con sus primeras fuerzas. Hace rato que dejaron de tañer las campanas de la colegiata, por lo que es probable que la misa temprana de la mañana haya terminado. A medida que me voy acercando voy distinguiendo las gárgolas que decoran su lateral frontal. Dan la sensación de que van a saltar de un momento a otro y, aunque erosionadas por los años, aún guardan mucha parte del realismo que les debió rodear en otra época. Su fachada recoge sucesos bíblicos labrados sobre la piedra y un pequeño ejército de ángeles custodia el pórtico principal en presencia de un obispo, supongo.

Del gran portalón comienzan a salir los fieles de todos los días, casi todas mujeres beatas de avanzada edad y viudas en su mayoría. Algunas me pasan revista de arriba abajo, otras murmuran al pasar y otras me saludan y me transmiten su afecto por mi abuela. La iglesia se ha quedado vacía. Tres naves de gran altura divididas por sendas columnatas la componen. Bóvedas de crucería construyen el techo apuntando al cielo. Mis pasos se escuchan perdidos al tiempo que el órgano majestuoso sopla con fuerza las primeras notas del *Aleluya* de Händel. Camino hacia la imagen del Cristo del Consuelo justo en mi vertical. Llego hasta él y me paro. Me santiguo instintivamente. Maravillosa, la voz de Thalía y su pequeño coro de querubines hace las veces de banda sonora de mi oración silenciosa. Admiro la perfección de volumen y forma del crucifijo. Vuelvo a sentir su presencia igual que ayer. Adivino que me observa, que conoce mis sentimientos. Casi podría jurar que escucho su agónica respiración. Pero no temo. Otra vez un calor inexplicable me penetra. No rezo, no digo con palabras lo que la emoción me da. Pero creo que él lo sabe. Consternada bajo la mirada hacia el suelo. Contemplo una gota roja de sangre. Me sobresalto y levanto mis ojos hacia la imagen. Observo como de su frente, por debajo de la corona de espinas otra gota resbala...

—¿Lo sientes, hija mía? —El padre Pablo me despierta de la ensoñación. Me abraza con fuerza y sinceridad. Me besa con especial ternura. —Infinito es el misterio de la fe, *miniña* —ya no suena el órgano ni se escucha el canto de Thalía y su orfeón. Me suelta y al apartarse me percato de la presencia de Rosalía, que se lanza a mí para estrecharme entre sus brazos. No me quiere soltar, como si buscara reconciliarse. En voz queda me cuchichea al oído... «perdóname por no comprender por lo que estás pasando, soy una imbécil»... muevo la cabeza para decirle que no, que la imbécil soy yo. Y me aprieto con mayor nervio a ella. Sutilmente el padre Pablo nos separa. Centra su mirada en la mía y a corta distancia, mientras en mi mano derecha me deposita un pequeño pañuelo.

—Me ha llegado esto para ti.

Lo examino con detalle: color rosa clarito, bordado con pequeñas florecillas de lis azules casi grises y con una aparatosa mancha de sangre. Mis labios empiezan a temblar. Un escalofrío me recorre todo el cuerpo y mis ojos pavorosos le preguntan llenos de miedo. Guarda un instante eterno de silencio y con calma pasmosa acaricia mi mejilla.

—¿Sabes quién te lo envía?

—Claro... El padre Benedicto... —Mientras lloro con el alma invadida por una descomunal tristeza, una evocación intensa de mi niñez se apodera de mí. —Tendría siete u ocho años, no me acuerda. Jugaba en la plaza de la catedral de Velletri con otros niños. No soy capaz de recordar la travesura que acabábamos de cometer... pero sé que tenía que ver con algún otro chaval que nos había ofendido y le estábamos o le íbamos a apalear, algo así creo que fue. El caso es que el padre Benedicto nos pilló y salió en defensa del niño al que queríamos pegar. Él era una persona muy justa, así que en vez de castigarnos quiso darnos un pequeño escarmiento... Y lo consiguió, aunque no exactamente como él pretendía... —Una ligera locura se debe estar adueñando de mi persona, pues me pongo a reír un tanto descontroladamente. — Bastante enfadado nos preguntó qué nos había hecho, y le contestamos que nos había insultado... y sin más, cogió del suelo una piedra e, intentando darnos una buena lección cristiana, nos dijo «quien de vosotros esté libre de pecado que lance la primera piedra...», dicho y hecho, a mí mi madre me había dicho que tenía

91

que obedecer siempre al padre Benedicto y así lo hice... no lo pensé... me agaché, tomé la primera que encontré a mano y se la tiré... con tan mala suerte que le di al padre en toda la cara... Dios mío como sangraba... Todos los niños salieron corriendo como locos. Yo no. Pero no porque no quisiera. Me había quedado paralizada. El padre Benedicto miraba para mí sin saber qué hacer... Al fin reaccioné. Fui a su lado y llorando como una magdalena le ofrecí este pañuelo mientras le pedía perdón... Me agarró con toda su fuerza y me llenó de besos... Aún debe tener la señal de mi pecado en su cara. En la mejilla le quedó una pequeña cicatriz en forma de cruz, después de los puntos que le tuvieron que dar al pobre. Mi madre casi me mata... ¡Dios mío! ¡Más no por favor! ¿Qué le ha pasado? —El padre Pablo me sonríe y esto me tranquiliza algo.

—Nada, mujer. Te manda todo su afecto y cariño en estos momentos tan duros para ti... —Suspiro largamente. Tengo gran alegría por saber del padre Benedicto y de que todavía se acuerda de aquella pequeñaja que le lapidó. La faz amable del padre Pablo me reconforta. Su avanzada edad comunica sentimientos de cariño. Poco pelo le queda y todo gris plata. Y el hábito franciscano le da un porte digno. Sus ojos cansados miran con la tranquilidad y la paz que dan los años. —También me ha encargado que te entregue esta carta dirigida personalmente a ti. —Del interior de sus ropajes extrae una especie de pergamino enroscado, atado con un ancho lazo rojo burdeos y sellado con un lacre del mismo color, como si el documento en cuestión proviniera de un antiguo miembro de la realeza. Sorprendida de nuevo lo recojo y lo manoseo y estudio con incredulidad. Le doy varias vueltas de forma inquieta. Escudriño con mis dedos el lacre intentando averiguar su significado y cuando lo encuentro me quedo boquiabierta: Son la mitra y el báculo, símbolos del Vaticano... Pero no puede ser, supuestamente esta "nota" me la envía el padre Benedicto. Miro con ojos grandes al padre Pablo. Asiente con la cabeza.

—Pero esto es una circular papal... ¿Cómo es posible? — Exclamo aturdida.

—Sí hija, sí. Ya veo que Jose ha hecho muy bien su trabajo... Acercándote al laicismo para proteger tu vida, ni siquiera sabes que el padre Benedicto es el papa de Roma... —Alucino. Y yo sin enterarme. Ahora sí que estoy perdida. ¿Pero cómo puedo ser tan ignorante?, ¿y además tan tonta?, ¿por eso controlaba las noticias que salían en la televisión y los periódicos que leía y siempre que había alguna referencia religiosa me desviaba la atención? Pero qué inocente he sido...

—El papa Benedicto XVI es... —Balbuceo.

—Sí, María, el papa es el padre Benedicto. ¿No vas a leerlo? —Qué tranquilidad!

—Sí, claro, por supuesto... ahora mismo lo abro... —Mis manos semejan las de un enfermo de Parkinson. Y leo:

«En estos momentos de tan intenso dolor para ti, quiero hacerte llegar mi sentimiento de comprensión y amistad.

«La pérdida de tu abuela es un duro golpe. Pero quiero decirte que inmensos son los caminos del Señor: Ella se ha ido para que tú lo encuentres.

«Dios ha escrito tu misión y me ha encomendado hacértela saber: Ha llegado tu hora, María. Son los designios del Padre Todopoderoso.

«Soy descendiente de su custodio y a mí se me ha encargado hacerte entrega de este después de cuatrocientos años. Solo tú puedes decidir si aceptas o rechazas este encargo divino.

«Si tu determinación es servir a los designios del creador, entonces todo está dispuesto y hoy mismo nos abrazaremos en Velletri, solo tienes que seguir las instrucciones del padre Pablo.

«No sabes cuántas ansias tiene mi alma por tenerte otra vez en mis brazos.

«Que Dios te proteja y te ilumine en el largo camino que tienes por recorrer.

Te quiere: tu amigo, el padre Benedicto.»

Estoy flipada. Tengo que frotarme los ojos para comprobar si estoy despierta. Esto no pasa ni en uno de mis fantasiosos guiones. Y mira que sé de pelis. Ahora resulta que me encuentro en medio de una trama divina. Nos hemos vuelto todos locos o qué… Creo que lo mejor es que regrese a Los Ángeles y haga como si nada de esto hubiera sucedido. Caramba con la abuela. Y todavía no termino de entender qué pintamos las dos en esta historia… El padre Pablo me mira pidiéndome una respuesta que yo no le puedo dar, pues tampoco, insisto, sé de qué va este tema. Rosalía ni se ha movido y no sabe ya adónde mirar, bastante inquieta por cierto, esperando mi reacción.

—Pregunta todo lo que quieras y veré lo que te puedo contar —por fin me interpela el padre Pablo.

—No sabría por dónde empezar... no sé qué queréis de mí...

—Hija mía, solo el padre Benedicto te puede mostrar la luz. Nosotros cumplimos con nuestro cometido. Somos los mensajeros del Señor.

—Bien. Suponiendo que acceda, antes quisiera saber cuál es mi misión, la que todos os habéis empeñado en asignarme desde ayer —hablo con dureza. Estoy muy tensa.

—No estoy autorizado a...

—¡Y una mierda! –No sé cuál ha sido el motivo pero mis ojos han ido directos al Cristo del Consuelo. —¡Perdón! — Exclamo a continuación.

—María... La Iglesia se muere. No son buenos tiempos para la fe. Es cierto que no se han hecho las cosas bien, seguramente desde hace siglos. Y últimamente se han cometido errores muy graves. Nos hemos alejado de los pobres, de los débiles y de la verdadera conciencia cristiana. Nuestra sociedad, dominada por un laicismo creciente, camina a la deriva. Los valores que antes defendíamos han sido destruidos por el poder, el dinero y el egoísmo, y nos hemos corrompido. Nosotros también hemos caído en la tentación y nuestras estructuras han sucumbido a las luchas internas por gobernar la Casa de Dios. Hace ya tiempo que la Santa Sede se alejó del pueblo y que vive de espaldas a él. En el Vaticano domina la alta jerarquía de la curia, un atajo de viejos cuya devoción por el Todopoderoso está ya muy lejos de la auténtica fe. Comemos en platos de plata y amasamos riquezas mientras abandonamos a los hijos del Padre. Hemos dejado de practicar la palabra de Cristo y la predicamos de memoria como las viejas que vienen a mis novenas a rezar el rosario sin sentimiento ni pasión. Permitimos que millones de niños mueran de sida en África porque no damos nuestro brazo a torcer admitiendo el uso del preservativo, y no recordamos las palabras de Jesús: «Dejad que los niños vengan a mí»... él nunca lo hubiera consentido... «Maestro, ¿qué tengo que hacer para seguirte? Vende todo lo que tienes, repártelo entre los pobres y sígueme»... Él se rodeaba de los enfermos, de los ladrones y delincuentes, de las prostitutas, de los que necesitaban la misericordia de Dios, y nuestra Iglesia ha descarriado a su rebaño... no admitimos el divorcio pero a los ricos les damos la nulidad matrimonial... no admitimos la vida conyugal fuera del matrimonio y dejamos sin bautizar a sus hijos, pero a los gobernantes corruptos y pecadores, adúlteros, se les recibe con honores de Estado y la Guardia Suiza... hablamos de la familia y le quitamos la esperanza... nos odiamos y conspiramos entre nosotros... Ahora, sí tú quieres, la hora está pronta. El padre

Benedicto te espera... Él es hombre de Dios y está impregnado de la sabiduría del Espíritu Santo. Te dará luz en la oscuridad.

Medito las palabras del padre Pablo. Si le hubiera escuchado su superior tendría problemas. No sé si sigue existiendo la excomunión, pero el retiro a un monasterio perdido en alguna montaña inaccesible para pasar sus últimos días en continua penitencia imagino que sería lo más probable que ocurriera. Desde luego, el traslado inminente de la parroquia no se lo impedía ni el mismísimo Padre celestial. Y aunque está en lo cierto, no sé qué demonios pinto yo en todo esto, con perdón de la expresión. Pero el semblante de súplica del padre Pablo me convence. Y aunque no sé en qué tipo de jaleo me voy a meter por lo menos me voy a empezar a enterar de qué va esta movida con tintes ya casi judeo-masónicos. supongo.

—¿Qué tengo que hacer, padre? —Una sonrisa distendida le ilumina ahora el rostro. Creo que ha pasado un mal rato. Por su frente multitud de pequeñas gotas de sudor lo atestiguan.

—Ahora te explica todos los detalles Rosalía. —Ya la hemos cagado. Ya sabía yo que lo tenía todo preparado. Siempre ha sido así.

—Dentro de tres horas sale un avión desde Peinador que os llevará a Barcelona...

—¿Os llevará? —Le pregunto sorprendida. Oigo un traqueteo a mis espaldas. Me doy la vuelta y veo a contraluz traspasar a Jose el portalón cargado con dos *trolleys* de cabina. Mi cara debe ser como la mueca imposible de los payasos de la tele.

—¿Y esas maletas?

—Hay que estar siempre preparado. Nunca se sabe lo que te deparará el destino ni adónde te llevará —me responde lacónico.

—¿Tú ya sabías que tendríamos que ir a Italia?

—Rosalía me envío un *whatsApp* mientras tú venías junto al padre Pablo —me contesta con seguridad. Voy a terminar cogiéndole manía a esta chica...

—Está bien. Continúa, Rosalía, por favor...

—De acuerdo. Desde Barcelona enlazáis con otro vuelo a Roma. Allí en la terminal de llegadas de pasajeros Clío os estará esperando...

—¿Clío?

—Sí, Clío. La podrás abrazar esta misma tarde. Pertenece a la orden de las Hijas de María y colabora directamente con el padre Benedicto. Ella os llevará hasta Velletri-Segni, dónde verás al Santo Padre y os alojaréis allí esta misma noche. La entrevista será totalmente secreta y el grupo activará los protocolos correspondientes de seguridad...

—¿Seguridad? ¿Velletri-Segni?

—Bueno. Jose es el responsable máximo, así que cuando sea el momento preciso te pondrá al corriente con todo lujo de detalles, supongo —la mirada que debo de estar dirigiéndole debe ser de órdago, porque Jose me baja la cabeza—, y será en Velletri porque tú lo conoces bien y además está muy próximo a Castel Gandolfo, donde el Papa pasará la noche y evitará así raras suspicacias.

—¿Y por qué no me lo explicáis mejor ahora? Si tan importante soy para vosotros tendré derecho a enterarme de los pormenores. Vamos, digo yo...

—Hija, es mejor que no preguntes. El padre Benedicto te pondrá algo de luz a tanto misterio... —Hace una pausa premeditada, antes de seguir, el padre Pablo, —en función de lo que decidas hacer, claro...

—¿Algo solo? —No me jodas que me van a ir informando a cachos como en los telediarios...

—Sí, María, algo. El túnel que vas a recorrer es largo y oscuro, y el tramo final solo dependerá de ti, de encontrar la luz y la verdad —esto parece un jeroglífico. Me estoy cansando de que me hablen en clave. Vamos a terminar porque me voy a mosquear más aún...

—¡Vale! ¡Está bien! ¿Qué más debo saber entonces?

—Recuerda, María: no debes hablar con nadie de esto y mucho menos de tu encuentro con el Papa. Solo podrás confiar en nosotros —ha retomado la palabra Rosalía.

—¿Y quiénes sois nosotros? —Me da que hay gato encerrado.

—El grupo.

—¿Qué grupo? –Insisto.

—Tus amigos de siempre. Todos los que estuvimos ayer contigo más Clío en Roma…

—¿Todos? —La interrumpo. Me contesta afirmativamente con la cabeza. —¡Lo sabía! Sabía que me estabais ocultando algo… ¿Qué más sorpresas me esperan..?

—Ninguna, María. Eso es todo… —De su bolso saca una carpetilla. —Estos son los billetes y las reservas del hotel, —la muerdo, te juro que la muerdo. Lo tenía todo organizado— María! ¡No me mires así, joder! ¡Trabajo en una agencia de viajes, leches!

—Todo saldrá bien, ya lo verás, María… —Mientras me abraza, Thalía me da ánimos al tiempo que me besa a modo de despedida. —Todos te queremos y piensa que fue el deseo de la abuela el que nos obligó a no preocuparte. Ella siempre quiso protegerte y mantenerte lejos hasta que llegara la hora… y por lo visto ya ha llegado. Ten cuidado, por favor, María. Haz caso a Jose de todo lo que te diga… —Casi es mejor que no me entere de la misa a la media, porque por la forma de hablar y de llorar de Thalía me está empezando a entrar un poco de canguelo.

—Buen viaje, María, y nos vemos mañana. Dale un beso muy fuerte de parte de todos a Clío. Y no te enfades conmigo, que te quiero mucho. Solo cumplo mi misión y tú harás lo mismo cuando llegue el momento. —Un abrazo sentido y dos besos sinceros. A lo mejor estoy equivocada y no lo hace por mal. Le toca el turno al padre Pablo. Lo tengo decidido: No me gustan las despedidas. Me aprieta contra él y no me suelta como si temiera perderme… De verdad que estoy empezando a asustarme. Ya no sé qué pensar.

—Mi pequeña María. Eras una chiquilla, pero te has hecho una mujer fuerte como tu abuela —su voz se quiebra. Me besa también y sin más palabras se va lento hacia la sacristía.

—¡Nos vamos, María! Se nos va a hacer un poco tarde —me apura Jose.

—¡Llévame al cementerio! ¡Necesito ver a la abuela! Será rápido, te lo prometo —prácticamente se lo ordeno.

—Está bien. Vamos entonces.

Estoy frente al panteón familiar. Cuatro nichos uno encima de otro, formando una columna, lo componen. Los dos del centro están ocupados por los restos de mi madre arriba y los de mi abuela debajo de ella. Durante el trayecto Jose no ha hecho más que mirar por el retrovisor, como si temiera que nos siguieran. De momento no he observado nada raro pero me intranquiliza verlo tan suspicaz. Antes de entrar al campo santo le he comprado dos rosas blancas a una mujer que atiende el puesto que está al lado de la puerta principal. Coloco en diagonal una flor en cada una de las dos losas, introduciéndolas para sujetarlas en sus respectivas argollas. La campana de la capilla del cementerio anuncia el entierro de la tarde. Aparte del tañido, solo el chillido sordo pero histérico de los gorriones se deja escuchar. Hace calor y el olor a fúnebre característico de las coronas y centros florales penetra mi nariz. Un gran respeto me narcotiza. Advierto que la lápida de la abuela ya tiene inscripción: "María Vella, dejó este mundo a los 93 años, el 20 de julio de 2012. D.E.P." Elevo la vista hasta la de mi madre y leo: "María Nova, subió a los cielos a los 59 años, el 23 de junio de 1999. D.E.P." Y pienso si la abuela también lo haría aposta… María *a vella* e María *a nova*, o lo que es lo mismo, María *la vieja* y María *la nueva*. Como soy hija de madre soltera, sin padre reconocido, yo también soy María Nova. Igual que en los relatos bíblicos: las tres Marías. Aunque yo tengo más de la Magdalena, pienso.

Con frecuencia le busco significados a las fechas. Me pongo a hacerlo con las efemérides del fallecimiento de las dos. El tiempo pasa y la memoria pronto deja libre el camino al olvido. No me acordaba de que mamá murió en la noche de San Juan. Existe la leyenda que ese día sale la Santa Compaña a buscar a los hombres moribundos y se lleva su espíritu. Yo nunca he creído en las casualidades y sí en las causalidades, y con todos los enigmas que surgen a mi alrededor que este dato me pasara desapercibido me genera cierta alarma. Sin embargo no atino a encontrar ninguna simbología especial a la de mi abuela. Le doy vueltas pero no descubro nada interesante. Casi doy por rendida esta manía mía de encontrarle explicación a todas las cosas... ¡Espera un momento!... Piensa, María, piensa... ¡Eureka, lo encontré! Un 20 de julio el hombre puso el pie en la luna. Lo sé porque una de mis cintas se desarrolla a finales de los años sesenta y, en una de las secuencias del inicio, para contextualizar la época, una televisión de aquellas que yo no conocí, en blanco y negro, emitía las imágenes de Neil Armstromg paseando por la superficie lunar mientras pronunciaba su mítica frase *«Este es un pequeño paso para el hombre pero un gran salto para la humanidad»*. Encontrado el nexo, continúo con mi análisis y lo primero que se me viene a la cabeza es que un astro como la luna encajaba bien con el perfil un poco maniático y especial de la yaya. Sonrío levemente para mis adentros.

Como de costumbre ya no puedo parar. Mi método es sistemático y casi funciona solo. Así que ahora el reto es encontrar la convergencia entre las dos fechas y su oráculo si es que lo tiene. Esta vez ha sido fácil: la luna y San Juan, el día más largo del año, justo cuando empieza el verano... Cuenta la tradición que en las noches de San Juan, al calor de la hoguera, la luna se vuelve bruja y meiga... ¿Meiga? ¿He dicho meiga? Oh Dios mío! ¡Esto es para volverse loca!

Me derrumbo. ¿Qué me quieres decir, abuela? Tú eras una meiga, o eso dicen en el pueblo... y mamá no, pero se nos fue de este mundo el día en que ellas salen de noche acompañadas de la Santa Compaña a buscar con sus artes mágicas a las almas oscuras... o eso decían los cuentos que nos contabais de niños... ¿de qué quieres avisarme?

Medio derrengada y con la espalda apoyada sobre el mármol que cubre el túmulo de mi abuela, la angustia me colma. Noto cómo la ausencia requisa mi ánimo. Es larga y fría como la soledad. Una tristeza infinita vacía mis entrañas. Gimo por incomprensión. No tengo lágrimas, pero no hacen falta pues mi corazón se desangra. Se me escapa el aire. Me ahogo. Me toco el pecho e instintivamente manoseo el crucifijo que me regaló la abuela. Su imagen brotando gotas de sangre por la frente se me manifiesta diáfana. Como un acto reflejo e involuntario me santiguo y acto seguido comienzo a rezar. Ya no me acuerdo de la última vez. En realidad lo que hago es meditar. Le pido a Dios, o lo que sea, que me ayude y que me dé fuerzas, voluntad y sabiduría con la decisión que tenga que tomar. Ni siquiera sé sobre qué tengo que decidir, pero algo me dice que voy a necesitar algo más que ayuda divina. Pase lo que pase, será de verdad. Esto no es una de mis películas donde soy yo quien escribe el guion...

Los siguientes pensamientos son para mi madre y la yaya «¡Cuánto te echo de menos mamá! Aún recuerdo con frescura tus advertencias y tus luchas conmigo. Ya no me como las uñas, mamá, te hice caso. También dejé de fumar. Y te obedecí: siempre llevo encima el anillo de –mi padre– aunque no me guste... y además fui una buena chica y obedecí en todo a la abuela. Espero que ahora esté contigo, ya que nunca más os tendré a las dos conmigo... Y tú, abuela, ¿por qué no me has contado nada?, ¿qué era tan importante para que me alejarás de tu lado?, ¿de qué o de quién me estuviste protegiendo?, ¿qué se supone que tengo que hacer ahora? No sabes cuánto daría por tenerte aquí para preguntártelo... A pesar del tiempo y de la distancia siempre te sentía cerca. No sabes cuánto amor te llevas allá donde estés. No tengo tu fe inquebrantable. Pienso que Dios no existe y que no vendrá a socorrerme. Si él fuera misericordioso no hubiera *permitido nuestras desdichas y la separación de nuestros destinos. Yo te invoco, te exhorto, Padre Todopoderoso. ¿Dónde estabas cuando fusilaron a mi abuelo? ¿Y cuando violaron a mi madre? ¿Y cuando mamá cayó enferma y murió? ¿Y ahora? ¿Dónde estás ahora? ¿Acaso eres capaz de verme? ¿Eres capaz de escuchar mis plegarias?.. Ya lo sé. Soy débil y pequeñita para ti, un pequeño bicho insignificante que solo sabe blasfemar. Joder, hasta tu propio hijo gritó en la expiración: ¡Dios mío, Dios mío! ¿Por qué me has abandonado?»*

«Tranquila, filliña. Nunca te dejaré sóla... Yo te guiaré.» Abro los ojos con cara de apijotada. Estoy empapada de sudor. Jose, que aunque yo no lo haya percibido ha estado todo el rato a mi vera, me pregunta con un gesto de la cabeza. No sé qué decirle. Estoy segura de que era su voz. Estoy convencida que no ha sido una alucinación. Tampoco creo que sea una psicofonía. Pero los muertos no hablan. Asustada no es la palabra. Impresionada. Estoy impresionada.

«Quérote.» Otra vez. Le pregunto a Jose si no ha escuchado algo. Me dice medio confundido que no. De pronto se lleva su dedo índice a los labios pidiéndome silencio. Se ollen unos pasos muy despacio y casi imperceptibles. Alguien camina con sigilo hacía nosotros. Jose me arrastra intentando no hacer ruido, al lateral del galpón que sustenta este grupo de tumbas. Las negras sombras de dos seres delatan su presencia. Esta vez nuestro amigo

el sol nos ha ayudado. Jose tira de mí para dar la vuelta y, con voz casi inaudible, me grita al oído: «*¡Vamos, corre!*»

Le he hecho caso y ya estamos en el coche. Jose ha arrancado a gran velocidad y casi hacemos *pista looping*. Vamos en un 4x4, creo que un Nissan, no estoy segura del todo, pues los automóviles no son precisamente mi mayor pasión. Mientras conduce Jose hurga con la mano en un compartimento debajo del volante. Y… esto es el no va más… En poco más de dos días tengo la sensación de vivir en una enorme montaña rusa llena de curvas imposibles... Ha cogido una sirena de policía portátil y la ha colocado en el techo del vehículo. Ahora vamos a doscientos por hora, por la autopista, cruzando ya el puente de Rande, supongo que en misión oficial…

—¿Y la sirena?

—Es el coche de Santiago. Me lo dejó previendo que nos podía pasar esto y así poder huir en caso de emergencia.

—¿Quiénes eran?

—Ahora no, María. Pronto, pero ahora no, por favor —me suplica. Me callo. Ya estamos llegando al aeropuerto de Peinador en Vigo. Esto es de locos, pero yo no estoy loca: Era mi abuela quién me habló.

Las cinco de la tarde. Acabamos de aterrizar en el aeropuerto internacional de Roma. Para que no me despiste de lo que me está pasando, lleva el nombre del hombre más sabio y enigmático de la historia: Leonardo da Vinci. Ya me siento Sophie en *El código Da Vinci*. Por cierto, faltó un pelo para ser yo la responsable de la adaptación del guion, pero al final Dan Brown prefirió a Akiva Goldsman, pues yo no tenía entonces experiencia en producciones tipo thriller conspiratorio histórico-religiosos. El viaje ha sido tranquilo y he conseguido dar una pequeña cabezadita. Desde que salí de Los Ángeles el ritmo de vida que llevo es para reírse del estrés de mi trabajo. Jose no. Le he sentido atento y vigilante, quizás como siempre. La diferencia es que ahora intuyo la razón. Solo la intuyo, que aún no la sé.

Estamos atravesando la pasarela que nos conduce a una de las grandes terminales, creo que es la C. Bajamos por las escaleras mecánicas abovedadas por una espectacular estructura de cristal cilíndrica a modo de túnel, donde la luz natural otorga una completa visibilidad a su interior de gran plasticidad fotográfica.

Ansiosa, esa es la palabra. Estoy ansiosa por ver a Clío. No me la imagino vestida de monja. Siempre fue muy coqueta. También recatada, eso es verdad. Pero le gustaba arreglarse. Se pintaba los labios de un rojo carmín que le quedaba muy bien en su pequeñita cara albina. También se empolvaba aquella nariz chata y se daba colorete en las mejillas para disimular mejor su palidez. Pocas cejas tenía ya, pero además se las depilaba y después se las pintaba, qué incongruencia, a juego con la sombra de ojos. Y por supuesto se arreglaba las pestañas negras y largas que lucía con desparpajo seductor al moverlas. Estoy convencida de que iba todas las semanas a la peluquería a peinarse ese pelo negro azabache precioso a lo Liza Minnelli en *Cabaret*. Los domingos por la mañana no faltaba a misa y llamaba la atención. Diminuta cómo era, daba la altura gracias a los zapatos de tacón de aguja tan largo que aún no sé cómo era capaz de caminar. Pero claro, el movimiento de caderas que provocaba era fastuoso. Los chicos y no tan chicos babeaban viendo contonearse tanta curva en tan poco espacio. La vista empezaba en aquellas blusitas finas con el botón justo en el inicio del canalillo, insinuando el preciso volumen de su bonito busto, y bajaba hasta la falda un dedo por encima de la rodilla para admirar aquellas bellas y delgadas piernas cubiertas por provocadoras medias de cristal negras. Evidentemente, en la Clío que me puedo encontrar ahora cualquier parecido con aquella realidad será pura coincidencia.

Ya hemos traspasado las puertas de salida y sus detectores y cada uno con su *trolley* caminamos despacio buscándola. Y… es increíble. Clío está a menos de veinte metros de nosotros y la he reconocido a la primera porque ha venido en traje de calle… Igual que hace casi diez años. Blusa y falda color crudo a juego e igual de preparada y maquillada. Dejo mi maleta. Nos echamos a correr la una a por la otra. Nos encontramos a mitad de camino y nos abrazamos gritando de felicidad y nostalgia también. Giramos en círculo. Nuestros ojos hablan por nosotras. Jose ha recogido mi equipaje y se acerca a nuestro lado.

—¡No sabía que las monjas vistieran tan sexys! —La agarra del cuello y le da un beso fraternal de amigo en los labios. —Hola, Clío.

En el aparcamiento express nos espera un Audi A5 (es lo que pone en el emblema del maletero) negro impecable y con las lunas tintadas. Un chofer perfectamente uniformado de traje oscuro y gafas de sol negras nos invita a entrar en él. Jose se sienta delante y nosotras ocupamos los asientos traseros. Sabe que tenemos mucho de lo que hablar.

—¿No vas muy moderna para ser monja? —Me pica la curiosidad.
—Medidas de seguridad, María… Hubiéramos llamado mucho la atención… —Percibo automáticamente que ya no es la joven adolescente que yo conocí. Su expresión sigue siendo dulce, pero ahora está provista de madurez. —Me gustaría tenerte aquí conmigo el tiempo suficiente para recordar los buenos momentos pasados juntas, para contarnos lo que ha sido de nuestras vidas,

poder hablar de nosotras, de tu abuela —hace un corto silencio—, pero no va a ser posible. Apenas disponemos de un par de horas...

—¿Solo? —pregunto mirando para Jose.

—Es peligroso para todos. Tenemos que intentar coger el vuelo de vuelta que hay dentro de poco más de tres horas —tercia Jose.

—¿Y el hotel? ¿Y las maletas?

—Están vacías. Son solo para despistar. Debemos ganar tiempo. Es preferible que crean que nos hemos quedado a pasar la noche.

—¿Me queréis decir de qué o de quién estamos huyendo? —Creo que ya va siendo hora de que se me den explicaciones.

—Tranquila, María. Todo a su tiempo. En breve se te darán las primeras claves... Poco a poco. Después tendrás que meditar y... rezar... —Clío selecciona cuidadosamente las palabras. —El Señor te mostrará el camino. Ten fe.

—¡No creo en Dios! Deberías saberlo. —Le espeto.

—Tus convicciones están adormecidas... Pero estate tranquila, tendrás la posibilidad y el derecho a elegir. Es por esto por lo que tu misión no se te revelará hasta que hayas tomado una decisión más firme...

—¡Me estoy hartando de tanto misterio! —No hace falta decir que mi enfado se hace evidente. Clío le hace una señal al conductor y este desvía el vehículo hacía la primera salida de la autopista por la que circulamos. Es un área de servicio. Aparca con brusquedad. La miro extrañada, no entiendo qué está haciendo.

—¡Escucha, María! Hay muchas cosas en juego que ahora no te puedo explicar. Tienes que confiar en nosotros. Pero también eres libre para abandonar. Puedes bajarte ahora mismo y continuar con tu imperturbable vida o aceptar el azar que Dios puso en tu existencia. Así que ahora es el momento. ¡Elige! —Es dura. Me ha desbordado. El chófer desciende del coche y me abre la puerta invitándome a bajar. La miro, pero ella muestra una expresión impasible y ha girado la cabeza mirando al frente. Jose actua del mismo modo. Me han hecho el vacío. Entiendo que en el fondo es mentira: No tengo elección. Miro al hombre y con una señal le indico que empuje la puerta...

—Te escucho, Clío.

—Lo siento, María, pero dentro de muy poco me entenderás... —No quiero interrumpirla. No quiero volverla a incomodar. El automóvil arranca y regresa a la autopista. —Ahora nos dirigimos a Velletri-Segni. Espero que recuerdes el camino hasta la Plaza de San Clemente, pues os dejaremos en la entrada. Nadie debe vernos juntos en el pueblo y menos entrar en él. Daréis un paseo hasta la iglesia como dos turistas más. Tenéis una hora aproximadamente, así que os da tiempo para tomar un café en alguna de las estupendas terrazas del barrio antiguo, muy cerca ya de la catedral... Luego tocará la campana anunciando la celebración de la próxima misa al cabo de quince minutos.

Entraréis en la iglesia entre el resto de los fieles. Yo os esperaré apoyada en la gran pila bautismal. Tú ya sabes dónde está, María, fuiste muchas veces de niña. ¿Te acuerdas del pequeño refectorio que el padre Benedicto utilizaba como despacho para las visitas?

—Asiento con la cabeza. —Allí te reencontrarás con él. Aunque creo que ya lo sabes, te informo de que el Santo Padre ha venido de incognito, solo su grupo de confianza sabe de esta entrevista y solo yo sé el auténtico motivo...

—¿Qué eres, Clío? ¿Su ayudante personal? Tenía entendido que no se admitían mujeres en las dependencias papales... —Cada vez estoy más intrigada.

—Tienes razón. Pero esto sí te lo puedo explicar..

—¡Menos mal! —¿Seré capaz de callarme la boca? Esta vez Clío sonríe, lo cual quiere decir que lo está deseando.

—Tranquila, María, a mí también me pasó lo mismo. Un buen día, el padre Benedicto me llamó para anunciarme lo que el Señor tenía preparado para mí. Y también tuve que escoger... —los ojos se le ponen acuosos— ...entre el amor terrenal que sentía por Tomás o el espiritual que profesaba por Dios. Fue muy duro. Pero no dudé. Después pasó lo que pasó e imagino que algo ya te habrán contado... —Prefiero no interrumpirla. —Vine aquí directamente a Velletri, junto el padre, y aquí, con su bendición, ingresé en la orden de las Hijas de María. Desde entonces, ayudo en la escuela, en el orfanato y en la residencia de mayores, pero ese no es mi cometido principal. Mi dedicación en la orden no es más que una tapadera... —Ni parpadeo. Presto toda la atención: Al fin, se me va a desvelar algo de todo este embrollo, aunque no tenga que ver exactamente conmigo, o eso creo, que a estas alturas... Mis ojos, muy abiertos, casi ni respiro, y de mi boca no sale ni el aire que espiro, solo silencio, esperando que Clío no se arrepienta en el último momento y me quede igual que estaba... chsstt... — Mi verdadera embajada, siempre llevada en secreto, ha sido servir al padre Benedicto, para que llegado el momento él estuviera donde está, ayudándole desde las sombras en el gobierno de la Santa Sede, evitando conspiraciones e informándole de los planes de la curia romana y así saber los movimientos que debíamos realizar, preparando los nuevos tiempos que han de llegar... Desde aquí, desde la piedra angular de la Iglesia, Roma, donde San Pedro inició el camino de la cristiandad, fui llamada por el Señor para ejercer el apostolado y preparar la llegada de quien el Todopoderoso había escogido para cumplir sus designios en la tierra... —Me mira avasalladora. —Tú eres la elegida, María, y nosotros las piezas que te protegerán durante el trayecto... El padre Benedicto te dará las primeras claves en menos de una hora... También sé para qué te ha llamado, pero esta no es mi función, y no estoy acreditada para confesarte las razones. Espero que lo comprendas, por la amistad que tanto nos une, y que nunca nada ni nadie podrá separar, por lo menos no a mí. ¿Y para ti, María? — Me pregunta con voz baja y un fuerte y contagioso llanto. Nos estrechamos con energía y permanecemos un rato así. Noto que el vehículo va disminuyendo la velocidad. Clío se aparta un poco y vuelve a hablar. —No sé cuándo nos volveremos a ver, María. Pase lo que pase quiero que sepas que te quiero… para mí eres como mi hermana mayor, casi mi madre joven, mi amiga increíble… hagas lo que hagas, tomes la decisión que tomes, yo siempre estaré a tu lado… y si decides emprender la empresa que el Señor te ha encomendado suplicaré a Dios todos los días que te proteja del mal y de sus aliados y que no te abandone… —No me dio tiempo a preguntar nada. Con su dedo índice en vertical sobre mis labios acompañándolo de un silbido suave y siseante consigue que me mantenga en silencio. —Cuando hayáis terminado, el padre Benedicto se retirará y Jose y tú saldréis con normalidad del *office* y después del templo, realizando convenientemente los rituales católicos, que espero no se te hayan olvidado del todo. Y desde la misma plaza, con la mayor naturalidad y esperando que hayáis pasado lo más desapercibidos posible, tomaréis un taxi que os lleve directos al aeropuerto y regresaréis a fin de estar esta misma noche de vuelta en vuestra casa, en Cangas. El resto de las instrucciones te las facilitará el padre Benedicto… —El Audi se ha detenido. Hemos llegado. Estamos en una zona residencial de casas unifamiliares, justo a la entrada de la pequeña ciudad; esta parte es nueva, no estaba cuando yo viví aquí mi infancia. Pero mirando al cielo se descubre la torre principal de la catedral, así que no me voy a perder. El conductor me insta a bajar al abrirme la puerta. Clío me agarra la mano de forma tierna. Una gota escapa de sus ojos... —Adiós, María.

Veo perderse el vehículo negro y brillante entre el tráfico y las calles de Velletri-Segni. La urbanización que estamos atravesando rodea la parte sur del lago Albano, donde algunos de los romanos más influyentes tienen su alojamiento de verano. Precioso, en él aprendí a bogar con la pequeña chalana que el padre Benedicto le pedía prestada al encargado de cuidar y vigilar el pantalán del embarcadero, Giuseppe, con el que entabló una magnífica amistad después del incidente de la piedra... él era el progenitor del "chivato", también llamado Giuseppe... Vamos rodeando la muralla que nos adentra al casco histórico. Algunas calles aún conservan restos de calzada romana, pues hasta aquí llega la Vía Appia desde Roma. Nos acercamos a la plaza del Trivium con su magnífica torre, símbolo ancestral de la ciudad, derruida durante la Segunda Guerra Mundial, mientras una fina lluvia acompaña mis recuerdos... Velletri es como Santiago, vieja y hermosa de noche, y húmeda, muy húmeda: es la segunda ciudad de Italia en este índice, igual que Santiago; casi las podríamos hermanar. Cerca de aquí, Castel Gandolfo, la residencia de verano del papa, forma parte del impresionante patrimonio histórico que compone esta pequeña provincia de la Lazio romana. Llegamos a la plaza de San Clemente y me apetece parar a tomar un capuchino, como aquellos años de mi niñez. Varias terrazas nos invitan a hacerlo. El campanario de Santa María anuncia la hora: Son las cinco de la tarde. Tenemos algo más de media hora para disfrutar del café. La plaza forma una especie de atrio rectangular con arcadas solo en los laterales. Hemos entrado por el único sitio posible, pues más que una plaza es una U: al fondo la catedral de San Clemente. Pequeñita, muy sencilla, una ancha torre circular, como si fuera un gran silo gallego o un molino de viento manchego sin aspas, la inaugura a su izquierda. El resto es una edificación al estilo de las iglesias pentecostales que se pueden ver en cualquier barrio de España: parte de la fachada en blanco y parte en cascote rojo, con un pórtico sin ningún tipo de arabesco y más bien pequeño. Fue reconstruida tal y como yo la conozco ahora, a partir de Gregorio XIV, cuando la reunificación final de las sociedades civiles y papales... Que esta villa siempre anduvo metida en líos de alto nivel místico y religioso, vamos, como yo ahora... Los arcos de ladrillo forman unos acogedores soportales. Escojo un cenador al azar, el del centro. Tiene el toldo y las sillas burdeos y no acierto a descifrar su nombre.

Un hombre moreno, más bien feúcho, con los dientes torcidos y los ojos cansados nos atiende. No me quita ojo. Me quedo mirándolo descaradamente a ver si así se corta...

—¡María! ¡Eres tú, María! –Vaya, yo queriendo pasar desapercibida y ya tengo media plaza mirando para mí.

—*I don't know* —me pongo a hablar en inglés para disimular. Ahora lo he reconocido, es Giuseppe, el hijo del "barquero", "el chivato"... Lamento tener que hacerle esto, pues después de aquel incidente nos hicimos buenos amigos. Suele pasar. Claro que me gustaría hablar con él, pero tengo presente las instrucciones de Clío y no quiero cagarla a la primera. —*My name is Susan and He's my husband Joseph*...

—*I'm sorry!* —Me responde el pobre un tanto mosqueado. Le pedimos un par de capuchinos y mientras se va dentro, Jose, que no da crédito a lo que ha ocurrido me interroga...

—¿Tu marido? ¿Quién es este espantajo?

—No te metas con él, es Giuseppe, el niño "chivato". Y fue lo primero que se me ocurrió...

—¿Y lo sientes?

—¡No seas imbécil..!

—No hace muchas horas me has dicho que no te importaría... ¿En qué quedamos?

—Calla! ¡Ahí viene! ¡Ya hablaremos de esto!

Nos tomamos el café disfrutando de su sabor. Imágenes de mi infancia retornan como fotogramas sueltos. Algo especial tiene el café en Italia. Cierro los ojos y lo saboreo, me dejo invadir por su olor tostado, por su cálida textura en mi boca... Giuseppe no me ha vuelto a molestar. Evidentemente mi acento inglés es bastante genuino y natural, así que se lo ha tragado. Además le he dejado jodido cuando le he presentado a Jose como mi marido... No puedo evitar sonreír para mis adentros... Su padre nos dejaba la barca e íbamos a una zona pantanosa para cazar ranas y otros reptiles pequeños, como tritones y sapos, para después hacer pequeñas intervenciones anatómico-forenses propias de la edad... Al día siguiente los bichitos aparecían diseccionados en los cajones de las mesas de nuestros profesores... Fabricábamos tirachinas y cazábamos gorriones y golondrinas que desplumábamos para después, medio asados medio fritos, merendar muchos días. También invitábamos a algunos compañeros a ir en la barca y cuando ya estábamos a algunos metros de la orilla nos poníamos a bailar en ella y nos balanceábamos hasta que caíamos juntos al agua: Una vez casi se nos ahoga uno de ellos, qué susto nos llevamos, y qué culo caliente y colorado se nos quedó...

Las campanas de la torre Trivium vuelven a sonar. Es la hora. En quince minutos empezará la misa. Me tiemblan las piernas... No sé si voy a ver al padre Benedicto o al papa, no sé con cuál de las dos personas me voy a encontrar. Pero estoy con una emoción enorme.

Es domingo y la asistencia al culto es impresionante. No hace mucho la plaza estaba tranquila y ahora se ha convertido en un bullicio continuo de gentío. Nos mezclamos entre la muchedumbre y entramos en el templo. Aquí todo el mundo es muy devoto y nada más traspasar el umbral se persigna. Nosotros los imitamos con la mayor naturalidad que la improvisación nos da, aunque Jose parece que tenía ensayada esta situación. La gente va vestida para la ocasión y nadie se fija en nosotros especialmente.

Deambulo pasmada mientras recupero la memoria perdida. El interior de la catedral es impresionante. Aunque desde fuera no da ese aspecto, por dentro es amplia y diáfana. Dos hileras de bancos perfectamente alineadas dejan un gran pasillo central hasta el altar. No hay retablo tal como lo entenderíamos en las iglesias españolas más góticas... Una especie de bóveda cortada en sección recubierta de una extraordinaria pintura representando la adoración al niño Dios protege el sagrario, iluminada eficazmente con la luz natural, que deja traspasar un armónico conjunto de cristaleras ojivales que lo rodean. A ambos laterales, pórticos a pared viva decorados con frescos que ya hubieran querido para sí los maestros Leonardo, Miguel Ángel o Rafael. Grandes lámparas de araña cuelgan del techo otorgando un carácter señorial al templo. La combinación en las arquerías de formas ornamentales de curvas suaves en blanco y oro le confiere una claridad digna del paraíso.

En el último abovedado, al fondo a la izquierda, encontramos la pila bautismal de estilo renacentista. En silencio, con las manos cruzadas en su interior y la cabeza gacha, una monja diminuta nos espera. Con un tradicional hábito negro y un tocado blanco, y sin rastro del maquillaje que decoraba su cara hace menos de una hora, unas gafas diminutas con montura dorada la hacen irreconocible. Como si guardara voto de silencio simplemente nos hace un gesto con la cabeza para que la sigamos. Justo detrás una puerta de madera casi negra con incrustaciones del símbolo de la flor de lis nos cierra el paso. Clío la abre despacio y nos invita a traspasarla. Tras acceder al interior del despacho cierra el portón con esmerado sigilo. En la iglesia se oye el murmullo de la ceremonia que acaba de comenzar. Es una estancia pequeña y acogedora. Una mesa de madera y algún siglo de antigüedad la presiden. En el centro, con cara de intensa felicidad, el padre Benedicto espera paciente. Al verlo entiendo por qué no le reconocí desde su nombramiento las pocas veces que, por despiste o imposibilidad de ocultármelo por parte de Jose, le veía en las fotos de los periódicos y revistas o en las imágenes de los reportajes televisivos... Yo lo conocí de muy niña con el pelo castaño oscuro, aunque las canas ya tenían activa presencia. De aquella hasta su rostro era más moreno y evidentemente casi no tenía arrugas visibles, pues aunque ya era maduro se conservaba bien. Solo esa mirada entre miel y verde y penetrante me había resultado familiar... Pero nunca tuve tiempo para analizarla pues siempre llegaba Jose al quite y utilizaba cualquier pretexto para desviar mi atención, y la verdad, tampoco le resultaba difícil ante el poco interés que me suscitaba la personalidad del Santo Padre por mi negativa a saber nada de cuestiones teológicas.

Tengo multitud de sensaciones a flor de piel. Me acerco lentamente. Clío y Jose se han quedado quietos respetando el momento. El padre Benedicto, vestido con su túnica papal, impecablemente blanca y con un halo de divinidad, me sonríe travieso. Mi mano derecha le acaricia la cara y con extrema sutileza le toco la cicatriz que marcó mi recuerdo. Me agarra la mano con ternura.

—No te puedo olvidar, María, ya ves que llevo tu señal conmigo... —Su tono no es de reproche sino de orgullo, pero yo no lo he interpretado así...

—Padre, perdóname...

—No puedo perdonarte, hija mía, porque nunca me ofendiste... Tú solo me hiciste una cicatriz que mi alma llevaba dentro desde que Dios me hizo hombre y pecador...

—No le entiendo, padre —discierno que hay un mensaje entre líneas que no he captado.

—Pronto lo verás todo limpio y claro... —Me tapa la boca con bondad. — No sabes la alegría que alberga mi corazón por volver a ver a la niña que fuiste hecha ya una bella mujer —sus palabras me sonrojan e inconscientemente me arrodillo sujetándole la mano mientras se la beso.

—Su Santidad…

—No, María, no te he hecho llamar como papa. Para ti siempre soy y seré el padre Benedicto… ¡Levántate, mujer! —Obedezco sin pestañear, pero reconozco que estoy algo turbada. Habla con paz calma y transmite serenidad, aunque lo percibo algo cansado. —Eres el vivo retrato de tu madre. Ella y tu abuela estarían orgullosas de ti. Y Dios también lo está…

—¿Cómo puede estarlo, padre, si ni tan siquiera creo en su existencia? —Le pregunto esperando una verdadera respuesta, y…

—Tu fe, María, solo está adormecida… pero es más fuerte de lo que ahora eres capaz de imaginar. Los actos premeditados de tu abuela conllevaban anestesiar tus creencias con el último fin de tu protección. Ahora ha llegado el momento de despertarla porque él Señor está contigo, aunque apenas lo percibas… Él te ha bendecido con su gracia eterna…

—¿Pero cómo puede ser así, padre, si hasta vivo en pecado a sus ojos? —Le interpelo mirando de soslayo a Jose.

—¿Le amas? —Me pregunta sin rodeos.

—Sí, le amo.

—Pues no puedes estar en pecado porque Dios es amor en sí mismo. Y el amor es la base de la fe. Sin amor no existe la vida y el Padre en su infinita misericordia tiene comprensión para todos sus hijos y a sus ojos has adquirido el compromiso del matrimonio, porque tu corazón está limpio y tu amor es verdadero, como el de Jose hacía ti.

—Pero nunca ha escuchado mis oraciones...

—¿De verdad es lo que crees, hija mía? ¿Entonces por qué sigues rezando? —Me ha pillado. No sé qué contestar. —Misteriosos son los caminos del Padre, María...

—Rezo por mi madre, por mi abuela y por mi alma descarriada, pero no sé si es a Dios o a quién... —Intento justificarme.

—Ese es un recorrido que tendrás que hacer... —Nos invita a Jose y a mí a sentarnos en las dos sillas que acompañan la mesa y él se acomoda frente nosotros. —Sé que encontrarás al Padre porque lo buscas constantemente. Él te acogerá y te guiará...—de un cajón de su derecha extrae una especie de legajo de piel atado con un par de lazos rojo sangre. —Pero no te he hecho recorrer más de dos mil kilómetros para que escuches las tribulaciones de un viejo sacerdote acerca de tu convicción divina... —su gesto torna a serio y ceremonial. —Quiero que me escuches con atención: hace cuatrocientos años una mujer le encargó la custodia de este manuscrito a un hermano benedictino. Le hizo prometer que lo preservaría incluso con su vida y que velaría por su conservación generación tras generación hasta que su auténtica destinataria lo reclamara. Este hombre de Dios cumplió su palabra —hace un receso deliberado esperando mi interrogatorio.

—¿Y qué tiene que ver este misterioso códice conmigo? ¿Quién era la mujer? ¿Y el hermano? —Y claro, lo consigue.

—Vamos por partes, María. Empezamos por el final: El hermano lo ocultó hasta el fin de sus días y cuenta la historia que, poco antes de morir, cedió su protección al prior de la colegiata de Santiago; y así fue pasando de mano en mano bajo secreto de confesión hasta llegar a mí, pues aquel lego no era otro que mi predecesor correspondiente en la orden a la cual pertenezco, cumpliendo la consigna jurada. Ella se llamaba María Soliño y fue la primera mujer condenada por brujería en Galicia, tu tierra. Y para terminar de contestar a tus preguntas… Tú eres la destinataria de estos escritos.

Ni me muevo. Jose me mira lleno de vacilaciones y noto como Clío está inquieta esperando mi reacción. Mi deformación profesional me transporta al *making up* de mis últimos acontecimientos. Recapitulo las notas en *off* que mi abuela me ha ido dejando como los garbanzos de pulgarcito… La escritura de la casa que con tanta obsesión al final compró, los derechos de presentación de la colegiata, su vida meiga, todo pilotado en una única dirección…, mejor dicho, hacia una leyenda.

—Bien… ¿Y qué tengo que ver yo con todo esto? —Algo muy fuerte me abrasa por dentro, porque una corazonada me da ya la respuesta.

—Tú eres su descendiente y única heredera —estoy muy excitada, más bien angustiada. Me río de forma nerviosa.

—¿Y no podría haber mandado un notario para hacerme cargo de su legado? —Me voy por los cerros de Úbeda. Y el padre Benedicto se enoja.

—¡María!

—¡Es que sigo sin entender qué tiene todo esto que ver conmigo! —Protesto con cierta indignación.

—María Soliño hizo una promesa divina: Solo la elegida por Dios interpretaría el manuscrito y haría cumplir el juramento que salvaría a la Iglesia de su destrucción final, tal y como escribió San Malaquias en sus profecías, dando a conocer al mundo la verdad. Ahora la decisión es tuya. Escucha la voz del Señor, solo él te puede ayudar.

Se levanta y dándome la espalda se retira… Con tristeza y con voz quebrada le hago la última pregunta sin obtener respuesta:

—¿Por qué yo?

Contemplo absorta la playa de Rodeira, desde el gran ventanal de la habitación que hasta hace unos días ocupaba mi abuela. Ahora me la imagino paseando por ella manteniendo largas conversaciones consigo misma, o con el alma vagabunda del abuelo Pedro. Ya estoy en casa, no sé si en la mía, o en la de mi abuela o en la de mi antepasada. La verdad que cualquiera diría que tiene cuatrocientos años. La piedra sigue intacta y no creo que haya tenido demasiadas modificaciones. Algún pequeño lavado de cara y de mobiliario, que incluso no siendo el mismo, por lo que ahora sé, tampoco difiere mucho del original.

En distintas circunstancias la estaría disfrutando en total plenitud, pues es un privilegio. Con la nueva ley de costas en la mano, esta edificación ahora mismo no sería posible: A borde de playa. Dos plantas, la baja sobre el mismo arenal. Allí la abuela instaló su pequeño herbolario. Aislada con la roca del país, haciendo un efecto bodega, toda cubierta, fresca en verano y algo más cálida en invierno, conserva sus plantas medicinales en múltiples macetas y artefactos diseñados a propósito. Con sistemas artesanales de riego llenos de imaginación (que ya quisiera haber desarrollado algún ingeniero que me conozco) y controlando con diferentes modelos de contraventanas y tragaluces los rayos de luz necesarios para la fotosíntesis correcta. Una estantería a rebosar de manuales y coleccionables sobre cultivo y jardinería casera ocupa de largo a largo toda una pared lateral. Un baño pulcro y genuino al fondo a la derecha (como en cualquier bareto) da una idea más aproximada de la personalidad de la abuela: Ducha de plato y lavabo de diseño en juegos de colores acristalados, y al lado una bañera pilón donde limpiar y trabajar cuidadosamente sus hierbas y otros seres del reino vegetal con interés fundamentalmente curativo. La planta superior, con su entrada principal al malecón, fue la que dedicó a vivienda. Diáfana, sin pilares, sencilla y amplia: Dos habitaciones, un salón-comedor-biblioteca, una cocina y un aseo. No hay más. La habitación principal, la que ahora hemos saqueado Jose y yo, con una gran cama, un armario y una cómoda. La otra habitación, la mía, con un sinfonier, una cajonera, un espejo, una coqueta... y un pequeño camastro en el que solo cabe uno, razón por la que hemos decidido meternos entre las sábanas de la yaya aun con el peligro de que su espíritu se nos aparezca cualquier noche y nos eche con cajas destempladas... La cocina también es grande y antaño se hacía la vida allí como en los grandes fogones... Aún recuerdo las brasas de leña sobre el tiro y su calor reconfortándote de la humedad. Es cierto que al final la abuela también entró por el aro de la tecnología, que hasta lavavajillas, vitrocerámica y nevera-congelador Aa++ de eficiencia energética compró. El W.C., sencillo y práctico: plato de ducha con mampara de cristal y mueble de lavabo a juego con espejo y estantes también de cristal, que a la yaya le parecía como de ricos y por eso le gustaba tanto, aunque se cagaba en todos los muertos cada vez que tenía que limpiar.

Pero la estancia más especial es la biblioteca, que también se utiliza como salón comedor. Gobernado por un mueble estantería de madera noble repleto de libros con los que enseñó a todos sus "niños" la afición a la lectura, donde desde los preceptos de los sabios griegos, hasta las excursiones fantásticas de Miguel de Cervantes, pasando por las veleidades de Fortunata y Jacinta, o los poemas de Neruda, e incluso los viajes en el tiempo de Caballo de Troya. Llenan sus baldas todos los géneros: clásicos, contemporáneos, modernos, prosa, poesía, epopeyas, históricos, biográficos y más de un incunable... La joya de la corona. Es mi rincón preferido. Con esa luz atlántica que entra con viento del norte desde la madrugada por el otro gran ventanal de la casa. Aquí se celebraban también las comidas en fechas tan señaladas como la Navidad o con algún invitado que la abuela consideraba oportuno, como el padre Pablo, y cómo no alguna fiestecilla de mi grupo, que no guateque, pues no dejaba poner la música alta y eso que no teníamos vecinos a los que molestar. Y digo lo de salón porque el último descubrimiento que he hecho es la videoteca... Yo ni lo sabía, pero hizo devoción de mi profesión y además de tener, cómo no, todos los DVD de mis pelis, se compró un pantallón de plasma con un *home cinema* 5.1, o sea, con cinco bafles como cinco mundos de la leche de vatios. Apartó la gran mesa central del estudio y encajó un sofá rinconera, donde parece ser que se atiborraba de palomitas al tiempo que se convertía en una gran espectadora y crítica. Por eso digo que también es salón: tres en uno. Poderosa era la multifunción de la abuela María.

He pasado el día sola. Jose se levantó temprano y, tal y como acordamos anoche, me ha dejado tranquila. Supuestamente se ha ido junto al grupo, pero desconfío de que está alerta vigilando cualquier incidente o contratiempo que me pudiera pasar, e incluso apuesto que los demás están con él pendientes de los acontecimientos y del devenir de mis aflicciones. Y más después del percance ocurrido ayer por la noche…

No gano para sustos y todo son sorpresas. Antes de despegar nuestro vuelo de vuelta y ya dentro del avión, algo llamó la atención de Jose. La verdad, yo no noté nada raro. Pero él no lo dudó un instante. Me retuvo en la entrada al pasillo central y apartó a una de las azafatas. Le enseñó una placa de policía secreto y le dijo que tenía que hablar con el comandante. No tardó nada. Sin muchos preámbulos le dijo que estaba en misión oficial en traslado de una diplomática europea, mirando para mí, y que tenía que delimitar una zona de asientos por motivos de seguridad. Y así se hizo. Flipé. Esto es de superproducción de Holywood. Que no pasa ni en mis pelis… Que mi abuela sea ahora una desconocida para mí, tiene un pase, pues he estado fuera de su vida estos últimos ocho años… Pero que mi pareja, con la que convivo a diario, con la que supuestamente no hay secretos, ni nada que ocultar, que lo haya visto trabajar cientos de veces como decorador, carpintero y manitas, en dos días se me presente como madero y de la secreta, con distintivo y todo... es como para alucinar a colores. Y ahí no acaba todo porque, claro, una vez más, tenía razón...

El vuelo transcurrió sin nada relevante. Hablamos poco. Estaba demasiado confusa y azorada. Clío, al despedirse, me aconsejó que no pensara mucho en caliente, que buscara un poco de calma y sosiego, y que mejor ni discutiera ni preguntara hasta que al día siguiente si así lo sentía leyera el manuscrito, que ahí estaban la mayoría de las respuestas que andaba buscando. Que no me hiciera ahora falsos juicios de valor. Que descubriría que ninguno de los míos me había traicionado, sino que habían empeñado una gran parte de su vida en proteger la mía. Así me lo dijo mirándome a los ojos, con tono dulce pero seguro. Me besó y se retiró cruzando la misma puerta que pocos minutos atrás había traspasado el padre Benedicto no sin antes hacerme una advertencia con mucha firmeza:

«María, si no lees el manuscrito, debes destruirlo, y si una vez que lo has leído no aceptas su contenido y el mensaje que te envía, también... Pero si te sometes a la voluntad del Padre y aceptas su encargo, lo protegerás incluso con el bien de tu propia existencia».

Hice caso a las recomendaciones de Clío. Y Jose lo agradeció. Evidentemente algo incómodo está. Porque aunque suponiendo que lo haya hecho por mi bien, no ha confiado en mí... Pero tendremos tiempo para hablar de esto. El caso es que al llegar al aeropuerto de Vigo, Jose se puso en pie rápido y sin mediar palabra se fue contra un hombre alto y corpulento, vestido de traje negro, hasta alcanzarlo obligándole a salir el primero por la puerta, retorciéndole hacia atrás su brazo izquierdo, mientras mandaba al pasaje que hicieran paso al grito de *policía, policía*... Y al abrir la escalerilla del avión apareció Santiago, quien lo esposó y, cacheándolo con habilidad, le encontró pegada a la pernera izquierda de su pantalón una fina vaina de la cual extrajo una delgada espada de filo brillante parecida a una catana, aunque con una empuñadura ligera y al estilo del sable español. La mirada fría y con aire sanguinolento del detenido se me quedó reflejada en el espejo de la hoja mirándome con ansiedad asesina. Un estremecimiento recorrió gélido y veloz mi espina dorsal. Volví a recordar las indicaciones de Clío y callé. Esta vez era yo la que no quería saber.

Acabo de terminar de leer el documento en cuestión, el que parece ser es el causante de todas mis desventuras últimas. Si no fuera por esto no tendría mayor valor que el de una auténtica joya histórica, un incunable, que dirían los historiadores: La leyenda de María Soliño de su puño y letra. Un ejemplar único.

Los pocos datos que se tienen de su vida se refieren a una mujer descendiente de familia noble, casada con un pequeño armador, que se quedó viuda tras el saqueo pirata de Cangas en 1617 y que loca de amor lloraba la ausencia de su marido caminando durante las noches estrelladas por la playa de Rodeira. Heredera de los derechos de presentación de la colegiata por la cual podía nombrar prior y administrar sus bienes, la Santa Inquisición la acusó, juzgó y condenó por brujería, junto con otras ocho mujeres de la villa de todo tipo de abolengo, afirmando que en aquellos paseos invocaba al espíritu de su amado, con el único fin de desposeerla de sus poderes y patrimonio. Fue desterrada y confinada a vagar por los bosques de Cangas. No existe certificado de su defunción.

Tengo en mi poder la verdadera historia. Y para mí todo sería perfecto porque ya tendría un buen guion o quizás mejor novela para mi próximo trabajo. Pero cuando una también se vuelve parte de ella, casi protagonista... Todos tenían razón: Aún no tengo todas las claves, pero sí muchas... Siento que el círculo se ha cerrado. ¡Nueve fueron las mujeres condenadas, y nueve mujeres somos con nueve nombres que se repiten! ¡Tres clérigos marcan su vida y tres la mía! ¡Nueve apóstoles de Cristo las custodian y nueve son los chicos del grupo con idénticos alias! ¡Ella hablaba con el espíritu de Pedro, su marido, en Rodeiras y lo mismo decían de mi abuela! ¡Dos hombres de Dios hicieron de su vida un infierno y su réplica continuó generando la desdicha en mi abuela y mi madre! ¡Tengo en mis manos un libro en el que estamos todos!

Ahora también sé de qué y de quién me han estado protegiendo. Y también conozco el juramento, aunque aún no lo comprendo y ni siquiera consigo descifrar en qué consiste y qué es lo que tengo qué hacer. Solo me faltan los piratas que no veo por ningún lado, pero seguro que también terminarán apareciendo.

El problema es que ahora que ya lo sé, que soy María, la legítima descendiente de María Soliño, algo me dice que yo no soy quien creo ser. Y la verdad, ya no sé quién soy.

Esta es la verdadera historia de María Soliño, la primera mujer en Galicia condenada por brujería por la Santa Inquisición hace casi cuatrocientos años.

Su único pecado fue el amor y por ello fue desterrada y abandonada en los bosques de Cangas, donde según cuenta la leyenda por las noches vaga su espíritu atormentado.

Hizo un juramento que es ahora mi compromiso.

Esta es su historia, la que ella dejó escrita, y yo, María Nova, he sido la mujer elegida para contarla y quizás para terminarla cuatro siglos después.

Misteriosos son los caminos del Señor. Que el Padre todopoderoso ilumine el mío y que María tenga justicia y al fin pueda descansar en paz.

María Nova, María Soliño, en Cangas, un martes, 24 de julio de 2012

El manuscrito de María Soliño

Mi testamento vital

Me llamo María Soliño y tengo el dudoso honor de haber sido, junto a otras ocho mujeres de Cangas, que son la única familia que ahora me queda, la primera mujer condenada en Galicia por el Santo Oficio a vagar desterrada por sus montes acusada de brujería. En torno a mí se ha forjado una leyenda que estoy convencida perdurará ya para siempre en los albores de los tiempos futuros. Inmersa como me encuentro en los últimos años de mi vida terrenal, quiero dejar por escrito la verdad de los hechos y le pido al Señor que me dé la inspiración y las palabras sinceras para hacerlo.

Al terminar, sellaré estos pergaminos y los legaré a quien ha traspasado las barreras del mal y ha servido a Dios con penitencia y abnegación, y a mí misma, para que lo preserve con su vida y la de sus descendientes si fuera necesario, hasta que el Todopoderoso así lo disponga y elija entre mi prole a aquella que ha de recoger mi testigo y cumplir la promesa que ante él y bajo su verbo yo un día, llena de su fe, pronuncié. Solo ella podrá romper el lacre, leer lo que aquí hay escrito y decidir su destino.

Dejando clara mi última voluntad, empecemos pues.

Corría la primavera del año de 1617 de nuestro señor. Entonces, yo era una mujer feliz.

Al-Aruk. El pirata

La luz de los atardeceres de la primavera reflejaba el blanco cegador de las casas de Argel. Por sus sinuosas calles, bordeando la fortificación que protege al peñón sobre el que la ciudad se muestra al Mediterráneo, caminaba despacio, paso a paso, sin prisa, casi arrastrando los pies, con penitencia cristiana en tierra mora, un hombre extranjero. Ataviado con un sambenito, o saco benedicto, con el que se identificaba a los herejes arrepentidos ante los altos tribunales de la Santa Inquisición española, la primera hora oscura iba disimulando su incómoda presencia de miradas enemigas.

Sin dilación afrontó los cortos y empinados repechos que conducían a la mezquita. Poco antes de llegar al umbral se detuvo y observó ésta con asombro, detenimiento y cierta curiosidad, al tiempo que el aire cálido expandía el verbo de la oración. Era la hora del maghrib y el sol se cerraba sobre el horizonte con los colores ocres del desierto. Su dura mirada no perdía detalle del hermoso y cautivador edificio de otro dios que no se correspondía con el suyo. La entrada se adelantaba en forma de pequeña torre culminada en cúpula, que a su vez servía de soporte al gran minarete, también terminado en bóveda. El resto del templo formaba una ancha cavidad rectangular decorada a los usos arquitectónicos del norte de África, con tintes mozárabes.

Desde la colina que sustentaba la aljama, su vista presenciaba toda la ciudad y sus ojos podían admirar satisfechos, atracados en el puerto, los imponentes navíos de guerra de los piratas berberiscos que dominaban las gentes y las vidas de la metrópolis... «El Comisario quedará complacido», pensó mientras una maliciosa sonrisa recorría su rostro redondo y rojizo.

Imitando el estilo árabe terminó por sentarse en el suelo y cubrirse la cabeza con la capucha de su saya para ocultarse de supuestos ojos paganos, alzando a la vez su cabeza en dirección al azul casi negro azabache de la bóveda celeste que cubría la ciudad. Las estrellas habían iniciado su brillo eterno y Juan nombraba, con lentitud y hablando para sí mismo, las diferentes constelaciones a medida que las iba reconociendo. De repente cesaron los rezos y él abandonó para mejor momento su inspección del firmamento. Raudo, se incorporó sobre sí mismo y discretamente, caminando de espaldas, se apartó unos pocos metros del lugar avanzando cuesta abajo, como no queriendo mezclarse con los fieles de Alá.

Un hombre moreno de tez aún más oscura en la negra noche y con túnica de blanco argelino, para mayor contraste, fue el último en salir. De la cincha que llevaba atada a la cintura colgaba su inconfundible espada sarracena, dejando al descubierto su resplandeciente hoja y su fino filo, en señal de claro aviso ante posibles malas

146

intenciones. Seguro de sí mismo y sin titubeos apretó el paso hasta alcanzar a Juan. Tampoco la palabra le temblaba.

—Los cristianos sois una raza extraña. Ya veo que no tenéis demasiado aprecio por vuestra vida, al venir vestidos para la ocasión —sarcástico le comentó a Juan con acento árabe, fuerte y pronunciado. Sus ojos negros y penetrantes se le clavaron con fiereza, pero acostumbrado a tratar con gente de todo pelaje, el cristiano no se dejó amedrentar.

—Mi Señor me protege. La duda y el disfraz serían llamar a voces al demonio pegando puñetazos a las puertas del infierno. Si tienes miedo a morir, el temor se apodera de las almas débiles de espíritu —le respondió con seguridad.

—Allá tú. Cómo y dónde quieras morir no es asunto mío, infiel... —Le respondió encogiéndose de hombros despectivamente. —Supongo que no habrás venido a discutir sobre lo humano ni sobre lo divino conmigo... A fin de cuentas lo que hagas con tu alma es cosa tuya, que yo bastante tengo ya con la mía... Y para que no nos equivoquemos ninguno de los dos, quiero contarte algo.... Mi verdadero nombre es Faruk, que significa "el que discierne el bien del mal", pero me llamo Al-Aruk, porque elegí el lado más oscuro de mi ser. Mi sangre hierve de odio y mi vida está llena de crímenes, desmanes, violaciones, venganzas y unos terribles deseos de matar sin razones ni porqués a fin de saciar a mi alma maldita. Hace mucho tiempo ya que Alá me ha abandonado, porque antes lo hice yo. Y ya no hay regreso —dijo como una demostración de poder y una penitencia difícil de soportar.

—Por eso estoy aquí, para dar de comer al espíritu maligno que llevas dentro. Soy Juan Fernández, condenado hace años por la Santa Inquisición de Castilla y perdonado de mis múltiples pecados con grandísima misericordia por mi señor. Vengo a cumplir mi misión para el comisario de Santiago y Al-Aruk, tú, me vas a ayudar. —Juan estaba disfrutando y mucho de la conversación. En su interior se decía "a malhechor, seguro que no me ganas..."

—Importante ha de ser tu misión para venir a buscar desde tierra tan lejana al más cruel y sanguinario pirata berberisco de todo el Mediterráneo... —reflexivo, Al-Aruk hizo una pausa y acercó los labios hasta sus oídos para decirle casi susurrando. —Pero mejor vamos a mi nave y me explicas con calma y una buena copa de vino de Argel en mi camarote qué es lo que quiere tu ¿comisario, dijiste? de mí y cuánto está dispuesto a pagar. —Le agarró con fuerza del brazo y sonriéndole le obligó a caminar apresurado a su lado, intentándole demostrar de este modo quién estaba al mando. Pero Juan no zozobró y enérgico pero cauteloso le retiró la mano y con un gesto en su mirada de hielo, agachando la cabeza al unísono, le dejó claro que le seguiría pero por su cuenta, sin presiones.

No hablaron, no medió palabra entre ellos durante el camino. Se examinaron de reojo, recelosos el uno del otro y mantuvieron silencio como si tuvieran un tácito acuerdo. Había desconfianza en sus corazones y además temían oídos indiscretos. No era largo el trayecto, pero ningún alma se atrevió a cruzarse a su paso. Las gentes conocían perfectamente cómo se las gastaba Al-Aruk y se iban avisando para no encontrarse, escondiéndose como buenamente podían entre los alféizares de las puertas intentando disimular sus sombras. Vista abajo, el puerto de Argel se extendía majestuoso por toda la ensenada. Perfecto dominador del acceso por barco a la capital, dibujaba sus pantalanes casi imposibles encajados sobre las aleatorias rocas naturales que el mar había dejado vivir en la superficie... Estirado y orgulloso enseñaba un ejército numeroso de embarcaciones mercantes y de guerra dignas de un gran rey. Galeones, fragatas, bajeles, galeras y una colección envidiable de artillería decorando amenazante en cada navío. La inmensa mayoría de ellos, dispuestos y preparados para salir a la primera orden del capitán pirata, en busca de los fastuosos botines que el imperio español, ya en el inicio de su decadencia, arriesgaba navegando al sur del Mediterráneo en busca de las costas de al-Ándalus.

No tardaron en llegar al muelle principal, situado justo en el centro del estuario, aunque ligeramente escorado a la derecha del primer dique, el más grande no solo de largo también de ancho. Con zancada ágil se allegaron hasta el buque más alejado, casi al final de la escollera, donde las olas escupían con fiereza su espuma sobre las últimas rocas... Juan estaba embebido de asombro ante lo que se alzaba frente a sus ojos: Se encontraba ante el mayor galeón de todos los amarrados... majestuoso y grandioso, Al-Aruk se sonreía con pícara maldad pirata.

Cuatro palos herían a punzadas el cielo descubriendo que seguramente procedía de alguno de los botines, que a modo de trofeo, Al-Aruk consiguió en una de sus victorias contra la armada del duque de Lerma, bien como virrey de Venecia o pocos años después como grande de España y valido del rey Felipe III... Antes de subir, Juan no fue capaz de contar cuántos remos poseía, suponía que más de 80, y aunque ya no se utilizaban, siempre quedaba como un recurso añadido y una solera que le daba mayor porte a la embarcación, atribuida a la construcción naval genovesa... Contempló con fascinación los velámenes recogidos, cuadras y latinas que en sus años de servicio en la marinería había conocido bien, ayudando en múltiples ocasiones al duro trabajo de desplegarlas a contraviento, ciñendo el aire e incluso en plena tormenta en alta mar, para bajar después al castillo de proa a fin de comprobar que apenas zozobraba a su avance rápido y señorial, cortando las corrientes con esmerada anticipación. Tampoco se le escapó la capacidad de su artillería pesada, amenazante y perfectamente alineada a su centro de gravedad, con unas treinta culebrinas y cuarenta cañones, varios de ellos de batir, todos perfectamente y diametralmente orquestados en las cubiertas inferiores, y los de mayor potencia situados inexcusablemente en proa.

Al-Aruk ejerciendo de perfecto anfitrión, invitó a Juan con un ademán de su mano derecha a subir por el puente, cediéndole el paso previamente. A este último mucho no le gustó, pues era consciente que le daba la espalda al pirata, y tenía claro que demasiado no era de fiar. Pero no protestó y obedeció. La mar estaba calma y ya en el barco apenas se percibía un ligero movimiento.

Una vez en cubierta, Juan pudo apreciar con perpleja admiración la infinidad de detalles de la guarnicionería, las cuadernas perfectamente pulidas y ajustadas de resinas y barnices y volver a revisar de nuevo con sus fascinados ojos los enormes mástiles con las banderas corsarias jugueteando amenazantes al soplo de la ligera brisa de la noche argelina. La escultura dorada de una mujer parecida a una Venus romana comandaba la proa. Justo antes, un pequeño castillo de madera tratada y noble descubría la entrada a las dependencias principales a través de un corredor que llegaba hasta el alcázar, sobre la cubierta principal, y por debajo de su estructura se dejaba entrever el pescante de gata, como cobijera del ancla. En el centro de ésta, en perfecta armonía simétrica a ambos lados, dormía la red para los abordajes. Todos los cabos y aparejos tensos y firmes demostraban la sobriedad y dedicación de los hombres que gobernaba su capitán. Juan estaba realmente impresionado.

Dos hombres siniestros que custodiaban la entrada a la estancia del casco adonde acababan de llegar desaparecieron sin mediar palabra a una señal clara y concisa de Al-Aruk. El pirata abrió con decisión la puerta que los franqueaba incitando a traspasarla a su acompañante, penetrando al interior de un amplio camarote dividido en dos compartimentos. En el centro del aposento una gran mesa ocupaba la mayor parte del espacio, atiborrada de platos repletos de restos de comida y vasos a medio llenar de una bebida ocre a un lado de ella, además de mapas y variopintos artefactos propios de la más cotidiana navegación como compases, brújulas y algunos otros que Juan no adivinaba a conocer en el otro extremo. Una docena de sillas, o más, más dignas de un gran noble castellano que de un pirata berberisco, rodeaban el arco ovalado del tablero extraordinariamente terso y bellamente barnizado con exóticas lacas de Oriente. Al-Aruk, sentándose cansino en una de ellas, la más lustrosa, a contraluz de un ventanal decorado con la vidriera de una virgen orientado a estribor, proporcionó a los ojos de Juan un cuadro tenebroso y sarcástico a la medio penumbra que la pululante luz de la tea que lo iluminaba por su siniestra, desde una esquina, con su negra sombra imponiéndose sobre la beata imagen femenina, le ofrecía. El cristiano sintió temor de Dios pensando que estaba ante el mismísimo diablo.

—En confianza, maese Juan, y como se diría allá de donde venís... ¿Tendrá la gracia, vuestra merced de contarme a qué se debe tanto honor? —Le inquirió el pirata a sopetón, sonriéndole con maldad, mientras derramaba de una jarra de resplandeciente plata bruñida y con ostentosas incrustaciones de esmeraldas y zafiros, representando la flor de lis, sobre dos copas medianas a modo de cáliz que parecían de oro puro esmaltadas con la cruz de Cristo en rubís... un rojizo caldo caliente obtenido de las afamadas viñas argelinas.

—No he venido a soportar burla alguna. Acudo a ti, a fin de hacer negocios... —Contestó ofendido Juan rechazando de inicio la ofrenda de vino del capitán pirata, que aceptó tras reflexionar.

—¿Negocios? —Preguntó sutil y expectante Al-Aruk sorbiendo con pausa un buen trago del líquido color sangre, dejando escapar premeditadamente unas gotas por las comisuras de sus labios para terminar resbalando por su barba rojiza.

—Mis fuentes me han informado que en tu condición de capitán berberisco y príncipe in pectore de Argel eres poseedor de una espléndida flota, de la que ahora puedo dar fe. Dicen que una de las mejores, si no la mejor de esta zona del Mediterráneo, formada por catorce navíos: seis galeones, cuatro fragatas y cuatro bajeles, todos ellos de gran tamaño, en función de su clase. Con casi un millar de hombres a tus órdenes, la mayoría turcos, pero también viejos lobos de mar ingleses y holandeses... y una artillería tan poderosa que ya quisieran para sí nuestros mejores almirantes —durante los últimos años, bajo los auspicios del comisario de Betanzos y en el enclave de la orden benedictina, se había ilustrado y era sabedor de que, aparte del arte de la espada, el arma de la oratoria también había que aprender a dominarla. Al-Aruk, al escucharlo, se había distendido relativamente. Sabía que la curiosidad y la vanidad eran los puntos débiles de las almas soberbias.

—Veo que no te han documentado mal del todo... Si no fuera porque ya son quince navíos... Me he hecho, digámoslo así, con los servicios de una fragata más... —Le corrigió con una risa forzada y hundiendo las pupilas en las de su rival, buscando una superioridad en la negociación. —¿Qué quieres entonces de mí, cristiano?

—Comprar tus servicios. —Le contestó firme Juan. El pirata quedó descolocado ante tanta seguridad. El tema cambiaba, pues era cierto que iban a hablar de negocios... El problema sería el precio... Pensaba Al-Aruk.

—No creo que tengas dinero suficiente, cristiano... —Se apresuró a afirmar el pirata.

—¿Treinta reales de plata por barco y una parte razonable del saqueo te parecería suficiente? —Le respondió sin titubeos el "español", al tiempo que arrojaba sobre la mesa un saco cosido que al golpear destiló el inconfundible sonido de las monedas. Triunfante, este bebió un buen sorbo del vino que poco antes había casi rechazado.

—¿Qué tengo qué hacer? –Le preguntó desconcertado el impertérrito corsario.

—Hay un conjunto de poblaciones en la entrada de una ría de Galicia que tenemos especial interés en que saquees y hagas lo que creas oportuno, tú y tus hombres, y también una lista de nombres que sería conveniente que pasaran a disfrutar de los placeres del paraíso celestial. —Juan sentía el dominio de la situación y la ejerció sin piedad. Ahora parecía él el pirata sanguinario.

—¡Cristiano hipócrita! Se dice matar —En un último intento de controlar los términos del trato, Al-Aruk atacó dialécticamente a su oponente, sabedor de que esta vez había perdido...

—¡Tú lo has dicho!

—¿Qué pueblos? —Le preguntó Al-Aruk al cristiano a la defensiva, como esperando alguna sorpresa, algo que no le había contado aún...

—Cangas, Baiona... Si llegamos a un acuerdo, te daré una relación detallada en el momento oportuno... –Haciendo una pausa y ya con la mirada más relajada, como intentado establecer una relación más cordial, continúo hablando, —...Las islas Cies serán un buen refugio y un excelente puerto de enclave para... —y sonriéndole al capitán pirata, alzando la copa a modo de brindis, le remató irónicamente y con doble sentido la frase, —..."nuestra" flota.

—Las conozco. Ya tuve alguna andanza de juventud por ahí... —El pirata se mordió la lengua, pues su rostro reflejó con claridad el disgusto por las palabras de su nuevo patrocinador... No había llegado a ser quien era por casualidad. Su mente intentó forzar las palabras necesarias a sabiendas de que esta batalla también la debía ganar. —Cristiano... En verdad sois una raza extraña... capaces de pagar por matar a vuestros hermanos. Que Alá te proteja de tu propia alma, puesto que la mía ya no tiene solución... —Con mirada compasiva, contrariamente a lo que Juan esperaba, le largó una última frase al tiempo que recogía el saco con las monedas, que casi le atraganta el último sorbo:

—¿Cuándo partimos? ¿Era Judas tu nombre, no?

Así me lo relató el propio capitán pirata no hace mucho.

A bordo del Alejandría

—¡Preparados para zarpar, capitán! —Anunció el segundo de a bordo. Era hombre delgado, de tez pálida y acento centroeuropeo, uniformado con el traje de los Tercios de Flandes ya gastado por el paso de los años.

—Dé la orden, James, siguiendo las instrucciones tal y como las establecí yo mismo para toda la flota anoche. No quiero errores de ningún navío durante la travesía. Navegaremos lo más juntos que sea posible, a fin de evitar contratiempos y eventuales ataques, no por ello más inesperados... —El pirata le hablaba con inapropiada cortesía a su subordinado, para lo que era habitual entre este tipo de lobos de mar... Aún resultaba más extraño que un árabe confiara ciegamente en un cristiano, y más del norte, cuyos lazos de sangre, vida o raza estaban lejos de ser próximos. Pero James le había demostrado su irreprochable lealtad, a la altura de su nobleza, prácticamente desde el principio, desde aquel día en que se convirtiera por humor de los azares de la vida en su prisionero, precisamente como tripulante convicto holandés en el mismo barco en el que ahora partían rumbo a las costas del Atlántico Norte español. Había sido condenado por el asesinato de una especie de duque o algo así, por el amor de una mujer, la de la propia víctima al parecer. —Esta vez no son los barcos españoles, ni los franceses, ni siquiera los ingleses nuestra presa. No atacaremos a ninguna nave salvo para defendernos. Nuestra meta es llegar en el menor tiempo posible a la franja costera norte de Portugal, a la altura de *la frontera con España. Una vez allí, le explicaré los detalles de esta expedición para que los transmita al resto de los hombres y sus embarcaciones. No haremos ninguna escala, no quiero correr riesgos innecesarios... Así que espero, James, que haya comprobado personalmente el correcto aprovisionamiento de víveres para tan largo y peligroso viaje. Sobre todo de agua y alimento seco... —Ni siquiera le preguntaba, más bien pensaba en alto, dando por hecho que efectivamente se habían cumplido al mínimo detalle sus requerimientos.*

—He transmitido sus deseos tal como me dijo, capitán. He revisado que nada quedara sin ejecutar al punto, del mismo modo —le contestó James con voz tranquila y amable, sin ambages ni reproches en sus tonos o maneras.

—Siendo así, ¡zarpemos! —Medio gritó satisfecho el capitán.

James, con ritual habilidad, empuñó su miguelete* y, recogiendo de un pequeño saco de cuero un menudo puñado de pólvora, la introdujo a presión por su cañón utilizando ágilmente su baqueta. A continuación elevó despacio hacía el cielo su brazo para ejecutar un sonoro disparo sin proyectil a modo de salva de aviso. Silencio, y al minuto, esta era respondida casi al unísono por cada una de las embarcaciones dispuestas a partir.

Al-Aruk y Juan partieron a bordo del Alejandría, un galeón preparado para maniobrar más rápido y navegar más silencioso y ligero que la mayoría de los navíos de la misma clase. «Excesivamente pulcro y cuidado tratándose de un barco pirata», pensó el bachiller.

Las velas se extendieron en toda su dimensión y con controlada virulencia recogieron el viento del oeste que soplaba aquella mañana. Levadas las anclas, izadas las banderas, la flota de Al-Aruk desfilaba Mediterráneo adentro en coordinada formación. El capitán y el bachiller miraban al horizonte azul desde proa. Con un gesto de la mano, el pirata se hizo seguir hasta popa. Allí, quieto, mientras Argel se le iba haciendo cada vez más pequeño, elevaba sus más intensos pensamientos.

—Tengo el presentimiento que no volveré a pisar más esta tierra. —Fue el primer signo de tristeza que transmitió. Al cristiano hasta le pareció humano.

—En Galicia lo llamamos morriña –le indicó Juan.

—No me voy con nostalgia. Me voy inquieto. Algo me dice que no hay buenos presagios —le miró con una luz extraña brillando en sus ojos.

—Al-Aruk también tiene miedo y corazón. Miedo a morir y corazón por no volver a su tierra. Un pirata con sentimientos —Juan quería saber el talante del pirata y para ello lo provocó.

—No te equivoques, cristiano. No le temo a la muerte. He renegado de mi Dios, pero aún soy temeroso de él. Y mejor sería que tú tuvieras un poco más de respeto por el tuyo... —Al-Aruk le respondió subiendo su áspero tono de voz, imprimiendo la autoridad que se le suponía. Fue como si le quisiera dejar las cosas claras a su cliente, justo antes de empezar. —No te olvides de que aunque el mal esté en mí yo aún sé discernirlo del bien. Y veo que tu alma es aún más oscura que la mía. Voy a contarte algo, creo que es mejor que lo sepas y así no te engañes sobre mí, cristiano... Hace ya unos cuantos años, el auténtico Al-Aruk, mi hermano mayor, se unió al sultán de Turquía en una cruzada por Orán y otros lugares del norte de África. Ganamos innumerables batallas, saqueamos cientos de ciudades, violamos a vuestras mujeres y matamos a vuestros soldados. A cambio nos premiaron con el gobierno de la ciudad casi a nuestro antojo y fuimos los corsarios berberiscos más respetados de todo el norte de África, desde Gibraltar a Damasco, pasando por la antigua Alejandría, Turquía y Grecia. Al principio del todo, cuando mi hermano firmó la alianza con el sultán, hubo un mal augurio... Un augurio que se cumplió: Su constante lucha y acoso contra vosotros los españoles fue su perdición. Al fin llegó la batalla final... Cansado de tanta guerra, yo lo había abandonado dos o tres años atrás... Perdió y yo no estaba a su lado... Derrotado, se cumplió el vaticinio y fue ajusticiado: Ahorcado, su cuerpo fue expuesto al gentío y sus entrañas abiertas devoradas por los buitres... —Con una pausa seca y dolorida, Al-Aruk recompuso su estampa y mirando con fría firmeza a Juan continuó, esta vez con su voz llena de odio. — Regresé y mi alma sombría cogió el relevo: tomé su nombre y restituí todo aquello que nos quitaron —sereno de nuevo, respiró hondo y cerró los ojos, —...Y ahora tengo las mismas señales... o peor aún, porque

160

son más fuertes que entonces. Y ya no sé adónde voy esta vez...

—Misteriosos son los caminos del señor —sentenció Juan. El capitán pirata se dio media vuelta retirándose a su camarote, a fin de aliviar su atormentada alma.

Batiendo con fuerza a su paso las olas, el Alejandría surcaba el azul turquesa del Mediterráneo encabezando la tan temida flota de Al-Aruk. Así, los catorce navíos, y sus casi mil hombres, se alejaban decididos de la costa, cruzando en el horizonte la confusa línea de mar, cielo e inmensidad.

Las Cíes

Cuenta la leyenda que los romanos las bautizaron como "las islas de los dioses". Yo no puedo dar fe de tal divinidad, pues nunca estuve en ellas. Pedro, mi marido, y Antón, mi hermano, las visitaban con relativa frecuencia, pues día sí y día también lanzaban sus redes en las corrientes calmas que se entrelazaban entre sus playas y las de nuestra querida Cangas. Tres islas paradisiacas más cercanas al Edén, según me contaba Pedro, interrumpen la línea que el cielo y el Atlántico componen cerrando el horizonte con su azul infinito: Monte Agudo y O Faro unidas por una playa, la de Rodas, de fina arena y aguas cristalinas, donde Eva debía correr jugueteando con sus cortas olas perseguida por Adán, me decía bromeando una y otra vez cuando la intentaba escrutar desde Rodeira, mi amor ahora ausente. San Martiño es la tercera. Sus bosques abiertos, sus promontorios, su viento, todo esto dejé de conocer... Solo espero que algún día, dentro de la eternidad que alberga la esperanza de encontrar mi alma, mi espíritu libre vuele hasta ellas y encuentre la paz que en vida se me ha negado.

La mar anunciaba noche inquieta. Una luna llena brillante salpicada a momentos por nubes grises que transportaban con precisa lentitud un viento suave pero persistente dominaba el cielo ya oscurecido. El Alejandría navegaba despacio. En el horizonte, a menos de una milla, las islas Cíes se dejaban ver difuminadas como sombras perdidas sobre el agua ya oscura y espumosa del Océano Atlántico, justo antes de abrazar la playa de Rodas.

—Las Cíes al fondo, capitán –le señaló James con su dedo índice.

—Mande fondear las naves, James. Disponga de los botes para desembarcar la parte conveniente de la tripulación y víveres. Arribaremos en la playa de Rodas y acamparemos en los rellanos que forma la arboleda colindante. Que la tropa coma solaz pero ligeramente y descanse bien con los turnos de guardia que fueran necesarios. Si los habitantes de las islas se muestran hostiles, acabad con ellos sin contemplaciones. Pero no quiero despistes en los hombres, así que nada de mujeres, que mañana con los primeros signos del amanecer partiremos a Cangas en busca de nuestro primer botín. Distribuya a la marinería entonces como mejor le parezca a usted, entre las naves y tierra. ¿Alguna pregunta James? — Al-Aruk habló como si fuera un repertorio repetido muchas veces. Claro y autoritario, pero sin estridencias sonoras. No le hacían falta.

—Todo claro como siempre, capitán —del mismo modo y como si de un ritual ya aprendido se tratara, el holandés se retiró girando sobre sí mismo al efecto de hacer cumplir las órdenes recibidas por su capitán con abnegada obediencia.

—Negra sombra tiene esta tierra —como un mal pensamiento en voz alta, igual que al partir de Argel, el pirata murmuró entre dientes.

—¿Siguen los malos presagios de Al-Aruk? —Le demandó con curiosidad Juan Fernández, bachiller con funciones de secretario del comisario de Betanzos, D. Antonio Pita, al servicio del Santo Oficio en tierras del santo apóstol Santiago.

—La luna está a punto de sangrar y no es una buena señal —seguía inmerso en sus reflexiones el Pirata.

—Dios está con nosotros —le sentenció el bachiller.

—¡No me insultes, cristiano! ¡No me hables de Dios! —Al-Aruk le gritó enfadado. Aunque renegado, como buen musulmán era temeroso de Alá. Y haciendo un silencio premeditado y recuperando un tono más conciliador, aunque igual de duro, remató su sentencia. —No debiera poder hablar de Dios alguien que lo traiciona...

—¡Tú no eres mejor que yo! —Contraatacó disgustado Juan.

—Tienes razón en eso... —Siguió con la mirada perdida en el infinito al que le abocaba el paisaje de las Cíes. —Alá me abandonó porque yo me aparté de su camino. Pero entre tú y yo hay una sustancial diferencia, perdone que se lo diga así vuestra merced...

—¿Cuál? —Le inquirió aceptando la afrenta.

—¡Que yo lo respeto! —Afirmó con rotundidad el capitán.

—Yo amo a mi Dios y le sirvo —le contestó con seguridad esta vez el bachiller.

—¡No mientas, cristiano! —Un grado súbito de indignación se apoderó de Al-Aruk, que con ojos enrojecidos apretaba los puños como si de una ofensa se hubiera tratado. —*Yo no mato a mis hermanos de sangre y de creencia, ni violo a nuestras mujeres, ni saqueo mezquitas...* —*Y terminó volviendo a medir sus palabras y el volumen de éstas.* —*Difícil es de entender un hombre que dice amar a su Dios y en su nombre asesina a los suyos y quema sus iglesias...*

—*¡No deberías acusarme tan alegremente, capitán!* —*Juan sentía el enojo en su garganta.* —*Tú has matado a muchos hombres, mujeres y niños...*

—*No te equivoques, cristiano. Yo solo he matado infieles...* —*Con suave aire triunfal y cierto reproche matizó el pirata.*

—*Entonces, ¿por qué tantos perjuicios ahora si a fin de cuentas no son más que "cerdos" cristianos a los que vas a matar?* —*Lleno de inteligencia le exhortó Juan.*

—*Vuelves a tener razón... Pero noto la negra sombra de la muerte susurrando en mis oídos. Nunca me he enfrentado a Dios, aunque no sea el mío. Y esta vez tengo la sensación de que voy a abrir la caja de Pandora...* —*Una cierta aprensión se esbozaba en las palabras de Al-Aruk.*

—*Entonces, ¡qué Dios nos pille confesados!* — *Sentenció el bachiller con una medio sonrisa diabólica.*

—*Tengo el presentimiento que eso por sí solo no te bastará, cristiano: Tú y yo terminaremos al fin, ardiendo juntos en el infierno. Y ya que así lo deseas, así sea pues.*

Como hormigas en el medio del agua, los botes arribaban en manada sobre la arena de la playa de Rodas. La noche llenaba todo. Los lugareños, asustados, permanecían escondidos en sus refugios de los diminutos bosques que cubrían el paraje natural de las islas. Una tristeza con aires del norte había invadido el lugar. Y tímidamente al principio y con rabia después, comenzó a llover.

Pedro, mi marido

Mantengo vivos muchos recuerdos de aquellos días felices, pero uno por encima de todos se me ha clavado en mis pensamientos de modo pertinaz e indestructible: había despertado radiante y la primera luz del día entraba a raudales por el ventanal de nuestra habitación. Por si no lo he mencionado antes, vivíamos en Cangas, un pequeño pueblo marinero de la península del Morrazo. Desde nuestra casa, un edificio de dos plantas de forma rectangular y de considerable tamaño en comparanza con la mayoría, debido a la doble función de vivienda en la planta de arriba y de almacén para la salazón de pescado en la planta baja; dominábamos con la vista toda la ría de Vigo, al borde mismo de la playa de Rodeira. Mirando a la izquierda divisábamos Vigo, floreciente y en continuo crecimiento, y al final del océano, donde el horizonte se dejaba dibujar, si no había mucha niebla y el día era claro, las hermosas Cíes que antes mencioné me llamaban cada mañana.

Evoco aquel instante girando mi cabeza a la derecha y volviendo a ver a mi marido descansando a mi lado. Se llamaba Pedro Barba, pescador como la mayoría de la gente del pueblo. Humilde y trabajador, «no sé lo que haría si un día ya no estuviera aquí conmigo», pensaba al verlo resollar plácidamente. Buen hombre y mejor persona, casi veinte años llevaba por aquel entonces enamorada de él... Y es que me hacía sentir mujer, libre y única. Me respetaba y me amaba, y sobretodo, me había enseñado a apreciar y a valorar el regalo que suponía la vida. Pasados los años, aquellas sus enseñanzas aún cobraron mucho más valor si cabe... Rememoro los rezos que hacía todos los días pidiéndole al Señor que nos concediera la bendición de una vejez compartida. También rezaba mucho para poder darle un hijo, pues mis años mozos iban pasando. Nunca se lo tomé a mal, pues de aquella creía que si no me lo había querido dar era porque mi misión terrenal era otra. Al final, el Señor efectivamente tuvo otros designios para mí, y ni una cosa ni la otra me las terminó por conceder. Ya no se lo reprocho, pues otras vicisitudes tuvo a bien para mí, y que tiempo habrá para detallar.

Como tantas otras mañanas me levanté de la cama completamente desnuda, pues siempre nos acostábamos como Él nos trajo al mundo... aquel era uno de los secretos que nos hizo mantener intacta nuestra pasión a pesar del paso del tiempo. Al fondo, junto a la pared, perpendicular a la cama, había un espejo grande sujetado por un pie de listones de madera bruñida a juego con su marco. Una vez más, como tantas veces, me coloqué frente a él para mirar el reflejo que mi cuerpo proyectaba. A pesar de haber iniciado la edad madura conservaba aún la mayor parte de los signos de la belleza de una mujer joven. Mis pechos perfectamente proporcionados se mantenían todavía firmes y mi cintura y caderas, sabía que seguían avivando el más fuerte frenesí en los hombres. Apenas tenía arrugas en la cara y mis labios continuaban siendo provocadores cuando *los acompañaba de la mirada cautivadora de mis ojos miel... Pedro me lo decía en voz a susurro pleno día tras día y ahora esto me emociona, pues era la prueba más fehaciente de que, a pesar de los años juntos, el deseo no había desaparecido de nuestros cuerpos y el amor siempre estuvo vivo en los corazones.*

Sin aviso previo y estando totalmente desprevenida... dos manos fuertes sujetaron mis senos con una ternura desmesurada al tiempo que sus labios hambrientos besaban a pellizcos mi nuca. Aún presiento el contacto fuerte de su miembro eréctil y mis pezones erizados. Como una loca moví la cabeza hacia atrás buscando desesperadamente su boca... Y él me respondía con la suya mientras me mesaba el pelo...

—¡Quérote! —Como siempre su voz se entrecortaba repitiéndolo una y otra vez para después iniciar un fuerte suspiro de placer.

Con suave brusquedad me giró hacia él y me elevó con sus fuertes brazos a la vez que yo engarzaba mis piernas en sus caderas mientras nuestros sexos se buscaban para terminar encontrándose, otra vez, una vez más... Luego venía el amor en su máxima expresión. Lo sentía tan dentro y yo sabía que él igual a mí, que ni con mil palabras podríamos explicarlo... Y siempre fue así, casi como la primera vez, hacía más de veinte años ya, solo que con más experiencia.

Antes de ser quien ahora soy, estos son mis últimos recuerdos felices y los preservo como un tesoro, guardados en lo más profundo de mi corazón.

El padre Francisco

Me despedí de mi marido con un beso. Como todos los días a primera hora de la mañana fui a la misa del alba. Al salir de casa me crucé con mi hermano Antón. Nos saludamos. Trabajaba con Pedro y una vez más saldrían juntos a faenar: la luna llena de la noche anterior habría atraído con total seguridad una buena partida de merluza, congrio, sardinas, lubinas, doradas y posiblemente también calamares. A la vuelta, a media mañana, una parte de la captura quedaría a subasta en la pequeña lonja y el resto de la mercancía se emplearía después para hacer salazón e ir guardando para cuando los bancos de peces iniciaran sus procesos migratorios y empezaran a escasear. Mi marido era un pequeño patrón que proporcionaba trabajo a unos cuantos hombres que de este modo podían alimentar a sus familias, pues si no fuera por el fruto del mar, la miseria hubiera terminado por apoderarse de todo el pueblo.

Corto era el camino hasta la colegiata de Santiago. Mis tíos abuelos, los marqueses de Santa Cruz de Ribadulla, fueron los fundadores del patronazgo, bajo la construcción del maestro Jácome. No tuvieron hijos, y mis padres fueron víctimas de la peste hace ya unos cuantos años, así que mi hermano Antón y yo fuimos los legítimos herederos del derecho de presentación, o lo que es lo mismo, teníamos la facultad y el poder para nombrar al primado. El padre Francisco, amigo personal de la familia, mi maestro de niñez y juventud, era nuestro prior. De la orden franciscana, administraba correctamente los bienes que la colegiata recaudaba gracias a las ayudas de sus feligreses. Nuestros pobres estaban bien atendidos con él y sus seis discípulos.

Era un templo acogedor la colegiata. Su amplia nave central daba cabida a todos los vecinos del lugar y su alta torre sostenía el campanario mayor de la villa. Sus gárgolas vigilaban tenazmente el paso de los espíritus pecadores.

Como siempre, lentas tañían las campanas anunciando el oficio. Traspasé el umbral principal, un pórtico labrado con alegorías religiosas del antiguo y nuevo testamento. Por aquellos días la misa venía acompañada por los monjes benedictinos del monasterio de Poio, con sus cantos gregorianos. El padre mayor de este había sido compañero de misión y retiro del padre Francisco en los tiempos de su ya lejana juventud.

Después de la celebración del culto, esperé de pie de espaldas al Cristo del Consuelo, enclavado en su pequeño retablo dorado, al prior. Con su expresión llena de bondad se acercó a mí invitándome a caminar despacio a su lado por el pasillo central en dirección al altar, mientras un Ave María suave y maravilloso llenaba el aire de un ambiente entre místico y de recogimiento. Una paz inmensa me invadió.

Nos paramos frente al altar principal. En el banco de la derecha rezaban en silencio Rosalía, Thalía, Clío y Nora, cuatro mujeres jóvenes de condición humilde y que dependían de las donaciones y ayudas que hacíamos las familias mejor asentadas. Rosalía tenía una capacidad especial para disponer los diferentes actos y celebraciones comunes de la iglesia y a cambio de su hospitalidad se había convertido en la ayudante de confianza del padre Francisco. Clío era todo generosidad y ayuda hacía los demás. Le había pedido al padre ingresar en la orden de las Hijas de María y dedicar su vida a Cristo. Thalía poseía una voz como la de los mismísimos Ángeles y alegraba los bautizos y las bodas y por desgracia también le tocaba cantar en los funerales de nuestros seres más queridos a modo de última despedida. Y Nora era igual que la Virgen, así de bella y de buena. Quién me iba a decir que con el tiempo serían mis compañeras de destierro. La gracia de Dios nos ha concedido llevar nuestras penas juntas y esperar nuestros últimos días aquí en Santa Trega...

Se levantaron atolondradas y se me postraron dándome las gracias por mi bondad besándome la mano. Esto me llenaba de orgullo, pero era consciente que al Señor le disgustaban mi falta de humildad y mi exceso de soberbia, así que yo también me incliné ante ellas pidiéndoles perdón por no poderles librar de sus desgracias.

El prior amablemente les mandó retirarse y con dulce ternura me obligó a levantarme. Una mirada llena de zozobra me inquietó.

—*María, quería hablar contigo.* —Recuerdo la tristeza de sus ojos con aprensión.

—*Usted dirá, padre.* —Le contesté temerosa de sus palabras.

—*María: se acercan tiempos de tristeza y penuria y debes fortalecer tu fe en el Señor...*

—*Pero padre, yo ya...* —Respondí sin saber qué me quería decir o a cuento de qué venía aquello.

—*Escúchame, hija...* —Meditaba mientras hablaba. Su rostro claro lucía una sombra difícil de discernir para mí en aquel entonces. —*Yo ya estoy algo mayor, pero mi olfato cada vez es más fino y Dios, nuestro Señor, ha querido iluminar mi inteligencia para servir a los demás...*

—*No le entiendo, padre...* —Le interrumpí un poco nerviosa.

—*Es fácil, hija mía: Llevas muchos años velando por el bien de esta diócesis y por su gente. El bien impregna tu alma, pero no el de la Iglesia en la que crees.* —A cada momento su discurso se volvía más misterioso y más difícil de entender para mí.

—*¿Qué quiere decir?* —Recuerdo la ansiedad de mi pregunta.

—*Escúchame con atención... Hace más de dos meses tuve una visita inesperada que quería informarse de la situación de la colegiata. Era el bachiller Juan Fernández, condenado por la Santa Inquisición y perdonado por derecho de confesión a cambio de determinados servicios, supongo. No hace mucho y con plenos poderes ha creado la orden de los Monjes Negros.* —Su mirada se clavaba en mí con claros síntomas de preocupación que me desarbolaban por mi inocente incomprensión de entonces.

—Sigo sin entender, padre. No sé qué tienen que ver ese hombre y sus nuevos monjes conmigo... —Le escrutaba su semblante en busca de respuestas. ¡Pobre ignorante..! Solo el pasar de los acontecimientos dieron profundidad a los anuncios que me estaba haciendo mi prior.

—No me interrumpas. Déjame terminar y quizás lo entiendas... —me riñó cariñosamente. Ahora sé lo que le estaba costando buscar los términos con los que avisarme de los malos presagios que inequívocamente ya manejaba, intentando evitarme un sufrimiento anterior e inútil por otro lado. —Este supuesto servidor de Dios ha reclutado a antiguos soldados del rey, perfectamente adiestrados y con corazones vacíos de misericordia pero llenos de odio y sed de sangre; asesinos a sueldo que, siendo condenados a muerte por herejía y matanzas de buenos hombres, fueran moros o cristianos, judíos o mudéjares, han obtenido la recompensa de la vida terrenal a cambio de seguir cometiendo todo tipo de barbaries y tropelías, pero esta vez en nombre de Dios, al servicio del Santo Oficio.

—Sigo sin ver qué relación tienen conmigo estos Monjes Negros y este bachiller, o como se llame, padre —y era verdad, por más vueltas que le daba no encontraba lo que les unía a mi destino.

—Tienes razón, hija mía, en principio nada tienen qué ver contigo, salvo que el bachiller, Juan Fernández, recuerda bien su nombre a partir de ahora, me preguntó *por ti y por tu hermano. Quería saber...* —Todavía siento el escalofrío que recorrió mi cuerpo de arriba abajo.

—¿Qué quería saber? —Pregunté al padre Francisco con cierto grado de histeria.

—Vuestra situación y posición en Cangas y también vuestros derechos sobre la colegiata —como un puñal se me clavaron sus palabras. Mi inocencia se murió de repente. Como mujer intuía que nada bueno traían.

—¿Y para qué? —Tenía un miedo atroz a la respuesta, pero era totalmente necesaria.

—La Iglesia atraviesa tiempos oscuros y se encuentra entregada a servidumbres más lúgubres aún. Los nobles llenos de avaricia y los reyes corruptos precisan cada vez de más impuestos para sus absurdas guerras en nombre de un Dios en el que no creen, pues para ellos ya solo existen el poder y el dinero. El maligno, el Anticristo, ya está entre nosotros y cada vez es más fuerte —su voz ronca y con algo de congoja fue terriblemente triste y desoladora.

—¿Pero por qué les iba a interesar nuestra iglesia? —Prácticamente le estaba implorando una solución razonable que yo evidentemente no alcanzaba a ver.

—Nuestra colegiata recauda fondos para sus fieles, y los supuestos discípulos de Cristo, como los publicanos, piensan que esas ayudas deberían formar parte de los sueldos de sus soldados —aquí sí que vi la luz, la terrible causa de un todo que iba a romper mis sueños y toda mi vida. Un presagio cruzó veloz por mi cabeza y entonces temblé entera. El padre Francisco me dio un último consejo que nunca llevé a fin. —Toma todo tipo de precauciones, hija mía...

—Pero no pueden hacer nada, ¿verdad padre? —Le pregunté ya medio llorando...

—Antonio Pita, el comisario de Betanzos, y su bachiller Juan Fernández han puesto sus ojos en nosotros y hay algo en su naturaleza humana que está revuelto. Cuando la Santa Inquisición pisa un lugar es para saquearlo —su verbo ya era de resignación.

—¡Padre! –Todavía rememoro mi grito como un estruendo sobre las paredes del templo. Thalía, Nora, Rosalía y Clío se nos quedaron mirando con estupefacción.

—María: tienes que estar preparada. El Señor no te abandonará jamás. Ten fe. —Un sonido seco y triste repicaba en el silencio de la mañana. Una sensación de soledad y negra sombra impregnó en mi ser y no sabía por qué.

La última pesca

Fieles a su costumbre, Pedro y Antón salieron en su dorna a pescar, al igual que el resto de marineros de la villa. Tímidos rayos de sol limpiaban el aire invadido de la típica bruma matinal de la ría de Vigo. A medio camino entre Cangas y las Cíes el mar se mostraba tranquilo y cordial. La neblina que acompañaba al amanecer impedía ver las islas y los botes, a golpe de remo ligero, se movían armoniosos mientras los hombres echaban las viejas redes verdes que con lenta parsimonia se hundían en el azul turquesa del agua salada. Arrastradas en cortos trayectos iban atrapando la captura del día. Jureles, sardinas, lubinas, doradas y hasta pequeñas merluzas saltaban asustadas coleteando violentamente dentro del barco, desesperadas por respirar. A medida que se iban ahogando dejaban de moverse, aleteando con agonía las aberturas de sus branquias, al tiempo que los pescadores las iban clasificando en cajas de madera rellenas de sal gorda a fin de mantenerlas frescas hasta su desembarco en la lonja.

Un olor fuerte a pescado fresco impregnaba el aire que se dejaba resollar y que, mezclado con la calima marina, a fuerza de sol, se disipaba en un efecto vapor que hacía aún más húmedo el ambiente. Los hombres terminaban con sus huesos empapados y los cuerpos chorreando. Totalmente mojados, y a causa del esfuerzo, una mixtura de sudor provocaba en ellos un conjunto de efluvios con claros síntomas de tufo a humanidad.

La madrugada había ido dejando paso a las primeras horas de luz clara de la mañana y el vaho se desvanecía en rápida huida justo con el fin de la jornada. Con calma marina, el perfil de las Cíes aparecía dibujado al fondo acompañado de catorce impresionantes buques de guerra.

Paralizados por el pánico ante lo que estaban viendo sus ojos, los marineros comenzaron a gritarse unos a otros desesperadamente dando la voz de alarma. Las banderas piratas ondeaban rabiosas en el mástil mayor de cada barco. Los remos se precipitaban agitados en atolondrada carrera girando hacia la costa y abandonando las redes a su suerte sobre la superficie. Pedro se movía enérgico y, sin pensarlo dos veces, cortó los cabos que sujetaban las artes de pesca a fin de soltar lastre, mientras Antón bogaba con todas las fuerzas de las que era capaz. Una milla les separaba de la playa. Sabían que esa era la única posibilidad que tendrían de salvar sus vidas. La flota de Al-Aruk, con el Alejandría a la cabeza, avanzaba a toda vela. Pronto su artillería estaría a tiro. Los menos avezados, los viejos y los más débiles se iban quedando atrás. Algunos optaron por lanzarse al mar e intentar llegar a la orilla a nado pensando que así tendrían más probabilidades.

Pedro era consciente de que cuanto más se acercaran al arenal menos se podrían acercar las naves piratas, pues debido al tamaño de sus cascos encallarían y quedarían varados, pero también de que no tendrían tiempo suficiente. Uno de sus pensamientos, así lo supe tiempo después, fue para mí, su mujer. Imagino que pronto se le borró. La primera andanada hizo estragos. Como a cientos, la munición de los cañones y la temida metralla pirata impactó por doquier en las chalanas y pequeñas barcas, estallando en mil pedazos de madera que a su vez se clavaron como esquirlas mortales en sus cuerpos. La sangre empezaba a teñir a chorros el mar. Las heridas escocían desgarradoramente al mezclarse con la sal del agua y del pescado que cubría a estos. Restos de miembros humanos, peces reventados y madera compusieron en un momento un cuadro dantesco con olor a pólvora mojada.

Los piratas no conocían la piedad. Y ya solo quedaban dos o tres embarcaciones y algunos marineros, la mayoría heridos de muerte, braceando con torpeza en dirección a ninguna parte. El resto eran cuerpos flotantes sin vida, la mayoría por los impactos directos de las descargas o los trozos de madera y munición que saltaban troceados después, y otros simplemente ahogados.

Ahora era Pedro quien batía los remos y Antón lo intentaba con alguno de los maderos en que se habían convertido muchos de los botes. Mucho no les faltaba para llegar a tierra cuando una bala de cañón estallaba de lleno en su dorna. Los dos saltaron por los aires con sus entrañas destrozadas. Flotando sobre el agua, rodeados por un gran charco de su propia sangre, las olas arrastraban sus cuerpos hacía la orilla en un ligero zigzag.

Las mujeres de Cangas

Como mujer me ha tocado vivir una época difícil. El hombre domina todos nuestros actos, aunque yo tengo que reconocer que Dios ha sido benevolente conmigo en este aspecto: Dos hombres han llenado mis días... El primero fue maravilloso mientras duró y el segundo, el Señor me lo puso en el camino y ha sabido ocupar el enorme vacío que me dejó el primero... Mis padres nos educaron a mi hermano Antón y a mí sin apenas diferencias. De niña tuve a la Divina Providencia de mi lado y, al ser de familia noble, pero culta y religiosa y con un grado de humildad un tanto inconveniente en este tipo de linajes, accedieron a una especie de tutela por parte de los monjes benedictinos de la colegiata, de la cual mi estirpe fue fundadora y mecenas. Después llegó el padre Francisco, mi maestro y mentor.

Recuerdo mis últimos años de la infancia y los primeros de la edad de la inocencia con especial abnegación hacia él. Me enseñó a leer y escribir, a interpretar a los clásicos griegos, a dominar las matemáticas esenciales y a conocer la naturaleza y nuestro entorno. Con él aprendí latín, descubrí los nuevos mundos y disfruté estudiando la historia y los desmanes de la humanidad. Me reveló la esencia del conocimiento y la espiritualidad del alma, pero sobre todo, me guió... Me educó en los valores del ser humano, en la amistad, en el compañerismo, en la solidaridad y en el auténtico cristianismo, el de verdad.

Después de aquella reveladora conversación con el padre Francisco regresé a casa dispuesta a no perder los hábitos cotidianos. Cada mañana, antes de siquiera pensar el plato con el que sorprendería a Pedro a la hora de comer, dedicaba un par de horas a una de mis ocupaciones preferidas: Escribir cuentos para "mis niños"... Como Dios no nos había bendecido con un hijo, pues decidimos no tomárselo a mal, porque a fin de cuentas tuvimos muchos: pequeños revoltosos con las uñas sucias y mal vestidos, con el pelo lleno de grasa de solo lavarlo en el agua del mar. Eran los hijos de los vecinos, pobres y no tan pobres, que a través del padre Francisco acogíamos allí, en nuestra casa. Los metíamos como buenamente podíamos, amontonados en la sala grande que hacía las veces de biblioteca, y los alimentábamos un poco no solo de comida, también de entendimiento.

Recuerdo con gran nostalgia la pequeña biblioteca de mi casa, allí donde mi imaginación volaba sobre el papel pergamino. Como la colegiata no daba para mucho, poco a poco, fuimos llenando pequeños armarios de libros, de aquellos que íbamos consiguiendo de aquí y de allá. Tenía algunos pocos ejemplares de Aristóteles, Platón, Sócrates; bastantes de cuentos tradicionales gallegos, que incluso yo misma iba transcribiendo a ratos; algún manual de matemáticas, hasta uno sobre el teorema de Pitágoras; también mapas y desvencijados tratados de naturaleza y, en definitiva, todo aquello que caía en nuestras manos, muchos de ellos procedentes de los desechos de las bibliotecas abandonadas o quemadas de antiguos monasterios y abadías de la zona.

Aquel día que mi memoria no es capaz de borrar andaba a vueltas con un cuento popular que hablaba de brujas y curanderas, de nuestros bosques, nuestras tradiciones y de cómo el bien siempre terminaba triunfando sobre el mal, o eso creía yo entonces... Pero no era capaz de concentrarme al no poder quitarme de la cabeza en aquel momento las palabras del padre Francisco... Recapitulando las imágenes de aquel instante, sé que me levanté y me dirigí directa hacia un cofre que tenía escondido en el doble fondo de un armario. De una alacena, entre dos libros viejos de autores anónimos, recuperé la llavecita que lo abría. Levanté la tapa del diminuto baúl y extraje unos documentos atados con un lazo de roja seda. Eran los registros notariales de mis pertenencias. Instintivamente, sin saber por qué, leí de nuevo, como tantas otras veces, el que correspondía a la colegiata, en donde se me reconocía como heredera universal con todos los derechos de presentación junto a mi querido hermano. Era cierto: yo, de acuerdo con Antón, tenía el poder de nombrar prelado. Y lo ejercí años atrás eligiéndole a él, al padre Francisco, como prior.

Permanecí absorta en mis pensamientos y en lo que me había querido decir exactamente, negándome a creerlo. Contemplé los estantes llenos de sabiduría que llenaban la pared y de repente recordé que Sofía tenía que estar a punto de llegar con los niños. Aún vive y por causas del destino también seguimos juntas. Es una mujer del pueblo, buena vecina y amiga de la infancia, y quien me echaba una mano con los rapaces. Yo les contaba historias y ella hacía las veces de maestra. Siempre tuvo un don especial con ellos. Todos terminaban haciendo bien las matemáticas, la escritura, la geografía y hasta la música, musitando nanas y canciones populares para su edad. Les transmitía su energía constantemente, haciéndoles reír con esas muecas increíbles que solo ella sabía hacer, distorsionando su cara y esos ojos negros tan vivos que todavía tiene.

Primero fue un portazo y, de seguido, un estallido más o menos lejano lo que me despertó de mi ensoñación. Sofía entró apresurada y sola. Su rostro estaba desencajado y su pelo negro todo revuelto denotaba urgencias.

Otro estallido. La miré sin llegar a comprender lo que pasaba y con un gesto de terror me indicó la ventana. Miré a través de ella y me quedé paralizada de horror. Nuestros hombres bogaban desesperados hacia la playa mientras una flota diabólica de piratas los iba masacrando uno a uno a cañonazos. Volví a mirarla totalmente desolada e inmóvil.

—¡María! ¡Los están matando! —Gritaba como una posesa. Por fin reaccioné. Y recuperé con relativa calma mi coraje.

—Tenemos que llegar antes que ellos a la orilla. Date prisa reúne a las demás. En la planta de abajo están los aperos. Coger los arpones y las hoces y todo aquello con lo que poder defender a nuestros hombres si es que llegan. Que alguna junte a los niños y los esconda en la bodega del almacén. ¡Vamos, deprisa! —La verdad es que aún no sé cómo no me desmayé, ni de dónde saqué aquella serenidad. Pero conseguí que Sofía cambiara su semblante y reaccionara al menos.

—¿Y tú, María? —Me preguntó angustiada.

—Yo voy a la colegiata a dar la alarma. Haré tocar la campana con todas mis fuerzas. Apañaré a todos los vecinos que pueda y me uniré con vosotras en Rodeira —no le di tiempo a más. Salí corriendo igual que cuando era niña y tenía miedo, pero esta vez no iba a casa a protegerme.

El ruido que producía la artillería pirata no cesaba y cada vez era más fuerte y los cañonazos, o lo que fueran, estallaban en mis oídos produciéndome un dolor insoportable al tiempo que ensordecían el ambiente y la turbación invadía mi ánimo.

Justo antes de irme, Sofía se quedó mirando por el ventanal observando cómo el último bote que estaba a punto de llegar saltaba con sus dos tripulantes por los aires. Un desconocido impulso me obligó a darme la vuelta y ver la expresión de angustia y desesperación en sus ojos, mientras se curvaba y comenzaba a vomitar con espasmos. Le pregunté si se encontraba bien, pero muda de terror y mirando fija hacia la ventana, no me contestaba. Algo asaltó mi corazón y yo también miré. En realidad no me dio tiempo... Ahora creo que el Señor quiso evitarme lo que hubiera sido un sufrimiento ya innecesario. Y así, otra andanada cayó a escasos metros de la casa, llenando de un fuerte humo negro con un insoportable olor a azufre el aire. Nos levantamos juntas. Sofía parecía ya recuperada. Me lo confirmó con un leve movimiento de asentimiento de la cabeza y salimos totalmente precipitadas, corriendo despavoridas como alma que lleva el diablo, cogiendo cada una su camino.

Cuando llegué a la iglesia, Rosalía ya estaba al mando organizando a las mujeres. Sus duros rasgos celtas la dotaban de una belleza singular. El pelo rubio pajizo lo llevaba y lo sigue llevando todo revuelto y enredado como si nunca lo cepillara. Sus ojos azules intensos me miraban con angustiosa calma y fruncía el ceño con sus cejas finas y bien pobladas. Sus rosados pómulos se tensaron y su tez fina blanco miel estaba aún más pálida. Cerca de ella el padre Francisco se agitaba dando órdenes confusas a diestro y siniestro. Rosalía intentaba gobernar el caos.

—Clío fue a recoger a los niños y Thalía a esconder a nuestros mayores en el estudio de Alba, que es el lugar más grande que tenemos —me indicó sin preguntar.

—Sofía iba a apañar lo que pudiera de mi almacén y llevarlo a la playa para intentar defender a los que sobrevivan. Los niños podrían esconderse en el sótano oculto de mi casa —le informaba mientras tomaba dirección a la torre del campanario. caos.

—Ya se lo comenté a Clío. Le di instrucciones de reunirnos después en Rodeira antes de que sea demasiado tarde... —siempre fue así de eficaz, anticipándose a los hechos. —¡Dios mío, María! ¿Qué vamos a hacer?

—¡Vete entonces ya! ¡No tenemos mucho tiempo, y menos para lamentaciones! —Le respondí dura pues sabía que no podía permitirme que desfalleciera. —Busca a Eva para que pueda atender a los heridos. Y necesitamos también a Helena, que es la que mejor sabe luchar... ¡es nuestra única esperanza..! —Y estaba en lo cierto.

—No te preocupes por eso... Ya debe de estar allí. Hace un rato pasó como un rayo y me dijo a gritos que iba a la orilla a ayudar. Llevaba la espada de su difunto padre en la mano. Nora la seguía —un alivio llenó mi alicaído corazón. Las mujeres estábamos unidas y dispuestas a todo...

—Voy a tocar la campana para dar la señal de alarma a todo el pueblo —y la dejé casi con la palabra en la boca.

—De acuerdo, pero creo que a estas horas con tanto cañonazo imagino que ya todos se habrán enterado. caos.

Empapada de un sudor frío subí hasta el final del campanario y con todas mis fuerzas agarré la soga, tirando de ella como una posesa, de arriba abajo y al revés. Toqué a rebato y el retumbo potente de sus tañidos solo ahogaba a medias las crueles descargas piratas.

A poco más de un centenar de brazas de la playa se divisaban los primeros botes piratas preparados para el desembarco cuando llegaron Helena y Nora. Los cuerpos inertes o malheridos de nuestros hombres arrastrados por las olas alcanzaban la arena. Dantesco era el espectáculo. El mar se oscurecía y teñía la orilla con su marea de sangre caliente. Sucesivamente iban apareciendo sus mujeres, que se postraban llorando y gritando sobre los cadáveres con olor a carne fresca recién amputada.

Helena se adentró en el agua, salpicada por la suave marejada, esquivando formas humanas y corriendo totalmente poseída hacia los primeros corsarios en descender de sus barcas, agitando con furia la espada que empuñaba con su mano derecha, mientras en la izquierda aferraba fuertemente una brillante y afilada daga. Sin tiempo para reaccionar y de golpe certero batiendo el arma de izquierda a derecha, seccionó el cuello de uno de los asaltantes al tiempo que clavaba mortalmente el puñal en el pecho de su acompañante. Los dos cayeron fulminados. Un tercero intentó atacarla, pero a destiempo, y ella le atravesó el bajo vientre en posición de descanso apoyada a gachas sobre sus talones. La sangre de sus víctimas iba salpicando su pelo castaño y su tez blanca. Su padre, un viejo capitán al servicio del rey, le había enseñado el arte de la esgrima y de la guerra desde muy pequeña. Con singular pericia y a medida que iban llegando junto a ella, iban cayendo de igual modo, uno tras otro.

Pero cada vez eran más y más, llegaban por decenas. El cielo poco a poco se iba tornando a gris y el sol se escondía amedrantado ante tal masacre: Viejas desconsoladas ante los llantos de sus nietos, eran violadas primero y asesinadas sin piedad después por una canallesca cobarde que obligaba a los críos a presenciar semejantes tropelías.

Aunque muchos ya habían llegado, al aviso del repique de la campana el resto de los vecinos se iba acercando muerto de espanto a la colegiata. Rosalía y el padre Francisco los organizaban como buenamente entendían y Alba los conducía en diminuta procesión a su taller, donde cada noche visionaba el firmamento y estudiaba los astros y sus influencias. Al menos era lo bastante amplio para que un gran número de ellos se pudieran refugiar hasta que todo pasara o todos encontráramos una muerte cruel a manos de hombres tan sanguinarios.

Clío se encargó de reunir a todos los niños que pudo y encontró, y con la ayuda de Sofía huyeron corriendo como gatos hasta el almacén de mi casa para esconderlos en el subterráneo secreto que había excavado años atrás mi marido, pensando precisamente en los continuos ataques que en otros tiempos ya habíamos tenido de piratas y asaltadores de distintas calañas.

Asustada por las mortales salvas y el continúo cencerreo de la campana, en cuanto llegó Eva, nuestra doctora, o algo parecido, se fue todo lo rápido que pudo a la playa para poder auxiliar a los heridos que fueron arrastrados a la orilla. Llevaba colgado a la espalda una especie de saco con cuerdas atiborrado de sus hierbas y ungüentos para aliviar dolores e intentar cortar hemorragias, o dar la extremaunción, supongo.

Y no le tembló el pulso a pesar del panorama y con la protección de Helena iba de uno en uno, más que atendiendo a los heridos, certificando el fin de sus días. Y mientras esta nuestra mujer guerrera se batía con espíritu de soldado a dos manos con el enemigo, en un acto puro lleno de valentía, Nora, impasible e imperturbable, con la sangre más fría que una se pueda imaginar, se deshizo de su túnica quedando completamente desnuda ante un par de infieles, a fin de evitar la violación de una pobre anciana que, llorando los despojos de su hijo y rodeada por el cuello de su nieta pequeña, se había convertido en fácil presa para esta pareja de piratas sin escrúpulos y deseosa de saciar sus más viles instintos. Ante tanta belleza, el primero no pudo reprimir deshacer su cincha y dejar al descubierto su erecto miembro dispuesto a tan placentera proposición. Y con tal obsesión por el deseo ni se percató de la proximidad de Helena, que de un tajo preciso con la espada le cortó la verga, de la que manó un chorro de sangre caliente y al tiempo un alarido endemoniado. El segundo miraba la escena estupefacto y, sin dejarle reaccionar, Helena le seccionó la pierna derecha e hizo que cayera de bruces.

Girándole su cuerpo y con el terror dibujado en la cara del pirata, ella, sin más sufrimiento, le dio muerte cristiana atravesándole el corazón con su daga.

Eva intentaba denodadamente hacerle un torniquete a uno de los nuestros, que permanecía tumbado en la arena, casi temblando convulsivamente por el frío. Tenía una ligera herida en la ingle, al parecer no muy profunda, pero que le había atacado a una de las venas más importantes y estaba pues perdiendo bastante sangre. Le emplastó un paño y se afanaba en atajar el continuo y regular flujo que emanaba de la incisión. Sorpresivamente, un pirata caía a su lado fulminado, derribado por un arpón clavado en el pecho que le había lanzado certeramente Nora tras arrebatárselo a Clío, recién llegada. Sofía se había quedado al cargo de los más pequeños.

Helena, girando sobre sí misma y no viendo ya más solución, ordenó:

—Clío, vuelve con Sofía y los niños, a ver si luego puedo ir yo. Nora, vístete y vámonos: reúne antes a todos los que puedas de aquí y hazlos correr hacia el pueblo. Ya no podemos aguantar más en la playa. Nos rearmaremos en la colegiata. Eva, querida, tienes que dejarlo, ahora no podemos hacer más, su única esperanza es que lo den por muerto...

—¿Y quién se lo va a decir a María? —Le dijo la doctora gimiendo. Yo estaba a más de doscientos metros y *no podía verlos, pero mi corazón se me había encogido y saliendo a la puerta de la iglesia miraba ansiosa hacía la playa esperando verles venir...*

Helena la miró compasiva, pero no pudo contestarle... Sin tiempo para más, tiró de Eva y la levantó a la fuerza, obligándola a correr. La invasión de Cangas era ya un hecho consumado. Cientos de pequeños botes arribaban en la playa de Rodeira, mientras la aún tímida luz del sol difuminaba la flota del pirata Al-Aruk como naves de espectros fantasmagóricos.

El saqueo

Un bote algo mayor que el resto encalló en Rodeira, ya tomada por los invasores. De él bajó el capitán acompañado de su tripulación de confianza, su segundo y el bachiller, Juan Fernández. Impávido, contempló la desolación causada por sus hombres: mujeres muertas después de haber sido abusadas, con las entrepiernas desgarradas y las caras congestionadas por muecas de dolor y ojos de terror; niñas desnudas y ensangrentadas; viejos mutilados; entrañas esparcidas... y Cangas en llamas. Uno tras otro y como una pira infernal, iban ardiendo casa a casa, edificio tras edificio, establos, almacenes... Al-Aruk caminaba deprisa, sin parar en nada y en nadie, con una única obsesión en la cabeza: apuntando al cielo se alzaba la atalaya de la colegiata.

Dejando atrás el caos, sin oposición alguna, llegó al pórtico que, majestuoso, le indicaba la entrada al templo. Aún no habíamos sido capaces de evacuar a todos los vecinos y algunos ancianos permanecían con nosotros en su interior. El padre Francisco flanqueaba el umbral valiente y sin dudas, empujado por la fe de nuestro Señor. Yo observaba asustada desde el ábside que envuelve la última estancia lateral del crucero, debajo del Cristo del Consuelo, como si estuviera esperando su protección. Su mirada helada se clavó en mí. Un mal presentimiento erizó mi piel. Me inundaba el miedo.

Paralelamente, Clío conseguía llegar junto a Sofía y aunque los hombres de Al-Aruk ya estaban entrando en la casa de María, ella se conocía la entrada oculta entre la maleza de la parte trasera que conducía al mismísimo sótano, donde silenciosos, los chiquillos hacían enormes esfuerzos por no llorar, ni chillar de miedo, meándose en sus paños menores. Avanzaban destrozando cuanto había en el interior, buscando, supongo, objetos de valor que no encontraron, pues Pedro y yo estábamos muy alejados de los signos de riqueza convencionales. Algunos desde fuera esperaban la orden del jefe de la cuadrilla para lanzar las antorchas y quemar así mi hogar.

Me zumbaban los oídos y lejano como un rumor escuchaba las súplicas y oraciones de las gentes del pueblo provenientes de la morada de Alba, acurrucados unos contra otros con el fuerte olor a quemado impregnando la villa, preparándose para morir calcinados o asfixiados por el humo. Estridentes carcajadas acompañaban las antorchas de los infieles. Por la retaguardia, mujeres ya desesperadas, encabezadas por Helena y Nora, y seguidas a prudente distancia por Eva, se enzarzaron en la batalla final a fin de proteger a los suyos. Muchos eran los piratas, pero más fuerte era la rabiosa ira que ellas arrastraban. Aunque desigual númerica pronosticaba nuestra derrota, la destreza de Helena y la unión de la muchedumbre terminaron por acobardar a los berberiscos que iban cediendo ante los golpes, pedradas y el ataque descorazonado de lo que quedaba de la población, evitando así el incendio de la edificación donde Alba había refugiado a los más impedidos.

La colegiata en llamas

—¡En nombre de nuestro Señor Jesucristo, no profanarás la Casa de Dios! —Se interpuso al capitán pirata con los brazos en cruz, cortándole la entrada a la iglesia, el padre Francisco.

—¡Este no es mi Dios, cristiano! –Le replicó Al-Aruk y, llegando hasta él con decisión, le atravesó el pecho con su espada pagana. Un chorro enorme de sangre regó el suelo bajo el pórtico, debajo del cuerpo a medio desplomar del prior. —¡Y tu fe no te va a salvar! A Él te envío para que le puedas servir mejor.

—¡Qué Dios se apiade de ti, capitán! En verdad te digo que tu corazón vagará lleno de pena y dolor durante años, hasta que encuentres el perdón de los muertos y la misericordia de nuestro Señor... —Y dicha la profecía, murió arrodillado con la mirada fija, con una extraña y casi divina fuerza, en los ojos del capitán pirata. Un temblor frío y extraño recorrió de arriba abajo el cuerpo de Al-Aruk.

Atenazada, dos lágrimas espesas caían de mis ojos. El llanto esbozaba una mueca pálida en mí. Llena de pavor me subí a medio trompicar al pequeño retablo que alberga al Cristo y me abracé a él como esperando un milagro. Mi fe se tambaleaba y mi alma lloraba con amargura.

Agitando con vehemencia los brazos, Helena indicó a Nora y a Eva que la siguieran. Corriendo lo más rápido que pudieron llegaron a la colegiata. Nora se adelantó y gritando se dirigió a la escolta de Al-Aruk, llamando su atención mientras de nuevo volvía a dejar caer su vestido de una pieza. Los bárbaros la miraban atónitos y otra vez Helena, espada en mano, fue rematando a aquellos que se interponían en su camino al mismo tiempo que protegía a Nora, la bella. Atónito, el bachiller, Juan Fernández escapaba cobarde hacía un lateral de la iglesia para así no cruzarse en su camino.

James, el segundo del capitán, se encontraba a contrapié flanqueando la otra entrada contigua de la colegiata y ya no llegó a tiempo de proteger a su jefe... Las espadas se encontraron. Ataque y defensa, el pirata y Helena ofrecían un combate sin tregua. Con un movimiento audaz Helena le rozó con el filo de su arma la mejilla a Al-Aruk, dejándole una herida parecida a una cruz. El pirata se llevó la mano al rostro comprobando su palma manchada de sangre. Encolerizado, lanzó una arremetida implacable contra Helena, hiriéndola en su brazo derecho, librándola de su espada y derribándola al suelo. Aún no sé por qué, nunca me lo contó y yo tampoco se lo pregunté, pero el infiel no la mató...

—James, hazte cargo de ella. La quiero viva. Y manda prender fuego a la iglesia —ordenó enfurecido.

El resto de la guardia de Al-Aruk que quedaba en pie había conseguido dominar la situación y Nora y Eva huyeron a tiempo entre las callejuelas que rodean a la colegiata, poniendo a salvo sus vidas, por lo menos de momento.

Asustada. No tengo otra palabra para describirlo. Estaba muy asustada. Rezaba en voz baja, susurraba más bien, mientras con paso decidido él venía hacia mí. Su recia mirada traspasaba mis ojos vidriosos. Había muy poca luz. El sol se había ocultado como si no quisiera saber nada de tanto desastre.

La casa de Dios empezaba a arder con fuerza. El pirata se paró un instante en el crucero central y, sin variar su semblante, me volvió a fulminar con sus pupilas gatunas. El fuego se extendía velozmente, como si lo atizara el propio diablo. Parte del tejado se comenzaba a desplomar y el retablo principal hacía un efecto pira avivando aún más las llamas. El humo hacía el lugar irrespirable. Y yo juro que sentí la mano de Dios cogiendo mi pequeña alma y llevándome a su lado.

Entre una vida y otra, vi al capitán acercarse impertérrito. De repente, el milagro que había estado pidiendo llegó: Una gran viga de madera con forma de crucifijo en brasa viva se desplomó sobre Al-Aruk. Y allí, justo delante de mí, yacía inmóvil, aún vivo y sepultado por el símbolo de su Dios enemigo.

Un rayo eterno, nunca mejor dicho, cegó primero y silenció después, acompañado de un gran trueno, Cangas. El fuego y el humo lo invadían y arrasaban todo. Ya solo quedábamos mi Cristo del Consuelo y yo, y el cuerpo de un capitán pirata infiel en suelo santo y cristiano.

Abrió a llover. Dios atendía mis súplicas y enviaba una parte del diluvio universal. Una blanca mezcla de vapor y aire negro llenaba el espacio, pero no importaba porque el fuego poco a poco se iba apagando. Empecé a toser, dándome cuenta con ello de que aún estaba viva y abrazada con fuerza al Cristo. No sé si se trató de un prodigio del Señor, pero algo parecido debió de ser.

De pronto oí cantar a un ángel un Ave María precioso, pero desgarrador como el momento, y entonces creí estar muerta. Lo oía tan cerca que pensé que ya estaba en el paraíso... Del hueco de la cripta que ocultaba la pequeña cúpula en la que me encontraba salía la voz... y el cuerpo de Thalía, cantando claro cánticos celestiales a Nuestra Señora y caminando sonámbula hasta llegar al altar mayor. Se quedó postrada con la mirada perdida hacia un insondable infinito del cielo, que ahora se podía ver desde el interior por el techumbre derruido.

Fuera de la colegiata, James y el resto de los piratas permanecían paralizados. Los vecinos habían vuelto a salir a las calles. Encabezados por Alba, viejos, mujeres y niños los rodeaban ya sin miedos, como inspirados por la furia divina. En su interior, el pánico a la ira de un Dios diferente se había hecho dueño de los corazones de los turcos. Eran bárbaros e infieles, pero temerosos de lo sobrenatural. James, a gritos entrecortados, anunció la retirada. Y entonces descubrí que también sabían correr como alma perseguida por el maligno.

Eva se apresuró en ir junto Helena, a la que los piratas habían dejado tumbada en el suelo, frente al pórtico, muy cerca del cuerpo sin vida del padre Francisco. Con prestancia le aplicaba un poco de resina de pino sobre el corte recibido y lo vendaba con cuidado para no hacer sufrir aún más la incisión.

Fue Nora quién vino a socorrerme, sujetándome de la cintura, y me hizo descender al suelo sin dejarme caer. Sentía mucha debilidad y flojedad después de tanta tensión. Me ayudó a postrarme con mucha delicadeza dándome un beso en la mejilla y un fuerte abrazo que aún no pude corresponder. Ella lloraba.

—¡Nora ven conmigo, vamos a buscar a los niños! Ya se queda Alba con María —le mandó Eva. Obedeció sin rechistar, esperando a que Alba estuviera a mi lado. Nos miramos las tres y nos sonreímos fugazmente con cierta tristeza de difícil explicación.

Sofía y Clío seguían escondidas en mi casa con los críos. Los piratas que rodeaban la misma aún no sabían nada de la retirada y, aunque las antorchas se les habían apagado y ya no corría peligro de ser quemada, sus vidas sí. Dos de ellos escucharon los ahogados gemidos de los chavales y buscaban como locos cómo llegar a ellos. De momento no habían acertado, pero poco les faltaba ya. Oyeron un fuerte ruido y al girarse pudieron contemplar por el ventanal a sus compatriotas huyendo en oleadas hacia los botes anunciando a gritos la retirada. Otro ruido más. Y ahora unos pasos. Y sus ojos quedaron turbados: Nora desnuda. Y esta es la última imagen que vieron.

Un puñado de polvo de vidrio fue lanzado sobre sus caras. Quearon ciegos momentáneamente y Nora no desaprovechó la ocasión para desgarrarles sus entrañas con una afilada azada. Tras dos gritos desgarradores, la muerte también les llegó con su negra sombra.

Los Monjes Negros

Bogando apresuradamente los remeros del bote mayor trasportaban a James y al bachiller Juan Fernández al Alejandría. Dejada la costa atrás, reinaba el silencio y solo el coordinado chapoteo de las palas sobre las olas del mar se dejaba escuchar. Los rostros cabizbajos de los piratas iban con la boca cerrada como temiendo que sus palabras fueran maldecidas. Incómodo, Juan, ante tanta superstición infundada, contemplaba con desdén la retirada. Hacía poco que le conocía, pero comenzaba a echar de menos al capitán. Al-Aruk empezaba a caerle bien. Tenían mucho en común, pensaba. Los dos con sus almas vendidas al diablo... bueno, la del pirata ya se la había cobrado.

Pero de su cabeza no se iba la imagen de María aferrada al Cristo. ¡Menuda bruja!, se dijo a sí mismo. Al menos su objetivo estaba consumado. Lástima que no pudiese pagar personalmente el resto de la deuda al difunto capitán. Ya en el puente de mando del Alejandría hablaron, mientras la tripulación preparaba los aparejos para iniciar el regreso a la base de las islas Cíes.

—Bachiller, nuestra misión está cumplida. El Capitán está muerto, así que ahora estoy yo al mando. Los turcos son temerosos de Dios y para ellos hoy Alá ha hablado, así que regresamos a Argel. Haremos parada en Portugal, donde tenemos algunos aliados, y lo desembarcaremos allí.

Ahora solo falta el resto del pago. —James no tenía la dialéctica del Capitán, pero había aprendido de él a ser tajante y claro. Parco en palabras, se expresó de modo directo y sin rodeos. Sabía hacerse entender perfectamente cuando le convenía.

—Tendrá lo acordado, James, pero será necesario hacer una escala un poco larga para que pueda hacer llegar recado de nuestro paradero —le respondió sin titubeos el bachiller, como acostumbrado a este tipo de situaciones.

—No hay problema. Además los hombres necesitarán un poco de manga ancha para reponerse de lo ocurrido y poder olvidar cuanto antes que se han quedado sin su jefe —argumentó James inalterable sin que el bachiller tuviera una certeza clara de que hubiera segundas intenciones en su actitud.

—Entiendo. A fin de cuentas, a rey muerto, rey puesto. —Insinuó perspicaz Juan dispuesto a saber con quién se la jugaba ahora.

—No haga insinuaciones gratuitas, bachiller. Yo no lo he buscado —le replicó airado James.

—Faltaría más. Alá ha marcado su destino o... ¿Sería mejor decir que la Divina Providencia ha estado de su lado?

James prefirió no contestar y con un seco "buenas noches" dio por zanjado el asunto. Atracaron en la fortaleza de Viana do Castelo y todo se hizo según lo pactado.

Juan Fernández, el bachiller, regresó a Santiago escoltado por sus hombres más fieles y leales, aquellos con los que no hacía mucho había fundado la nueva orden de caballeros del Santo Oficio de la que era prelado: los Monjes Negros.

Aquel día, en Cangas, nadie se percató con el desconcierto que gobernaba la villa de la presencia de cuatro figuras oscuras. En la confusión cargaron como si de un cadáver más se tratara con el cuerpo inmóvil de Al-Aruk y lo acarrearon hasta una casa vacía a las afueras del pueblo. Aún respiraba.

Esperaron a que el oscuro manto de la noche les envolviera y, cerrándole las heridas, lo tumbaron sobre una carreta cubierta y disimulada con paja y con todo el sigilo del que fueron capaces salieron de Cangas sin ser vistos los cuatro Monjes Negros y Al-Aruk, con destino desconocido. Nadie sabía que estaba vivo. También ellos desconocían cuánto podría resistir. Solo cumplían con las órdenes recibidas al efecto y secretamente, si se daba el caso. Y así hicieron... Solo ellos, y el comisario de Betanzos, abad mayor del Santo Oficio, compartían el nombre del nuevo destino del capitán pirata.

Rodeira

Poco a poco nos fuimos sobreponiendo, o algo parecido, al caos. Alba y yo nos levantamos y recogimos a Thalía, que aún estaba en el altar. Parecía que dejaba de llover y un mediodía de nubes y claros llenaba el cielo. Un arcoíris con colores tenues y apagados cruzaba el horizonte con melancólica tristeza. Como buenamente podíamos, con las fuerzas muy debilitadas, apoyándonos las unas en las otras, caminábamos por el paseo marítimo a fin de llegar a mi casa y a la playa de Rodeira
.

Antes de pisar la arena se nos apareció Rosalía malherida. También vimos venir a Eva con Nora, Sofía y Clío, y detrás todos los niños con rostros acongojados, y muchos malolientes a orín y otros desechos. Enseguida la doctora se puso a atender a la moribunda. Tenía incrustados pequeños trozos de plomo por debajo del estómago. Las heridas no eran demasiado profundas, pero sí conllevaba determinada gravedad la pérdida de sangre acumulada ya. Dando instrucciones a los chiquillos de mayor edad para improvisar un camastro, le fue cortando la hemorragia extrayendo primero con delicadeza los proyectiles y cosiendo provisionalmente las incisiones después de injertarle una especie de emplastos. A un par de ancianas viudas que encontró por el camino les pidió que acompañasen a la malherida a mi casa para que Rosalía pudiera reposar. También le sugirió a Nora que en cuanto estuviéramos allí le preparara un buen caldo caliente e hígado de cerdo estofado cortado en pequeños trozos, para obligarla después pacientemente a ingerir esta comida, a fin de poder recuperar cuanto antes el líquido rojo que nos da la vida.

Mientras atendíamos a Rosalía, nos alcanzó a trompicones Helena. Antes de que se la llevaran y con el sol ya iluminando el día, ante todas nosotras se nos presentaba el desolador cuadro final: La playa de Rodeira con una ingesta de cadáveres, miembros mutilados, hombres, mujeres, niños, viejos... heridos agonizantes la mayoría, pieles sesgadas, gritos delirantes y extremidades casi inmóviles ya. Pupilas fijas al cielo, almas fuera de sus cuerpos y cadáveres a medio camino de la putrefacción.

Con mucha atención escudriñando algo concreto, mejor dicho, a alguien, miré fijamente. Volví a sentir un asalto amargo en mi corazón. Busqué con insistencia a Pedro. De reojo observé a Eva cruzando la mirada con Helena y también con Nora. Dejé de explorar y clavé mis ojos en la doctora.

—¿Dónde está Pedro, Eva? —Pregunté irritada.

No me contestó. Simplemente giró despacio la cabeza y su vista se concentró en un punto exacto del centro de la playa, muy cerca de las olas. La seguí con la mía. El pecho me pegó un vuelco y una angustia jamás vivida antes me impidió casi respirar. Contemplé aturdida el cuerpo de un hombre que en verdad me resultaba muy familiar: era

Pedro, tumbado e inerte, con la ingle toda embarrada de una sucia mezcla de sangre y arena mojada.

Por fin inhalé una bocanada de aire y grité de dolor el nombre de mi marido con todas mis fuerzas. Caminé apresurada, casi corriendo, pero me fallaban las energías.... Enormes lágrimas descendían por mi rostro. Ya junto él, me postré y pegué mi cara a la suya, rozando su negra y profunda barba. Con mi mano derecha acaricié su pelo ondulado. Al mirarle, confusa, descubrí que aún vivía, y me puse a llorar más todavía, casi de alegría.

Un hilo de voz llegó a mis oídos.

— María... siempre te querré... —rompí en sollozos y con mucho esfuerzo él levantó su mano. Le tuve que ayudar a ello y a limpiarme mis mejillas... -Escúchame bien: estaré contigo todos los días de tu vida... Nunca te abandonaré... Vendré a verte cada noche... hasta que nuestras almas vuelvan a caminar juntas por la playa... como siempre hicimos... -Deliraba ya.

— ¡Pedro, no, por favor, no te vayas..! —Busqué la mirada de Eva y esta me hizo un gesto de negación con la cabeza. Todas llorábamos. Solo yo tenía marido. Y lo iba a dejar de tener pues se moría... Era tan feliz con él...

—¡Ten fe, María..! El Señor está contigo y te protegerá... como lo hizo antes en la colegiata —Me quedé paralizada. No podía ser. Pedro no podía saber lo que me *había pasado en la iglesia... Pero ya no me quedaba ni tiempo para preguntarle. –¡Quérote, María..!*

Fue su última frase entre mis brazos. Me dio su último aliento lleno del amor que toda nuestra vida nos acompañó. Lloré, grité, pataleé, maldije, blasfemé y me callé. Una tristeza tan inmensa como el océano que tenía mojándome los pies se adueñó de mí. La congoja sería mi inseparable compañera durante los siguientes largos y eternos cuatro años. Y solo por las noches, paseando descalza y semidesnuda por la playa, rememorando la imagen de Pedro, el alivio llegaba hasta mí.

El hermano Pablo

Era la hora tercia. Algunos de los monjes benedictinos caminaban por el magnífico claustro construido pocos años atrás, deambulando y rezando medio sonámbulos. La luz anegaba el hermoso jardín que ocupaba bello y oloroso el patio central. La sensación de fresco del lugar, favorecida por la humedad de la piedra, había impregnado las corrientes de aire que bullían por el monasterio. Izados sobre dos niveles, los arcos de ojiva proveían de una sobria religiosidad al espacio. El silencio se rompía levemente con murmullos acompasados por la oración y el recogimiento.

Un joven fraile de dulces facciones y mirada llena de paz caminaba al lado del abad. El lento repique de la campana mayor daba por terminado el tiempo de plegaria.

—*Hermano Pablo, tengo una misión que encomendarte.* —*Empezó la conversación el superior.*

—*¡Le escucho, Padre!* —*Le contestó el fraile con total abnegación.*

—*¡Ten fe, María..! El Señor está contigo y te protegerá... como lo hizo antes en la colegiata* —*Me quedé paralizada. No podía ser.*

—*Se trata del capitán pirata...* —*El hermano Pablo le observó con curioso interés. Había oído hablar de Al-Aruk en el convento a otros religiosos de mayor edad y no eran demasiado agradables los hechos que de él contaban.* —*La* orden de los Monjes Negros lo rescató entre la confusión del gentío durante el saqueo de Cangas, ya moribundo. Tenían instrucciones del comisario de Betanzos, Antonio Pita, de que, si caía muerto o malherido, recogieran su cuerpo y lo trasladaran sin ningún tipo de demora, excusa o incidente a San Martin Pinario en Santiago, incluyendo el uso de la fuerza si fuera necesario o la desaparición del cadáver llegado el caso... Pero José Argo, el monje mayor de la orden, ante la gravedad de su estado, y creyendo que aún quedaban esperanzas de mantenerlo con vida, decidió por su cuenta desviar el camino y acercarlo a nuestro monasterio... Así fue como me lo relató él mismo, cuando nos lo otorgaron... También me contó al mínimo detalle cómo cayó y la verdad es que me quedé sobrecogido... — Hizo una pausa. El hermano Pablo escuchaba con atención, esperando el desenlace y sabedor que mientras el Abad no se lo indicara no estaba autorizado a hablar, y mucho menos a interrumpirle. —Al Aruk, que es como se llama el corsario, es un hombre sanguinario. Ha matado a infinidad de hombres y violado a cientos de mujeres, y en sus batallas tiene fama de no dejar a nadie vivo ni nada que se sostenga en pie. La crueldad manda en su alma y la oscuridad llena sus días. Sin embargo, algo muy fuerte debe de haber en su interior cuando nuestro Señor se le ha manifestado...

—¿Cómo? –Ahora sí que se había inmutado el hermano Pablo, desobedeciendo el voto de obediencia y sumisión al que se debía a su superior. Pero el abad no le censuró su osadía, pues entendió que aquello de lo que le estaba informando podría haber alterado la sangre fría del mismísimo Satanás. Como si no le hubiera escuchado, el prior continúo su exposición.

—Con toda su ira llegó hasta la colegiata de Santiago y después de asesinar sin compasión a su prior, el padre Francisco, se dirigió hacía su protegida, una mujer llamada María, de nombre, Soliño, su linaje, al tiempo que sus hombres incendiaban la iglesia obedeciendo sus órdenes. Esta mujer se escondió en uno de los retablos asustada y suplicando al Todopoderoso se aferró con sus manos y su espíritu al Cristo del Consuelo esperando lo que ya parecía inevitable... —El hermano Pablo escuchaba embelesado la historia deseando que se le desvelara el desenlace final. —Pero Dios escuchó las plegarias de la mujer y cuando su fin se manifestaba certero, bien por la espada de Al-Aruk o bien por el incendio que asolaba la colegiata, una de las vigas centrales atada a su crucero se desplomó sobre el bandido, quedando sepultado por un madero con forma de cruz ardiendo como las más vivas llamas del infierno... De seguido un relámpago enviado del cielo acompañado de un trueno como nunca nadie había escuchado, y lluvia, mucha lluvia, como si fuera el diluvio universal, fueron los actos de Dios para salvar a esta mujer... —El fraile se encontraba sobrecogido, recordándole algún lejano fragmento de su vida anterior. —Y tengo el presentimiento de que la vida del pirata también.

—No le entiendo, padre. ¿Qué quiere decir? —No sabía qué pensar el hermano Pablo: ¿cómo iba a proteger el Señor a un asesino y además infiel? Un pequeño remordimiento le empezó a reconcomer las entrañas.

—¡Creo que nuestro Señor es infinito y misericordioso y misteriosos son sus caminos! Y también creo que tiene una embajada especial para este hombre, por incomprensible que nos parezca. —Afirmó con gran seguridad el abad.

—¿Qué necesita entonces de mí, padre? Usted sabe que le obedeceré. —El hermano Pablo se encontraba ansioso de que su mentor confiará en él su propósito.

—Deseo que le veles no solo de fortaleza, sino de espíritu igualmente. —Dijo con voz queda.

—¿Pero por qué? —Dijo en un susurro y con determinada decepción en su alma, el fraile.

—Porque Dios ha hablado...

—¿Pero si es un infiel...? –Le reprochaba.

—Para nuestro Señor todos sus hijos son iguales. Recuerda, Pablo, hijo, tú también eres un converso. —El monje esta vez calló y se ruborizó, y las evocaciones del pasado regresaron a su pensamiento.

De mozo, tras la muerte de sus padres y sus dos hermanas a manos de asaltantes y bandidos, en la aldea que lo vio nacer, juró renegar del Todopoderoso. Pocos años después se alistó en las milicias y comprobó cómo en nombre de su rey él había sido un canalla más, igual que aquellos que le robaran su familia, llenando su vida de muertes inocentes en guerras sin sentido. Su alma conservaba aún la pureza del corazón y un día desertó. Vagando por bosques, pueblos y ciudades como ánima en pena, sin esperanza alguna y sin fe, cayó derrotado en el camino que llevaba a Poio. Los monjes del monasterio de

San Juan lo recogieron y lo sanaron de cuerpo y espíritu... Nadie supo nunca su verdadero nombre: Se hizo llamar Pablo en honor al apóstol converso San Pablo de Tarso. El abad quiso ser su protector y con él, el tiempo y la ayuda de Dios, un día recuperó su credo.

—Estarás con él día y noche, rezarás en su celda y también compartirás su comida... Te harás su hermano aquí en la tierra y le protegerás y le cuidarás, al igual que nosotros hicimos contigo. Aún está muy débil. No tanto de sus heridas como de las lamentaciones de su alma. Es importante que se recupere físicamente si queremos salvar su alma... Mente sana en cuerpo sano, tú lo sabes bien, hermano Pablo. Todavía se levanta con dificultad y casi no come. Su mirada está hundida, perdida en el infinito. Un hombre tan fuerte ha quedado reducido a la esencia de un cervatillo asustado. Se sobresalta continuamente. Tenemos que cumplir con nuestro deber cristiano y redimirle.

—¡Así lo haré, padre! –El hermano Pablo le besó la mano al Abad antes de que lo dejara a solas con sus disquisiciones, alejándose despacio en dirección al refectorio principal. Alto y de gran porte, presentaba ya todo el pelo canoso, símbolo de la última madurez, aunque aún mantenía la elegancia de tiempos pasados. Su cara rojiza cautivaba por sus ojos azul mar profundo.

El fraile sopesaba las palabras del abad y una alegría interna le devolvía una inmensa sensación de paz. Tenía una misión, difícil e importante, y estaba dispuesto a *cumplirla. ¿Qué clase de hombre sería Al-Aruk?, se preguntaba.*

No quiso esperar más a saberlo. Con decisión se acercó a la celda del pirata. Abrió la puerta despacio pero sin poder evitar un ligero chirrido. El capitán ni siquiera se movía, permaneciendo inmóvil tumbado sobre el catre, arropado con una manta de lana y con la vista fija en algún lunático punto del techo. El hermano Pablo se alcanzó hasta un taburete para sentarse al lado mismo de la cabecera de Al-Aruk. Inexorable, en la pared que sujetaba esta, un crucifijo presidía el habitáculo. Mal tenía que estar esta criatura del Señor para no haber arrancado el símbolo del Dios enemigo, pensó el clérigo.

—¡Buenos días, soy el hermano Pablo! –No obtuvo respuesta alguna ante su saludo– Desde este mismo momento he sido nombrado su coadjutor. Mi trabajo consiste en auxiliarle espiritualmente, de forma básica. Dicho de otra manera: intentaré que, en el tiempo que nuestro Señor le tenga reservado entre nuestra comunidad, pueda curar sus heridas, incluidas las del alma... —Le miró sin más. No quería sentirse intimidado a la primera y que el pirata lo pudiera percibir. Intentó envalentonarse. —Sé quién es, capitán, y he oído hablar de sus andanzas, como la gran mayoría de mis hermanos... Pero nuestro Señor ha querido que hoy esté aquí entre nosotros y me ha designado a mí para curarle... Prometo hacerlo lo mejor que sé,

siguiendo en todo momento las instrucciones del Abad, mi mentor, y ojalá pueda ayudarle...

—No insistas, cristiano. Es necesario que muera. Ningún Dios me quiere en su seno ya. Alá hace mucho tiempo que me abandonó y el tuyo me ha perdonado la vida para que la viva en penitencia. Es mejor dejarme ir... —Le contestó el pirata hablando con mucha dificultad y entrecortadamente.

—Yo también perdí la fe en otra época. Pensé que nuestro Señor me había abandonado, y aquí, entre estas piedras, con sus silencios y las palabras del abad, descubrí que no era así, que fui yo quien le abandono a Él... —Una súbita inspiración proporcionaba las palabras adecuadas al hermano Pablo. —No fue fácil y tardé tiempo en descubrirlo... Y repito, fue aquí, entre estas paredes, llenas de paz y de fuerza interior, y gracias a las enseñanzas del abad, donde mi alma perdida resucitó... Al-Aruk, no sé si Alá le habrá abandonado, pero Jesús le ha llamado, de eso sí que estoy convencido: la cruz en llamas es una poderosa señal. Una misión aún incomprensible está en su camino. — Iluminado por el Señor y lleno ya de valor, lo miró con una mezcla de firmeza y ternura, y hasta se atrevió a despejarle el pelo de la frente.

—Pues dime, cristiano, ¿qué misión es entonces? —Le preguntó con la voz apagada, entre curioso, desafiante y derrotado al hermano Pablo. Y este, con una pequeña sonrisa a modo de triunfo, le contestó serena y plácidamente:

—*Primero tenemos que volver al camino, después nuestro destino se nos revelará... Y mi nombre es Pablo. Soy el hermano Pablo.*

La aparición

En los días siguientes todas las noches paseé descalza por Rodeira. La memoria de Pedro estaba fresca. Hacía pocos días de su muerte. El pueblo aún no se había recobrado de la matanza pirata. Pocos edificios habían quedado en pie y los que permanecieron no daban para albergar a todos los supervivientes. De lejos, las otras mujeres observaban mi deambular sin saber cómo consolarme y era por ello que no se me acercaban.

En una de esas noches en las que el oleaje mojaba mis pies, miré al cielo estrellado y claro buscando no sé qué estrella y después seguí caminando. Mis ojos llorosos deslizaban pequeñas lágrimas cautivas de nostalgia. Rememorando el pasado me vi otra vez feliz con mi marido deleitándome en la evocación de sus besos, sus abrazos, su sonrisa, su ser... Amargamente le pregunté a Dios el por qué... Todo en mí se despedazaba.

Volví a otear el infinito y un sinfín de luceros fugaces llovían de él. Me sobrecogí. Un frío extraño recorrió velozmente mi piel, erizándola. Cada vez descendían más haces de luz. Y uno de ellos serpenteó hasta mí... Se paró difuminándose en una forma etérea pero humana: ¡Era Pedro!

—¡Buenas noches, María! —Giré la cabeza en todas direcciones llegando casi hasta la contorsión y nerviosa mi boca se enmudeció. No era capaz de articular palabra.

Tampoco de frotarme los ojos para despertar de lo que creía era una pesadilla.

—¡Soy yo, María! —Me acarició con su supuesta aura o lo que fuera, mientras me sonreía. —Tranquila, estoy bien.

—¡Me estoy volviendo loca..! —Exclamé retrocediendo llena de pavor. —¡Veo fantasmas...! —La visión, el espíritu, la aparición, el ente, o lo que fuera, y que se parecía tanto a mi marido, a mi Pedro, empezó a reír sin control, como solía hacerlo de vivo. Me quedé mirando pasmada. O mi imaginación era enorme, o estaba claro que estaba en un episodio de los que Eva llamaba delirium tremens, o en verdad un fantasma estaba intentando conversar conmigo. La imagen de Pedro dejó de reír.

—¡Soy yo, María! Tu amor ha abierto una puerta... —Lo que más me desarmaba era su voz. —Te prometí que volvería cada noche, que te protegería, que no te abandonaría y que seguiría a tu lado... Y aquí estoy, cumpliendo mí promesa.

—Pero no es posible... —Estaba desbordada y aún incrédula... .

—¡Es posible, María! ¡El amor lo puede todo! El amor también vence a la muerte, porque perdura por encima de ella... —Aquella voz tan suya... pero nunca me había hablado así. Más pausadamente pero seguía llorando, aún no tengo claro si de una especie de alegría contenida...

—Pero ya no te voy a volver a tener, no como antes —o de una extraña sensación a desconsuelo...

—Es cierto. Pero ten fe, María. Tienes que ser fuerte y no flojear. El amor volverá a tu vida. Ya lo verás...

—¡No, Pedro! ¡Sin ti, no! —No quise escucharle. No en aquel momento. Aún no estaba preparada para comprender...

—Escucha, María: Debes recuperarte. Tienes una misión que cumplir. Dios está contigo, María... —Ni siquiera podía intuir lo que de verdad me quería decir. —Él te protegió en la colegiata otorgándote su bendición... Habrá pruebas muy duras para tu alma, pero yo estaré contigo, ayudándote a superarlas —ahora, al escribirlo, recuerdo bien que no estaba asimilando lo que el ser de mi querido marido me anunciaba... Yo solo lo quería a él, en alma, sí, pero sobre todo en cuerpo...

—¡No puedo vivir sin ti, Pedro! ¡Mi vida ya no tiene sentido! —Gemí de amargura.

—¡Busca al Señor y su camino! ¡Búscalo, María!... Por hoy se acaba mi tiempo, vete y descansa y venme a buscar todas las noches, que yo vendré junto a ti. ¡Quérote, María..! —Y poco a poco, como pequeñas luciérnagas, las luces celestiales se perdieron en la preciosa oscuridad de aquella primera noche, única y especial para mí. Sollozando igual que una niña que ha perdido a su madre y no es capaz de encontrarla, me derribé sobre la arena, empapando las olas frías y dulces mi exhausto cuerpo a fuerza de penas.

Desde la entrada de mi casa desde donde se domina toda la playa de Rodeira, mis amigas, muy pronto ya compañeras de desdichas, contemplaron atónitas toda la escena. Permanecían inmóviles esperando por mí, que, después de levantarme con dificultad y mucha aprensión, *solo una especie de paso cansino fui capaz de articular. Ya frente a ellas, al contemplar sus rostros, me quedó tan claro como el agua que me acababa de mojar que aquello que me había sucedido pocos instantes atrás no había sido una visión mía. Y aunque no conseguí descifrar nada de aquello, exclamé llena de júbilo para mis adentros: ¡Bendito sea el Señor!*

La visita

Chirriante, se abrió la puerta de la celda. Debajo de su ventanuco, al fondo, yacía en el camastro Al-Aruk, recuperándose aún de sus heridas. Abrió sus ojos pesarosos y, después de despejar una ligera neblina sobre ellos, producto de la fiebre, consiguió discernir la figura del bachiller. Casi no podía hablar aún, pero tampoco hacía nada por intentarlo. No era solo su cuerpo el que andaba moribundo: su alma también vagaba en pena. Juan Fernández se sentó a la cabecera del pirata sobre el mismo pequeño taburete de madera que el hermano Pablo, hacía pocos días.

—Aunque lamento tu estado, capitán, me alegro de verte con vida. Eres fuerte, así que la muerte no podrá contigo. Esta vez por lo menos no... además ya habrás podido comprobar que estás en buenas manos... ¡Ya ves, mi buen "amigo", Al-Aruk, siempre cumplimos con los "nuestros"! —El pirata, absorto, no apartaba la vista del techo y permanecía inmóvil, como si no hubiera escuchado o no le importarán las palabras del bachiller.

—Tu flota regresó después de consumar la misión contratada. Fue un trabajo excepcional y he de reconocerte que te acompañan grandes marineros, magníficos soldados y mejores hombres. Deberías estar orgulloso de ellos... Bien, no quiero importunarte más, prefiero que descanses y te repongas. Ya habrá mejor ocasión para tener una agradable charla con un buen vino de Castilla, por ejemplo... Pero he

225

venido para informarte de que puedes permanecer aquí el tiempo que consideres preciso u oportuno hasta que te sientas preparado para retornar a tu tierra, si ese fuera tu deseo... James, tu segundo, está avisado puntualmente de tu evolución y situación, y me ha mandado comunicarte que espera ansioso tu regreso... —El bachiller le hablaba con extraña familiaridad. Aun así, Al-Aruk ni pestañeó. No quería manifestarse ni demostrar sus pensamientos, aún no había llegado el justo momento, pensó. —Evidentemente y como no podía ser de otro modo, ya hemos satisfecho lo pactado... Sin embargo, el comisario ha creído más conveniente premiar tu especial dedicación a la causa...

Y, sacando dos pequeños talegos de cuero de una especie de saco de lino ceñido por el interior al decrépito sambenito, los depositó con fuerza y esfuerzo encima de una pequeña mesa que acompañaba al cabezal del catre. Sin explicarle nada sobre estos y su contenido, y sin pedir siquiera permiso, estrenó uno de ellos vaciando y esparciendo su asunto (un buen montón de reales de plata), causando un estrepitoso y metálico sonido que incomodó a Al-Aruk.

—Tómate esto como un simple detalle de generosidad cristiana... para que no te falte de nada ni tengas ningún tipo de problema y puedas vivir con decencia mientras permanezcas entre nosotros... Podrías aprovechar para encargar un traje nuevo... y pegarte un buen baño... perdona que te lo diga, amigo, pero apestas... —El bachiller intentaba hacer "migas" con el capitán y le encorajinaba que ni siquiera le hiciera un gesto de aprobación, pues estaba completamente seguro de que este comprendía perfectamente, una a una, sus palabras, aunque no estuvieran dichas en su lengua. —¡Ah, se me olvidaba! Aquí también te dejo un salvoconducto sin fecha de caducidad, firmado por la mismísima insignia de la Casa Real española a nombre de Benito Real, de noble linaje, natural de Salamanca, Reino de Castilla y León, con importantes tierras procedentes de los ducados de Béjar y Ciudad Rodrigo... A partir de ahora, esta será tu nueva identidad durante el tiempo que desees habitar en el reino de su majestad Felipe III... Hagas lo que hagas estará bien.... Incluso si escogieras quedarte... También podrías seguir a nuestro servicio... ¿Sabes, Al?, ¿te puedo llamar así?, desde el principio supe que seríamos buenos amigos... Ya lo creo... Muy buenos amigos...

El bachiller quedó satisfecho al ver que Al-Aruk le había clavado su mirada, que ahora más que terrorífica resultaba enigmática y muy misteriosa a causa de un brillo especial y penetrante que poseía.

—Creo que es mejor que me vaya y te deje descansar tranquilo. Pronto estarás repuesto y volveremos a vernos...
—¡Estate seguro de ello! —Le interrumpió Al-Aruk, respondiéndole con un hilo de voz aún débil imbuido de un tono impregnado de un cierto sentido esotérico, incluso místico ya, según me comentó el capitán años después... —Misteriosos son... los caminos del Señor, bachiller.

Los espías del Santo Oficio

Los días pasaban y con ellos sus noches, y cada una con su correspondiente paseo por la playa. Fiel a nuestra cita, Pedro nunca faltó. Era mi ilusión de vivir, la que me mantenía aquí, aquella que me hacía levantarme cada mañana. Así, todos y cada uno de los días, esperaba impaciente el momento de reunirme con él, su fantasma, o la última e infinita esencia de su ser. Poco me importaba.

Siempre ocurrió de la misma manera, como la primera vez: una especie de perseida anunciaba puntual el momento, invariablemente justo a media noche, como si fuera la princesa de algún cuento encantado y las hadas del bosque marcaran jugando con la luna el momento de nuestra magia... luego, infinitos luceros descendían del cielo veloces y revoloteaban cerca de mí, por encima de las olas, casi dejándose mojar, hasta dibujar la imagen translúcida y etérea formando el cuerpo astral de mi amado Pedro... Entonces nos mirábamos presos de nuestras emociones y yo le contaba lo que había hecho el resto de las horas... Hablábamos al son del mar, acompañados a veces de la lluvia persistente, otras del viento y alguna que otra de fuertes temporales con grandes olas que me obligaban a alejarme de la orilla... Pero él me seguía y, aunque empapada, un calor difícil de explicar calentaba todo mi cuerpo y también el corazón.

Fueron pasando los meses y algún año, mientras Pedro y yo rememorábamos así, en cada caminar por Rodeira, nuestra vida terrenal juntos, la felicidad compartida y todos los pequeños detalles que rodearon nuestra existencia. Reíamos... ¡Cuántas cosas quedan almacenadas en el olvido cuando vivimos y qué fáciles son de evocar cuando las hemos perdido! El trabajo en el mar, el almacén, el pueblo, nuestros niños, nuestros amigos, el padre Francisco... estos eran la mayoría de nuestros temas de conversación. Solo hubo uno que nunca surgió: su muerte. No hizo falta. Mejor así. Era como si yo ya supiera que nunca obtendría respuesta o que tal vez no estuviera autorizado a contestarme.

Tuve muchos momentos malos, pero su luz me alegraba el alma. Me preparaba en el camino. Me pedía con insistencia que fuera fuerte y que tuviera fe, que aún quedaba mucho por andar, y me dejaba caer que algún día ya no vendría junto a mí. Y entonces volvía a llorar... Y de seguido me decía que de alguna manera él se quedaría conmigo para siempre... Mi mente aún no estaba preparada para comprender el alcance de tan magnas palabras.

Los primeros días fui sola y mis amigas se quedaban en el umbral de mi casa contemplando la "aparición"... porque sí... ¡Ellas también veían a Pedro! No eran alucinaciones mías... Pasado el primer mes, empezaron a acompañarme en mi paseo, aunque al principio se quedaban un tanto rezagadas, todavía con temor. Poco a poco, fueron acercándose y comprobando que ellas también tenían este don de Dios. Los niños perdidos, los seres queridos también se les manifestaban. Y se fue volviendo como una congregación de luces fugaces divinas andando y hablando con las mujeres de Cangas por la orilla del mar.

Poco a poco, los vecinos del pueblo se fueron enterando de semejante suceso y corriendo la voz, y, una vez superados los primeros miedos, empezaron a aparecer por las noches cada vez en mayor número por el arenal. Sin embargo, nadie podía invocar a los espíritus. Solo nueve mujeres poseíamos esta gracia... y todas amigas y de Cangas: Helena, Rosalía, Sofía, Nora, Clío, Thalía, Alba, Eva y yo, María Soliño. Nueve mujeres fuimos las elegidas.

La gente de Cangas nos hacía sus solicitudes y nosotras implorábamos sus deseos en una especie de conjuro, intentando que el alma del ser amado reclamado viajara por unos momentos hasta la vida terrenal. Y la mayoría de las veces nuestros anhelos eran concedidos. De este modo, las noches terminaron convirtiéndose en enormes concentraciones de habitantes de la villa y zonas colindantes a medida que se propagaban las noticias sobre semejantes hechos, con el ansia de recibir la misteriosa visita del más allá...

Durante algo más de tres años desde la primera aparición, fue siempre así. Pero la compañía de los Monjes Negros empezó a merodear por el pueblo y poco después se instaló de forma definitiva. A partir de ahí, en aquellas últimas semanas el número de feligreses se fue reduciendo considerablemente... Encabezada por el capitán José Argo, vigilaba nuestras noches y sus presencias. Él, desde la última franja del arenal, con sus soldados paseando de arriba abajo y su porte de gran militar, observaba incrédulo los acontecimientos. Su moreno curtido de mil batallas ejercía respeto y admiración entre la población, sobre todo la femenina. Su rostro aniñado y hasta con cierto rasgo mujeril se mezclaba con su barba de varios días, que lo hacían más atractivo aun. Y sus ojos negros indescifrables no dejaban ver sus pensamientos verdaderos.

Diez días después de su llegada se vio partir a caballo a cuatro de sus hombres. Todo el pueblo sospechó que llevaban los informes requeridos sobre los espectros de la noche de Cangas y sus "embrujadas" mujeres. Recuerdo aquella noche como si fuera ayer mismo. Estaban todos los miembros de la orden. Al verlos de nuevo el corazón se me agitó, e igual que aquel fatídico día de primavera en que Al-Aruk llegó a nuestras costas, algo se había enrarecido en el ambiente. En aquel momento eché mucho de menos al padre Francisco y solo entonces me di cuenta de que ni siquiera había intentado estar con él. Y aunque al mirar al capitán no conseguía reconocer aquella mirada tan familiar, como si algo me dijera que no tenía nada que temer, mis ansias se acogotaron. Y solo entonces pregunté: "¿Dónde estás, padre?"

La detención

Aquella noche mis sensaciones me decían que algo la iba a hacer única, como si fuera a ser la noche de los tiempos... Para empezar, nadie en el pueblo había salido de sus casas y al final de la playa el capitán Argo y sus hombres nos esperaban... Pero a mí ya me arrastraba una fuerza superior y salí a caminar igual, pero esta vez sin miedo... Esta vez no hubo estrellas fugaces... O más bien, no la que yo recibía ansiosa cada crepúsculo... Esta vez solo hubo una que ineludible llegó hasta mí... Mis compañeras, siempre fieles, me seguían a corta distancia en perfecta procesión... Su haz se esfumó justo delante mía haciéndome parar, y formando un torbellino con figura de caleidoscopio y millones de colores, se convirtió en la, no por inesperada, querida estampa de... ¡El padre Francisco!

Cayendo postrada de rodillas pronuncié trastabillando las sílabas de su nombre. Con expresión amable cogiéndome la mano, me obligó a incorporarme... Era como un calor frío lo que sentí al contacto con su aura, pero al igual que otras veces con la esencia de Pedro, una armonía inmensa ocupaba de pleno mi corazón.

—Hija... –Murmuró.
—Padre... ¿y Pedro? —Le pregunté ya repuesta de mi estado de conmoción anterior.

—*Hoy no vendrá, pero pronto volverá a tu lado. Está escrito.* —Me contestó místico. *La presencia de nuestro Señor no le había cambiado mucho. O eso pensé.*

—*¿Qué va a pasar ahora, padre?* —Le pregunté de nuevo, esperando que tuviera piedad de esta pobre pecadora y me desvelara aquello que me deparaba el porvenir y que no pintaba nada bien, la verdad...

—*Hija...* —Seguía murmurando con la voz queda, como si temiera que el resto del mundo le pudiera escuchar. —*Tienes que ser fuerte, María, como lo fue Jesús en el Monte de los Olivos. El Señor es ahora dueño de tu destino...*

—*Pero padre, no soy más que una pobre mujer de alma débil...* —Le repliqué sin haber entendido qué me había querido decir con aquellas palabras.

—*¡Eso no es cierto, María!* —Por fin empezó a hablar un poco más fuerte. —*Tu amor, tu forma de amar sin reservas, sin nada que aguardar, tan puro, hija mía, ha abierto una puerta que nunca antes fue abierta por nadie... María: Has abierto la puerta de la esperanza para un pueblo entero y tus actos marcarán la senda para muchas generaciones de hombres que, llegado el momento, otra mujer liderará* —sentenció con tremenda seguridad en lo que decía.

—*No le comprendo, padre...* —Ahora pienso que mis recelos y cobardías prefirieron mantenerme ciega.

—*Lo harás, hija, lo harás...* —Me dijo mirándome con dulce dureza mezclada con una melancolía muy difícil de explicar... *Algo así como si me estuviera diciendo que pasarían muchos años, quizás siglos, hasta que nos* volviéramos a ver, que en esta vida el ciclo ya se nos había pasado. —No pierdas la fe ni reniegues de tu Señor por mucho que pienses que te ha abandonado, pues en verdad te digo que Dios habita en ti.

Y estas fueron sus últimas palabras, llenas de quietud. Su figura se evaporó en un visto y no visto, y la soldadesca de la orden de los Monjes Negros ya nos había rodeado con sus espadas desenvainadas. Pensé en el significado de las frases pronunciadas por el padre Francisco y creí que se refería a nuestra muerte... El ruido chirriante saliendo de la vaina del arma de Helena me devolvió a la realidad.

—¡Guarda el arma, Helena! —Sin alzar la voz, con tono pausado y muy calmo, pero con una gran autoridad, se dirigió a ella el capitán Argo. —No queremos haceros daño alguno. Solo cumplimos órdenes. Si intentas atacarnos, eres tú contra nueve hombres. Piénsalo, tus compañeras están desarmadas y no saben luchar, al menos no como tú. Nosotros somos antiguos soldados del rey y convictos, avezados en el arte de la guerra y de matar. No te serviría de nada y todas moriríais...

Aún no sabía por qué, ni qué iba a suceder, pero algo ignoto y desconocido para mí me transmitía confianza en este hombre, tan extraño y sin embargo tan familiar... Solo Dios percibía la fuerza que su corazón poseía, y por eso solo él supo ponerlo en mi camino, precisamente cuando más pensaba que mi vida como mujer habría llegado a su fin...

Helena enfundó la espada en un ligero desdén de disconformidad, pero sin protestar.

—Entonces, ¿con qué intenciones viene, capitán? —Le pregunté sosegada. Recordé sin más la conversación con mi prior años atrás, el mismo día del saqueo, en la colegiata, y al fin empecé a asimilar sus palabras: ¡íbamos a ser detenidas! La Santa Inquisición venía definitivamente a por mí, tal y cómo me había vaticinado...

—¡María Soliño! Quedas detenida por orden del Santo Oficio representado por el comisario Antonio Pita de Betanzos y acusada de brujería por tus contactos con el maligno en la Playa de Rodeira. Así mismo, Helena Couñago, Eva Dacosta, Thalía Ribadulla, Sofía Couso, Clío Sotelo, Alba Durán, Nora Porto y Rosalía Cela también quedáis detenidas, acusadas de cómplices y colaboradoras necesarias en los conjuros suscitados en el lugar de autos. Seréis trasladadas a las dependencias centrales de la Santa Inquisición en San Martín Pinario de la santa y apostólica ciudad de Santiago de Compostela, donde se os tomará declaración en acto de confesión y aguardaréis a la celebración de un juicio justo y la purga y perdón de vuestros pecados, en caso de condena... —Leyó verdaderamente constreñido el capitán. No le tembló la voz, es cierto, pero aún evoco cómo tiritaban las comisuras de sus labios... Recuerdo que lo miré profundamente una vez hubo terminado. Tenía sentimientos enfrentados: Mi amor por Pedro había sido incuestionable y en mi memoria aún estaban demasiado frescos sus contactos y todo lo que para mí representaba, pero tampoco podía huir de mis instintos de mujer y no era una mera atracción física hacía otro hombre, que también la había, sino algo muy profundo que nacía de lo más íntimo y hondo de mis propias esencias... Y no le podía poner nombre, porque ni siquiera lo podía llamar amor... Poco a poco me bajó la mirada y prosiguió con su cometido.

Y sin oponer resistencia alguna fuimos escoltadas y conducidas hasta la colegiata, ya reconstruida por la orden y preparada en una parte de su nave central con una balconada a modo de planta superior en el interior para tales menesteres. Al traspasar el umbral, frente a frente, mis ojos se dieron de bruces con el Cristo del Consuelo, mi salvador. Tuve la percepción de que me observaba y un sosiego desconocido para mí ocupó por primera vez mi alma. Gracias a Dios no sería la última.

Sin dejarnos recoger nuestras pertenencias, allí nos quedamos medio encarceladas y ya prisioneras. Cierto es que todos y cada uno de ellos, de los Monjes Negros, intentaban ser corteses con nosotras y en ningún momento a su lado nos sentimos como tales. Y un buen presagió me hizo sonreír: eran nueve. Nueve hombres, como nosotras. ¡Qué difíciles caminos escogía a veces el Señor! Pensé gozosa para mí.

Camino de Santiago

Con el amanecer emprendimos el camino. Nos instalaron en un carro arrastrado por dos caballos y custodiadas por los Monjes Negros salimos del pueblo con la mayoría de los vecinos bordeando la calzada a modo de despedida. Muchas lágrimas y emociones se soltaron incontroladas, pero nadie podía impedir nuestro arresto. El capitán y sus hombres montaban buenos ejemplares y su sola presencia intimidaba a la masa, que nada se atrevió a hacer. Entre nosotras no hablábamos, solo nos mirábamos. Era consciente de que la inquietud se había apoderado de sus pensamientos y de que pensaban en lo peor, pero yo nada podía decirles que les pudiera dar un hilo de esperanza real sin basarme en las conjeturas de mis sentimientos o en meros indicios sobre algunas miradas... Íbamos como animales al matadero, por mucho que quisiera pensar lo contrario, y aunque intentaba reflexionar en positivo no me resultaba nada fácil. Ante tanta zozobra rememoré las premoniciones del padre Francisco y, aún sin comprenderlas en su plenitud, era como si una luz inundara mi agotada existencia de plena esperanza.

Fueron pasando los días. Cruzamos Pontevedra y Caldas y siguiendo el cauce del Umia acabábamos de superar Padrón. En un par de jornadas como mucho, llegaríamos a Santiago. El capitán y el resto de la compañía nos habían tratado correctamente, incluso con respeto, llegándonos hasta a encontrar cómodas con ellos...

Preservaban nuestros momentos de intimidad y no observaban comportamientos groseros. De este modo, mis chicas se fueron sintiendo mejor a su lado y un poco más confiadas. De vez en cuando nos hablaban, rompiendo esa invisible barrera que nos separaba, la del reo y su guardián. Era como si no tuviéramos la impresión de ser sus prisioneras. Algunas de las mujeres iban haciendo un poco más que migas con algún soldado en particular. A fin de cuentas la naturaleza humana también sabía de sus necesidades, y la galantería de estos hombres despistaba a varias de mis compañeras sintiendo los instintos de sus cuerpos rebullir, aunque a mí no me decían nada... Nora solo tenía ojos para un tal Marcos, con aspecto de buen mozo lozano, y moreno, de pelo ensortijado y pinta de conquistador no solo de tierras, sino de corazones primerizos. De momento era la que más claro se había manifestado...

Mi intuición fue cierta sobre el capitán Argo, pero desde aquel momento también lo era sobre el resto de sus hombres: Mateo, Lucas, Marcos, Juan, Tomás, Santiago, Andrés y Felipe. Enumeré sus nombres como si escondieran algún tipo de clave. Le dí mil vueltas a la cabeza hasta que de pronto un suspiro ahogado salió de mi boca: "¡Se llaman igual que los evangelistas y varios apóstoles de Jesús! ¿Será una señal de mi Señor?". Pensaba totalmente alelada.

—Si todo va bien esta noche llegaremos a Santiago —Me devolvió a la realidad el Capitán.

—Es decir, a prisión. —Le respondí mordazmente.
alelada.

—*Solo intento ser amable... Me pareces una buena mujer* —*me dijo como disculpándose y algo más, creo. Nunca me lo confesó después.*

—*Entonces, ¿por qué me entregas?* —*Era él quien se había metido en el juego y yo quise jugar a ver qué pasaba.*

—*Cumplo órdenes* —*me cortó con cierto disgusto.*

—*Mal te has vendido, capitán...* —*Hurgaba en la herida. Necesitaba saber qué clase de hombre era en realidad. Me carcomía la curiosidad y ya no podía dejarla insatisfecha.*

—*¡Soy un condenado, igual que tú!* —*Protestó, y continuó explicándose.* —*Mis hombres y yo formábamos parte del ejército del rey alistado en las últimas e inútiles Cruzadas en Tierra Santa, matando, saqueando y violando en nombre de Dios. Un día, en nuestra última batalla, muchos de nuestros compañeros murieron, y en el fragor de esta, una especie de rayos en forma de cruz se nos aparecieron. Huímos. Fue como una señal divina que nos hizo temerosos y débiles. Era como si el Todopoderoso nos anunciara que ese no era el camino. Muertos de miedo, decidimos por nuestra cuenta regresar ante nuestro rey para contarle lo sucedido. Lleno de ira nos condenó a morir en la horca...* —*El aliento que espiraba su boca era triste, como la historia que contaba.* —*Entonces apareció Juan Fernández, el bachiller, al que he oído que también conoces... El Santo Oficio necesitaba soldados experimentados para sus oscuros menesteres y acababa de crear la orden de los Monjes Negros. Intercedió por nosotros a cambio de juramento de fidelidad. Ahora somos los* encargados de arrestar a mujeres y mendigos. Es el precio que hemos pagado para estar vivos... Es el destino que firmamos ante Dios.

—¡Él no quiere esto para sus hijos! –Le afirmé convencida a pesar de mi situación y de las desdichas que la última fase de mi vida acarreaba. Aún no sé de dónde me venía aquella entrega al Señor.

—Pues dime qué quiere, María —me preguntó desconcertado y algo enfadado.

—¡Amor, José, amor! —Solo él podía haber puesto estas palabras en mi boca. Al pronunciarlas recordé con nostalgia las frases de la primera aparición de Pedro, hablándome de la puerta que mi corazón había abierto solo por amor... Y entonces me di cuenta que un primer sentimiento de cariño había en mí hacía el capitán. Yo sabía que le atraía, pero desconocía lo que albergaba dentro de él... Pero enseguida pensé que a fin de cuentas pronto nuestros caminos se separarían... así que tampoco tenía mucho sentido sacudir de nuevo mis entrañas.

Rodeamos Santiago para entrar por el primitivo Camino Jacobino y desde el alto del Monte do Gozo veíamos al acercarnos las torres de la catedral toda imponente. La ciudad empezaba a iluminarse al completo a la luz de sus antorchas. Lo que tenía que ser santo lugar para nosotras, a nuestros ojos y para nuestra alma, no significaba más que nuestra próxima cárcel y Dios solo sabía si el fin de nuestro viaje por la vida.

La celda de San Martín Pinario

Estaba sentada, medio recostada sobre la fría piedra de la celda común en la que nos habían alojado. Sobre sucios platos de hierro nos echaron algo de cenar, que ninguna de nosotras se atrevió a probar. Últimamente no habíamos comido nada bien y estábamos bastante más delgadas y pálidas que cuando salimos de Cangas.

Por dos ventanucos protegidos de forjas para evitar una posible fuga se colaba la poca luz que la noche cerrada dejaba escapar. Por detrás de la puerta que vigilaba nuestro carcelero una de las teas debía estar ardiendo con brío. No nos podíamos quejar. El capitán Argo había apelado a nuestra condición femenina y había pedido algo de humanidad para nuestros lastrados huesos. Tampoco sé qué argucias utilizó, pero lo consiguió... Tuvieron piedad de nosotras y nos colocaron unos viejos camastros apilados contra la pared, con una especie de manta, llena de piojos y otras muchedumbres, pero que por lo menos nos permitirían dormir evitando que nuestras espaldas sufrieran aun más sobre aquel suelo gélido y húmedo.

Como Thalía no era capaz de conciliar el sueño, empezó a cantar una dulce nana gallega. Al tiempo que escuchaba intuía su frágil cuerpecillo, blanco como la leche, ese pelo rubio casi albino, sus diminutos ojillos claros y su rostro dulce de casi niña aún condenado a tan cruel destino. Poco a poco las demás la fuimos acompañando, como

243

dejando que nuestras voces se dejaran oír con algo más de fuerza, a modo de esperanza...

Nora se levantó y comenzó a bailar suavemente. Su túnica dejaba entrever, al traspasar la luz mortecina de la penumbra, su escultural cuerpo. Su larga y morena cabellera giraba y se elevaba saltando con ella a su compás. Con delicadeza movía sus brazos y sus manos contorsionaban pausadamente sus finos dedos. A medida que iba avanzando el baile nos animábamos más, hasta llegar a tocar las palmas suavemente. Por un tiempo nos habíamos olvidado de dónde estábamos...

De repente nuestro guardián se apareció lascivo en el umbral de la puerta que acababa de abrir. Llevaba tiempo viéndonos por la trampilla y sus ojos desataban lujuria a raudales. Nos quedamos todas como paralizadas. Sin ninguna duda, todo decidido y dibujando una expresión de plena satisfacción, se allegó raudo junto Nora y, desgarrándole el vestido a la altura del pecho con ignominiosas intenciones, la agredió tumbándola en el suelo dispuesto a consumar el acto, rápido y sin dilación...

Un grito desgarrador invadió la estancia. Helena, rápida y sigilosa como el viento, le había asestado a la altura del costado una puñalada mortal con su daga, que llevaba escondida entre su vestimenta. El guardia cayó muerto a los pies de Nora, que asustada ni siquiera era capaz de chillar de angustia. La sangre salpicó la saya de

Helena. Al fondo del pasillo, después del portón de la celda, se oían carreras precipitadas. El capitán Argo y dos de sus hombres, Mateo y Marcos, llegaron al lugar de los hechos, aún con la respiración entrecortada. Nosotras, despavoridas nos abrazábamos las unas a las otras, todas en torno a mí, ya levantadas y en una piña. Con su antorcha el capitán iluminó el espacio donde yacía el centinela. Después elevó la luz hacia nosotras y enfocó la mano de Helena con la daga manchada de sangre aún en ella.

—¡Helena, dame el puñal, por favor! —Le ordenó el capitán. Todas nos arremolinamos a su derredor, protegiéndola. —Por favor, no compliquemos más las cosas. ¡María, dile que me dé el arma! ¡Confía en mí, por favor!

Ya no me podía resistir a su petición, sus ojos me subyugaban. No tenía ya dudas de que podía someterme a sus preceptos sin temor a equivocarme, así que le sugerí a Helena que obedeciera.

—¡Marcos! Vete rápido a buscar túnicas limpias para Nora y para Helena, tienen que cambiarse... Y tú, Mateo, avisa al comisario de que el centinela ha muerto, no le digas cómo ha sido, ya se lo explico yo... Y no corras mucho, antes tiene que llegar Marcos con la ropa.

Con fuerza y agilidad levantó el cuerpo del muerto y, desenvainándole la espada, se hizo una pequeña incisión en el antebrazo derecho, de la que manó sangre rápidamente.

Casi seguido llegó Marcos con las sayas para Nora y Helena. Pudorosas, miramos todas para los soldados.

—No hay tiempo para remilgos... —El capitán estaba actuando de manera práctica y ágil y no se paró en concesiones burdas. Con respeto pero autoritario fue marcando los pasos para intentar sacarnos de aquel buen lío, aunque no fuera culpa nuestra, ¿o tal vez, sí? —Marcos... date la vuelta mientras Nora y Helena se visten...

Este, un tanto atolondrado, no podía dejar de mirar para Nora y el capitán se vio obligado a darle una suave bofetada a fin de que desviara al fin la dirección de sus atribulados ojos. Sentí que efectivamente algo especial ya había nacido entre los dos y también pensé que no era buen momento para alimentar las pasiones y el amor. El paso del tiempo me daría o quitaría razones, reflexioné. Y evidentemente me la quitó.

Este tiempo de espera se nos hizo eterno hasta que al fin se oyeron los pasos de Mateo custodiando al comisario... Nada más entrar y ver al centinela muerto lanzó una mirada inquisitoria al capitán.

—Mi señor... —Y postrándose ante él, y cogiéndole primero la mano derecha para besar su anillo, le empezó a su modo... a relatar lo acontecido. —Estaba haciendo la ronda de medianoche con dos de mis hombres cuando escuchamos gritos que partían de esta celda. Vinimos lo más

rápido que pudimos. Cuando llegamos nos encontramos la puerta abierta y a este hombre intentando violar a la mujer más joven... —Hizo una pausa y el comisario le mandó con un gesto de su brazo izquierdo incorporarse. —Aquí le muestro sus anteriores vestiduras rasgadas... Intenté apartarlo de ella por las buenas, pero no atendió a razones y no obedeció a mis órdenes... sino al contrario, rabioso por haberle interrumpido, se levantó, desenvainó la espada y me atacó, hiriéndome en el brazo... —Y después de haber señalado a Nora, le mostró la herida que él mismo se había causado. —Y yo, mi señor, me defendí dándole muerte en la lucha con esta mi daga...

Un silencio atroz empapaba hasta la humedad del lugar. Se escuchaba el latido de nuestros corazones nerviosos. Pero el capitán aún no había rematado su exposición...

—Con todo el respeto para su merced, le pido que tenga a bien concederme la custodia de estas mujeres, a mí y a mis hombres. Le garantizo que no habrá más acontecimientos inoportunos...

—¡De acuerdo, capitán! ¡No se hable más entonces! ¡Se la otorgo! —Estaba acostumbrado a mandar y a que no se le contradijera. José Argo había manejado correctamente la situación, su experiencia de trato con sus superiores en el ejército esta vez le había valido. —Pero no quiero más incidentes. Quiero que quede claro... Mañana llegará al monasterio el Santo Inquisidor para iniciar los preparativos del juicio y no me gustaría tener que darle noticias que le incomodaran. Quedan bajo su entera responsabilidad —remató triunfal, pensando que era dueño de la situación.

—Así será, mi señor —abnegado y sonriente, también victorioso, aunque yo no entendiera por qué, le respondió escueto el capitán.

—Por cierto... Retiren ese cuerpo y pongan todo en orden... —Y con paso firme y esta vez solo, se retiró de la celda. Mis compañeras y yo miramos al capitán llenas de agradecimiento. Yo ya lo tenía claro. Una conexión extraña y especial, que no podía explicar aún, unía ahora nuestros caminos. No pude evitar agarrarle la mano y acariciársela con mi dedo pulgar. Al subirla y comprobar la herida que se había hecho para salvar a Nora, le miré con ternura y, con sinceridad y algo nuevo que aún no tenía muy claro, quise confirmarle:

—¡Confío en ti, mi capitán!

El pacto y el juramento

Aún no había hecho acto de presencia la primera luz del día cuando se abrió la puerta de la celda. Todavía medio adormiladas y recostándonos sobre los duros camastros, visionamos la figura del capitán acompañado de otro de sus hombres.

—¡María, levántate! El comisario quiere verte. Aquí tienes un poco de agua para lavarte y despejarte un poco. Sé breve, no me ha dado mucho tiempo —denotaba incomodidad el tono con el que se me dirigió.

—¡Está bien! —Le contesté. No acertaba a comprender el motivo por el que solo me recibiría a mí el inquisidor. Empecé a intuir la posibilidad de métodos de tortura de cara a una posible y falseada confesión y ante tal pensamiento mis piernas flojearon.

—¡Estate tranquila..! Quiere que te lleve a su despacho. No me preguntes, no sé más... —Como si hubiera leído mi mente, el capitán se anticipó a mis incertidumbres. Me humedecí el rostro con el agua fría y este me acercó un paño para secarme. Con los dedos intenté como pude alisar el lío de cabellera que tenía después de tanto ajetreo. Mis compañeras murmuraban entre ellas, pero un horrible zumbido me taponaba los oídos y no fui capaz de entender lo que se decían. El capitán y Andrés, que era quien le acompañaba, me invitaron amablemente a salir.

Recorrimos varios pasillos largos con más celdas, o eso creo que eran, hasta llegar a un atrio central. El claustro daba la sensación de haber sido construido recientemente y sus arcos formaban un cuadrado casi perfecto. Nos cruzamos con varios monjes benedictinos que desfilaban en formación, supongo que a maitines dada la hora, y que caminaban absortos no sé si rezando o susurrando no sé qué. Al fondo, como en la colegiata, se escuchaba cantar el Ave María. Para ser la prisión de la Santa Inquisición se respiraba una paz muy profunda. Quizás demasiada...

Atravesada la mitad del recinto pasamos por otro gran corredor hasta llegar a un salón de un tamaño ciertamente considerable. Unos cuantos leños ardían con fuego pausado, como si no hubiera mucho aire, en la lareira de una gran chimenea. Al fondo, una mesa grande y bien labrada sustentaba en medio cuerpo la figura del comisario de facciones duras, barba negra arreglada y mirada oscura y penetrante. De edad madura y calvicie disimulada por el efecto corona del corte de los frailes, vestía casaca negra con el símbolo del Santo Oficio grabado en el pecho...

Andrés y su capitán me colocaron en el centro de la estancia. Ni siquiera mediaron palabra. Simplemente hicieron una reverencia y se fueron. De repente me encontré sola ante mi juez.
—Así que tú eres María Soliño, la meiga de Cangas...
—Mientras me acusaba directamente, se levantó y empezó

a caminar en círculo alrededor de mí. Yo ni me movía y, aunque me moría por replicar, me aguanté. —La mujer que todas las noches, en la playa de Rodeira, habla con los muertos... y a la que acompañan otras doncellas y hasta casi el pueblo entero... La verdad es que me lo has puesto fácil: te puedo acusar de brujería e incluso de sedición —me mantuve callada— y puedo hacer que el Santo Oficio os condene a la hoguera a ti y a tus amigas...

Empecé a sentir que me asfixiaba. Sus palabras se clavaban en mí como afilados cuchillos. Me intimidaba y hasta temblaba... Pensé en que me derrumbaría antes de tiempo. Pero el recuerdo de Pedro y su insistencia en que no perdiera la fe, aquellas palabras, retumbaban en mi cabeza con fuerza. Y comencé a entender y a comprender por lo que me iba a tocar pasar...

—Las mujeres que hicieron frente a todo un ejército de piratas y que, ayudadas por el mismísimo infierno en forma de gran tormenta, consiguieron que huyeran como niños asustados con el rabo entre las piernas... Y tú, abrazada al Cristo, te salvaste del fuego eterno como inequívoca señal del diablo. Pero ha llegado tu hora... — Hizo un silencio como intentado escoger bien sus próximas palabras mientras yo continuaba muda esperando la estocada final, mi sentencia. —He de reconocer que es cierto lo que dicen de ti: eres bella. Todas las brujas lo sois, hasta que descubrís vuestra verdadera esencia... No me andaré con rodeos... Sois viuda y, a pesar de vuestra madurez, una mujer interesante a los ojos de un buen hombre. Estaría dispuesto a llevaros por el buen camino, si vos valoraseis la opción de uniros a mí... Sería un gran sacrificio por mi parte, pero que estoy seguro de que el Señor me sabrá recompensar perdonando mis pequeños pecados terrenales... a cambio de salvaros la vida...

—¡Antes prefiero morir! —Le espeté sin contemplaciones ni vacilaciones. No me dio tiempo a más. El comisario se revolvió contra mí y, sujetándome por la espalda, dejó deslizar su puñal de fino filo rozando la piel de mi garganta. Con su aliento pestilente me susurraba despacio al oído...

—Entonces que así sea; si quisiera, ni a juicio llegas... —Un gemido potente debí soltar, porque en ese preciso instante entraron al despacho el capitán y Andrés, contemplando nerviosos la escena. —¡Ni se mueva, capitán! —Bramó el comisario fuera de sí. Con un ligero movimiento me produjo un pequeño corte y la sangre empezó a brotar lentamente de mi cuello. Creí que mi hora estaba cercana y me puse a rezar. —¡Reza, bruja, que es lo que te queda! Te doy la oportunidad de salvar tu vida y es así cómo me lo agradeces...

—Mis oraciones obtuvieron respuesta. Las brasas se apagaron y un viento cálido sopló en el habitáculo. Nos quedamos casi a oscuras y a través del techo empezaron a caer briznas brillantes como luceros. A mi lado una especie de claridad fue cobrando cada vez más fuerza y etérea surgió la figura de Pedro. Lleno de pánico, el comisario me *soltó, cayéndole el puñal al suelo. La imagen de mi marido me miraba con ternura...*

—¡Quién quiera o lo que quiera que seas, vete! — Gritaba fuera de control. —¡Vete o torturaré hasta producirle la muerte a esta mujer y sus cómplices!

—Es el espíritu de mi marido y ha venido para protegerme y para condenaros a las tinieblas del infierno — le dije rabiosa y con una expresión iracunda entre dolor y un odio instintivo.

—Si la guardia me encuentra muerto, tú y las otras mujeres mañana mismo arderéis en la hoguera... —Se empezó a recomponer a medias alejándose lo más posible del aura de mi esposo.

—¿Y si os dejamos vivir? —Acerté a cuestionarle.

—Yo mismo convenceré al tribunal para que seáis desterradas a cambio de tu confesión de mantener contactos con satanás... —Dijo con malvada sonrisa. El capitán asía tenso la empuñadura de su espada, esperando acontecimientos.

—¡Pero eso es falso..! –Solté indignada.

—Si no confiesas yo no podré defenderte. Hay muchos testigos de tus invocaciones a los espíritus de los muertos y eso solo tiene la explicación de que el maligno habita en ti —noté el calor de Pedro. No necesité que me dijera lo que tenía que hacer, ya me lo decía su dulce y triste mirada: Entendí que debía aceptar no solo por mi bien, sino también por el de mis compañeras. Andrés y el capitán me observaban, esperando con impaciencia mi decisión... Medité un instante mis siguientes palabras y no dudé.

—¡Está bien! ¡Ese será nuestro pacto! Dios sabe que no es verdad, pero confesaré a cambio de la vida de mis amigas y por ello haremos penitencia, por nuestra mentira, por mi debilidad... Entiendo que es el camino misterioso por el que me manda el Señor... —Y manteniendo un prolongado silencio, sentí la respiración profunda y agitada del capitán. —Y como meiga que me acusáis, juro y conjuro que nuestras almas vagaran por los bosques de Cangas persiguiendo a vuestros vástagos y toda su descendencia hasta que el Hijo del Padre, que nacerá de nuestra estirpe, venga a proclamar la verdad de este acto dando la libertad y la igualdad a las mujeres ante los hombres y ante Dios nuestro Señor... ¡Lo dicho, dicho está!

Pedro se despidió sonriéndome y haciendo un gesto lo más parecido a una caricia sobre mi frente, mirando con signo de complicidad al capitán mientras su espectro se iba diluyendo despacio. El comisario no acertaba a decir nada. Estaba aterrado no solo por haber visto el fantasma de mi marido, sino también por mis palabras, y eso me dio la parte de seguridad que necesitaba de que cumpliría su pacto. José Argo hizo un gesto a Andrés, su soldado, y agarrándome suavemente por el brazo, me obligaron a retirarme. Antes de irnos y sin apartar la vista del comisario, aún me atreví a escupirle en la cara según pasaba por su lado.

El juicio

El transcurso de las horas al día siguiente pareció eterno. Por la noche la inquietud fue haciendo mella en todas nosotras. Los gritos de los condenados sometidos sabe Dios a qué torturas en busca de confesiones forzadas llenaban a cada momento la silenciosa oscuridad y por ende nuestros pensamientos más temerosos.

Con el amanecer llegó la comitiva del Santo Oficio, con Alonso de Salazar como inquisidor real al frente, experto en casos de hechicería, después de sus años de expedición en Navarra. El comisario había preparado todo para un juicio rápido, pues dispuso todo el procedimiento en un proceso acusatorio. De este modo, el inquisidor haría las veces de juez, tomando las declaraciones, realizando los interrogatorios y emitiendo el veredicto. Todo de una vez. Y por ende, Antonio Pita haría la función de fiscal sosteniendo la acusación y el bachiller Juan Fernández quedaba encomendado como escribano general, o lo que es lo mismo, a hacer de secretario del santo tribunal. Así, todo quedaba dispuesto según sus intereses.

Las acusaciones por brujería, según el reglamento del Santo Oficio, solo se podían celebrar por la tarde. Así, la espera nos pareció una eternidad. Y no fue hasta el mediodía cuando el capitán abrió la puerta de la celda acompañado de sus hombres, trayéndonos en viejos y sucios

*platos un poco de comida frugal. Sin noticias de lo que iba
acontecer rechacé el alimento y me acerqué ansiosa a él.*

*—¡Estate tranquila, María, Dios está contigo! El
santo inquisidor es Alonso de Salazar y es un hombre de
bien. No cree en la caza de brujas en la que ahora está
ocupada la Inquisición y ya ha evitado la muerte de varias
mujeres por este motivo. Todo saldrá bien. —El Señor le
había puesto en nuestro camino y hacía que nuestras penas
fueran menores. Le sonreí tímidamente y él, con cierta
vergüenza y sonrojado, bajó la cabeza. Sin más palabras se
fue con sus hombres escoltándole.*

*El resto de las mujeres comieron casi sin ganas y en
silencio. Nos mirábamos con angustia y tristeza. Unas
rezaban. Otras lloraban, algunas por fuera y otras como yo
por dentro. Esta vez no pasó demasiado tiempo hasta que el
capitán y sus hombres nos condujeron hacia la gran sala
donde se nos iba a juzgar. Una gran mesa presidía el fondo,
cubierta con un excelso mantel negro bordado con el escudo
del Santo Oficio en el centro. Inquisidor, comisario y
bachiller al frente, estos últimos a ambos lados del juez. Los
tres vestían el uniforme de la orden, ataviados con capas
negras. Un gran ventanal que daba al atrio principal
inundaba de luz el habitáculo. Y varias antorchas, colocadas
de forma simétrica y paralela, ofrecían con su fuego vivo
una luz inquieta y resplandeciente, produciendo un
esperpento de sombras y formas tenebrosas sobre las
paredes y el suelo de piedra.*

Nos condujeron a una bancada de madera noble que cruzaba la estancia. Por delante, una silla rústica para mí, dejando a mi espalda al resto de las mujeres. Más atrás, en otra de simple tabla, se sentaron el capitán y los Monjes Negros, en los lugares reservados para los testigos.

Alonso de Salazar, de rostro dulce, pelo canoso y ya en edad madura, a la luz de una vela, leía con detenimiento unos pergaminos. Sus ojos verdes debían estar repasando los cargos que contra mí certificaron el comisario y el bachiller. Levantó la cabeza y nos escrutó con determinación. Cruzamos nuestra mirada y bajo mis parpados empecé a sentir que la fe del Señor volvía a mí.

Me distraje observando dos grandes tapices que decoraban la pared lateral frente al ventanal. Uno de ellos representaba la conversión de San Pablo. El otro supongo que era una referencia a las cruzadas en Tierra Santa. Pensé en el trabajo inmenso que llevaron las hilanderas en su confección. Tampoco me dio tiempo a más.

—María Soliño, natural de Cangas, viuda de Pedro Barba, heredera y propietaria de una casa de dos plantas en la playa de Rodeira, varias fincas en Moaña y de los derechos de presentación de la colegiata de Santiago y la iglesia de San Cibrán de Aldán, se la acusa del delito de brujería. Múltiples testimonios de vecinos, amigos y familiares, así como del capitán Argo y la orden de los Monjes Negros, afirman haberla visto cada noche durante los últimos cuatro años, desde la muerte de su marido y

hermano, invocar los espíritus de los muertos a la orilla del mar, paseando por la playa. Con sus plegarias al maligno, luces y formas infernales han acompañado las sombras de sus noches en los últimos tiempos. Muchos habitantes de Cangas reconocen haber recurrido a sus servicios para contactar con sus difuntos y han confesado buscando el perdón de sus pecados y la misericordia de la Santa Orden...

—Así fue la lectura y exposición de los hechos que hizo el bachiller. Thalía y Nora se agarraron las manos. Todas se buscaban con las miradas colmadas de incertidumbre. —A sus fieles seguidoras, Helena Couñago, Eva Dacosta, Thalía Ribadulla, Sofía Couso, Clío Sotelo, Alba Durán, Nora Porto y Rosalía Cela, se las acusa de cómplices y colaboradoras de dichos actos de hechicería. El gran inquisidor de este santo tribunal, su Ilustrísima don Alonso de Salazar y Frías, con la Gracia de Dios, inicia este proceso acusatorio. Póngase en pie la acusada.

—¿Es usted María Soliño? —Me preguntó con autoridad no exenta de cortesía el inquisidor.

—¡Yo soy!

—¿Es cierto que se ha comunicado con el espíritu de su marido, Pedro Barba? —Me inquirió sin rodeos.

—Cierto es, eminencia —no estaba dispuesta a mentir manchando la memoria de Pedro...

—¿Y cómo explicaría este hecho sobrenatural? —No me sentí incomodada con su forma de preguntarme y eso me hacía más fácil responder...

—¡No puedo, señoría! Pedro, mi marido, me dice que nuestro amor ha abierto una puerta —le contesté sincera.

—¿Y no será más bien su imaginación la que habla? —El capitán tenía razón. Alfonso de Salazar no era un fanático religioso al menos.

—Eso creía yo al principio, pero... siento su presencia aunque no tenga vida. No sabría explicarlo —necesitaba arriesgarme, quería que prevaleciera la verdad.

—¿Y no es más cierto que para poder realizar estos conjuros, sellaste un pacto con el maligno? —Me preguntó mordaz el comisario.

—Yo creo en Dios nuestro Señor —no dudé.

—¿Por eso, ardiendo ya en el infierno durante el incendio de la colegiata de Santiago, te salvó de una muerte segura? ¿Es eso lo que crees, bruja? —Me atacaba con dureza el hijo de Satanás.

—El Cristo del Consuelo me protegió —seguí firme.

—¿No sería más exacto afirmar que quizás fue Lucifer? —Insistía.

—¡No! Yo recé y el acudió —grité con una ira incontenida.

—¡He ahí la prueba! ¡Invocaste al diablo, bruja! En vez de morir como una fiel cristiana, elegiste salvar tu vida pactando con el maligno... Y este te premió viendo a tus muertos... —Me acusó repleto de suposiciones, mentiras e intereses de dudoso pelaje.

—¡Mentira! —Mi chillido se debió escuchar en todo Santiago.

—¡Basta ya! —Ordenó apelando a su autoridad el inquisidor. Hecho el silencio, invitó al capitán a acercarse a su presencia. — Capitán Argo: cuente lo que ha visto en calidad de testigo. Recuerde que está bajo santo juramento y que si miente u oculta la verdad de los hechos podrá ser condenado a compartir la pena a que hubiere lugar con la acusada.

—El relato del bachiller es lo que yo informé basado en mi juramento de lealtad a la orden de los Monjes Negros. Todas las noches María caminaba descalza por la playa de Rodeira, y todas y cada una de ellas, cientos de estrellas fugaces han bajado del cielo como una señal. Y siempre una se ha transformado en una forma difusa. María hablaba con ella. Al principio fue ella sola, después la acompañaron sus inseparables que ante este tribunal están sentadas. Con el tiempo casi todo el pueblo acudía puntual a la ceremonia y muchos han declarado haber hablado con sus antepasados. —José Argo fue conciso y su tono firme y dulce, como si en realidad no hubiera mal alguno en mis actos....

—Quiero que se levanten las acusadas de colaboración... —Casi en bloque, despacio y sigilosas, se pusieron en pie. Aún siento sus respiraciones entrecortadas y sus pieles erizadas. —Que una de vosotras conteste por todas, y si alguna quiere decir algo que haga una leve indicación y se la escuchará. —Alonso de Salazar era contenido y hasta amable en el trato, hasta el punto que nunca tuve la sensación de estar juzgada por un inquisidor. —¿Por qué acompañabais a la acusada en sus paseos nocturnos?

—Es nuestra amiga y casi una hermana mayor para nosotras... —Fue Sofía quién se atrevió a responder.

—Sois por tanto cómplices de brujería... —Dejó caer la frase buscando una respuesta contradictoria y...

—¡María no es una bruja! Tiene un don que Dios le ha dado. ¡Ella es una santa! —Sofía le respondió airada y sin pensar en las posibles consecuencias, presa de la admiración que siempre me ha tenido. ¡Pobre!

—Hay muchos hombres santos que nunca han tenido ese don... —Insistió el inquisidor, ahora sé que estaba actuando como un exégeta, buscando la verdad que sus pensamientos le dictaban.

—Solo Dios sabe por qué —desafiante, volvió a replicarle Sofía.

—No será más cierto que vuestra señora es una loca... —Siguió provocando la declaración de intenciones y supuestas confesiones el inquisidor.

—Entonces estamos todas locas... —No pudo retener ni aguantar el ímpetu de contestar Helena.

—Nadie te dio la palabra, zorra —le espetó el comisario.

—No perdamos los nervios... —Intentó tranquilizar los ánimos pacientemente y sin alterarse Alonso de Salazar, nuestro juez. — Estamos aquí para aclarar los hechos y conocer la verdad. No podemos olvidar que está en juego la vida de estas mujeres... —Aseveró con firmeza mirando con tensión a Antonio Pita. —María, ¿está dispuesta a confesar y a arrepentirse de sus pecados?

—Bien sabe Dios que me arrepiento de todos mis pecados. Yo confieso ante Dios Todopoderoso que he pecado por amor al hombre que más quería, que por no perderlo mi soberbia me ha hecho buscar caminos incomprensibles para tenerlo a mi lado y que me arrepiento de mis orgullos y mis vanidades, que han hecho que otras mujeres, mis amigas, a las que más quiero en esta vida, en la que me quede ahora de ella, tengan que compartir mi penitencia sin tener culpa alguna de las flaquezas de mi alma —pasados tantos años, recuerdo con exactitud estas mis palabras, que solo el Señor pudo inspirarme...

—¡No, María! ¡No lo hagas! ¡Tu corazón es limpio y puro como el de nuestra madre la Virgen María! —Gritaba como una loca la ferviente Clio. A Thalía le dio por cantar y comenzó a entonar el Dios te Salve María. El resto no dudo en hacer los coros al principio en voz quebrada y casi inaudible para, poco a poco, hacerse oír con más fuerza... Hasta que atónitas simplemente tararearon, al escuchar por encima de sus voces los bellos sonidos que de la garganta del inquisidor brotaban haciendo de barítono del improvisado orfeón, elevando su escala por encima de la de ellas. Como buen hombre de Dios que era, no vaciló lo más mínimo en entonar el himno de Nuestra Señora con nosotras. El comisario y el bachiller se miraron desconcertados y a mí, a pesar de la especial gravedad de mi situación, casi me entró la risa por lo cómico de la escena. Al terminar todo fue silencio y solo el crepitar de las antorchas lo rompieron.

—La sabiduría de Dios me acompañará en el veredicto, de eso estoy seguro. ¡Que la paz del Señor os acompañe..! Capitán, devuelva a estas mujeres a su celda.

El hermano Benedicto

Hay personas que transmiten bondad y a las que uno se termina plegando. Una de ellas era el hermano Pablo. Siempre de buen humor y con buenas palabras, resistiendo los desmanes del capitán pirata y sin perder en ningún momento la paciencia. Y fue así como la convivencia entre ellos fue forjando un extraño lazo. Primero consiguió que comiera y poco a poco que saliera de la celda. Los silencios llenos de armonía del monasterio fueron haciendo su trabajo. El tiempo iba pasando y Al-Aruk había cambiado su semblante. Su mirada se había transformado a tranquila, desaparecida la fiereza de atrás. Y aunque por dentro mantenía una intensa lucha interna, su carácter se había dulcificado milagrosamente.

El primer año se hizo largo. Lenta fue la convalecencia. No solo las heridas físicas, sino también las que se mantenían en las entrañas del capitán pirata, se resistían a sanar. Pero las estaciones iban pasando y el frío dejaba paso a la lluvia y esta al sol, y después venía la caída de la hoja y el pasar de la vida en la mística soledad del monasterio iban haciendo el resto. Después el jardín, el huerto, los consejos del boticario y unas inexplicables ganas de aprender la sabiduría que encerraban las plantas medicinales que cultivaba con tesón fueron devolviendo la existencia a Al-Aruk. La armonía iba llenando su interior de sosiego y de Dios, aunque no sabía aún de cuál de ellos.

De la mano del hermano Pablo fue acogiendo la forma de vida del convento. Se levantaba con el resto de los monjes y aunque tardó en atreverse después no le costó ni utilizó excusas a la hora de acudir a maitines. Sin darse apenas cuenta, o sí, aprendió, despacio y con pausa a orar y a entonar los cánticos gregorianos de las liturgias, a las que después nunca rehuyó. Al segundo año ya practicaba el ángelus y asistía al resto de actos y servicios. Al concluir sus obligaciones y labores, los dos mantenían largas conversaciones mientras paseaban... Y un buen un día hasta le pidió al hermano Pablo el sacramento de la confesión. Un alivio indescriptible cubrió su voluntad y sintió una llamada sobrehumana en su corazón.

Prometió penitencia para alcanzar el perdón de Dios. A su paso se escuchaban tintinear pesadas las monedas que, en los dos sacos que el bachiller le había entregado como pago, sujetaba en ambas caderas sobre la cincha interior de su hábito. Así, con cada paso, recordaba el precio por el que había vendido su esencia y al mismo tiempo cargaba con el lastre de los recuerdos que le llegaban con su metálico sonido. Leía las Santas Escrituras y los Evangelios y se imaginaba siendo Judas Iscariote traicionando a su señor Jesús por cincuenta monedas de plata. Pero rápido se reconfortaba pensando que, a él, Dios le había dado una segunda oportunidad y que no necesitaría ahorcarse...

Habían pasado casi cuatro años desde su llegada. Ni el abad ni el hermano Pablo ni ningún otro le habían reprochado nunca nada. Ni tan siquiera le habían invitado a abandonar el monasterio. Pero llevaba tiempo dándole vueltas a las palabras del hermano Pablo cuando se conocieron. Desconocía su destino, aún no se le había manifestado, pero ya sabía cuál era el camino. Y él ya había elegido. La decisión estaba tomada.

—Hermano Pablo, tengo que pedirte algo —le dijo durante uno de sus paseos.

—Tú dirás —le respondió impaciente el hermano Pablo.

—Cuando llegué aquí era un hombre perdido. Aún recuerdo que me dijiste muy convencido que el Señor me había encomendado una misión al traerme a este lugar. Te pregunté cuál era y tú me respondiste que primero había que volver al camino. No te creí... Y ahora debo de reconocer que tenías toda la razón: Y tú me has ayudado a encontrarlo. Me has enseñado a vivir sin odios y a querer las cosas más pequeñas. He ido conociendo vuestra forma de vida, vuestras creencias, vuestro Dios... —Sus palabras sinceras transmitían una paz y quietud que nunca antes había conocido ni tenido. —Llevo muchos días meditando y reflexionando profundamente y he adoptado una determinación. Solo deseo y espero saber cumplir con la voluntad de Dios: quisiera tomar los hábitos de vuestra orden, si a bien lo tiene el Abad y si vos también lo aprobáis... —El hermano Pablo, perplejo ante la noticia, no supo ni cómo reaccionar. No le salían las palabras y sentía unas tremendas ganas de abrazarlo, pero se contuvo. Una alegría como no recordaba ya llenaba su ser.

—No sabes el júbilo que invade mi corazón, hermano... —Y disimulando una lágrima furtiva, no consiguió reprimirse, abrazándole plagado de emoción. —Discúlpame... Voy a comunicárselo al Abad. Hoy el Señor está lleno de gozo, pues uno de sus hijos ha vuelto al hogar del Padre...

Y diciendo esto se marchó corriendo atribulado. En el camino trastabilló con otros dos frailes que caminaban en ejercicio de silencio y meditación por el atrio. El pirata, realmente abrumado, optó por retirarse discretamente a su habitación. Poco tardaron en aparecer por su celda el hermano Pablo y el abad.

—Me ha informado el hermano Pablo de que deseáis hacer juramento de fidelidad a nuestro Señor —no se anduvo con rodeos el prior.

—Cierto es, padre. Yo ya no tengo mejor casa que ésta en la que vos me acogisteis... Y ha llegado la hora de arrepentirme de mis pecados y pagar con sincera penitencia la negrura de mi alma esperando que Dios tenga misericordia de mí —estas palabras conmovieron especialmente al abad.

—La tendrá, hijo, la tendrá. El Señor siempre se alegra por recuperar a uno de los suyos... —Hizo una pausa reflexiva y continúo. —Solo un par de cosas...

—Vos diréis, padre...

—La primera: tomarás el nombre del fundador de la Orden como ejemplo de perdón. A partir de ahora serás el hermano Benedicto... Y la segunda... continuarás con tu penitencia: que el peso de las monedas de plata traidoras te haga redimir tus faltas y las bajas pasiones de tu vida anterior —le exigió el abad con firmeza.

—¡Así será, padre! ¡Obedeceré! —Pero no quería quedarse con dudas... —¿Será para siempre Padre?

—Solo el Señor sabe cuándo llegará el momento de tu liberación, hermano Benedicto. —Y acercándose con mirada complacida, el abad le besó dos veces de forma cariñosa.

—Me gustaría pedir una cosa, padre... —Casi suplicó el ahora hermano Benedicto.

—¡Tú dirás!

—Me satisfaría enormemente poder seguir cuidando del herbolario —dijo con voz muy tímida.

—Si ese es tu deseo, hermano... —Le respondió el hermano Pablo con la conformidad del abad, asintiendo con un movimiento de la cabeza.

—Es mi anhelo. Las plantas me han enseñado lo grandioso de la vida: nacen de una semilla pequeña y con buena tierra y agua crecen a la luz del sol, trasmitiendo la esencia de Dios. Son como un pequeño prodigio, no pelean entre ellas y crecen y se desarrollan en sosiego y armonía, en silencio, sin meter ruido. Me lleno de su paz —con un sentimiento desconocido en su alma pasada, Al-Aruk respondió casi con ensoñación. El Abad dejó entrever sus dientes blancos como expresión de felicidad.

—Bienvenido a tu nueva existencia, hermano Benedicto: "Quien cree en mí, vivirá eternamente". Serás digno del perdón eterno... —Y al tiempo que se retiraba le sentenció: —"Al-Aruk", el que discierne el mal del bien, tuyas serán las llaves del paraíso.

Mi condena

Me contaron que Alonso de Salazar estuvo perdido por los corredores de San Martín Pinario cerca de una semana. Deambulaba en gran meditación pidiéndole a nuestro Señor que su decisión fuera justa. El comisario intentó varias veces influir en su resolución. Pero su mente era fuerte como los carballos de nuestros bosques.

El capitán y sus discípulos velaban en turnos por nuestra seguridad. Nos traían de comer y agua para lavarnos e intercambiábamos furtivas miradas de complicidad. Mis compañeras y yo esperábamos su llegada con cierta impaciencia. Sobre todo Nora, que no le quitaba ojo a Marcos. Su pelo castaño y rizo le diferenciaba bien de los demás. Su joven rostro le había seducido. La barba rala y sus labios afeminados cautivado. Y él se dejaba querer a base de pequeños gestos y ojos despiertos buscando los de ella. Algo de difícil control surgía a borbotones entre los dos.

Y así fueron pasando los días, en completa rutina y parsimonia, solo edulcorada por la orden de los Monjes Negros. Curiosa contradicción. Nuestros verdugos se habían convertido en nuestros protectores.

Hasta que llegó la sentencia:

«Yo, Alonso de Salazar, inquisidor mayor de la ciudad de Santiago de Compostela, formando tribunal del Santo

Oficio con don Antonio Pita, comisario de Betanzos, y su bachiller don Juan Fernández haciendo las veces de secretario, y celebrado justo y sagrado juicio con los cargos y acusación de brujería en la mujer de María Soliño, vecina de Cangas, e iguales faltas y denuncias contra sus cómplices y colaboradoras necesarias, cuyos nombres se citan de seguido... Helena Couñago, Eva Dacosta, Thalía Ribadulla, Sofía Couso, Clío Sotelo, Alba Durán, Nora Porto y Rosalía Cela, de igual modo y hecho comprobado vecinas de Cangas... Y habiendo escuchado la confesión de la primera y constatado con el resto y tras haber tomado declaración al monje mayor de la orden, el capitán don José Argo, como informador de todo el proceso, habiendo reconocido la acusada haber tenido contactos con el espíritu de su marido difunto, don Pedro Barba, y haber invocado a otros hombres muertos a lo largo de los últimos cuatro años en el lugar de la playa de Rodeira de dicha población, siempre protegida por el manto de la noche, y siendo testigos efectivos, entre ellos, el mencionado capitán y sus hombres, habitantes de la villa, algunos de ellos parte denunciante, debo condenar y condeno a las nueve mujeres nombradas. Tras días de profunda deliberación y ayudado por la gracia de Dios, he considerado a tener en cuenta para la imposición de la pena el eximente de locura, así como el debido arrepentimiento y la confesión de los actos. Mis oraciones han sido escuchadas por el Señor y, refrendado por su sabiduría y su misericordia, condeno a las reos a cumplir la penitencia del destierro, sin asistencia ni consuelo, purgando sus pecados y desacatos a nuestra santa y madre Iglesia, por un período de seis meses, abandonadas por los bosques de Cangas, vistiendo el sambenito del Santo Oficio y sin poder acercarse a población alguna hasta su total cumplimiento para todas ellas. Y para su perfecta consumación, nombro al capitán don José Argo y a sus hombres guardianes custodios de las procesadas. Se ocuparán de su protección y su alimentación mínima necesaria, no permitiendo su muerte para mayor desconsuelo y expiación. Y concluyo este auto refiriéndome a sus bienes y derechos, así como los de las otras mujeres, si los hubiera, quedando confiscados en su totalidad y sin poder de reclamación, pasando a titularidad de esta sede del Santo Oficio y con administración concedida al señor comisario y relación y prelación a su bachiller. Esta es mi palabra a 23 de enero del año mil seiscientos veintidós del año de nuestro Señor Jesucristo».

Palabra de inquisidor. Se nos perdonaba la existencia, pero se nos condenaba a morir en vida.

El capitán Argo y sus hombres

A la mañana siguiente partimos sin más dilación. El capitán y sus ocho hombres nos escoltaban a caballo. Nosotras ibamos vestidas con el hábito de la condena y ellos con la indumentaria de la orden de los Monjes Negros. Cada vez que pasábamos por alguna población, sus gentes nos hacían pasillo en silencio. Sin embargo, con su amparo nos sentíamos seguras. Era una sensación extraña, difícil de explicar, pero no solo no les teníamos miedo, sino que hasta nos adivinábamos protegidas.

Llevábamos varias jornadas de nuestro camino a Cangas y la convivencia era buena. El capitán demostraba ser un buen hombre a quien, por algún motivo que no llegué a comprender bien entonces, Dios había colocado en nuestro destino. Al poco de salir de Santiago, mandó a Tomás y a Felipe a Padrón para hacerse con más caballos. Imaginé que quería tener repuesto para evitar posibles inconvenientes durante el trayecto. Me equivoqué. Buscó una pradera despejada y rodeada de bosque cerrado a fin de ocultarnos de miradas indiscretas. Y acampamos. Él mismo me comentó que no estábamos muy lejos del monasterio de Armenteira, el cual en principio prefería evitar para no verse obligado a dar explicaciones de determinadas decisiones que se disponía a tomar. Allí permanecimos casi dos días. No adiviné cuáles iban a ser sus intenciones, pero pronto mis dudas quedaron despejadas. Salvo Helena, que ya sabía montar, dio órdenes concretas a sus hombres para que nos enseñaran el arte de la equitación. Yo no me lo podía creer, y el resto de las mujeres no tenían palabras suficientes de agradecimiento y disposición.

Así, y con la ayuda de nuestra amazona, también nos fueron aleccionando a base de pequeños ejercicios en el arte de la guerra. Con ramas de árbol fabricaron pequeñas lanzas y palos a modo de espadas y nos ejercitaron en su manejo. También arcos y flechas, adiestrándonos en su uso. Y ante la novedad y el interés que pusimos, pronto nos sentimos preparadas.

A cambio de su instrucción, las mujeres decidieron colaborar en mancomún: Clío se prestó a lavar las ropas; Eva les enseñó cómo buscar plantas medicinales y su aplicación; Sofía les educaba en la lectura de algún libro perdido que apareció de improviso en alguno de los equipajes, sobre todo a Juan y a Lucas, que parecían lo más torpes; Alba, por las noches, nos descifraba el cielo estrellado y el augur de los astros; Rosalía ayudaba a Clío y, junto a Thalía, que siempre estaba cantando, se encargaba de cocinar y de la intendencia... Sin darnos apenas cuenta, fuimos formando una singular familia... Y Nora... Nora solo estaba para Marcos.

Pero no fue solo Nora. Pedro no se me volvió a aparecer. Fue entonces cuando me empecé a dar cuenta que algo en mí estaba cambiando y un cruel desasosiego me asoló: ¿habría renegado de mí ante la presencia del capitán?

Era cierto que me sentía atraída por él, pero tenía claro, o eso creía, que mi amor estaba en los cielos... El resto de las mujeres empezó a murmurar... Siempre se nos veía a los dos juntos. Me gustaba su conversación y además era muy cortés y respetuoso. Me narraba sus antiguas andanzas allá en las Cruzadas y a cambio yo le mareaba y seguramente aburría hablando siempre de mi marido. Él me escuchaba paciente y guardaba silencio en esos momentos. No tardé mucho en averiguar por qué. Nunca me nombró a ninguna mujer en su vida y aquello me intrigaba sobremanera.

En aquel par de días, alguna que otra relación parecía irse gestando: Helena tampoco se separó de Lucas en ningún momento. Cabalgan a la par. Los dos eran buenos jinetes. La cabellera rubia de Lucas a lomos de su caballo se perdía con el viento. Trotaban y se perseguían jugueteando de continuo y la felicidad a pesar de la condena iba aflorando en nosotras con cada día nuevo. No sé si fue allí dónde empezaron algunas de las parejas. No tenía ojos para todas mis "ovejas". Recuerdo que pensaba en que aquello no podía durar mucho y que todo estaba más bien llegando a su fin, que tan solo se trataba de una breve alegoría. Las negras sombras que llegaran a mi vida hacía ya más de cuatro años aún no se habían ido y creía firmemente, convencida, que ya nunca me abandonarían. Y cuando retornaba a aquella realidad y a mi pasado, siempre me asaltaba la misma pregunta: ¿dónde estás, Pedro?

Las palabras del capitán me devolvieron a la realidad:

—La playa da Lanzada.

Las nueve olas

Imponentes, parecíamos un pequeño ejército de caballería desde el promontorio. Dieciocho jinetes dominábamos la playa mientras el mar batía sus olas con el crepúsculo de fondo.

—Acamparemos aquí esta noche. Mateo, Marcos y Juan, id a buscar leña para hacer una buena hoguera si no queremos morir de frío —al capitán se le notaba que estaba acostumbrado a dar órdenes.

—Yo también voy. —Nora no perdió la ocasión ni la intención de acompañar a Marcos.

Descendimos cabalgando despacio hasta la arena. Desmontamos y Rosalía y Clío, como ya empezaba a ser costumbre se hicieron cargo del gobierno de la compañía con la "cómplice" colaboración de Mateo y de Tomás, que prestos armaron una valla para sujetar los caballos. Entre tanto, nuestro capitán se quedó organizando al resto de los hombres y de las mujeres. Yo me descalcé y me fui caminando por la orilla, rememorando días pasados. Lucas y Helena, con algún que otro arrumaco, se quedaron de guardia vigilando desde una pequeña colina que formaban unas rocas a modo de pequeño acantilado en el borde del istmo. Detrás de mí, hasta alcanzarme, vino Sofía.

—¿Conoces el ritual de las nueve olas, María? —Me preguntó mientras chapoteábamos el agua fría del océano con los pies.

—¡Sí, Sofía, lo conozco! —Le contesté al momento. No me miraba a mí, sino que buscaba en la inmensidad como si esperara que de nuevo las estrellas fueran a caer del cielo, igual que en Rodeira. Quise desviar el tema e inocente de mí, como pensando que ella lo desconocía, le empecé a contar lo que la leyenda decía... —En la noche de San Juan, los enamorados vienen hasta aquí y desatan sus pasiones. Consumado el acto y ante la luna llena, las mujeres mojan sus vientres con las nueve primeras olas buscando la fertilidad.

—¿Y no piensas que es hora de empezar a cumplir tu promesa?

La miré desconcertada mientras contemplaba cómo regresaba junto al resto del grupo, después de haberme dejado la pregunta en el aire. Me quedé sobresaltada, con la mente vacía. De pronto mi olvidada lluvia de estrellas comenzó a caer del cielo como lo hacía en mi playa... Una, otra, cientos. Un lucero revoloteó hasta mí y serpenteando a mi alrededor dibujó la figura de Pedro.

—¡Hola, María! —Me saludó como si nunca hubiera faltado.

—¡Pedro! ¡Cuánto te echado de menos! —Suspiré entre aliviada y compungida. Sin embargo algo no estaba siendo igual...

—¿Y por qué, si siempre he estado contigo? Yo no me ido. —Me afirmó como queriéndome decir algo que en ese momento no fui capaz de interpretar.

—Desde la detención no hemos vuelto a hablar y solo cuando me salvaste del comisario te volví a ver... —le reproché...

—No es cierto, María. Mira dentro de ti. He estado a tu lado todo este tiempo. Te he acompañado en todo momento... —No estaba preparada para aquello que me quería decir, ni siquiera soy capaz de saber hoy día si realmente quise escucharle...

—¡No sé qué me quieres decir, Pedro! —Continué regañándole. Pedro, moviendo ligeramente la cabeza, me incitó lo suficiente para que me diera la vuelta. El capitán venía hacía nosotros con sus ojos dominados por la incertidumbre al vernos juntos...

—¡Yo estoy en él, María! ¡Si me quieres, aquí me tienes! ¡Yo soy tu capitán! —Su forma se desvaneció entre mis manos presurosas por atrapar un imposible. Un calor inmenso violentó mi cuerpo...

—Era Pedro, tu marido, ¿verdad? —Me demandaba una respuesta. Simplemente le asentí con la mirada clavada en la suya. —¡No sabes lo que yo hubiera dado por ser amado cómo tú lo amas! —Penetré en sus ojos y en su interior y entendí el mensaje de mi marido, aunque no fui capaz de comprenderlo. Algo mágico y fuera del alcance de mi entendimiento había fusionado sus almas... Pedro estaba en José y José estaba en Pedro. Ahora sí que la locura se había apoderado de mí... Una fiebre hilarante dominaba mi piel. —¡No sabes cuánto daría por poder ser él...!

Ya no le dejé hablar más. Me apresuré sobre él y le besé súbita y enloquecidamente. Al principio sorprendido, después dispuesto, me devoró entera. Se desataron las pasiones y nuestras manos buscaron desesperadas nuestros cuerpos. Sentí sus dedos hurgar en mi sexo y gemí. Su miembro se exaltó y se adentró en mi intimidad. Nuestras bocas se buscaron constantemente y nuestros placeres se mezclaron. Y lo hicimos. Lo hicimos con fuerza y con todo nuestro ser y sentí que una parte de Pedro estaba en él, pero supe que no era exactamente Pedro. Aún no he sido capaz de explicármelo a mí misma, pero pasó. Y me gustó. Ahora, después de tanto tiempo, sospecho que hacía ya tiempo que me gustaba. Me dejé llevar y llegué hasta el mismísimo cielo. Al terminar, sin remordimientos, sin nada que me fustigara en mi interior, descansé con él... Me recosté desnuda sobre su pecho... Al rato alcé la vista en dirección al resto de la expedición y mis ojos observaron fascinados al grupo.

Fue entonces cuando comprendí que el Señor había unido nuestros destinos con un propósito final y que, tal y como me anunciaran el padre Francisco y Pedro, me descubriría el camino y a los que me acompañarían en él... como una invocación conjunta: Rosalía con Mateo, Juan con Alba, Marcos con Nora, Clío con Tomás, Helena con Lucas, Santiago con Eva, Felipe con Thalía y Sofía con Andrés; todos desnudos en la oscuridad de la noche, todos entregados a las vilezas de la pasión. Quizás sería mejor decir a los desmanes del amor...

Tras la guerra, vino la paz y por tanto el descanso del guerrero. Como si de una señal o un símbolo divino se tratara, una a una se fueron incorporando como Dios las trajo al mundo, y dándose la mano, caminaban unidas en una cadena humana hacía la orilla...

—No es la noche de San Juan, pero hay luna llena, María —me indicó Sofía guiñándome un ojo e invitándome a unirme al grupo.

Entendí su mensaje a la perfección. Con la sonrisa dibujada en nuestros rostros llegamos al agua. Nos adentramos y dejamos que la primera ola nos mojara el vientre como contaba la tradición, y así hasta nueve veces. Feliz, me dije a mí misma: «No sé si se cumplirá mi promesa, pero a fe que lo vamos a intentar. Solo nuestra descendencia podrá consumarla. Dentro de nueve meses sabremos si el hechizo ha surtido efecto».

Efectuado el ritual, nos vestimos y, buscando cada una a su nueva pareja, nos sentamos totalmente desinhibidas con ellas haciendo un círculo alrededor de la hoguera. Todos nos mirábamos felices. Y como no podía ser de otra manera, para amenizar la "fiesta" Thalía empezó a cantar viejas canciones celtas. El resto la seguíamos. Nora se levantó iniciando giros suaves y armoniosos, bailando al compás de la romanza y del fuego. Marcos la agarraba por la cintura y sus movimientos se hacían cada vez más potentes y rápidos. Poco a poco todos fuimos imitándoles *hasta llegar a una danza visceral moviendo convulsivamente nuestros cuerpos. El tono de nuestros cánticos ganó en bríos. Y agradeciendo al Señor aquel momento imploramos por nuestro juramento. Queríamos ser escuchados y nuestras gargantas se agotaron. El sudor chorreaba por nuestras frentes a pesar de ser cerrado invierno.*

La magia de la noche conjurada con la luna nos escuchó y las almas de nuestros seres más queridos acudieron a nuestra llamada en un demente frenesí. Ante Dios elevamos nuestros cuerpos y nos entregamos de nuevo al acto carnal en plenitud y en éxtasis. Coplas, nanas y temas religiosos en honor a nuestro Señor fueron llenando las horas de la noche hasta la extenuación. Al fin se apagó el fuego y todos reposamos exhaustos y llenos de gracia. Y amor, mucho amor entre nosotros. Fuimos condenadas por brujería y como tales nos comportamos aquella noche. Aún lo sigo recordando como "el akelarre blanco", el acto en el que la promesa eterna de María Soliño quedaría para siempre sellada. Nunca más volvió a ocurrir. Y aún, pasados tantos años, no soy capaz de discernir qué enajenación nos envió nuestro Señor para completar tal acto lleno de lujuria y provocación, más propios del otro lado... Pero con la edad he descubierto que insondables son los designios del Señor y seguramente era nuestro deber cumplir con la leyenda.

Lo que aún no sabíamos es que nos vigilaban de cerca.

El reencuentro

A primera hora de la mañana y con los síntomas claros de la borrachera espiritual de la noche anterior, tomamos camino al monasterio de San Juan de Poio. José, como monje mayor, estaba adscrito a la orden de los hermanos benedictinos. Conocía bien al abad y nos tranquilizó diciendo que no pondría inconveniente en darnos alojamiento a fin de poder descansar y también reponer víveres antes de las últimas etapas camino de Cangas.

Me encontraba algo confundida después de lo ocurrido horas antes. Aunque tenía claro lo que sentía por el capitán, era consciente de que todavía no había superado del todo la ausencia de Pedro, y por otro lado seguía sin comprender en todo su significado, sus palabras. Sin embargo llevaba conmigo una sensación de plenitud y era como si el encantamiento de otros tiempos hubiera regresado. No sé si en aquel momento le podía llamar amor, pero desde luego se le parecía y mucho. Le observaba cabalgar al trote y su magnífico porte me hacía suspirar. Miles de mariposas nerviosas me revoloteaban en el estómago haciéndome sentir más joven.

José dispersó a sus hombres en dos filas paralelas, acorralándonos a las mujeres, y solo Helena trabajaba con ellos yendo de aquí para allá. Le noté algo más serio durante el trayecto y deseaba no ser yo la culpable... Algo le inquietaba, como si percibiera que algún peligro nos estaba acechando.

Era casi mediodía y en el horizonte, al fondo, se divisaba imponente el convento. Tres monjes nos esperaban saliendo a recibirnos. A medida que nos acercábamos una terrible duda fue asaltando mi corazón. «¡No puede ser! ¡Uno de ellos es el capitán pirata que mató a mi marido!», me dije asustada.

Me coloqué instintivamente al lado de José para contarle lo que estaba viendo y mis temores. Sorprendentemente no se alteró y con voz dulce y calma intentó transmitirme serenidad. Los otros dos monjes eran el abad y el hermano Pablo, me comentó restándole importancia a mi comentario. Si ellos permanecen tranquilos es porque no hay amenaza alguna, pensé, aunque no las tenía todas conmigo. Pero una voz interior no paraba de decirme que nuestras vidas estaban en riesgo.

Llegamos hasta ellos y nos saludaron con una reverencia sincera bajando la cabeza en señal de respeto. Este acto del pirata me confundió aún más. Descabalgamos. El abad y el hermano Pablo se acercaron y se presentaron a nosotros estrechando con delicada firmeza nuestras manos. Al-Aruk se quedó por detrás de ellos, apartado, como en un segundo plano. Me miraba y yo le sostenía firme la mirada, observándole con detenimiento la cicatriz de su rostro, la señal de la cruz que nuestro Señor quiso dejarle como recuerdo inequívoco de su poder. Como dudando y apesadumbrado, bajó la cabeza hacía el suelo. Y este gesto me desconcertó aún más.

Ya estábamos todos en el umbral del pórtico principal cuando el portón de madera inmenso y exquisitamente labrado que protegía la entrada se abrió con cierta brusquedad. Todos nos quedamos mirando sin saber reaccionar. Y sin más ví a la muerte acechar mi vida. Corriendo medio endemoniado se dirigía hacía a mí un hombre puñal en mano: Era Juan Fernández, el bachiller.

Hasta la respiración se me cortó. Como instinto de protección, levanté mi brazo izquierdo cerrando los ojos, intentando no ver el final. Sentí un frío tajo en mi brazo...

—¡Muere, bruja! ¡Y contigo tu hechizo y tu falso juramento! —Gritó pleno de un odio que nunca llegué a entender, pues no le había causado mal alguno; ni hasta ahora nuestras vidas se habían cruzado...

Silencio. Abrí los ojos y pude ver al bachiller retorciéndose en el suelo y a Al-Aruk sacando el filo ensangrentado de una daga de su pecho. ¡El pirata me había salvado la vida! Lo miraba llena de incomprensión por lo que acababa de suceder...

—¡Que tu alma vague eternamente por el infierno, bachiller! —Después dirigió su mirada al cielo azul y claro de aquella mañana y suplicó... —¡Dios mío, perdóname por haber pecado! —Todos le observamos agradecidos, pero ni siquiera se dio cuenta. Su espíritu estaba viajando por su mundo interior. José y el resto de la compañía desenvainaron sus espadas rodeándonos rápidamente a fin de defendernos. Estábamos rodeados por más de una docena de Monjes Negros que debían de estar acompañando al bachiller. Nuestro capitán, enérgico, les ordenó tirar las armas y obedecieron a su superior ante la más que inminente muerte de su anterior monje mayor. Entretanto, Al-Aruk se postraba sobre el cuerpo moribundo de Juan Fernández y del interior de su saya sacó un saco de cuero viejo y sucio. Lo abrió ante los ojos ahora asustados del bachiller, que lo observaban temeroso. El antiguo pirata vació sobre él su contenido: treinta reales de plata que fueron cayendo y manchándose con la sangre del herido, soldado del Santo Oficio. —Al-Aruk era mi nombre porque elegí el mal sobre el bien y mi alma se volvió oscura... pero otra vez soy Faruk porque aquí, entre las paredes de la casa del Señor, he aprendido a discernir el bien del mal. Y ahora que Dios me ha concedido el don del perdón con su grandísima misericordia he decidido ser el hermano Benedicto, para servirle...

Se levantó azaroso y agarrándose al hábito del abad:

—¡Padre!... No hace mucho le pregunté cuándo terminaría mi penitencia y vos me dijisteis que llegado el momento el Señor me lo haría saber. Pues bien... hoy ha terminado el peso de esta: las monedas esparcidas sobre el asesino son las mismas que Judas Iscariote derramó por la sangre de Cristo y que le condenaron eternamente, con el bachiller se irán... —Y del interior de su hábito, otro igual al anterior descubrió. —Y este otro saco, el de mi penitencia diaria por la contrición de mis pecados, yo os entrego ahora como muestra de agradecimiento a fin de que sirvan para ayudar al mantenimiento del monasterio que me acogió en mis flaquezas y que redimió mis penas... —Después se fue hacía el hermano Pablo y, cogiéndole y apretándole con ternura sus manos, le dijo: —Hermano... me enseñaste el camino con tu amor. Me anunciaste una misión y también tuviste razón. Tal como me dijiste, el Señor se me ha revelado de nuevo: ahora ya sé qué empresa me ha confiado el Padre celestial...

Con una emoción incontenible le abrazó y le besó en la cara. Ya calmado y colmado de una paz contagiosa se giró, y mirándome con una dulzura que nunca hubiera sospechado en su persona, sin apartar sus ojos de los míos, se arrodilló ante mí lentamente y con extrema suavidad me tomó las manos.

—Señora, proteger tu vida el resto de mis días será mi misión... Tómame a tu servicio... Tú me diste a Dios y yo te lo debo. Sin ti mi alma estaría condenada y hoy soy un hombre de fe y de sacrificio. Esta es mi petición. Este es el cambio de mi penitencia que me pide el Señor. Déjame cumplir mi voluntad. Iré a donde tú vayas, estaré donde tú estés y respiraré el aire que respires. Y si llega el momento, mi vida te entregaré para preservar la tuya. Lo juro por Dios. —Estaba perpleja. Mi mayor enemigo jurándome lealtad...

—Así sea, entonces —sentenció el Abad.

La despedida

Solo estuvimos un par de días en el priorato. José creía convencido que el comisario mandaría un grupo numeroso de Monjes Negros para detenernos y llevarnos de nuevo a juicio a Santiago, esta vez por la muerte de su mano derecha, el bachiller. Con la ayuda del abad retuvo al resto de la tropa que lo acompañaba y los recluyó en las celdas más apartadas del convento. Sabía que al partir los tendría que soltar y, aunque temía por el abad y el hermano Pablo, albergaba la esperanza de que simplemente los desterraran por auxiliar a un grupo de mujeres condenadas. Del mismo modo intuía que, si los apresaban, el destino de él y de sus hombres sería la horca.

Mientras nuestros hombres se hacían cargo de la vigilancia del lugar y de la derrotada soldadesca del bachiller, nosotras nos entreteníamos ocupándonos de la caballeriza y de organizar la partida. Sabedores como éramos de que íbamos al destierro y evidentemente para siempre, no tuvimos a fin de cuentas demasiado tiempo para descansar.

El abad se empeñó en que parte de los reales de plata del hermano Benedicto fueran para invertirlos en adquirir los servicios de un pequeño bajel, con salida desde el puerto marinero de Combarro, una pequeña población cercana, y así acortar el camino a Cangas, para desembarcar seguramente en Rodeira. Y así fue. El viento sopló del norte *y la navegación se hizo cómoda y rápida. El barco, aunque pequeño, estaba bien cuidado e impecable y bogaba fiable por la ría de Pontevedra.*

Atardecía cuando al fin pisamos la fina arena de mi playa. Miles de recuerdos completaban mi melancolía. Desembarcando las provisiones y los animales, los vecinos nos observaban desde la entrada del arenal. Alguno nos saludó pero ninguno se atrevió a venir a nuestro lado. Los sambenitos nos delataban y sabían que su fin podía ser el mismo. Se les notaba el miedo. Llevaban con el mismo incrustado en sus desdichadas vidas casi cinco años y ya nada ni nadie se lo iba a quitar. Pocos hombres quedaban ya. Casi todos habían muerto en el saqueo. Y solo viejas viudas, chiquillos roñosos y mujeres temerosas malvivían en la villa.

Al poco nos asaltó la noche. La última noche en la playa de Rodeira... Vi por última vez mi casa, a la que ya nunca volvería, y la pena se hacía mi dueña. José me abrazó. Todos los de la compañía al unísono, sin decirnos nada, empezamos a caminar por la orilla y las olas volvían a golpear frías nuestros pies desnudos.

El cielo estaba negro y estrellado, sin nubes y con una luna llena un poco cortada pero brillante, como un lucero del Señor. El cansancio hacía mella y pareja a pareja, alrededor de un pequeño fuego, nos fuimos acostando sobre la arena, arropándonos lo mejor que podíamos. Sentí el cuerpo caliente de José, pero no conseguí quitarme el frío húmedo de encima. Me dio un beso y el sueño pareció llegar con rapidez. Sin embargo no lo concilié del todo. Recuerdo que di mil vueltas, hasta que el alba asomó en el horizonte.

Casi más cansada de lo que me acosté, con los huesos tullidos, me levanté y me fui y hacía las olas medio invocando el nombre de Pedro. Sin darme cuenta, José venía tras de mí para taparme con la manta que antes nos cubría. Hacía frío y yo aún tenía más en el corazón. Sujetó con su mano mi cintura y percibí su aprensión. Le miré de reojo y mis ojos se pararon en los suyos. No sé por qué pero allí, en aquel preciso instante, me dominó la serenidad y me encontré llena de paz. Le sonreí enigmáticamente. El viento azotaba cada vez con más fuerza y un estremecedor trueno, acompañado de su hermano rayo, estalló al aura del amanecer. Volutas multicolores fueron difuminando una imagen humana como venida del más allá. El resto del grupo se despertó sobrecogido.

—Tenemos que irnos, María. Pronto será de día... —Me dijo turbado.

—No temas. Ahora ya sé por qué te elegí... Ahora ya entiendo... Él está en ti y tú estás en él.

—No entiendo lo que está pasando, no sé de qué hablas... —Me miraba lleno de incomprensión.

—Sí, José, sí que sabes de qué estoy hablando: El espíritu de Pedro habita ya en ti. —Una luz brillante como la aurora boreal iluminaba con fuerza sobrenatural la playa. La imagen humana y etérea de Pedro volvía a verse nítida. Su expresión trasmitía tranquilidad y una sensación cálida de comprensión. José parecía aliviado. Era como si sus vidas se hubieran mezclado en una sola y las vivencias de los dos convivieran ahora en él. No entendía muy bien qué era lo que pasaba, pero al menos le desaparecieron los temores.

—¿Era tu marido, verdad María? —Me preguntó triste.

—Mi marido ahora eres tú, José.

La orden de la Santa Compaña

Llevábamos más de una semana habitando los bosques de Cangas, cumpliendo nuestra condena y esperando la segura llegada del ejército de los Monjes Negros, bien para morir, bien para entregarnos de nuevo al Santo Oficio.

Cazábamos lo que podíamos y comíamos lo que cazábamos. Con la sabiduría de Eva recogíamos los frutos que el bosque nos daba. La primavera estaba cercana y no había demasiada escasez. Los numerosos manantiales del lugar nos proporcionaban agua y debajo de sus árboles obteníamos cobijo. Los lobos aullaban alguna noche, pero éramos un grupo demasiado numeroso para su manada y aunque alguna vez merodearon por los alrededores del campamento nunca se atrevieron a atacar. El fuego les ahuyentaba. Las mujeres vivían el presente con amor; al menos la Divina Providencia nos había dado hombres buenos para nuestro final, pues ya no teníamos dudas sobre ellos y sus intenciones.

Hubo otra noche especial... José nos reunió a todos, quería hablarnos...

—Escuchadme todos atentamente... El Señor se me ha revelado en las profundidades del bosque... —Nunca le había visto tan serio. Me lo hizo más deseable aun. Realmente estaba ya totalmente enamorada. —Los Monjes

Negros están próximos y debiéramos prepararnos. Nosotros, los hombres, hasta ahora hemos pertenecido a su orden. El Señor me ha iluminado... y desde las más oscuras sombras saldrá la luz... Dios me ha manifestado sus deseos y yo le he prometido cumplirlos... Hoy crearemos una leyenda que recorrerá nuestra tierra de norte a sur y de oeste a este... ¡La Santa Compaña! —Escuchábamos con inusitada atención. Sus palabras venían impregnadas de la seguridad y del ánimo reforzado que, después supe, había obtenido en sus caminares solitarios perdido entre la espesura del boscaje, en comunicación directa con los infinitos laberintos de la espiritualidad. —*Cambiaremos nuestros hábitos: vestiremos túnicas blancas como nuestras almas, caminaremos firmes en procesión a la luz de nuestras velas como señal de Dios y con la marca de la cruz escrita en ellas... Encapuchados, cubriremos nuestros rostros como prueba de respeto a lo divino... Y las almas de nuestros antepasados vendrán a protegernos de la oscuridad de los hombres. No habrá retorno, esta será nuestra embajada. Cuidaremos de los más débiles y los pérfidos de corazón hallarán la azada de la muerte solo con mirarnos, para terminar errando en el infierno a lo largo de la eternidad.*

Nadie dijo nada. El silencio de aquel momento fue solemne. Todo el grupo contemplaba a José con admiración... Asintiendo, nos fuimos organizando como si algo incomprensible, sobrenatural y muy grande nos guiara. Hablábamos lo justo, no necesitábamos más...

El hermano Benedicto, Helena y el resto de los hombres rápido se dispusieron a bajar al pueblo para entrar en la colegiata y, siguiendo mis instrucciones, conseguir las túnicas que sé que guardaban los antiguos hermanos Benedictinos en un pequeño almacén del altillo. José ayudó a Eva a fabricar la cera de las velas que pacientemente extrajeron de unos panales de las primeras abejas de la época, que ya tenían localizados, no exentos de alguna que otra picadura. Sofía, con Thalía, se afanó en recoger resina de los pinos para producir un ungüento teñido de rojo sangre y dibujar luego la cruz sobre cada cirio. Todo fue rápido. Aunque José no lo había aclarado, todos entendimos que el ataque sería inminente...

La noche se hizo mucho más oscura. No tardamos en percibir la presencia de la milicia del Santo Oficio. A la señal de José, investidos ya con nuestras túnicas nuevas y con nuestras cabezas totalmente cubiertas, encendimos los velajes de uno en uno como si de un ritual litúrgico se tratara. La escena daba miedo. Hasta yo lo sentí... Al frente, encabezando la comitiva, el hermano Benedicto sujetaba el velamen mayor.

Rezábamos como una única voz. Thalía no tardó en iniciar su Ave María y poco a poco el resto la fuimos acompañando, sin dejar de caminar en ceremoniosa procesión. De la penumbra iban surgiendo los Monjes Negros con sus armas desenvainadas. Algunos nos apuntaban con arcos y las flechas engarzadas. Otros, además de la espada, apretaban con dureza puñales de filos brillantes en las siniestras... A la luz amarilla de nuestras teas de fúnebre olor sus caras se dibujaron asombradas.

La premonición de José se hizo efectiva... Una avalancha de luminosos haces se colocó de inmediato a nuestro lado: eran las almas de nuestros difuntos. Sus rostros cadavéricos se dejaban ver a contraluz. Algunos soldados enemigos emprendieron la huida vociferando despavoridos. Sigo convencida de que no pararon de correr en toda la noche, llenos de pánico y temerosos al ver a la muerte. Pero también los hubo valientes y osados: nos atacaron.

Como si estuviéramos iniciando un ritual, que después se repetiría a lo largo de los años, echando hacía atrás nuestras capuchas, descubrimos una parte del rostro y con la mirada fija esperamos su presencia ante nosotros. Así como iban llegando, sin pérdida de temple, les mirábamos a los ojos de frente... La revelación de José se volvió a cumplir: la muerte se hizo presente en ellos y, sin más, cayeron postrados y con una mueca de angustia y de terror totalmente indescriptible en el rostro. Solo aquellos que consiguieron evitar nuestra mirada pudieron retroceder horrorizados gritando de espanto, intentando escapar de la sonrisa con burla eterna...

Había nacido la Santa Compaña.

Santa Trega: mi legado

Era otoño. Era el último día de nuestra condena. El mito de la Santa Compaña se había extendido rápidamente. Los Monjes Negros no se habían atrevido a volver. Solo hubo alguna pequeña escaramuza con el mismo resultado de la primera vez. Con el paso del tiempo y el coraje de unos pocos, fuimos recibiendo también la visita de almas limpias y arrepentidas. Y la voz se expandía... pues ellas no nos temían, acompañándonos las noches de luna llena y sin nubes, con las estrellas del Señor marcando el camino. La paz del todopoderoso les llenaba entonces el corazón.

José y el hermano Benedicto dispusieron todo. Nuestro tiempo allí, en nuestro hogar de siempre, en los bosques de Cangas, se había acabado. Un nuevo destino nos esperaba a terminar nuestros días, a la morada donde nuestros antepasados forjaron sus vidas: El castro de Santa Trega.

Solo el Señor nos indicaría cuántas veces volverían a vagar nuestros iluminados espíritus por estos bosques.

Una única misión nos quedaba por consumar en esta vida: parir. El ritual de las nueve olas había obrado el milagro, incluso en mí. Todas estábamos preñadas. Las nueve... ¡Mi juramento se cumpliría! Tendríamos descendencia y nuestro linaje se haría cargo de la promesa que hice, para así poder librar de sus cadenas entre dos mundos a nuestros espíritus errantes en la inmensidad de los montes de Cangas.

Es otoño y el ocaso de mis días terrenales anda rondando. No le temo a la muerte, pues entiendo que pronto llegará el momento y entonces nuestras almas no sabrán diferenciar si estamos vivos o estamos muertos, si somos hombres o espectros.

Ha llegado la hora de cerrar este pergamino. Dios decidió poner a alguien en mi camino y a él acudiré para mi última encarga... Camino lenta y tozudamente, pues mi vejez ya es profunda. Lo busco y lo encuentro. Me allego hasta él y lo llamo:

—¡Hermano!
—¡Mi Señora!
—¡Quiero confiarte una última embajada..!
—Te escucho...
—Aquí y ante Dios nuestro Señor, te encomiendo por el resto de los tiempos la custodia de este mi manuscrito... año a año, siglo a siglo, generación tras generación, hasta la llegada del Hijo del Padre... entonces y solo entonces, la elegida vendrá a buscarlo... tú designarás línea sucesoria en su salvaguardia, y Él, y solo Él, se lo entregará... ella lo abrirá y tendrá libertad para asumir mi promesa... y si así lo decide, desvelará al mundo la verdadera historia de las nueve mujeres de Cangas ajusticiadas y condenadas por brujería sin razón... y dará también nombre y voz a los

hombres que estuvieron a nuestro lado, y traerá al Hijo del Hombre, cumpliendo nuestro juramento... Y si la rechazara, que será libre para hacerlo, el ciclo se cerrará igualmente y nuestras almas quedarán condenadas a vagar durante toda la eternidad por los bosques de Cangas, de donde nunca nos debieron expulsar... Y ella podrá vivir libre para siempre igual, porque a fin de cuentas, el Señor nos hizo a su imagen y semejanza, plenos de nuestra propia voluntad y de nuestros propios hechos...

—Grande es el honor que me confías, mi señora. Misteriosos son los caminos del Señor y difíciles sus encomiendas. Mi palabra te doy y dar la vida y la de mi estirpe pongo ante vos si hiciera falta a fin de satisfacer vuestros deseos, que son los de nuestro Señor...

—Tenía razón tu Abad... ¡Tuyas serán las llaves del paraíso, hermano Benedicto! Pero en verdad te digo: en tus manos se depositarán los anhelos de la Iglesia. ¡Bendito seas, Al-Aruk!

Clío tenía razón. Es mejor ver las cosas con perspectiva, dejar correr el tiempo. Aunque temperamental, soy una mujer reflexiva. Y hoy me he despertado distinta. Mi enfoque ha cambiado. Observo con complacencia, apoyada en la almohada como si me estuviera mirando, la cara dormida de mi amado. Sus ojos siguen cerrados e imagino que está soñando. Su respiración es pausada, tranquila, sin pesadillas. Es un rostro hermoso, desaliñado, a medio afeitar y con el pelo revuelto. ¡Me doy cuenta de cuánto lo amo, Dios mío! A veces hay que tener la sensación de pérdida, desasosiego y ausencia para valorar lo que tienes a tu lado... Ayer Jose llegó muy entrada la madrugada. Una desazón desmedida gobernaba mis sentidos. Como la mujer desagraviada que me sentía me hice la dormida, mientras él se desnudaba torpemente antes de acostarse en nuestro lecho. Nunca lo había visto así, con dos copas de más, quiero decir. Mentiría si dijera la última vez que le vi tomar alcohol, un poco de vino, en algunas comidas un tanto especiales. Me descolocó... Antes de dormir la mona, me besó en la frente, no en los labios, no sé si para no desvelarme o simplemente para que no lo viera en tan lamentable estado. Pero no lo consiguió pues el hedor de su aliento, a pesar de sus esfuerzos, se me quedó impregnado en la nariz y una sensación entre el asco y la pena me violentó. Al tiempo de entregarse al sueño de Morfeo, casi ininteligiblemente acertó a pronunciar: «¿Por qué has dudado de mi amor, María?»

Esta frase se me ha clavado en mi corazón. He medio dormido, dando muchas vueltas con su retumbar en mi cabeza. Y ahora solo pienso «María, esto lo tienes que arreglar». Le acaricio suavemente sus mejillas, sus labios, sus ojos, su pelo. Quiero transmitirle todo el amor que llevo dentro y que note que no hay fisuras, ni reproches, ni vacilaciones o titubeos. Me concentro mientras lo hago, apago los párpados, y evoco el tiempo vivido juntos. Y es que es mucho. ¿Cuánto sufrimiento ha ocupado su alma por cumplir su pacto de silencio? ¿Cuántas horas, cuántos días de angustia por salvaguardar mi existencia? ¿Cuántos sacrificios y mordidas de lengua por no poder confesarme su secreto? ¿Cuánto amor por mí tiene que caber en él para soportarlo? ¿Y cuánta generosidad rebosa en su alma?

Jose se despabila. Sus ojos me vuelven a mirar serenos, como han sido siempre. Y rojos, por los efectos de la resaca.

—¡Hola! —Me dice algo pastoso. Le respondo con un beso largo y sumiso. —¿Estás muy enfadada?

—¡No! ¡Te quiero mucho!

—¡Ídem!

—No me contestes como en la película, que no eres un fantasma…

—¿Tú crees? —Y se ríe el muy cabrón. Le empiezo a dar pequeños puñetazos y entonces se ríe más. Se defiende haciéndome cosquillas. Sabe que es una de mis debilidades. Nuestros cuerpos desnudos se rozan.

—He estado pensando… —No me deja terminar.

—¡Qué peligro! ¡Dios nos asista! —Se cachondea.

—No seas imbécil y escucha… A ver cómo te lo explico…

—¡Malo, malo! —Frunce el ceño, interesante.

—Ya que vamos a estar juntos en todo esto… porque… ¿No me irás a abandonar ahora, verdad?

—¿Cómo puedes siquiera pensar eso María? —Se pone serio y yo también.

—Pues le he estado dando vueltas a un tema… —Espero que no le dé un patatús. —¿Te acuerdas de lo que hablamos el otro día?

—¡Claro! —Se incorpora sobre el cabecero de la cama y, aunque serio, no disimula cierta aprensiva felicidad.

—Considerando que el Señor vela nuestros destinos, podría ser conveniente unirlos con su bendición… —Se abalanza sobre mí y me come a besos…

—¡Sí quiero! —Repite susurrando varias veces…

Hacemos el amor. Sellamos nuestro compromiso. Soy María Nova, la nueva María Soliño, una mujer feliz.

—¡¿Qué os casaís?!

Chilla Nora medio patidifusa, con una mezcla de incredulidad y alegría. La noticia ha pillado con el pie cambiado al grupo. Estamos en el refugio de Lucas y Helena, sentados alrededor de una gran mesa de pino que supongo que hace las veces de comedor en las jornadas de convivencia y los campamentos que organizan para la chavalada del pueblo. Un conjunto de caras descolocadas por la sorpresa me mira sin saber qué decir. Jose, a mi lado, disfruta de la instantánea.

—¿Y dónde? —Es Rosalía la que comienza la batería de preguntas.

—No lo tenemos decidido aún, pero imagino que en la colegiata. Aunque la pega que le veo es que es muy grande...

—¿Por qué? —Pregunta curiosa Alba.

—Nos gustaría que fuera una boda íntima y tranquila...

—¿No vais a tener invitados? —Es ahora Sofía la que nos interroga con cara de cierto enfado.

—Habíamos pensado solo en vosotros, si os parece bien... —Responde Jose en mi lugar. Saltan palmas y le vitorean aplaudiendo la idea. —Y aunque no le he dicho nada a María —me mira disculpándose—, creo que nos gustaría, si a Helena y Lucas, no les importa, y al resto os atrae la idea, poder celebrarla en la capilla del refugio —otra vez todos chillan, festejando el anuncio de Jose.

—¿Capilla? —Una incógnita más que tengo que despejar.

—Sí, María. En la zona alta del refugio hicimos un pequeño galpón de piedra a modo de ermita... donde hemos rezado casi a diario pidiendo en nuestras oraciones por ti —hala, así, de sopetón. Lucas me ha dejado de una pieza. Jose retoma la conversación.

—A los dos nos apetecería un acto entrañable y sencillo —asiento con la cabeza—, rodeados de los nuestros, de vosotros, quiero decir; pienso que es el lugar ideal.

—¡Yo me encargo de todo! ¡Dejadlo todo de mi mano! —Ya estamos... Rosalía tenía que ser. ¡Qué manía!

—¿Y el padre Pablo entonces? ¿Habrá que volver a hablar con él, Jose? —Le pregunto inquieta.

—¡Ya lo sabe!

—¿Pero cuándo vas a dejar de hacer las cosas a mi espalda? ¡Ya pareces Rosalía! —Se me escapa entre una carcajada general. La aludida mueve la mano insinuando que me va a dar una buena tunda...

—No te enfades, cariño, fue idea de Santiago.

—Cuestión de seguridad. Ya sabes... —añade el poli.

—¡Aaah...! ¡Tú ya lo sabías, cabrón! —Más cachondeo. Se lo están pasando pipa gracias a mi ignorancia. Me siento como en una peli de los hermanos Marx: ¡yo soy el mudito!

—¿Alguien quiere otra *Estrella* o algún refresco? Hay café también. Venga, que no voy a estar toda la tarde haciendo de camarero para vosotros —pregunta Mateo. Aquí se bebe mucha cerveza, mejor dicho, mucha *Estrella Galicia* o *1906*, que es de la misma marca. Está muy buena (iba a decir un taco, pero no procede). Espero que, si consigo publicar estas líneas, consiga una suculenta colaboración en mi próxima peli. ¿Tendré que cobrar la cuña publicitaria, no?

—Venga, que te vayan diciendo. Yo te ayudo.

—Gracias, Andrés. Vete tomando nota tú mejor.

—¿No hay champán? Me apetece. —Todos se vuelven hacía mí.

—¡Caray con la novia! ¡Qué rápida vas, María! ¿Qué es? ¿La despedida de soltera? —Es ahora Eva la que interviene. Esto va por turnos.

—¿Y no te vale un poco de cava catalán, chavala? —Me replica Mateo.

—¿Qué es el que robas en El Corte? —Le insinúa con malicia Felipe.

—Anda, estate callado, marica... que cuando te mueves en las clases pareces recién salido del armario —¡qué bestia es el Mateo!

—Ya le gustaría a Rosalía que supieras moverte como yo... —¡Planchao! Todos ríen, incluido Mateo. Es un vacile loco pero con un código entendido por todos sus componentes. Hay cachondeo y barbaridades, pero no segundas intenciones. Si alguien ajeno escuchara estas conversaciones, como mínimo nos llamaría maleducados y sinvergüenzas.

—¡Oye cariño, que mi Mateo es muy cumplidor!

—Ya, ya, cuando no le duele la cabeza, o no está cansado, o no le ha bajado la regla..! —Ahora es Juan el que continúa la jerga.

—¡Chicos! ¡Un poco de respeto y de orden! ¡Vais a escandalizar a María!

—¡No te preocupes, Helena! ¡Es igual que en *Cena de idiotas*! —Le contesto. Y una sonora risotada surge del grupo.

—¡Mira qué rápido ha espabilado la niña! —Exclama Mateo— ¡Bueno, cielo! ¿Lo celebramos entonces? ¿Abro un par de botellitas? —Le digo que sí, moviendo agitadamente la cabeza.

—¡Bueno! ¡El marisco y el pescado de la ría, y un buen cabrito, los pongo yo como regalo! —Empieza Andrés.

—¡Y yo cocino! —Marcos.

—¡Está bien! ¡Yo traigo el vino, el jamón y otras pijadas de picoteo! —Mateo.

—¡A ver, aquí colaboramos todos..! ¿O no? ¡Que cada uno ayude con lo que mejor crea o pueda! —Más que sugerir, ordena Juan. —Yo me comprometo a daros un fin de fiesta en plan DJ que vais a flipar.

—¡Qué calladito estabas, "maquinitas"! —Cómo no, Mateo.

—Bueno, también puedo prepararte la música que quieras para la ceremonia, María…

—Pues me gustaría, entre otras ideas que me deis *Si hay Dios*, de Alejandro Sanz, *La visita*, de la Oreja de Van Gogh y el *Ave María guaraní*, de Ennio Morricone, y a lo mejor de fondo algo así como *Four friends*, de Los Intocables, algo de Enya, como *Fairytale* o *Chevaliers de Sangreal*, de Hans Zimmer…

—¡Qué hermoso, María! ¿Me dejarías cantarlos para ti? —Evidentemente es Thalía quien me lo pregunta.

—¿Y en quién crees que estaba pensando? —Se levanta y me besa agradecida. Casi tiramos a Andrés con la botella de espumoso.

—Helena y yo, evidentemente ponemos el refugio a vuestra disposición —Lucas eleva la copa en nuestro honor.

—No sé cómo os lo puedo agradecer…

—¡Bailando! ¡Yo te enseñaré a bailar! —Menuda la proposición de Felipe.

—¡Pues no tienes trabajo ni nada, chico! —Un feo comentario de Jose. Le doy un codazo.

—¿De cuánto tiempo dispongo para hacer de María una *cheerleader*?

—De poco más de quince días —Le responde Jose.

—¿Cuándo es la boda, entonces? —Pregunta sorprendida Helena.

—El 15 de agosto, el día de la Asunción de María —otra fecha con nominación causal. Cada vez se estrecha más mi relación con el reino de los cielos.

—¿Tan pronto? —Dice aun más sorprendida.

—No tenemos mucho tiempo... A partir de ahora no sabemos cómo se sucederán los acontecimientos... —Jose se pone serio.

—¡Bueno, veré lo que puedo hacer contigo, querida! ¡Malo será, aunque me lo pones difícil! —Retoma el tema Felipe de forma premeditada. Está claro que ahora mismo no es momento de incidir en lo que nos ha unido de nuevo...

—Prometo ser buena alumna...

—Si el padre Pablo me deja, pienso que sí (¡es tan bueno!), os voy a preparar un texto especial para la ceremonia... —Sofía siempre tan original.

—¡Cuánto me gusta eso! —Le confirmo ilusionada.

—Y yo te haré un tocado de flores naturales... —Eva, como la abuela con sus plantas.

—¡Sois maravillosas! —Exclamo de alegría.

—Del vestido me encargo yo... con la ayuda de Eva y de Sofía... —Nora la bella, no podía ser otra. —Bueno, de todas. — *Eso, eso,* se escucha del resto. — También del traje del novio... — *Viva,* se oye gritar.

—No sé qué decir...

—Di que sí, María. Así de fácil… —Me ordena Alba. Otra vez es la última. Qué mosqueo!

—¿Y tú? ¿Tú que nos vas a regalar? —Le pregunto maliciosamente.

—¡La noche de bodas! —Hace una mueca pícara.

—¿La noche de bodas?

—Sí cariño… Os voy a preparar vuestro lecho…

—¿Cómo?

—Te prometo que vas a ver las estrellas… de muchas maneras… —Cómo se ríen todos los cabritos. ¿Qué tendrá pensado?

—A ver, el champán se va a calentar, gentuza. Propongo un brindis. —Alza la voz y la copa Mateo. El resto le sigue. —Por Jose y por María. Por los dos. Porque la luz de su amor perdure en el camino que juntos tendremos que recorrer… así que uníos en matrimonio y procrear… Eso dijo el Señor, ¿no es cierto?

—¡Qué bestia eres hijo! —Le reprocha Rosalía.

—Bueno, lo dicho. Por vosotros, por vuestra eterna felicidad… Arriba, abajo, al centro y para dentro… —Juntamos nuestras copas y bebemos.

—¿Y entonces yo qué hago? —Pregunta por fin Rosalía.

—¡Organizarlo todo, hija! —Me salió del alma. Cachondeo general. De pronto, me doy cuenta que Santiago apenas ha dicho nada. Le miro turbada. —¿Y tú, Santiago, de qué te vas a encargar?

—De vuestra seguridad, María… de vuestra seguridad.

El refugio es imponente. Oculto por el robledal de Coiro, ocupa una basta extensión rodeada al completo por un interminable muro de piedra *enxebre*. De acceso complicado, una pista a medio asfaltar es el único camino. Es más fácil llegar a caballo que en un 4x4 y da la sensación que así está hecho como si del último reducto de origen celta se tratara.

Su estructura está basada en el castro de Santa Trega y de hecho Helena y Lucas así lo han bautizado. La única entrada es un pórtico con doble arcada rústica construido con el mismo tipo de piedra; la calzada que se inicia desde él es un buen plagio romano, con imitaciones de petroglifos y runas inscritas en alguna de las losetas. Un fino y verde pasto acompaña el camino hasta alcanzar las edificaciones que, a diferencia del original, simplemente son menos y más grandes. No soy capaz de enumerarlas todas ahora. En la que estamos ahora, como la mayoría, la forma es circular y algo más irregular, formando a ras de la pared un banco de piedra uniforme y dejando en el centro la gran mesa ovalada. Aunque hay luz eléctrica y el complejo dispone de unas instalaciones totalmente acondicionadas a las necesidades de nuestra época, sobre las paredes, levantadas con el mismo granito del muro y de todo el conjunto, unas antorchas perfectamente alineadas arden brillantes. Es como trasladarse a otros tiempos pasados, no sé si mejores. La estancia desde su entrada, con forma casi ojival, sin marco y sin puerta, conduce a otra gemela pero de dimensiones bastante más reducidas, donde de igual modo y con idéntico material se han formado armarios bajeros y estantes. Y con una cuidada combinación de hierro, persiste una *ladeira* de leña donde hacer brasas, suministrando el calor suficiente en invierno y aportando al mismo tiempo un lugar para cocinar todo el año. Hay una especie de botellero y todos los artículos o cumplen una estética ecológico-natural o se esconden disimuladamente para no romper la visión del entorno. Ah, se me olvidaba: el pie que sujeta la mesa es una especie de gran roca hueca circular semejante a la rueda cortada de un molino.

Helena me hace de guía. El grupo nos sigue a varios metros. Las *pallozas* de alrededor son una especie de pequeñas chozas acondicionadas para el descanso, con hamacas y un ejemplar de literas colgadas de madera diseñadas a tal efecto, con el fin de aprovechar al máximo el espacio. Pequeños lomos de piedra situados estratégicamente van conformando estantes y huecos que simulan caprichosos armarios empotrados a cara vista. Allí se hospedan las hornadas de viajeros, campistas y colegiales cuando han contratado varias jornadas con actividades organizadas. Entre todas forman un laberinto espectacular con senderos y pasadizos bucólicos, plagados de musgo y helechos, algunos semienterrados. Es un viaje al pasado con una mezcla de magia y naturaleza al unísono.

Ascendemos un pequeño montículo por unas escalinatas de loseta grande y plana. No es corto el camino. Muy estrecho, las farolas que lo iluminan formando una hilera a ambos lados con sus haces de luz, dibujando la cruz de Santiago en procesión de vía crucis, me dejan impresionada. Hemos llegado a un espacio abierto, recubierto de hierba corta y más o menos ajardinada, combinada con pequeños guijarros blancos. Totalmente regular, yo diría que prácticamente rectangular. Si queremos continuar tenemos que ascender una escalinata inmensa que... ¡forma un graderío! Me paro. Contemplo el lugar absorta y perdida en mil y una imaginaciones. Escucho a Helena atenta, aunque no la miro. A mi derecha me recreo con la visión de un cruceiro simple pero alto. Delante de él, unas dianas acompañan las explicaciones que ella me da. Es el lugar donde se enseñan las artes medievales de la espada y el arco. También, me dice, determinadas artes marciales como el kung-fú y la meditación a través del tai chi. Estoy anonadada.

Helena está disfrutando al comprobar la impronta que el refugio está causando en mí. Me invita a que le siga subiendo las gradas a grandes zancadas detrás de ella. Varios *carballos* forman un pasadizo natural que, al traspasarlo, nos deja en un pequeño desfiladero no apto para los que padecemos vértigo. Ya está oscuro y los faroles del muro nos demuestran titilantes el siguiente paso a dar. Un vallado de madera nos protege del precipicio. Es corto pero peligroso y lo bastante ancho y firme como para que una caballeriza lo atraviese sin problemas. Deduzco esto por las herraduras marcadas que llego a discernir sobre la tierra pisada y prensada de éste. Cuando llegamos a nuestro destino me entra el hipo, ya no sé si del miedo o del estupor.

Estamos en la cumbre. Aquí han alzado una pequeña construcción de piedra más clara y teja de arcilla: Es la capilla. Grandes ventanales de vidriera en el fondo y en los laterales la llenan de una luz tan especial que, refractada sobre el blanco inmaculado de sus paredes internas, me recuerda irremisiblemente a la catedral de San Clemente en Velletri pero en miniatura, claro. Casi no hay altar. Solo un sencillo crucifijo de madera de pino, creo, y una imagen en su lateral derecho de nuestra Señora, de escayola y sin pintar, sin ornamentación. Hay tres o cuatro bancos en hilera de madera clara y una pequeña mesa para algún oficio casual. Pero es preciosa. Antes de su simple pórtico, compuesto de una puerta cruda, un patio considerable circunda el templo. En el centro, un monolito marca el lugar. Cangas entero está a mis pies y su mar abraza mis fascinados ojos.

De pronto me doy cuenta de que en lateral otra construcción anexa forma un delgado porche a todo lo largo. Un par de abrevaderos y bancos de piedra contiguos a la misma pared enseñan que en su fondo otra pequeña edificación cuadrada alberga algo más. Y se oyen relinchos. Son los establos. Allí se guarda la yeguada, que en el patio se limpia y cuida con cariño y mano experta. Helena me indica que mire hacia el otro lado de la iglesia... Otra estancia adjunta por una pequeña torre campanario cierra el ciclo: es el aula-escuela del refugio de Santa Trega. Mesas y pupitres de vieja escuela combinados de forma inusual y genial con pequeñas pantallas planas de elementos informáticos, pizarra electrónica y proyector, constituyen el mobiliario.

La expresión de mi boca debe de ser todo un poema. Todos me rodean con una sonrisa de felicidad plena. Ahora sé que, impacientes, habían estado esperando este momento...

—¿Te gusta, María? —Me pregunta Helena.

—¡Me encanta!

—¡Pues acomódate, porque a partir de ahora es nuestra nueva morada! —Me replica Jose.

—¿Qué quieres decir?

—Lo llamamos el refugio de Santa Trega, al igual que María Soliño se refugió en el castro de Santa Trega al final de su vida... —Es Sofía la que me puntualiza.

—...Lo construimos a su imagen y semejanza entre todos nosotros —continúa Lucas.

—...Para cuando tú tuvieras que venir —ahora es Jose.

—...Y nosotros te pudiéramos proteger —Santiago, el poli.

—...Las runas de la entrada llevan inscrito tu nombre céltico, María —sentencia Alba.

—No sé qué deciros. Ahora es fácil decir que os quiero. Ahora, después de comprobar que me habéis entregado parte de vuestra vida, de vuestros desdenes. Yo, ignorante de mí... no sé si os sabré corresponder, ni tan siquiera sé en qué consiste mi misión... He leído con atención el manuscrito de mi antepasada, tengo que reconocer que con escepticismo al principio, con interés después, con pasión más adelante y con fe, mucha fe, al final. Clío, el padre Pablo, el padre Benedicto... todos teníais razón: Mi alma estaba aturdida... Nunca había dejado de creer. No sé lo que Dios quiere de mí, pero he aquí la sierva del Señor. Espero que sepa perdonar mis soberbias. Siento la presencia de María Soliño en mí, como si hubiera sido yo la mujer condenada y ultrajada. No logro apreciar el completo significado de su promesa, pero sí consigo vislumbrar su deseo de equidad con el hombre... Y me siento identificada con sus pensamientos: La cuestión no es si somos iguales, que no lo somos. No podemos serlo. Nosotras damos la vida y vosotros la donáis. Nosotras sentimos y vosotros ejecutáis. No tenemos las mismas capacidades ni las mismas habilidades. Fisiológicamente no somos iguales. Y nuestros cerebros no funcional igual. La cuestión es si nos respetamos. Esa fue una de las premisas de mi antepasada. E invoca al Hijo del Hombre para cumplirla y esto es lo que me deja fuera de juego, pues no sé cómo se hace esto... Ni siquiera llego aún a comprender quiénes somos... Si somos la reencarnación de las nueve mujeres de Cangas portando sus mismos nombres y reclamando la justicia que se nos negó, si somos sus almas vagando en la eternidad del purgatorio o simplemente una simbiosis de un tiempo anterior trasladado al actual. Supongo que es algo que tendré que descubrir por mí misma. Pero es verdad: Ha llegado la hora. Lo presiento. Una llama muy fuerte y cálida late en mí y la paz me llena. No sé qué tengo que hacer, ni adónde tengo que ir, pero Él iluminará mi camino. Está escrito. Ahora solo quiero saber si vais a seguir confiando en mí: Perdón por haber dudado, por haber negado, por haber renunciado tres veces y más de vosotros... No merezco vuestra lealtad.

Estamos en el interior de la capilla. Me postro sobre su frío suelo. El grupo hace un círculo a mi alrededor. Todos se arrodillan a mi vera y se agolpan ofreciéndome su mano. Un espíritu religioso y místico nos rodea. Noto presencias que no son de este mundo que me dan su bendición y una especie de canto sacro ronronea en mis oídos. Esta vez no es Thalía.

—Yo soy Jose Argo, ex capitán de la orden de los Monjes Negros, redimido por ti, María, mi amor, y la razón de mi vida terrenal. Hace casi cuatrocientos años te juré obediencia y mi honor con mi vida si fuera preciso, y mis hombres y yo fundamos la orden de la Santa Compaña para tu protección hasta que llegara la hora que el Señor marcara para cumplir la promesa que ante Él y por Él hiciste en Santiago. He esperado ansioso y en silencio este momento. No solo yo, sino todos nosotros. He preparado con abnegación para este día no solo a mis hombres... también a tus mujeres...

—Yo soy Lucas, el primer oficial. El Señor me encargo el diseño del refugio. Y adiestrar al grupo en el arte de la espada, el manejo certero del arco y montar con destreza a los corceles ha sido mi función.

—Yo soy Helena, hija de un oficial del rey. Acompañar a Lucas en su cometido para nosotras fue mi empleo.

—Yo Thalía. Crear con mis cantos cifrados un lenguaje propio, el mío.

—Yo, Marcos, he sido destinado para cocinar y alimentar al grupo con todo aquello que el resto cace o pesque cuando estemos fuera de aquí, perdidos por los caminos del Señor.

—Yo Rosalía. Como siempre, a mí ha sido asignada la organización de la intendencia.

—Yo Nora. El Señor me ha preparado para ser la avanzadilla, la provocación y el pecado que hará fracasar a nuestro enemigo.

—Yo Felipe. Dios me dotó de los conocimientos suficientes para camuflarnos y no hacer ruido ni despertar sospechas.

—Yo Andrés. El Señor me hizo cazador y, como Pedro, pescador.

—Yo Mateo. Acompañaré a Rosalía, ese es mi destino... Y el Señor me ha preparado para saber decidir lo que realmente merece la pena llevar o no y soltar lastre llegado el momento...

—Yo Eva. La doctora soy...

—Yo Sofía. Con la ayuda del Espíritu Santo, elegiré el camino a tomar o la decisión a adoptar... Y Dios me ayudará...

—Yo, Alba, velaré por todos en la oscuridad, cuando solo las estrellas nos iluminen, y seré vuestros ojos en la noche.

—Y yo, Juan, me aseguraré de que todo funcione, de que nuestras comunicaciones no fallen y de que el resto pueda cumplir su trabajo con la ayuda del Altísimo...

—Y falto yo... Santiago. Iré un paso por delante y otro por detrás, vigilando el camino, evitando los peligros que nos acechen y desorientando a los... Monjes Negros.

—Y yo, María Soliño, juro que no os fallaré.

Sentados en el suelo con la piernas cruzadas frente al altar, en perfecta comunión, con nuestras manos entrelazadas y nuestras miradas serenas. Así estamos ahora. Las teas expanden sus destellos crepitando. La paz de Dios está con nosotros. Nunca me he sentido así, tan plena. Me faltan las palabras para describirlo. La imagen ya me lo dice todo. El silencio calla nuestras pasiones. Y las confesiones se encienden solas.

—¿Habéis leído el manuscrito? —Pregunto en general.

—No. No nos ha sido permitido. Solo la elegida podía tener acceso a su contenido. Pero conocemos lo que en él se cuenta porque así nos lo han transmitido generación tras generación. —Me responde Jose.

—¿Entonces sabéis quiénes somos? —Lanzo la interrogación al aire.

—No exactamente... —toma el relevo Sofía, la erudita— Nos pasa lo mismo que a ti... Desconocemos si somos algo parecido a la reencarnación de nuestros antepasados, o sus clones actuales, o simplemente sus descendientes, solo Dios lo sabe. Pero tenemos claro que de una u otra manera somos un vínculo suyo y que estamos aquí para redimir lo que pasó cuatrocientos años atrás.

—¿Cómo?

—Aún lo ignoramos. Todos vivimos en universos paralelos y digamos que ahora convergen en un mismo punto, que se han encontrado, dicho de otra manera... —Evidentemente es Alba, la experta en astronomía— Y aunque puede parecer todo igual, en realidad no lo es: Somos las mismas nueve mujeres que la Santa Inquisición condeno por brujería y hasta puede ser cierto que algo de brujas o de meigas tengamos todas, pero no somos las mismas, nuestras decisiones son comparables pero equidistantes... Por ejemplo, no todos hemos terminado en pareja...

—¿Y los nombres? —Continúo el interrogatorio.

—Intuimos que se han ido heredando seguramente a propósito, pero no hemos sido capaces de descifrar en un análisis serio por qué por ejemplo los soldados, menos su capitán, todos tenían nombres de apóstoles... igual que nosotros... —Me explica Juan— Está claro que vosotras continuáis los de ellas...

—Todo lo esencial se repite —comenta Lucas—, como si ya estuviera escrito...

—¿Y cuándo lo descubristeis? —Insisto.

—No lo hicimos. Fue tu abuela quien nos fue anunciando... —Me confirma Nora con una luz de agua en los ojos.

—¿Y qué tenemos que hacer ahora? —Me pregunto a mí misma.

—Esperar —afirma rotundo Jose.

—Nosotros pensamos, María, que de forma distinta, pero que tendremos que volver a vivir la historia... —Teoriza Eva.

—¿Van a aparecer los Monjes Negros? —Demando algo asustada.

—Nunca se fueron, siempre han estado... —Me confirma Santiago— Ellos también han vuelto generación tras generación... Igual que Antonio Pita y Juan Fernández.

—¿Y qué son ahora? —Ya estoy casi aterrorizada.

—¡Monstruos, María! —Exclama Rosalía.

—¡Solo pecadores, como nosotros! No le hagas caso, María —le quita hierro al asunto Helena.

—Antonio Pita es el monje mayor, escondido tras los hábitos del diácono de la catedral de Santiago, y Juan Fernández, de carácter laico, es su lugarteniente en la sombra de la orden. El resto son monjes soldados a su servicio, con pasados oscuros y terribles. En esto nada ha cambiado, María —apuntilla Jose.

—¿Con mandato de matar?

—Sí a partir de ahora —asevera Marcos.

—Pero... entonces lo tienen fácil... ¿Son francotiradores?

—Tranquila, María. No es tan sencillo. Hay un código no escrito: Sin armas de fuego... Solo si volvieran los piratas, ellos sí podrían hacerlo. Y en principio no valoramos esa posibilidad, o no contra nosotros directamente —explica Santiago.

—Es por ello por lo que nos hemos adiestrado convenientemente en el arte de la guerra... de hace casi cuatrocientos años —acentúa Felipe.

—Y por lo que cada uno de nosotros nos hemos especializado con habilidades diferentes para completar un equipo... —remata Marcos.

—Pero todos tuvimos que ir aprendiendo a montar a caballo, a defendernos en situaciones peligrosas, a ocultarnos en el entorno, a movernos con sigilo y a utilizar el arco y la espada... —puntualiza Helena.

—¿Yo también tendré que aprender?

—Todo menos las armas, María. Tú nos conduces y nosotros te defendemos. —Asevera Jose. Me empiezo a sentir como un gobernador romano con su guardia pretoriana.

—¿Y por qué ahora?

—Porque tú has aceptado tu destino, María. —Thalía, que estaba muy callada, corrobora mis sospechas.

—Pero puedo volverme atrás y todos nos salvaremos...

—No, María, ya no hay vuelta atrás. Tienes el manuscrito, lo has leído y el grupo se ha cerrado en torno a ti. Ellos ya lo saben —me saca de dudas Jose. Tiene semblanza. No quiere que vacile, sabe que es un lujo que ya no nos podemos permitir.

—El padre Pablo ocupó el lugar del padre Francisco y el padre Benedicto...

—Está dónde debe de estar... —Asevera Sofía casi impasible. —El pagó sus penas y, como converso que fue, el Señor le encomendó la misión de transformar la Iglesia. Tu antepasada le encargó la custodia del manuscrito para hacértelo llegar. Con las dos embajadas ha cumplido...

—Y falta el padre Francisco...

—A nadie se nos ha revelado cuál es su misión. La desconocemos —reconoce Jose—, pero estoy convencido que grande será y de que, llegado el momento, también se nos manifestará —profetiza. Medito. No encuentro el nexo. Pero no puedo parar. Necesito procesar todos los datos y no puedo dejar el interrogatorio, como el comisario en la escena del crimen.

—¿Y Clío?

—Clío es nuestro puente con la Iglesia de los hombres. Fue la Santa Inquisición la que nos condenó. Y por tanto debemos hacerla purgar sus pecados. Ella fue llamada a la vera del Padre para ayudar a los nuestros en sus propósitos y para que con el reconocimiento de sus faltas y pecados nos pidan perdón — comenta con pasión Eva.

—Vale, de acuerdo. ¿Y entonces por qué el Señor permitió lo de Tomás?

—Porque en toda historia debe de haber mártires, María… —Con mucha seriedad y tristeza me responde Santiago. Su voz tiembla y su mirada se queda perdida en no sé qué infinito. —La versión oficial fue muerte por sobredosis de un toxicómano… La verdad es que para conseguir que Clío llegara a ocupar el lugar que nos interesaba, él se infiltró en la orden de los Monjes Negros y fue descubierto, torturado y asesinado por proteger y no delatar a la mujer que amaba. Cuando ellos supieron quién era ella, ya no pudieron hacer nada, el padre Benedicto había conseguido sus objetivos primeros y tenía demasiado poder acumulado sin poder deshacerlo.

—Es increíble… Al Aruk —suspiro, al tiempo que una evocación se me va a Tomás como un homenaje póstumo.

—Sí María… Al Aruk, el que discierne el bien del mal — recalca Thalía. Noto que todos participan, que asumen la grupalidad, y esto me conforta enormemente.

—María, tienes que estar preparada para lo que va a venir… —Jose me gira el rostro hacia él. Le miro consternada. Estoy convencida de que no me va a gustar lo que me va a decir. —No todos terminaremos el camino… Habrá bajas… Todos lo sabemos y todos lo tenemos asumido. El Señor nos acogerá en su seno.

—¿Cómo puedes decir eso, Jose?

—Porque a partir de ahora ya no te tengo por qué mentir, o mejor dicho, ya no hay nada que ocultar...

—Pero estoy segura que el Señor no lo permitirá...

—Me gusta que hayas recuperado tu fe, pero la batalla final entre el bien y el mal se ha desatado y todos los bandos perderán efectivos, porque Dios es justo y dejará que las cosas sean como tengan que ser...

—¿Entonces qué sentido tiene luchar?

—Nuestro amor, María. No lo olvides: nuestro amor. Si no flaquea, triunfará.

—Es fácil decirlo... Ni siquiera mi abuela fue capaz de retenerlo... Ni siquiera yo soy capaz de hablar con los muertos como ella...

—Eso no es cierto... —Me he quedado helada. —Por eso tu abuela se alejó de ti, para que, hasta que no llegara la hora, ellos no tuvieran claro que eras la elegida... Pero tú también tienes ese don y pronto se te hará visible...

—¡No me mientas! ¡Me lo acabas de prometer! ¡Mi madre nunca lo tuvo!

—Porque Dios se lo quitó para así preservarte a ti, María. Y no te miento. Acuérdate de la voz que escuchaste en el cementerio y de lo que viste en tu interior... Pregúntale al Señor y acuérdate de sus palabras: ¡quien tenga oídos que oiga, quien tenga ojos que vea! —Thalía vuelve a tararear el Ave María. Después todos la siguen. Yo me quedo en el centro, rodeada por ellos. Desde la vidriera del altar, por detrás del crucifijo, hilos de luz finos caen sobre mi turbado ser. Voces chiquitas y dulces zumban en mis oídos. Cierro los ojos y me dejo llevar de la misma paz que me llegó por primera vez en el funeral de la abuela, cuando sentí el espíritu de mi Señor Jesucristo.

El agua está fría. Camino descalza por la playa. Mañana es la boda. Estas dos últimas semanas han resultado un tanto insólitas para mí. Ni siquiera he extrañado ni tampoco he recordado mi vida anterior. No he vuelto a encender el móvil. No es que reniegue de ella, ni mucho menos, pero no quiero interferencias. Necesito estar centrada y tranquila, con tiempo para pensar en lo que se ha convertido ahora mi existencia. Y es por ello por lo que he decidido tomarme un tiempo en *stand by*. No tengo claro si es lo correcto, pero es lo que mi cabeza me pide.

En estos días me he dado cuenta de cuántas cosas me he perdido. Estoy con mi gente y es como si estos últimos ocho años no hubieran existido, como si yo nunca me hubiera ido de aquí. Sus voces, sus risas, sus miradas, su tacto, todo persiste igual. Mi estrés ha desaparecido. Quizás sea también el cansancio. No he parado, o mejor dicho, no me han dejado respirar. Vaya tute. A veces tengo la impresión de que me estoy preparando para las próximas olimpiadas.

Madrugamos. Antes de que la primera luz del día nos bese en la cara ya suena la pequeña campana de la capilla. Nos duchamos rápida pero sosegadamente. Aquí todo se hace así, con una serena tranquilidad, pero sin pausa, no hay tiempos muertos o perdidos. El ritmo es vivo, constante pero laxo. Nunca había vivido así y no me es fácil explicarlo... Con disciplina casi militar recogemos nuestra ropa sucia y cambiamos las sábanas y rehacemos nuestro lecho. Ordenamos y damos una limpieza apresurada a nuestras alcobas. Thalía nos deleita con bellas nanas y romanzas gallegas y el resto acompañamos medio tarareando los estribillos. Los ánimos comienzan felices ya en los *maitines*. Y con perfecta sincronización, en hora, llegamos al apetitoso desayuno que Marcos nos ha estado preparando.

Desde que he llegado al refugio no he hecho otra cosa que comer. Pero es que el niño tiene una mano para la cocina… Ummm… Cómo huele cuando te acercas al comedor… Hoy nos ha entretenido con unas tostas pequeñas de ibérico adornadas con paté de hierbas y untadas en zumo de tomate de nuestra huerta, un salpicón de huevo de casa con setas silvestres y puntillas de chipirón de la ría y unas mini pizzas de espinacas naturales con gambas y baicon. Por supuesto no podían faltar unas galletitas horneadas para acompañar el café de pota con leche y su zumo de naranja natural. Ah, se me olvidaba: queso de tetilla de Arzúa con miel de eucalipto de nuestros panales… Así es imposible no engordar. No paro de comer. Está todo tan rico…

Menos mal que lo quemamos todo. Después de retirar cada uno su bandeja con sus platos y cubiertos, y dejarlos amontonados al lado del fregadero, caminamos en fila y en silencio por el desfiladero hasta llegar al patio exterior, donde en formato de compañía, sabiendo cada uno el lugar que debe ocupar, nos colocamos con los brazos en señal de respeto y cuasi oración. Cerramos los ojos mientras tímidos los rayos del sol nos sonríen. Solo el cántico de los pájaros y nuestras respiraciones profundas y fluidas se dejan escuchar. No hay señales ni signos de ningún tipo, pero todos nos empezamos a mover en el mismo segundo obedeciendo ciegamente, nunca mejor dicho, la sintonía y orden que marcan los ejercicios de nuestro maestro Felipe. Es nuestra sesión diaria de tai chi. Practicamos la versión *chen* con peculiaridades occidentales y otras más tradicionales chinas que ha ido adaptando a las necesidades del grupo. Durante hora y media, nos movemos en perfecta armonía. Ocupamos los espacios del *ying* cuando actúa el *yang* y viceversa. No distorsionamos la naturaleza. Buscamos y encontramos un perfecto equilibrio entre nuestro interior y nuestro exterior. Realizamos secuencias completas de movimientos lentos y ágiles a la vez. Jose y yo llevamos años practicándolo. Pero este es otro nivel. Consigo relajarme intensamente, pero al mismo tiempo me cargo de una buena dosis de adrenalina positiva. Mi sentido del equilibrio ha mejorado ostensiblemente y la sensación de vértigo que antes padecía ha quedado prácticamente anulada. Ahora mi mente controla mi cuerpo. He ganado en elasticidad y movilidad y me siento más viva. También he concentrado toda mi fuerza en mis extremidades y la domino con precisión.

Ahora somos de nuevo la orden de la Santa Compaña. Respetando el mito o la leyenda, vestimos hábitos ligeros de suave y claro lino con capucha y en el pecho, a la altura del corazón, llevamos bordada a modo de marca una pequeña cruz negra no muy distinta a la de los templarios. La mayor parte del tiempo caminamos descalzos, aunque para deambular por el bosque usamos unas sandalias de piel muy cómodas y abiertas. Esto nos proporciona mayor sigilo y limpieza en nuestros desplazamientos.

Tras un breve descanso y antes de que el calor nos dé de lleno, y con ropa deportiva, evidentemente, intentamos, yo por lo menos, seguir la estela imposible de Santiago, corriendo unos diez kilómetros campo a través. ¡Vaya ritmo! ¡Ni que estuviéramos preparando las oposiciones a la Guardia Civil! El primer día pensé que echaba los hígados. Ahora lo llevo mejor. La verdad es que me empiezo a notar como un toro, físicamente hablando. De hecho antes no bajaba de la hora y ahora los recorro en unos cuarenta minutos. Impresionante, ¿verdad?

Cada jornada, antes de la comida, mientras Marcos con la ayuda de Andrés se encarga del menú del día... Mateo se hace responsable de toda la intendencia: Nos deja ropa limpia sobre nuestros camastros, las duchas con gel y champú y bien limpias, coloca la mesa y ejerce funciones de pinche para los cocineros... Rosalía no para de organizar todo, mientras Thalía lava la ropa y tiende la colada, y Nora recoge la loza de la mañana y la friega. Está claro que aquí cada uno cumple con su cometido... Eva cuida y recolecta las plantas de la abuela que con mucho esmero y sumo cuidado hace unos días fueron trasladadas a uno de los habitáculos del refugio acondicionado a tal efecto... Alba y Juan se enfrascan con sus Apple revisando no sé qué programas y aplicaciones que controlan nuestro sistema de vigilancia y que parece ser nos explicarán llegado el momento con una pequeña demostración. Yo no tenía ni la más remota idea de que estábamos siendo "espiados" por un buen número de mini-cámaras de alta precisión. ¡Otra sorpresa más! Helena y Lucas cepillan y preparan los caballos para la sesión de equitación de la tarde... Y yo me quedo con Sofía en una especie de clase de camuflaje en movimiento que, a través de todos los conceptos aprendidos, ha diseñado específicamente para una supuesta situación de emergencia. Me ejercito en el control de mis pulsaciones, en mis sonidos, y por lo tanto en escuchar mis silencios entre la espesura y al aire libre, al descubierto, echando mi cuerpo sobre la tierra y volviéndome en posturas camaleónicas de difícil visión para el enemigo. Se supone que si nos tenemos que mover será de noche y cuanto más cerrada mejor... Y Alba nos descubre antes de ir a la cama el infinito universo. Nos guía sobre las estrellas y nos da pautas suficientes para no perdernos simplemente mirando el cielo iluminado o sintiendo el soplido del viento. Ayer fue la última lección. En el aula y a través de los ordenadores nos mostró todo el dispositivo de ayuda del que disponemos para no tener que hacer guardias extenuantes ante la posibilidad de un inminente ataque de los Monjes Negros... ¡Flipé! ¡No sé cuántos puntos tenemos controlados, pero ni una lagartija se puede mover dentro del refugio sin que nos enteremos! Estratégicamente colocados, los visores aparecían bien visibles a través de infrarrojos y sensores de calor y movimiento en los puestos más vulnerables y estratégicos de nuestra residencia actual. Una cuadrícula perfectamente codificada enseñaba cada uno de ellos en el monitor de plasma de cada mesa... Pero algunos estaban como en *off*... Y he aquí la auténtica virguería: Alba, con la ayuda de su amigo y genial "maquinitas", nos dio una exhibición con tres miniaturas de aeroplanos o helicópteros teledirigidos de última generación procedentes de los prototipos desechados por la Agencia Espacial Europea y obtenidos legalmente mediante las gestiones realizadas por Clío desde su entorno tan influyente con el padre Benedicto. Sin zumbido, ni chasquido, ni estruendo alguno, volaban como grandes libélulas negras nocturnas, imposibles de detectar en el fragor de la noche, también oscura. Estaban dotados de sistemas *led* de gran potencia y muy bajo consumo, por si fuera necesario iluminar una gran zona para facilitar nuestros desplazamientos o posibles huidas. Pero lo que me dejó más impresionada, o a mí me pareció más extraordinario, fueron sus videocámaras, tan diminutas como un pequeño botón de camisa y de tan alta precisión y última tecnología que eran capaces de detectar por sí solas cualquier presencia en diferentes tipos de ondas y rayos, y con una autonomía superior a los cinco kilómetros, lo que en caso de urgencia nos daría un tiempo precioso para con relativa tranquilidad afrontar la decisión más oportuna...

Si aún tenía alguna duda, todo esto me demostraba que el grupo sabía lo que hacía y que cada uno de sus miembros se había especializado al máximo en la función que tendría que desempeñar en él... ¿Y yo? Yo solo sé escribir... ¿Será entonces esa mi función? ¿Reescribir la historia de María Soliño?

Estoy muy a gusto, como ya decía antes, me siento integrada a pesar de haber pasado tanto tiempo. Pero tengo que decir que uno de los momentos más esperados por mí es la comida. ¡Qué placer! Tanto tiempo había estado engullendo comida basura y prefabricada que hasta el sabor de los alimentos había perdido. No me acordaba de lo bien que se comía en mi tierra... Enumero alguno de los menús de estos días: cocochas de bacalao en salsa marinera, arroz con bogavante de la ría de Vigo, pulpo de Bueu (*de onde ía ser*) con cachelos, chuletón de ternera gallega, mejillones de Cangas al vapor, navajas a la plancha, trucha de Pontecaldelas al jamón, cabrito al horno con guarnición, lenguado o rodaballo de nuestras aguas a la plancha con limón... Solo me falta el cocido gallego, con cerdo de casa, que todo llegará, pero es que en verano, con este calor y el ejercicio que hacemos todos los días, va a ser que no. ¡Y los postres! Filloas con nata, tarta de queso con la receta de la abuela, flan con huevos de casa, cañas de crema y chocolate, tarta de Santiago almendrada... Me está entrando el hambre, vamos a dejarlo. Hasta el sabor de mi albariño y de mi ribeiro he recuperado. *Xantar* aquí me hace feliz.

Después de comer reposamos una horita. Es decir, sesteamos. No siempre. A veces conversamos sobre lo que hemos hecho últimamente y nuestros recuerdos juntos. De lo que nos ha vuelto a unir no hablamos, no de momento, aunque sé que pronto viviremos solo para eso. Lo presiento con mucha fuerza.

Antes de que el grupo se ponga a entrenar sus habilidades con la espada y con las flechas, todos, con gran solemnidad, entramos en la capilla y con mucho respeto general, oramos cada uno para sí mismo ante el crucifijo y nuestra sencilla Señora. Allí recuperamos el temple y renovamos nuestras promesas con fervor. Yo me extraño de mí misma. Hace tan solo veinte días renegaba de él y ahora no solo lo necesito en mi corazón, sino que lo siento con brío y paz en lo más profundo de mi interior. Le doy las gracias continuamente por tenerles a ellos, y en especial a Jose. Porque si antes sabía que me amaba con devoción ahora sé que es con incondicionalidad. Su mirada es más limpia ahora sin las ataduras que le obligaban a ocultarme tantas cosas y, en cierto modo, a no ser sincero conmigo. Esto es amor. Lo sé.

Tras la meditación, Helena me instruye como amazona. Después de múltiples caídas con contusiones incluidas y de la increíble paciencia de mi profesora ecuestre, y por qué no decirlo, de la aceptación por mi parte de cierta inutilidad, a base de constancia y no poco sacrificio de las dos, parece ser que no soy mala jinete. Todas las tardes y a la misma hora monto una preciosa yegua, casi potrilla, negra profunda, brillante, indómita y sin embargo sumisa, salvaje y libre pero obediente a mis órdenes. *Esperanza* es su nombre.

Helena me corrige continuamente mi posición sobre la monta. Mi sentido del equilibrio, gracias a las sesiones matinales de tai chi, me ha ayudado mucho, y en poco tiempo mi postura es correcta en cada marcha, en cada movimiento cabalgando campo a través. Domino relajadamente a mi yegua y formamos un solo ser. Siento latir su corazón cuando brama al galope y sé que ella nota la solidez de mi presencia y nuestra simbiosis. Nos respetamos, nos damos y yo diría que, de algún modo, nos amamos. Siempre empezamos despacio. Primero le acaricio suavemente su frente y le susurro bonitas palabras en la oreja. Quiero transmitirle paz, la que yo ahora llevo dentro. Entiendo que es importante este paso. Ella, mansa se deja montar, quiere que la monte. Encima de ella, con la rienda sujeta, me incorporo hacía su crin hermosa y le sigo hablando bajito y dulcemente. Iniciamos el trote, con Helena y su caballo castaño árabe *Ángel* al lado. Descendemos el desfiladero y dejando atrás el poblado del refugio traspasamos su umbral de piedra y nos adentramos por verdes y desconocidos caminos, repletos de pinos, carballos, encinas, monte a través. Cruzamos regueros y manantiales imposibles en múltiples y pequeñas cascadas de agua dulce. Y galopamos por vaguadas y lomas colindantes exhibiendo nuestras destrezas, dejándonos acariciar veloces por el aire fresco de lontananza. Un par de transiciones y, disminuyendo la velocidad, dan ganas de gritar de emoción. No sabía yo de esta pasión: ...casi no me quedan recuerdos importantes de mi anterior vida. A momentos pienso que es como si nunca hubiera existido o me la hubiera inventado.

Después de cenar (mejor ya no describo qué), y tras la charla de las estrellas, nos tumbamos sobre el césped del patio del graderío con la noche despejada y nos quedamos absortos observando su cúpula mágica, intentando comprender las constelaciones, aplicando los conocimientos que Alba nos ha tratado de transmitir. Belleza. Es la palabra que mejor define este momento. Enfrascados en el estudio del universo nos damos cuenta de lo infinitamente pequeños que somos y de la magnificencia de Dios.

Ayer, mientras me perdía en mis disquisiciones estelares, los hijos de Rosalía y Mateo, David y Raquel, se postraron a mi lado abrazándome. No he sido nunca muy niñera, pero con ellos he conectado enseguida. Él es el vivo retrato de la madre y ella de su padre: los mismos rasgos pero en niños y cambiando el sexo, lo que produce algo más de dureza en ella a pesar de ser la pequeña y mujer. Los padres de Rosalía les acercan todas las tardes y se quedan en las clases de Lucas y después a cenar. Otros días vienen y montan a caballo, que lo hacen muy bien para ser tan pequeños. A veces llegan rodeados de una tropa de chavales que llena el lugar de ruidos, juegos y risas. Aunque aquí no existen los fines de semana y damos la impresión de estar en toque de queda, alguno de estos días la norma se trastoca y participamos en común con ellos de pequeñas excursiones a caballo por grupos y de simulaciones de torneos medievales, en los que nos dejamos ganar. Desde que llegué yo, el recinto ha clausurado su actividad y solo está para nuestro uso y disfrute. Algo de sorpresa en el pueblo y entre los turistas sí que ha causado, pues estamos en plena temporada alta y con las fiestas del Cristo de Cangas a la vuelta de la esquina. Yo tengo la culpa.

—¡María! ¿Te puedo hacer una pregunta? —Me salta con ojos saltones y chillones Raquel.

—¡Pues claro, cielo!

—¿Es verdad que muchos morirán por ti? —Me espeta de sopetón. No sé qué decir. Estoy perpleja.

—¡Raquel, eres una metepatas! ¡Mamá te dijo que te callaras la boca! —Le recrimina su hermano David.

Lo cierto es que hay dos tipos de personas que nunca mienten: los niños y los borrachos. Y evidentemente David y Raquel, además de ser niños, no beben.

La espuma del mar salpica mis rodillas. Ahora su tacto me resulta fresco. Mi piel se ha acostumbrado a su temperatura en el largo rato que llevo caminando playa arriba, playa abajo. El horizonte pinta los últimos albores del atardecer, aunque parezca una contradicción. Tonos de blancos con mezclas de rojos y azules cada vez más oscuros. Jose me contempla desde el porche de la casa de la abuela, ya en la arena. Supongo que al mismo tiempo vigilante, aunque estos días han sido tranquilos, ajetreados sí, pero también tranquilos.

Hoy hemos venido de "excursión" al pueblo. Bueno, todos no. Sofía se ha quedado redactando nuestro "compromiso matrimonial". Thalía está en la capilla ensayando con los niños del coro (como en la peli). Le está ayudando Juan con los arreglos musicales, pues la sesión *disco* dice que ya la tiene lista. Rosalía está con Mateo, siempre juntos, ultimando los preparativos del convite al aire libre. Felipe, Santiago y Andrés han ido a buscar al almacén de este último unos postes y aparejos para instalar la carpa en el patio, que es donde han pensado celebrar el banquete. Nora y Marcos se han acercado hasta el restaurante donde trabaja él para pedir prestada vajilla, cubertería y mantelería digna de la ocasión. Alba también se ha allegado a su casa para recoger no sé qué artilugios o cosas para la sorpresa que me tiene preparada, que me espero sea muy especial, no sé por qué, pero me da que sí que me va a impresionar. Eva ha quedado en el invernadero floral de unos amigos para "recolectar" las flores para la capilla, mi tocado y el ramo de la novia. Luego se ha citado con Nora en el taller de una modista de Cangas, donde encargaron el vestido, que aún no me han enseñado y mucho menos probado y que Dios quiera que después me sirva. Lucas y Helena han librado a los demás de las tareas comunes quedándose al cuidado de los animales y de las tareas domésticas, limpiando, recogiendo, lavando y preparando una cena ligera. Nadie protesta. Cada uno asume su rol en cada momento. Me enorgullece ver cómo se compenetran, cómo se respetan y cómo se admiran. Y me da rubor cómo se me entregan.

Las huellas que van dejando mis pies en la arena son borradas por las olas. Va entrando la noche. Pronto estarán de vuelta para recogerme. He pedido estos instantes para mí sola y no habido ningún reproche: Lo han comprendido. No sé si piensan que necesito estar conmigo misma por la boda o por todo en general. Aún no estoy muy nerviosa. Solo un poco inquieta. Pero echo de menos a mi abuela. ¡Cuánto me gustaría que ahora estuviera aquí, a mi lado! Algo de magia acompaña a esta noche tan clara. Las estrellas lucen radiantes como princesas de un cuento feliz. A veces me parece que se mueven... ¡Y es verdad! ¡Se mueven! Son perseídas, como lluvia de estrellas fugaces. Me paro frente al mar y al cielo infinito salpicado de luceros brillantes que caen como las hojas del otoño a mis pies, arrastrados por las olas. Cierro los ojos y entiendo la magnitud del Señor. Lo siento en mi corazón. Su paz, su bondad y su grandeza. Y una cálida presencia me llena por dentro. Respiro con fuerza y lentitud saboreando el momento. La brisa arremolina mi pelo y mi cuerpo de mujer se eleva con el don del espíritu. Un olor corporal conocido penetra en mi olfato violentándolo. En mi mejilla siento un leve contacto también conocido. Y mi mano es agarrada suavemente por una esencia colmada de sosiego, pero sobrenatural. En mi oído escucho una voz que me hace llorar... ¡Mi abuela!

—¿Cómo está mi *filliña*?

—¡¿Abuela?! —Me abrazo a ella. No puedo describirlo. Es una forma etérea pero con masa, sin explicación lógica ni científica. La puedo tocar, aunque me da que no debería ser así... Dios.

—Tu amor es tan grande, María, que supera las barreras de lo físico, y es por eso por lo que puedes mantener contacto conmigo, pues tan solo soy una apariencia que tu mente está proyectando. Pero la fuerza de tu corazón es tan enorme que ha vencido todos los obstáculos —concentrada en sus frases la acaricio la cara, el pelo, las manos, todo se ilumina con dulzura a mi tacto. No puedo reprimirme: La abrazo de nuevo.

—¡Ay hija! ¡No me achuches tanto que me vas a estropear! —Me aparto despacio sin dejar de mirar hacia ella llena de plenitud porque lo que más quiero ahora está a mi lado. —¿Damos un paseo por la playa? No sabes lo que añoro sentir el agua fría en mis pies… —mueve los dedos lentamente, dejando que la arena mojada los traspase, o esa sensación me da a mí…

—¿Qué eres ahora? ¿Un espíritu errante? ¿Un fantasma..?

—¿Tengo pinta de fantasma, hija mía? —Me espeta medio riéndose. —Soy lo que tú quieras que sea… Soy tus deseos, tus anhelos, tus recuerdos, tus sueños hechos realidad… Tú le pediste al Señor que viniera y él te lo ha concedido.

—¿Y por qué no antes?

—¡Por qué, por qué…! Hay preguntas que nunca tendrán respuesta… Somos microbios dentro del universo, María, pequeños y diminutos seres dentro de la misma unidad cósmica…

—Ahora que estás con Él, ¿qué es Dios?

—Dios es el todo María… Dios es infinito… Dios somos nosotros…

—Sigo sin entender, abuela.

—¿Cuál es el ser más diminuto conocido con vida propia, María?

—La célula —respondo sin dudarlo. De algo me sirvieron las clases del padre Benedicto…

—Correcto, María. Bien. Pues tú eres una célula de Dios.

—Sí, claro del estómago, no te fastidia… —No lo he podido evitar. El sarcasmo es parte inherente de mí.

—Por ejemplo… Me vale… ¿Como célula estomacal de Dios serías capaz de que tu finito cerebro albergara por un momento la comprensión de este ser superior? —Me ha ganado.

Reflexiono unos segundos y llego a la conclusión de que tiene razón. Niego con la cabeza. —No, ¿verdad? Pues eso somos nosotros: pequeñas células de un todo. Y cada una cumple su misión. Y cada una es necesaria...

—¿Hasta las malas? —Le interrumpo.

—¡Hasta las malas! Las cancerígenas también son hijas de Él...

—¡Pero eso no puede ser!

—¿Por qué?

—¡Dios es perfecto! ¡Dios es Dios! —Me sale del alma.

—Te olvidas que para Dios todos son perfectos también y que las leyes del universo son inexorables y una de ellas, la de la evolución, propugna que para llegar a ella antes hay que involucionar... Y esa es la sabiduría de Dios... —Me argumenta. —Por eso Él nos hizo a su imagen y semejanza, para que al final también llegáramos a su divinidad. El equilibrio de las fuerzas del bien y del mal nos hará iguales a Él, el poder de distinguir lo bueno de lo malo, apartándolo, nos conducirá a Él.

—¿Entonces, si todo está tan claro, si solo es un juego en el que Dios ya sabe el final de la partida, por qué esta vida con sufrimiento? ¡No tiene sentido!

—No me has escuchado, hija mía... Él nos ha hecho libres para elegir... Somos pequeños dioses con el poder de cambiar las cosas... —Me reprende cariñosa.

—¿Y la muerte?

—La muerte no existe, cariño… —Me afirma categórica.

—¡Tú estás muerta!

—No, cielo. Simplemente estoy en otro estadio…

—¿Y por qué no eliminar de golpe a las células malas? —Pregunto un tanto consternada.

—Te he dicho que todas tienen su misión. Y ellas también. Si no hubiera muerte no habría regeneración ni nueva evolución. Y todas terminarán viendo la luz, también ellas. Unas nacen y viven sin más. Otras viven para las demás… y otras se transforman en tumores y cumplen el ciclo de la vida, y del universo finito, y así hasta cerrar el círculo y tener el don de la sabiduría y ser parte indisoluble de Dios. —Aún no me ha convencido del todo. La miro con amor. Tengo una última pregunta.

—Si es así abuela, entonces, ¿qué clase de célula soy yo?

—La célula madre, hija mía.

Hoy es la Asunción de María, Madre de Dios, y el día de mi boda. Su alma llega al reino de los cielos y la mía se congracia con él a través del sacramento del matrimonio. Una María ya está a su lado y la otra, yo, aquí en la tierra, me he quedado, sustituyendo a la anterior, o por lo menos así me lo parece.

Jose y yo esta noche hemos respetado la tradición y hemos dormido en habitaciones distintas... Bueno, él no sé, yo no he sido capaz de pegar ojo. No sé qué hora es, aquí nadie utiliza reloj: Alba nos ha enseñado a regularnos por el sol, la intensidad de la luz, el color del cielo, el movimiento del viento y claro está, la posición de las estrellas. Así que si he aprendido bien deben de ser las seis de la mañana, un poco más. Aún es de noche y, aunque no falta mucho para que la primera luz del día se haga paso, esta está un tanto gris e invadida de espesa bruma y de paredes blanquecinas de neblina, acompañada de un fino y persistente *orballo* matinal.

Me estoy empapando. Me he vestido con la túnica de la orden, sin más. Camino descalza empinando la quebrada que me conduce hasta la capilla. Mis oídos se han acostumbrado a escuchar los sonidos del monte. Mi cuerpo se mueve lozano y sin hacer ruido, como consecuencia del ejercitamiento de los últimos días. Sin embargo los caballos perciben mi olor y se mueven a mi llegada, pero siguiendo su código comunicativo, solo *Esperanza*, mi yegua, da un liviano bramido a modo de saludo.

Desde las vidrieras la titilante luminosidad de los hachones va dando destellos al exterior. Abro el portón. Con parsimonia, paso a paso, me dirijo vacilante hacía el Cristo. Al llegar junto a él me arrodillo instintivamente. En realidad casi me contorsiono. Me persigno en señal de respeto. Mi cabello está empapado y mi mirada se eleva miedosa mientras oculto mi rostro de pecadora con la capucha del hábito. Agarrando con mis manos el crucifijo de mi abuela que llevo en el pecho, junto al anillo de *mi padre*; rezo...

«Perdóname, Señor. Perdóname por haber renegado de ti. Perdóname por mi soberbia y mi ignorancia. Perdóname por haber pecado tanto... Señor, creo que no soy merecedora de ti, no creo que sea la mujer adecuada, aparta este cáliz de mí... Pero si esta es tu voluntad, beberé el cáliz que me das».

«Yo confieso, Señor, haber pecado. Confieso no ser digna de ti... Llenar mi vida de soberbias... No valorar lo que me dabas y culparte siempre de mis errores. Confieso no haber sido lo suficientemente humilde ni querer aprender de nada ni de nadie. Confieso no haber sido lo suficientemente agradecida. Confieso haber llenado mi vulgar existencia de orgullos y de éxitos que alimentaron aún más mis egoísmos y mis vanidades. Confieso haberme dejado arrastrar al materialismo y haber perdido la empatía por los demás, dejándoles de ayudar, aislándome, convirtiéndome en un ser feo y oscuro».

«Te doy las gracias, Señor. Las gracias por enseñarme a amar a mi prójimo. Las gracias por no haberme abandonado. Las gracias por devolverme junto mi gente. Las gracias por llenar mi espíritu de tu paz, por sentirte tan dentro y recuperarte en mi interior. Por ver tu luz en el camino. Por llenarme de tu calor y dar ojos a mi corazón».

«Te pido, mi Señor, que nos protejas a todos del mal. Que orientes mis decisiones en la dirección correcta. Que me envíes tu sabiduría. Que nos acompañes en nuestra misión. Que tu madre, María, esté con nosotros, cuidando de sus hijos. Que me enseñes a conducir a mis ovejas hasta tu gloria. No permitas, Señor, que el rebaño se me descarríe. Dame fuerzas para hacer de buen pastor».

«Y perdóname de nuevo, Señor, por si esta tu sierva fracasa en el trabajo que me has asignado, o por si mis fuerzas flaquean durante este largo viaje hasta ti…».

«Tus pecados han sido perdonados, María. En el nombre del Padre, del Hijo y del Espíritu Santo. Que Dios te bendiga, María». El padre Pablo me hace la señal de la cruz con su mano derecha. Yo se la beso, con mirada sorprendida. Me incorporo y descubro mi rostro. El cura se abraza a mí. «No te preocupes, María: El Señor está contigo y hoy será un día muy feliz para ti». Tengo escalofríos conocidos, como viejos amigos, que paradójicamente no me asustan. Es como si las frías presencias de mis antepasados me traspasaran con helada dulzura. Incongruentemente me producen un sosiego imprevisto y una familiaridad ya vivida convive conmigo. El runrún de una antigua melodía tintinea constantemente mientras dura esta sensación en mis tímpanos. Y hasta mi boca la tararea sordamente.

La puerta se abre con cierta brusquedad interrumpiendo el apretón del padre Pablo conmigo. Nora y Jose, un tanto excitados y nerviosos, vienen a por mí. A medida que se acercan se les ve menos flemáticos. Creo que me estaban buscando, o eso me están diciendo sus expresiones.

—María, llevamos un buen rato intentando saber dónde estabas. Venga, tenemos que empezar a prepararnos si no quieres hacer esperar después a todo el personal... —Me dice Nora aún algo apresurada. Debajo del brazo trae el cofre de mi abuela. Antes de que pregunte nada, llega Jose hasta mí y, sin más, me sujeta con sus manos mi cara y me besa con angustia en los labios.
       —Estaba preocupado por ti...
       —¡Tranquilo! ¡Aún no tenía pensado dejarte..! —Bromeo.
       —¡No digas eso! —Y vuelve a besarme, ahora más apasionado.
       —¿Y el cofre? —Pregunto intranquila, pues no entiendo bien qué hace aquí.
       —¡Quiero que lo abras y que mires lo que tu abuela te dejó en él! —Me dice Jose, indicando a Nora que lo coloque sobre el altar. Ella y el padre Pablo se observan con mirada cómplice.

—¡Ya lo vi cuando llegamos! En él encontré el testamento de la abuela y los documentos de la casa junto a los derechos de presentación de María Soliño. ¡No había más! —Replico con algo de mosqueo, pues ya me estoy esperando algo raro de nuevo. A ver por dónde sale el tiro ahora…

—¡Mira bien María, cielo! —Me ordena con una bella sonrisa la dulce Nora. No rechisto y le hago caso. Lo abro con la llavecita que lleva puesta. De su interior extraigo los papeles antes mencionados y, sobre su fondo acolchado y del mismo color que el forro del baúl para pasar desapercibido, reposa un saquito diminuto de organza, atado en ristra con un fino cordel de hebra de algodón algo más ocre. Lo cojo exaltada y desanudo histérica. De su interior obtengo una alianza de oro y un pequeño cartón manuscrito. Leo: «Este era el anillo de casado de tu abuelo Pedro. Si algún día Jose y tú decidís consagrar vuestra unión, me haría muy feliz que esta fuera la alianza que le desposara… A fin de cuentas, Pedro y Jose terminaron siendo la misma persona, o eso cuenta el manuscrito… Supongo que si estás leyendo esto, es que ya ha llegado a tus manos y conoces su contenido… Y sobre tu sortija de boda… A tu madre y a mí nos parecería…». Mis ojos buscan los de Jose. Él me mira feliz y, abriendo una cajita pequeña delante de los míos, pronuncia un «*Quérote. ¿Te gustan?*» Estoy abrumada: son unos pendientes preciosos. No muy grandes. Del tamaño del lóbulo, aproximadamente. La flor de lis en pequeñas incrustaciones de brillantes y con sus tres pétalos centrales en rubí rojo. Espectacular… Pero no es un anillo… Algo asalta mi corazón: «…muy oportuno por ser quien eres y por ser de quien fue, de la verdadera María Soliño, que tu anillo de casada sea el topacio que tu madre te regaló antes de morir y que recuperó de tu padre biológico para devolvérselo a su auténtica propietaria, a su legítima heredera, a ti, María. De este modo los anillos volverían a su inicio: la alianza de Pedro con Jose Argo y el sello de María Soliño contigo. El resto de la historia sobre este muy pronto la conocerás… Esperando que cumplas nuestro empeño, tu abuela y tu madre desean que seas muy feliz…».

Así que el anillo ha vuelto a mí, a la nueva María Soliño. Ya parezco Frodo en *El señor de los anillos*… Otra vez, no sé por qué, pero obedeceré, aunque no me hace ninguna gracia la petición.

De vuelta a mi palloza me encuentro el lugar todo revolucionado. Un espejo de pie, un asiento y una especie de maniquí hecho con troncos de madera, perfectamente lijados y tratados con líquido tapaporos, ocupan el lateral izquierdo según se entra. Estoy parada en el umbral contemplando el cambalache que tengo montado. Alba anda afanada con la ayuda de Juan, decorando el techo y las partes altas de la casita. Parece que están terminando. Me mira. Ya me he acostumbrado a esos ojos enigmáticos que no sabes si van o si vienen. Se escojona de risa.

"¡Sorpresa, sorpresa!", me dice la muy… y enciende las luces: ¡Es alucinante! (iba a decir otro taco, pero a lo mejor también lo leen niños… y además ¿cómo la "elegida" por el Señor puede ser tan mal hablada?)… La cubierta de palos finos de pino mezclados con hierba y paja se ha transformado en un planetarium. Una especie de film azul noche con las constelaciones, las nebulosas, la Vía Láctea, los cometas, el sistema solar… una porción finita e imposible a la vez del firmamento perfectamente trasladado al cielo de mi alcoba, abovedando aún más la estructura por encima de mi lecho. Lluvias de perseidas, estrellas y soles radiantes, cometas veloces y fugaces atravesándolo, astros y planetas en movimiento e inmensidad, casi un paso de eternidad. Un diminuto proyector a los pies de la cama, desde el suelo, consigue este efecto tridimensional de holograma en suspensión, utilizando el papel fotográfico de micras de espesor como pantalla sobre la que exhibir a modo de plasma el software de su pequeña unidad de disco… ¡Maravilloso! Quería fascinarme y lo ha conseguido. Alba me guiña el ojo. No puedo evitar sonreírle y darle mi aprobación. Juan se levanta y me da un beso en la mejilla y me dice que escuche. Según se van trasladando las estrellas y los astros y se van abriendo las constelaciones… una selección musical acompaña a los giros, las rotaciones y las traslaciones. Parece de efectos especiales.

—Te prometí que te haría ver las estrellas en tu noche de bodas y no te mentí... —Se justifica Alba.

—Yo solo le he puesto algo de música celestial... —Añade Juan.

—¡Sois increíbles! —Indescriptibles más bien diría yo que son sus caras ahora viéndome tan impresionada.

Que mi vida va de cine, está claro. No lo digo por lo bien que me va, que no, si no por lo de que me pasan cosas como en las pelis... El vestido de novia que me han preparado es un calco al de Murron en *Braveheart*, un poco más arreglado, eso sí, pero prácticamente igual. Nora, Sofía y Eva se afanan en probármelo. Un ligero ajuste de cintura y de escote y listo. La verdad es que me tenían bien tomadas las medidas, en todos los sentidos. Mientras Nora y Sofía terminan de arreglarlo, Eva, con la ayuda de Helena (que se ha sumado al grupo) me cepilla mi melena mojándome el pelo con una especie de crema nutriente que ha preparado a base de gelatina natural con zumo de limón, que huele muy bien. Solo lo suficiente para que coja brillo y una ligera sensación de humedad con la que así manejar mejor el cabello. Me están haciendo, con práctica desconocida para mí, un sencillo y elegante recogido en estilada espiral, decorado con *pitimínis* blancas y rosas pálido, a juego con el crudo de la tela del traje de novia. Sofía me maquilla muy poquito. Algo de contorno de ojos y un suave brillo de labios para acentuar mi sonrojada carita, ya un poco asustada.

Eva me coloca en las manos un buqué de margaritas diminutas combinadas con pequeñas violetas y algún clavel enano blanco. Es muy bonito. Tiene mano para estas cosas.

Dan la vuelta al espejo para que me vea... Dios mío, estoy preciosa... Nunca pensé que podría parecer una novia. Me he puesto los pendientes que me ha regalado Jose. Sus piedras relucen, produciendo miles de reflejos rojizos y brillantes.

Me invitan a salir. Ya no llovizna y la luz del sol se abre paso en el refugio. Me rodean y subimos despacio por el camino del barranco. A la entrada del patio principal me espera Santiago, que me ofrece su mano para ayudarme a trepar el último trecho. Es el único que lleva conectado un auricular al oído. Supongo que sincronizado a nuestros dispositivos de vigilancia. Al llegar no puedo evitar un *oh* de exclamación... Una estructura de madera apuntalada a la tierra y recubierta de un gran manto de transparente pero consistente lino abriga la mayor parte de la superficie. En el centro, una serie de tablones de pino ocultos por una sencilla mantelería hace las veces de mesa preparada para el banquete. No se les ha escapado detalle alguno a Lucas y Helena y el buen hacer de Rosalía se hace presente. Dieciséis cubiertos, ocho a cada lado. Todo está en su sitio: los platos, la cristalería y las fuentes y una fragancia intensa a jazmín que se mezcla con los apetitosos olores que provienen de la cocina: huele a vieiras al horno, pescado a la plancha, ternera asada y no sé qué más se le habrá ocurrido a Marcos o qué ha dispuesto Andrés... En un fondo de la mesa, varias bandejas con jamón al corte y distintas fritangas típicas de los entrantes seleccionados por Mateo son devoradas con avidez por los angelillos de Thalía, que no paran de corretear mientras roban jugueteando la comida. Todos me miran fascinados y se van acercando para besarme y darme la enhorabuena. El grupo al completo se ha vestido en sintonía conmigo, como si hubiéramos retrocedido cuatrocientos años: ellas, de campesinas, algunas incluso voluminosas, y ellos de una mezcla entre soldados del rey y plebeyos, casi al estilo de Robin Hood. No es que me sienta como viajando en el tiempo, es que me siento como de otra época...

Jose es el último. No me dice nada, pero no hace falta. Su expresión ya me lo dice todo. Con una acústica maravillosa, Juan nos dedica *No pretendo*, de Gloria Stefan, no lo podía haber pensado mejor... Jose y yo bailamos lentos y agarrados cariñosamente. Apoyo mi cara en su pecho y me estrecho fuerte a él. Para este baile no he necesitado las clases de Felipe, pienso. Después ya tendré tiempo de demostrar las habilidades adquiridas, aunque no son muchas pues siempre fui un poco patosa. Termina la canción con un beso y los aplausos y vivan los novios del resto.

El padre Pablo espera ya en la puerta de la capilla y un tañido alegre de la campana anuncia la ceremonia. Los niños han dejado de revolotear a la orden de Thalía y ya están dentro. También el grupo, que se ha acomodado en los bancos. Ahora voy a saber lo que se siente al cruzar ante todos hacia el altar. Y en contra de lo que pensaba no estoy nerviosa. Muy emocionada y feliz, ese es mi sentimiento. Las voces de los pequeños irrumpen con fuerza haciendo los coros a Thalía mientras interpreta mi primera petición: *Si hay Dios*, de Alejandro Sanz. Me siento la protagonista de mi propia película y una lágrima esquiva se me escapa ante tanta devoción y cariño manifestada hacía mí.

Estamos frente al padre Pablo. A su espalda el Cristo y la Virgen presiden el acto. Con gesto relajado espera que Thalía termine la romanza. Como siempre hace del silencio su pausa. Con ojos dichosos pronuncia las primeras palabras:

«Hijos, hoy estamos ante Dios como testigos del enlace de María y Jose. Poco tengo yo que decir como su representante en la tierra, pues su amor es tan poderoso que a la vista del Señor no ha pasado desapercibido y está listo para escuchar y acoger su compromiso matrimonial con gran gozo. Prestemos pues nuestros oídos limpios y dejemos que sean ellos mismos los que ofrezcan sus votos nupciales…».

Tengo curiosidad por saber las palabras que le ha escrito Sofía a Jose para este momento... las que me ha preparado para mí ya las sé y son muy bellas y... apropiadas. Yo no lo hubiera hecho mejor. Nos conoce muy bien, o por lo menos a mí...

«María, yo te tomo como esposa... —Me coloca el anillo de topacio negro en mi índice y me encaja a la perfección: ¡Ni me lo había probado! De fondo, muy bajitas, las notas ascendentes de *Chevaliers de Sangeal* se asocian a las frases de Jose... —Prometo amarte hasta el fin. Llenarte de felicidad. Protegerte de todo mal que te aceche... Respetarte y unirme a ti. Tu mirada será la mía y la mía será la tuya. Te desearé en lo humano y en el alma. Mi corazón latirá cada día de mi vida por ti. Reiré a tu lado y lloraré contigo. Te cuidaré en la enfermedad y te abrigaré en la soledad. Te abriré el camino y caminaré agarrado de tu mano. Te guiaré en la oscuridad y me dejaré llevar por ti hasta las estrellas. Creeré en ti sin preguntar. Y te responderé cuando tengas dudas de mi amor. Despertaré cada mañana con el último sueño dedicado a ti y dormiré feliz todas las noches por tenerte aquí. Rezaré por los dos y le pediré a Dios su bendición y tu querer renovado con el amanecer. Y así todos los días de mi vida, incluida la eternidad».

Me he quedado extasiada, Dios mío. Bonitas palabras y mejor sentimiento. Y aunque hayan sido escritas por Sofía, sé que son sinceras y auténticas. No me las habría dicho, no así, si no las sintiera como propias… Bueno, ahora voy yo, a ver qué tal. Tengo un nudo en la garganta.

«Jose, yo te tomo como esposo… —Nerviosa, muy nerviosa, casi no acierto, le introduzco la alianza de mi abuelo Pedro en su índice derecho. Caray, también parece estar hecho a medida. Ahora el tema de *Four friends,* de Ennio Morricone, es el que llena con tono tenue el aire reforzando mi discurso. —Mi ser entero ya es tuyo también. Mi existencia dedicada. Mi esencia compenetrada en la tuya. Seremos uno y como uno viviremos. Mi piel se estremecerá a tu lado y mi alma volará buscando la tuya. Pongo mi camino en tus manos y mi libertad a tu disposición, con la ayuda de Dios. Tus huellas seguiré y prometo ser el sueño que cumpla tus anhelos. Te tenderé mi mano ante los peligros que nos acechen y juntos nos levantaremos frente a la derrota y al mal amargo. Y rezaré para ser digna de tus sacrificios por mi amor. Y al Señor le pediré que jamás nos separe, ni en la muerte. Y así todos los días de mi vida, incluida la eternidad».

Buen trabajo, Sofía, pienso para mí. Nuestras miradas, fijas. Nuestras manos, entrelazadas. Nuestras emociones, a flor de piel. El Cristo, la Virgen María, nuestros amigos, los niños de Thalía y el padre Pablo, son testigos de nuestra unión. El olor a jazmín se me hace intenso de nuevo al combinarse con el incienso que ha encendido el cura.

—Yo os declaro marido y mujer. Que lo que ha unido Dios no lo rompa el hombre… —Ciertas palabras del padre Pablo: solo el hombre podría hacerlo y algunos estarán dentro de poco muy interesados en conseguirlo… Thalía vuelve a cumplir: el *Ave María guaraní* retumba con la fuerza de los mismísimos ángeles en la capilla. Un haz de luz sobrenatural y fluido nos enfoca a Jose y a mí mientras nos besamos con dulzura nupcial…

…///…

No he estado dormida, pero he vivido el resto de la tarde como un sueño maravilloso e increíble. Al salir de la iglesia la campana repicaba a boda. Nos han puesto perdidos a arroz. El ramo le ha tocado a Nora, siguiendo la tradición. Hemos comido y bebido como posesos. Hemos reído y también bailado… Al final no lo he hecho tan mal: Un vals, un tango y algún pasodoble. Algo mareada he terminado. Y cansada, por supuesto. Nunca olvidaré este día, no podré. Hay muchas formas de felicidad y esta es una de ellas, única y especial. Ya es de noche. Jose y yo descansamos abrazados en el lecho, tumbados boca arriba, mirando el firmamento con el que Alba nos ha obsequiado en nuestra noche de bodas. No hablamos. Solo nos miramos y nos besamos lentamente pero con ardor. Nuestros cuerpos desnudos se preparan para su momento de pasión y desenfreno. Respiramos nuestros alientos. Frotamos nuestra piel. Acariciamos nuestros sentidos. Y buscamos el éxtasis… Y en el momento de la explosión final, en el cielo una estrella responde con una eclosión de luz. Pedro y Jose, María y yo. Es como si anunciaran que nuestros espíritus se han fusionado eternamente. ¿O simplemente siempre fuimos los mismos?

Precedo la comitiva del Santo Cristo del Consuelo. Son las fiestas patronales de Cangas, último domingo de agosto. Pertenezco a la cofradía del Santo Nombre de Jesús, que mis compañeros han recuperado este año. Para no perder la costumbre de los últimos días, yo no tenía ni idea y por supuesto soy la última en enterarme…

El hábito esta formado por una túnica azul marino ceñida por un fajín granate colgando en efecto sudario a la izquierda hasta los pies, con el escapulario de la orden bordado en oro y estola recortada también granate e igualmente bordada a la altura del corazón con idéntico símbolo y color; guantes blancos y báculo de plata e insignia también de plata, colgada al cuello por un grueso cordel de hilos anudados en azul marino y granate haciendo juego. Así vestidos todos, escoltamos al paso en la procesión que en honor a él y la Virgen del Carmen cierran los festejos. Veinte costaleros de la hermandad trasladan a hombros al Cristo por las calles del pueblo llenas de fieles por ambas aceras del recorrido. Este año han decidido ir con capirote caído, cubriendo sus rostros en señal de penitencia realzando el fervor del acto. El padre Pablo va delante de mí abriendo el séquito, acompañado de uno de sus monaguillos portando el estandarte. El grupo, conmigo a la cabeza, rodea, escoltándolo por parejas, la imagen del Cristo. Detrás de él viene Thalía, dirigiendo su pequeño coro con idéntico uniforme todos, y cantando al son de las gaitas, cornetas e instrumentos de viento de la banda de música municipal, la *Salve marinera* y el *Himno al Cristo* que no se dejó quemar. Cuando callan se escucha potente el redoble de los tambores.

Mientras voy en la procesión entre las miradas del gentío, señalándome o murmurando a hurtadillas, algunos incluso me saludan y puedo dar fe de que a la mayoría ni les conozco. Pienso en el giro que ha dado mi vida: si hace poco más de un mes me hubieran dicho que participaría en un acto de este tipo, como mínimo le habría insinuado que dejara de beber… He pasado de la negación más absoluta a un estado espiritual que casi raya lo místico. No sé cuánto de influencia hay de la vieja María Soliño, cuánto de su ser habita en mí. Creo que todo. Y no me importa, pues es como si me hubiera encontrado otra vez a mí misma, como si en realidad siempre fuera ella. Mi alma se ha reconfortado y una religiosidad profunda mora en mí. Ya no entiendo mi existencia sin Dios. Seguramente, Él nunca dejó de estar a mi lado y simplemente yo lo aparté con la ayuda de Jose como instinto de protección. Se habla mucho del sexto sentido y estoy convencida que fue lo que guió mi destino anterior y también el que al final me trajo adonde ahora estoy. Digo que rezo mucho últimamente y sería mejor decir que en el fondo nunca dejé de rezar. Andamos pidiendo continuamente a no se sabe qué albures nuestros más íntimos deseos. Perdidos en la tierra buscamos en el cielo lo que no se nos da, o lo que hemos extraviado. Enajenamos sentimientos.

Lloramos hundidos. Somos un tanto desgraciados... y es tan fácil... Todo está en nosotros. Solo tenemos que conocernos para poder encontrarlo. Ahí está nuestra esencia de Dios. Ahora sé que lo tengo, que Él nunca se fue: ¡Gracias, María!

Hemos llegado todos juntos a la colegiata. Con el fin de la procesión, los fuegos artificiales cubren el cielo de Cangas en honor a su Cristo. Alba y Juan salen al exterior y se mezclan con los vecinos al objeto de verlos. A mi mente se viene el relato del manuscrito relativo a la invasión pirata, al oír su estruendoso estallido. Un presentimiento pesimista me agrede. La idea de que este momento guarda alguna relación con aquellos acontecimientos comienza a desasosegarme. Por el umbral principal se difuminan haces iluminados de colores brillantes y cierto hedor a pólvora. Los niños se arremolinan alrededor de Thalía y esta accede a su petición para salir a ver in situ el espectáculo pirotécnico. Nora y Sofía se prestan a acompañarlos para así controlarlos y evitar su dispersión entre la multitud. Previamente Rosalía, Mateo y Lucas han ido a la barriada de Coiro, casi al lado, a recoger los caballos para regresar al refugio en cuanto terminemos de reorganizar la iglesia después del ajetreo procesional, pues nos hemos allegado al pueblo montados en ellos al estilo de los antiguos templarios. Entretanto, Jose y Santiago conversan en la puerta. Yo estoy a su lado y les escucho.

—¿Has reconocido a alguno? —Le pregunta con cierto mosqueo Jose a Santiago.

—No, y me extraña. Algo no va bien. Siempre se han dejado ver dándonos a entender que nos vigilaban en todo momento... Y hoy que podían intentar algún tipo de ataque o escaramuza con tanta gente por medio y así pasar más desapercibidos... ni han aparecido. No encaja.

—Opino igual que tú. No me lo creo. Tienen que estar cerca...

—Hay que estar atentos. Vamos dentro. Recojamos y larguémonos cuanto antes al refugio —Sentencia Santiago.

Mientras ellos conversan, los costaleros conducen el paso hasta su pórtico y lo posan despacio y con precisión en el suelo. Terminado su trabajo se van despojando uno a uno de sus capirotes. Dos de ellos, sin desvestirse el hábito, se cruzan con nosotros y salen con la supuesta intención de asistir al final de la celebración. Algo me llama la atención de ellos, pues simulan un gran interés por los fuegos de artificio pero en realidad han corrido apresurados detrás de Nora y Sofía. De seguido, otros dos detrás. De estos me quedo con sus rostros aceitunados, como desentonando del resto. Tengo la sensación de que su intención es alcanzar a los primeros. Un retortijón me cruza el estómago. Por instinto me acerco al Cristo y con mi mano izquierda agarro el que me recuerda a mi abuela. Mi propensión me hace pedirle protección. No sé qué se está cociendo, pero me huele mal. Intuición femenina supongo. Sin embargo no le comento nada a Jose, no quiero alarmarle sin causa. Solo son suposiciones de una histérica, me digo. Ya tiene bastantes desconfianzas como para darle una más y montar un cristo, nunca mejor dicho, sin motivo aparente. A casi todo el mundo le gustan los fuegos artificiales... menos a mí, que desde niña me dan algo de yuyu.

Un fuerte estallido irrumpe en el templo. Todos miramos arriba, al tejado. Una bomba de luz y fuego ha caído sobre la colegiata y poco a poco empieza a arder. Todos se mueven rápidamente buscando la puerta. Todos menos yo y el padre Pablo... Los supuestos cofrades se han desprendido de sus primeros hábitos y ahora visten uno negro por completo y algo corto y, en el pecho, una cruz de Santiago también negra destacada por su ribete rojo. Se han colocado estratégicamente bloqueando las salidas y han cerrado las puertas. Se me corta la respiración al escuchar el seco chillido de sus espadas al desenvainarlas: no hace falta que nadie me lo anuncie... Son los Monjes Negros y nos han pillado en bolas, como se suele decir. Tocan a dos por cada uno de los nuestros, incluida la menda. Tengo miedo, mucho miedo. El mayor se acerca raudo hacía mí. En su cara se adivina un halo de satisfacción mezclado con rabia. Es calvo y con una espesa barba entre gris y negra, estatura mediana, complexión fuerte y movimientos felinos. Su frente húmeda rezuma abundante sudor.

Sus ojos iracundos son oscuros como su alma. Viene a por mí. Estoy quieta, inmóvil, paralizada... El padre Pablo intenta pararlo cruzándose en su camino y, con un impetuoso empujón, derriba al viejo cura, que cae tullido en el suelo gimiendo por el golpe.

Jose mantiene la defensa a duras penas contra dos contrincantes de mayor envergadura. Nunca le había visto luchar de verdad. Y en otras circunstancias me quedaría embelesada viéndole, pero ahora solo temo por su vida. De reojo acierto a adivinar la silueta de Felipe, sufriendo para mantener la posición contra los suyos igual que Andrés, que además intenta cubrir a Eva, la menos ducha en este arte de la guerra de los que estamos aquí encerrados. Bueno, Eva y yo, que no tengo ni zorra. Santiago ha herido a uno de ellos y acude en ayuda de Andrés. Helena también ha dejado desarmado a otro y acaba de hacerle un corte en la pierna al que le quedaba dejándole fuera de combate. De este modo parece que la cosa se iguala un poco más, aunque sigue pintando muy mal. Marcos lleva su duelo muy equilibrado y ya no puedo ver más pues el grito del padre Pablo me saca de mi absurda contemplación y de mi parálisis...

—¡Corre, María! ¡Te matará! ¡Es Juan Fernández...!

¡El bachiller! ¡El oficial mayor de los Monjes Negros! Mis pies corren solos sin orden alguno, o eso creo. Miro al frente y el trono del Cristo del Consuelo me cierra el paso. Inconscientemente salto sobre él. Me agarro a sus ornamentaciones y consigo balancearme hasta subirme en él. Pero no me sirve nada. Me ha atrapado y de espaldas me sujeta enérgicamente con su brazo izquierdo, mientras con la diestra empuña una brillante y afilada daga apoyada fría y vacilante sobre mi cuello.

—¡Ya eres mía, puta! —Grita en éxtasis. Las espadas dejan de chocar entre ellas ante el presagio de mi muerte. Mis ojos mareados y vencidos miran implorando a mi Cristo. Me siento como María en el Gólgota a los pies de la cruz. En un último acto de osada valentía, levanto mi mano derecha y aferro con desesperado brío la hoja del puñal para evitar mi degollamiento. Me corto toda la palma y mi sangre salta empapándome la cara... Noto con extrañeza cómo el bachiller afloja su presión. Miro con estupor cómo uno de ellos se ha encaramado a la cruz por detrás y, más atónita aún y sin comprender lo que está pasando, aprecio cómo está liberando al crucificado de sus clavos— ...¡El anillo! ¡Mi anillo! ¡Eres... Eres mi hija..! ¡Así que es verdad..!

¡Así que es verdad que es mi padre..! ¡Mierda, no puede ser..! ¡Hija de Juan Fernández, el bachiller, el asesino..!

—¡Señor, ayúdame, por favor! —Bramo desmoralizada. Mi padre me suelta aturdido. Despistado por lo que a mí me ocurre, Felipe ha bajado la guardia y en posición de destreza incorrecta es derribado herido de muerte en el bajo vientre. Un aullido sordo proveniente de su boca anuncia su fin. El resto del grupo vuelve a la carga, aunque su moral se nota tocada. Tanta estrategia y tantas precauciones para mantenerme a salvo estos años y a las primeras de cambio la cago. Y Dios... ¿dónde estás ahora que tanto te necesito? Miro afligida al cielo y compruebo cómo el fuego se va extendiendo poco a poco por la techumbre. El calor se hace patente. Tengo claro que es el fin y que en la misión, fuera la que fuera la que tenía encomendada, he fracasado. Un sentimiento de culpa me absorbe y miro a mi Señor del Consuelo pidiendo perdón y preparándome para morir... ¡Dios mío! ¡Se ha soltado de la cruz y viene hacía mí!

—¡Jesús es tu salvador! —Una voz suave y calé me penetra. Un acto reflejo me hace apartarme lo suficiente para esquivar la escultura. Juan Fernández ni lo ve venir y el Cristo del Consuelo cae con todo su peso de bruces encima de él, derribándole. Inerte sobre el suelo y con una mancha inquietante debajo de la cabeza, permanece malherido y con respiración débil, totalmente inconsciente. El Monje Negro o lo que sea me sonríe desde la cruz desnuda: Me ha salvado la vida. Y mi abuela y mi madre, también. Sabían lo que hacían con sus amuletos. El crucifijo de plata y el anillo de mi "padre" juntos y en estrecha colaboración han impedido mi muerte prematura... ¡Benditas seáis!

Agua. Gotas de agua caen sobre mi cabeza. Empieza a llover copiosamente y el fuego se va transformando en humo y vapor. Pavorosos truenos con sus rayos inmensos respectivos acompañan la tormenta desatada, como aviso divino del Todopoderoso a los hombres. Tiembla la tierra como en la expiración del Hijo de Dios. Amedrentados, los hombres del bachiller avanzan en irregular formación al objeto de retirar su cuerpo moribundo con claros signos de repliegue. Eva, apresurada, se echa sobre Felipe mientras el resto los rodea con angustiada expectación. Ella le explora ávida la herida y le toma el pulso en muñeca y cuello. Los ojos del herido permanecen inmóviles y Eva, llorando, nos hace un signo de negación moviendo el cuello a todos nosotros al tiempo que le baja cariñosamente los párpados. Ha muerto. Es el primer hombre que veo morir por mí. Los niños tenían razón… ¿cuántos más lo harán entonces?

Me estoy ahogando. Un llanto desconsolado me empapa más que la lluvia que cae sobre mí. Un fuerte pinchazo en el pecho me hace retorcerme de aprensión, pues sé que aún no ha acabado mi dolor. Los Monjes Negros abren la puerta principal con brutalidad y, en retirada, arrastrando como pueden al cabrón y asesino de mi "padre" medio muerto de carne y alma. Cojo la daga caída sobre el paso y quiero correr hacía él para cercenar su corazón a trocitos hasta desangrarlo. Ya no me da tiempo… Uno de ellos profana el templo blasfemando mientras se acerca raudo hacía mí dominando su montura. A escasos metros prepara su arco y me apunta con una flecha…

—¡Muere, bruja! —Vocifera mientras me dispara… Siento caerme violentamente a los pies de la cruz, al lado del Cristo del Consuelo derribado. Ahora sí, ahora sí que se acabó, pienso. Sin embargo, no he notado el flechazo atravesar ninguna parte de mi cuerpo y sí que he escuchado un alarido terrible detrás de mí. Me incorporo levemente, tiritando aún, y veo un Cristo… Sí, digo bien, un Cristo clavado en la cruz. Fue Jose quien consiguió alcanzarme y derribarme y de este modo pudo cumplir con su cometido de protegerme… A cambio la flecha le traspasó la palma de su mano derecha, clavándole, como si de un mensaje de Dios se tratara, en la cruz de Cristo crucificado, a su imagen y semejanza…

El resto acude en nuestro auxilio mientras los Monjes Negros aprovechan el desconcierto para huir y esto me incomoda más, no me gusta… Presiento que han tenido la oportunidad real de matarme y no lo han hecho. ¿Por qué?... Eva comprueba la herida de Jose, que sangra en abundancia. Él se retuerce con vehemencia y algún que otro espasmo.

—Ha sido una herida limpia. Has tenido mucha suerte, Jose. El Señor te ha protegido… Solo hay una pequeña posibilidad de no perder la movilidad total o parcial de la mano y te ha tocado a ti. Hay que tener cuidado ahora al sacar la flecha y cortar la hemorragia cuanto antes, y después hacer muchas curas diarias y no forzar la mano para que no se abra la incisión, pero solo te quedará una fea cicatriz de recuerdo... No es como Felipe... — Echa a llorar desolada. Jose saca fuerzas de flaqueza y, con el otro brazo, la rodea del cuello y le acaricia el pelo. Todos nos quedamos mirando para el difunto. No sé a los demás, pero a mí me asaltan a trompicones los recuerdos... ¡Se me acabaron las clases de baile! Pienso triste y llorosa...

—Eva, dime cómo tengo que hacer para sacar la flecha. No podemos estar aquí mucho tiempo —Andrés recupera el ánimo.

—Hay que cortar la punta y el resto de la flecha, pero sujetando prudentemente la mano para evitar desgarros y movimientos del cuerpo que le ha atravesado...

—Bien. Helena, tú corta el palo, que yo corto el lado del filo. Eva, tú eres la doctora, sujeta entonces la mano... ¡Ahí va! ¡Con cuidado y los dos a la vez! —Con sus cuchillos afilados cortan despacio, hasta que solo queda la varilla central que formaba parte de la sagita. Eva, lentamente, baja la mano y coloca la palma hacia arriba. Con precisión cirujana extrae con unas pinzas médicas (que siempre lleva en su pequeña mochila) la astilla incrustada entre los huesos. Jose sigue sangrando abundantemente. Le coloca unas gasas esterilizadas y ejerce continua presión sobre la muñeca para ir cortando el derrame. Le eleva la mano y le indica que la lleve así todo el tiempo que pueda. Le venda lo más rápido que puede y le realiza un torniquete suave sobre el antebrazo para regular el flujo.

Veo al padre Pablo por fin acercarse, pues había permanecido escondido detrás del altar. Está apagado y sobrepasado por los acontecimientos, aunque con el movimiento de sus manos nos indica que está bien. Consternado, sí, pero recuperado. Alba y Juan entran agitados en la colegiata entre una multitud que desde fuera ha rodeado la iglesia al ver minutos antes cómo empezaba a arder. Santiago los detiene y les invita a acompañarle.

—¡Policía! ¡Prohibido el paso! ¡Por favor, despejen la zona! —Vocifera mientras enseña la placa y echa con la ayuda de los dos ligeramente el cierre al pórtico, intentando acordonar la zona. A pesar del gran barullo que se ha formado en las inmediaciones puedo escuchar la voz potente de Santiago y percibo cómo se desenvuelve con increíble soltura manteniendo la cordura dentro del caos, seguramente ya acostumbrado a moverse en situaciones similares. Comienza por dar claras instrucciones a Juan y Alba para que no dejen pasar a nadie, al tiempo que da parte a la central de lo acontecido sin entrar en mucho detalle. Reclama el envío de un par de patrullas, una ambulancia medicalizada y que localicen a su superior para darle las explicaciones oportunas, y el consiguiente aviso al juzgado de guardia para que pueda acercarse el titular de turno y así proceder al levantamiento del cadáver y al inicio de las diligencias procedentes. Le comunican que la dotación de bomberos está al caer y que mantenga abierta la línea para tener comunicación constante. Todo esto desde la hoja de la puerta principal... Dos golpes fuertes en la puerta lateral nos sobresaltan. Abrimos con cautela. Suspiramos casi a la vez con alivio. Rosalía, Mateo y Lucas aparecen como una luz de esperanza, nunca mejor dicho, con nuestros caballos. Preguntan con avidez lo que ha pasado y Santiago, seco, les interrumpe: —Ya os lo contarán después. Regresad los animales adonde estaban y volved, pues la noche va a ser muy larga. Mejor que de momento no sepáis nada, así no entraremos en contradicciones ante el juez... Por favor, iros ya. Nos vemos dentro de un rato, aquí, de nuevo...

Paralizados. Así se han quedado al ver a Felipe y su jamelgo inicia un relinchar triste como conocedor del fatal desenlace de su jinete. Santiago vuelva a gritar ¡iros! y nadie le reprocha su tono autoritario, pues sabemos que tiene toda la razón. No podemos seguir hablando como verduleras si no queremos pasar la noche detenidos por sospechosos de asesinato... Con voz aún potente pero algo más tranquila se dirige otra vez a todos nosotros:

—Bien, escuchadme con atención. En uno o dos minutos estarán aquí las patrullas de la policía y de la Guardia Civil. No toquéis nada. Las espadas entregádselas al padre Pablo para que las esconda en lugar seguro, mejor en la sacristía, pues será más difícil que busquen pruebas allí ya que no pertenece exactamente a la escena del crimen. Si se empeñaran mucho, siempre usted, padre, podría retrasar el tema diciendo que no es su jurisdicción y que sin una orden de registro no puede autorizar el acceso a su despacho y menos sin consentimiento de sus superiores. Por lo menos de momento creo que colaría, no les suele gustar mucho meterse con la Santa Madre Iglesia... No necesitamos mentir, solo no contar toda la verdad. Me explico... No los conocíamos, no sabemos quiénes eran, ni qué querían... No podemos decir qué iban a robar, pues este móvil nos lo desmontarían rápido; no hay indicios suficientes. Tampoco sabemos si querían profanar el templo o si su intención era atacarnos, si pertenecían a una secta o qué... simplemente eran los costaleros, que una vez dentro se descubrieron y empezaron a atacarnos a todos a la vez... ¿el motivo? No tenemos ni idea... No tenemos enemigos que sepamos... A Felipe lo mataron con un cuchillo de grandes dimensiones, nada de nombrar espadas, a fin de cuentas el arma homicida no va a aparecer... Que al llegar yo, viniendo de fuera, comenzaron la huida... Y el ataque del arquero no nos queda más remedio que contarlo tal y cómo ocurrió, que ya le llega, obviando que realmente era a María a quien querían matar, pues después de

378

la homilía del otro día es mejor que sea la policía la que se pierda en elucubraciones que darle pistas que no van a entender... Llegará el juez de guardia y después de inspeccionar bien la zona y tomar las pruebas pertinentes, huellas, fotografías y detalles de la pelea, procederá al levantamiento del cadáver y al resto, a los que hemos estado metidos en este percal, nos trasladará a los juzgados para tomarnos declaración uno a uno. Bueno, antes autorizará el traslado al hospital de Jose... Eva, puedes decir que eres médico y así ir con él, y María, también, como su esposa... Creo que no se me ha olvidado nada... —¡Qué sangre fría, Dios mío! Claro, contundente, breve y conciso. No hemos ni pestañeado y mira que se me hace difícil después de este drama. Nos ha dado las indicaciones oportunas... Patéticas y desoladoras pero oportunas. —Aún no acabo de entender cómo pudimos fallar, cómo no los detectamos, cómo pudieron llegar tan fácil hasta nosotros...

Mira reflexivo a Jose... Después los dos dirigen la mirada a Helena. Esta, avergonzada, baja la cabeza asumiendo como suyo el error. Incómoda por la situación interrumpo la posible reflexión de los dos con una pregunta estúpida.

—¿Pero no sería mejor contarle la verdad a la policía, digo yo? —Santiago me mira serio. No sé en qué pero creo que he metido la pata.

—¿Y cómo le explicas esto, María? ¿Les decimos que los Monjes Negros quieren asesinar a la elegida por Dios descendiente directa de una bruja llamada María Soliño y perteneciente a la Santa Compaña? ¿Qué tal suena? —Me pregunta con relativa ironía, dado el momento.

—Creo que va a ser que no... —Respondo desbordada por la realidad de la situación. Inocente de mí.

—Es mejor que lo hagamos así... Nadie nos creería. Todos nos darían por locos y nos culparían y encerrarían... Es lo que querrían ellos. Así aun lo tendrían más fácil. Cualquier día aparecerías muerta en la habitación de tu centro de internamiento y la causa oficial sería suicidio o accidente... A fin de cuentas te dieron por desequilibrada —asevera con toda la razón de su parte. Entiendo que la claridad con la que ha analizado las consecuencias viene derivada de la profesión que ejerce, naturalmente.

—Pero faltan Nora, Sofía y Thalía... —Recuerdo al resto, pues algo desorientados estamos. No lo hago más que mencionar y Nora acaba de llegar totalmente desencajada. Santiago la hace pasar. Está agotada por la carrera que se ha pegado y mojada hasta la médula. Aún así sigue siendo la bella Nora, con su cuerpo todo húmedo insinuando sus bellas curvas. Marcos se acerca y la abraza besándola con ansiedad. Todos esperamos expectantes e inquietos, pues ha venido sola. Se relaja vagamente, pero al ver el panorama que la rodea su rostro produce una mueca de espanto.

—¿Felipe? —Le asentimos con la cabeza. —¿Y tú, Jose?

—Solo es un rasguño, no te preocupes más, Nora, y cuéntanos... ¿Dónde están Sofía y Thalía?

—Thalía no sé. La perdimos al principio del todo. Desapareció sin más.

—¿Y Sofía? —Pregunta Eva con hilo de amargura... Algo me dice que algo muy especial las une a las dos: Siempre juntas, siempre unidas, como dos almas gemelas...

—Sofía y yo nos dimos cuenta de que dos costaleros nos seguían y pronto pudimos entender que eran Monjes Negros. Rápidamente conseguimos reunir a todos los niños y aunque se pusieron a protestar les obligamos a correr delante nuestra en dirección a la casa de la abuela de María, pues sabía del sótano oculto que tiene. Allí nos escondimos y muertos de miedo sentimos cómo se acercaban y escudriñaban cerca. Sospecho que nos vieron entrar porque no paraban de merodear y de buscar la entrada secreta... Una de las más pequeñas se puso a llorar e himpar como enloquecida y pensamos que era el fin. Aún no sé de dónde salieron, si son de Dios o del diablo. Lo único cierto es que otros dos costaleros, como dos sombras, les dispararon y les echaron algún tipo de polvo que provocó mucho humo y muy espeso. Ahora el miedo lo tuvieron ellos, que huyeron como si hubieran visto algo sobrenatural. Pasaron unos minutos eternos y todo estaba bien, claro, despejado y sin peligro aparente. Con mucha prudencia y prevenidas fuimos sacando a la chiquillada a la playa... Desde allí vi hace unos minutos el incendio y dejé a Sofía repartiendo a los niños a sus casas y yo vine corriendo. A ella la recogeremos ya en Coiro, para no parar más, pues está claro que las cosas no están como para ir de paseo… —No sé ni cómo ha sacado fuerzas para hablar. No ha dejado de mirar ni un instante a Felipe y varias gotas de agua se han deslizado abundantes por sus mejillas.

Mientras Nora está hablando me siento observada. Por la puerta lateral ya en la cuesta, arriba, unos ojos de gitana me contemplan esperando mi mirada. Es Esther. Está acompañada de tres ¡costaleros! Uno es mi protector, con quien lleva la mano agarrada, por lo que deduzco que es su marido. Y los otros dos deben de ser los ángeles de la guarda de Nora y Sofía. ¡Benditos sean! Me saludan agachando la cabeza y dándose la vuelta se pierden caminando cuesta arriba en la densa oscuridad de la noche de Cangas. ¿Quiénes son realmente? ¿También nos protegen? ¿Por qué? No tengo respuesta alguna. Ni la más remota idea. Y ni siquiera se han presentado al grupo. Entiendo que de momento no quieren aparecer. Y lo único coherente que se me ocurre es que seguramente los Monjes Negros tampoco saben de su existencia. O lo que es lo mismo, mejor no hablar de ellos y esto incluye a los míos también. Creo que es lo más seguro para todos. Eso es lo que me dice el corazón.

Después de escuchar con atención a Nora a pesar de mis disquisiciones y de la inesperada visión de Esther y sus gitanos, y mientras observo con una infinita tristeza el cadáver de Felipe, tengo un sobresalto final: Presiento por qué no han acabado con mi vida...

—Mejor sería que volvieras junto Sofía y le informes... La vamos a necesitar... Siempre es bueno tener un abogado a mano en estos casos... —Recomienda Santiago, que sigue sin perder la lucidez. —Mañana a primera hora intentaré localizar a Thalía. Seguro que se fue para su casa ante tanto follón para no perjudicar al grupo... —Intenta animar al grupo Santiago sin mucha convicción.

—No hace falta... —Afirmo con rotundidad. Aún no he descendido del paso. Me agacho con solemnidad y recojo un trozo de pergamino agujereado por la flecha que hirió a Jose. —La han secuestrado y el prior de los Monjes Negros me espera el jueves después de maitines en el atrio principal del monasterio de San Martín Pinario en Santiago. Si obedezco Thalía será liberada.

—Ahora sí que debemos rezar... Lo único que se me ocurre para justificar la ausencia de Thalía es que, ante la noticia de la muerte de su amado, todos sabemos que andaban en ello, se ha ido y no somos capaces de localizarla... Espero que la poli se lo trague, por lo menos de momento —el tono de Santiago se ha debilitado. Todos nos miramos apesadumbrados. Noto que nuestras fortalezas han sido tocadas y mucho. Pienso que es la primera prueba del Señor: Si he de ser yo quien conduzca al resto he de ser valiente… Pero no puedo evitar la zozobra.

Ahora ya está claro. Quieren detenerme, juzgarme y condenarme de nuevo. ¿Me enviarán a la hoguera esta vez?

La imagen de Felipe navega por mi mente como una obsesión. Es como si la memoria hubiera recuperado sus recónditos lugares y cientos de pequeños fragmentos a modo de recuerdos bombardearan mis pensamientos. Los tiempos vividos de la niñez, alguno de los veranos de la infancia e innumerables de nuestra juventud compartida. Siempre detrás de Thalía, que coqueteaba constantemente con él, insinuándosele, pero no dándole nunca el sí definitivo. Y así habían seguido hasta ahora, con escarceos pasionales, pero sin formalizar un noviazgo eterno. Sufro al pensar en ella y en el *shock* que le espera. Veo de nuevo apagarse los preciosos ojos verdes de Felipe y su rostro moreno gemir de dolor y derrota... Lo siento. No puedo quitármelo de la cabeza... ¿Dónde estará Thalía? ¿Qué le habrán hecho por mi culpa? Por lo menos ha pasado desapercibida... Santiago, con la ayuda de su superior, Antón, el inspector jefe (no sé por qué me da que lo tiene aleccionado, que algo sabe y que su nombre tiene algún tipo de relación con el hermano de la primera María Soliño e incluso con mi tío abuelo. Además hasta físicamente se parece mucho a mí, casi podría decirse que somos hermanos...) ha manejado la situación con gran soltura y conveniencia... Tras las ambulancias, pronto llegó la jueza de guardia, titular al parecer del Juzgado nº. 1 de Primera Instancia e Instrucción de Cangas, que aunque algo sobrecogida por la situación y el lugar tan especial del crimen, actuó de forma eficaz y diligente en el cometido de sus funciones. Después de que los servicios médicos del 061 certificaran de facto el fallecimiento, y tras una rápida pero no por ello menos exhaustiva sesión fotográfica del agente judicial de turno sobre el cuerpo sin vida de Felipe, y una minuciosa inspección y recogida de pruebas y posibles huellas a su derredor, procedió sin mayor dilación al levantamiento del cadáver y su traslado al anatómico forense para la realización de la pertinente autopsia.

Han pasado ya casi veinte horas desde el momento del crimen, pero las secuencias no se me borran y como si de una peli de video, de aquellas en cinta de VHS se tratara, vienen para adelante y para atrás, rebobinándose una y otra vez, fotograma a fotograma, cada vez más lentas y más precisas, y por lo tanto más tristes e hirientes... Mientras la jueza hacía su trabajo con ayuda de los funcionarios de su juzgado y la colaboración tanto de los miembros de la Policía Nacional como de la Guardia Civil, Jose era atendido en la otra ambulancia, estabilizándole la hemorragia y haciéndole la primera intervención de urgencia con un cosido provisional hasta que llegáramos a Povisa, el hospital que por lo visto le está asignado a esta área para este tipo de emergencias sanitarias. Me ha gustado su trato. No ha entrado como un elefante en una cristalería... La he notado algo afectada. No me suena de nada, pero estoy convencida que a la mayoría nos conoce... Santiago comenta que es de Cangas y tiene más o menos nuestra edad. Se llama Inés y hasta es probable que mis compañeros, yo no porque me fui siendo muy niña, hayan estudiado con ella. No dijo nada, pero al ver a Felipe su tez color otoñal tornó a pálida. Tiene una mirada firme y segura, de ojos gris perla, pero sin frialdad, más bien lo contrario. Su voz es cálida y no te da esa sensación que siempre supones de autoridad impregnada de miedo, sino de calma y seguridad. Su pelo alborotado denota que el aviso del suceso la debió pillar toda desprevenida. Elegante y atractiva, cuando se coloca sus gafas de pasta negra para tomar notas o leer las que ha escrito en su *tablet*, un halo sexy se desliza hasta sus labios rojos y todo su cuerpo resplandece al andar de un lado a otro de la colegiata, dando instrucciones, señalizando las zonas, marcando precintos, visionando las fotografías, comprobando posibles marcas, pistas o huellas e iniciando los primeros interrogatorios...

Como venía diciendo, Jose fue atendido con premura bajo la atenta mirada de Eva y la muy nerviosa que estaba la mía. Inés, la jueza, tan solo nos preguntó de inicio cómo estábamos y quiénes éramos, y entonces nos dio permiso a Eva (en calidad de doctora) y a mí (como esposa) de acompañar al herido hasta el centro hospitalario y dijo que ya hablaríamos más tarde o a lo mejor se acercaba a vernos hasta allí al terminar con el resto del trabajo. Y dando las indicaciones convenientes a una patrulla de la nacional, compañeros de Santiago, nos escoltaron sirena en ristre al unísono de la de la UVI móvil, a gran velocidad por la autopista del Atlántico, dirección Vigo.

Tampoco puedo olvidar el circo que había montado al salir de la colegiata. Mis ojos se quedaron ciegos durante un buen rato. Cientos de flashes me deslumbraron. No pude contar el número de fotógrafos y reporteros gráficos que se habían desplazado hasta allí, pero sí pude ver muchos de los logotipos de los distintos medios de comunicación locales, regionales y nacionales. Siempre he tenido a determinada clase de periodistas como aves de rapiña... Ahora ya me quedó claro que son más que eso, son como buitres detrás de la carroña... Tengo grandes referentes en esta profesión, grandes profesionales, con una calidad humana, moral y una dedicación vocacional fuera de toda duda. No voy a dar nombres, ni de un lado ni del otro, pero estoy convencida de que todos los sabemos, que en el fondo no somos tan ignorantes como para no discernir unos de otros. No hablo por hablar... Hace un rato leí los titulares y las crónicas: "Asalto a la colegiata. María Nova, la novelista, sospechosa de asesinato", esto dice uno de ellos, o casi la totalidad más o menos... la mayoría de los reportajes de las televisiones han salido en los programas de *reality* sin ningún rigor periodístico. Tan solo los informativos, y no en todas las cadenas, y parte de la prensa escrita han dado la noticia con respeto... Mi nombre se cita con una alegría increíble, sin miramiento alguno. Hasta se habla de la "mala" relación que yo tenía con mi abuela y de mi "supuesto" interés por la herencia, pues al parecer "estoy arruinada"... y además no hace mucho y "según fuentes de toda solvencia, estuve a tratamiento con ansiolíticos". También afirman que "hacía más de ocho años que no me hablaba con ella" . Y terminan insinuando que ayer "en el transcurso de una seria discusión con uno de mis amigos de infancia, en el interior de la Colegiata, tras la procesión, terminaría en grave disputa provocando el desgraciado accidente que terminó con su vida...". Más patrañas en menos tiempo no se pueden contar. Cómo se maneja a la gente en la dirección que más interese con tal de aumentar las audiencias, y cómo el espectador se lo cree a pies juntillas y se hace partícipe haciendo juicios de valor, me da pie a pensar en el poco nivel cultural que interesadamente se ha generado en nuestra sociedad, pues es evidente de que los poderes fácticos prefieren la demencia colectiva de las masas para una mejor manipulación. Me dan un montón de ganas de contestar, pero la experiencia siempre me dice que cuanta más polvareda levantes peor se ve el horizonte, y que los vientos de la tempestad siempre pasan y suelen hacerlo pronto y rápido, igual que la brevedad de la falsa y sensacionalista noticia...

El resto del grupo fue conducido poco después hasta las dependencias judiciales; también el padre Pablo, al objeto de ir prestando declaración ante la magistrada. Y la colegiata fue precintada por orden suya hasta que se terminara a lo largo del día siguiente de agenciar la mayor cantidad de pruebas posibles para la investigación del caso. Así nos ha ido contando al detalle Santiago. También nos ha tranquilizado en relación a las espadas, pues no han entrado en la sacristía y esta misma noche podrán ser recuperadas. Lo único que le preocupa son las muestras de sangre que se hayan podido tomar y que a través del ADN consigan averiguar la identidad de alguno de los Monjes Negros y, de ese modo, los investigadores se adentren en los verdaderos motivos del ataque.

La jueza Inés escribió un buen número de anotaciones en su *tablet* desde que llegó. Sus primeras preguntas fueron cortas y simples, como dónde nos encontrábamos y qué vimos. Después de dar por terminada la primera fase de la investigación en la iglesia se fue rauda a su despacho, desde donde dirigió y continúo con los interrogatorios. Uno a uno mis amigos fueron pasando ante su presencia. Con paciencia y perfecta meticulosidad iba desarrollando las preguntas exactas y rigurosas y en detalle: «¿Conocía Ud. la identidad de alguno de los atacantes? ¿Por qué cree que fueron asaltados? Reláteme cómo ocurrió todo. ¿Cómo murió la victima? ¿Quién desprendió al Cristo del Consuelo? ¿Lo vio alguna vez? ¿Y al arquero? ¿Práctica Ud. algún tipo de actividad deportiva como el tiro con arco? ¿En qué lugar se encontraba cuándo ocurrió el asedio? ¿Nunca sospechó de los costaleros..?». Y así una tras otra, buscando resquicios a los que poder agarrarse, algún cabo suelto que le condujera hacía un punto de luz, y todo mientras observaba incrédula los restos introducidos, en una bolsa de plástico transparente, de la flecha que traspasó la palma de la mano de Jose. Y así pasaron la noche, sin poder descansar ni dormir, a base de tilas y cafés baratos de máquina de *vending*.

A primera hora de la mañana y con Jose ya intervenido de urgencia y prácticamente recuperado de sus dolores y cierto estado febril, pasado consulta y con la petición de Eva para que bajo su supervisión y cuidados le den el correspondiente alta médica, llegó la jueza Inés junto a nosotros. Y procedió a tomarnos declaración, continuando con el protocolo establecido. Nosotros seguimos fielmente las instrucciones de Santiago. Como al resto de los componentes del grupo, Sofía hizo las veces de abogada. Había venido acompañando a Santiago y al inspector jefe Antón, poco antes que ella. Después de responder sin demasiadas vacilaciones ni lagunas, y con total coherencia a las preguntas de la jueza, y tras consultar previamente con los servicios médicos del centro hospitalario, nos dio el visto bueno bajo la responsabilidad de Eva para poder irnos a nuestros domicilios. Eso sí, todo el grupo debía estar localizado para posibles nuevos testimonios en función de cómo fueran avanzando las investigaciones. Santiago, con Sofía, como nuestro representante ante la justicia, firmó los documentos de custodia y se hicieron apoderados y encargados de dar parte de nuestros movimientos. De momento, para todo el grupo fijaron la residencia momentánea en el refugio. Estamos en situación procesal de libertad sin cargos, pero con obligatoriedad de comunicar en tiempo y forma nuestros posibles destinos y con diligencias judiciales bajo secreto de sumario.

Acabamos de salir de la capilla donde el padre Pablo ha celebrado un apagado funeral por Felipe. Esta vez no ha habido coro, ni voces celestiales, ni Thalía... Hace ya unos cuantos años, aún vivía yo con la abuela, sus padres se mataron en un extraño accidente de tráfico. También viajaba él con ellos, salvando de aquella milagrosamente la vida. Ahora sospecho, aunque no lo tengo del todo claro, que a lo mejor no fue tal. Pero tengo dudas, puesto que él no era su presa preferida, sino yo. De pronto recuerdo que en aquel viaje iba a ir yo y no consigo alcanzar por qué al final no fui... Así que nosotros éramos su única familia. Tal y cómo era su deseo ha sido incinerado. Sus cenizas reposan en un pequeño cenicero de los que diseñan ahora las empresas funerarias a tal efecto. Siempre dijo que llegado el día le gustaría que fueran esparcidas en Santiago, allá donde comenzó su razón de ser... Otro presentimiento me azota: ¡quieren ir junto a Thalía!

—María, debes descansar —me dice con voz derrotada Jose.

—No puedo, Jose. No tenemos mucho tiempo... Ya hemos perdido a Felipe, no puedo dejar a Thalía a manos de asesinos...

—Por eso mismo deberías hacer caso a Jose —me interrumpe Santiago— y mañana con más tranquilidad pensar en lo que vas a hacer…

—¿En lo que voy a hacer? —Ahora soy yo quien le interrumpo. —¿Es que acaso tengo elección?

—Santiago tiene razón. Hay que valorar todas las opciones —interviene Sofía. —Además, con la policía pisándonos los talones…

—Eso sería lo de menos. Antón, mi jefe, ya se encargaría de eso. Pero si María va, nuestras posibilidades de protegerla en su territorio se reducen prácticamente a cero y entonces nuestra misión habrá fracasado… —Asevera con rotundidad Santiago.

—¿Y qué hacemos con Thalía? –Insisto.

—Intentar rescatarla una avanzadilla del grupo… —Comenta con no demasiada convicción Juan. —Podemos…

—¡Ni hablar! —Gritó con fuerza. Todos se me quedan mirando con gran asombro. Estoy llena de rabia. También de desesperación. —¡Felipe no ha entregado su vida para que ahora abandonemos a su amada!

—Pero María… —Intenta convencerme Jose.

—¡Ni María ni leches! —Protesto.

—María, es tu vida la que quieren… —Llora Rosalía.

—¡Pues la tendrán! ¡El Señor no me ha elegido para que ahora me quede aquí acojonada!

—En eso tienes razón. —Por fin alguien con dos dedos de frente: Andrés.

—Entonces, ¿qué quieres hacer? —Me pregunta ya sin remedio Jose.

—Ir a Santiago en busca de mi destino. Se lo debo a Thalía y sobre todo a Felipe... No tengo plan, ni camino, ni estrategia, pero el Señor me auxiliará... —Mi voz denota halos de tristeza. Cierro los ojos. Noto cómo una fuerza interior conduce mis palabras. —Él me iluminará y vosotros...

—¡Y nosotros te guiaremos! —Grita con brío Nora mientras me abraza y exalta los ánimos al resto. —¿Vamos a dejarla sola ahora? ¿Vamos a dejarnos derrotar sin luchar? ¿Tanto sacrificio, tantas vidas, tres vidas arrebatadas para nada? ¿De qué piel estamos hechos? ¿Ya se rinde nuestro capitán en la primera batalla? —¡Qué carácter! Evidentemente Jose se da por aludido.

—¡Está bien! ¡Está bien! ¡Organicémonos pues! —Al fin despertó. —No podemos ir todos: alguien tiene que quedarse aquí, en el refugio, preparando y preservando nuestra vuelta...

—Mateo y yo —cómo no, Rosalía— tendremos preparado todo para vuestro regreso... e incluso para huir si fuera menester. Necesitaremos mantener contacto con el grupo...

—¡Eso no es problema! Utilizaremos la intranet de la orden que preparé en estos días y que ya os expliqué cómo funciona... —Tercia Juan mientras se rasca los cuatro pelos de su hoyuelo. —Antes de partir diseñaré un protocolo con plan de comunicaciones, a fin de evitar que no nos vuelvan a detectar, y que solo vosotros dos conoceréis... —Esto sí que me ha sorprendido, ¿sospecha de uno de nosotros...? —No sé lo que pasó en la colegiata, pero algo no funcionó... o bien han detectado nuestros sistemas de vigilancia, o bien han conseguido introducir micros en el refugio, o bien alguien le está pasando información al enemigo... —Murmullos de desaprobación. —No os enfadéis. Como matemático que soy me gusta contemplar todas las posibilidades... Evidentemente, algo falló en nuestra seguridad y todos nos equivocamos... Es más, creo que el error es mío por pensar que vamos por delante de ellos...

—¿Y no temes entonces que ahora nos estén escuchando? —Pregunta inquieta Helena.

—No es posible aquí en el exterior. Mis "pequeños invasores" han rastreado milímetro a milímetro. —Alba, hablando de sus artefactos. Estamos al lado de las caballerizas, mezclando nuestras voces con los bramidos que proceden de los establos y los sonidos metálicos de sus cascos.

—Propongo viajar de noche... —Recomienda Santiago, que a su vez es interrumpido por Lucas.

—¿Por qué? ¡No le veo el motivo! Los Monjes Negros ya tienen lo que quieren: a uno de los nuestros y la seguridad de que María irá en su rescate...

—¡Es cierto! Pero no les vendría mal amedrentar al grupo y si pueden intentar dejar fuera de combate a algún miembro más, pues también calcularán que intentaremos alguna estratagema una vez allí para salvar a las dos... —Santiago me mira con aprensión mientras se mesa su barba gris. —Y por otro lado, tampoco nos viene mal recuperar el mito de la Santa Compaña. Esto alejará a curiosos y también nos dejará el camino libre pues asustados por la leyenda se acobardarán, por lo menos al principio...

—¡En eso tienes razón! —Confirma Jose.

—¡Bien! ¿Cuándo partimos? —Demanda Lucas.

—A medianoche —Responde con seguridad Jose.

—Entonces llamaré a Antón para que le dé parte a la jueza. Será mejor que le diga que vamos a hacer el camino de Santiago a caballo, como ofrenda a nuestro compañero... Supongo que colará... —Divaga con deducción de agente de la autoridad Santiago.

—Helena, tenemos que preparar las monturas, no nos queda mucho tiempo entonces —le coge del brazo Lucas conduciéndola a las cuadras.

—No te olvides de preparar un caballo de más para Thalía —recuerda Santiago.

—Marcos, dime qué necesitas, que voy preparando los víveres —le reclama Andrés.

—Mejor voy contigo y vamos viendo. ¿Para cuántos días calculo, Jose?

—Haz previsión de una semana, pues aún no sé qué camino tendremos que coger de vuelta...

—Voy con vosotros a la despensa y así organizamos —se ofrece Mateo, que hasta ahora había estado escuchando muy atentamente.

—Yo os voy preparando los equipajes y las armas –no hace falta decir que es Rosalía.

—Eva, prepara tu mochila especial para emergencias —le inquiere Jose.

—Con eso ya contaba, ¿si no quién te iba a hacer las curas, gilipollas? —Por fin nos echamos a reír todos. Nos hacía falta. —¿Me ayudas, Sofía?

—¡Cómo no, querida!

—Juan, vamos a preparar los dispositivos y reglar los infrarrojos para el viaje. Tenemos un pequeño problema con la autonomía de las baterías… Jose, necesito saber dónde vamos a parar para hacer los cálculos de distribución de energía, porque en algún momento vamos a necesitar recargarlas… —Alba, como el resto, ya está a pleno rendimiento.

—Solo podemos parar con la caballeriza en dos sitios: Barro y Herbón. En Barro tenemos un albergue relativamente reciente de la Xunta de Galicia y, en Herbón, el monasterio franciscano, amigos nuestros. No creo que tengas problemas en ninguno de los dos sitios… A la vuelta, no te puedo contestar… Dios dirá.

—¿Y no paramos antes en Pontevedra? —Inquiere con sorpresa.

—¡No! Sería demasiado evidente. Creo que es mejor rodearla —responde Jose con seguridad.

—Estoy de acuerdo —ratifica Santiago.

—¿Y tú vas a poder montar? —Pregunto preocupada mirando el aparatoso vendaje y su brazo derecho totalmente inmovilizado.

—Preciosa, te olvidas que fui capitán del rey... —Me contesta con un beso. —Y además mi caballo ya me conoce y sabe lo terco que soy. —Sonrío.

—Nora, llévate a María a descansar antes de la partida —dice Santiago con autoridad policíaca.

—¡A sus órdenes! —Y agarrándome con sonrisa pícara, Nora me invita a irnos. Pero el padre Pablo se interpone en nuestro camino.

—Hija mía, ¡qué Dios te bendiga! Recuerda que todo tiene un sentido en la vida. ¡Toma! ¡Llévalas a Santiago! ¡Tú sabrás qué hacer! —Y en mis manos deposita el cofre con las cenizas de Felipe. —El Señor te lo anunciará a su debido momento... —Me quedo sobrepasada, sin nada qué decir. Santiago le aparta de nuestro camino.

—Vamos, padre. Tenemos que recuperar las armas. Siempre es menos sospechoso volver a la escena del crimen con un policía, ¿verdad?

—Una última cosa, María: El Señor está contigo... Doce apóstoles de Cristo te acompañan en tu viaje...

...///...

Gracias al baño de lavanda y a la infusión de hierbaluisa que me preparó Eva antes de acostarme, he dormido plena, poco pero bien. Helena y Lucas han ensillado los caballos, que bufan intranquilos y preciosos como adivinando lóbregos devenires. Uno de ellos, blanco, hermoso como la aurora boreal, irá sin jinete esperando regresar con Thalía... Rosalía ha dispuesto con perfecta minuciosidad la partida haciendo de sargento Romerales con los pobres de su marido Mateo, de Marcos y de Andrés. Nora me ha ayudado a vestirme y asearme, pues mi dolorida mano sustenta un aparatoso apósito que ralentiza mis movimientos, además de provocarme algún que otro alarido debido a las constantes punzadas que me dan por el profundo corte que me hice con la daga de mi "padre". Alba y Juan andan sincronizando los artilugios voladores con una especie de híbrido entre portátil y *tablet* que llaman *ultrabook* y donde visualizan las imágenes que envían desde sus minicámaras de máxima precisión. Esta secuencia me recuerda al equipo de Tom Cruise en *Misión imposible*. Me quedo lela viendo cómo a través de su sistema de infrarrojos y de medidas térmicas todo bicho viviente aparece en alguna de las cuadrículas en las que ha quedado configurada la pantalla del ordenador. ¡Joder! Casi me quedo ciega cuando han encendido los potentes *leds* que llevan incorporados los condenados de los helicópteros de

399

"juguete" estos. Sí que es verdad que nos van a iluminar el camino… Y a pesar de tanta tecnología nadie del grupo lleva un teléfono móvil por recomendación de Santiago, Juan y Alba, para evitar ser localizados por señales de GPS, 3G o 4G. Los dispositivos activados por "maquinitas" y nuestra "vidente" reciben una señal encriptada desde la Agencia Espacial Europea, donde trabaja Alba. Privilegios de ser ingeniera aeroespacial. Solo el primero lleva su *smartphone* con línea de "madero" para estar conectado por motivos profesionales, evidentemente, y salvo que hayan pinchado la línea de la poli, estamos libres de espías, o eso queremos creer. Esto me hace pensar que el día que se me ocurra encender el mío va a hacer "puf", pues debe de estar a tope de SMS, WhatsApps, e-mails y otras *porcalladas* de última generación. Pero la verdad es que ni me he acordado de él. No lo he echado de menos. Y esto sí que me parece una auténtica novedad en mi vida. Bueno, en realidad, en el último mes todo ha sido nuevo para mí, y mi vida anterior de mujer de éxito ha desaparecido casi por completo, como si nunca hubiera existido. Misteriosos son los caminos de la vida…

Eva está ajustando en su cabalgadura varios bolsos de microfibra más bien planos y de cremallera, repartidos estratégicamente en función de su contenido, a modo de pequeños botiquines de urgencias. Sé que uno es de diferentes tipos de gasas y vendajes, otro está repleto de pequeños tubos y sobrecitos con pomadas, analgésicos, hierbas y medicinas distintas en función de la necesidad, y otro más es una especie de set de material como pinzas, pequeños bisturís, tijeras y demás piezas que no sería capaz de reconocer. Sofía discute con Jose mostrándole en su *miniIpad* (que Alba se ha encargado de conectar en red con su sistema) la ruta que ha diseñado para no tener que pasar por ninguna población: tan solo hay algunas aldeas desperdigadas o pequeños trayectos y siempre por las periferias, marcando las horas previstas de paso por cada punto y las llegadas a los puestos de descanso y avituallamiento señalados. Todo esto ocurre ante la atenta mirada y la "parabólica" conectada de Santiago, que no para de poner algún que otro pero al itinerario de Sofía. Esta, armada de eterna paciencia, corrige sobre la marcha las variaciones que le van concretando tanto uno como otro, mientras él va repartiendo las espadas recuperadas de la sacristía del padre Pablo a toda la "tropa" menos a mí, que he decidido llevar el puñal con el que mi "padre" intento quitarme la vida.

Todos vamos vestidos con el hábito de la orden de la Santa Compaña y los que aún disponen de las dos manos, en su derecha portan una especie de cirio a modo de antorcha o tea que se llevará encendido por los bosques y caminos de Dios, vacíos de gente y escasos de luz, no para alumbrar el camino, que para eso ya disponemos de buenos focos en los teledirigidos, sino para ahuyentar a los "malos espíritus" que, ocultos en la negra espesura pensaran por un instante en atacarnos. Helena y Lucas nos ayudan a mí y a Jose a incorporarnos sobre nuestros jamelgos. Mi marido, es la primera vez que lo llamo así (aún no me termino de acostumbrar), mantiene un porte digno, pero yo debo parecer un espectro tipo Don Quijote, con estas pintas... Miro al grupo, ya preparado para partir. Rosalía me agarra la mano sana. No dice nada y sé que está llorando. Mateo no se despide. Se da media vuelta y se retira en silencio. El padre Pablo, delante del umbral donde en runas celtas está inscrito mi nombre, nos bendice haciendo la señal de la cruz. Y en doble fila, con Jose y Santiago a la cabeza, al trote cochinero iniciamos la marcha. «¡Dios mío! ¡Parecemos un ejército de lisiados!», pienso. Los compañeros encienden los velones. Y entonces cambio de opinión. Atravesando el robledal de Coiro, entre la maleza de sus árboles, un conjunto de figuras fantasmagóricas, justo a medianoche, con el cielo medio nublado y en plena luna llena, va en busca de su destino mientras los espíritus de sus antepasados les rodean en perfecta procesión pidiendo cumplir la promesa hecha cuatrocientos años atrás.

Herbón. No recuerdo haber visto algo parecido. A lomos de mi yegua diviso una panorámica espectacular: El convento franciscano. Una basta superficie repleta de historia bordeada por el río Ulla. Nos quedamos parados sobre el repecho que anuncia la entrada con doce cruceros sobre el muro de piedra que delimita el camino hasta la iglesia. Una construcción de dos plantas anexa en forma de ele y con un pequeño soportal de tres arcos ojivales como fachada nos da la bienvenida.

Me encuentro fatigada y con un ligero *jet lag* al haber cabalgado de noche y descansado de día. Hace dos días que salimos de Cangas. Fuímos rodeando los caminos más poblados, subiendo montes y bajando laderas. Cabalgábamos en plena oscuridad, con las llamas de nuestros hachones crepitando y abriendo senderos imposibles, sin más compañía que los animales del bosque: ardillas saltando de rama en rama y aves nocturnas de toda calaña acechando a nuestro paso. Solo nos acompañaban los cantos de las lechuzas y los alaridos, que no ladridos, de los perros guardianes de las casas de aldea, como presintiendo las almas vagabundas que nos velaban.

La primera jornada fue dura, muy dura. Descendimos hasta los aledaños de la parroquia marinera de Domaio, casi al lado de Cangas, dejando a un lado Rande. Llegamos así, en continua ascensión por los matos de Sobreiras, hasta el lago de Castiñeiras:

pequeño paraíso natural de Pontevedra, donde los fines de semana de buen tiempo van sus vecinos de comida campestre a la sombra de carballos centenarios, de frondosas encinas y donde infinidad de enormes eucaliptos bordean sus caminos hasta el mirador desde donde se puede divisar a la vez las rías de Vigo, Pontevedra y Arousa. Luego volvimos bajando por las arboledas de Figueirido, rodeando el cuartel de la Brilat (Brígada Ligera Aerotransportable) y con el mayor de los sigilos posibles enfilamos Tomeza, por las sendas que pertenecen al Camino de Santiago Portugués, acompañado de riachuelos y manantiales con pequeños puentes de madera que con el reflejo de las estrellas hacían brillar sus regueros de agua cristalina. Qué pena no haber podido disfrutar más del recorrido... Para evitar adentrarnos en la ciudad de Pontevedra hicimos la circunvalación que por lo visto aún no ha construido Fomento, Monte Carrasco hasta Mourente, y desde allí a Xeve, para coger la ribera del Lérez y recuperar de nuevo el Camino Portugués con calzadas de tierra medio arcillosa, veredas y marismas preciosas, invadidas de helechos y otros arbustos hasta que la primera luz del día nos descubrió el albergue de Barro.

Durante el trayecto hemos hablado lo justo. Indicaciones generales, paradas parciales esperando la reincorporación de todos después de trechos complejos o cuando los animales necesitaban beber algo. Me ha dado mucho tiempo para reflexionar y también para rezar, por qué no decirlo. Y aunque mis fuerzas físicas están algo justas por el esfuerzo, al igual que las de los bichos que nos llevan, mi interior se va colmando de una fortaleza irreconocible en mí.

El albergue era ideal. Bien equipado, se trataba de una construcción alargada de planta única, con baños decentes donde pudimos desprendernos de nuestros hedores con una buena ducha. Tiene una explanada adjunta perfecta para dejar la yeguada pastando sosegada y completamente controlada. Marcos nos complació para reponer fuerzas con un original menú frío a base de combinaciones de frutos secos con miel, algo de embutido y queso y unas galletas deliciosas de no sé qué, receta propia, que nos sirvió en la terraza (pues no disponíamos de cocina y tampoco queríamos llamar la atención encendiendo un fuego innecesario).

Entre Santiago y Jose distribuyeron discretas guardias para que todos pudiéramos reposar debidamente, como buenos "peregrinos". A todos les tocó, menos a mí, como de costumbre. A mí me dejaron dormir de corrido, y bien que lo agradecí. Estaba exhausta. No podía ya ni con el alma. Y eso que mi herida iba mejor gracias a las curas de Eva. También la de Jose, que algo de movilidad había ido recuperando. A saber de qué hierbajos estan hechos los ungüentos que nos refriega, porque eficaces en verdad que lo son, pero oler, huelen que apestan… Alba y Juan también se libraron de las vigilias, pues ya les llegaba con estar pendientes de sus "maquinitas" y de sus "constantes vitales" o baterías.

Bien entrada la noche reiniciamos el viaje. No conocía las cascadas de A Barosa, con el agua descendiendo a raudales por un montón de antiguos molinos formando un pequeño estanque donde nuestros caballos apagaron su sed. Es un paraje que no se puede dejar de visitar. No tardamos en perfilar Caldas de Reis, en plenas tinieblas a la luz blanquecina de sus farolas y con sus calles en silencio roto por las herraduras de nuestra caballería. Cruzamos lo más rápido que nuestra prudencia nos dejaba el puente romano sobre el Bermaña y, siguiendo su vereda, desaparecimos como sombras errantes. Un gato asustado corrió maullando fuera de nuestro alcance como temiendo perder alguna de sus siete vidas. De seguido atravesamos campos y laderas en continuo zigzag cultivados de maizales y con frondosas carballedas. Cada poco encontrábamos un cruceiro anunciando el camino hasta llegar al concello de Valga, siguiendo el cauce de su río, cruzando pequeños regadíos y aldeas. Un par de horas más tarde, recuperando el margen del Ulla, se nos ofreció Pontecesures, cerca ya de nuestro destino actual. Un pequeño desvío y, sin entrar en Padrón, bordeándolo, en la misma dirección en donde Rosalía de Castro inmortalizó sus versos, encontramos la pista que nos llevó hasta el monasterio de Herbón.

Estoy abstraída en un único pensamiento: mi padre. No puedo quitármelo desde hace un rato de la cabeza. El sol se abre paso entre las blancas nubes de esta hora temprana pero yo es como si no lo percibiera, como si estuviera en otro mundo. No puedo entender cómo un padre quiera matar a su hija. Pido a Dios que le perdone por sus pecados. Estoy aprendiendo lo que es la misericordia. Y mis odios sin causa aparente se diluyen como el azúcar en el café. Esto me recuerda que tengo hambre…

Santiago se descuelga de su semental y con energía golpea en la puerta del convento. Al cabo de unos minutos más largos de lo normal para todos nos abre un monje franciscano al estilo de los de *El nombre de la rosa*, hasta en el corte de pelo de su coronilla. Nos saluda cortésmente. Nos esperaba. Atiende por hermano Jorge, igual que en la peli, pienso. Espero que no sea el malo también. Nos indica que aguardemos un momento y vuelve para dentro. Un ruido seco destapa el portalón en el inicio de la encrucijada de entrada. Todos nos volvemos y este nos hace señas con los brazos para que ingresemos con nuestras caballerizas al interior. Estoy alucinando: una especie de gran plaza adoquinada, formada a modo de patio por la gran construcción casi cuadrada que compone la estructura principal del edificio, nos invita a desmontar y dejar a la izquierda de la entrada a las bestias saciando su sequedad en un enorme abrevadero, antesala de los establos, que aunque viejos están bastante limpios.

De una de las puertas de la fachada central otro franciscano con la capucha cubriendo su rostro se acerca a nosotros con paso dubitativo. Al llegar junto el grupo se dirige a mí descubriéndose. ¡Es Juan Fernández! ¡Mi padre!

Todos a la vez desenvainan las espadas. El hermano Jorge se interpone arropándole con su cuerpo y extendiendo sus brazos sobre él. Su cara serena hace retroceder a mis compañeros.

—Tranquilos, está conmigo. Dejarle hablar, por favor — pronuncia con aplomo y bondad a la vez. Expectantes, callamos todos. Mi padre se me aproxima y tembloroso me coge la mano. No le temo y le dejo.

—¡Hija mía, perdóname! —Sollozando se arrodilla sin soltarme. Levanta su rostro hacía mí, con la frente cubierta por una aparatosa venda después del golpe recibido en la colegiata. —He estado tan ciego que no he podido ver. Generación tras generación el mal fue vaciando mi alma… Hace más de treinta años hubo una persona que me enseñó que había otra vida en mí y yo no lo quise ver… Pero ahora me he dado cuenta… Misteriosos son los caminos del Señor: Hace tres días en la colegiata descubrí la verdad que invariablemente fue y que siempre negué. Todos estos años me habían dicho que eras mi hija y yo nunca lo creí hasta… hasta que vi el anillo que le regalé a tu madre…

—¿Cómo? ¡No mentes a mi madre! ¡La violaste, hijo de puta..! —Le obligo a soltarme. La ira se me está apoderando.

—¡No! ¡No es verdad! ¡Yo no hice eso! ¿Cómo iba a forzar a la mujer que amaba, hija mía? —Me está descolocando, pues aunque no le quiera creer...

—¡Deja de mentir, asesino! ¡Tú no eres mi padre! —Hago además de irme. Me vuelve a agarrar del brazo, esta vez con fuerza, mientras se incorpora para ir tras de mí. A su contacto reacciono instintivamente y, sacando la daga de mi cincha, se la coloco certeramente sobre el cuello de igual forma que él a mí delante del Cristo del Consuelo. Dios me acude y con un aliento fugaz del Espíritu Santo, por explicarlo de alguna manera, me doy cuenta de que la víctima, o sea yo, se ha convertido en verdugo. Freno a tiempo el movimiento de mi mano para no sesgarle la yugular.

—Escúchame, por favor... Tu madre y yo estábamos enamorados. Desde el primer día que la vi no podía pensar en nadie más... Nos veíamos a hurtadillas cuando iba al mercado o a la lonja. Otros días se dejaba caer por el parque y a escondidas la seguía. Y así muchos años hasta que me correspondió... Mi padre y tu abuela no hubieran permitido nunca nuestra relación... Estábamos condenados en vida... —Se me cae el puñal. Anonadada. Atontada. Apijotada. Así estoy ahora. —Un año por San Juan me dijo que la esperara en la playa, en Rodeira, que iría a pasear por la noche. Apareció bella como nunca... Y se me entregó. Nos amamos sobre la arena al son de las olas del mar. Y yo le regalé el anillo como prueba de mi amor. Me dijo que siempre lo llevaría consigo... No volvimos a vernos. Me acusó de violación y me apartó de su lado. Intenté por todos los medios hablar con ella, pero no me dio ninguna oportunidad... Después naciste tú y presa de los celos pensé que me había engañado... —Está llorando y me va a hacer llorar a mí. ¿Por qué todo es al revés de cómo pienso? —Juré cumplir con mi encomienda solo por venganza. Qué ciego fui... Ahora lo veo todo claro... Tu madre, mi amada, solo estaba protegiéndote. Sabía que tú serías la elegida, que podía contar con tu abuela, pero no con mi padre, y que los Monjes Negros no se detendrían. También sabía que si llevabas mi anillo yo lo comprendería todo al momento... ¡Perdóname, hija mía!

Estamos paralizados. Sorprendidos. Todos han envainado sus espadas y me miran esperando alguna reacción. Miro al cielo e imploro y solo encuentro una respuesta: perdón. Extiendo mis brazos en súplica y termino abrazando al desconocido que tengo delante. Me besa llorando agitadamente. Es el primer beso que recibo de mi padre. Y el segundo, y el tercero, y... sus lágrimas empapan mi cara.

—También tengo que decirte una cosa... —¿Más aún? Lo pienso, no lo digo. —¡Tienes un hermano! —¡Toma ya! ¡Éramos pocos y parió la abuela!

—¿Cómo? —Pregunto curiosa.

—Pocos años después tuve algún que otro escarceo con otra mujer a la que también dejé encinta. No la quería o por lo menos no como a tu madre. Así que la abandoné a su suerte... —Dice resignado. —Mi hijo nunca quiso saber de mí, ni siquiera sabe que existo...

—¿Dónde? –Sigo curiosa.

—En Cangas, también.

—¿Cómo se llama? —Disparo ansiosa. camino.

—Antón, y es el inspector jefe de la Policía.

Agro dos Monteiros, el otro Monte do Gozo, por donde afirma la leyenda jacobea que pasaron los discípulos de Jesús con el cuerpo del apóstol Santiago tras su desembarco en Padrón. Aquí nos encontramos, en su cima, la más alta del Camino. Las luces amarillentas y ámbar de la Ciudad Santa y estudiantil ilustran como diminutas estrellas el paisaje nebuloso aún. Son las seis de la mañana. Estamos a una hora de trayecto, minuto arriba, minuto abajo. Hoy hemos madrugado un poco más. Todo peregrino que quiera llegar montado a caballo hasta el mismo Pórtico da Gloria tendrá que hacerlo a primera hora, entre las siete y las nueve. Es la norma. En caso contrario, los municipales se encargarán de inmovilizar y trasladar a los animales… Y nosotros no solo vamos a necesitar entrar a lomos de ellos, sino también salir en ellos a toda prisa, huyendo de nuestros enemigos, si así Dios lo permite. Y ojalá que lo quiera.

Cabalgamos a trote lento, intentando que nuestro tránsito sea lo más sordo posible y solo se escuchen débiles los crujidos de las ramas y el pateo cuidadoso de los cascos. Para no variar yo ya estoy en otro viaje. Porque a la confesión de mi padre vino una revelación más inquietante aún si cabe…

—«*¿Qué pretendes contándonos todo esto? —Atacó Jose.*
—*¡Yo no me lo creo! ¡Es una trampa! —Andrés tan directo como siempre.*

—¿*Dónde están tus monjes?* —*El acero de Helena brillaba con filo mortal sobre su pecho y antes de que se llegara a clavar me interpuse. No sé bien por qué lo hice, pero tenía la intuición de que no estaba mintiendo. Y tenía una enorme confusión sentimental: no sabía si dejar que lo matara o protegerlo. También me sentí chantajeada emocionalmente y la contradicción permanecía alojada en mi corazón.*

—¡*Dejadlo! ¡No somos como ellos! ¡No más muertes, por favor!* –*Exclamé algo perturbada. Ante mi auxilio Helena enfundó su arma.*

—¡*Habla entonces!* —*Con voz seca y profunda intervino Santiago.*

—*Tenéis razón... deberíais matarme...* –*Me sorprendió su sosegada resignación.* —*No temo a la muerte más que lo que le espera a mi alma después de ella... Si no hubiera venido solo ya estaríais rodeados por mis soldados: El lugar es perfecto para una emboscada.* —*Todos empezamos a girar sobre nosotros mismos ante el aviso, comprobando que efectivamente tenía razón.* — *Pero estoy siendo sincero. Quiero purgar mis pecados salvando lo que ahora más aprecio: mi hija. Y si la queréis, cosa que no dudo en absoluto, me escucharéis, pues sin mi ayuda morirá y con ella su promesa y vuestra misión...*

—*Te escuchamos.* —*Le incitó Nora con voz tranquila.*

—Antes de nada... Solo hablaré con el policía, el capitán y mi hija —durante un par de segundos todos quedamos como fuera de juego, mirándonos unos a otros con rostros de sorpresa.

—¡Lo que tengas que decir, dilo ya y si no calla para siempre! —Le replicó Jose apoyando su mano herida sobre la empuñadura de su espada y haciendo al tiempo un gesto de dolor.

—¡Lo que tengo que revelaros es mejor que no lo sepa todo el grupo! —Contestó con seguridad el bachiller.

—¡Entre nosotros no hay secretos, padre! Es mejor que hables... —Intervine con el presentimiento de que algo grave se cernía sobre la confianza del grupo... camino.

—¡Está bien, hija! ¡Tú me lo pides! —me respondió con mucha resignación y eso me mosqueó más aún. —¡Hay un traidor entre vosotros! camino.

—¡No puede ser! —Grité encolerizada sabiendo que decía la verdad.

—¿Quién? —Reaccionó rápido Santiago con su instinto policíaco, mientras todos nos mirábamos ya llenos de infinitas dudas y murmurando casi con la boca cerrada.

—¡Tengo mis sospechas, pero no estoy seguro!

—¿Cómo puedes lanzar una acusación de tal calibre sin prueba alguna, entonces? —Le exhortó de nuevo Santiago como si de un interrogatorio oficial se tratara.

—No he dicho que no tenga pruebas, solo que desconozco quién de vosotros es... —Contestó sin dilación. —Explicadme si no *cómo mis hombres se colaron como costaleros de vuestra cofradía cuando nadie conocía la existencia de esta salvo vosotros y vuestro amado padre Pablo... o cómo tuvimos conocimiento del viaje de María y Jose a Velletri a recoger el manuscrito... o por qué hemos sabido de todos vuestros movimientos durante este tiempo... solo uno de vosotros se ha escapado a nuestro dominio y es porque no está aquí y además goza de la suma protección: Clío... Y es la única del grupo que ha evadido nuestros controles...*

—Sigue... —Le pidió con tono más comedido nuestro "poli", mientras el resto escuchábamos con súbita atención al tiempo que nos escrutábamos unos a otros aumentando nuestras dudas sobre el grupo. No me lo podía creer... Esto no entraba en mis cálculos... Que uno de nosotros se hubiera ido para el otro bando me tenía totalmente turbada.

—Antonio Pita, mi superior, el monje mayor de la orden, ha dispuesto en todo momento de información puntual y exacta sobre la Santa Compaña... Siempre supo dónde y cuántos estabais... Y me admitió que tenía un confidente de plena confianza, que no le fallaría. A base de preguntarle terminó delatando que los avisos le llegaban encriptados electrónicamente... Esto quiere decir que o bien vuestros aparatos o sistemas operativos están controlados o bien alguien secretamente lleva conectado algún dispositivo... —Nos mató. Casi nos dieron ganas de tirarnos unos encima de otros a ver quién era el conspirador.

—¡Quietos! —Se desgañitó Jose, ante los susurros extralimitados del grupo.

—¡Está bien, bachiller! ¡Tengo aún muchas dudas, pero por deformación profesional voy a concederte lo que pediste! —Tomó las riendas Santiago con una serenidad pasmosa, tanta que a mí me dio una corazonada: ¡ya había valorado también esa posibilidad! —¡María! ¿Qué te parece si vamos a dar un paseo con tu padre? —Hice una mueca desencajada. Miré para Nora, Andrés, Marcos, Helena, Juan, Alba, Helena, Eva, Sofía y Lucas. Todos en silencio asintieron. Así, Santiago, Jose, mi padre y yo, guiados por el hermano franciscano Jorge, salimos por una puerta y cruzamos varios pasillos interminables hasta llegar a la última dependencia, que nos dejaba al cruzarla ante la propia naturaleza del Ulla. Caminando despacio por un sendero sinuoso e invadido de juncos de río, sin la presencia del monje, continuamos la conversación inacabada. —Ya estamos solos, tal y como solicitaste... ¿Qué tienes pensado?

—Tan pronto como termine de explicaros me iré, pues no quiero levantar más sospechas y perjudicaros...

—¡Ya lo habéis hecho! —Replicó reticente mi marido.

—¡Es cierto! ¡Y el tiempo juega en mi contra si quiero ayudar a María! —Lo dijo con tal ternura que disipó mis dudas. —Ella tendrá que entrar primero y sola si queréis tener una oportunidad de salvarlas a las dos... Thalía está en la vieja celda de la Santa Inquisición, en el subsuelo del monasterio... El *prelado la esperará tal y como dispuso en el atrio central, que ahora está acristalado y solo tiene una puerta de entrada... La recibirá cortésmente y es seguro que después de unas palabras amables la invite a visitar el actual comedor de la hospedería...*

—¿Por qué? —Pregunté intrigada.

—Porque hace cuatrocientos años era donde estaba ubicada la antigua sala de juicios donde María Soliño fue condenada y él querrá hacerte pasar por ese cruel trance... Allí intentará terminar con tu vida, pues no va a permitir cambio alguno... Hija mía, tienes que permanecer alejada de él, mantener las distancias, preocuparte de que la puerta no quede cerrada y huir, como sea, pero lo tienes que hacer... Y ahora recuerda bien lo que voy a decir... Siguiendo el pasillo de la derecha del claustro, llegarás a la antigua botica, ahora restaurada. Mientras tú estás con tu presumible asesino, tus compañeros, según dispongáis, habrán ya entrado en la hospedería y, unos bajando por las escaleras internas guiados por mí y otros a través de los pasadizos de esta, con los planos que os dibujaré, llegarán junto Thalía, que estará custodiada por varios hombres, aunque los vuestros serán suficientes en número para derrotarles. Antes habré intentado disponer la guardia de la entrada bajo mi custodia, para que no tengáis problemas en acceder sin altercado... No tenemos otra posibilidad...

—¿Y cómo vamos a escapar?—Preguntó incrédulo Santiago.

—Fácil. Cumpliendo estos planes, eso es fácil, si otros dos hombres esperan con los caballos en la entrada trasera, frente al convento de San Francisco, pues los pasadizos secretos dan ahí precisamente. Además hay una fuente a modo de abrevadero donde las caballerizas podrán saciar su sed y descansar en lo que el resto rematamos la faena...

—¡Dame una prueba para que me fíe de ti, bachiller! —Le ordenó con fuerza Jose.

—¡Tendré que huir con vosotros y mi vida estará en vuestras manos!

—¿Y adónde iremos? —Preguntó malintencionadamente Santiago.

—Al monasterio de Armenteira. Sor Rosario, la abadesa, es mujer de Dios y nos ayudará. Me debe favores y ya está avisada.

—Necesito otra prueba, bachiller... —Y antes que termine la frase, mi padre le responde categóricamente.

—Thalía, cantará Requiem por un amigo, con vuestro lenguaje cifrado de claves sonoras en do mayor, para guiaros hasta su prisión, y lo hará siguiendo mis instrucciones... en cuanto el primer rayo de sol atraviese los barrotes de la ventana que sujetan sus brazos, a las ocho y cuarenta minutos de la mañana para ser exactos».

—¿En qué piensas? —La voz de Jose me despierta de mi ensoñación.

—En todo y en nada —divago.

—¿Confías en mí? —Me pregunta triste.

—¡Me lo tengo que pensar! —Le contestó riéndome. Él sonríe pero le noto afectado. Estamos ya atravesando la zona de Conxo, bordeando el hospital psiquiátrico. Ya estamos cerca y las primeras gentes de la mañana nos observan atónitos. No me extraña, parecemos una comparsa de carnaval... o más bien una cofradía de Semana Santa, anunciando la muerte del Señor. Además vamos cubiertos por nuestras capuchas, con lo cual nuestro aspecto aún es más espectral. Los caballos rugen y braman lentos y nerviosos sabedores del final. Circundamos la alameda hasta cruzar Puerta Faxeira, inicio del *casco vello* y principio del fin de nuestro destino final: la plaza del Obradoiro.

No hemos hablado en todo el camino. El tránsito ha sido silencioso en eterna procesión. No puedo dejar de pensar, de marear mis recuerdos, en busca de alguna pista sobre mi judas. ¿Por qué siempre tiene que haber uno entre los apóstoles? ¿Quién será? ¿Quién me dará el beso final? ¿Será ahora la hora de mi entrega? Andrés no puede ser, no va con su carácter, se le notaría rápido... Helena tampoco, lo ha dado todo por nosotros, hasta el refugio... Entonces Lucas; ni hablar, está con Helena y además no tendría sentido prepararnos a todos, a menos que... Y Marcos... No puede ser, nos habría envenenado... Anda que Eva, no nos curaría o nos habría dejado morir desangrados... Sofía...

imposible, nos ha defendido a todos... pero no estuvo en la colegiata... Y Nora... es mi bella Nora... la abuela confiaba ciegamente en ella... pero... Y Juan, ¿no es él que maneja las "maquinitas"? No, tendría que estar confabulado con Alba... ¿Y si son los dos?... Y sí no están aquí y los hemos dejado en el refugio... ¿Mateo y Rosalía?... O sea, que no podemos volver... No me lo puedo creer... ¿Quién no levantaría sospecha alguna? ¡Santiago! ¡El Poli! ¡Dios mío, me estoy volviendo loca!

Terminadas mis disquisiciones o mejor dicho, inacabadas, llegamos a nuestro destino: son las siete y veinte. Todos menos Andrés y Marcos desmontamos. Ellos se adentran por el lateral derecho, bajando la cuesta hasta la plaza de Juan XXIII, el papa bueno, tal y como está previsto. El resto se dirige con lento caminar hacia la catedral de Santiago como peregrinos que son recién llegados. Y yo, con una fuerza divina que no sé de dónde me viene, me dirijo a la entrada principal de San Martín Pinario, hoy seminario mayor, museo y hospedería. En mis manos llevo el cofre con las cenizas de Felipe. Una voz interior muy potente me lo ordena. Yo solo obedezco.

Dentro de mí existe un susurro inaudible. Voy subiendo con pausa la escalinata que me llevará a mi monte del calvario particular. La fachada, más que la entrada a un antiguo monasterio benedictino, se asemeja a la de un edificio judicial, casi de corte neoclásico más que barroco. Cuatro grandes columnas sustentan un pequeño retablo con el escudo de España soportado por conchas de viera como símbolo del camino. No hago más que llegar y me encuentro con el primer inconveniente... La puerta está cerrada. No pierdo el control. Cierro los ojos y respiro profundamente. Los abro y dejo que hagan el barrido de la panorámica: tengo que bajar. La entrada actual está en el frontal izquierdo de la fachada, en lo que debió ser una entrada secundaria en la antigüedad. Además no tengo excusa, pues está perfectamente anunciado por la señalética con el logotipo de la actual hospedería. El aire que penetra por mi nariz me da olores conocidos que sin embargo nunca había percibido. Me adentro en un largo pasillo abovedado por impresionantes cimbres de madera noble y recientemente barnizado que me conduce al atrio central. A medida que me voy acercando me percato de que malas influencias dominan el lugar, y una muy concreta. El patio ajardinado con sus arcos, algunos de ellos incomprensiblemente ciegos, como si estuvieran de continua restauración (o algún loco arquitecto moderno hubiera decidido prescindir de ellos), en ojivas semicirculares montando en horcajadas perfectas un cuadrado de estupendas dimensiones, da magnificencia y antesala al acceso cabecera del hotel. Un par de mesas de piedra marmólea simulando una especie de ajedrez circular y con pequeñas incrustaciones de la flor de lis en sus esquinas amueblan los pocos espacios libres que dejan los setos perfectamente rasurados que rodean a la exigua fuente central.

Solo se puede acceder a su interior por la arcada central parapetada por una doble hoja del material transparente que imita al aire y al agua. Tras el cristal se ve clara la imagen del "inquisidor" vestido de fraile benedictino y con el escudo hoy día no reconocido de la Santa Orden.

Está sentado y al verme me invita con una sonrisa indolente a que lo haga yo también. Acato. Lo examino en detalle: corpulento, tendiendo más a la obesidad. Ancho y alto, en sus años jóvenes debió ser buen mozo (ahora que se le ve más cerca de los sesenta que de los cincuenta, no es para tanto). Poco pelo y ralo, haciendo coronilla trasera por encima del cuello; el resto de la calva brilla como si la acabara de encerar. Aunque es temprano suda como un puerco, señal inequívoca de que acaba de almorzar y bien caliente. Su tez roja y de angulosa papada, típica de las personas con propensión al exceso de alcohol, se cubre de una barba gris de dos o tres días poco cuidada. Nariz tipo Fofó pero sin gracia y con una fea verruga marrón decorándola. Labios gruesos y dientes sucios, amarillentos. Su aliento huele mal, como todo en él, hasta su pensamiento… Pero lo que más me subyugan son sus ojos negros, profundos, inquebrantables, grandes y… malignos. Y a pesar del desastre de su porte… su seguridad. Esa confianza en sí mismo desenfrenada y no calculada. Esto me tranquiliza, no todo lo que quisiera, pero sí lo suficiente. He conocido a bastante gente como para saber cuándo el exceso de ego te lleva al error. Sin embargo no me fío. Su mente ancha y despejada es sinónimo de inteligencia, o eso dicen los psicólogos...

Antes de sentarme coloco con cuidado el cofre con las cenizas póstumas de Felipe. Intrigado, me pregunta:

—¿Me traes un regalo, María? —Y se ríe histriónicamente. Varios huéspedes que están paseando por el atrio nos miran expectantes. El monje les echa "el mal de ojo" e intranquilos se alejan del lugar dejándonos sólos y a mí sin protección.

—Son los restos de un fantasma que te perseguirá en todas tus vidas... —Le respondo con una firmeza que ni yo misma me esperaba. —Vienen a descansar aquí según sus deseos...

—¡Voy a llorar de tanto romanticismo!

—¡Tú no sabes lo que es eso! —Le hago frente. No tengo miedo ni me tiemblan las piernas. Una fortaleza irreconocible en mí ordena mis actos y mis palabras.

—Para ser una condenada a muerte eres bastante insolente. Me recuerdas a una bruja a la que procesé hace ya mucho tiempo...

—¡No te la recuerdo! ¡Yo soy: María Soliño! —Le interrumpo llena de orgullo.

—Es lo que quería oír... —Me espeta con voz calma y sin dejar que me reponga... —Esperar a regresar cuatrocientos años para morir igual no deja de ser un poco ridículo... ¿No crees, María?

—¡Cumpliré mi promesa! —Afirmo convencida aun a sabiendas de que no tengo escapatoria. —¡No estoy sola!

—Ja, ja, ja... —Se ríe tan escandalosamente de nuevo, que uno de los seminaristas que pensaba entrar se lo piensa y da media vuelta. —¡No me hagas reir! ¿Te refieres a ese grupo de impedidos y mujercitas que te acompañan? ¿Los que han venido de excursión contigo? —Hace un brusco silencio. Decido no hablar. Es mejor entretenerle y alargar la situación lo más que pueda a fin de que los míos se puedan ir colocando. Solo espero, y ahora sí que le rezo al Señor para que mi padre no haya mentido. —¡No tenéis ninguna posibilidad! ¿No pensaríais que no os iba a preparar una bonita recepción? Con la excusa de un congreso benedictino tengo el seminario plagado de Monjes Negros... —Me vuelve a sonreír, esta vez de forma lasciva. —Tus amigos están perfectamente vigilados por mis soldados y mis arqueros desde arriba y dentro... Y tú estás sóla, conmigo... —Esta vez su voz es metálica y fría. Por unos instantes la zozobra alberga mi corazón. Pronto pasan y el alma se me reafirma.

—¡Dios nos protegerá!

—¡Dios no existe! Ese es el gran misterio que la Iglesia a la que sirvo sabe bien. Dios solo nos sirve para mantener el poder sobre la vida de los débiles de espíritu... Y si no dime, convénceme: ¿qué dios te va a asistir ahora? ¿El mismo que protegió a tu amigo? —Me reta señalándome los restos de Felipe con la mirada. —¿O el mismo que impidió el secuestro de Thalía…?

—¡El mismo que te condenó a vagar eternamente! ¡El mismo que me ha traído hasta ti para confirmar mi fe! —No tengo dudas. Ninguna. —Y no he tardado cuatro siglos en venir para estar de cháchara contigo… ¡Terminemos con esto de una vez!

—¿Sabes? Sigues teniendo un carácter horrible, mi señora. —Se levanta no sin esfuerzo. —¡Sígueme! —Me ordena autoritario induciéndome a salir del claustro hasta el corredor principal.

Con cierto disimulo, levantando la vista, creo apreciar un número indeterminado pero amplio de sus acólitos apostados en las ventanas e incluso en el tejado con sus ballestas preparadas. Otros, en menor presencia, cubren la entrada a la antigua botica y a la subentrada de la hospedería actual, con sus manos ocultas, sujetando seguramente las empuñaduras de sus estoques toledanos. Y la entrada al recinto está libre, aunque no exactamente: la figura heroica de Jose con pose de caballero templario y la cabeza tapada bajo la capucha se perfila majestuosa. Sé que es una treta del monje dejar sin defensa el acceso al monasterio. Sabe o supone que es nuestro único lugar posible de ingreso y de escape a él. Pido al Señor que mi padre haya sido franco, de lo contrario estamos derrotados de antemano. Antonio Pita se para y lo mira con fijación, frente a frente, a gusto con la afrenta. Una neblina lenta y persistente se levanta sobre mi amado y desaparece fugaz entre ella. Este lanza un mohín disgustado y, con una señal imperceptible, manda a dos de sus hombres tras mi capitán. Mi intuición femenina me dice que todo va bien. Solo yo soy la que tengo que buscar una solución a mi difícil situación y aún no se me ha ocurrido nada... El inquisidor, con gesto caballeresco, de los de antes (que no por malo ha perdido determinados modales), me ofrece el paso al abrir una gran puerta central ya dentro de la hospedería. Acabo de leer en la señalética de la entrada *Gran comedor de las nueve mujeres*. Penetro algo aturdida. Me duele un montón la cabeza y siento estallar mis oídos. La vista se me descentra. Cierro los ojos y respiro despacio. Para no caerme me sujeto al antebrazo de mi enemigo y noto el escalofrío que le cruza su espina dorsal y el miedo ante mi contacto. Mal sujeto la urna de Felipe con el otro brazo a horcajada con mi cadera, pero consigo que al final no se me desplome. Es un salón enorme de largo. Algo estrecho. A rebosar de mesas preparadas para los comensales del mediodía. Abovedado a todo lo largo y muy bien iluminado interior y exteriormente. Lámparas de araña haciendo época cuelgan del techo cimbrado. Y numerosas luciérnagas permiten que la luz natural traspase grande y libre la estancia. Al fondo, un estrado eleva lo que ya sé que fue el tribunal inquisitorial. Un ligero vahído me aprisiona y mil imágenes no vividas llenan la memoria de mi vida anterior. Aquí mismo, en este lugar tan bello ahora, fui juzgada y condenada. El hijoputa que tengo al lado se ríe, y se ríe, y se sigue riendo... ¡Ha conseguido lo que quería! O eso es lo que se ha creído el muy imbécil: Su risa me ha sosegado. Con desesperante parsimonia me incorporo y le clavo mi mirada dulce y cruel al mismo tiempo. Me siento plena de Dios. Me siento María Soliño, la mujer, fuerte e inquebrantable. Erguida frente a él lo desafío. Ahora es él el que escucha voces venidas del más allá, esperando mi regreso cuatrocientos años después... Yo también las escucho claras y nítidas clamando perdón: ¡Sí! ¡Perdón para nuestro enemigo! *Ama a tu enemigo como si fuera tu prójimo*: la palabra de nuestro Señor se escucha con fuerza en las voces de nueve mujeres mártires... Esto le derrota más aún.

La voz de Thalía nos devuelve a la realidad. Es la señal: *Requiem por un amigo*. Aturdido, el antiguo inquisidor Antonio Pita se alza tambaleándose contra mí, blandiendo en su derecha el puñal con el que pretende no matar a María, si no a la eterna promesa. Dios me asiste. Y Felipe por fin descansa en paz en San Martín Pinario. Sus cenizas ciegan los ojos rojizos de un aprendiz de asesino y yo escapo veloz dirección a la botica dando gracias a mi Señor por mostrarme el camino. Su alarido rabioso recorre feroz de un extremo a otro el monasterio. Pienso que hasta en la catedral se ha oído su bramido.

Dios me perdone, según corro como alma que lleva el diablo hasta la reformada farmacia (reconvertida en tienda de souvenirs entre ecológicos, medicinales e higiénicos), barrunto el sibilante y continuo siseo del raudo vuelo de las flechas que desde el exterior están lanzando Lucas, Juan, Alba, Sofía y Eva. Aunque todos están perfectamente entrenados imagino que con distinta suerte. El caso es que los secuaces de Antonio Pita se ven sorprendidos y me da tiempo a ver cómo uno de ellos cae herido de muerte desde lo alto hasta el mismísimo patio, ante el espanto de los turistas. Es el caos. No puedo ni fantasear siquiera lo que ocurre fuera. O se ha llenado todo de curiosos pensando que están presenciando una representación "teatral" o se ha montado la marimorena. Tal es la anarquía que reina y el desorden que hemos ocasionado con nuestro súbito y repentino ataque, que el supuesto ejército de mi enemigo se ha diseminado en improvisada estampida sin saber adónde ir y sin oponer resistencia alguna. Jose y Santiago ni han tenido que luchar para llegar junto a mí.

Una alegría contenida me anega. Mi padre no nos ha mentido y con idéntica felicidad me envía una sonrisa aliviada por verme de nuevo vivita y coleando. Nos espera al fondo de la galería que forma la estancia abovedada al igual que el comedor, pero con ladrillo blanco granítico y colocado a modo cascote. En sus paredes, extensas estanterías de madera barnizada en caoba negra almacenan hierbas, brebajes, jabones, perfumes, ambientadores, libros y utensilios, y pequeñas mesas mostradores nos estrechan el camino. Una pequeña cancela carcelaria abierta nos conduce por angostos túneles hasta los ignotos y prohibidos subterráneos excavados en el subsuelo de la ciudad peregrina. En una especie de antesala nos esperan Nora y Helena. Sin mediar palabra y extrayendo de su hábito un pequeño manojo de llaves, mi padre abre una puertezuela que descubre un estreñido tobogán de piedra pulida a medias por el que tendremos que deslizarnos uno a uno. Ya me duele el culo solo de pensarlo. Jose primero y yo tras él... Espero que por lo menos caigamos en algo mullido... ¡Menuda culada! Menos mal que me ha frenado Jose... ¡Ay mi espalda! Nora, Helena, Santiago y mi padre. ¡Ni que estuviéramos en Port Aventura! ¡Parezco Indiana Jones en el templo maldito!

Algo no va bien. Jose desenvaina su espada con la mano herida, que se abre a sangrar ligeramente al tiempo que se incorpora a trompicones. Al fondo de la celda esta Thalía, sujetada con los brazos alzados por dos argollas oxidadas sobre sus muñecas y custodiada por dos gorilas disfrazados de anacoretas, súbditos del prelado, esperando nuestra embestida. Su rostro está feliz pero desfigurado y ennegrecido. Los signos de violencia son evidentes. A pesar de todo no se le ocurre otra cosa que cantar. Elige el Ave María, muy apropiado para la ocasión, diría yo. La ira surca mi alma como un tsunami devastándolo todo. Aparto a Jose y me dispongo encolerizada a ir junto ella con la daga de mi padre ya

430

en ristre. Antes de que pueda dar un par de pasos seguidos, Santiago consigue retenerme apretando con fuerza mi brazo. Me giro enfadada y amenazante, pero él no pierde la calma y, obligándome a desviar la mirada volteándome sin miramientos la cara hacia Thalía, me muestra la escena que mi incontenida rabia no me había dejado ver: Antonio Pita había llegado antes que nosotros... Otro conducto misterioso le había llevado hasta ella y nos había ganado la partida. Obsesionados por su liberación, esta vez descuidamos los detalles y nos encontramos dentro de una trampa mortal: El cazador cazado. Hemos perdido. Estamos rodeados y nos doblan en número. Todo toca a su fin...

Thalía sigue cantando y yo siento presencias, las mismas que percibí en el comedor... Desde la ventana enrejada que ilumina a mi amiga un haz cegador se cuela. Instintivamente me cubro la cabeza y la agacho a modo de saludo. Como si fuera una orden todos mis compañeros me imitan, incluido mi padre. Entonces las voces de mis espíritus se hacen audibles para todos, haciendo retroceder a nuestros enemigos. Levanto mis ojos hacia Thalía llorando, sabiendo ya que es nuestra última mirada terrenal. Antonio Pita me observa iracundo lleno de odio, al tiempo que sesga el cuello de Thalía de forma lenta y sanguinaria, de izquierda a derecha, igual que el *sheriff* de Lanark a Murron en *Braveheart*. Paralizada y oprimida en mi pecho, veo cómo la sangre resbala despacio por la garganta de mi amada amiga y su voz se apaga mientras mi pensamiento no comprende una vez más a mi Dios.

—¡Tú serás la próxima, bruja! —Aúlla triunfal el muy cabrón. Mi padre me agita haciéndome reaccionar. Hay una puerta excavada en la propia piedra que, ante el desconcierto provocado por las voces de ultratumba a los Monjes Negros, ha quedado libre. Helena y Nora ya han salido. Santiago y Jose nos cubren a mi padre y a mí. —¡Bachiller, traidor! ¡Sabía que desertarías! Antes de matar a tu hija, te descuartizaré vivo y dejaré que los buitres te degüellen… Pedirás clemencia y desearás que te mate… —Corre hacia nosotros. Y yo le espero…

—¡Vámonos, María! —Me empuja Jose.

—¡No! ¡Déjame! ¡Voy a acabar con esto de una vez…! ¡Thalía!

—¡Haz de su muerte un acto de honor, María! —Me arrastra con la ayuda de Santiago a la fuerza. Antonio Pita y varios de sus hombres nos echan el aliento encima…

Traspasado el umbral, un pequeño portón nos lleva a un pasillo oscuro y frío. Mi padre, con la ayuda de Santiago y Jose, consigue cerrarlo milagrosamente… Uno de los monjes chilla enloquecido, pues dos de sus dedos han sido aplastados. Del anterior manojo elige certeramente la llave que cierra el infierno y corremos hacía la luz al final del túnel. Bueno, corre mi cuerpo, porque mi mente vuela lejos y mi espíritu se ha quedado dentro, encarcelado de nuevo. Estamos en un patio externo donde está claro que reposaban las caballerizas en la antigüedad. Un gran portal metálico nos cierra la salida. Todos menos yo ayudan para abrirlo. Repito: no sé dónde estoy ni quién soy... Ansiosos y rodeados de innumerables curiosos, nos esperan el resto. Lucas y Juan llevan sus ropajes manchados de rojo. Deduzco que han tenido que luchar. Reacciono tímidamente. Los cuento. Están todos. Monto apesadumbrada mi yegua. Ella lo nota y se deja llevar. Por la cuesta lateral que conduce al convento franciscano se oyen cercanos los gritos desordenados de nuestros enemigos. Jose encabeza el grupo y, alzando el brazo, nos alecciona a seguirle a galope desbocado cruzando el Santiago que me vio plena de juventud, pasear por sus campus, con el alma desgarrada y sin consuelo posible... Pero esta vez hay una diferencia: No sé por qué pero no reniego de Dios. Le rezo.

Tengo el culo dolorido. Mis posaderas deben de estar en carne viva por lo que me escuecen. Hace un calor insoportable. Y aunque tengo hambre, ni siquiera hemos parado a comer. No sé ni qué hora es, pero calculo que llevaremos tranquilamente unas siete u ocho horas a lomos de nuestros caballos. Ahora vamos despacio pues los animales están exhaustos. Aún no he tenido tiempo de asimilar todo lo sucedido esta mañana. Salimos en estampida de Santiago. Pensé que me descabalgaría sobre la marcha. Nunca había galopado tan desbocada y no creía que mi entrenamiento había sido tan eficaz. Huíamos como si acabáramos de salir de los cajones del hipódromo de Aintree en Liverpool y estuviéramos en plena disputa del Grand National. Perfectamente acoplada a mi *Esperanza*, casi sin ver por dónde corríamos, sintiendo el viento azotar mi rostro, seguía al grupo en perfecta formación, detrás de la estela de Jose. Encabezados por Santiago y por Lucas, fuimos perfectamente guiados por las correctas instrucciones sobre el primer tramo que había diseñado con extraordinario escrúpulo Sofía, ayer por la noche, antes de salir de Herbón, con primera parada en el alto do Agro dos Monteiros, en su ladera más occidental, ocultos por una gran carballeira, lejos del camino principal y de la vista de los caminantes y peregrinos habituales.

Allí nos organizamos de nuevo en un par de minutos. Santiago llamó a mi hermano Antón, su jefe, para ponerle al corriente de la nueva situación y esperar posibles noticias y consignas a lo largo del día, pues era fácil que la policía interviniera y quisieran saber de nuestro paradero. Fue el único momento que tuve para valorar en qué nos habíamos convertido: fugitivos. Al ver a mi padre montando el caballo de Thalía una discordancia conquistaba mi corazón. La alegría por tenerlo a mi lado y la aflicción por haber perdido a mi amiga…

Alba activó vertiginosamente el sistema de seguridad y seguimiento, y Juan aprovechó para enviar un escueto mensaje a Rosalía y Mateo en el refugio. De seguido, Santiago y la propia Alba iniciaron la marcha recordándonos cuál debía ser nuestra posición dentro de la columna: Helena iría justo detrás de ellos, como escudo protector de Jose y de mi "valiosa" vida, por si éramos asaltados por sorpresa. Mientras el camino nos lo permitiera, Lucas y Marcos cubrirían nuestros flancos, como haciendo una especie de piña a nuestro alrededor. Inmediatamente después se colocarían Eva y Sofía, dispuestas a escapar a la más mínima señal de peligro, pues también eran a las que menos cualidades les había dotado Dios para la lucha. Y en retaguardia mi padre, Nora y Andrés protegerían nuestra espalda.

Y así, en disciplinada formación, hemos hecho todo el camino. A veces al trote, a veces al galope, en función de la topografía del terreno. Con los ojos muy abiertos y sin mediar palabra, escuchando con atención los sonidos con tildes sospechosos. Esto me ha relajado por un lado porque no he podido pensar y por otro he podido admirar a plena luz del día el paisaje. Si vivo para hacerlo, volveré para disfrutarlo... Bosques bucólicos, senderos mágicos, llenos de verde, de manantiales de agua cristalina, aldeas perdidas, olor a campo... Pronto arribamos bordeando por el oeste Milladoiro para llegar a los matos de Teo, y el cauce del Ulla, majestuoso, que al parecer fuimos acompañando casi treinta kilómetros, hasta llegar a los dominios de Valga. Dejamos a un lado Padrón, Herbón y hasta Pontecesures, en plena naturaleza, respirando el aire que los pulmones de nuestros bosques gallegos nos regalan cada día. El paraje permanecía encajado, a veces con aguas lentas, a veces con rápidos sinuosos en perfectas herraduras y pequeñas cascadas naturales formadas por los molinos derruidos a sus orillas. Estábamos en medio de una zona inexpugnable y donde la mano del hombre poco se dejaba ver. Maravillados por tanta belleza y con el bochorno del verano aún suave, el tiempo y el cansancio fueron más bien llevaderos.

Del mismo modo, y por un camino paralelo, algo más abrupto, subimos y bajamos el monte Albor hasta tomar la orilla del mismo río, el Valga, que durante un pequeño trecho nos acompañaría en nuestro destino. Ya al galope, después de que los caballos bebieran con ansiedad, y dejando atrás a la "Bella Otero", los saltos de agua e innumerables molinos más, abordamos la otra mitad del recorrido. Evidentemente y como no podía ser de otro modo, con máxima prudencia y haciendo un desvío laberíntico a fin de evitar Caldas de Reis, con un sol de justicia, nuestras gargantas secas y nuestros ánimos igual de extenuados que nuestros cuerpos, trotamos sin perder en ningún momento el orden, lo más cerca de la orilla del Umia. Suave y tranquilo. Silencioso. Toda una vereda, con cientos de álamos y eucaliptos a lo largo de su curso, nos dejó pasada ya la primera hora de la tarde en Barrantes, al límite de la comarca del Salnés, famosa por fermentar los mejores caldos de mi tierra.

Y si hasta ahora la fotografía del paisaje me había soliviantado, lo que vi a continuación me conmovió: La llaman la *ruta de la piedra y del agua*, por la cantidad de molinos que componen el curso del Armeteira hasta llegar al monasterio cisterciense del mismo nombre. Pocos lugares conozco con tal encanto. Compuesto por senderos limpios y bien delimitados por vallados de troncos, infinidad de castaños y carballos entrelazados construyen improvisados túneles y pasadizos naturales, con frondosa y alta vegetación, caminando a la par del gorgoteo del agua, cristalina, y componiendo una sinfonía celestial al golpeteo del líquido transparente con las rocas enraizadas en los antiguos molinos.

Desde el último repecho diviso el monasterio. En una vaguada pronunciada, me recuerda a la catedral de León, pero en miniatura. Su fachada, aunque románica, ya tiene vestigios del gótico, con su gran rosetón central y el umbral que da forma a un número importante de diatribas ojivales ornamentando el pórtico. Supongo que es la iglesia que tiene por su parte trasera otra nave en especie de crucero con una amplia torre central y un ábside lateral que forma otro gran pórtico. Semioculta por su parte derecha, integrada en el conjunto que forman el resto de las edificaciones que componen en exactos paralelogramos el resto del priorato, se yergue alta y delgada la torre del campanario. Tañe la campana proclamando y anunciando la hora de vísperas, nos confirma mi padre, conocedor de la vida monástica. También nos cuenta la leyenda del caballero Ero, su fundador, que buscó la intercesión de la Virgen María para obtener descendencia y esta, mediante un sueño, le reveló que era voluntad de Dios que tuviera muchos hijos… espirituales. Obedeciendo los designios del Señor construyó el monasterio y con los años se convirtió en su abad. Ya de mayor, sumido de dudas sobre la muerte, se alejó paseando del convento hasta que el canto feliz de un pájaro le despertó de su ensoñación y decidió volver. A su regreso ya nada era igual: el canto había acabado y doscientos años habían transcurrido… ¿Me habré yo también pasado cuatrocientos años escuchando el alegre silbido del pajarillo de Dios?

Ante la puerta desgastada de madera de roble, uno a uno, con parsimonia, polvorientos y deseando disponer de un lecho donde reposar nuestros tullidos huesos, descabalgamos. Las bestias lanzan leves mugidos de agradecimiento. Mi padre se abre paso entre todos y antes de que llegue a golpear el batiente, la hoja se abre con lentitud rascando el empedrado del suelo. Una hermana de rostro templado y tranquilo aparece en el umbral. Su pelo está cubierto por el velo negro de la orden y hábito de idéntico color con túnica interior blanca que se deja ver sobre todo en las mangas. Hay paz en sus ojos pardos traviesos detrás de unas sencillas gafas metálicas. Luce piel lechosa y poco arrugada, a pesar de haber superado ya los cincuenta y sonrisa perenne escoltada por unos dientes blancos y perfectos. Saluda a mi padre y después al resto con contenida felicidad. Habla lo justo. No es monja de clausura, pero sé que practica el silencio como medio a la meditación. Con un "la paz del Señor sea con vosotros", nos invita a pasar. Antes explica que por el camino que rodea la iglesia, llegando a la parte de atrás, llevemos la caballeriza, rodeando el convento hasta las cuadras. Andrés, Marcos y Lucas, sujetando las riendas, se encargan de tal cometido. El resto pasamos al interior, siguiendo sin pestañear a sor Rosario, la abadesa.

Hace poco que el monasterio ha sido restaurado. De techo alto y dejando la piedra centenaria a cara vista y dotado de un frescor extraordinario que ya quisiera un buen aire acondicionado, traspasamos un vestíbulo alargado hasta llegar a un portal de doble hoja que, con energía, nos abre la religiosa, descubriéndonos un atrio espectacular. Detrás de ella y en un estoico silencio, nos conducimos hasta la hospedería. Mi padre le había informado con precisión, pues tenía preparadas diez habitaciones... Helena y Lucas, Alba y Juan, Nora y Marcos y la mía con Jose (dobles, claro está) y las de Eva, Sofía, Andrés, Santiago y mi padre (individuales). Una no va a ser ocupada: la de Thalía.

Una aprensión repentina se apodera de mis sentidos. Me pongo a llorar de tristeza. Había estado despistada hasta ahora, pero al preguntar la madre superiora por ella y no encontrar respuesta la cruda realidad ha vuelto a todos nosotros. La monja se santigua y musitando una corta oración consigue que acompañemos su plegaria. Al terminar nos señala con el dedo índice el comedor y nos emplaza, después de asearnos convenientemente, a la oración personal, en el pequeño oratorio anexo, en menos de una hora, para cenar a continuación y terminar con un paseo de recogimiento por el claustro antes de acostarnos.

Vamos ocupando nuestros aposentos totalmente circunspectos. Jose y yo no hablamos. Nos miramos y nos abrazamos. Estamos así un buen rato, como temiendo romper el secreto del momento. Con lenta calma nos adecentamos bien, pero superficialmente. Cepillamos nuestros hábitos sucios por el polvo del camino. Relajamos nuestros pies y los refrescamos. Nos lavamos la cara y peinamos nuestro pelo. Limpiamos el sudor y sin tiempo para más salimos con el ánimo sereno, preparados para purificar nuestras almas y con el hambre apretando nuestro estómago.

Cuando llegamos al habitáculo, una pequeña estancia habilitada a efectos de capilla diaria, sencilla, sin la ostentosidad que le supongo a la iglesia y muy parecida a la de nuestro refugio, ya está el resto dentro, arrodillados todos y en respetuosa actitud, elevando sus súplicas al Supremo. Jose y yo también hacemos la genuflexión. Le pido a Dios por los que nos han dejado... por Tomás, por Felipe, por Thalía... Le ruego que me ilumine, que me muestre el camino... Le imploro perdón y le confieso mis pecados, mis dudas, mis soberbias... No hace muchos días le hubiera mandado a la mierda y me hubiera cagado en todo... Y ahora, a pesar de lo acontecido, mi fe crece cada día con más fuerza... Pienso en cuántas veces he salvado la vida últimamente y me agarro inexorablemente a que me está protegiendo, a que no me ha abandonado y que mi ángel de la guarda, enviado por Él, vela sin respiro por mi insignificante existencia... Me ha quitado a mis amigos y me ha devuelto a un padre... Y alguna razón que no alcanzo a comprender tiene que haber en esta secuencia de sucesos, alguna prueba de dogma divino a la que me quiere someter para probar mi fortaleza...

Jose me toca en el brazo indicándome que nos tenemos que ir. En silenciosa procesión vamos desfilando todos hasta el refectorio. La hospitalidad de las hermanas, aunque silenciosa, es digna. Nos acompañan en la cena como símbolo cristiano. Son doce más la abadesa, igual que los apóstoles en la última cena, igual que nosotros. Es traviesa la matemática de los números...

Antes de saciar nuestras necesidades mundanas, y siguiendo su costumbre, se ha bendecido la mesa. El plato de sopa de verduras que tengo delante me está sabiendo a gloria, valga la apropiada expresión. No lo como: lo devoro y casi me quemo la lengua. Acto seguido me sirven un buen par de huevos de corral con patatas fritas de la huerta propia y unas lonchas de panceta de cerdo con pan de centeno para untar que me estoy chupando los dedos. Bebo con placer este vino tinto de Barrantes, que me deja marcado su color violáceo en los labios y que me hace recordar tiempos olvidados de mi primera juventud, cuando mi madre y yo hacíamos sopas con el pan duro y este mismo vino aguado en casa de la abuela. Decían que era bueno para la gripe... ¡Umm..! ¡El postre! ¡Cazoletas de arroz con leche! Marcos me mira embelesado. Le guiño el ojo como diciéndole que ya sé que él cocina igual de bien. Se sonríe.

Ya estamos listos. Sor Rosario habla con mi padre para decirle que podemos pasear y charlar por el claustro antes de retirarnos a las habitaciones en busca de un merecido descanso. Las hermanas vuelven a la pequeña capilla. Pienso que rezan mucho, quizá demasiado. Me equivoco. Cantan. Con voces magníficas y haciendo honor al momento entonan una versión preciosa del Ave María. La pena me llena de nuevo. La última imagen de Thalía no se desprende de mí.

Oigo a Santiago hablar por el móvil. Entiendo que lo hace con mi "aparecido" hermano. A estas alturas seguro que ya saben parte de nuestras peripecias por Santiago y una buena parte de la policía andará tras nuestra pista... Acaba de colgar y su expresión no es demasiado halagüeña, que digamos.

—Antón me acaba de decir que le han llamado de la jefatura de Santiago preguntando por nuestro paradero; de momento nos está cubriendo, pero es fácil que cuando lleguemos a Cangas tengamos que ir a declarar, eso si no nos detienen antes por el camino... Han encontrado el cuerpo de Thalía en la plaza de Juan XXIII, al lado de la fuente, frente al convento de San Francisco, donde apostamos los caballos esta mañana... —Nadie abre la boca. Estamos demasiado consternados para ello. —No sé qué es lo que pretenden. Nunca habían actuado así, haciendo públicos sus desmanes. Es evidente que quieren meter a la policía en el ajo, que también nos persiga, pero no entiendo por qué...

—Es muy sencillo, Santiago… —Interviene mi padre. —Si la policía entra en acción, nos detendrán y será más fácil controlarnos. Además también han extendido su red en ella. Tienen infiltrados también ahí…

—No pueden involucrarnos más, no tienen pruebas. —Se escucha al fondo.

—No es tan sencillo Sofía… Hay testigos que vieron a María entrar y a todos salir y huir al galope… Además… Su túnica ha parecido manchada de ceniza…

—¡Felipe! —Exclamo. Y me pongo a llorar como una niña pequeña. Mi padre se me acerca y me abraza con fuerza y yo aprieto aún más…

—¡No llores mi niña! —Intenta consolarme.

—¿Por qué? ¿Por qué? ¡Ni siquiera sé que es lo que Dios quiere de mí! ¡Si al menos supiera cuál es mi misión… qué juramento tengo que cumplir..! —Mi padre me retira repentinamente sorprendido.

—¡Hija mía! ¿No sabes cuál fue la promesa de María Soliño? —Me pregunta incrédulo. El resto nos rodea esperando una respuesta.

—Ninguno de nosotros sabe en qué consiste. —Se me anticipa Jose.

—¡No me lo puedo creer! ¡Ahora lo entiendo todo!

—¿Qué padre? —Le miro sin comprenderle, atenazada y atónita.

—¿No has leído el manuscrito? —Me pregunta cariñosamente.

—¡Sí, claro! ¡Pero no entiendo en qué consiste el voto que hizo! —Respondo un tanto ofuscada.

—Ella juró que sus almas vagarían por los bosques de Cangas persiguiendo a los descendientes de aquellos que la condenaban hasta que el Hijo del Padre, que nacería de su estirpe, viniera a proclamar la verdad de lo que ocurrió, dando la libertad y la igualdad a las mujeres ante los hombres y ante Dios… —Hace una pausa y nos mira desconcertado a todos, dirigiéndose al final a mí. —¡Por Dios! ¿No lo entiendes, María? —Muevo la cabeza confirmando que no tengo ni papa. El grupo se acerca más aún y el Ave María de las hermanas llega a su punto más álgido. —Las almas de María y sus ocho compañeras han ido sobreviviendo generación tras generación hasta llegar a vosotras y han atormentado con su presencia las vidas de los descendientes de los traidores inquisidores, incluida la mía. La lucha del bien y del mal se ha ido reproduciendo siglo tras siglo. Ella anunció la llegada del Hijo del Padre, María… La llegada del Hijo de Dios que pondrá libertad, igualdad y justicia…

—¿Y qué tengo que ver yo en todo esto? —Estoy realmente perdida. Aún no he terminado de comprender la profecía y no soy muy consciente de su magnitud.

—¡Tú eres la elegida por el Señor, María! ¡Tú serás la madre de Dios! —Exclama con admiración y convencido de ello.

—¡Tú flipas! ¿En dónde cojones se dice que soy yo? —Mis amigos se frotan los ojos y se limpian los oídos porque están igual de alucinados.

—En las profecías de San Malaquías —afirma rotundo.

—¡Eso no es cierto! —Esta vez es Sofía quien interpela a mi padre. —Aún no ha llegado el papa 112, que según su predicción sería el último…

—Benedicto XVI es muy mayor, poco le queda ya… —Responde con toda tranquilidad. —María, es por eso por lo que te quieren a ti… Nunca atacaron a tu abuela, ni tampoco a tu madre… Solo esperaban tu llegada… Y si tú mueres, el juramento ya no se podrá cumplir y podrán seguir gobernando la Iglesia y hasta el mundo… No quieren a Dios, nunca lo han querido. Solo quieren poder y dinero y si para ello es necesario matar, lo hacen, creo que ya lo has visto… —Las monjas han dejado de cantar y se apartan sosegadas a sus celdas hasta el día siguiente. Todos nos miramos perplejos.

—Estamos harto derrotados. El día ha sido muy duro. Es mejor que nos vayamos a dormir. Mañana conviene levantarse temprano y partir para Cangas. En casa y con el paso de los días entenderemos mejor lo qué está pasando y María sabrá qué decidir… —No dejo terminar a Jose.

—¡Mañana nos iremos, pero no a Cangas! —Apuntillo.

—¿Entonces? —Pregunta totalmente desorientado Jose.

—¡Nos vamos a la playa da Lanzada! ¡Cumpliré mi juramento y la misión de mi Señor!

Sin novedad en el frente. Hemos llegado sanos y salvos a la playa da Lanzada. Está empezando a meterse el sol y las nubes entre ocre y rojizo colorean el horizonte del Océano Atlántico, con la Isla de Ons al fondo en medio de una nebulosa de azul negruzco. Es viernes, último día de agosto. Voy guardando las fechas. No quiero olvidar la memoria de los que he perdido en estos días.

A pesar de ser gallega, por unos u otros motivos, nunca estuve aquí. Estoy frente a la inmensidad de este mar bravo llena de admiración. Ahora entiendo su fama. No puedo por menos que recomendar venir a visitarla y pasear por su arena blanca, a lo largo de su larga orilla, mientras las olas salvajes apalean con fuerza tus piernas y te rebosan de lágrimas de espuma perfumadas del olor natural de la brisa. Es un istmo que forma un paraje natural sumergido en medio de la civilización que, por causas inexplicables, ha subsistido a las atrocidades urbanísticas y especulativas del hombre…

Después de despedirnos de sor Rosario y de sus doce discípulas tras agradecerles su hospitalidad y abnegación para con todos nosotros, sin una pregunta que hacer, sin un reproche que formular, partimos después de comer en su compañía, sosegados y aliviados, con fuerzas renovadas y reafirmados en nuestra fe. Aunque parezca difícil de entender, con los recuerdos a flor de piel de los últimos y trágicos acontecimientos, Armenteira, su entorno, su silencio, su paz, nos hizo vivir el motivo de nuestras vidas. Pese a que corto fue el tiempo, larga se hizo la meditación: La revelación de mi padre hizo el resto.

Ahora ya tiene todo sentido. Ahora ya entiendo todo. Ahora ya soy dueña de mi destino, aunque sea el que me ha marcado el Señor. Puedo aceptarlo o renegar de él, esa es mi decisión. Pero sé a qué atenerme. Y he decidido aceptarlo. Por eso estamos aquí: Para cumplir el juramento. Sigo sin tener claro si el de María Soliño, el mío o el de las dos. Es la única duda y carece de importancia ya, por lo menos para mí.

Ibamos atentos, ante alguna posible escaramuza de los Monjes Negros, pero nuestro caminar transcurría moderado y sin imprevistos y los caballos lo han agradecido. Como no podía ser de otra manera, nos deleitábamos con los parajes de este precioso rincón de Galicia, desde el monte Castrove, gozando de su valle repleto de viñedos de magnífica uva albariña, donde el trabajo y el esfuerzo recogen la recompensa de los mejores caldos de la tierra y cientos de pequeñas bodegas decoran la campiña, con humores a tierra fértil y trabajada. Así, pasamos por caminos y pistas rurales incomprensibles para los GPS, con aldeanos que saludaban nuestra llegada invitándonos a degustar sus vinos del país. Y dejando atrás la comarca del Dena, como grandes túmulos en impresionantes hondonadas nos topamos casi sin querer con las dunas da Lanzada.

Todos andan ocupados en acondicionar una zona para pasar la noche. Andrés ha ido a buscar leña en un robledal anexo. Lucas y Helena, como siempre, se encargan de los caballos. Nos estamos instalando cerca de la ermita en honor a la Virgen. Por debajo de ella, un pequeño brazo rocoso se adentra unos metros en el agua. Está bien para ocultarse y protegerse en caso de un inesperado ataque. Un pequeño riachuelo fluye adyacente. Los animales tienen donde beber y pueden descansar en la parte superior, atados a un pequeño vallado, donde supongo aparcan los coches u otros vehículos durante el día. Nora ayuda a Marcos con los víveres a fin de preparar algo para cenar. Juan y Alba siguen a lo suyo, con sus "aparatejos", dosificando su funcionamiento, pues parece ser que hay problemas con la carga de las "pilas". Eva está haciéndole una nueva cura a Jose, que ahora ya va mucho mejor: este día de descanso le ha venido bien a su maltrecha mano. Y Sofía anda perfilando el regreso a Cangas, bajo mis últimas indicaciones, pues aún nos queda una escala que hacer en el camino para cumplir cien por cien con mis nuevos planes. Ah, se me olvidaba, Santiago está hablando con mi hermano Antón, creo que recibiendo instrucciones concretas para nuestra "deseada" llegada, a la cual ya tampoco temo.

Mi padre y yo caminamos juntos, agarrados de la mano, por el extenso arenal. A mi amigo el policía no le ha hecho mucha gracia, pero le he recordado que ahora mando yo y que ese era mi deseo. Las olas del mar, enormes, baten con fuerza. Él me mira complacido y sonríe feliz. Quiere hablar. Intenta disculparse por el tiempo perdido sin mí y yo con mis dedos le cubro la boca. No deseo escucharle. Presiento una fuerte presencia y cómo mi karma vuela a su encuentro. Sus ojos se asustan. Le aprieto la mano y con un leve movimiento de mi cabeza hacia el infinito le indico que preste atención. Una previsible y bella lluvia de perseidas ilumina la cúpula del estrellado cielo que nos cubre. Sonrío para mis adentros... A menos de cien metros, caminando hacia nosotros, un haz de luz se nos acerca... Dios ha concedido mi deseo: mi madre.

Mi padre está sobrepasado. Las lágrimas le traicionan. Es verdad que la quería, por si me quedaba alguna duda. ¿Cómo no puedo amar a mi Señor? ¡Mis padres y yo, juntos por primera vez!

—¡María! ¿Eres tú? —Pregunta aún incrédulo.
—No cambiarás, Juan... Tú como Santo Tomás... –Mi madre está radiante, bella como nunca. Aunque su cuerpo es etéreo, su pelo castaño y su túnica se mueven agitadamente meciéndose con el viento. —Sabía que el Señor os enseñaría el camino...
—¿Por qué nunca me dijiste que era nuestra hija? —Le pregunta mi padre pero sin reproches, aunque no lo parezca, con mucha humildad.
—Porque tenías que descubrirlo por ti mismo Juan... Tú ya sabías que los tuyos hubieran hecho lo posible...

—Tienes razón... —Mi padre no le deja terminar. —No sabes cuánto sufrí... cuánto te odié... cuánta incomprensión por una mentira...

—Una mentira necesaria, Juan... —Le interrumpe y se le acerca. Le acaricia la cara, los labios, la mano... —Yo también sufrí por ti... Pero entendí que era lo mejor y que algún día descubrirías la verdad... Siempre pensé que sería yo quién te la contaría, pero el Señor decidió otro destino... Llegada la hora, acaté sus designios y su sabiduría me trasladó el mensaje que le tenía que dar a mi hija... Estaba escrito que la conocerías y que la amarías, igual que me amaste a mí... —Tuerce su rostro dulce y blanquecino hacía mí. —Es verdad, hija mía, lo que tu padre te ha contado... Aquella noche de San Juan yo me entregué al hombre que amaba... Comprendí que había llegado la hora y sabiendo, como tú ahora, que estaba en momento fértil, lo busqué, conocedora de que no podría volverlo a ver ni amar jamás... — Vuelve de nuevo a mirar a mi padre. —Solo espero que, gracias a tu amor, tu padre me sepa perdonar...

—¡Siempre te he amado, María! Y aunque muchas veces he renegado —proclama rotundo— ha sido nuestra hija la que me ha hecho recordar nuestro amor, que nunca murió, ahora lo sé...

—¡No os podéis ni imaginar cuántos ángeles cantan de gozo por vuestro reencuentro! —Mi madre me mira contenta. Según me roza con su mano un fuego intenso e indescifrable rebosa mi ser. —Eres valiente, María, y por ello serás bendita entre todas las mujeres. Dios no quiere héroes, sino seres libres, y tú les mostrarás el camino. Tú has escogido, nadie te ha impuesto nada. Sin embargo has decidido aceptar el designio entregando una parte de la libertad que simplemente por vivir se te ha dado, sacrificándola para que el resto puedan disfrutar para siempre de ella… —Sus palabras me conmueven. —En nombre de todas las mujeres que hemos sufrido… ¡Gracias, hija mía!

—¡Gracias a ti, madre! ¡Gracias por dedicar toda tu vida por la mía! ¡Gracias por haberme dado los mejores años de ti sin pedir nada a cambio! ¡Y gracias a Dios por concederme el deseo de volverte a ver! —Lloro feliz.

—¡Os quiero!

Nos abrazamos los tres y aunque se supone que el cuerpo de mi madre es un espectro, no lo siento así y hasta huelo su humanidad, impregnada de jazmín penetrante. Dura poco. Unos segundos más tarde, y a lo mejor, es lo que ha pasado en realidad, somos mi padre y yo los que estamos abrazados. Una ola de gran altura nos ha despertado de tan maravilloso sueño empapándonos. Lo beso con sinceridad y me aprieto a él con más fuerza aún, mientras los dos oímos la voz de mi madre decir «perdóname, amor» y «te estaré esperando».

…Nos llaman para la cena. Nos incorporamos al grupo, que se encuentra afanoso y animado. No lo sé con certeza, pero creo que han estado ajenos a la aparición de mi madre. Mientras como, esta vez sin muchas ganas, una asadura de verduras (como siempre exquisita) que ha preparado con maestría Marcos, recuerdo el pasaje de mi antepasada aquí, en la misma playa, en el mismo lugar donde el inicio de su promesa y el cumplimiento del juramento por mi parte han de terminar siendo la cuadratura del círculo. Hay diferencias... Aquí ellos empezaron su compromiso y su caminar, sus amores, perdurables algunos en los siglos. Nosotros ya estamos unidos y desunidos... También me asalta la pregunta de quién será nuestro delator. No encuentro motivos suficientes para sospechar de alguien en concreto y sigue siendo lo único sobre lo que opino que mi padre está equivocado. Me gustaría tener razón, pero también dudo...

Igual que María Soliño, mi madre sabía de lo que hablaba. Ya es noche cerrada y la luna llena luce anunciando el hechizo... Estoy preparada. He hecho bien las cuentas... Soy muy regular con mis ciclos, así que sé que estoy de lleno en período de ovulación y además me encuentro en pleno descanso de la toma de mis anticonceptivos. Todo está dispuesto pues. Hoy, si Dios así lo quiere, engendraré. Me entregaré llena de pasión a mi esposo, entre las rocas, debajo de la ermita de la Virgen da Lanzada, como escribe la tradición. Después, desnuda, y siguiendo la numerología sagrada celta, bañaré mi vientre con nueve olas y desearé haber sido concebida. Y así, como mi antepasada, confirmaré mi juramento ante Dios.

Mis ansias y mis deseos adulteran mis hormonas. No necesito ni provocarlo. Hace días que no hago el amor con Jose con los seis sentidos. Noto mi sexo húmedo con la ensoñación de mis lujuriosos pensamientos. Mis pezones se han erizado, creo que hasta se me delatan debajo de la túnica. Me incorporo con pausa ofreciendo mi mano a mi "víctima". Jose está en babia. Anda en otra peli. Me mira sorprendido, pero obedece, como cordero que va al matadero. Le beso provocativamente ante un ¡ohhh! del público asistente. Sin prisas. Se deja llevar por mí. ¡Qué simples son a veces los hombres..! Me río para mis adentros. Y me crezco ante mi poder de convicción "sexual". Le noto erecto ya. Una mera insinuación y qué fácil es...!

Ya entre las rocas le acerco mi cuerpo caliente al tiempo que le mordisqueo el cuello. Se dispara. Su testosterona no le deja pensar. Me aprisiona con fuerza los pechos, hurga descontroladamente mi zona pélvica y desata los instintos que su apetito le va indicando... Sin embargo reacciona y reduce el ritmo: Una de las razones fundamentales por las que amo tanto a este hombre es esta... No entiende el sexo sin reciprocidad. Ahora busca más mi placer que el suyo propio. Con enérgica ternura llena de virilidad (me encanta), va subiendo aún más mis tonos. Me llena a besos profundos y cortos, a caricias inverosímiles hasta que me hace estallar de gozo. Y con el éxtasis desenfrenado, después de haberle puesto su miembro a mil, me tumba y me penetra con anhelante parsimonia. Llegamos juntos al paroxismo. Y siento germinar la semilla de nuestra abnegada entrega.

Pasan los minutos silenciosos, desnudos, como nosotros, asumiendo nuestra conjunción copulativa. Acomodada sobre su pecho vislumbro el firmamento que nos cubre ante la inquebrantable mirada de Dios. Y recuerdo las palabras de María: «Soy una mujer feliz». Algo me bulle en las entrañas, y hasta Jose lo nota. Incorpora mi rostro y me besa… ¡*Quérote*! Y sé que ha despertado… Que ahora sabe lo que acabamos de crear.

Me levanto un tanto atorada. Percibo en mí hasta un aroma corporal distinto. Y mi organismo alborotado. Sé que a algunas mujeres les pasa y yo soy una de ellas. Desde el primer instante de la concepción son conscientes de ella. Algo se ha revolucionado en mi vientre. Tengo un calor distinto en mi piel y hasta me siento ligeramente mareada.

Jose me deja ir. Desnuda, como Dios me trajo al mundo, me dirijo hasta el agua salada embravecida. La luna, espléndida, va acompañar el ritual. Piso con cuidado entre las rocas para no lastimar mis delicados pies de fina piel, no acostumbrada a demasiados trotes. De pronto y sin querer me meto entre dos peñascos, justo antes de llegar casi al agua, y presencio una escena que mi intuición de mujer ya me había anunciado... Eva y Sofía en pleno acto de contrición amorosa. No me han visto... Durante un par de segundos, como en la mirada indiscreta de Hitchcock, me paro a observar sus impulsos pasionales. Pero como en la canción de Mecano, *no estoy yo por la labor de tirarles la primera piedra si las hallo labio a labio... no me atrevería ni siquiera a toser, que ya sé lo que tengo que hacer...* Irme sin molestar y... alegrarme por su descomunal amor y la necesidad de disfrutarlo. Tengo buenos amigos gays y lesbianas en Los Ángeles. Y aunque yo no comparto sus apetencias sexuales, pues me gustan los hombres, en eso de momento parece que soy bastante "normalita", siempre los he tratado de igual a igual y seguiré haciéndolo. Es la herencia que recibí de una educación libre de cortapisas, que me inculcó con extraordinaria sabiduría el padre Francisco y que nunca sabré si algún día podré agradecerle lo suficiente y mucho menos personalmente. ¡Cuánto me gustaría tenerlo cerca ahora en estos momentos tan complicados! ¡Lo echo tanto de menos! ¡Él hubiera sido un guía excelente en este duro camino hacía no se sabe dónde!

Helena, Nora y Alba se me han anticipado y, completamente desvestidas, al igual que yo, me esperan sonrientes antes de adentrarse en las frías aguas del Atlántico. Son como niñas juguetonas. Me pregunto si también habrán hecho los "deberes". Y aunque no estamos todas me percato que en parte la historia se repite, y sin akelarre, pero aquí estamos, buscando nueve olas mágicas. O por lo menos yo sí.

Antes de iniciar la ceremonia, me doy la vuelta para ver qué está haciendo el resto. No me gustan los curiosos. Pero esta vez voy lista… Helena y Lucas ya han terminado con los caballos; Andrés de preparar el fuego y los sacos de dormir; Marcos de recoger los restos de la cena y Juan y Santiago de examinar los alrededores en busca de algún Monje Negro suelto y despistado… Y todos mirando para mí y… ¡rezando!... ¡Todos! Cuando digo todos, es todos… Los primeros se han arrodillado sobre el montículo que domina el arenal donde estamos… Y las chicas sobre la playa mojada, dejándose empapar por los últimos estiletes espumosos del agua salada. Bueno todos no, Eva y Sofía, siguen a lo suyo, creo. Y mi padre se le ve paseando a lo largo de la playa como meditando, ajeno a mis actos, o quizás respetándolos en todo su pudor…

Busco con mis ojos a Jose. No se ha movido de donde le dejé, aunque ahora está erguido, contemplándome con admiración. Se persigna y esto me hace pensar que ha llegado el momento… Todos quieren presenciar tan excepcional trance. Es como si ninguno de ellos se quisiera perder el breve instante de la fecundación del hijo de… Yo aún no me atrevo a pronunciarlo siquiera.

Me introduzco en el agua hasta la altura de las rodillas. Un gélido escalofrío me recorre la espina dorsal a su contacto. Dirijo mi mirada al horizonte, plagado de pequeñas luciérnagas titilantes y esplendorosas. Con la primera ola, una lluvia masiva y agresiva de estrellas como briznas ardientes de restos de fuegos artificiales pinta el negro cielo de esta noche. Siento una descarga a su contacto que conmociona mis sentidos. Sin tiempo para respirar me impacta la segunda cubriéndome casi por completo. La tercera tarda un poco más pero también es virulenta y siento el mismo latigazo. Con la cuarta soy yo la que rezo entre responsabilidad y felicidad, no tengo otra forma de explicarlo. La quinta va seguida y siento que algo se aferra con fuerza en mis entresijos. La sexta casi me ahoga y me obliga a girarme. Veo a Eva acercarse boquiabierta. Y la séptima consigue sacarme una exclamación entre el miedo y el triunfo…

Y un grito estremecedor llena y aturde el viento marino. Helena corre rápido hacia las rocas y Jose está paralizado a escasos metros del lugar donde no hace muchos minutos entregamos nuestros cuerpos y nuestras almas abrasados de pasión… Allí dónde Eva y Sofía hacían lo mismo… Y una cruel premonición me hace correr también desesperada, interrumpiendo el culto pagano que me ocupaba... Los dispositivos de vigilancia saltan emitiendo la señal de alarma e iluminando con potencia nuestro campamento... Santiago, Andrés y Marcos ya están con las espadas en alto... Alba, Eva y Nora se han tumbado y avanzan arrastrándose sobre la arena... Helena ha llegado junto los hombres y ha cogido su arco colocándole hábilmente una flecha dispuesta a salir disparada hacía la oscuridad...

Llego junto a Jose y como él me quedo inmóvil. Me arrodillo junto Sofía. Un dardo asesino le ha atravesado el pecho. Está muerta. Acerco su cara a mi pecho erguido y desnudo. No derramo lágrimas. Esta vez no. Pero mi corazón otra vez se desgarra. Al menos se supo amada hasta el último aliento. Sus ojos africanos y diminutos, más hermosos sin las gafas que ahora no lleva puestas, están abiertos como dedicándome su última lectura de la vida...

Jose se agacha y me cobija. El resto nos mira inquietos y atemorizados. Siento su miedo en mi piel. Entiendo que no puedo desfallecer. Sus vidas también dependen de mí. Mi padre llega asfixiado, ya está algo mayor para la carrera que se ha pegado. Observa lo ocurrido consternado mientras nos hace gestos para que veamos hacia el promontorio por el que pasa la carretera. Difuminadas y fantasmagóricas aparecen las figuras de los Monjes Negros a lomos de sus caballos agitados. Juan enfoca los haces de luz de los teledirigidos hacia ellos y provoca la espantada de la mayoría. Dos de ellos permanecen desafiantes durante unos segundos. Reconozco la sonrisa malvada y sarcástica de Antonio Pita, el prelado de la orden. Su sed de venganza es patente. El odio y el mal se hacen presentes en sus facciones. El otro jinete, larguirucho y blanco lívido de piel, con mirada escrutadora y penetrante a pesar de la distancia, de aspecto frío y cruel, vestido con un uniforme militar que como mínimo es de algún antepasado lejano en el tiempo, me resulta familiar y no consigo desentrañar de qué… Antes de irse me apunta con el dedo, como acusándome. Fustigan sus monturas con violencia lanzándose al galope en la inmensidad de la noche hacia el monte que les da la espalda, buscando ocultarse entre la arboleda.

Miro a Sofía, le bajo los párpados y me santiguo. De nuevo la fuerza interior que se me ha otorgado conquista mi corazón y mis tribulaciones se desvanecen. Me alzo segura de mí misma y contemplo a mis discípulos recelosos entre sí y turbados. Sé lo que tengo que hacer. Es hora de tomar decisiones. Ya no tengo ni el lujo ni el privilegio de vacilar. Es lo primero que he aprendido de mi padre.

—¡Recoged todo! ¡Nos vamos!
—¿Adónde? —Me pregunta asombrada Nora.

—¡A seguir los designios del Señor! ¡Al monasterio de Poio!

—¡No es seguro, María! —La mente del policía afortunadamente no deja de funcionar.

—Ningún lugar es ya seguro para nosotros, Santiago… —Le replico.

—¡Yo estoy contigo, María! ¡Dónde tú vayas iré yo! —Me confirma Andrés, siempre tan fiel. —¿Qué pensáis hacer los demás? —Grita protestando, algo decepcionado, diría yo.

—¡Yo también voy! —Se apura Marcos.

—¡Voy preparando los caballos entonces! —Se mueve Lucas.

—¿A qué esperáis el resto? —Vuelve a gritar Andrés. —¡Venga, moveos!

—¿Y Sofía? —Pregunta llorando Eva.

—¡La dejaremos descansando en la playa! —Le contesto tajante. Sorprendida, me dirige una mueca de desaprobación.

—Pero…

—Aquí empezó su voto y aquí lo terminó… El mar en el que se bañó la acogerá y la llevará ante el Señor…

—¿No sería mejor que la enterráramos? —Me inquiere Helena incrédula.

—¡No tenemos tiempo! —Me mantengo firme. —Vinimos a cumplir el juramento y así ha sido… y ahora nos iremos. Estamos a descubierto, a su total merced. No podemos seguir aquí… ¿O queréis morir todos y fracasar en la misión que se nos ha encomendado?

—¡Tienes razón, María! —Eva reacciona al fin. Se acerca a su amada y le da un beso de despedida. —¡Sofía lo hubiera querido también así! ¡Ayudadme! —Y como Máximo en *Gladiator*, con la ayuda de Alba, Nora y Helena, carga los restos de Sofía para depositarlos en la playa, a pocos metros de las olas, con el aire del norte acariciando su cuerpo desnudo y ensangrentado, aún con la mortal flecha clavada en su corazón.

—Pronto amanecerá y lo descubrirán las gentes del lugar. La policía vendrá a buscarnos…

—Es verdad, Santiago —le interrumpo— pero con la flecha de un Monje Negro, de la misma marca o clase que perforó la mano de Jose y de la cual guardan como prueba su punta… Si hacen bien su trabajo verán que coincidirán y que alguien misterioso nos está atacando en nuestra peregrinación…

—Sí, pero nos causará problemas, cariño. No nos interesa que se meta de lleno la autoridad —me lleva la contraria mi marido.

—¡Y a ellos tampoco! —Asevero.

—Eso es verdad —cede Santiago.

—¡Todo listo, María! ¡Tú dirás! —Me avisa Helena.

—El problema es que no tenemos mucha batería para los helicópteros de vigilancia… —Confirma Juan.

—¡Apágalos! —Le ordeno. Se ha quedado estupefacto. Bueno, no solo él. —Somos la orden de la Santa Compaña y así iremos, como espíritus en pena... —Voy arengando mientras me visto. Para algunas cosas siempre soy la última— ...Iluminando la senda del bosque, atrapando las almas perdidas. Temerosos de las ánimas, no se nos acercarán, nunca lo han hecho... de momento. —Por si acaso.

—Yo os guiare por el camino de las estrellas. —Dice Alba ejerciendo de astrónoma evidentemente.

—¿Y por qué al monasterio de Poio, hija? —Pregunta mi padre con curiosidad.

—Nos acogeremos a sagrado, como en los tiempos de la Santa Inquisición. El poco código de honor que aún les queda es de aquella época y aún lo mantienen y respetan. Allí podremos descansar seguros antes de volver a Cangas.

—Es mi destino. Mi vida se me devuelve al lugar donde la perdí... —Musita mi padre. Me doy cuenta de lo metido en razón que está, pero ni siquiera se me había pasado por la cabeza, ni mucho menos me había acordado del pasaje relatado en el manuscrito donde el bachiller muere a manos de Al-Aruk...

—¡Vamos al mismo lugar donde el pirata se convirtió en... el padre Benedicto!... —De pronto me asalta una idea perdida: ha vuelto... el otro jinete: ¡era James, el pirata!

Solo otra mujer puede entender lo que me sucede. Me noto más mujer, como realizada. No encuentro los vocablos justos para definirlo. A momentos me siento desvaída, a momentos acalorada, y de pronto, me tirita todo el cuerpo. Algo de debilidad debo de tener. De vez en cuando mi garganta se "estrangula" de arcadas breves pero intensas y unas enormes ganas de vomitar roban mi respiración provocándome sudorosos jadeos. Después vuelve la calma, con mi alma ya reposada y mi ser evolucionando a la plena madurez. Un sentimiento de nueva responsabilidad y sensatez me empapa. Sospecho que el "hechizo" ha surtido efecto y que una nueva vida se ha alojado en mi seno. La gracia de Dios, de la que ya no tengo ninguna incertidumbre, y sus designios, me han inspirado.

Solo una duda arremete mi inteligencia: Siete olas... No fueron las nueve que impone la sabiduría popular, en referencia al ritual de la playa da Lanzada... ¿Habrán conseguido estos hijos de Satanás abortar, nunca mejor dicho, la concepción del Hijo del Hombre? ¿Permitiría Dios tamaña tropelía contra su propia creación? ¿Habré malogrado los propósitos del Señor? O más horrible aún... ¿Y si la fecundación ha resultado imperfecta por culpa de dos malditas olas?

Desvanezco mis tribulaciones en la certeza de que Dios está conmigo. Y al pensar en positivo vuelvo a padecer los síntomas de una embarazada primeriza. Detengo a mi yegua. Esperanza se muestra tranquila y compresiva, como si conociera mi estado. Descabalgo como puedo y embadurno de apestoso vómito el tronco del primer árbol, chorreante de emanaciones. Un pestilente tufo a jugos gástricos se me mete por las aletas de la nariz. Reacciono y el resto del grupo, que viene preocupado hacía mí, se sorprenden al verme sonreír feliz.

—¿Por qué me miráis así? Es normal, ¿no? ¡Voy a ser madre!

—¡No puede ser posible, María! —Viene Eva hacía mí. — ¡Espera que te examino! —Me sujeta la cara y con una linterna diminuta que lleva en su ajuar de emergencias me inspecciona los ojos. —Pupilas dilatadas... —Me toma la temperatura corporal con la mano. —Algo de fiebre, exudación fría y alguna palpitación... —Se coloca el estetoscopio para auscultar primero mi corazón y después el vientre. —Ligera taquicardia y... vientre en agitado movimiento... —Me mira incrédula hasta la médula. — ¡Nunca había visto algo igual! ¡En mi vida se me dio un caso parecido! ¡O ya estabas embarazada, o si no, esto es algo que se sale de toda regla científica..! ¡Es como si fuera..! —Lo piensa antes de decirlo. —¡Un milagro!

Todos se acercan algo temerosos hasta mí. Terminan abrazándome y besándome y algunos sueltan una gotita de emoción desde sus ojos. Una estrella en el cielo aumenta su luz como un anuncio divino y ante su claridad mis discípulos se arrodillan a mi derredor esperando mi bendición. Me encuentro incómoda y les ordeno levantarse. Jose se ha quedado en un segundo plano, como asumiendo su nuevo papel. Al fin se acerca y sin el mínimo reproche a mi protagonismo, me besa y me ayuda a volver sobre mi montura. Todos me miran animosos ahora.

Todos menos uno… Hace un par de minutos que lleva hablando por su móvil. Su sonido apagó el lucero que mencioné antes. Así que pienso que son novedades normales, como las últimas, quiero decir, más bien no muy agradables. Por fin cuelga y se incorpora al resto.

—Era tu hermano, María. Ya te pareces a tu abuela: tienes el don de la clarividencia. La policía ya ha encontrado el cuerpo de Sofía en la playa. Aunque no pueden demostrar la relación que tiene con las muertes de Felipe y de Thalía, sospechan que tienen un nexo común. Andan muy perdidos, incluso aturdidos. Todas las pesquisas van en la misma dirección. Piensan que somos una banda organizada, aunque desconocen nuestros fines. Han llamado a un par de historiadores para que les orienten, pues se encaminan hacia que formamos parte activa de una organización, como mínimo, masónica. De momento no tienen ninguna prueba a la que agarrarse y eso les cabrea aún más… Ya veremos cuando analicen la flecha que mató a Sofía... Antón me informa de que los inspectores de la brigada criminal que han enviado desde Santiago (alguno incluso viene de Madrid) están obcecados en acusarte a ti María de los asesinatos de Thalía y de Felipe a través de pruebas meramente circunstanciales, como tu mera presencia en la de Felipe y las muestras de sus cenizas en la piel de Thalía... Ahora, con Sofía, buscarán algo más... No lo tienen fácil... Es todo muy casual y no tiene peso de prueba ni siquiera admisible a un supuesto juicio... Además, también se podría aplicar para los demás... Yo creo, y Antón piensa igual, que alguno de ellos pertenece a la orden de los Monjes Negros... De ahí, esa manía persecutoria... Por otro lado, debemos darnos prisa y no demorar nuestra marcha. María, vuelves a tener razón, si llegamos antes que la policía o los Monjes Negros al monasterio, nos respetarán en sagrado y esperarán por nosotros en Cangas para declarar, por Thalía y Sofía, por lo ocurrido, y por haberlas abandonado... Tan solo tenemos que seguir contando una parte de la verdad: nos persiguen y no sabemos ni quienes ni por qué.

—¿Y tú me llamas clarividente? —Le pregunto maliciosamente. Todos nos reímos ante la expresión de *offside* de mi querido poli. Nunca le podré agradecer lo suficiente su obstinada entrega, su empecinado empeño por mi salvaguarda. —¡Obedezcamos pues a nuestro jefe de seguridad! ¡En marcha!

Consigo que el grupo se distienda y comiencen a hablar entre ellos, con el compañero de marcha, sin llegar a entender ninguna de sus conversaciones, más bien murmullos. Jose cabalga a mi lado. Me mira abobadamente.

—¿Qué pasa? —Le pregunto.

—¡Nada! Solo pensaba en la paradoja de la vida…

—¡No te entiendo!

—¡Es fácil! ¡Tantos años preocupado por ti, pendiente de que no te ocurriera nada, de que llegaras a este momento preparada… y …!

—¿Y? —Me tiene en ascuas.

—¡Y ahora eres tú la que nos conduces a todos! ¡Valiente, sin vacilaciones ni titubeos! ¡Ahora soy yo el que tengo miedo… miedo de perderte!

—¡No digas tonterías! ¡Sabes de sobra que todo es fachada! ¡Que por dentro estoy tiritando y no de frío..! Pero si no lo hago así, todos nos hubiéramos hundido y no puedo veros derrotados… Y menos a ti, mi amor! ¡Es el Señor el que me ha inspirado! ¡Es Él quién me ha mostrado todo tu querer… y soy yo quien tengo miedo de perderte..! ¡Nuestro hijo es obra de él y tengo temor..!

—No tengo celos de Dios, María… —Me interrumpe anticipándose a mis pensamientos. —No puedes pensar eso. Soy un privilegiado por haber sido elegido el instrumento del Señor a su concepción terrenal. —Me lleno de él y no puedo dejar de admirarle. ¿Qué mayor premio puede tener una mujer en la vida que un hombre tan maravilloso? Ninguna. No cabe más amor en mi corazón.

Aunque de vez en cuando tengo que retrasar la marcha debido a los humores de mi nuevo y precoz estado, no paramos en toda la noche de cabalgar. Los hombres portan los cirios de la Santa Compaña y hasta los bichos de las tinieblas escapan a nuestro paso. Las mujeres vamos más o menos agrupadas. No me ha dado mi actual naturaleza para fascinarme por el paraje. Mucho no lo he disfrutado, la verdad. Me encuentro algo tosca y pesada. Sé que hemos rodeado la Marbella del Norte, Sanxenxo, yendo por los caminos de Noalla, ocultos entre mediana espesura, paralelos a las pequeñas poblaciones y urbanizaciones, y eso sí, contemplando a ratos la maravillosa vista de la ría de Pontevedra, desde los pequeños montes de Raxó, Samiera y Chancelas, ya en el concello de Poio. Repito, hoy no estoy para hacer de guía turística. Sé que estamos atravesando, cercana la madrugada, Combarro, pequeño núcleo marinero declarado Patrimonio de la Humanidad, con sus centenarias casas de piedra, a borde mismo del mar, formando una especie de pasarela o galería que recorre toda su zona vieja. Juan, que ha tomado los bártulos de la desdichada Sofía, nos conduce por pleno pueblo, a la vista de sus vecinos, asumiendo el riesgo, pero conocedor que es el camino más corto y directo, sin pérdidas ni rodeos inútiles para llegar al monasterio.

Mi padre no me ha dicho nada en todo el camino. Ni siquiera ha hablado de su posible nieto. No he querido perturbar sus silencios pues para mí se explican muy bien. Tengo la certeza de la despedida, de que nuestras vidas se vuelven a separar, de que su destino no está a mi lado. Las fuerzas ocultas que dominan mis esencias así me lo transmiten. Por ello no le culpo de su aislamiento ni de la evitación que está teniendo conmigo en estas horas. Como se siente observado me mira y disimula una sonrisa efímera. Me allego a él y sin venir a cuento le ofrezco su daga.

—Puedes quedártela, hija…

—Ya tengo tu anillo y un ejército pendiente de mí, ¿no te parece? —Le replico con ternura. —Además no tienes nada con lo que defenderme… —Me devuelve una sonrisa alicaída que me anuncia que ahora prefiere estar solo. Lo entiendo y no le reprocho. Decido dejarle tranquilo con sus disquisiciones: Hemos llegado.

Inmenso, infinito también. Antiguo monasterio benedictino en los tiempos de mis ancestros. Gobernado ahora, según comenta Alba, por los Hermanos Mercenarios, el abad nos acogerá sin problemas en su hospedería como peregrinos, y más con la intercesión y el rango, aún no desposeído, de mi padre en la orden predecesora. La iglesia, de origen renacentista con múltiples elementos del barroco adornando sus dos torres, nos recibe suntuosa. Su lateral izquierdo mantiene anexionada la nave principal casi cuadrangular del lugar de reposo y culto, anticipándose a nuestra recepción. Su estructura ha sido construída con piedra del país, de diseño recio en contraposición con la fachada del templo principal, y dejando al aire varias balconadas pequeñas y estrechas. Acomodamos nuestros caballos en la gran explanada que las conforman, con caminos hasta la puerta de entrada adoquinados de piedra y canto de río, y dejando, a modo de suelo ajardinado, crecer un césped bien cortado en grandes cuadriláteros.

Descendemos con parsimonia de ellas. Mi padre se adelanta al resto en dirección a la puerta principal, cuya hoja permanece extrañamente abierta. Detrás de él uno a uno vamos penetrando al refectorio de bienvenida que actúa de recepción a los forasteros y turistas, bien para alojarse, bien para realizar una visita guiada por la historia del monasterio. Es amplio y fresco, por el efecto nevera de la piedra que erige sus paredes. Al fondo, según entramos una gran abertura, deja entrever el magnífico claustro de las procesiones, o así creo recordar que se llamaba de mi época de estudiante. Grande y amplio se vislumbran sus arcos de bóveda con crucerías estrelladas. Un jardín digno de reyes ocupa su patio, con una magnífica fuente en el centro y cinco relojes de sol marcando las horas y las vidas de sus habitantes. En uno de sus tabiques interiores, un conjunto de extraordinarios mosaicos a base de trozos de cerámica y piedra, relativos al Camino de Santiago, realzan la belleza única de este lugar sagrado. Cuentan que en su planta superior una fastuosa biblioteca es el orgullo mejor cuidado por sus monjes, donde códices antiquísimos, incunables de valor incalculable, tanto histórico como en valor económico, y miles de volúmenes, auténticas joyas, custodiados y recuperados por la orden benedictina hasta su salida del templo, cubren sus innumerables librerías dando un color y olor especial a sus salas. Si hoy dispusiera de un ratito me encantaría fisgar en lo más profundo de sus misterios.

Nos recibe el abad, que ya nos estaba esperando, acompañado de un hermano con el rostro cubierto por la capucha de su hábito. Estoy inquieta y el resto también. Es todo un poco extraño... La puerta franca, abierta sin oposición, cuando aún no es la hora de apertura al público, pues deben ser poco más de las ocho de la mañana y hasta las diez... Nadie había avisado al fraile, salvo que mi hermano a fin de proteger nuestra integridad le haya enviado recado de nuestra inminente llegada... No me encaja... También me choca el aspecto del religioso, encapuchado, ocultando su semblante... No soy la única que está intranquila: Aún están frescos los funestos recuerdos en la colegiata... con "nuestros" costaleros cubriendo su rostro con el capirote... El único que parece no percatarse de nada es mi padre. Y esto también me mosquea. ¿Estaré equivocada con él? ¿Será él el traidor?

Me pongo en guardia. De pronto me doy cuenta que no tengo con qué defenderme: He devuelto la daga a mi padre. Se me erizan los pelos. Jose percibe mis temores y también se prepara asiendo la empuñadura de su espada. Sé que en unos segundos todo va a suceder muy rápido y no encuentro escapatoria. No quiero mirar atrás, pero acabo de advertir que nos han flanqueado la salida. Miro primero al abad y veo una cara afligida y no por la edad precisamente. Sus ojos están desviados, evitándonos. Después observo con fruición y en veloz panorámica al grupo: Santiago, detrás de mi padre y también dispuesto a lo peor; Marcos, Lucas, Juan y Andrés, en actitud de defensa para las chicas, todas arremolinadas, y unas más que otras muy excitadas; quizás sea Nora la que se mantiene más firme… Bueno, todas no: Helena ha dado un par de pasos al frente con la mano apoyada ya en la empuñadura de su acero. Sin embargo dos pizcas ligeras que brotan de sus lagrimales me producen un desconcierto algo desolador. No alcanzo a comprender su posible significado…

Mi padre se aproxima lo suficiente como para recibir su aliento, casi cuerpo a cuerpo, descuidando las distancias, y esto se me hace más inesperado aún. Con una agilidad que ni loca le hubiera supuesto, desnuda el rostro del desconocido clérigo…

—Te creía más inteligente, prelado… —Al mismo tiempo le escupe en plena cara, haciéndole retroceder un paso. De seguido un buen número de Monjes Negros con sus arcos armados y las espadas desenfundadas nos rodean tanto dentro del recibidor, como en los aledaños del claustro y en el exterior del templo. Solo y con muchísima suerte la escalera de honor que conduce a las dependencias superiores, entre otras al archivo que mencioné antes, nos da alguna posibilidad, de lo contrario estamos perdidos. Me encuentro tan atascada que ni rezar puedo.

—¡Yo también, Juan! ¡Padre e hija a la vez! ¡Qué romántico! ¡Nunca pensé que Dios me lo iba a poner tan fácil! —Se jacta triunfal Antonio Pita.

—¡No pronuncies el nombre de Dios en vano! —Le grita mi padre.

—¿Va a bajar de los cielos a impedírmelo? —Le reprocha irónico a mi padre.

—¡No, claro que no! —Agacha la cabeza en señal de resignación… Inesperadamente, se yergue con sonrisa burlona y con su dedo izquierdo acusador. —Por eso me ha enviado a mí, que vengo desde los infiernos… Todos nuestros actos terminan acercándonos a Dios o volviéndose en nuestra contra. Esta es su ley. Si te hubieras preocupado del verdadero contenido del manuscrito de María Soliño, lo sabrías… —El prelado le mira cariacontecido, casi compungido. Nadie se había atrevido a hablarle así. Hasta ahora— ...Como yo sé que aquí terminarían mis días...

—¡Eso es cierto! ¡Que así sea, bachiller! —Y exhibiendo un sable corto arremete contra mi padre. —¡Muere y cumple tus deseos entonces!

—¡Padre! —Grito como una loca. Corro apartando como puedo a las chicas para aterrizar a trompicones junto él. Al tiempo, Antonio Pita deja caer el delgado filo al suelo con golpe seco y sonoro. La daga de mi padre está clavada como una estaca en forma de cruz en el corazón del vampiro. Mi padre previó el ataque y con un movimiento lateral evitó el estoque, mientras su mano derecha asestaba la puñalada mortal.

—Aquí Al-Aruk me quitó mi anterior vida y aquí, estaba escrito, comenzaría mi nueva vida, igual que él, salvando la vida de María y purgando mis pecados, aceptando la penitencia que me imponga el Señor para salvar a mi alma vagabunda, dándole un nuevo sentido a mi existencia y recuperando lo que nunca debí perder: mi hija... —Ha pronunciado estas frases con auténtica convicción, hasta con devoción. El jefe de los Monjes Negros le ha mirado con ojos llenos de temor antes de morir. De sus labios brota sangre oscura, roja pero oscura, como imitando al color de su espíritu. El abad recupera su ánimo y nos chilla...

—¡Por las escaleras! —Solo uno de los soldados de la orden nos corta el paso. Por la entrada principal asoma James, el pirata, con cuatro o cinco, no soy capaz de contar, monjes. Aquí dentro ya nos habían rodeado por lo menos otros seis. Y el claustro debe estar invadido. Hemos matado al capitán pero nos queda toda la tropa... Arrodillada y enlazada a mi padre, imploro la caridad y misericordia del Todopoderoso. Un impulso sobrenatural hace que me incorpore cargada de aplomo. El Señor me ha escuchado, colmando mi espíritu de su gracia. Capto que mis enemigos son conscientes de ello.

—Guardad las armas, amigos... Ya no nos hacen falta.

—¡Pero..! —Intenta contradecirme Andrés, envalentonado y dispuesto a rematar nuestra historia de una vez por todas.

—¡Obedeced! —Grito sin titubear. Azorados y con gestos de incomprensión en sus rostros acatan mi orden. Me dirijo al nuevo capitán solemne y distante. — James... —Le cojo desprevenido. Aunque asesinos, sus ojos no me pueden engañar. —Todo condenado a muerte tiene derecho a un último deseo. No sé si podré confiar en que respete el código de la orden después de haber profanado el acogimiento a sagrado...

—Ni siquiera lo habéis solicitado, mi señora —me responde recuperando la compostura e intentando mantener su supremacía ante mí de cara a sus hombres.

—No hacía falta: ya estábamos dentro...

—Dentro de la recepción —me interrumpe triunfal. Pero era lo que yo quería escuchar...

—De acuerdo... —Mis compañeros lanzan bufidos de desaprobación. Lo asumo. Aún no saben cuáles son mis intenciones. —Entonces estoy equivocada y no tendrá inconveniente en dejarme cumplir mi última voluntad antes de morir, según las reglas no escritas de honor de los Monjes Negros —he descolocado a todos, a los míos y a los otros. James ha caído en la trampa. Lo sabe. Su cara ha tornado a una expresión irrefutable de fastidio.

—Tú dirás —me responde al fin.

—Quiero dar mis últimos pasos por el Claustro de las Procesiones pronunciando mi última oración y después me entregaré, para que podáis darme muerte al fin... —El pirata sonríe de satisfacción. —Si así Dios lo quiere... —Y muda a contrariada al oír mi coletilla final.

—¡Concedido! —Reacciona de todos modos relamiéndose los labios sintiéndose ganador.

—¡María, no! —Grita Jose abrumado y desolado.

—¡Estás loca, María! —No sé quién ha sido, creo que Nora.

—¡Hija mía, no lo hagas! —Mi padre, llorando.

—¡Has perdido el juicio! —Santiago.

—¡Lucharemos! —Helena.

—¡Daremos nuestras vidas por ti! —Andrés.

—¡No puedes hacernos esto!

—¡Tiene razón Alba! ¡Tomás, Felipe, Thalía y... Sofía murieron por ti! ¡No puedes olvidarlo! —Me chilla con desesperación Eva.

—¡Saldremos de esta, ya lo verás, María! —Hasta el interpérrito Juan ha reaccionado.

—¡Te prometo cocinar para ti toda mi vida, pero por favor María..! —Vaya tontería que se le acaba de ocurrir al pobre de Marcos. Tiene que estar asustado de verdad.

—¡Aún podemos vencer, María! —Dice la voz de Lucas inconfundible. Bueno ya están todos. Basta de gilipolleces y resolvamos esto de una vez. El Señor me enseñará el camino…

—¡Dejadme! —Grito con voz atronadora. Todos se apartan ligeramente. Solo Jose y mi padre no se han movido ni un milímetro. Beso brevemente y con dulzura a mi marido, al tiempo que le susurro con voz muy queda al oído —¡Confía en mí!

—¡Bueno, qué! ¡Terminemos de una vez con esto o lo termino yo a mi modo! —Bufa James.

—¡Tranquilo, pirata! ¡Solo me estaba despidiendo! —Ya estoy de pie. Antes de encararme a mi verdugo, mi padre intenta agarrarme, pero Jose accede a mi petición y, depositando toda su esperanza en mis últimas y misteriosas palabras, lo sujeta y haciéndole una señal ininteligible lo deja calmo. Entre los dos y con los brazos extendidos retienen al resto, que los mira con reprobación y total incomprensión.

Después de lanzarle una mirada retadora al capitán, giro sobre mí misma y, cruzando el pasillo humano que conforman los míos, traspaso el umbral que me conduce al atrio. La luz clara y diáfana de la mañana dota de intenso color y olor a jazmín, cómo no, al bello claustro. Camino erguida. Mis sandalias rozan la piedra de la calzada a mi paso. Inicio el recorrido justo en la primera escena del impresionante tapiz de gres artesano y a cascotes que dibujan el mapa del Camino Francés. Es la paradoja de mi vida, siempre iniciando caminos y nunca llegando a su marcado destino... Busco dentro de mí la oración propicia a este mi final, a los designios del Señor. Y encuentro las palabras... Estoy rodeada por mis enemigos. James me sigue a un par de metros escasos con varios de sus hombres custodiando a mis apóstoles. Ahora sé lo qué debió sentir Cristo en su conducción ante el gobernador romano, Poncio Pilatos.

—¡Hermanos! ¡Dios me ha hablado! —Mi voz suena potente y un eco repica en toda la galería.

—¿Y qué te ha dicho, hermana? —Contesta soez apoyado sobre una de las balaustrada uno de los monjes. Todos se echan a reír...

—¡Perdónales porque no saben lo que hacen! —Un silencio atroz ha llenado el patio. —Las mismas palabras que Cristo pronunció desde la cruz.

—¡Tú no eres Dios! —Al fin se atreve uno de ellos a retarme.

—¡Tienes razón! —Hago una pausa aposta— ¡Pero en mi seno llevo a su Hijo! —El miedo ha prendido en su corazón, lo siento.

—¡Mientes! —Vocifera otro.

—¿Estás seguro? —Le pregunto con rabia contenida. Aprieto con mis dos manos hasta hacerme daño el crucifijo de mi abuela.

—¡Danos una prueba! —Me desafía uno de ellos.

—¡Mi fe! —Respondo con contundencia.

—¡Eso no es suficiente, bruja! ¡Tu fe no te va a salvar!

—¡Además Dios no existe! —Exclama otro más. Me aproximo al arco más próximo que tengo y mirando al cielo exclamo…

—¡Dios mío, Dios mío, ¿por qué me has abandonado?

—¡Ves, mujer! ¡Hasta tú ya dudas de él! —Poco sabe que sigo la inspiración que Él me envía…

—¡Tengo sed! —Aúllo con todas mis fuerzas que mi humanidad me permiten.

—¡Deseo concedido! ¿Un poco de vinagre con hiel antes de morir? —Se mofa el mismo de antes. Por poco tiempo. En dos o tres segundos la luz del sol se apaga y el día se torna a gris negruzco. Dos relámpagos terribles caen ante todos nosotros. Uno en la pileta de la fuente y el otro… cruza de arriba abajo la columna vertebral del que estaba apostado sobre la balconada de piedra… A continuación llega la estridente compañía de dos truenos como nunca había escuchado en mi vida, ni siquiera en las sobrecogedoras tormentas semitropicales californianas. Un incontinente diluvio universal inunda en estos instantes el jardín, salpicando a borbotones continuos los pasillos del claustro. Estoy empapada hasta la medula, pero no me he movido y sigo mirando impasible al cielo, ahora gris.

—¡Señor, en mis manos encomiendo mi espíritu! —Mi voz desgarradora rebota en el lugar. La tierra tiembla y la loseta del patio se ha resquebrajado sensiblemente. Los Monjes Negros chillan como mujeres despavoridas y sin saber en qué dirección, atolondrados, corren desorientados buscando escapar de la ira de Dios.

James ha desenvainado su espada y viene hacia mí con los ojos inyectados en rabia, dispuesto a cumplir su objetivo y sesgar mi existencia. No le da tiempo. Se ha quedado solo y el grupo le ha rodeado con la punta de sus aceros presionándole la nuez. Deja caer su arma en señal de rendición. Voy junto a él arrebatadora y completamente mojada. Ya no llueve. La tierra está en paz. Y el sol ha vuelto a regalarnos su luz.

—¡Dejad las armas! —Esta vez nadie rechista después de lo que han sido testigos. Me encaro al pirata. Le mantengo firme la mirada. —¡Llévate a tu amigo muerto de aquí y dale un entierro digno, porque aunque mi cruel adversario, también era criatura de

Dios! ¡Y vete! ¡Aún no ha llegado tu hora! —Un pequeño murmullo de los míos desaprueba mi decisión. —¡Quién a espada mata, a espada muere! —Sentencio. Todos bajan la cabeza aceptando mi decisión.

—¡Volveré! —Igual que Arnold Schwarzenegger en no me acuerdo qué película. El grupo se aparta para dejarle pasar. En el camino se cruza con el abad ahora ya aliviado. A su paso le empuja derribándolo en señal de cabreo incontenido. Le seguimos. Como si fuera una pluma, con destreza carga sobre sus hombros el cadáver del prelado. Antes de que se pierda por el mismo lugar por el que vino, con pasmosa seguridad le espeto una última frase que le hace revolverse con aire indignado hacia mí y ademan contenido.

—¡Te estaré esperando, James!

Se va sin volver a mirar atrás. Me jugaría el cuello y no lo perdería a que por su mente los pasajes de hace cuatrocientos años se le hacen presentes... O al menos a mí sí: Los Monjes Negros retirando el cuerpo moribundo de Al-Aruk de la colegiata de Cangas para venir a caer precisamente aquí, al monasterio de San Juan de Poio. No se equivocaba mi padre al afirmar que la vida devuelve sus golpes, aunque tarde siglos en hacerlo...

El móvil de Santiago nos devuelve una ración de angustia. Nuestra existencia es lo más parecido últimamente a la ruleta de la fortuna. Pasamos del blanco al negro y viceversa sin condición coherente de tiempo, como el barco naufragando en el medio de una gran tempestad, con olas gigantes que nos engullen y nos bambolean según los caprichos del azar. Permanecemos callados intentando discernir lo que sus síes quieren decir. Por fin cuelga.

—Era mi jefe. La jueza Inés le ha comunicado que María, y todos nosotros, pero fundamentalmente ella, tiene que presentarse en los juzgados antes de las diez de la noche, para tomarle declaración. Si no lo hace, dictará providencia con orden de detención…

—¿De qué se me acusa?

—¡No estás acusada..! No, de momento. —Me responde preocupado Santiago.

—¡No temas, Santiago, no temáis por mí..! ¡El Señor me protege! ¿Cuándo partimos?

—Si queremos llegar a tiempo, será mejor que comamos algo, nos lavemos un poco y cojamos camino… –Sugiere Alba al revisar las notas de tiempos y paradas que la buena de Sofía había preparado tan minuciosamente.

—Mis hermanos y yo os conduciremos a las habitaciones primero. Hay unas buenas duchas en ellas. Os vendrá bien el baño y relajaros un poco antes de salir después de tanta tensión. Mientras os prepararemos un buen refrigerio. Sois nuestros invitados. —Sugiere amablemente el abad, ya con su voz recuperada y esbozando una tenue sonrisa. —Acompáñeme, señora... —Me ofrece su mano blanca y limpia, que yo acepto sincera.

Si Jose no me despeja casi me duermo duchándome. Mi mente y mi cuerpo se encuentran agotados. No sé si voy a resistir el viaje hasta Cangas. Los caballos deben estar derrengados. Eva me ha inspeccionado antes de ir a almorzar. Me ha dado una pequeña cucharadita de ginseng y me he puesto como una moto en nada. Dice que no es muy recomendable abusar, pero que la circunstancia lo requería. La verdad es que se lo he agradecido, pues ya no podía conmigo. Ahora me encuentro mejor y "fregada", que también me hacía falta. Estoy tomando algo de fruta, pues desde esta noche, con mi nuevo estado, mucha hambre no tengo. Supongo que será hasta que mi cuerpo asimile su nueva situación. Ya veremos, pues todo esto es nuevo para mí. En todos los sentidos.

Ya estamos listos. El abad me pide susurrando al oído que le acompañe. Estamos en la zona nueva, la otra parte del monasterio que edificaron los Padres Mercedarios a los que pertenece. El comedor es moderno y acogedor. Nada que ver con lo que he visto hasta ahora. Muy bien iluminado y diseñado para el viajero. Subsisten de dar habitación a los turistas que visitan año tras año la comarca. Y más que una hospedería semeja un hotel de varias estrellas. Es un contraste cuando menos curioso. Entras en un monasterio fundado hace mil años, con una iglesia de finales del XVI y la vieja construcción con su afamado claustro de pocos años después, pensando en que todo será antiguo, y luego te encuentras con la parte contemporánea, totalmente modernizada y aclimatada a los tiempos actuales, y con el personal en su mayoría clérigo uniformado con el hábito de la orden, totalmente de blanco, casi inmaculado, sirviéndote el café del desayuno o llevándote una toalla a la habitación, mientras a través de la Wi-Fi te conectas con todo el mundo exterior.

Mi padre, que está a mi lado, le sujeta el brazo al abad y le hace agachar la cabeza para decirle algo sin que yo me entere de qué. Le asiente. Entonces se levanta de la mesa y me hace una indicación para que yo haga lo mismo. Nos dirige por los largos pasillos hasta volver al refectorio de la entrada. En sus baldosas de piedra, en las del centro, se distingue aún fresca la mancha sanguinolenta que dejó el Monje Negro Antonio Pita al morir. Subimos las escaleras, las del honor, por donde pensamos escapar hace tan solo un par de horas. Nos adentramos en otro pequeño salón y un arco ovalado nos muestra una de las maravillas más admiradas del convento: su biblioteca. Seguro que mi padre sabía de mi interés por verla y se lo ha contado al abad.

No encuentro las palabras para describirla, y ya dije que no se me daba nada bien. Impresionante: salas interconectadas a base de arcadas abovedadas y entrelazadas en ojivas de medio cuerpo entre sí; innumerables muebles de madera noble barnizada y pulcra con millares de libros increíbles en perfecto orden llenando sus estantes; mesas de época con sillas estilo Versalles ocupando el centro de las dependencias y preciosos atriles correctamente iluminados de forma indirecta efecto museo, exhibiendo los ejemplares más relevantes. Mis ojos pasean atónitos por el mágico recinto con la boca entreabierta, plena de admiración. El abad se siente satisfecho al verme y un cierto orgullo no exento de humildad complace sus sentidos.

—¡Hija! Nuestros caminos se separan aquí… —Es mi padre envolviendo con sus manos mi cara. Mis ojos comienzan a brillar. No puedo decir que no lo esperaba. —Dios también me ha hablado y este es mi lugar… —No me deja hablar, no quiere que le interrumpa. —Ha sido poco tiempo, pero muy intenso y suficiente. Eres fuerte y el Señor está contigo. Has sido lo más maravilloso que me ha pasado en la vida. Yo debo ahora purgar mi corazón y vivir en recogimiento acogiendo la dicha del Todopoderoso, la que ahora me ha dado. Aquí Al-Aruk tuvo su penitencia. Aquí la tendré yo. El abad me acoge entre sus hermanos, como uno más. Quiero y deseo estos votos hasta el día en que Dios me lleve a su presencia y, si lo tiene a bien, me conceda la gracia de pasar la eternidad junto al ser que aún sigo amando más que a mi vida… —Estoy ciertamente conmovida. Lloro silenciosamente a lágrima viva. — No llores, mi amor. Siempre estaré a tu lado. Ahora nuestro vínculo es inmortal… —En mis manos deposita la daga que pudo hacernos matar y que mi vida salvó. —Ya no me hace falta y tengo el presentimiento de que también tiene un destino que cumplir, y contigo. Llévala siempre encima. Así siempre tendrás un recuerdo feliz de cada uno: el crucifijo de tu abuela, el anillo de tu madre y mi daga… —Ahora ya lloro con desconsuelo. — No olvides tu misión, hija, que se ha hecho mía también. Me gustaría ser abuelo y quién sabe, a lo mejor vienen tiempos mejores, Dios lo quiera, y me traes a mi nieto para conocerlo…

—¡Te lo prometo, papá! —Es la primera vez que pronuncio esta palabra, que me suena a magia. Esto le hace llorar, igual que a mí. Me siento reconfortada y triste a la vez. No sabe cuánto amor me llevo y cuánto se queda con él. Nos abrazamos con la sinceridad que solo el auténtico cariño de un padre y una hija se puede dar. —¡Te escribiré! —Asiente con la cabeza. Se separa de mí y dándome un beso en la mejilla me hace una señal tierna para que me vaya. No quiere decirme adiós.

El abad se me acerca y con un pañuelo, blanco también, me limpia el rostro. Me contempla comprensivo. Me acompaña. Antes de bajar las escaleras, me paro y le digo:

—¿Sabe lo que estoy pensando, padre? —Niega con la cabeza. —Que si, cuando acabe todo este jaleo estoy aquí para contarlo, yo también le traeré un regalo que creo que le gustará…

—¿El qué hija? —Pregunta lleno de curiosidad.

—El manuscrito de María Soliño. Pienso que este es el lugar ideal para su custodia final.

Dos caballos sin jinete, el de Thalía y el de Sofía, cabalgan a rebujo de nuestros mejores "laceros", Lucas y Helena. No puedo despejar la incógnita del comportamiento de esta última. La aprecio distinta, como si tuviera recónditos secretos que desvelar. Percibo una lucha interior potente. Está distante y poco participativa, yo diría que hasta esquiva. Detento la premonición de que es distinta a la Helena que conocí. Prefiero esperar acontecimientos, pero mis alertas están encendidas y no sé si llegado el desenlace podré favorecerla de algún modo.

El ánimo de mi gente pasa por un efecto balsámico. Somos conscientes de la amenaza que acabamos de superar en este último capítulo de nuestra empresa, por fin sin ninguna baja, y esto ha generado una sensación de alivio generalizado. Enfilamos relativamente relajados a lomos de nuestros abnegados caballos el Parque de la Memoria, dedicado a los emigrantes del mundo, y que parece ser, relata Alba (que es ahora a falta de Sofía la erudita del grupo), vino a inaugurar el premio Nobel Pérez Esquivel a orillas de la ría, devorando la desembocadura del Lérez, a escasa distancia ya de Pontevedra, con un paseo a ras del agua, natural y precioso. Y aunque mantenemos nuestros protocolos de seguridad nos encontramos resueltos y animosos ante la gran cantidad de gente que se nos agrega a lo largo del camino, vestidos de época, al igual que el grupo: es la Feira Franca.

Había oído hablar de ella pero no conocía esta fiesta popular. Al final he estado demasiado tiempo fuera, desconectada de mis raíces, y cuando me fui a mi residencia actual (aunque ahora mismo ya no sé ni dónde vivo ni de dónde soy, para ser sinceros), aún estaba en sus primeras ediciones. Se celebra el primer sábado de septiembre y recupera durante ese día las concesiones que hace (como no podía ser de otro modo, claro) cuatrocientos años obtuvo el *concello* del Reino de España para poder celebrar los mercados medievales fuera de los dominios fiscales que imponían los arzobispos compostelanos. Allí se instalaban, en la Praza da Verdura, y después con el paso de los años también en la Ferrería, los distintos gremios artesanales, ganaderos y agrícolas. Como también era puerto de carga de mercancías, se sumaban *pescantinas* y todo tipo de puestos con género susceptible de poder comerciar entre la población.

Es por todo esto por lo que avanzamos cómodos entre un *collage* auténtico de gente que saluda a nuestro paso, aplaudiendo y dándonos la enhorabuena por nuestros "disfraces" tan logrados y bien conjuntados y el aspecto general de compañía que hemos conseguido. Nos preguntan entusiasmados cuál es el nombre de nuestra *troupe*, como si estuviéramos en pleno carnaval y fuéramos una de las comparsas participantes. Lo más simpático es que cuando les decimos que pertenecemos a la Orden de la Santa Compaña se ríen y alaban nuestra "originalidad". Entonces nos colocamos las capuchas y encendemos las antorchas y surgen vítores por doquier. Cualquiera que no haya venido a esta romería pensaría que se la estoy dando con queso... Pero claro, todo esto sucede en medio de una población volcada que prepara este día durante meses enteros para que hoy nos encontremos totalmente rodeados, ya en las inmediaciones del puente de A Barca (entrada a la ciudad, cruzando el río), de princesas cortesanas, nobles de dudoso abolengo, frailes obesos y con coronilla, príncipes y reyes sin trono, cardenales siniestros, ladrones y mendigos pordioseros, lazarillos con ciego incluido, caballeros templarios, milicianos de las cruzadas, campesinas insolentes de grandes y lascivos pechos, arqueros a lo Robin Hood, cetreros con halcones, feriantes de ganado, trovadores desafinados y juglares arlequinados, panaderos, mesoneros y demás prole del siglo XVI.

La verdad es que estoy flipando a colores. Hemos llegado a la plaza de toros, donde podemos dejar nuestras monturas a buen recaudo en el interior de sus toriles hasta primera hora de la tarde, que es cuando se celebran los torneos con damisela incluida. Pasamos relativamente desapercibidos. Somos un grupo más entre la multitud que en breve asaltará sus tenderetes, reservados para las viandas típicas de aquellos años. Solo que nuestro exceso de celo, quiero decir, nuestra auténtica realidad, no pasa de soslayo al público. Hemos decidido alimentar nuestro cuerpo, que no solo de pan vive el hombre. Y para ello nos hemos atrevido a dar una vuelta por la zona antigua, que fue amurallada. No puedo evitar rememorar mis primeros años. De hecho estamos cerca de la Plaza da Ferrería, donde yo me dedicaba a espantar las palomas hacía el campanario de San Francisco. Estoy alucinada. El suelo lleno de paja y los olores del campo y de los puestos de comida me transportan a otros tiempos, no solo los míos, también los de mi antepasada. Un monje traslada con dos bueyes un grandioso barril de vino. Escucho el martillear constante de un herrero forjando las herraduras de un caballo y cómo sopla manualmente el fuelle para avivar el fuego. Un hombre hincha con el aire que espira de sus pulmones la pipa del vidrio y recrea una especie de vasija. En una de las pequeñas plazoletas, supuestas brujas están presas en enormes jaulas, igual que loros. En otra, damas de la nobleza bailan en la corte con hombres que parecen más bien mosqueteros. Los pregoneros entran a caballo y tocan las cornetas para anunciar el inicio de la Feira. Música de cámara se cuela entre el loco y burbujeante murmullo del populacho. Tenemos los ojos muy abiertos, pero no por nuestros enemigos, sino por no perdernos entre la multitud. Se hace difícil el tránsito. Todo está lleno de empujones y largas colas. El tiempo acompaña y la muchedumbre se ha lanzado a la fiesta. Los balcones se han engalanado con las insignias de la época y de una parte a otra, entre ellos, cuelgan decorativas banderolas conmemorativas. Admirados disfrutamos de las demostraciones de esgrima y tiro con arco (a Helena hay que pararla, pues ya quería participar —«Tranquila, Helena, es una exhibición, no un concurso»— y para mí significa una señal de normalidad en ella, lo cual me alegra) y cetrería. Aquí eche de menos alguna paloma mensajera. Es broma.

Nos hacemos con una empanada de bacalao y uvas pasas, que devoramos sentados en el suelo mientras un grupo de judíos conversos se atiborra de zancos de pollo asado, que comen ávidos con las manos. Deben de ver nuestra necesidad que amablemente nos invitan a compartir mesa y no mantel precisamente. Algo de ternera asada, cordero y cabrito vamos apañando regado con vino tinto, el de las sopas de la abuela, servido en cuencos de arcilla. Yo no como mucho, aunque está todo sabroso. Soy muy *lambona* y siempre me reservo para los postres. Me atiborro de tartaletas de manzana y filloas. Me vuelvo a sentir niña e inocente, casi feliz.

Santiago tiene razón… No tenemos necesidad de mentir, sino de no contar toda la verdad. Nos preguntan de dónde somos y decimos que de Cangas, después que qué hacemos, y contestamos que una parada después de hacer el Camino de Santiago a caballo, y siguen preguntándonos de qué vamos vestidos, y repetimos siempre la misma letanía, de la Orden de la Santa Compaña; les parece divertido y nosotros estamos cómodos así. Alguno va más allá y curiosea… quiere saber si hemos viajado con esta indumentaria a Santiago, no rehuimos la cuestión y le confirmamos que sí, evidentemente nos demanda la causa y como si lo tuviéramos ensayado varios respondemos a la vez que cumplíamos la promesa de un amigo que nos dejó. Al final quedan convencidos y satisfechos por nuestras respuestas. Otro grupo de amigos suyos, ataviados con ropas de mercaderes, se nos unen. No necesitan convencernos de que les acompañemos al torneo medieval, pues se acerca la hora de partir para Cangas y hay que retomar nuestras monturas esperemos que algo más descansadas, precisamente en la plaza de toros, lugar de su celebración.

No ha pasado ni cuarto de hora y ya estamos en las cuadras preparando los caballos y la partida; deben de ser las cinco de la tarde. Queremos partir antes de que comience el espectáculo. Nuestros nuevos e improvisados amigos están impresionados al comprobar que no les hemos engañado. Uno de ellos es veterinario y acostumbrado se acerca a *Esperanza*, acariciándole el torso sin reservas. La yegua se deja hacer y a mí me tranquiliza, pues es como una señal de que hemos convivido este rato con buena gente. Insisten una y otra vez, para que nos quedemos un rato más con ellos y disfrutemos de tan singular acto, que nos ha de gustar. Jose me aparta un instante y me dice que no estaría de más, que no sería conveniente levantar sospechas, pues todo el mundo da por hecho que hemos venido a participar en la fiesta y en sus actos. Me dejo convencer después de que Santiago, Alba y Lucas hayan intervenido con el mismo pensamiento. Miro a los graderíos y aunque al principio no los veo, al fin consigo distinguir a una pareja de la Guardia Civil. Antes convengo con Lucas y Santiago si llegaremos a tiempo junto la jueza, no querría pasarme la noche entre rejas por llegar tarde. El primero me aconseja que hasta le vendría bien a nuestra manada descansar algo más y que así podríamos ir a moderado galope sin parar. El segundo se compromete a avisar a mi hermano Antón por si hubiera algún imprevisto en el camino, para retener a Inés. Alba me tranquiliza asegurando que no habrá problemas con la ruta y que además la luz del día no nos dejará hasta nuestro destino, siendo más fácil el trayecto. Jose reafirma más la petición indicando que nuestra marcha empezará a coincidir con la de la mayoría de la gente. Medito un pispás y llego a la conclusión de que tienen razón. Cedo.

Ahora que soy la jefa de la tropa me doy cuenta que también hay que saber transigir. Ellos últimamente se han doblegado a mis órdenes. Si quiero mantener la estructura de mando, tengo que aprender a manejar mi mano izquierda. Los judíos conversos y los mercaderes estallan de alegría al vernos recoger de nuevo los animales. Juan se ofrece para quedarse al cargo de nuestras caballerizas, preparando la logística y por si hubiera que salir de una forma precipitada. Uno de ellos parece ser que pertenece a la organización; si no es político, es un funcionario con cargo relevante, porque consigue que se haga una excepción en relación a estos y que puedan permanecer en los pequeños establos y abrevaderos anexos a los burladeros, por lo visto con la excusa de que algunos de ellos van a participar en el torneo.

No me equivocaba al pensar que estábamos con personas influyentes. Nos han llevado a la primera fila del tendido de sombra, a una zona que está acordonada y con letreros en las butacas que pone "reservado a autoridades". ¡Era lo que nos faltaba! Nos hemos metido en la boca del lobo... Alba, Eva, Marcos y Santiago se sientan a mi derecha y por este orden. A mi izquierda tengo a un "sefardita" rechoncho y de cara colorada, algo perjudicado ya a base de chupitos de licor café, que lleva la voz cantante de nuestros anfitriones, y que, me da en la nariz, quiere intimar algo más de lo debido conmigo envuelto en sus primeros vapores etílicos. Prometo al Señor, por el interés general, no soltarle un guantazo y llevarlo dignamente. No estoy nada errada en mi idea de la simplicidad del género masculino... Es por lo que me doy cuenta de que Jose no está con nosotros... Ni Nora, ni Helena, ni Andrés, ni Lucas... ¿Dónde *carallo* se han metido? Interrogo con la mirada a Santiago y él me señala el centro del coso. Lanzo un grito de espasmo. No doy crédito a lo que veo: Andrés con el torso desnudo, con sus calzones medievales, más parecido a un Cristo leñador que a otra cosa, listo, hachón en mano, a partir troncos... El bebido de al lado, sonriente, me presta el programa oficial. Leo ávida. Ahora toca el concurso de partir troncos a "machada", sigue el tiro con arco, a continuación disparo con honda, después el de esgrima clásica y se remata con laceros a caballo y "muerte de espada"... Me va a dar un síncope... Santiago me susurra al oído que los anteriores se han inscrito en las pruebas mencionadas.

Una ira incontenible y rabiosa se adueña de mí. Debo parecer un volcán en plena erupción. Mis ojos *botan fume*. El payaso que tengo al lado me roza aposta una teta... ¡Te juro que no lo va a volver a hacer en su vida! ¡Le he dejado la palma de mi mano derecha con sus cinco deditos totalmente marcados en su jeta! Me río inconteniblemente, al igual que sus amigos. El pobre imbécil parece que acaba de salir del solárium y se ha olvidado quitarse la mascarilla. Ahora me da pena. Ni se mueve de la vergüenza y creo que se la ha pasado de repente la borrachera. Santiago se descojona a hurtadillas. Y yo aflojo mi tensión.

A todo esto, Andrés ha barrido a sus contrincantes, literalmente hablando. No sé si eran diez, doce o quince, pero el segundo clasificado se ha quedado a cinco troncos del bestia este que tengo como soldado a mi servicio. Estoy impresionada. Sabía de su portento físico, pero esto me ha desbordado. El resto de sus adversarios le felicitan deportivamente. Le cuelgan un medallón o algo así al cuello. La verdad es que estoy orgullosa. El humillado que tengo al lado me da un vasito de plástico con licor amarillento, pidiéndome disculpas con ojos de cordero degollado. Cojo el vaso aceptándole las disculpas. Me indica que beba, así, de un trago. ¡Mi *madriña*! Me hierve la garganta. Desde las juergas estudiantiles de Santiago no bebía este brebaje de orujo de hierbas. Sabe bueno, pero debe ser alcohol puro. ¡A ver quién conduce después! Me ofrece otro y no dudo, también me lo bebo de un trago. Un calorcillo lejano en el tiempo, pero muy familiar, se me sube por el esófago y me almidona la cabeza. Me encuentro bien. Ahora sí que estoy relajada. Y espero aplaudiendo la siguiente demostración. Alba me señala riéndose por mi estado y Eva se asusta. A falta de Rosalía, que siempre me organiza todo, he ganado a la doctora, que me va a estar tocando los ovarios, con perdón, todo mi supuesto embarazo, que demostrado aún no hay nada... Creo que estoy desvariando un poco... Bueno, cambiemos de tercio, como en los toros...

Ahora es Lucas quien compite. No sé calcular a cuántos metros está la diana. Pero tranquilo se dispone a disparar su flecha certera a la orden del "árbitro" del torneo. Esta vez son siete los participantes. Pienso que la competencia está más nivelada en esta ocasión. Todos menos uno han clavado sus dardos en el centro, y el que ha fallado ha sido por milímetros. Se preparan para un segundo tiro. Lucas se anticipa y esta vez la clava traspasando la anterior, como en las pelis de Robin Hood. No da tregua y una a una va haciendo lo mismo con el resto de las dianas, las de sus rivales, ante la exclamación del público. Alguno se está frotando los ojos. Y el gentío se pone en pie reconociendo su éxito. Del resto de competidores se ven diferentes actitudes, desde la felicitación hasta el orgullo herido y la parálisis ante tan tremenda exhibición sin paliativos con el arco. El juez de la contienda no sabe qué hacer, pero al modo de los circos romanos el respetable le pide la gracia y no le queda más remedio que colgar el medallón correspondiente al pescuezo de Lucas. Menos mal que iba a estar igualado el tema...

A fin de evitar males mayores da paso rápido a la siguiente prueba: el lanzamiento con honda. Aquí hay menos participantes aún. Está claro que es una disciplina minoritaria. Solo son cuatro. Nora tensa sus brazos. Comienza el primero de los tres intentos. Tienen que impactar con su piedra en la cabeza de un gigante de cartón piedra. Dos fallan, el tercero le golpea en la barbilla. Nora da pleno en toda la frente. La multitud aplaude entre murmullos, pues ya se han percatado, por nuestros hábitos, de que somos del mismo grupo. Copiando a Lucas, se anticipa al resto e inicia una descarga seguida. No sé si han sido diez o doce tiros consecutivos, pero al final ha seccionado por el cuello la cabeza del enorme muñeco ante el estupor del respetable. Silencio.

Más aturdido aún, el jefe de ceremonias, pasa página lo más rápido que puede, a ver si esta vez no le rompen el espectáculo con otra exhibición. Yo me estoy poniendo nerviosa. Santiago también anda inquieto. Estamos llamando demasiado la atención. Lo de apuntarse a los trofeos no ha sido buena idea. Pero ahora no podemos parar. El ruedo se llena de capitanes del rey, malandrines, asesinos a sueldo, mosqueteros, caballeros del temple y no sé qué más… Es la hora de la esgrima clásica con sable. Jose pasa más desapercibido, aislado en un rincón cerca de una de las traviesas del burladero de sol, justo enfrente. Comienzan los duelos. No ha llegado al minuto y ya se ha quedado sin rival, con un par de movimientos simples de defensa-ataque y estoque al centro. Uno a uno, cada vez con mayor dificultad, se va librando de sus adversarios, aun a pesar de su mano todavía medio convaleciente. Como nuestra intención era pasar inadvertidos… pues ha llegado a la final. Esta vez el asistente está más animado. Ahora se lo han tomado como una afrenta y animan al rival, no les gusta que siempre gane el mismo uniforme, es una forma de posicionarse en el lado más débil… Pero mi corazón se sobresalta, porque esta vez el rival es diferente: vestido con su hábito, un Monje Negro de aspecto siniestro blande su florete rasgando el aire. De pronto lo tira a la arena, consiguiendo un *¡uh!* del gentío asombrado. Desenvaina rápido de su cincha un estoque de verdad, con su punta afilada. Como si Nora lo hubiera previsto aparece corriendo por detrás y gritando su nombre le lanza en parábola otro igual, quiero decir de verdad también, y así poder competir en equidad de condiciones. Se me está haciendo eterno. El combate está igualado. Creo que Jose es superior, pero la debilidad de su mano herida se nota en el desarrollo del envite. Tengo el corazón en un puño. Santiago me agarra el brazo con fuerza intentando calmarme. Escaramuza tras escaramuza, de uno y de otro, con superioridades por ambas partes, alguna más de Jose, no sé si lo podré aguantar. Aparto la vista. No soy capaz de soportarlo. Estoy a punto de gritar. Alba, Eva y Marcos gritan como locos. Giro la cabeza y veo a Jose con la punta de su estoque presionando el gaznate del malo, ya desarmado. Lo retira en señal de triunfo y los jueces se acercan a felicitar a mi marido. El Monje Negro saluda cortésmente apagando la cabeza en señal de reconocimiento y se retira. Me espero un movimiento traidor, pero no lo hay. Por primera vez me equivoco en mis juicios. Hala, otro medallón más. La concurrencia nos empieza a mirar a los que estamos mezclados entre ellos, ya curiosos. Santiago me susurra al oído que en cuanto termine la última prueba, o sea, la siguiente, que nos vamos. Avisa a Marcos y Alba para que llegado el momento le ayuden a preparar los caballos por si tenemos que salir de nuevo en estampida.

Eva grita horrorizada. Vuelvo mi rostro entonces hacia la arena y no me gusta lo que veo. Esta vez son solo dos los contendientes. Helena monta su precioso corcel negro, que ruge excitado como presintiendo la batalla. Enfrente, otro caballo negro porta a un espigado caballero cubierto de una brillante pero tenebrosa armadura oscura igual que al alma que transporta, me susurra el Señor. El escenario es perfecto, delimitado diametralmente por un ligero vallado ornamentado con flores y colores de la Edad Media. Ya me gustaría que fuera Ivanhoe, un buen caballero, de corazón puro. Sé que no es así y que Helena está en peligro. Mis dudas sobre ella se disipan por arte de birlibirloque... Las lanzas, sujetas y alzadas, apuntan al cielo límpido. Empiezo a sudar, no sé si de frío o de calor. Un silencio sepulcral se ha apoderado del recinto. Hasta la muchedumbre percibe que es algo más que una simple demostración de destreza. El misterioso caballero sin orden previa inicia el galope... ¡Viene hacía mí!

—¡Va por ti, mi Señora! —Me lanza un pañuelo blanco manchado de sangre y con la flor de lis bordada. El parecido con el que limpié la brecha del padre Benedicto es asombroso. Estoy aterrada. Es el mismo pañuelo... No sé cuándo lo perdí o cuando me lo robaron... No me gusta este mensaje... Grito desgañitándome «¡Helena, nooooo..!»

Ya es tarde. Un hombre vestido de alguacil o cosa parecida del medievo ha tocado una campana dando la señal. Como dos posesos, los dos fustigan sus monturas cruelmente hasta conseguir iniciar una cabalgada enloquecida. Las alabardas en posición de acoso y derribo... Me tapo los ojos... Con espanto muevo el índice y el corazón de mi mano derecha para poder ver qué paso. Helena ha sido derribada y está inmóvil postrada sobre la arena. El caballero gira su caballo en total disposición de remate y muerte a quien se atrevió a retarle. El jamelgo de Helena, desconcertado, anda dando vueltas a ciegas. La hoz de la hermana muerte pulula convencida sobre el cuerpo de mi amiga. El final se acerca… El "distinguido" galopa frenético hasta ella… Helena se gira en el último instante, sorprendiéndonos a todos y blandiendo su espada de filo pulido y brillante, rodando sobre sí misma a riesgo de ser pisoteada por los cascos del caballo de su enemigo, evita el golpe y corta las cinchas de la montura, derribándolo.

Un alivio inconmensurable me acoge. Ahora están de igual a igual… Ofuscado, el de la armadura, ahora abollada y ya no tan brillante, ensuciada por el polvo, desenvaina su arma. El gentío aplaude a raudales pensando que es una demostración de dos buenos actores. Nada más lejos de la realidad. Mis compañeros y yo sabemos que se trata de un combate a muerte… Comienza el chirrido de sus metales. Es atronador y me produce un estruendo insoportable en los oídos. Veo saltar chispas a sus contactos y miro de refilón acojonada por Helena. Poco a poco me rehago, pues observo no sin sobresaltos que a los puntos vence mi amiga. Se me está haciendo largo el combate, pero no sé si deseo que termine pronto o que se alargue lo más posible. Un golpe certero de Helena desarma al misterioso adversario, hiriéndole en la mano. Con la punta de su espada le levanta la visera del yelmo para verle el rostro… ¡Dios mío, es James, el pirata!

El enano seboso que tengo a mi lado tira de mi brazo. Me habla pero con tanta algazara de la "plebe" no le entiendo bien. Al fin soy capaz de medio entender... ¡El muy imbécil me está pidiendo mi número de teléfono! Eva me pellizca del otro brazo y me patalea para que le haga caso. Aunque no la oigo entiendo perfectamente que nos tenemos que ir. La sigo. Antes, a voz en grito, le dejo claro al elemento este que... ¡No tengo teléfono! Y con dos palmos de narices se queda allí, sentado con cara de papanatas... A golpes y codazos conseguimos sortear al personal y llegar a los toriles, donde Juan tiene todo dispuesto, y con la puerta de salida totalmente abierta, libre y despejada. Santiago, Alba y Marcos irrumpen en la plaza a medio galope, arrastrando al resto de los rocines. Como en las pelis del oeste, sin dudar, con habilidad y maestría, Lucas, Helena, Andrés, Jose y Nora se encaraman a lomos de sus respectivos. La concurrencia aplaude enardecida en el pensamiento de que se trata del fin de una sobresaliente función no incluida en el programa, a modo de regalo por parte de la organización...

Esto nos da el tiempo justo para salir en desbandada sin levantar recelos. Hasta los municipales ubicados en los aledaños nos facilitan el avance, creyendo en verdad que formamos parte del espectáculo oficial. Pero no solo a nosotros...Una decena más o menos de Monjes Negros inicia la persecución. La multitud está alborozada de entusiasmo. Nosotros no. Me agarro férreamente a las riendas de mi *Esperanza*. Tengo que fiarme de ella, no tengo más remedio. Galopamos al límite. Alba va a la cabeza. Nunca pensé que una científica tuviera tantas dotes de amazona. Nos dirige sin titubeos. Corremos y corremos, pero ellos se acercan cada vez más. No los veo porque mi cabeza va embutida en las crines de mi yegua. Tampoco me atrevo a mirar. Tengo miedo a caerme. Un vértigo como el del desfiladero del refugio aprisiona mi estómago. Nunca me gustó la velocidad, ni siquiera en coche. No sé dónde estamos. Siento ya su asqueroso aliento. Alba grita como incitándonos. Jose fustiga a *Esperanza*. La campana inconfundible de un tren resolla en mis tímpanos. Me armo de valor y abro los ojos. Estamos pasando un paso a nivel sin barreras en rojo. Me asusto. Enfrente la bella Iglesia dos Praceres, de piedra limpia, imitación gótica, moderna y majestuosa, entre Marín y Pontevedra. Cien metros. Ya nos tienen. Alba salta el siguiente paso a nivel y todos detrás. Un tren de mercancías afeita la cola de mi penca. Ellos quedan atrapados sin poder pasar, en plena encrucijada. Me envalentono y con un dominio desconocido incluso para mí misma, coloco a mi brava a dos patas y relinchando, emulando al apóstol, patrón de mi tierra, desafiante.

—Decidle a vuestro capitán que le estaré esperando... Decidle también que el Hijo del Hombre ya ocupa mi seno y que Dios está conmigo... —Grito orgullosa, mientras me arrojan miradas encolerizadas al paso lento por ser lugar poblado de los vagones del mercancía, entre sus acoples.

—¡Jíaaaa…! —Chilla histérica Alba, anunciando nuestra marcha. Es ella quién manda ahora. El resto cabalgamos sumisos a su vera. El ferrocarril que atraviesa el puerto de esta villa marinera nos ha salvado.

A galope tendido ascendemos los montes que rodean Marín hasta llegar a la parroquia de San Xulián. Aún nos queda camino y vamos justos de tiempo. Hacemos un receso para comprobar que nuestros perseguidores han desistido. Pero no bajamos ritmo. Mi corazón está acelerado y la adrenalina domina mi cuerpo.

Conozco bien esta zona. Por pistas de carros y herraduras perfectas atravesamos Pardavila dirección Santomé y así, a pleno monte, *achegarnos* hasta Ardán. Como no queremos pasar por más poblaciones, o por lo menos grandes, arribamos cañadas, manantiales y empinadas cascadas para cruzar una zona dejada y cuidada por la mano de Dios: Ermelo. Tierra llena de regatos y palleiros embelesando la más pura naturaleza y Cruceiros que anuncian los caminos y sus designios. Es la aldea de las lecheras que servían a Bueu y Cangas.

Un poco más y ya estamos. Sorteando cañadas deslizantes y escarpadas, los cascos de nuestros caballos salpican el agua al saltar los rápidos que forman el descenso de la cascada del río Bouzós. Un aire fresco, puro, cargado de naturaleza azota nuestras caras. Vamos bajando el ritmo hasta un trote cansino. Los animales braman que parece que rebuznan de hastío. Un sin fin de antiguos molinos acompañan el cauce dejando atrás la fraga. Y vuelta a subir. Cuesta vislumbrar la silueta de la ermita de San Cosme. El refugio se huele. Coronamos el alto de la Portela y pisando los manantiales que nuestra tierra nos da, nos adentramos despacio y muy emocionados en el robledal de Coiro: nuestro hogar.

Santiago se coloca justo a mi lado.

—¿Cómo te encuentras, María?

—¡Bien, estoy bien!

—No nos da tiempo a parar en el refugio. Sería conveniente ir directos a los juzgados.

—¿No puedes llamar a tu jefe y que avise a la jueza de que ya estamos aquí? Una buena ducha y un cambio de ropa no estarían mal... —Sugiere Andrés.

—Además, presentarnos de esta guisa ante la jueza... —Conviene Marcos.

—Venimos de la Feira Franca, es factible pues nuestra vestimenta. —Justifica Santiago.

—Pero, ¿tanta prisa hay? —Pregunta incomodada Nora.

—Han decretado orden de busca y captura para María… —Confiesa desbordado Santiago.

—¿Qué? —No se lo puede creer mi amado.

—Sí… Toda la investigación la están centrando primero en ella y después en el resto, claro está. No nos libramos ninguno —confirma el poli.

—Rosalía y Mateo nos están esperando —informa Juan.

—Pues creo que tendrán que seguir esperando —asevera de nuevo Santiago, casi inquisitorial.

—¡Cuánto antes vayamos antes nos iremos! —Digo con firmeza y asumiendo lo inevitable.

Visionamos la entrada donde las runas pronuncian mi nombre y la pasamos de largo. Bajamos profusamente hasta la iglesia de Coiro y ante la mirada cotilla de la vecindad desfilamos orgullosos por toda la general, cruzando la parte vieja, antes de llegar a la colegiata, hasta llegar al edificio oficial. Santiago ha ido todo el camino hablando por teléfono, supongo que con Antón, su jefe, mi hermano.

Helena recoge el ronzal de mi yegua, ya apostada en el suelo. Me sonríe plena, como la que siempre conocí. Me ayuda a desmontar. Ya en el suelo todos me rodean. Es un edificio de loseta gris y arquitectura contemporánea sobria, muy apropiada para las instituciones. Un césped cuidado lo rodea. Aquí quedarán los animales. Focos potentes y flashes repentinos me pillan desprevenida. ¡Bienvenida a la civilización! Innumerables reporteros de todos los medios de comunicación habituales en este tipo de circos, la mayoría nacionales y alguno extranjero, creo, me ahogan. Cámaras, "alcachofas", "jirafas" y demás artilugios se pelean por llegar hasta mí. Santiago me abraza sin dilación y, protegiéndome con su brazo izquierdo extendido, subimos en una carrera las escaleras de loseta marrón hasta traspasar la entrada.

Ya en *hall* espera el inspector jefe Antón. Sus ojos miel como los míos rezuman bondad. Me mira fijo e introspectivo. Está nervioso, se atusa su moreno cabello ensortijado y algo canoso ya. Es guapo, joder. En plena y joven madurez. No sabe qué hacer ante mí. Le abrazo. No hace falta que le diga más. Él me sujeta con firmeza y me besa en el pelo. Me da la mano como indicación para que le acompañe. Un par de palmaditas sobre mis nudillos y un "tranquila". Santiago, en calidad de madero, nos acompaña. Al resto del grupo lo conducen a una sala de espera. De nuevo una paz espiritual imposible de explicar me domina. Avanzamos por un pasillo, dejando puertas y despachos atrás. Al fondo entramos en uno, muy grande, espacioso: es el de la jueza Inés. Está sentada en una gran mesa de estas modernas, imitación madera veteada clara, de las que se compran en el Ikea, rodeada de expedientes, muchos atados con goma, amontonados unos sobre otros. A su derecha, haciendo juego, otra más estrecha pero alargada habita gran parte del lateral, ocupada por dos auxiliares trabajando en sus ordenadores. Antón me coloca una silla de aspecto cómodo y funcional, con ruedas, de amplio respaldo recubierto de material imitación de piel, supongo. La mirada gris de Inés me traspasa. Hoy no va a ser tan amable cómo la última vez…

—Tenemos que esperar unos minutos en lo que llega su abogado de oficio… pues es evidente que por "causa de fuerza mayor", la anterior ya no puede defenderla… —Me hiere con el recuerdo de Sofía, esperando algún tipo de reacción en mí. Aunque mi interior está sereno, mi cabecita parece tener un "totum revolutum". Mantengo la compostura. La dejo hablar. —Después, si así lo cree conveniente, podrá nombrar uno nuevo, el que usted desee…

—¡Perdón por el retraso! —Entra apresurado un hombre joven, moreno, muy moreno, casi gitano. —¡Tranquila, María, ya estoy aquí! —Sus ojos verdes me hacen un guiño de complicidad. Estoy perpleja. ¡Es mi salvador! ¡El compañero de Esther, la gitana! ¡El misterioso costalero que libero al Cristo del Consuelo para proteger mi vida! —Soy Jacobo Montoya y soy el abogado de guardia en el turno de oficio. Le presento el exhorto que así lo acredita. —Se acerca a la jueza, todavía excitado por las prisas.

—Todo en orden. ¡Oficial, preparado para tomar declaración!

—Sí, señoría —le contesta uno de los dos funcionarios más ocupados en dar mamporrazos a las teclas que en escribir.

—¡María Nova, póngase en pie! ¿Jura decir toda la verdad y nada más que la verdad, apercibiéndole de que en caso contrario podría ser acusada de perjurio y obstrucción a la justicia?

—¡Lo juro!

—Empezamos pues... —Me clava sus ojos fríos, ora inexpresivos, ora calculadores. Quiere alterarme con su silencio prolongado. —Parece ser que nadie que esté cierto tiempo a su lado está libre de sufrir un percance fatal...

—¡Protesto! ¡Le está haciendo un enjuiciamiento previo sin pruebas! —Enérgico, Jacobo intenta frenar una velada acusación hacía mí. Pero Inés parece dispuesta a "desenmascararme".

—¡Denegada! Aún no le he imputado ningún delito formalmente. No procede la protesta... —Vuelve a por mí, como el animal que ya tiene a su presa acorralada, o eso cree ella. —Me ha de reconocer, María, que muy normal no es que en poco más de un mes desde su llegada, a su lado, en circunstancias un tanto extrañas... y con comentarios, digamos, siendo suaves, un poco apocalípticos, rozando el fanatismo religioso, por parte de gente allegada a su entorno... tres de sus mejores àmigos hayan sido asesinados violentamente...

—Mi cliente se acoge al derecho de no declarar en tanto en cuanto no se le informe debidamente de qué se le acusa legalmente... María, no tienes por qué contestar si así...

515

—No creo que pueda entender lo incomprensible que me resulta la muerte de mis amigos, por lo menos para mí... —Interrumpo desobedeciendo a Jacobo. Sin pretenderlo, un par de lágrimas descienden de mis ojos acuosos.

—No sé lo que para usted significa la palabra incomprensible... y sí tenemos la misma percepción... pero desde luego no me podrá negar que al menos un tanto sorprendente sí que resulta... —Hago ademán de responder, pero con una señal me indica que aún no ha terminado. Aquella primera impresión que tuve de ella de persona accesible y cercana se ha desvanecido por la de implacable representante de la justicia. Sin embargo, no me infunde temor, sino una contradictoria corazonada de amiga, de que está de mi lado... —Primero Felipe a cuchillo en la colegiata y usted de costalera, después Thalía degollada en Santiago y usted de peregrina, y para terminar Sofía en A Lanzada con usted, de regreso a Cangas, dando un rodeo incoherente...

—¡Íbamos todos juntos y fuimos atacados! —Respondo algo encolerizada ya. No sé adónde quiere ir a parar.

—No he dicho lo contrario. Tampoco la estoy acusando... —respiro aliviada— de momento...

—¡No tiene pruebas de nada simplemente porque no las hay..! —Ahora sí grito rabiosa. Cambio mi opinión sobre ella. Me doy cuenta de que está jugando conmigo y no se lo voy a permitir.

—¡Tranquilícese, María! ¡No me gustaría encausarla por desacato a la autoridad para empezar! —Me asevera con voz firme pero sin alzarla, manteniendo la compostura. De momento me está ganando...

—¡Señoría! —Reclama su atención mi letrado. —¿Me concede su venia?

—¡Hable, abogado! —Impertérrita.

—Si tiene a bien su señoría, ¿podría entonces ser más concreta en la exposición de las diligencias y pruebas del caso para el conocimiento de la defensa?

—¡Eso queda para después! ¡Ahora estoy en la fase de interrogatorio y le rogaría que salvo el ejercicio de los derechos de su defendida no vuelva a interrumpirlo! —¡Qué dura! ¿Serán así todos los procesos? ¡Como nunca me vi envuelta en un jaleo de este tipo..! —Pero tiene usted razón... ¡Hablemos pues de los indicios! —¡Huy, huy, huy...! ¡Esto me da mala espina! —¿Es cierto, María Nova, que fue a Santiago con la excusa de hacer el camino en peregrinación por la memoria de su amigo Felipe?

—¡Sí, es cierto!

—¿Es cierto también que se llevó sus cenizas para cumplir sus últimas voluntades en San Martín Pinario?

—¡Sí, es cierto! —Miro ya aprensiva a Santiago. Recuerdo sus instrucciones: no mentir pero no contar toda la verdad... Hasta aquí no le encuentro otra salida. La imagen de mi antepasada se me yuxtapone. Una corriente eléctrica me sacude viéndola ante su tribunal... Siento fiebre.

—¿Es cierto que usted consumó esas últimas voluntades? —Sigue preguntando inquisitorialmente.

—¡Sí! Ahora descansa en paz…

—¡Sobre el cuerpo de su amada, también asesinada! ¿No es cierto, María? —No me responsabiliza directamente, pero lo está haciendo. Debo de tener una cara espantosa de casi culpabilidad…

—¡Protesto! —Declama Jacobo, también excitado. Santiago y Antón se miran con cara de preocupación. Estoy alterada. Todo mi aplomo se ha ido a la mierda… Respiro, una, dos, y tres veces. La paz del Señor vuelve a mí y mi fortaleza se recompone. No dejo hablar a Jacobo…

—¡No lo sabía! Alguien debió depositarlas sobre su cuerpo con el fin de incriminarme… —Ahora rezo para que no me vea obligada a mentir en la próxima pregunta. Pero intuyo que va a ser imposible, que no se le escapa nada a esta jueza. No me había equivocado. Es meticulosa y hace bien su trabajo. Me pregunto cuánto sospecha y cuánto sabe de lo que realmente está pasando.

—¿Y quién entonces, María? —Me pregunta perspicaz.

—¡No lo sé! ¡No tengo ni idea! —Y es verdad. Supongo que fue el prelado, pero no lo puedo afirmar…

—¿No es cierto que todos ustedes fueron a rescatar a Thalía? —Ya está. Le pido a Dios que no me haga negarle tres veces como Pedro al Señor…

—¡Si usted lo dice! —Me voy por los cerros de Úbeda.

—¡Lo afirmo! ¡Oficial, enséñele a la declarante la nota manuscrita! —¡No puede ser! ¿Cómo ha llegado hasta ella? Siempre he sido un poco desastre para algunas cosas... La debí perder en San Martín Pinario... Me la muestra y al verlo aligero mis pesares. Sé que la caligrafía es idéntica al original, que la textura del pergamino es la misma, pero no es la auténtica... No tiene el agujero de la flecha, ni la sangre de Jose... No voy a mentir.

—¡No he visto esa nota en mi vida! —Afirmo con rotundidad. Noto que queda desconcertada. Un receso silencioso ocupa ahora el tiempo... Se recompone.

—¡María, está usted bajo juramento!

—¡Lo sé! Repito: ¡Nunca había visto esa nota! —Replico más firme aún.

—¿Tampoco vio morir a su amiga? —Ha pasado eficaz al contraataque.

—¡Sí que la vi morir! —No me queda otra, pero ahora entiendo que el Señor sabrá cómo sacarme de esta. Silencio. Al cabo de unos instantes, con expresión un tanto triunfal, continúa. Jacobo se ha quedado pálido. Le he sujetado el brazo en señal de que deje correr los acontecimientos...

—¿Y quién le quitó la vida? —Ahora el tono es más tranquilo, curioso incluso. Es como si pensara que ya me tiene.

—Uno de los frailes que nos atacaron después de esparcir las cenizas de Felipe... —Sigo sin mentir.

519

—¿Quizás los Monjes Negros que se citan en la nota? —No se le escapa una.

—Puede ser…

—¿Y por qué supone, María, que van matando a sus amigos? —Ya está. O miento o…

—Usted es la que debería saberlo… —¡Hala! Le he contestado a la gallega, que no está mal tampoco…

—¡No me falté el respeto..! —Los ojos se le han enrojecido.

—¡Me acojo a mi derecho de no declarar! —He dicho que haré lo que sea con tal de no mentir…

—¡Tome nota correcta de la pregunta que la declarante se niega a contestar, oficial! —Le ordena recuperando parte de la calma. Jacobo, mi abogado, sonríe por lo bajo. Santiago y Antón andan los pobres muy nerviosos. Vuelvo a ser yo misma y a dominar la situación, esta vez con las alertas muy encendidas, pues soy consciente que esto todavía no ha terminado.

—¿Y de la muerte de Sofía qué me puede decir, si es que quiere decir algo? —Me pregunta ya con ironía.

—Estábamos bañándonos en A Lanzada cuando fuimos atacados de nuevo…

—Por los Monjes Negros, claro…

—Sí, nos estaban persiguiendo. —Contesto sin vacilar.

—¿Sabe quiénes son los Monjes Negros?

—Una secta religiosa, al parecer.

—¿Que se dedica a matar a sus amigos vestidos de... "Santa Compaña"? —Ya estamos de nuevo...

—Parece ser que sí... —Respondo ya con callo.

—Con flechas de hace cuatrocientos años... —Me mira fijamente con el fin de descubrir algún movimiento que me perturbe como si tuviera el grafólogo de la máquina de la verdad, al tiempo que me muestra empaquetadas en bolsas de plástico, de esas que salen en las pelis, con una etiqueta manuscrita con un nombre y un número, las puntas de acero... Ni me inmuto... exteriormente.

—No lo sabía... —Y es verdad, no se me había pasado por la cabeza.

—¿Tampoco sabía que a lo mejor es a los miembros secretos de la "Santa Compaña" a los que están persiguiendo? —¡Jo, qué insistente!

—¡Solo es un hábito! Una tradición que hemos recuperado, nada más... Si es así, nos han confundido con otros... digo yo. —No estoy diciendo toda la verdad, pero me amparo en la ambigüedad para no mentir exactamente.

—¿No será que necesita una buena historia para su próxima película y que ha decidido hacerla realidad? —Me ofende y no me lo esperaba.

—¡No soy una asesina! –Respondo firme.

—¡Está bien, María! ¡Hemos terminado por el momento! Inspector, acompañe a la testigo a la sala de espera, mientras prosigo con las declaraciones del resto. Y ya que está aquí, comenzaremos por usted, Santiago, que seguro que tiene mucho que contarme… —Del poli me fío. Pero la jueza es muy inteligente y ya la veo buscando contradicciones en nuestras versiones de los hechos, y la verdad, no veo a la pobre de Eva soportando tanta pregunta seguida y tan hiriente, sobre todo cuando le toque la muerte de Sofía… Vuelvo a estar intranquila.

La doctora me ha estado echando la bronca hasta que la han llamado a testificar… Es el tercer café de máquina, solo y sin azúcar, que tomo, y la verdad es que tiene razón en que no es lo mejor para mis nervios, pero no puedo remediarlo. Hace años que no fumo y hasta los efectos de la nicotina se hacen notar en mi paladar. Gracias a Dios consigo no recaer. Jose me reconforta a cada instante haciéndose incluso algo pesado. No sé si han pasado dos o tres horas desde que salí del despacho de la jueza Inés, pero se me han hecho eternas.

Por fin sale, acompañada de Jacobo y de Antón. No noto nada raro en ella. Solo Helena salió algo alborotada. El resto comenta que no fue para tanto… Preguntas parecidas a las mías pero sin demasiada vehemencia. Esto me desorienta. ¿Por qué tanta acritud conmigo?

—La jueza os va a imputar como sospechosos de encubrimiento...

—¿Cómo? —Grita sorprendido Jose, ante las palabras de Jacobo.

—¡Tranquilos! ¡Es parte del procedimiento!

—¿Parte del procedimiento? —Pregunta indignada Eva.

—¡Sí, Eva! ¡Todos estabais en las escenas de los crímenes!

—Nora, Juan y yo no estuvimos presentes en la muerte de Felipe —afirma categórica Alba.

—¡Y yo tampoco! —Replica Lucas.

—¡Correcto! ¡Me habéis entendido todos de sobra! Es por eso por lo que los grados de imputación son diferentes —se explica Jacobo un tanto aturullado. Creo que no está muy acostumbrado a llevar procesos tan complejos.

—Pero, ¿estamos acusados o no? —Como siempre sin rodeos, Andrés.

—Acusados en sí, no... —Responde al quite Santiago, más experto en estas lides. —Sospechosos, evidentemente. Yo incluido. Me han retirado la placa y Asuntos Internos me abrirá una investigación.

—¡Dios mío! ¿Sospechosos de qué? —Pregunta incrédula Nora.

—Ya lo he dicho: de encubrimiento... —Piensa las palabras Jacobo, intentando hacerse entender. —No tiene pruebas suficientes para demostrar que alguno de vosotros, o varios, o todos, hayáis matado a vuestros amigos... ¡Dejadme hablar, coño! —Se enfada, ante los murmullos de desaprobación. — Pero sí evidencias, indicios, pruebas y vuestras declaraciones, de que habéis sido testigos presenciales de sus muertes y de que si no lo sois al menos sí que sabéis o intuís quiénes han sido...

—¿Entonces por qué no nos detiene? —Pregunto directa.

—Porque no puede demostrar que los conozcáis de verdad, ni siquiera que los podáis identificar y porque las pruebas son meramente circunstanciales...

—¿Y por qué me ha atacado tanto, entonces, Jacobo?

—Porque los indicios le conducen hasta ti. Sabe lo que se rumorea en el pueblo... Todo ha ocurrido desde tu llegada... El sermón del padre Pablo en el funeral de tu abuela... El ataque en la colegiata... El secuestro y muerte de Thalía cuando en teoría estabais haciendo la ofrenda al apóstol... La huida de Santiago... El asesinato de Sofía en A Lanzada de regreso por un lugar que no corresponde al Camino... No son más que casualidades desde el punto de vista legal, pero es un hilo conductor de la investigación...

—¿Nos podemos ir entonces? —Pregunta Marcos cansado. Todos le miramos. —¡Tengo hambre, joder! —Nos reímos todos al fin.

—¡Sí, os podéis ir! —Antón se repiensa la siguiente frase... — Ahora será el Ministerio Fiscal el que se hará cargo de las diligencias, continúe con las averiguaciones y dictamine vuestra situación procesal elevando su petición a la jueza. Como medida cautelar ha decretado arresto domiciliario para todos hasta nuevo aviso.

—¿Cómo? —Pregunta furiosa Helena.

—¿Dónde? —Le sigue Lucas.

—En el refugio. Esa es la dirección común que he dado. He pensado que querríais seguir juntos hasta que todo pase. Y no podréis abandonarlo sin un permiso judicial —responde esperando con la mirada nuestra aprobación.

—Has hecho bien, hermano... —Me acerco y le beso para transmitirle que simplemente ha hecho lo correcto— pero los Monjes Negros han conseguido lo que querían... ¡Tenernos localizados y controlados!

—¡María! —Me exhorta Jose lleno de incomprensión. —¿Dónde íbamos a estar más seguros?

—¡También es cierto! ¡Pero ellos ya saben que no podremos salir de allí! ¡Solo tienen que esperar el momento! En nuestras manos solo está retrasar este para que sea demasiado tarde... —Contesto con mucha calma. A pesar de todo, es lo mejor que nos podía ocurrir. —Antón, ¿podré pasar antes por la casa de "nuestra" abuela? Me gustaría recoger unas cuántas cosas y dar un último paseo por Rodeira...

—¡No hay problema! ¡Solo me tienes que prometer que no escaparás! —Sonríe picaronamente y besándome en la mejilla, me dice: —Estáis bajo mi tutela hasta llegar al refugio.

¡Ya me había olvidado! Al salir, vuelvo a chocarme de frente con mis "amigos" los periodistas. Medio adormilados, despiertan rápido ante mi presencia. Jacobo los quiere detener con un típico "no hay declaraciones". Pero le aparto de forma algo brusca. Estoy harta de huir. Me ciegan con sus antorchas y las instantáneas de luz blanca de sus máquinas de fotos.

—¡Solo os pido respeto y rigor informativo, si sois capaces de ello! ¡Tres de mis mejores amigos han muerto en mi presencia! La justicia está trabajando en ello para esclarecer los hechos y descubrir a sus asesinos. Todos los que habéis seguido mi trayectoria sabéis de mi vida tranquila e incluso vulgar, manteniendo mi intimidad y mi vida personal sin noticias de interés para vosotros, sin dar de qué hablar, siempre en un segundo plano, y solo concediendo entrevistas y reportajes en relación a mi profesión... —No sé si es ya por la hora, pero están bastante atentos a mis palabras y, salvo algún murmullo lejano de un par de impresentables, que en todos los sitios tiene que haber, no me han interrumpido. —No puedo deciros nada. Todo está bajo secreto de sumario. Sé que de todas formas sois hábiles e inteligentes y obtendréis información que publicar. Solo os pido que entendáis mis silencios en estos momentos tan difíciles para mí... pues sé tanto como vosotros de lo que está ocurriendo, aunque muchos no queráis creerme... Como ya sabéis, regresé a mi tierra, obligada por la triste noticia de la muerte de mi abuela... Y me he encontrado con desgracias mayores... —Intentan bombardearme a preguntas, pero no todos. Algunos se han quedado pensativos ante mis palabras. No escucho sus demandas, no quiero, no me interesa... Elevo la voz con tal fuerza que todos callan..., pues algo muy superior pone en mi boca la última sentencia. —¡No veáis la paja en el ojo ajeno, preguntaos antes por la viga en el propio!

—¡No hay más declaraciones! —Me sale al quite Jacobo, mientras Jose me ayuda a alzarme sobre mi *Esperanza* y haciendo la señal de la cruz, salgo como puedo, seguida de todo el grupo, en dirección hacia el refugio, para despistar al personal.

Ya tengo ganas de llegar a él, pero mi corazón me incita a hacer una parada previa en la casa de la abuela, que ahora es la mía. No he mentido cuando decía que tenía cosas que recoger. La verdad es que no sé qué. Pero una tremenda necesidad de ir impone mis pensamientos. Nuestros caballos están derrengados. Deben de ser las dos o tres de la madrugada. Los jóvenes que están de marcha se nos quedan mirando con asombro. Alguno se pone a ver el cubata que se está tomando pensando que ve alucinaciones. Otros hasta tiran el porro pensando que están demasiado puestos... Un cielo límpido, negro, con puntitos fosforescentes y blancos colgados en su techumbre, nos cubre. Se agradece la brisa que refresca nuestros cuerpos, yo diría que malolientes del lino de nuestros hábitos pegados a la piel de tanto sudor. Jacobo se ha retirado tras decirnos que nos mantendrá informado de cualquier novedad. No sé qué pinta en todo esto, pero al menos creo que podemos confiar en él: Me salvó la vida. No lo puedo olvidar.

Nada más llegar me doy cuenta otra vez del desastre que soy: no tengo llaves... Nora, sí. ¡Qué haría yo sin ella! De pronto me acuerda de Rosalía y de lo que me quejo de que me organice todo y entonces la empiezo a echar de menos... Supongo que dentro de muy poco podré abrazarla. Y a Mateo... Algo de su buen humor nos vendría bien... Una mano se posa sobre mi hombro: ¡Es ella, Rosalía! Nos abrazamos como si hiciera siglos que no nos veíamos. Lloramos juntas. No soy capaz de retener lo que digo y lo que me dice. Es lo típico de los reencuentros. Pero este sí que me ha emocionado de verdad, no me lo esperaba. Y por primera vez no la reprendo por ordenar mi vida, sino que se lo agradezco. Pues es evidente que ha venido a buscarnos... Dos miniaturas corren hasta nosotras para arrebujarse a nuestro rededor, juntos, formando una especie de pelota humana. Son Raquel y David, sus pequeños. No podía imaginar ni por el más mínimo asomo que me hubieran cogido tanto cariño en tan poco tiempo.

—Nunca te perdonaré no haberme llevado contigo de aventura... —Es el socarrón de Mateo. Me desprendo de Rosalía y después de mirarnos empañados en ojos vidriosos, también nos fundimos en un abrazo. Me siento llena de ellos. Y aunque no hemos hablado de lo que ha pasado están al tanto de todo. También de los que ya no vendrán nunca...

Todo esto sucede ya en el umbral de la casa... Pasado el momento Rosalía y Mateo (y los niños), entro sola. Los demás respetan mi soledad. Incluido Jose. Ya sé a lo que vengo: voy a la biblioteca, recojo el cofre de mi abuela y el manuscrito de María... Miro por el ventanal y contemplo Rodeira y algo por dentro me dice por qué quería regresar...

Salgo hacía la playa por la otra puerta, la que me da el acceso directo a ella. Y camino hacia las olas. El grupo me sigue. Me vuelvo.

—¡Solo las mujeres! —Ordeno sin paliativos.

Alba, Eva, Nora, Helena y Rosalía me siguen a escasos metros. Escucho murmullos. Me giro y llevándome el índice a los labios impongo su voz callada. Lo estaba esperando... Como estelas de fuegos artificiales, en fabulosas guirnaldas blancas y cegadoras, cumpliendo los oráculos del manuscrito, la playa en la confusión de su horizonte, con la noche como telón de fondo, se colma de ellas. La piel se me eriza con los pelos de punta y un cálido frío me anuncia sus presencias como venidas del más allá. Nueve, son nueve. Mis amigas se estremecen de inicio. Pronto a su lado caminan. Son los espíritus de sus antepasadas, que vienen a cerrar el ciclo. Son idénticas. Una paz inmensa nos llena a todas. Sus almas errantes se reconcilian con sus cuerpos, fusionando sus karmas. Thalía y Sofía ya lo habían hecho. El Ave María se vuelve a escuchar de fondo. Sé que quien lea esto puede pensar que estoy loca, pero no lo estoy. Todos sabemos que ocurren hechos inexplicables a nuestros ojos… Y yo, que fui la primera en definir estas cosas como paparruchas de viejas, en este momento no sé qué explicación darle… No solo a esto, sino a mi historia… Pero ahora, ni siquiera necesito ver para creer. Es una cuestión de fe. Y esta no se fabrica: Solo se tiene o no se tiene. Ya me lo había anticipado el padre Pablo.

No son muchas, pero varias parejas de enamorados huyen despavoridas con el culo al aire, diría yo, al ver "fantasmas" mojándose los pies en la orilla… He dicho nueve presencias y he contado bien. La de Clío tiene alas, como los ángeles. Es como si ya se hubiera vinculado hace tiempo y dirigiera al resto. Y falta una: la mía. Y a diferencia del resto, no es la que esperaba, no es María Soliño: es mi abuela.

—¡Hola, hija mía!

—¡No te esperaba a ti, abuela!

—¿Decepcionada?

—¡Oh no, abuela, solo que…!

—María está en todas nosotras… Y ahora en ti. Todos los seres de la creación estamos conectados…

—Sí, claro como en *Avatar*… —Le sonrío irónica. —¿Nunca la veré, entonces? —Pregunto triste. Me alegra estar otra vez con ella, pero me hubiera gustado conocerla.

—Todo a su tiempo, hija mía. Ya tienes su fuerza de mujer.

—¿Tú crees, abuela? —Dudo. Me sigo considerando una cobarde.

—Has agarrado tu destino igual que lo hizo ella y que lo hicimos cada una de sus descendientes.

—Pero a veces no me siento capaz de seguir…

—¡El Señor te escucha, María, y te lleva en su corazón!

—¡Lo sé, abuela! Pero no creo que sea merecedora de tanta gracia… —Mascullo.

—¡Eso es lo que te hace grande a sus ojos!

—¿A qué has venido abuela? —Pregunto consciente de que nuestro tiempo se acaba.

—A proclamarte la buena nueva: ¡El Hijo de Dios vive ya en ti! —Me mira fijamente. Me acaricia mi cara con ternura. —Aún será largo el camino. Y el mal volverá a atacar… Pero Él te dará luz en la oscuridad… Por eso ha cerrado el ciclo… Confía en tus "discípulos". Confía en ellos, en todos, menos en uno…

—Mi padre tenía razón, entonces… —Medio pregunto, medio confirmo.

—Estaba escrito que él también te guiaría... ¿qué padre podría ir contra un hijo?

—¿Y qué hijo contra un padre? —Pregunto sin pensar.

—He ahí la respuesta a tu pregunta... —Y difuminándose se despide causándome un dolor desgarrador de mi alma. —Hasta pronto, hija mía, pues la vida terrenal es un soplo breve dentro de la eternidad...

Embelesada en el polvo brillante que me rodea tras el adiós de mi abuela, el resto de las mujeres "reencarnadas" se acercan a mí. Helena, nerviosa y temblorosa me abraza sollozando. El mensaje del Señor me ha llegado.

—¡No llores, cariño! ¡Él también está contigo! —Le manifiesto mientras me besa en la mejilla y se va corriendo hasta el grupo buscando a Lucas. Estrecha sus brazos rodeando con fuerza su cuello y echa a llorar como una niña desconsolada. Todos la miran extrañados. Solo yo sé lo que pesa en su corazón.

Estoy vaga, perezosa y gorda, muy gorda. Y me siento torpe también, hasta inútil en ocasiones. El tiempo pasa y yo lo dejo correr. La vida en el refugio es tranquila y sin contratiempos, lo que le ha venido bien a mi actual estado. No hago otra cosa que comer y dormir. A días sueltos, los más animosos, he repasado mis escritos, mis notas anteriores. Y me resulta increíble que me haya ocurrido todo esto a mí... He mantenido el tiempo presente de cuando lo escribí para conservar la tensión del momento, la experiencia vivida a flor de piel. Me parece que por mí misma nunca hubiera tenido la imaginación para crear una historia así. Ninguno de mis guiones de éxito es tan bueno. La realidad ha superado a la ficción... Y a veces tengo que frotarme los ojos e intentar discernir lo auténtico de lo fantástico, pellizcarme fuertemente para no olvidar que todo lo que ha pasado es cierto, pues ya no ocurre nada especial y han pasado más de cinco meses desde nuestro regreso. Así que ya, acostumbrada a tanta aventura e improvisación en el devenir de mis días, ahora me aburro como una ostra.

Durante este período de gestación, he ido componiendo mi memoria y alimentándola con un pequeño diario que espero poder enseñar en un futuro, al hijo que viene de camino. Así que voy a ir transcribiéndolas, no sé si por orden, pero sí que quiero fijar en dónde me encuentro. Hoy es once de febrero de dos mil trece, lunes para más señas.

Como iba diciendo la vida aquí transcurre con normalidad, demasiada diría yo. No existen las horas ni el reloj. Nos levantamos con el sol. Nos duchamos y acto seguido, da igual si hace frío o calor, asistimos todos a nuestra sesión de tai chi. Después desayunamos profusamente. Marcos me prepara una dieta especial con exceso de calcio y fibra bajo las estrictas indicaciones de Eva. No por ello menos exquisita, porque tiene una mano para la cocina que ni Arguiñano, rico, rico... A continuación los demás se van a sus quehaceres cotidianos: Rosalía a preparar todo, a que no falte de nada y todo esté en condiciones, que la verdad que es bastante, pues esto es inmenso. Es cierto que Nora le ayuda mucho encargándose de la limpieza de nuestros habitáculos y demás, mientras Mateo baja al pueblo para reponer las existencias y todo lo que haga falta. Ya no trabaja en la agencia de viajes. Bueno, la verdad, no sé cómo se mantiene todo esto, pues se ha cerrado al turismo y a todo, ya no se recibe a nadie, y todos han abandonado sus trabajos, no solo porque estemos aún con arresto domiciliario, sino porque no quieren dejarme sola en ningún momento. Es cierto que hacemos aportaciones al fondo común, pero aún debe ser mucho el gasto general, y aunque nunca se me dieron bien las cuentas, entiendo que esta situación no podrá mantenerse siempre así... Andrés mantiene sus explotaciones, pero no hace más que traer carne y hortalizas, y además compra el pescado. La jueza le ha dado permiso vigilado para salir... Lucas y Helena se encargan de cuidar los caballos, los cepillan y los limpian continuamente, les alimentan con el forraje, les acondicionan las cuadras a diario y los montan con breves paseos por el recinto para que estiren las patas, que a este paso se nos van a atrofiar los pobres. Mi *Esperanza* me mira suplicándome pero yo ya no estoy para estos trotes, nunca mejor dicho. Y se me apena... Juan y Alba siguen con sus aparatos preocupados porque todo esté bajo control. Son los que mantienen contacto con el exterior. Creo firmemente que no nos cuentan todo lo que de verdad está pasando fuera, pero no me importa. No lo añoro. No de momento y creo que ella tampoco, pues ha pedido una excedencia por motivos personales y parece ser que se la han concedido. Y también la veo feliz. Marcos cocina incansablemente ya solo para nosotros. También se ha despedido del restaurante. Creo que no le ha importado. No para con Nora. Se les ve muy enamorados y además... como yo, esperan un bebé. Mi niña también va a ser madre. Me parece mentira. Aunque lo lleva mucho mejor que yo. No sé ni cómo puede ayudar tanto. Tiene una fuerza de voluntad inquebrantable. En lo único que se parece su embarazo al mío es en el bombo.

La más ocupada de todas es Eva, que no me deja ni a sol ni a sombra, tampoco a Nora, ¡qué pesada! Después del almuerzo, aunque ligero, hala, a hacer los putos (perdón por la expresión, espero que el Señor no me lo tome en cuenta) ejercicios de preparación al parto. Pierna para arriba, pierna para abajo, inspira, espira, de lado, tumbada boca abajo, boca arriba, con la pelvis flexionada, y uno y dos y uno y dos, espiramos, y otra vez, me recuerda a la Eva Nasarre, ¡claro, se llama igual! ¡qué coñazo! Y lo que más me jode es la cara de gilipollas de Jose animándome mientras me agarra la manita como un adolescente alucinado más que enamorado… No tengo derecho a hablar así de mi amiga, que sé que lo hace por mi bien y el del niño. Luego de hacerme una revisión rutinaria para ver si todo va normal (la verdad es que no será por cuidados) me abandona por su colección de plantas medicinales (las de la abuela) y aprovecho para regocijarme en mi interior con el Señor, rezando para mis adentros en la capilla. A veces viene el padre Pablo a acompañarme y de seguido hablar de lo divino y de lo humano. Hasta arreglamos el país según las noticias "sesgadas" que nos hayan transmitido Juan y Alba, nuestros noticieros, como si fuéramos dos charlatanes más de taberna.

En esos momentos de reflexión el resto va terminando sus tareas. Jose es el único que mantiene una vida marcial. Bueno, Santiago también. Allí se ponen los dos, mano a mano, a entrenar la espada y el arco, y la defensa personal. Y las palizas que se meten corriendo campo a través por todo el recinto, desfiladero arriba, desfiladero abajo, cuerpo a tierra, flexiones, abdominales y series enteras de musculación. Deben de estar como toros los dos. Cuando pueden se les unen Lucas y Andrés, sobre todo, y alguna vez Helena. Espero que hayan preparado también la mente, porque

tanta inanición en estos meses no sé si no les pillará
desprevenidos...

Tengo dudas de si se me creerá, pero en todo este tiempo
no nos han atacado. Los Monjes Negros ni se han asomado. Según
Alba algún pequeño escorzo han hecho, pero parece ser que más
por curiosidad que por otro tipo de intenciones. Y esto sí que me
tiene desconcertada. Ahora que seríamos una presa más fácil,
aunque no sea sencillo asaltar nuestra fortaleza, ni siquiera un
intento... Alguna noche, mejor con luna llena, hemos revivido las
andanzas de los nuestros saliendo en homenaje a la Santa Compaña
y salvo algún vecino incauto, no hemos asustado ni a las lechuzas.
Eso sí, y a mí no me lo quita nadie de la cabeza, me he sentido
vigilada y no por ellos precisamente, y eso me causa
incertidumbre, aunque no se lo he dicho a ninguno de mis
compañeros. No sé quiénes son, ni sus propósitos, pero noto sus
presencias, humanas y a caballo también, sigilosas, eso sí, pero
están ahí, agazapados en la oscuridad, fuera del alcance de nuestras
antorchas y escrutando nuestros movimientos. Escucho sus silbidos
imitando a las aves nocturnas y es como si alguien volara sobre el
nido del cuco. El caso es que tampoco percibo peligro y esto me
desquicia aún más al no encontrar una explicación plausible a su
existencia.

Como venía diciendo, nuestros días son siempre iguales. Da lo mismo que sea martes que domingo. Antes de comer, Jose me recoge en la capilla y me invita a pasear, porque según Eva es lo que más me conviene. Un poco harta sí que estoy. Bueno, yo me dejo querer, que a fin de cuentas, no se puede desdeñar tener un hombre tan enamorado y tan guapo, qué narices... Alguna vez, depende de mi apetencia, hasta tenemos hecho el amor a hurtadillas, escondidos entre los matorrales, que tampoco está tan mal ser un poco loca para estas cosas, y aunque sierva de Dios, sigo manteniendo determinados instintos humanos. El problema es que últimamente es un ya un poco incómodo con este pedazo de barriga que porto. Y además, y no sé por qué, si lo hacemos, llego a la mesa y me atiborro de las delicias que prepara Marcos y me salto mi régimen de encintada ante la constreñida mirada de Eva, mi vigilante eficaz, y las risas del personal, claro.

Menos mal que luego toca siesta. Recomendación de la doctora. Aquí sí que le hago caso de buen grado. No me cuesta nada. Y menos después de una jornada tan agotadora. Y duermo, bueno si duermo. Como un tronco. Jose dice que hasta ronco. Pues debe ser de placer. Me despierto y ya es media tarde larga. Con algo de ensoñación voy al recinto principal, donde todos hablan animosos ya con un par de birras encima. Yo también me sumo esperando burlar a la "doctora" y tomarme una *1906* bien fresquita que me suele pasar Andrés por debajo de la mesa y que bebo gustosa a morro, esperando que Eva no me vea mientras en la mesa tengo un vaso de limonada que se va sorbiendo Jose a cachos, compinchado con el resto del grupo…

Cenamos temprano y nos retiramos a la hora de las gallinas. Si mis ánimos están enteros me refugio en el estudio y enciendo mi Apple y me dispongo a tomar notas, o corregir mis escritos, o simplemente a contar lo que pasa, como estoy haciendo ahora. Hasta que viene la "bruja" y en pos de mi salud, me cierra la pantalla y me envía a la piltra como los niños pequeños, igual que cuando era pequeña y salía el Casimiro en la tele y mi madre me mandaba para la cama entre un sinfín de protestas.

De este modo me van pasando los días. Apenas he salido un par de veces a Cangas en todo este tiempo y han sido para ir junto a la jueza Inés, a fin de ratificar mi declaración y la firma de nombramiento ya oficial de Jacobo como mi representante ante la justicia. Mi situación procesal y la de los míos sigue siendo la misma. No avanza. Se ha estancado. Sin más pruebas que añadir al caso se ha quedado en el limbo. El fiscal de momento se ha limitado a mantener la petición a la jueza de nuestro arresto domiciliario. Santiago es el que ha tenido más problemas. Asuntos Internos le ha apartado del servicio activo en tanto en cuanto no se resuelva el tema. Mucho más tampoco se puede dilatar en el tiempo, pues los plazos procesales, según Jacobo, están a punto de expirar. Se supone que en unos días se podría revocar nuestra actual situación. Y si la investigación no consigue progresar adecuadamente lo lógico es que la causa se archive de forma provisional.

Así que he salido del foco. Ya ni siquiera los medios de comunicación se acuerdan de mí. Vivimos en tiempos agitados donde solo prima la inmediatez y el olvido emerge con la misma rapidez. Yo me siento cómoda de este modo. Fuera del ojo del huracán, desapercibida de nuevo. Nunca he llevado del todo bien la fama y me muevo como pez en el agua sumida en la más supina ignorancia hacia mi persona del mundo.

Tengo que agradecerle a Inés de todos modos el no haberme molestado prácticamente nada, pues mi gestación no está siendo del todo llevadera. Tampoco digo que mala, pero evidentemente, el hecho de la pronta maternidad no solo ha modificado mi cuerpo, algo también mi alma y cómo no, mi carácter. He pasado días enteros llorando sin saber por qué, sobre todo los dos primeros meses, y otros alegre como una cabra loca, riéndome de todo y de todos. Al principio fundamentalmente el cansancio invadía mi organismo. Me han cambiado los olores hasta tal punto que el exceso de jazmín o de aromas florales me marea. Los vapores de las infusiones preparadas por Eva me atolondran y me hacen sentir nauseas. Ahora no puedo ver delante los dulces y el azúcar me repugna, que no me viene nada mal sea dicho de paso. Por el contrario, me han surgido gustos un tanto raros... Me atiborro de queso con mahonesa y fresas con vino, si está ácido aún mejor. Tengo un extraño sabor metálico como a óxido en la boca siempre llena de saliva, que cuando no me ven hasta escupo, y a veces pienso que mi aliento es pestilente, por lo que me da por cepillarme los dientes y la lengua siete u ocho veces al día cuando menos... Mi sexo me huele a sexo. No siempre pues va por rachas, pero siento su hedor hormonal con relativa frecuencia. Mi cabecita le da mil vueltas de tuerca pensando si no será el semen putrefacto de mi marido en mi vagina expulsándolo en forma de secreciones repletas de mucosidad... Mis pechos eran hermosos y proporcionados y ahora me miro al espejo y veo un par de tetas de vaca lechera. Me los toco y me duelen. También me los mido y el metro me dice que no es para tanto, salvo por el rosetón de los pezones llenos de "espinillas" de juventud... Me encuentro horrible y terriblemente fea e indeseada. Llena de vello, que hasta me parece que me va a salir bigote. ¡Qué asco, por dios! No paro de ir al baño y muchas veces no llego. Tengo pérdidas de orina. Un día de estos estuve a punto de pedirle a Eva pañales, como los niños pequeños. Esto me deprime más aún. Y me tiro pedos, muchos y además malolientes, que hasta Jose escapa de mí. Por las noches frías de invierno me destapo toda acalorada con tremendos sofocos (y totalmente empapada en sudor) que me obligan a pegarme una buena ducha fría para poder volver a la cama. Mientras me remojo me cuento las estrías de mi barriga, no hace mucho perfecta. Entonces me acuerdo de que me tengo que dar una crema hidratante que me ha proporcionado mi cuidadora, Eva. Después me vuelvo a poner el hábito, que menos mal que es amplio y ligero; no uso prácticamente otra ropa, ni quiero. Si algún día me atrevo a ir al armario seguro que no pararía de llorar. ¿En dónde me voy a meter yo los modelitos de alfombra roja que tengo colgados antes de..?

Pero no todo es malo, claro. Enseguida se me pasa esta desazón y me relajo al tiempo que me miro detenidamente y durante largo rato la barriga. Reposo mis manos sobre ella y siento la vida fluir. Y entonces me parece lo más maravilloso que me ha podido pasar. Pienso en si mi madre sentiría lo mismo cuando yo habitaba su vientre. De pronto, una patadita de mi bebé me despierta de mi ensoñación. Siento y presiento todos sus movimientos. Creo que hasta bucea y me lo empiezo a imaginar, bello, fuerte, hermoso, robusto, como su padre, e inteligente y buena gente como yo.

Jose ya está fabricando la cuna y decorando la habitación, preparando la venida de nuestro hijo. Andrés le ha conseguido las herramientas necesarias y a ratos ha vuelto a trabajar en lo que más le gusta: la ebanistería. Es un manitas. Aún no la ha pintado, pues no las tiene todas consigo y piensa que al final todos nos podemos equivocar, incluido el Señor, y ser una niña. Le contemplo complacida manejar el cepillo rascando la madera y dando formas con un cincel.

—¿Quieres a este niño, verdad, Jose? —Le espeto sin más.

—¡Claro, María! ¿Por qué me preguntas eso? —Me responde interrogándome sorprendido. Para de trabajar.

—¡No sé! Te noto a veces tan distante…

—Estoy preocupado, María…

—¿Por qué?

—Tengo miedo de no estar a la altura…

—Ya estás a la altura, amor mío… —Le interrumpo cariñosa y emocionadamente. Le beso. No lo puedo remediar. Es mi hombre, mi peluche, mi cosita que me cuida y me mima, me respeta y me ama. ¡Cuánto le quiero, Dios mío! —Y no te importa que sea…

—¿El Hijo del Hombre? No María. Llevo cuatrocientos años esperando ese día. Dios me puso en tu camino y me iluminó con tu amor, concediéndome el privilegio de portar su semilla en la tierra ¿Qué mayor honor puede tener un hombre que ser el elegido por él para dar vida en la tierra a su divinidad? —Me mira satisfecho, feliz, casi extasiado.

—¿Entonces, por qué dudas tanto?

—Porque no quiero fallar, porque me abruma la responsabilidad… —Hace una pausa y me mira con profunda seriedad. —Me asusta el poder equivocarme, no llegar a tiempo y perderos. Sé que no tendré margen de error... Me he pasado toda esta vida protegiéndote de nuestros enemigos y del mal que acechaba en el exterior... Te encerré en una burbuja de cristal pensando que era lo mejor... Lo he hecho lo mejor que sé y Él me ha guiado... Pero ahora se acerca el final, la hora de la verdad, y mi cuerpo tiembla como un niño cobardica escondido debajo de la mesa... Y lo confieso, tengo dudas... Me entreno y me preparo todos los días para defenderos pero no puedo remediar que mis más negras pesadillas se me aparezcan.

—Él no nos abandonará —afirmo rotunda.

—Lo sé, pero no debes olvidar que él es Dios y yo un insignificante ser

—...Maravilloso, que llena toda mi vida —le remato la frase, volviéndole a besar con la cara algo empapada por lagrimillas furtivas. —¡*Quérote*!

Mis oraciones son profundas reflexiones sobre el sentido de nuestra existencia. Millones de preguntas acerca de la insignificancia humana y el sentido de la vida. Pensamientos filosóficos y metafísicos en relación a la presencia de Dios. Como creo haber dicho antes, la dinámica de mis actos ha sido regida siempre desde la causalidad, no la casualidad. Creo por tanto en el destino escrito y no en el azar de los hechos. Es por lo que me ha sido más fácil llevar mis inesperados designios e ir tomando posiciones de mando y dominio sobre los mismos. Días atrás, en una de las estupendas conversas con el padre Pablo al salir de la capilla del refugio, conseguí eliminar una de estas aristas que me chirriaban con tesón. Hasta este momento no había sido capaz de entender por qué el clérigo había anunciado de forma tan nítida en la homilía del funeral de mi abuela mi propósito divino.

—¿Y tú me lo preguntas, hija mía? —Me respondió con otra pregunta con una sonrisa amable y cariñosa.

—¿Debería saberlo, padre? —Insistí en la cuestión.

—A estas alturas creo que sí… —Afirmó. —Tengo entendido que tanto el padre Benedicto, con el catecismo como el padre Francisco, te enseñaron a leer e interpretar los Evangelios — le miré como si no le entendiera. Me agarró la mano mientras paseábamos por el patio donde Jose se ejercitaba a fondo con la espada con Helena como rival. Y con el sonido metálico del combate simulado rompiendo el aire, sus palabras resultaban aún más serenas. —El Señor nunca se ha escondido a los ojos de los hombres. El arcángel Gabriel bajó de los cielos y le anunció a María la maternidad de su hijo, Jesús…

—¿Y qué tiene qué ver con tu anuncio en el sermón..? — Me quedé presa de mis propias palabras, porque acababa de entenderlo todo. El cura me sonrío feliz. —¿Pero padre, tú no eres un ángel, verdad? —Pregunté sonrojada, pues me di cuenta que había pecado de ignorancia.

—¡Claro que no, hija! —Se reía con fuerza y total naturalidad. —El Señor me concedió el gran honor de ser su profeta... Dios no se esconde a los ojos de los hombres y ha previsto que la buena nueva sea anunciada... Yo solo cumplí con la misión que se me designó y sé que para muchos fueron las palabras de un viejo loco senil, pero también sé que para otros fueron las de la esperanza que el Todopoderoso nos quiere hacer llegar. —Me miraba complacido.

—¡Eres un mentiroso! —Le largué sin más.

—¿Por qué? —Muy aturdido.

—¡Porque en verdad eres un ángel del Señor! —Me abracé al padre Pablo con fuerza y llena de emoción. Helena y Jose nos observaron preguntándose el uno al otro que pasaba y encogiéndose de hombros. Ahora entendía mejor el mensaje de "la elegida" que tan incomprensible se me hiciera en el responso de mi abuela.

Tengo muchos recuerdos potentes de estos últimos meses aquí, en el refugio. Este es uno de ellos. Pero hay más. Fuerte, bestial, es el de estas últimas Navidades, las primeras que he pasado enteras con los míos... y con los que ya no están. La Nochebuena fue agridulce. Decoramos la choza que destinamos a comedor con guirnaldas brillantes y bolas. Juan y Andrés, con la ayuda, cómo no, de Rosalía, colocaron un enorme abeto en el patio a rebosar de luces a modo de estrellitas que variaban su color en constante intermitencia dotando al lugar de un cálido y entrañable ambiente anunciando la celebración de la misma. Jose me volvió a sorprender. Había estado fabricando a ratos en los meses anteriores, las figuras, complementos y pequeñas construcciones que formarían parte de un fantástico nacimiento que colocó sobre unos tableros sujetados por caballetes en uno de los fondos. Me rememoraban aquellos belenes impresionantes que en mi más tierna niñez pude ver en la basílica de Santa María en Pontevedra. No le faltaba de nada: su molino con la rueda de moler girando por la fuerza del agua, que bajaba de una pequeña cascada y que moría en un diminuto estanque donde los patos nadaban buscando a los niños que les echaban de comer; un puente cruzando el río que descendía de las colinas cubiertas de musgo a modo de prado verde y ramas de carballo con briznas de hojitas verdes conjuntadas entre sí, esbozando los bosques que ocultaban el camino hasta el castillo de Herodes; los tres Reyes Magos siguiendo la estrella de la vida, cruzando los rebaños de los pastores, caminando todos en la misma dirección, y el portal de Belén, con la Virgen y San José, orgullosos de su hijo en el pesebre. Y no puedo evitar una pregunta: ¿se volvería a repetir la historia?, ¿nacería así también mi hijo?

Marcos se volvió a lucir. Bueno, tuvo bastantes colaboradores. Primero Mateo, que trajo un jamón de estos que quitan el hipo, acompañándolo con un buen Mencía que ya nos dejó algo "tocadillos". Sobre todo por las mezclas "necesarias" que hicimos, pues con los primeros nos agasajó con un Albariño "que te cagas", perdón por la expresión, pero no puedo evitarlo, aún tengo su fresco y afrutado sabor en el paladar, y un Ribera de Duero espectacular para rematar la faena. Éramos muchos, así que no soy capaz de contar cuántas cayeron. Yo creo que más que botellas fueron cajas... Mejor no saberlo. Así terminamos algunos, o terminaron, porque a mí no se me dejó: La inquebrantable Eva ya se sentó a mi lado para evitarme caer en la tentación. ¡Qué buena fue conmigo la muy cabrona! Como siempre termino dispersándome... Andrés trajo unos mejillones de batea de Bueu que nuestro chef se encargó simplemente de cocer al vapor, pero que vamos, no quedaron ni las cáscaras. Y como buen gallego, no se podía conformar con estos insignificantes crustáceos, así que hizo gala de nuestro famoso estilo de *fartura* y, para que no pasáramos hambre, los acompañó con unas centollitas de la ría y unas cigalitas de Marín, que tampoco están nada mal, seguiditas de unas almejitas de Carril a la marinera, como quien no quiere la cosa... para terminar la primera parte de la cena con unos vasitos de más y unas vieiras al no sé qué. Que el señor cocinero se había lucido, vamos. Que quede claro que mi intención no es dar ni envidia ni hambre, pero tengo que contar la verdad y de cómo nos las gastamos por aquí. Si se entera el personal, el próximo verano nos arrasan. Y más si supieran que esto tampoco es precisamente de ricos, que los de aquí, con los precios de aquí, nos lo podemos permitir, vamos. No todos los días, pero sí más de uno... Otra vez me he ido...

Como venía contando, Nora, Rosalía, Mateo, Andrés, Juan, Alba y Helena hacían las veces de camareros y no paraban de traer bandeja tras bandeja, y recogerlas vacías una tras otra. No sé de dónde salió tanta vajilla, Dios mío... Tampoco faltó el pescado, nuestro pescado, claro... Y Andrés, otra vez, le había tirado en la cocina a primera hora de la tarde a Marquitos un par de cajitas a tope de lenguados y rodaballos de nuestras aguas. No sé qué toque le da este hombre, porque a fin de cuentas, simplemente los hizo a la plancha, acompañados con unos cachelos cocidos, pero a mí que no me chista demasiado, acabé chupándome los dedos y, aunque era la que menos había bebido, andaba algo redoblada ya, pues cada vez que se despistaba Eva, Santiago y Andrés por detrás me llenaban el vaso tras darle un buen sorbo. Así que no quiero contar cómo estaban los demás. La que más me ayudaba a distraer a la doctora era Nora, pues también se comporta de sargento con ella desde que le anunció lo de su embarazo. Ella me guiñaba el ojo y se inventaba una excusa para entretenerla y así los otros dos podían echarme el vino, mientras Jose me miraba sonriendo pero con desaprobación. Creo que ya no fui capaz de comer el cabrito. Decía cosas inconexas y se me trababa la lengua ante los ojos escandalizados y desafiantes de mi médica exclusiva. Ni turrón ni leches. Ya pasamos directos a los brindis y cánticos regionales. Y aquí, la fiesta evidentemente se estropeó y la borrachera se nos pasó.

Pronto nos dimos cuenta de los que faltaban. Y el ambiente se entristeció. Juan quiso arreglarlo poniendo villancicos y la fastidió: No se le ocurrió otra cosa que empezar con una versión de noche de paz por Plácido Domingo. Fue como una tremenda bofetada en toda la cara. La imagen de Thalía en mi cabeza y su voz atronando mis oídos. Lloré como una niña desconsolada. Jose me abrazó con fuerza. Todos se pararon, se quedaron quietos sin saber qué hacer. Y Juan aún obturado por su error, se volvió a equivocar pinchando música lenta para bailar... Ni cuenta se dio, ni siquiera entendía al principio el aumento de mi llanto... Un *flashback* muy potente se había apoderado de mi ser. Los fotogramas de los preparativos de la boda volvían a gran velocidad a mí. El ensayo del baile con Felipe me impregnaba a claroscuros, en blanco y negro, como si fueran fragmentos de un pasado lejano. Alba le susurró al oído y Juan atenazado apagó la música. Pasado el trance, después de un par de largos minutos, agarré mi copa de cava y levantándome enérgica y sobrepuesta ya, la alcé al aire ofreciéndola en homenaje.

—Por los que ya no están. Por todos ellos, porque siempre vivan en nuestros corazones, porque podamos seguir escuchando la voz de Thalía, bailando en la noche con Felipe y leyendo a la luz de las estrellas los poemas de Sofía. Por Tomás, por el sacrificio que hizo por todos nosotros, por mí en particular, hasta renunciar a lo que más quería... Y por Clío, porque el Señor reconforte su soledad y porque este brindis le llegue volando como una paloma mensajera y sepa que no la olvidamos...

—¡Por ellos! —Como una piña, como lo que fuimos siempre, todo el grupo choco sus cristales y bebió cumpliendo el rito. Después hicimos silencio. Alba encendió velas y apagó las luces. Y sin que nadie lo hubiera premeditado cantamos el Ave María y bailamos *A wonderful world* con la desgarradora voz de Louis Amstrong. Después Eva, leyó el poema favorito de Sofía, "Caminante no hay camino", de Antonio Machado, terminando con la versión de este de Joan Manuel Serrat. En silencio, cada uno de nosotros, nos despedimos con un beso y abrazo fraternal deseándonos Feliz Navidad. Jose y yo íbamos agarrados de la mano hasta nuestro habitáculo cuando la doctora nos paró. Con la mirada muy vidriosa, y tocándome el vientre, y no para auscultarme esta vez...

—Sofía escribió los poemas de vuestro compromiso no solo porque os quería —mirándome desolada, terminó— sino también porque es lo que le hubiera gustado que nos hubiéramos dicho nosotras si no nos hubiera faltado la valentía para declarar nuestro amor públicamente. —Jose y yo la abrazamos mientras sus sollozos se ahogaban en nuestros pechos.

Pero también guardo momentos preciosos. Desde el primer día que nos reencontramos sabía que nuestros karmas seguían unidos, que nada había cambiado, y que el acontecer de nuestras vidas separadas me había acercado más aún a ellos después de tanta ausencia. Y lo he ido constatando día a día. He tenido charlas maravillosas con ellos, intensas y plenas. Sencillas, personales e íntimas.

Al poco de llegar, después de tanta peripecia y desastre en nuestra misión a la capital del apóstol, una mañana, después de desayunar, me hice algo más la remolona, agotada en aquellos primeros días de gestación con excesivos cambios en mi sistema hormonal. Mateo recogía la mesa y Nora y Rosalía lavaban la loza sucia. Marcos se había sentado a dar satisfacción a su ruidoso estómago. Siempre es el último, el pobre. Primero nos deleita a todos y después disfruta como un enano, casi siempre solo, con calma y tranquilidad, pues al rato vuelve infatigable a hacerse dueño de los fogones sorprendiéndonos jornada tras jornada.

—¡Eres increíble, Marcos! Yo ni siquiera se casi freír dos huevos... ¡No sabes lo que te admiro! —Se le dibujaba una leve sonrisa de niño tímido. — Aunque me voy a enfadar contigo porque lo haces todo tan rico que me voy a poner como una vaca... —Se empezó a reír.

—¡No creo que sea mi comida la que te hace engordar precisamente, cielo!

—Sí, pero ayuda. —Le repliqué.

—Además tampoco tiene mérito alguno: Llevo aprendiendo a cocinar casi cuatrocientos años —aquí me descolocó— y soy yo quien tengo una fascinación infinita por ti, mi señora —y aquí me terminó por deslumbrar.

—¿Por qué, Marcos? Solo soy una simple mujer que ha venido a complicaros la vida… —Le reproché.

—Porque hay que ser muy valiente, María, para aceptar tu destino y no abandonar… —Me contestó mirándome con fijación a través de sus traviesos e infantiles ojos negros.

—Tú sí que eres un valiente… ¡Cuatro siglos esperando para servir a otra vida..! —Le interrumpí llena de admiración.

—¡O para aprender a freír los huevos! —Contestó Nora desde el fregadero. Nos echamos a reír risueñamente.

—Bueno, creo que no lo hago tan mal. He tenido tiempo suficiente para aprender a guisar también, digo yo… —Contestó con cierto enfado.

—¡Si cariño! ¡Y no solo a hacer la comida! ¡Qué también cocinas muy bien otras cosas! —Prosiguió la guasona de Nora.

—¡Huy, huy, huy… qué caliente se pone esto! —Aprovechó la ocasión Mateo para meterse en la conversación.

—¡Tú calla que ese tipo de cocina a ti hace tiempo que se te ha olvidado! —Le cortó con mucha ironía Rosalía, provocando mayores risotadas aún.

—Me gusta vuestro sentido del humor —sentencié.

—Verte a ti feliz nos ayuda, mucho María... —Me indicó Marcos, intentando recuperar la conversación. —Todos nosotros hemos sido preparados para este momento, para servirte, para cumplir la promesa que la antepasada que vive en ti hizo a través de la boca de Dios... Hemos estado esperando, viendo pasar nuestras vidas, con la duda de si llegada la hora aceptarías tus designios... Y no solo no has protestado, sino que has agarrado con fuerza el mandato del Señor, le has dado las gracias y nos has liderado y con ello liberado de todas nuestras incertidumbres. Y todo con una humildad y una aceptación que hace que cada uno de nosotros entendamos por qué te eligió... —Se me negaban las palabras. Un nudo de amor me henchía el pecho.

—Tu fortaleza ilumina nuestros pasos, refrenda nuestra unión. Tu amor infinito es una proyección del creador y nos une aún más a Él y entre nosotros —nunca había visto tan serio a Mateo.

—La espera ha sido larga pero el Señor nos ha colmado con tu presencia, María... —Rosalía intervino para corroborar las palabras de su marido y de Marcos. —También somos humanos. Y aunque acatamos sin rechistar sus propósitos la mayoría tuvimos dudas... Aún recordamos nuestros momentos de juventud y tus actitudes díscolas e insolentes que apagabas rápidamente porque tu sentido de la amistad era tan grande que nos desbordabas... Siempre metida en líos, siempre protestando, siempre contra el mundo y siempre renegando... El padre Pablo, Santiago y Jose nos decían que lo importante era la grandeza de tu corazón y así nos conseguían convencer de que Dios no se había equivocado... — Me quedé boquiabierta ante la sinceridad de mi amiga, a la que no le podía reprochar nada pues tenía toda la razón.

—Yo nunca dudé. Tu abuela sabiamente me decía que era mejor así, que de ese modo hasta los Monjes Negros pensarían lo mismo, y no se equivocaba. Además para mí eras como mi hermana mayor... —Casi suspirando, Nora intentaba justificar los comentarios de Rosalía. Yo le movía la cabeza en señal de que no hacía falta. —Me ilusionaba saber que un día volverías y que lucharíamos juntas y que yo también te acompañaría en la maternidad... —En ese momento no supe reaccionar, no entendí el mensaje...

—¿Qué quieres decir, Nora?

—Mi hija, porque estoy segura que será mujer, valiente como tú, caminará con el tuyo, crecerán juntos, se ayudarán, se protegerán y entregará su vida si hiciera falta a los fines que su compañero tendrá aquí en la tierra —me sentenció con una alegría inconmensurable ante la cara de agilipollada que debí poner.

—¿Estás segura?

—Completamente. —Me aseveró con su dulce sonrisa.

—¡María, te queremos de verdad! —Remató la conversación Mateo. Y todos me agarraron de las manos, del cuello, de la cara, y me besotearon en exceso.

—¡No sé qué deciros!

—¡Nada! ¡Se terminó tanta charla! ¡No seas vaga! ¡A hacer los ejercicios, princesita! —Remató el tema desde el umbral de la puerta Eva, con una sonrisa de oreja a oreja. Había estado escuchando la muy puta (perdón).

Ha sido con Eva con la que más tiempo he pasado en estos meses. Siempre pendiente de mí. Quizás un tanto agobiante. Controlando cada detalle, ha hecho las veces de psicóloga, ginecóloga y matrona. Me ha inyectado moral cuando mis ánimos han estado bajos. Se ha encargado de mis revisiones periódicas, de realizarme las ecografías necesarias y de llevarme al hospital para hacerme las pruebas hematológicas pertinentes. Ha diseñado mis dietas y comprobado regularmente mis niveles de calcio, glucosa y mi sistema inmunológico. Y me ha machacado con los ejercicios pélvicos y respiratorios preparándome para el parto. Como al poco tiempo se ha sumado Nora, lo he llevado un poco mejor. Pero se me ha hecho pesada.

Uno de estos días en que Nora se encontró algo indispuesta, y Eva y yo nos encontramos prácticamente a solas, dale que te pego, en posición de apertura y resuello contenido y rítmico, al terminar la miré sudorosa y cansada. Como la cosa conmigo va de abrazos, me apretó fuerte contra sí y me habló en dulces susurros mordisqueando casi mi oreja.

—Me gustaría que le dijeras al Padre cuánto significa para mí haberme dado la gracia de ser yo la responsable de traer sano a vuestro hijo... —Me lo dijo con alegría contenida, orgullosa de sí misma, pero noté dudas en sus palabras.

—También se lo puedes decir tú en tus oraciones. Sabes que Él te escucha.

—Es cierto, María. Pero tú tienes hilo directo con él y se te manifiesta continuamente. Yo solo soy una pieza más de la historia... —Me replicó aunque no sentí reproche alguno.

—Necesaria y fundamental. Sin ti qué sería de este niño, Eva. Yo lo llevo en mi seno, pero eres tú quién está haciendo las funciones de madre adoptiva. Lo cuidas, lo mimas, y a veces sé que yo no te ayudo mucho...

—Es mi trabajo, María, y lo hago orgullosa. Solo te pido que también se lo digas a Él, que no lo escuche solo de mi boca cuando rezo, que tú se lo muestres, que le expliques lo bien que me siento con ello y los miedos que tengo al fracaso, a equivocarme, que disculpe mis incertidumbres y mis temores. ¿Me perdonará si fallo en mi cometido, María? ¿Lo hará? —Acongojada y abrumada por la responsabilidad rompió con un llanto desacompasado.

—Dios es misericordioso, es justo y es bueno. Estará siempre a tu lado, Eva. No lo dudes. Y todo saldrá bien, ya lo verás —intenté confortarla y poco a poco se fue calmando.

—Deseo que tengas razón, María. No todo resultó así hasta ahora... —Ya recuperada, apoyó su frente en la mía y algo ahogada, con cierta angustia, continuó. —Sofía no debió morir. Tenía que haber estado atenta y no haberla distraído con mis vulgares pasiones... —Volvió a romper en su más profunda aflicción. Yo no sabía cómo reaccionar. —Tenía que haber sido valiente como tú y haber declarado nuestro amor. Y se fue en pecado mortal a los ojos de Dios.

—¿Qué dices, Eva? ¿Cómo puedes pensar eso? Él es amor. Tú sabes que no es así, que vuestro amor sincero era el mayor y mejor servicio que le podíais hacer. Eso sí que fue valiente, amaros y no cuestionaros. Yo solo intento superar curvas en mi camino y vosotras vencisteis al abismo y los arquetipos del hombre. Dios no solo te ama, Eva, te admira por tu orgullo de mujer, por la fuerza de tu corazón y por la grandeza de tu alma, y por eso te puso a mi lado y por eso respetó los momentos de vuestra felicidad, mirándoos de reojo y sonriendo hasta con una poca de envidia por la pureza de vuestros sentimientos... —No sé de dónde me salieron las palabras o quien las conducía, pero hasta las dos sentimos una presencia muy intensa y potente que aunque no se manifestó no hizo falta. La esencia, los olores y los sentidos, eran de Sofía. La paz de la que hablo tanto estaba con nosotras,

558

centrando nuestros pensamientos. Eva dejó de llorar y una sonrisa nítida se instaló en sus labios rojos.

—En verdad eres excepcional, María. Dios no se ha equivocado contigo... —Con una convicción tremenda me transmitió esta afirmación. Después se puso a reír como una loca. —¿Aún te acuerdas, María? En uno de aquellos fines de semana de chiquilla, cuando venías a casa de tu abuela, en verano, íbamos todos a la playa corriendo sin control... Yo me caí y me hice una herida tremenda en la rodilla... Lloraba y lloraba, y no paraba de llorar... Tú me llevaste a la fuente y me limpiaste la herida, mientras me decías «no pasa nada, no pasa nada, ya pasó»... Cuando dejé de llorar, me miraste, me secaste la lágrima con el pañuelo mojado y sucio, lleno de sangre, y me besaste. Luego me dijiste: «Tú serás mi médica, Eva, cuando seamos mayores».

A principios de diciembre, cuando ya me empezaron a remitir los mareos y vómitos y mi cuerpo empezaba a aceptar su nueva condición, después de cenar a base de frutas y algún lácteo, creo recordar, decidida con mejores ánimos y alientos a empezar a revisar mis escritos, accedí a la sala de estudios, a la pequeña biblioteca de nuestro coqueto complejo, de Santa Trega. Portaba debajo del brazo mi Mac Pro y entré en la estancia pensando que iba a estar sola y que podría concentrarme sin interferencias en mi trabajo. Pero no fue así. Allí estaba Juan, absorto en su monitor Ultra Book de última generación abriendo y cerrando ventanas de forma vertiginosa. Nada más percatarse de mi presencia, recolocándose las gafas, me saludó contento y disculpándose con un suave gesto continuó con su tarea.

—¿Qué haces? —Le pregunté curiosa.

—Estoy terminando un encargo de Eva para ti —me contestó sin levantar la vista de la pantalla.

—¿Para mí? —Dije aún más intrigada.

—¿No te ha contado nada Eva? —Extrañada, negué con la cabeza. —Me ha pedido que le desarrolle una aplicación monotorizada para poder auscultarte.

—¿En cristiano? —No entendía que era eso.

—Sí, claro, tienes razón. Tengo la manía de hablar siempre en lenguajes técnicos… Es un programa para acoplar a un escáner manual y así obtener imágenes de tu bebé, igual que en una ecografía. Siguiendo directrices de tu hermano Antón y de Santiago, no es muy conveniente salir con frecuencia al hospital, salvo para determinado tipo de analíticas que Eva no puede realizar aquí. Así que solicitaron mis servicios y como podrás imaginar, yo encantado… —Me explicó sin parar de introducir datos en la "maquinita" y con voz muy agradable. Me hizo gracia cómo torcía sus ojos bizcos al hablarme.

—Te gusta mucho lo que haces, ¿verdad?

—Disfruto más sabiendo por qué y para quién lo hago —
paró de hacer lo que se traía entre manos para mirarme fija y
"torcidamente".

—¿Por qué?

—Porque siento que da un sentido a un todo, que explica
por qué yo estoy aquí, me hace útil y entonces feliz. Y porque te
quiero, todos te queremos y lo daríamos todo por ti —me
transmitió las palabras muy serio, como nunca lo había conocido.
Ya no era el chiquillo que abría las pilas para ver cómo
funcionaban.

—Pero, ¿por qué?

—¿Por qué preguntas tanto, María? Dios nos ha dado una
posibilidad, no hay más. A mí me ha concedido la oportunidad de
ser protagonista de la esperanza de un mundo mejor. ¿Cómo le iba
a decir qué no? Y además haciendo lo que más me gusta y con mi
gente —su convicción no dejaba resquicios, pero yo quise llegar
más lejos.

—¡Tiene que haber más, Juan! —Resoplé insatisfecha con
sus respuestas.

—Llevamos juntos muchos años, María, pasando de vida
en vida, esperando esta promesa… —Se tocaba y retocaba los
pelos del hoyuelo, impaciente y nervioso. —Cierra los ojos y
recuerda… Te condenaron, te humillaron, te desterraron y todo por
amor, porque aquellos que hablaban de Dios solo veían poder y
lujuria, propiedades y dinero para saciar sus instintos terrenales. Y

tú no te dejaste vencer y con tu ejemplo nos guiaste y nos uniste para siempre en un destino común. Te conocimos, te admiramos y aprendimos a amarte y a volver al camino del Señor, del que nunca negaste, ni protestaste, ni tan siquiera tu fe se vio aminorada. Tú has sido nuestra luz en tantos años de oscuridad y tú eres nuestra virtud y nuestra esperanza... —Le miraba atónita, más bien apijotada, sin saber qué hacer o qué decir. —¿Contenta ahora? —Me preguntó sonriendo ante mi indecisión. —No puedo olvidar aquellos tiempos, poco antes de la universidad; me pasaba muchos ratos con la *play*, aquella primera versión de bolsillo que salió y que con mis ahorros de la hucha había conseguido comprar a escondidas de mis padres y que tú me guardabas el resto de la semana en casa de la abuela para que no se enteraran. Quise enseñarte varias veces a manejarla y a jugar. Y siempre me decías, «¿y para qué te tengo entonces a ti? Juega por mí, Juan...» ¿Te das cuenta, María?: Es lo que estoy haciendo ahora... —Nos sonreímos cómplices. —Bueno, a ver si termino. Ya me falta poco. No quiero escuchar a la histérica de Eva y además Alba me espera en el patio, que luego vamos a dar un paseo. Hace una noche preciosa y no demasiado fría para la época que estamos. Quiero ver si le sonsaco qué le gustaría de regalo por Navidad... Y con lo escueta que es, me va a costar lo mío...

—A lo mejor puedo ayudarte. Voy junto de ella mientras tú terminas —nos lanzamos un beso al aire y Juan volvió a sus quehaceres intentando recuperar la abstracción en su ocupación.

Yo dejé el portátil allí pensando en mejor ocasión para retomar mis escritos, estos con los que estoy ahora, y salí en busca de Alba que, como no podía ser de otro modo, estaba sentada en el graderío del patio contemplando el firmamento.

—¡Hola, María! ¡Siéntate conmigo! —Me dijo contenta de verme. —Ves, allí está Casiopea, la que guía tu destino, brillante y expectante, nos muestra el norte, el de la vida también —me aleccionó sonriente.

—¿Y Dios en qué estrella está? ¿Desde dónde nos vigila? —Le pregunté malintencionadamente.

—¡Tú eres su estrella, María! —Como siempre me empezó a joder…

—¡No empecemos otra vez! —Repliqué algo enfadada.

—¡Es cierto, María! ¡Él te ha dado la gracia! —Cambiando su semblante me espetó: —Además: no te vigila, te protege, que es distinto. Él es infinito, está en todas y en ninguna, y está en todos nosotros… hechos a su imagen y semejanza…

—¡Imperfectos!

—¡Pero humanos! —Alba siempre fue así, directa, replicante, sin medias tintas.

—Juan termina ahora… —cambié de tema— …Hemos estado hablando un rato. Es un buen chico y te quiere…

—¡Eso ya lo sé! ¡Por eso estoy con él! ¡También sé que te habrá pedido que me preguntes que me gustaría por Navidad! —

Me debió cambiar la cara radicalmente porque Alba se echó a reír con fuerza al verme.

—¿Cómo lo sabes? —Le pregunté expectante.

—¡Me lo ha dicho Dios! —Mis ojos debían estar demasiado saltones, porque no paraba de reír. —¡No, tonta! ¡Os ha pedido que me lo preguntéis a todos! ¡Tú eres la última!

—¡La última en enterarme, claro! —Me sentí un poco gilipollas.

—Pero a nadie le he dicho lo que quiero de regalo… —Una pausa aposta y…—A nadie menos a ti.

—¿A mí? —Dije muy incrédula.

—¡Sí! ¡A ti, María! Ya sabrás escoger el momento, tú siempre lo sabes, tienes ese don y le dirás que tú sí que sabes lo que quiero…

—¡Ah sí! —Respondí sorprendida.

—Te harás de rogar y después le dirás que es un secreto… ¡A ver lo que te dice el muy cabrón! —Aquí sí que me estaba dejando ya fuera de juego del todo. No tenía ni idea de por dónde venían los tiros.

—¿Pero que le tengo que decir?

—¡Que quiero un hijo suyo, que afine la puntería, que últimamente anda un poco descentrado! —¡Madre mía! ¡Ni me lo esperaba!

Aún estaba mirándola pasmada, mientras no paraba de reír como una descosida, cuando por detrás llegaba Juan y por nuestro frente Eva, como si se hubieran puesto de acuerdo. El ingeniero y la doctora dispuestos a hacer su trabajo. Sin dilación fuimos hasta mi alcoba, donde Jose ya rezongaba sin piedad en los primeros estertores de un profundo sueño. Lo desperté con un beso y se sobresaltó cómo si tuviera pesadillas. Lo eché "cariñosamente" de la cama y toda dispuesta me despatarré sobre ella entregada a la ciencia de mis amigos. En un par de minutos Juan ya tenía todo conectado y Eva ya me había masajeado bien el bajo vientre con una especie de gel transparente que ahora ayudaba a deslizar un lector óptico manual. Jose se iba desperezando. Eva apretaba fuerte para visionar y plasmar la instantánea de aquel momento histórico. Allí estaba, el Hijo del Hombre, en un sueño plácido y dejándose "acariciar". Descarado enseñaba su pequeño "pirulo". No había duda era niño. Y José ya despierto me miraba emocionado.

No me pude reprimir.

—¡Juan! —Le llamé acostada, mientras apirulados no dejaban de ver al proyecto de criatura…
—¡Dime, María!
—¡Este niño quiere tener muchos amiguitos!
—¿Y eso qué tiene que ver conmigo? —Me miraba si comprender nada.

—¿No querías saber cuál era el regalo que Alba quería estas Navidades? —Descolocado se quedó el pobre. El resto reíamos de forma incontenible. Su cara era todo un poema... Yo cumplí con Alba.

Jose ya no fue capaz de dormir en toda la noche. Acostados, yo en mi lado izquierdo de la cama dándole la espalda, él me abrazaba tocando delicadamente mi barriga y sintiendo la nueva vida en la palma de sus manos. Dios sabe los pensamientos que pasaron por su cabeza y lo que sentía su corazón feliz.

A la mañana siguiente, Eva dispuso todo para repetir la eco con Nora. Marcos y todos con él, estábamos expectantes. Yo me encontraba nerviosa. Aún recordaba su rotunda aseveración: *Mi hija.* Y acertó. Mi mente cabalística buscó rápido la conexión: El Señor ya había dispuesto un sello de igualdad... Un hombre y una mujer, juntos, y en equipo, mostrarían el camino al resto. Todos se alegraron. Yo también, pero al mismo tiempo pensaba en las connotaciones que el hecho conllevaba tras la *profecía* de Nora...

Hará una semana más o menos (porque como ya dije aquí se pierde con facilidad la noción del tiempo, después de una de mis copiosas siestas, depende también del día y de la climatología, que no solo influye en mi estado de ánimo sino que también en mi físico y sus consecuentes achaques), me choqué, nunca mejor dicho, pues estaba bastante somnolienta, con Andrés, que andaba a leches con Lucas y Santiago, entrenando ejercicios de defensa personal. La consecuencia es que caí derribada al suelo y todos preocupados fueron a junto mía. El golpe me hizo despertar de súbito y hasta me vino bien. Ellos, algo aturdidos, dejaron el adiestramiento para mejor ocasión. Nos sentamos juntos en el graderío a descansar. Corría el aire y hacía frío. Lucas se fue a buscar una manta con la que abrigarme.

—¿Qué tal tus vacas, Andrés? —Le pregunté buscando saber de sus sacrificios.

—¡Supongo que pastando! —Me contestó vacilón.

—Me he enterado que no las puedes atender como antes y que has contratado a quien te cuide el rebaño... —Le insistí.

—Algo de razón tienen... Pero es que ahora tengo una "vaquita" más importante de la que ocuparme... —Me dijo socarrón, mientras me frotaba el vientre.

—¡No bromees con eso! —Le grité.

—No te ofendas, María, pero mi rebaño está aquí, siempre ha estado aquí, lo demás era el preludio de la vida que tenía que vivir... —Ahora fue serio en su disquisición.

—No puedo entender cómo habéis sido capaces de renunciar a todo por mí... —Y era verdad, no lo entendía y por eso era tan suspicaz con mis preguntas.

—Mira, María... Los que estamos ahora aquí, velando por ti, fuimos soldados del rey, gente de mal vivir, repudiados, hombres sin corazón y sin fe, saqueadores de pueblos, asesinos y violadores, asaltadores de caminos y servidores del lado oscuro... El Señor nos puso en tu camino, y a tu lado descubrimos la generosidad, el valor, la bondad, la voluntad, el amor y sobretodo el perdón de Dios. Tú nos hiciste libres y decidimos escoger el servirte. Desde entonces todo lo que somos, todo lo que hemos hecho ha sido vinculado a ti, a nuestro propósito común, a la esperanza que vendrá para el hombre... —Me desbordó.

—Basta ya de tanta seriedad... —Repliqué emocionada.

—Fuiste tú la que empezaste, mi vaquita... —Volvió a reír Andrés.

—¿Puedo tocar yo también? —Me sorprendió Lucas.

—¡Como venga Jose os va a dar un par de bien merecidas hostias a cada uno! —Irrumpió Santiago, siempre tan formal.

—Jose no es celoso... Pero tú sí, así que no seas envidioso y toca tú también, anda. —Así, ni corto ni perezoso, le soltó irónico Andrés. El caso es que al final no se cortó ninguno... Y menuda la escenita: Tres tíos como tres mundos manoseándome la barriga. Para más inri, el bebé, como extasiado de contento, no paraba de dar pataditas, mientras los tres imbéciles reían como subnormales profundos cada una de ellas. ¡Alehop!

—¡Lucas!

—¡Dime, María! —Dijo mientras tentaba con pasión a mi bebé.

—¡Tanto como os gustan los niños, que les enseñáis aquí de todo, que jugáis con ellos, que los lleváis de excursión con los caballos..! ¿Por qué no habéis tenido hijos? —Tenía que preguntárselo.

—¡No procede, María! ¡Tú lo sabes! ¡Helena lo sabe y yo también! —Me contestó con mucha tristeza.

—Pero…

—¡No, María! Igual que tú has aceptado tu destino, Helena y yo, también el nuestro…

—¡Pero no es justo! ¡Le rezaré al Señor! —Declamé un tanto histérica.

—¡No lo hagas, María! —Me ordenó Lucas.

—Se volverán a encontrar María, no tengas dudas. — Dilucidó Santiago. — Dios entiende que Helena necesitará de su perdón y de la reconciliación. Y así será. Es necesario. De lo contrario su alma vagará eternamente por los limbos de la indecisión. Admirable es su corazón y el soporte de su pena. La muerte es solo una transición y la soledad en la vida solo un túnel por el que se pasa… —Sus palabras me hirieron pero me hicieron comprender que la justicia de Dios era sabía y poderosa, aunque a veces incomprensible.

—Pero os veo tan solos…

—¡Eso es lo que tú te crees..! —Respondió socarrón Andrés.

—¿Ah, no? —Pregunté estupefacta.

—Todo volverá a su lugar, mi reina, ya lo verás... Yo aún tengo fe, aunque sé qué tengo que esperar a otra vida...

—¿Qué me dices? —Le pregunté muy sorprendida.

—Pero mejor lo dejamos para cuando sea... Aquí o en el más allá, pues ya no está con nosotros... —Ahora fue un poco triste su respuesta. Pero no adiviné lo que me quería decir. —El que mejor lo tiene es el poli, el cabrito, que al final se va a salir con la suya...

—¿Cómo?

—Primero acabaré lo que he venido a hacer... Y después, ya llegará... —Santiago aprovecha para guiñarme el ojo...

—¿Y con quién? —Pregunto entusiasmada.

—Si sabes guardar un secreto te lo diré...

—¡Y los que hagan falta! —Afirmé con rotundidad.

—Eva, tu querida doctora, es mi pasión más oculta.

No sé por qué, pero hoy le he pedido a Eva que me deje descansar y no es que esté especialmente indispuesta o me encuentre mal. Mi corazón me anuncia cambios. He decidido retirarme a mi dormitorio a escribir y meditar, después de desayunar sin apenas apetito. Le he rogado que no contara nada a nadie, que me encontraba bien, que solo quería estar sola. Creo que lo ha entendido.

Así que aquí estoy escribiendo, recordando el día en el que vivo y presintiendo que hoy mismo algo importante va a pasar. Lo intuyo. El Señor me concedió este don especial. No estoy especialmente nerviosa pero sí espero acontecimientos.

Helena entra por la puerta y me alegra verla. Sé que tenemos una conversación pendiente y la quiero cerca. Temo por ella, estoy preocupada por su desorientación...

—¡Hola María! Perdona a Eva, pero no tuvo más remedio que decirme que estabas aquí —dice muy seria. Sus rasgos están tensos.

—¡Siéntate a mi lado! ¡A veces pienso que me evitas...!

—Sabes que es verdad... —Va directa al grano.

—¿Por qué, Helena? —Le pregunto triste.

—Te amo, María, siempre te he amado, aunque mi destino... —Rompe a llorar.

—¡Todo saldrá bien, Helena! —Intento tranquilizarla.

—¡Una mierda, María! ¡No todo! ¡Alguien perderá, seguro! —Grita acongojada.

—¡Confía en Dios! —Le exhorto.

—¡No puedo, María! ¡No me da elección!

—Siempre se puede elegir, Helena.

—¡Yo no, María! ¿Por qué María? ¿Por qué tuvo que ser así? ¿Por qué yo? Siempre estuve a tu lado, siempre defendiéndote, siempre fiel… —Su llanto es inmenso.

—¡Solo Dios lo sabe!

—¡Pues que le den! ¡Me ha abandonado a mi suerte! ¡Si tan poderoso es podría haber hecho las cosas de otra manera! —Ruge llena de rabia. —Siempre tuve el don de la lucha… He matado innumerables Monjes Negros en su nombre, he llegado hasta el final para proteger la llegada del Hijo del Hombre, he esperado cuatrocientos años a este momento y ahora me traiciona… me deja tirada como una colilla —me asesta un duro golpe. Reflexiono qué contestarle.

—Pero puedes elegir, Helena, ese es su mensaje… —Intento convencerla, llevarla a mi terreno.

—Siempre lo hice, y siempre demostré en qué equipo quería jugar… —Me mira fija a los ojos. Su sollozo ha terminado de repente. —Y ahora ha cambiado las cartas de la baraja. Lo podía haber evitado perfectamente. Pero ya que lo quiere así, juguemos entonces, María —me está asustando.

Santiago entra apurado y sofocado en la estancia. Antes de decir nada mira nervioso a Helena mientras deja caer su mano sobre la empuñadura de su arma, preparado para cualquier situación. Le levanto mis cejas, intentando indicarle que todo está bien.

—¡María! ¡El papa Benedicto ha renunciado! —Sabía que algo iba a pasar. Un cierto sentimiento de desesperanza se aloja en mi corazón. Otra vez estamos abandonados a nuestra suerte. ¿Señor, y ahora qué?

—¡La hora está pronta, María! ¡Qué Dios te bendiga! —Y besándome con fuerza y aflicción, Helena escapa a la carrera. Ya no tengo dudas de que los Monjes Negros estaban preparados para este momento. Era demasiada calma la que reinaba últimamente en mi existencia y la de los míos. Cierro los ojos y veo muerte y destrucción a mi rededor. El ataque final es inminente. Todo se ha dispuesto ya para ello. Y mi hijo se revuelve ansioso en mi interior. Es la señal.

Mis nervios andan revolucionados. Eva está asustada. Ha querido evitar hablar del tema pero no lo ha conseguido. Después de mucho insistir me ha confesado que el bebé se está empezando a encajar, o que por lo menos da muestras de ello y parece ser que aún es muy pronto. Hace menos de una semana me ha vuelto a hacer una eco y su expresión no ha sido muy alegre precisamente. Dicen las malas lenguas que si empieza a dar tan pronto la vuelta hay serios riesgos de que incluso se pueda estrangular con el cordón umbilical. Así que Jose y yo tenemos problemas para conciliar el sueño por las noches y de lo otro ya no digamos, pues nos vence la tensión de saber que podemos provocar algo irreparable. Alguna noche me tengo que mojar las ganas en el café, para que se me entienda. Porque como toda mujer y más en mis circunstancias, tengo días y apetencias.

La espera me está dilapidando. Mis ansias me corroen. A pesar de mi premonición nada ha cambiado y todo está calmo. Demasiado. Y encima mi hijo no para de patalear, ni que fuera a ser futbolista… No sé lo que me gustaría que fuera de mayor, ni siquiera me lo he planteado, entre otras cosas porque tengo la ligera sensación que no va a estar en mis manos. Pero si me dieran a elegir, y dada la supuesta condición que va a tener, no estaría mal que fuera profesor. O mejor, maestro, que aunque parece lo mismo, no lo es. Maestro de hombres, enseñando vivencias, valores y conocimientos. Vocacional no funcionarial. Alguien en quien fijarse los más chicos, a quien admirar, que andamos algo escasos de personalidades, que parece que ahora todo lo puede el porvenir, y el tener, y el dejar de alimentar el alma, aunque sea pagana, que no voy a ser yo quién me meta con la libertad de creencia... Político no, que anda todo muy corrupto y muy existencialista, muy del día, sin importar lo que se va haciendo con las generaciones futuras, por intereses partidistas, y da igual el color o la posición, pues a veces pienso que la evolución de la sensatez se nos frenó en el primate. Al final, es igual, que sea lo que Dios quiera y ya sé que yo no debiera opinar así, pues juego con ventaja, pero que sea feliz, que se cumplan sus designios, que Jose y yo lo veamos, sintamos la esperanza que supuestamente va a traer a la humanidad (aún me cuesta creerlo, la verdad), y que por Dios, no me lo crucifiquen... Ah, y otra cosa, que venga sano, sin problemas, como otro niño cualquiera, que pueda crecer e ir a la escuela, y jugar con sus amiguitos, y podamos ser dos padres orgullosos... ¡Hala, otra patada! ¡Qué suplicio! ¡Le voy a sacar tarjeta roja, como siga así!

Me he planteado muchas veces si estoy preparada para ser madre y más del Hijo del Hombre. Por más que rezo a nuestro Señor pidiéndole sabiduría no noto aún nada. No sé qué tengo que hacer, ni como me tendré que enfrentar a tan magna responsabilidad. Ni siquiera sé si lo tengo que bautizar... Jesús lo hizo en el río Jordán ya en su madurez, no lo digo por otra cosa. Si requerirá una alimentación especial, a qué colegio lo tendré qué llevar... Dudo hasta del ADN que lo identificará y de si lo sabré comprender cuando se vaya haciendo mayor, de los dones que traerá consigo y la sabiduría con la que el Padre le dotará desde que nazca... Dudas, dudas y más dudas. Estoy hecha un lío y reconozco que algo angustiada.

La incertidumbre por el futuro inminente me atosiga. La renuncia del padre Benedicto me ha trastocado. No entiendo nada. Mi finita comprensión anda ofuscada. ¿De qué sirve el alumbramiento que tanto ansiamos si carecemos de aliados? Mi misión, el testigo que he recogido solo mencionaba parir, nada más. Ya sé, no soy tonta, que también lo tendré que criar, está claro, pero pensé que todo estaría previsto y que su protección no dependería de mis factores maternales. ¿Y ahora qué hago yo? ¡Menudo marrón! Sin embargo y aunque no lo comprenda, ni lo pueda explicar, no me siento abandonada.

Estoy esperando algo, una marca, una luz, una voz, algo que me indique qué tengo que hacer, qué camino debo tomar. Ando paseando sola y a oscuras por el desfiladero, mirando al precipicio, sintiendo el abismo. Le pedí después de cenar a Jose que quería tener un rato para mí, alejada, en silencio, sintiendo el frío húmedo de esta noche canguesa, de volver a mis raíces, de abandonar la esencia, volar libre con el espíritu empapado. Me ha respetado, sin preguntas, ni quejas, ni malos gestos, solo con amor. Examino la luna llena, fulgurante, resplandeciente, como nunca o como siempre. Una fina y gélida agua nieve me cala. Pero un calor reconocible me conquista. Dos aullidos lobunos cortan el lapso de este momento. ¡No puede ser! ¡Aquí no hay lobos! Y los licántropos son solo personajes fantásticos dignos de Edgar Alan Poe y del género de terror de mi profesión...

El interior de mi vientre se agita feliz. El agua corre por mí entera y noto fluir una vida intensa. Pedí un signo, que pasara algo y ya lo tengo. Una llamada. Ya sé lo qué tengo que hacer y lo que va a pasar a continuación. Lo que tanto había pedido se me acaba de conceder. Me percato que es 28 de febrero. Hoy el padre Benedicto dejó de ejercer como papa de la Iglesia de Roma. Y discierno que otro ciclo se ha cerrado. No domino lo que el inminente futuro deparará pero intuyo que todo está previsto, al igual que yo fui la elegida. Con una fe recompuesta comprendo que algo grande, incomprensible aún para mí, se está gestando. Yo no voy a fallar, ahora no.

Totalmente dichosa, sin temor a caerme siquiera, corro como una posesa hasta el poblado. Supongo que todos están durmiendo o intentándolo. Mis gritos les sobrecogen saliendo despavoridos de sus chozas, unos más rápidos que otros. Algunos casi en pelotas, o sin el casi. La escena no deja de ser grotesca. Me rodean, o mejor dicho lo intentan, porque a pesar del peso que llevo encima una fuerza ulterior enerva mi cuerpo aligerándolo como una pluma. Sigo gritando mientras les urjo a correr detrás mía.

—¡A los caballos! ¡A los caballos! —Chillo totalmente poseída.

—¿Qué pasa, María? —Grita desesperado Santiago en calzones y totalmente desprevenido…

—¡Vestíos y coged las antorchas! —Mi voz posee una potencia desconocida incluso para mí.

—¿Pero..? —Me intenta parar Eva.

—¡Obedeced! ¡Tenemos visita! —Ordeno sin derecho a réplica.

Ante mis palabras todos se apresuran. Lucas y Andrés son los primeros en seguirme. No preguntan. No rechistan. El resto se apura todo lo que puede. Se malvisten con el hábito. Han entendido mi mensaje cuando he mandado disponer de las teas. Saben que es una salida improvisada de la orden. Arrecia la lluvia. *Esperanza* brama feliz al montarla. Estamos conectadas. Sabe a lo que vamos. En dos o tres minutos el grupo capitaneado esta vez por mí se ha dispuesto y estamos listos para partir. Ya ninguno dormita. Andan muy alterados y preocupados. Desconocen el motivo que me empuja y la mayoría piensa que he percibido un ataque de nuestros enemigos. Juan no para de verificar sus equipos intentando descubrir el fallo, pues no se ha detectado movimiento ni presencia alguna. Y es lógico. No se han averiado. Ni yo me he vuelto loca. Simplemente es que no están preparados para localizar fantasmas.

Santiago, Jose, Lucas, Andrés, Mateo, Helena… uno a uno se colocan a mi lado para intentar preguntarme. Les miro fijamente y con mi índice les pido silencio. Desisten. Santiago, con gesto consternado, abre las puertas del refugio y al cruzarlas uno a uno van encendiendo sus velones. Con trote lento a ritmo de paseo encabezo el grupo adentrándonos en el robledal, sumergiéndonos en su oscuridad y con los rayos de la luna colándose entre el boscaje desnudo del invierno. El agua pura del cielo, algo más fina ahora, nos ducha con doble fricción a causa de las goteras provocadas por las ramas limpias de la arboleda. La hojarasca marrón y encharcada produce un sonido inconfundible a nuestro paso. Los cascos de nuestros caballos se hacen a cada pisada más pesados cargados de lama.

Los ojos nerviosos de mis amigos miran de un lado a otro con impaciencia. Sus manos no saben si asir las riendas de sus cabalgaduras o las empuñaduras de sus espadas. Nadie dice ni mu. Pero sé que no entienden esta mi decisión, ni siquiera que no la hayamos planeado y menos que nadie haya quedado guardando nuestra guarida, preparando la retaguardia. Todos están convencidos que vamos hacia un ataque sorpresa a los Monjes Negros…

Al fondo se divisa débil una luz blanquecina. Mis amigos se ponen alerta. Con el brazo hago una señal y les hago bajar la guardia. Aún se me desconciertan más. Siento su miedo. La luz se hace cada vez más potente, más blanca, más cegadora, más insoportable… Ya está aquí. Todos bajamos como buenamente podemos de nuestros caballos. Todos se postran turbados y sin solución. Todos menos yo.

—¡El Señor ha escuchado mis oraciones! —Pronuncio mientras me acerco llena e inmensa de contenida alegría hacía la forma brillante que camina hacia nosotros. Poco a poco, uno a uno, aún turbados, mis compañeros se van incorporando y siento la estupefacción en sus almas.

—¡Es la hora, María! ¡El ciclo está cerrado y el fin de mi promesa eterna cercano! —Me responde, impasible y serena.

—¡Estaba impaciente por este momento, por conocerte al fin! —Estoy muy emocionada. Mucho.

—Hace mucho que me conoces, María. Siempre estuve en ti, un poco oculta, es verdad, pero siempre estuve en ti…

—¿Puedo hacerte una pregunta?

—¡Claro, María!

—¿Somos la misma persona? —Jose está casi a mi lado. Sus ojos relumbran un fulgor especial. Los recuerdos y la memoria le acogotan. El resto ha formado un círculo iluminando la escena con las antorchas levantadas y con sus labios abiertos por el asombro.

—Dios quiso que tuvieras libertad para elegir y te dotó de una esencia y una existencia diferente para ello. Ahora tú me has llamado a tu presencia y si tú quieres mi energía se depositará en ti y al fin seremos una sola —su mirada dulce y sosegada, cargada de la paz de Dios, me seduce.

—¿Ya no volveré a verte? —Pregunto algo triste.

—Seré yo la que vuelva a ver a través de tus ojos —me responde serena y sonriente.

—¡Sí quiero! —Me sale del alma. María Soliño, su espíritu, se reclina y coloca su mano derecha en mi vientre sin apartar sus ojos miel de mí. Es entonces cuando me doy cuenta que salvo por la distancia del tiempo, el estilo del peinado, mi estado de gestación y otros pequeños detalles, pasaríamos perfectamente por hermanas, casi gemelas.

—¡Bendito es el fruto de tu vientre! —Y dicho esto, su forma espectral, luminosa y brillante se difumina, mientras miles de partículas etéreas se me inyectan traspasando mi piel. Una voluntad férrea ya está en mí. Está escrito. Su alma es la mía. María Soliño y yo ya somos la misma persona.

Eva cabalga a mi lado. Algo quiere decirme pero no se atreve o se lo está repensando. Me mira, articula sus labios, pero no se decide. El grupo nos sigue en silencio. Los sonidos de la noche nos rodean. Las lechuzas esbozan sus trinos sin pudor a nuestro paso. Y hasta algún pequeño murciélago vuela desorientado girando alrededor de nuestras antorchas. Creo que voy a tener que animarla.

—¿Qué piensas?

—En que no es bueno que montes, pero tampoco estoy segura de poder evitarlo —me responde sin dudas.

—Si así vas a estar más tranquila, prometo no volver a hacerlo… —Le digo no muy segura.

—¡No mientas, María! ¡No eres tú sola la que puede intuir el futuro! —Me asesta firme. Me ha pillado desprevenida, demostrándome que no domino totalmente la situación.

—¿A qué te refieres? —Le pregunto intrigada, aunque suponiendo la respuesta.

—¡La hora se acerca, tú lo sabes! ¡Es fácil que nos toque huir! ¿Y cómo? ¿Andando? ¿O será Rosalía que ha contratado un helicóptero para sacarnos de aquí si hiciera falta? —Me interroga con triste dureza. Siento que se está derrumbando. No lo puedo permitir.

—¡Dios nos auxiliará! —Le aseguro con rotundidad.

—¡De eso no tengo la menor duda! ¡Pero hay cosas que no podremos controlar! ¡Yo soy médico! ¡Por Dios! ¡El niño se está encajando! ¡Si tienes que huir a lomos de *Esperanza*..! ¡Morirá! — Sus palabras se me clavan como puñales en el corazón. Ahora entiendo el dolor de la madre de Dios al ver morir a su hijo…

—¡Su padre no lo permitirá! —Grito angustiada. Ya todo el grupo nos ha escuchado el final de la conversación. Nuestros tonos de voz han ido subiendo in crescendo. Ni respiran.

—¿Quién, Jose o el Todopoderoso?

—¡Esto sí que es una mujer! —Se le oye a Santiago en un susurro…

—¡Los dos! —Sentenció fuera de mí. Eva me mira llorosa.

—¡Y esta es la mía! —Apostilla mi marido, sonriendo maliciosamente al poli enamorado.

—¡Perdóname, María! ¡Estoy muy preocupada! ¡Lo siento!

—¡Ten fe, Eva! ¡Ten fe! —Le ordeno más tranquila ya.

Estamos atravesando el pórtico de Santa Trega. Contemplo como si fuera casi la última vez la inscripción céltica de mi nombre. Me siento igual que Jesús camino del calvario. Una enorme carga se engarza en mi alma. «Padre, si es posible aparta este cáliz de mí…». Presiento a mis enemigos al acecho. Estoy preparada. Levanto el brazo dando el alto. Despacio, desciendo de mi *Esperanza*. Todos me siguen. Le acaricio dándole suaves palmadas en su belfo. Le susurro bellas palabras y me responde rezongando en mi cara con su hocico y mirándome confiada. Me ha entendido. No puedo correr riesgos. Así que lo que tenga que ser que sea, pero a pie. Jose, raudo, se coloca a mi vera, mientras el resto organiza un círculo de protección en torno a mí, encabezado por Santiago y Andrés. Nadie tiene ya dudas de que la batalla crucial se juega ahora. Ninguno está sorprendido. María no había venido solo a por mi alma, sino a avisarla también.

Con otra señal ordeno apagar las antorchas. Si total vamos a tener que jugar, aprovechemos el conocimiento del terreno. Si alguien se tiene que descubrir, que sean ellos... Avanzamos erectos por la tensión, pisando con sigilo sobre el camino empedrado que nos conduce a la aldea, y aunque es buen lugar para una posible emboscada no creo que sea allí el ataque. Malvados sí, asesinos también, pero cobardes no son. Así que me espero el supuesto combate en el patio central, a espacio descubierto, rodeados eso sí por los cuatro costados, sin margen posible para escapar; es más noble y también más cruel. Sin margen de maniobra, a decenas, evitando cualquier posible error. Sin embargo no siento ningún tipo de temor. Una fuerza interior renovada pace en mí. La última esencia de María Soliño aprovisiona a mi corazón, mezclada con el espíritu del Señor. Me siento terriblemente poderosa y solo me amedrenta el saber que otra vez habrá mártires en pos de que mi hijo y yo seamos cómplices de una profecía.

Tal cual y sin incidentes, sin voces, sin sombras que nos asalten, llegamos al poblado donde noche tras noche descansamos nuestras humanidades. Mi ejército se para esperando mis órdenes. Me adelanto a ellos en dirección a nuestro Gólgota particular, allí donde al refugio del dios sol todas las mañanas ejercitamos tai chi, o donde mis guerreros se han estado entrenando para esta noche, símbolo del juicio final. Me sitúo en el centro, equidistante de la base y de la altura, o del ancho y el largo de rectángulo, me da igual. Le indico sin más explicaciones a Jose que encienda las antorchas y que las apuntalen rodeando el espacio. Si vamos a morir quiero que el lugar pinte a sagrado como las antiguas aras de los sacrificios... Nada más terminar, entre valientes y temerosos todos me rodean haciendo piña mientras me arrodillo y comienzo a rezar... Todos menos Helena, que habla por su móvil dando la señal de ataque, cumpliendo su destino y... su traición, como Judas, pues así estaba escrito. Jose, Santiago, Andrés, Juan, Nora, Mateo y Marcos desenvainan sus espadas. Eva llora aterrada. Le hablo al oído. Le digo que busque a Helena y que cuando todo empiece corra como loca hacia ella. No me entiende, está atenazada. Se lo repito. Le insisto.

—¡Pero yo no sé luchar! —Me contesta sin comprender.

—¡No tienes que luchar! ¡Tienes que escapar! —Le reprendo.

—¡Me matará! —Me dice desesperada.

—¡No lo hará! ¡Corre y no pares! ¡Escóndete en una de las cabañas! —Le intento explicar. —¡Por detrás de Helena no habrá nadie! ¡Es tu oportunidad!

—¿Y tú, María?

—¡Ten fe, Eva! ¡Confía en mí! ¡El Señor está conmigo! —Le digo con total convicción aún sin saber cómo saldré de esta... pero consciente que tengo que salvar a la doctora, que mi bebé depende de ella.

Rosalía y Alba me han escuchado y aunque un poco más recompuestas también están atemorizadas. Me doy cuenta que si las tres salen juntas tendrán muchas más posibilidades. Valoro la situación y no les doy opción.

—¡Vosotras dos, acompañadla! —Les exijo.

—¡Ni hablar, no te dejaremos sola! —Me replica Alba.

—¡No me seas estúpida, Alba! ¡Necesito a Eva sana y salva para parir! ¿O te has olvidado de lo que verdaderamente nos importa? ¡Y sin ti tampoco tenemos posibilidades! ¿O quién nos guiará en la oscuridad interpretando el camino de las estrellas? — Nunca pensé que podría desarmar a la astrónoma. Me contempla perpleja y muy seria. Algo está maquinando pero siempre ha tenido el poder de la impasibilidad.

—¡Está bien, María! ¡Tienes razón! ¡Dile a Juan que salga inmediatamente detrás de nosotras! —A estas horas con cosas de parejitas.

—¿Por qué? ¡Alba, no es momento de..! —Y entonces me interrumpe áspera y malsonante, como nunca la conocí.

—¡Déjate de hostias, María! ¡Tenemos que activar nuestras defensas si quieres ver nacer a tu hijo..! —Me argumenta sensata. No ha perdido el control, está claro.

—¡De acuerdo! —No me queda otra.

—¡Entonces yo me quedo contigo! —Ahora la rebelde es Rosalía.

—¡No me jodas, Rosalía, tú también! —Le largo directa. —¿Y si tenemos que huir, quién nos va a organizar? —Me mira patidifusa y asintiendo como reconociendo la situación y medio orgullosa de tal responsabilidad. —Además, las tres juntas y con Juan por detrás tendréis cuatro veces más de probabilidades de conseguirlo, no vaya a ser que Helena, ya esté ciega del todo y no repare en daños... —Hago una pausa triste. —Recordad, justo cuando ellos nos asalten —me asienten con la cabeza. Aún nos da tiempo a entrelazar nuestras manos e incluso a besarnos.

Un grito atronador de guerra como la crónica de una muerte anunciada estalla y nos rodea. Varias decenas de hábitos oscuros como sus almas nos cercan. Deben de ser más de cuarenta. No tenemos escapatoria. Eva, Alba, Rosalía y Juan, por este orden, han obedecido mis consignas. Solo le pido a Dios que tenga razón... No me equivoco. Helena les deja pasar, ni ademán de ataque hace siquiera. No son su presa. Su mirada roja y escocida, llorosa y vidriosa al tiempo, está fija en mí. Santiago, el poli, y Jose, mi marido, me cubren, apretando sus cuerpos al mío, intentando no dejar resquicio. Mi hijo se mueve, lo siento inquieto.

James, su capitán, avanza enloquecido hacia nosotros. Andrés le sale al paso. El pirata le hace un falso quiebro y cuando mi amigo cree que lo tiene derrotado su espada perfora feroz su pecho atravesándole de un tajo limpio y profundo el corazón. Rápido y sencillo. Casi sin sufrimiento. Andrés cae con el último estertor de vida sobre el césped aún mojado. Sus ojos permanecen abiertos mirando al cielo infinito de la noche y seguramente al espíritu de su ignorada amada. Grito de dolor mientras la insaciable mirada de odio de James se me clava.

Estamos asediados. Luchamos como buenamente podemos. Mateo y Marcos se van zafando y ya han derribado a tres o cuatro enemigos. Lucas ha prescindido del acero y postrado, flexionado sobre su rodilla izquierda, dispara flechas mortales a diestro y siniestro consiguiendo de momento mantenernos firmes, aunque con pocas posibilidades. Nora se las ve y se las desea para no dejarse abatir por tres a la vez. Lucas le alivia un poco mal hiriendo a uno de ellos y Marcos acude en su ayuda después de seccionar el cuello de su rival más inminente.

Esta vez ni la ayuda divina nos va a servir. Los hombres de James consiguen despejarle el camino atacando en tromba a Marcos, Mateo y Nora. Los míos consiguen desembarazarse como pueden de sus oponentes. No acierto a entender lo que mi amiga les berrea. ¡La dejan sola! Trotan como posesos los muy cobardes dirigiéndose a las cuadras. ¡Van a por los caballos para huir! ¡Seguro! ¡Qué hijos de puta! ¡No nos llegaba con una renegada... que ahora tenemos dos desertores! Pido a Dios que les castigue sin piedad por su deslealtad.

De pronto un rayo de luz nos da algo de optimismo. Los pequeños helicópteros de Juan nos sobrevuelan lanzando dardos mortales sobre nuestros atacantes sorpresivamente y nivelando la contienda. Pero James reacciona rápido y ordena enérgicamente a los hombres de su retaguardia disparar a los artilugios con sus ballestas e ir a por quien los manipula. Enfrascado en la tarea, es tarde cuando Juan se percata que por la espalda un puñal mortal se le clava por el costado. Su asesino cae fulminado por una saeta certera de Lucas atravesándole la frente. Alba chilla histriónica, paralizada, contemplando cómo Eva y Rosalía, aún templadas, consiguen arrastrar su cuerpo hacia una zona cubierta y oscura, muy cerca del castro. Ya no tenemos elementos de defensa y Juan se encuentra malherido.

Todo se nos pone en contra y esta vez no le veo solución. Estoy fría, impávida. La cercana muerte me ha quitado hasta la sensación de la pronta expiración. Miro a uno y otro lado. Helena cada vez está más próxima. Santiago y Jose no han perdido la posición como Viriato, en plan numantino. La rendición está cercana. James se siente victorioso y arremete con todas sus fuerzas a los dos. Gira veloz para embestir al mismo tiempo. Sus intenciones están muy claras. No hay nada qué hacer. Al fin lo consigue. En pos de defender mi vida, los dos me abandonan para derrotar al capitán pirata… Y ese era su objetivo: dejar a Helena sola, con el camino libre y despejado para atacarme.

Santiago y Jose inician el combate contra James. Mi amigo, el poli, se ha percatado de la estrategia del capitán y abandona a su compañero a su suerte para ir en mi auxilio, ya a destiempo… A Jose le puede el cansancio y su sanguinario rival avanza triunfal hacía él. Sus golpes potentes le doblan la mano herida hace meses en la colegiata y el pirata consigue desarmarle con un corte profundo en el antebrazo. Mi marido echa cuerpo a tierra y rueda por el suelo para protegerse. James no le sigue y se olvida de él corriendo en dirección a mi posición, cegado por el odio. Invoco temblando una ayuda divina recitando en voz alta el Ave María, como si ella, la Virgen, la madre de Dios, entendiera perfectamente por lo que estoy pasando... Santiago se anticipa cubriéndome la espalda, saliéndome al quite. Se enzarzan en un combate feroz. Los aceros blanden el aire sin tregua. No hay piedad. Santiago resiste bien las acometidas del pirata que, sin embargo, ahora tan solo se limita a entretener al amigo que me defiende mientras se ríe cruel y victorioso, jactándose de su propósito. Y es que tiene motivos para ello...

Helena se ha deshecho de su espada y sin oposición alguna se desliza rauda para abalanzarse sobre mí. En su mano derecha sujeta firme y amenazadora una bella daga... ¡La mía! ¡La misma que mi padre me dio..! ¿cuándo me la robó? Cierro los ojos esperando el final y el fracaso de mi encomienda. Uno, dos, tres, cuatro... Caigo bruscamente de espaldas y escucho sumida en mis tinieblas internas un leve suspiro ahogado. El puñal cae a plomo sobre mi vientre, medio tumbada que estoy en el suelo, con las rodillas plegadas abrigando mi bajo vientre. Siento un peso inmóvil y caliente sobre mí. El cuerpo de Helena agoniza apretado al mío. Una flecha atraviesa su corazón. Lucas, con el arco aún en posición de tiro, llora afligido y amargamente. Me ha salvado la vida hiriendo irremediablemente a su amada. La sangre brota por su boca manchándome por completo. El hedor pestilente de la muerte que exhala su aliento atasca mis fosas nasales. Me mira plácidamente... Me reincorporo como buenamente puedo colocando despacio el rostro de Helena en mi regazo boca arriba. Sus ojos ahora plácidos se clavan en los míos. No lo consigo evitar y gimoteo triste, terriblemente triste. Aparto la vista de ella, mirando a mi alrededor, aguardando mi final y así irnos las dos juntas adonde Dios quiera, total casi me da igual…

Abrumada y desorientada, no sé lo qué está pasando, pero siento que los Monjes Negros están cayendo casi como moscas. O yo conté muy mal, o mis "soldados" están tocados por la gracia divina. Siento cortar el viento por certeros dardos "amigos". Vienen desde la capilla, de lo alto del promontorio, y no consigo ver quién dispara pero ahora, mientras acaricio el pelo de mi amiga, y aunque me es indiferente, una pequeña alegría de sentirme equivocada me alivia: ¡Marcos y Mateo!. Observo como en dos o tres ráfagas, sin error, con total precisión, van derribando letalmente a nuestros hostiles rivales. Solo sobreviven James y un par de ellos malheridos, uno luchando en inferioridad ya con Nora y el otro derrotado definitivamente por Lucas.

—¡Has ganado, María! —Me sonríe dolorosamente Helena. Su voz está ya muy débil.
—¿Por qué, Helena? ¿Por qué me has vendido? —Le pregunto llorando con rabia. —Tantos años juntas, con el mismo objetivo, esperando con la misma ilusión y… ¡No te entiendo!

—¡Antonio Pita era mi padre, María! —Me confiesa con lágrimas acariciándome débilmente mi mejilla con gran esfuerzo para levantar su mano.

—¿Y cómo no me lo dijiste? Hubiéramos buscado una solución… —Ella niega muy leve con la cabeza.

—¡Estaba escrito, María! ¡A mí me tocaba luchar en la contradicción del bien y del mal! —Rebate dulce, muy dulce ya.

—¿Cómo lo ha permitido el Señor? ¡No lo entiendo! —Grito encolerizada.

—¡Yo ahora sí, María! Vencer al mal requiere de sacrificios y de… mártires… —Hace una pausa. La boca se le seca repleta de líquido sanguinolento. —Veo su luz, María, y he comprendido su mensaje: Voy en busca de mi padre para mostrarle el camino que en vida nunca hubiera podido.

—¡Eres muy valiente, Helena! ¡Siempre te llevaré en mi corazón! —Le beso su mano, casi helada ya. El óbito está cercano. Infinitas lágrimas se suceden por mi rostro apenado.

—¿Podrás perdonarme, María? —Me suplica inquieta.

—¡Eres tú la que tienes que perdonar mi ignorancia, Helena! ¡Rezaré todos los días de mi vida por tu alma y por la de… tu padre! —Le respondo sincera.

—¡El Señor no se equivoca nunca, María! ¡En verdad tú eres grande! —No le queda mucho. —Quiero pedirte algo…

—¡Lo que quieras, cariño! —Le respondo ansiosa.

594

—¡No falles ahora! ¡Ese niño debe de nacer! ¡Lo siento, le oigo moverse, María, y es algo maravilloso! ¡Prométemelo! —Me ordena con un intento de grito ahogado.

—¡Te lo prometo! —Sigo llorando. Lucas se ha acercado. Está desvaído, atribulado y compungido. Helena lo ve con ojos intensos de amor y dolor.

—¡No llores por mí! ¡No sabes cuánto amor me llevo! —Le dice mientras le agarra lo más fuerte que su espíritu le deja.

—¡Perdóname! —Himpa como un niño. —No sé cuándo lo descubrí… He pasado noches enteras en vela pidiéndole a Dios que apartara de mí… que me diera la oportunidad de irme antes que tú… rezando para que cambiaras tu decisión… o simplemente deseando que fueran sospechas infundadas… que mis pensamientos estaban jugando conmigo… o tal vez que estaba en una horrible pesadilla y entonces le pedía que por favor me despertara…

—¡No podías hacer otra cosa, amor! ¡Se me va a hacer larga esta eternidad esperándote…!

—¿Entonces, me esperarás, me seguirás amando a pesar de todo? —Le pregunta Lucas conmocionado.

—¿Entonces tú me perdonarás? —Le pregunta guiñándole un ojo y sonriendo.

—¿Cómo puedes ser tan tonta?

—¿Podremos tener los hijos que no tuvimos, Lucas? —Dice ahora un poco más seria.

—¡Nunca me dijiste que querías ser madre! —Le reprocha.

—¡No quería dejar más huerfanitos en el mundo, tonto! —Sigue sonriendo con los ojos húmedos y su cuerpo temblando ahora de frío. —Quiero que me prometas algo antes de…

—¡Lo que sea, amor! —Le interrumpe Lucas.

—¡Cuida de María y de su hijo! —Le impone.

—¡Claro, cariño!

—¡No! ¡No me has entendido! —Le urge, sabedora de que le quedan instantes. —¡Serás su mentor! ¡Le enseñarás igual que a un hijo! ¡Lo guiarás en sus primeros años! ¡Lo protegerás como si fuera tuyo! —Le agarra con arrebato su brazo y medio incorporándose. —¡Pase lo que pase, ocurra lo que ocurra..! ¿Me lo prometes? —No hay tiempo para más. Su último aliento. Descansa en paz. Lucas llora poseído…

—¡Te lo prometo! —Aunque ya no le oye, a no ser que en el más allá…

—¡¡¡MARÍA!!! —Un aullido sobrecogedor nos devuelve a la realidad. Instintivamente me levanto a trompicones. Nora que acaba de batir al último Monje Negro, es quien nos ha avisado.

James ha conseguido esquivar a Santiago asestándole un empujón y dejándolo tendido en el suelo seminconsciente. Ni tan siquiera se ha molestado en rematarle, obcecado como está en terminar lo que ha venido a hacer. Apresurado y pleno de satisfacción avanza hacia mí, ya erguida. Lucas, detrás de mí, a pocos metros, algo enervado, no acierta a disponer su arco. Ya me tiene a tiro. Tengo la mente en blanco. Esta cálida paz que me sobrelleva se me hace aún más presente. Estoy dispuesta. Dios está conmigo. Sé que ahora le toca a él... o estaré equivocada como tantas otras veces. Su espada sobrevuela mi cabeza. Un acto reflejo natural ha conseguido que me agache lo suficiente. Me ha despeinado y hasta he sentido su filo rozar mi cuero cabelludo. Un escalofrío sí que he sentido... Antes de que pueda volver a asestar el siguiente y definitivo golpe mortal que ponga fin a mi vida terrenal, una flecha oportuna y veloz como un rayo se incrusta desde atrás por su costado, traspasando su hombro derecho. Su voz indignada blasfema con mayúsculas. Su mano no puede sujetar el acero que estaba destinado a matarme. Cae arrodillado ante mí y a la vez que sus ojos me miran, esta vez asustados, con una frialdad desconocida en mí, le asesto una puñalada fatídica. Ni siquiera soy capaz de recordar cuándo recuperé de las manos de Helena la daga que escribe este capítulo de mi destino... No le aparto la mirada, se la sostengo con fuerza contemplando su final. Una alegría súbita pervive en mí...

—¡Ya te avisé de que te estaría esperando, capitán! ¡Qué Dios se apiade de tu alma! —Dicho esto, le termino de clavar el puñal, rompiendo definitivamente su corazón oscuro. Un trueno estremecedor anuncia su expiración. Comienza a llover como si fuera el diluvio universal.

Con mis pies sobre el cuerpo derrotado de James, alzo los ojos buscando de dónde partió la flecha que me ha devuelto mis esperanzas. Desde lo alto del desfiladero varios jinetes se dejan ver. Reconozco a Marcos y Mateo y a alguno más, aunque no entiendo qué papel juegan en esta, mi historia. Esther, la gitana, su marido Jacobo, nuestro abogado, y seis o siete más... Ponen sus caballos a dos patas y les hacen relinchar a la luz de un rayo terrible que les hace visibles pero más misteriosos. Me saludan con reverencia y fustigando sus monturas se sumergen en la oscuridad, ante nuestra atónita e incomprensible mirada y algo de rabia contenida por el abandono final a nuestra suerte de dos de los míos.

Un ruido ensordecedor acompañado de una luz cegadora entre azul y blanquecina nos sorprende desde el aire. Sirenas estridentes y un aire tremendo que aún nos empapa más nos obligan a postrarnos sobre el suelo. Por el camino, incontables hombres y mujeres uniformados y armados con pistolas unos y algún que otro con ametralladoras vienen hacia nosotros en perfecta formación dispuestos al combate. No soy capaz de discernir lo que sucede. Me siento obturada y confusa. Creo que a mis compañeros les pasa lo mismo. Siguiendo sus instrucciones tiramos las armas y levantamos las manos, intentando juntarnos. Formamos un pequeño círculo a escasos metros del cadáver de James. A parte de desconcertados, algo atemorizados sí que estamos, la verdad. Nos arremolinamos en una especie de piña. El que más o el que menos anda tocado. Santiago, agotado, tras su interminable mano a mano con James; Nora, débil y decaída por el esfuerzo y tocándose su embarazo con cara de preocupación; Eva, sobrepasada, intentando asistir a unos y otros, primero conmigo e inmediatamente con los demás, empezando por Nora; Alba, descompuesta; Juan, malherido, aunque parece ser que fuera de peligro; Jose, con la mano pocha otra vez, hecho un cristo; Rosalía, ida como si ya no estuviera aquí y preguntando continuamente por Mateo; y Lucas, el pobre Lucas, con la mirada perdida sobre el cuerpo ya sin vida de Helena. Cada vez quedamos menos. Nunca, ni por asomo, cuando siete meses atrás regresé, se me podía imaginar que iba a ser testigo del último adiós de tantos de mis amigos. Solo quería recuperar el tiempo perdido y ahora pienso que la ausencia me pasa la factura, IVA incluido, de lo que no viví antes con ellos...

Está aflojando la lluvia. Menos mal. Debemos de llevar un par de minutos, que se me están haciendo inmensos, así, rodeados como delincuentes de primer grado. Ya sabemos que son policías. Santiago se ha recobrado ligeramente y nos explica que por el uniforme son de la brigada especial de delincuencia criminal, y que seguramente se han desplazado desde Madrid. ¡Pues podían haber llegado antes, digo yo! Ya más tranquila la situación. Algunos de ellos nos hacen llegar mantas térmicas para que no nos muramos de hipotermia. Un coche patrulla todoterreno con las luces de la autoridad encendidas ha entrado en el recinto despacio y silencioso. Para a escasos diez metros de donde estamos. De sus asientos traseros descienden un hombre y una·mujer: El inspector jefe Antón y la jueza Inés. Con paso firme llegan a nosotros.

—¡María Nova, queda detenida acusada del asesinato del ciudadano holandés con pasaporte español James Philips y sospechosa en grado de encubrimiento de los de Felipe Castro, Thalía Ribadulla y Sofía Couso. Jose Argo, Lucas Abréu, Santiago Nogueira, Juan Cea, Alba Durán, Nora Porto, Rosalía Cela y Eva Dacosta, pasan a disposición judicial del Juzgado número uno de Primera Instancia e Instrucción de Cangas, del que que soy titular, al efecto de tomar las correspondientes declaraciones, tras las cuales determinaré las medidas provisionales y cautelares a que hubiera lugar y el grado de imputación que estimara. Ya he dado las instrucciones necesarias para que se persone en el plazo máximo de veinticuatro horas el representante que legalmente tienen asignado a esta causa, don Jacobo Montoya. Inspector, proceda... –Estoy hundida. Arrestada como una asesina. Inés ha sido fría e implacable. Ninguno hemos dicho ni mu. Nuestros ánimos están desvencijados, rotos. El inspector jefe, mi hermano, con calma y algo consternado, se le nota, me coloca las esposas.

—¡Lo siento, María! –Me dice totalmente apagado.

—¿Puedo pedirte un favor, hermano? —Acierto a decirle.

—¡Dime, hermana! —Me acaricia con increíble ternura mis manos atadas.

—¿Podrías traerme al padre Pablo? ¡Quiero confesarme!

Encerrada. Presa. También en mi corazón. El espíritu de María así lo siente también. El duendecillo de mi conciencia, esa vocecilla que se supone todos tenemos, no deja de acosarme y de acusarme. Soy culpable. Da lo mismo lo que vaya a decir la justicia. No hace falta. He matado y eso ya no me lo quita nada ni nadie. Remuevo las imágenes en mi cabeza y me digo que esa mujer no era yo. El capitán pirata ya estaba vencido, sin ninguna posibilidad. Y no tuve piedad alguna. Simplemente lo ejecuté, así de sencillo. ¿Quién soy yo para sentenciar a muerte a un hombre? ¿Por qué el Señor no me paró? No encuentro respuestas ni razones... Me ensañé como un animal con su presa. Disfruté matándolo y soltando toda la rabia contenida que tenía contra él... No merezco ser quien se supone que soy. Siento vergüenza de mi misma y me repudio.

No he hablado en todo el trayecto. Inés solicitó mi traslado y el de Nora en sendas ambulancias. Sé que Nora está bien y que su bebé no corre peligro, por lo que comentó Eva, que ahora se encuentra conmigo, aquí en una de las celdas de los calabozos del juzgado. Estoy tumbada después de dejarme cambiar el hábito por otro seco que Rosalía me proporcionó antes de salir. Dolorida y con todo el cuerpo tenso. Mi doctora anda preocupada, pues mi hijo parece ser que se ha movido y, aunque no es grave, cabe la posibilidad de que el parto se me adelante, y por sus cuentas es demasiado pronto pues no hace los siete meses de gestación aún.

La jueza la ha dejado permanecer conmigo por prevención. También le ha dado permiso a Jose, que no para de mirarme con carita de niño que no ha roto un plato. Intenta animarme con palabras bonitas y tranquilas que yo ni siquiera escucho, pues no estoy aquí.

Como he venido en el limbo no me he enterado de nada. A retazos recuerdo que mi marido y la doctora han comentado que la entrada estaba plagada de periodistas, cámaras y fotógrafos, pero nos han introducido a través del acceso del garaje y como mucho habrán podido plasmar la llegada de las ambulancias y los coches patrullas de la Policía Nacional y la Guardia Civil. Ahora ya tienen el reportaje que querían. No sé si seré motivo de portada, pero será fácil que aparezca en las páginas de sucesos y sociedad de casi todos los periódicos y revistas glamurosas, sin olvidar las cadenas de radio y televisión. A estas alturas ya soy carne de cañón de las redes sociales y mi nombre y mi crimen pulularan sin ningún rigor como trofeo de la más burda rumorología. Si soy sincera, no me importa, la verdad es que me da igual.

Si no fuera por la vida que llevo en mis entrañas tiraría la toalla. Es este niño el que me mantiene en pie. No me siento exactamente abandonada por mi Dios pero algo desangelada sí, para qué nos vamos a engañar. Quizás decepcionada incluso. Todo lo que era mi vida anterior se ha despedazado. Nada de lo que era existe ya. Pero tengo multitud de sensaciones contradictorias, equivocas, que no sé cómo ordenar. Una tristeza henchida de culpa asola mi ser. Mi mente y mi cuerpo están prisioneros y arruinados... Y sin embargo una energía ulterior proveniente de tiempos y vidas pasadas me levanta en contraposición. Soy una constante marejada y tormenta de aprensiones y ánimos baldíos. Evoco a Andrés y con él a Tomás, Felipe, Thalía y Sofía. Ellos no han corrido la misma suerte. Me reconforta saber que ya están en los cielos, o eso es lo que quiero creer. Pero me desasosiega advertir que todo ha sido por el pecado de mi necesaria protección. Todos han entregado su vida por el mismo fin, sin dilación, ni dudas y plenos de convicción. Esta premonición me ayuda. Si quiero purgar mis penas me debo a su sacrificio. Tengo el deber y la obligación de dar sentido a sus muertes. Y aunque presagio que se han terminado las ausencias no puedo más que llorar su partida. Barrunto que la batalla a la orden de los Monjes Negros se ha ganado, pero también intuyo que el camino va a ser largo y que el alumbramiento del Hijo del Hombre, de la promesa eterna de María, aún está plagado de dificultades. Para empezar... ¿nacerá en el hospital de una cárcel?, ¿vivirá al lado de una madre condenada?, ¿seremos capaces de librar las cadenas que nos atan el cuerpo y el espíritu?, ¿y el grupo?, ¿permanecerá unido o se disgregará? Mi esencia vital está débil, muy débil...

El portón de hierro de la celda se abre resonando metálicamente. Iluminado como un enviado del Señor, el padre

Pablo la traspasa con expresión imperturbable y plácida. Eva y Jose se incorporan y van a su encuentro abrazándolo. Le susurran al oído en voz imperceptible, avisándole seguramente de mi estado. Me levanto fatigosamente y saco fuerzas sobrehumanas para dibujarle una sonrisa amable. Miro a mis compañeros con melancolía y consigo que entiendan el mensaje. Nos dejan solos. Al cerrarse la puerta con ligero estruendo, me echo a sus brazos llorando como una niña desconsolada.

—¡No llores, hija mía! ¡El Señor te reconforta! —Intenta aplacar mi dolor.

—¡Soy una asesina, padre! —Gimoteo.

—¡No digas eso! ¡No es verdad! —Intenta reprimir mi llanto.

—¡Confiésame, padre, por favor, confiésame! —Medio grito.

—¡Está bien, hija! ¡A eso he venido! —Me aparta ligeramente. Me arrodillo ante él. El padre Pablo hace la señal de la cruz y me habla sosegadamente. — Cuéntame entonces tus pecados...

—He pecado, padre... He matado a un hombre... — Sollozo.

—Pero me han dicho que fue en defensa propia... — Justifica.

—¡No es cierto! ¡Él ya estaba malherido! Y yo lo maté, disfruté haciéndolo, cumpliendo mis deseos más mundanos... Lo rematé sin piedad... —Confieso sin pudor. Me avergüenzo de ello.

—¿Tanto odio cabía en tu corazón? —Me pregunta calmo.

—No sé si era odio, padre, o unos terribles deseos de venganza... Poco antes él había asesinado a Andrés... —Continúo lloriqueando.

—¿Te arrepientes, hija mía? —Me pregunta con mucho amor.

—¡Me arrepiento, padre! Pero eso no le va a devolver la vida... —Afirmo rota.

—Dios te ha puesto en el camino de lo humano, no de la divinidad, no aún. Pero te ha concedido el don de la contrición. Reconoces tu error y por ello tienes este pesar... —Un intervalo, un silencio. —Por eso te ha elegido, María, por tu grandeza, por haber sabido perdonar, por reconocer tus faltas, por conocerte también pecadora... Él ha querido que como el resto de nosotros tengas tu propia penitencia, porque solo de ella aprenderás a dominar tus instintos...

—¡No te entiendo, padre! —Le miro incrédula.

—¡El Señor misericordioso te ha perdonado antes de que todo ocurriera! Quiero que pienses que es la cruz que ha decidido que lleves a tus espaldas el resto de tus días para que con su carga llenes las vidas de los demás... —Me sermonea cariñosamente.

—Pero padre... es muy pesada —le protesto un poco.

—¡Ese es el precio que tienes que pagar por su perdón eterno! ¡Pero la gracia del Señor te ayudará a llevarla mejor! —Otro receso y termina asestándome. —Piensa que James seguramente ya esté ante el Todopoderoso echando cuentas y te puedo garantizar que también sus pecados serán perdonados, sin castigo, o por lo menos, no como lo entendemos aquí. Alguna misión importante le encomendará para purgarlos... Dios es bondad y no querrá condenar eternamente a un hijo al que difícil fue la misión que le dio a escoger... No te olvides de que yo mismo fui converso y la luz del Señor me cegó cuando más negaba la verdad de los hombres...

—¿Estás seguro, padre? —Le pregunto asombrada y desconcertada por sus palabras.

—¡Así me lo ha hecho saber el padre celestial! —Dice rotundo.

—¡Gracias, padre Pablo!

—¡*Ego te absolvo a peccatis tuis in nomine Patris et Filii et Spiritus Sancti!*

La bendición y absolución del padre Pablo han provocado un revolcón alegre en mi hijo. Al hacer el símbolo de la cruz con su mano derecha, esta ha quedado esbozada colgada en el aire como un fino halo de luz y fuego milagroso. De nuevo un calor de otro mundo se apodera de mí. Siento mi esencia otra vez viva y la María Soliño que ahora revive en mí me hace sonreír con una paz que me había dejado estas últimas horas y que vuelvo a sentir correr rápida y fuerte por mi sangre.

Un chasquido seco nos sobrecoge con la imagen del crucifijo aún incandescente entre nosotros. La hoja metálica que nos cierra el paso se abre parsimoniosamente. Despacio y con gesto desconocido para mí, mi hermano el inspector Antón y la jueza Inés encabezan una extraña comitiva. Santiago y Jose les siguen, precediendo al resto de mis compañeros entremezclados con otros personajes "disfrazados" a modo de frailes franciscanos, con su hábito marrón oscuro y estoico. Todos van encapuchados, los míos también. Me siento confusa y desorientada. Una vez más la sucesión de los hechos me desborda y mi comprensión se agota al no poder dar una interpretación sensata a este conjunto de espectros sonámbulos que vienen hacia mí. El padre Pablo se hace a un lado con semblante circunspecto. Espero expectante.

—¿Cómo te encuentras, María? —Me pregunta la jueza con un tono extrañamente conciliador. Antes de que le responda se abalanza sobre mí por sorpresa y me abraza con mucha fuerza. Me besa en la cara con una pasión que no le creía. Noto humedad en sus ojos. No consigo descifrar qué ocurre. Estoy sumida en una nube de perplejidad y vacilaciones. Su boca me roza la oreja y su voz compungida apenas se me hace audible. —¡Perdóname, María! ¡Creí que te perdía! —Suspira aliviada.

—¿Qué quieres decir? —Su cordial franqueza me invita a tutearla por primera vez y demostrarle la ignorancia que representan sus palabras para mí.

—¡Pensé que no llegábamos a tiempo! —Me dice como si yo supiera de lo que me está hablando. Está claro que siempre soy la última en enterarme... —Por mi culpa, por no haber calculado bien los tiempos, tu vida corrió un peligro innecesario y al debe de tu alma le he cargado una muerte evitable... ¡Lo siento, María! ¡Espero que Dios indulte la gravedad de mis actos negligentes!

—¡No te entiendo, Inés! —Le digo interrogando sus ojos grises, ahora cálidos y dulces. ¿Dónde está aquella frialdad gélida con la que no hace mucho me acusaban?

—¡Soy tu amiga, María! ¡Siempre lo he sido! ¡Solo cumplía el papel que el Señor me encomendó para despejar tu camino! —Abro los ojos como platos. Nadie se mueve, ni articula palabra, ni siquiera ademán. Mi caos mental ha aumentado más si cabe. —Te detuve porque no me quedaba otro remedio y porque por otro lado era la mejor solución para salvaros a ti y al niño que traes de camino... —La escucho sin dar crédito a lo que me dice. Obnubilada, esa es la palabra. Estoy obnubilada y ansiosa de saber cómo acaba esto. —¡Ahora eres libre! ¡Todo está arreglado! —¡No me lo puedo creer!

—¿Qué? —Pregunto incrédula del todo.

—¡Sí, María! ¡Debes partir ya! ¡Tienes un duro y largo camino por delante! —Me sujeta las manos con extrema ternura. Su voz es cariñosa y complaciente.

—No entiendo nada, Inés. ¿Alguien me puede explicar qué me he perdido? —Sigo en babia.

—¡Yo te lo aclararé todo, mi señora! —Una mujer de acento reconocible se adelanta. Se descubre. Sus ojos verdes provocan un suspiro de asombro en mi boca. ¡Es Esther! Me sonríe dichosa. Se postra ante mí y me besa la mano. La obligo a erguirse. Instintivamente la aprieto contra mi cuerpo. Siento su calidez de amiga. Me alegro tanto de verla que adivino que solo puede traerme buenas nuevas e impensables hasta hace nada.

—¡Empieza pues! ¡Estoy ansiosa! —Le invito anhelante. Nos acomodamos las dos sobre el lecho en el que mal meditaba antes de que viniera el padre Pablo a redimirme.

—¡Inés es mi hermana! —Dice de sopetón. —¡De distinta madre, pero mi hermana de sangre!

—¿Qué? —Otra vez mi asombro se dispara… Miro a Inés escéptica y ella me responde con una sonrisa plena de armonía disipando así mis recelos.

—¡Y la pareja de Antón! —¡Coño!

—¿Cómo? —¿Qué más me tienen que contar..? Ahora es mi hermano el que me contempla totalmente sonrojado.

—¡Y Jacobo, mi tribu y yo, servíamos a tu abuela! —¡Esto es el no va más…!

—¿A mi abue… la, dices? —Pregunto cómo una lela.

—¡Sí, María!... Verás… —Hace un alto aposta. Me mira con fijación y regocijo conocedora del estupor que habita en mí. —Hay algo que no está recogido en el manuscrito de tu antepasada a propósito…

—¡Ah, sí! ¿el qué? —Estoy flipando.

—Hace cuatrocientos años mis ancestros fueron perseguidos por la Iglesia y los nobles, repudiados y vejados por las gentes de los lugares por donde pasaban… Vagaban por los bosques perdidos y desorientados, hambrientos y moribundos… —¡Qué bien narra! ¡Estoy con los cinco sentidos pues la historia promete..! —Una noche de San Juan, con la luna llena y los astros en perfecta sintonía, los pocos que iban quedando, con los restos de sus familias rotas y deshechas, con el alma repleta de miedos y supersticiones, mancillada a base de sufrimiento… tropezaron con la orden de la Santa Compaña, cerca del castro de Santa Trega, allí en donde, tú, María Soliño, y tus huestes, establecisteis vuestra última residencia en vida… Pensaron que la hora del encuentro con el Santísimo les había llegado… Pero no fue así… Tú misma, tus mujeres y todos tus hombres, el pequeño ejército que te protegía, les acogisteis como sus hermanos y les acomodasteis en vuestras moradas, les dejasteis descansar en vuestros lechos y lamer sus heridas dándoles una oportunidad y la posibilidad de un futuro juntos… El patriarca de nuestra tribu, de nombre Moisés, te consagró fidelidad a ti, María, y a todos tus descendientes por los siglos de los siglos y con la ayuda, la bendición y los labios sinceros y sellados del padre Benedicto, fundó la orden de San Francisco, que comprometió a mantener secreta... Una encomienda tuvo nada más: Velar ocultos y a prudente distancia, pues era muy importante que nadie conociera de su existencia, por la mayor seguridad e integridad de vuestra propia orden, y solo actuar en caso de extrema necesidad, preservando la vida, cuando llegara el momento, de la "elegida"... —La observo pasmada, impresionada por su relato... Ni toso, no quiero interrumpirla. —Nuestro camino, por tanto, termina con el tuyo, María... Todo se dispuso y todo está a punto para culminar... —Otro pequeño silencio. —Ahora seremos, nosotros los que custodiemos la santa promesa hasta su destino final, donde sus ojos verán la luz del día...

—¡Ya veo que cada vez que creo que domino mi destino, alguien se empeña en demostrarme lo contrario! —Protesto disimulando un enfado inexistente. Esther me mira sin comprender. Le apretujo contra mí besándole con auténtico agradecimiento. Ahora todo encaja un poco mejor. Las piezas se van engarzando. Se me hace fácil entender a estos personajes extraños que surgían como de la nada en los momentos en qué más perdido estaba todo. Recuerdo con especial emoción la presencia de Jacobo detrás del Cristo del Consuelo el día del asalto de la colegiata y, cómo no, la de hace apenas unas horas, pues es evidente que sin su colaboración no hubiéramos podido repeler el ataque final con tal número de efectivos en las filas de los Monjes Negros. Pero me faltan claves y mi naturaleza femenina no se puede frenar, así que tengo que preguntar. —Pero hay algo que no me encaja...

—¡Dime, María! ¡Ahora ya no puedo negarte casi ninguna respuesta! —Me incita a preguntar...

—Si dices que todos desconocíamos vuestra existencia... —La miro con malicia a ver si la pillo en un pequeño renuncio, — ¿Cómo es posible que Mateo y Marcos lo supieran escapando en vuestra busca en el fragor de la batalla? —Tiene contestación a mi demanda, pues me devuelve ahora la sonrisa con aire malvado.

—Veo que no se te escapa nada, María. En verdad eres limpia e inteligente... Pero todo tiene una lógica explicación... — Me apuntilla antes de darme el razonamiento final. —La renuncia del padre Benedicto a la silla papal, ya con su labor consumada, era la señal que nos anunciaba que la hora de nuestro Señor, de tu juramento, estaba próxima. A partir de ahí podíamos decidir cómo articular nuestras acciones, pues en el último trecho del camino la responsabilidad de tu custodia era nuestra ya. Así que después de meditarlo en aquellos días, decidimos sin fisuras entre nosotros informar de nuestra presencia y nuestro cometido a Antón. Él nos pidió confiar en Santiago y así lo hicimos. Juntos valoramos todas las posibilidades y pensamos que, no pudiendo implicarnos del todo en el suceder de los hechos durante tan dramático lance, pues las normas que nos dieron siempre eran claras, para no correr el riesgo de perder la guerra, por así decirlo, habría que pensar en perder alguna batalla, y arriesgándonos a que alguno de ellos perdiera la vida, teníamos qué elegir cuántos y cómo. Pensamos que Andrés estaba preparado para luchar (evidentemente tuvo un error y cayó en combate) y que las mujeres podrían escapar, pues salvo tú, no eran exactamente su objetivo. Tuvimos dudas con Juan, pero al final pensamos que podría hacer más dentro con sus dotes y artilugios tecnológicos; aquí tampoco acertamos del todo…

—La he escuchado con una atención inusitada, pues todo me sigue pareciendo de película de ciencia ficción.

—¿Conociste de verdad a mi abuela? —Le cuestiono. Después de escuchar tan asombrosa historia no puedo ocultar que tengo dudas de la veracidad de su primer relato delante de la imagen de Santiago, aquella noche tras el funeral, a las puertas de la colegiata.

—¡Sí, y mucho! Primero desde la lejanía y después personalmente. Todo lo que te conté fue cierto…

—¿Y ella sabía quién eras en realidad? —La interrumpo.

—Nunca se lo dije, pero no hacía falta. Estoy convencida que sí —me asevera con una rotundidad diáfana.

—¡Gracias, Esther! ¡Sin ti todo estaría acabado! —La abrazo de nuevo sin poderme contener.

—¿Estás lista entonces, María? —Me pregunta nerviosa Inés.

—¿Para qué? —Le pregunto inquieta.

—Para partir. Tienes que irte y pronto, no hay tiempo que perder —me responde apresurada.

—¿Pero no estoy detenida? —Prosigo el interrogatorio atónita.

—¡Ya no! ¡Te detuve para protegerte y para que nadie sospechara! —Me mira feliz pero tensa. Hace una mueca de desasosiego y...—Ya hemos dejado todo listo. Todos los agentes que están de servicio pertenecen a mi equipo de confianza y también al de Antón. No podíamos improvisar... Mañana mis superiores me pedirán todas las explicaciones del mundo... Yo declararé por escrito que el agente suspendido de servicio Santiago Nogueira, con la intermediación y representación de vuestro letrado Jacobo Montoya, me solicitó formalmente permiso de salida por un par de horas al objeto de recoger pertenencias personales de primera necesidad a vuestro domicilio de la playa de Rodeira. El inspector jefe Antón Saborido se ofreció voluntario para acompañaros y ejercer la necesaria custodia, firmando bajo su responsabilidad vuestro regreso en el plazo acordado. Llegaréis a la casa de tu abuela y Esther, Jacobo y sus hombres, más Alba, Eva y Jose, os estarán esperando con los caballos listos para el último y duro tramo, que os espera. Tendréis que viajar de noche y descansar de día... Id por caminos donde el hombre no pisa, ni casi conoce... Cabalgando más de diez jornadas... Allí ya os esperan para el gran acontecimiento... En relación al resto del grupo, pasaré toda la noche transcribiendo sus supuestas declaraciones,

firmando su libertad sin cargos pero manteniendo la calidad de testigos… Y así podrán llegar a tiempo para recibiros también…
—Casi no puede hablar.

—¡O sea, que me dejas escapar..! —Barrunto aún reflexiva.

—¡Más o menos! —Contesta con pesadumbre…

—¡Pero, entonces, seré una prófuga..! —La miro con aprensión.

—Es cierto —me confirma triste—, no he encontrado otra forma de hacerlo.

—Entonces ahora será la policía la que me persiga, ¿no? —Le interpelo con algo de dureza.

—Correcto —Dice más triste aún.

—¿Y por qué no me puedo quedar? Aquí estaría más protegida —O hay una última ficha que no atino a descifrar, o esto no tiene demasiado sentido.

—María… —Inés intenta recuperar el ánimo. Parece que se sobrepone. — El padre Benedicto ha dejado el camino preparado. Los Monjes Negros, desde hace muchos años, se han aliado también con los *lobbys* laicos. La última generación de la Iglesia tenía más que ver con la defensa de los intereses mundanos que los realmente cristianos y de los auténticos creyentes, manteniendo simplemente su poder económico, social y ya casi exento de los auténticos valores por los que Cristo murió en la cruz. Por eso tu hijo tiene que nacer y tanta y tanta gente ha estado tan pendiente de ti… Si te quedas, te entregarás a ellos. Te cambiarán el médico, vetarán a tu abogado, me apartarán también de la instrucción y conseguirán su propósito. A fin de cuentas, los Monjes Negros solo eran un brazo ejecutor de sus deseos plagado de una leyenda que les convenía. Antonio, James, tu padre, fueron simples y meros instrumentos de sus más insidiosas aspiraciones y sus secretos más lóbregos —estaba claro que algo más me faltaba por saber. Me he quedado sin habla. Reflexiono y de pronto un temor me asalta.

—¿Y tú que harás? ¿Y Antón? ¿Qué os pasará? —Me atribulo consternada.

—No te preocupes por nosotros, María. Mañana tendrán nuestra dimisión sobre la mesa. Se nos abrirá una investigación y casi seguro se nos expulsará de la carrera judicial en mi caso y del cuerpo en el de tu hermano. —Ahora, más relajada, después de soltar su retahíla de secretos sonríe satisfecha a Antón, su pareja, por cierto. No digo nada. La contemplo unos segundos y con una emoción ya descontrolada nos abrazamos con fuerza y sinceridad.

—¡Tenemos una última sorpresa para ti, María! —Antón.

—¿Más todavía? —Pronuncio llorando.

—¡Mira, por favor! —Me giro sin muchas ganas. Todos los asistentes se descubren: Nora, Marcos, Mateo, Rosalía, Alba, Juan, Santiago, Lucas, tres parejas de gitanos a los que evidentemente no conozco y mi…

—¡Padre! —Literalmente lo arrollo.

—¡Hija! —Responde enternecido a mi achuchón.

—¡Esto sí que no me lo esperaba! —Aúllo palpitando enardecida.

—A mí me has enseñado a escuchar y a perdonar, hermana... —Se nos une emocionado mi hermano.

—Eres lo más grande que me ha dado la vida... Así que el abad decidió librarme de mis votos obligándome a renovarlos por unos nuevos... —Mi padre me guiña el ojo lanzándome un gesto mordaz y cómplice. —Me dijo que ya me había perdido toda tu vida y que ahora no podía fallar a la de mi nieto... Así que me obligó a hacer la maleta echándome a patadas del monasterio, no fuera a ser que como siempre a lo largo de mi existencia, llegara tarde... ¡Y aquí estoy! —Nos besamos con fricción, sintiéndonos, intentando recuperar todo aquello que no vivimos. —También me asignó un cometido... ¡No iba a venir gratis, claro! —Se me ríe, el cabrito, aprovechándose que no sé de qué va la vaina. —Me nombró tu consejero espiritual hasta que todo se cumpla...

—¿Vas a venir conmigo? —Le interrumpo embelesada.

—El padre Pablo no está para estos trotes... El padre Benedicto ya sabes en las que anda... Y el padre Francisco ni está, ni se le espera, por lo menos de momento... —Me observa orgulloso. —¿Quién diría que el Señor tenía reservada tan excelsa tarea para un pecador como yo? —Mi hermano se aparta mientras a mi padre lo besuqueo, acaricio, toco y... terminado el impacto emocional, reacciono volviendo a la cruel e inevitable realidad...

—¿Y adónde iré yo ahora? —Le pregunto ya vencida.

—Al lugar dónde el Señor ha escogido para nacer…

Acabo de romper aguas. *Esperanza*, mi yegua, se pone a rebufo de Eva, poseída de ese instinto que solo el género femenino somos capaces de transmitirnos. Conocedora de que mi parto es inminente, ha buscado a la doctora. Eva manda parar al grupo para reconocerme. Me retuerzo de dolor. Mi vientre está rígido y ya casi no soporto la espalda. De hecho, estos últimos kilómetros los he hecho recostada con la cabeza apoyada sobre las crines de mi caballo, medio gimiendo. Jose y Esther no me han abandonado en ningún momento. Eva va detrás, siempre pendiente, revisando durante estos días, largos días, mi estado. Desplazándose a momentos adelante para aminorar o aumentar el ritmo en función de mi predisposición, dando las instrucciones oportunas a Santiago y consultando con Alba los itinerarios y los tiempos, calculando y recalculando si llegaremos antes del alumbramiento a nuestro último destino.

Trece días. Doce noches para ser exactos, es lo que llevamos deambulando por caminos inescrutables, bosques sin domesticar, montes infaustos, diminutas poblaciones, regueros oscuros y naturaleza pura. He perdido la noción del espacio y no sé dónde estamos desde casi el principio. Dormimos de día. Yo por lo menos sí, porque entre las molestias cada vez más incómodas y dolorosas y además a lomos de mi *Esperanza*, tal como estoy y con este pedazo barriga, no sé ni cómo el niño no se me ha salido ya por la boca. Sé que no quedaba otra y de hecho estoy convencida que en otras circunstancias la visión del paisaje por el que hemos transitado hubiera sido bien distinta.

La primera jornada de descanso fue especial, porque pernoctamos medio escondidos entre el bosque anexo de Santa Trega, el de verdad, allí donde el espíritu que llevo anexionado vivió su destierro. Sensaciones, recuerdos, fragmentos, alguna imagen, aires y pasajes se apilaban en mi memoria. La fiebre, aunque leve se me empezaba a apoderar de mí aprisionando mi mente. Así que tampoco pude disfrutar de la experiencia como a mí me hubiera gustado. Allí fue cuando me enteré de que el lugar al que nos dirigimos estaba en Portugal, pues al anochecer cruzamos el río Miño sobre el puente de su desembocadura en A Guarda. No entiendo todavía muy bien qué se nos ha perdido en el país vecino, pero esta parte no me la han querido revelar aún a modo de colofón. Hasta ahora todo ha ido teniendo su sentido, así que supongo que volverá a ser de este modo. Paciencia.

Sé que estamos en la madrugada del trece de marzo del año dos mil trece de nuestro Señor. Quiero fijar bien la fecha del nacimiento de mi hijo, porque ya sé que para bien o para mal o para lo que Dios quiera, de hoy ya no pasa. Solo hace falta ver la cara de Eva. Ya se ha puesto nerviosa. Escucho decir que nos faltan un par de kilómetros hasta el hospital. Jose me da ánimos. Las contracciones cada vez son más frecuentes y más lacerantes.

Son como pinchazos desgarradores y siento cómo algo se va desprendiendo de mí. No sé si será que hasta la placenta se me va escurriendo ya…

Intento pensar en otra cosa. Entonces me acuerdo cuando a la segunda noche Esther me comentó que Alba seguía el camino que le iba marcando una estrella a modo de guía. Le pregunté que adónde nos dirigíamos y me contestó que a una pequeña localidad cerca de Lisboa. Se puso a reír casi histérica cuando le dije casi sin pensar que ya solo faltaba que mi hijo naciera en un portal y que el lugar se llamara Belén… Más agilipollada me debí quedar al escuchar como respuesta que todo se andaría. Pienso que me estaba tomando el pelo.

Dentro de lo que cabe el camino ha sido tranquilo. Menos mal, porque con tanto ajetreo no sé ni cómo mi bebé no ha salido ya a protestar. Santiago y Jacobo, perfectamente coordinados con el resto de mis protectores, han inspeccionado cada palmo de terreno por delante y por la retaguardia a fin de evitar sorpresas desagradables. Si la policía nos persigue no he tenido noción de ello. Aarón, Isaac, Julio, Sara, Begoña y Marta no han parado, obedeciendo al pie de la letra lo que sus jefes les han ordenado. No creo equivocarme si afirmo que habrán cabalgado tres veces más que el resto de nosotros.

Mi padre, el pobre, no hace más que rezar. Lleva todo el día, por no decir todo el camino, repasando todas las oraciones conocidas y por haber, dándole vueltas eternas e infinitas a una especie de rosario que esconde discretamente. Después de saber de primera mano la sucesión de sus andanzas espirituales cualquiera diría que esto sería posible. Pero como ya anunciaba María Soliño en su manuscrito, Misteriosos son los caminos del Señor... e inescrutables los designios de nuestros corazones, añado yo.

Ya no puedo más. Me siento morir. Entre Santiago y Jacobo y con la participación del resto de los hombres, con la mayor delicadeza posible, me bajan de *Esperanza* para subirme y acomodarme en la montura de Jose, sujetándome ligeramente con unas cinchas a su cintura y acompasando Esther y Eva sus monturas a la nuestra a fin de evitar en estos últimos metros una posible caída de mi exhausto y al mismo tiempo tenso cuerpo. Mi zona pélvica sufre enormemente. Un escozor ardiente y estas cabronas contracciones son las que me mantienen despierta, pues es tanto y tan intenso el dolor que hasta la somnolencia me acude, más cercana al desmayo que a otra cosa. Cada vez son más largas y frecuentes. Eva, sin embargo, opina que aún falta un poco, pues mi proceso de dilatación vaginal no es el deseado. Todavía estoy en el inicio, después de revisarme una vez más tanto el cuello del útero como la temperatura del vientre y el examen cervical. Esto me deprime, pues soy consciente de que las próximas horas se me van a hacer muy duras.

—¿Dónde estamos, Esther? —Le pregunto gimiendo.
—¡En Nazaré, María!

¡Vaya por Dios! Al final toda mi historia toma un cierto sentido bíblico… Pues será así… A fin de cuentas soy yo quién tiene la última palabra… Pero no estoy para demasiadas bromas… Mis dedos agarran y tiran con tanta fuerza de las crines que alguna de las veces medio se encabrita y Jose tiene que atar los machos y sujetar bien las riendas para evitar que nos derribe. Después, a base de cariñosas palmaditas y susurros que solo el animal distingue, consigue calmarlo. Eva no para de inspeccionarme. Me han empezado a bajar pequeñas hemorragias, no demasiado alarmantes de momento, según la doctora, casi cuajadas entre restos de manifiesta y obvia mucosidad. Para ella es casi un milagro que haya llegado después de tantas jornadas con el descanso a contracorriente, el bebé prácticamente encajado, montando por mí misma, con fiebre de inicio al parto y síntomas claros de contracciones, sin haber expulsado al feto o haberlo perdido en el trayecto. Y es por ello por lo que anda más histérica aún. A escasos metros, dice, del hospital de este pueblecito donde el Hijo del Hombre ha elegido venir al mundo, ya me explicará cuando sea mayor por qué aquí.

Si no fuera por estos espasmos fríos que me sacuden cada vez con más frecuencia, estaría gozando de la belleza de este pequeño y maravilloso rincón del planeta, donde, por cierto, la estrella que nos mostraba nuestro destino se ha parado, acaba de comentar Alba. Intento ironizar en mi interior en búsqueda de un efecto placebo que aplaque la tortura que estoy sufriendo y me digo a mí misma que ahora solo faltan los pastorcillos... Pero aquí no hay zagales ni cabreros, aunque sí que podrían valer para la estampa las *senhoras* pescantinas gritando en su jerga encriptada y vestidas como de época dispuestas para la subasta del pescado, cruzando en el enrevesado y precioso entramado de callejuelas que serpentean caprichosamente, rodeando su maravillosa playa con forma de media luna, y olas gigantes para gozo de los surfistas, no sé a quién le escuche decir antes... Es un pueblo típico tradicional de pescadores... no sé si de hombres, como el apóstol Pedro, por seguir con las connotaciones religiosas, que hasta mucha casualidad me parece y como yo no creo en ellas...

¡Ufff! ¡Dios mío! ¡Ya no puedo más! Chillo como una condenada. Me voy a tirar en marcha. Estoy empapada en sudor y eso que estamos con la fresca de la mañana; huelo a podredumbre y cada vez mancho más. Jose me sujeta a duras penas... Hemos parado. Tengo la visión nublada. Veo una gran plaza limpia con un kiosco en el centro que apenas distingo. Esther y Eva se apresuran a incorporarme al tiempo que Santiago, Jacobo y otro más que tampoco distingo con sumo cuidado mueven mis piernas y van forzando los movimientos de mis extremidades, a fin de conseguir descenderme sin percance del caballo. Jose se ha deslizado con una prudencia y lentitud exquisita para no perjudicar el trabajo del resto. Oigo entrecortada e ininteligible hablar a mi doctora con una mujer. Consigo virar mi cuello algo y ver de reojo a una monja de las de siempre, de hábito. Al cambiar la vista al frente me doy cuenta de que otra monjita menudita, a la que contemplo totalmente dispersa sin poder diferenciar su rostro, ni tampoco su voz, conduce la camilla en la que estoy acostada sin haber sido consciente de ello. Boca arriba y a ráfagas veloces se me quedan fragmentos y percepciones, como la de subir por una rampa y cruzar un umbral con aspecto de iglesia, aunque después y casi semiinconsciente luces blancas de forma continua dañan mis exhaustas pupilas y a punto de irme de esta dimensión mi último pensamiento es si estaré ya en el hospital o en presencia de mi Señor…

No siento nada. El dolor me ha subyugado. Sí que noto mucho ajetreo a mi alrededor y ya no me muevo así que intuyo que estoy en el paritorio. Batas blancas se trasladan borrosas a mi derredor. Vuelvo a percibir ligeramente las puñeteras contracciones y recobro parte de la movilidad y de mis sentidos. Me percato de que me han clavado una vía en el antebrazo izquierdo y observo con algo más de nitidez cómo el gota a gota de una botella de suero desciende por el conducto típico hasta penetrar por mis venas.

Parece que todo está algo más calmo. Una mano enfundada en un guante de látex me fricciona despacio la frente. El rostro de una mujer cubierto por una mascarilla y con gorro de médico me observa detenidamente.

—¿Qué tal estás, María? —Me pregunta Eva.

—Agotada… —Le contesto con la boca totalmente seca. —¿Qué hora es?

—Son las nueve de la mañana, María —me contesta dulce la doctora.

—¿Tardará mucho? —Le pregunto afligida.

—¡No lo sé, María! Pueden ser dos horas o pueden ser diez. No me gustaría tener que provocártelo. Has dilatado unos cinco centímetros y tienes que llegar a diez. Tus contracciones son constantes y van *in crescendo*, ya casi cada cinco minutos aproximadamente, pero aún no es suficiente. De momento toca esperar. Tienes que ser paciente. No debes hacer fuerza todavía. Ya te avisaré yo. Debes descansar en lo posible y recuperar energías. Intenta relajarte —me aconseja.

Me encuentro débil. Poco a poco mi lucidez va a más y no sé qué es mejor, pues con ella también la intensidad de mis dolencias, que como me acaba de anticipar Eva cada vez son más rítmicas. Empiezo a entender a muchas mujeres cuando nada más parir le dicen a sus maridos que el próximo lo tendrán ellos por el "pito"... Cada poco una monjita viene a revisar las disoluciones que me están "chutando" y las agujas que me las inyectan. El insoportable pitido de una maquinita que tengo conectada al dedo índice me desquicia.

No sé si están pasando segundos, minutos u horas; el caso es que se me están haciendo eternos y como no hay ventanas al exterior que me proclamen en qué momento del día me encuentro en función de la luz que las atraviese, he perdido completamente la conciencia de la ecuación espacio-tiempo. Así que me he puesto a rezar, como yo sé, hablándole al Señor, directamente, sin tapujos. No para echarle la bronca, qué va. Le estoy dando las gracias por todo lo que me ha dado últimamente... Un marido, unos amigos impagables, un padre que no tenía y un hijo que, a pesar de mis convulsiones, es lo que más deseo ahora en el mundo... Y le pido. Le pido por los que se llevó y porque nos volvamos a ver, allá donde estén... Y le suplico perdón. Perdón por mis errores y mis soberbias y por... James... Y misericordia. Misericordia para los que fueron mis enemigos, para aquellos que no pudieron, quisieron o contrariaron su gracia... Y valor. Valor para soportar... ¡Joder! ¡Cada vez son más y más fuertes! Grito al borde del paroxismo. Eva viene corriendo a mi auxilio. Me inspecciona ávida.

—¡Rápido! ¡Ha llegado la hora! —Varias enfermeras y dos o tres monjitas se mueven con celeridad. Cada uno sabe su lugar. Una de ellas me aumenta la dosis y frecuencia del goteo. El sónar asqueroso este pita más rápido. —¡María! ¡Escúchame! ¡Ahora, con cada contracción, tienes que empujar! ¡Ya estás dilatada y el bebé perfectamente encajado! ¡Todo saldrá bien, ya verás! —Me agarra con fuerza la mano y me mira con infinito cariño de casi hermana, más que amiga.

—¡No me extraña que el poli se haya fijado en ti! ¡Sois iguales y no haríais mala pareja! —Le sonrío con picardía provocándole un sonrojo natural que traspasa incluso su mascarilla. Aprieto con tal brío la mano de Eva que se la voy a descoyuntar, al tiempo que gimo como una hiena hambrienta.

—¡Sigue así, María! —Hace como que no ha escuchado nada.

—¿No le gusta el señor Santiago a la doctora? –Insisto con malicia y vuelvo a aullar y a oprimir los nudillos de mi amiga.

—¡Estate atenta a lo que estás! —Me riñe.

—¿Eso quiere decir que no lo ves con malos ojos? —Se va a enfadar. Otra contracción más.

—¡Un poco más, María, que ya sale! –Ni puto caso. No me hace ni puto caso.

—¡Podrías confiar en mí y decirme lo que piensas! —Me lo va a tomar a mal. Siento que algo se desliza por mi útero y que empieza a salir medio disparado…

—¡Otro día, María! ¡Venga, que ya está! —La madre que me parió, qué dolor. Las manos de Eva, ayudadas por una monjita que supongo hace las veces de comadrona sincronizadas con mi último empujón, noto cómo giran y tiran del bebé hacía fuera... Yo no sé si es un aullido, un gemido, un bramido o qué, pero se ha debido oír en todo el hospital.

—¡Bien, María! ¡Ahora no te muevas! —Me chilla Eva con el niño agarrado como un conejo por los piececitos e inspeccionándolo de primera vez. De mi vagina siento que salen restos llenos de mucosidad y sangre. Serán la placenta y el resto de líquidos que en mi interior protegían y alimentaban al pequeño. La monjita se afana en limpiarme y recoger los desechos. Una enfermera coopera necesariamente con Eva y, con unas tijeras esterilizadas, procede a cortar el cordón umbilical que nos unía, salpicando todo de sangre oscura. Después, con una pinza apropiada para estos casos, proceden a cerrarlo... Me estoy poniendo muy, pero que muy nerviosa...

—¡Eva!

—¡Dime, princesa!

—¡No oigo a mi hijo!

—¡Tranquila, mujer! —Siento una, dos, tres palmadas secas, y un berrido a lo Pavarotti llena el quirófano de una acústica total y potente. Algo indescriptible colma mi ser. Mis labios vuelven a sonreír. Y una placidez infinita relaja por fin mis músculos, olvidándome sin más de todo el trance anterior. No puedo definir lo que siento de verdad. En mi cabeza solo rugen estas palabras: ¡Dios mío, soy madre!

Oigo fluir el agua y el lloriqueo de mi bebé mientras le limpian. Algo se ha vaciado en mi cuerpo que ha llenado a rebosar mi alma. Miles de sentimientos enfrentados y a contracorriente. Un torbellino amalgama de sensaciones mi espíritu. Nadie ha podido definir el concepto exacto de felicidad. Yo creo que esto es lo que más se le aproxima. Estoy impaciente por conocerle, por tocarle, por verle su carita, agarrar sus manitas y balbucearle cariñitos.

Antes de ponerlo entre mis brazos, Eva me lo coloca recostado unos instantes sobre mi vientre. Se mueve un poquito, ya callado. Ahora me lo cede para que lo abrace con cuidado. ¡Es tan chico! ¡Y tan feúcho! ¡Todo arrugadito! ¡Chupándose un dedito! ¡Y qué uñas tan largas! ¡Todo moradito él! ¡Ha abierto los ojos negros profundos y parece que mira todo lo que le rodea! ¡Tiene una carita un poco rara..!

—¡Bueno, por ahora ya vale! —Me lo quita Eva sin aviso y le lanzo una mirada cómo diciéndole que la mataría. —Ahora te vamos a hacer las primeras curas. Después te llevaremos a tu habitación, donde te espera ansioso todo el personal…

—¿Y el niño? —Le pregunto nerviosa.

—Tenemos que hacerle unas pequeñas pruebas para comprobar que todo está bien… Cuando ya estés en la habitación te lo lleváremos un par de minutos, pues aunque ha nacido fuerte, es prematuro y durante unos días va a requerir de algunos cuidados… —Me dice muy tranquila, pero…

—¿Qué le ocurre? —Pregunto muy asustada.

—¡Nada, mujer! Pero date cuenta que ni siquiera ha cumplido los siete meses, es muy posible que le tengamos que mantener en una incubadora durante cierto tiempo… —Mi cara debe ser un poema. —Pero saldrá adelante sin problemas, María. Está todo dentro de lo normal.

—¿No me mientes, verdad, Eva? —Le pregunto preocupada.

—¡Claro que no, cariño! —Y se va con mi bebé y mi vista detrás de ellos…

Una religiosa menuda se afana con el refuerzo de una auxiliar en lavar y curar las heridas de mis partes íntimas. El yodo me produce un fuerte escozor y me revuelvo un poco. La hermana intenta sujetarme una de las piernas para así poder hacer mejor su trabajo, pero yo colaboro poco. Siento cómo me hurgan y estoy incómoda, así que no paro de moverme y hasta gimoteo.

—¿Quieres estarte quieta de una vez, María? —Me encara la monjita. Me paralizo al oír su voz…

—¿Clío?

—¿Pues quién pensabas que te iba a atender en un momento así, engreída?—Me espeta retirándose el velo por completo y sonriéndome de oreja a oreja.

—¡Clío!

—¡Clío, Clío! ¿No sabes decir otra cosa? ¡Anda dame un beso, bruja! —Me abraza con dulzura. La enfermera nos contempla con serena admiración y alegría. Nos besamos sinceras y contentas por reencontrarnos... —¡Enhorabuena, mamá!

—¿Qué haces tú aquí? ¿Quién te aviso? ¿Y el padre Benedicto? —Le hago un interrogatorio en toda regla.

—Una a una, que te me vas a alterar... —La matrona continúa con su trabajo, arreglando el desastre que tengo ahí abajo. —Todo estaba dispuesto desde hace días... Mi trabajo en Roma terminó... Ya lo sabes: el padre Benedicto renunció y allí ya no tenía sentido mi presencia... El alumbramiento de tu hijo se había determinado aquí, en este sanatorio, anexo a la iglesia de Nuestra Señora de Nazaré y que regentan las Hijas de María, orden a la que pertenezco. Así que no lo dudé y pedí el traslado. Y aquí me tienes... —La auxiliar sanitaria ha terminado y nos deja solas.

—Me alegro tanto de verte... ¿Y el padre Benedicto, el pobre? Ahora ya no tendremos ningún aliado dentro de la Iglesia y mi hijo... —Medito en voz alta.

—¡Chsssttt! —Me interrumpe. —No seas necia, María. Vienen buenos y nuevos tiempos... —Me intriga. —El padre Benedicto dejó todo atado...

—¿Qué quieres decir? —Le pregunto llena de curiosidad.

—Hasta ahora las profecías de San Malaquías se han ido cumpliendo una a una... Conscientes de ello en los tiempos del anterior papa, fuimos urdiendo, hasta medio conspirando, a fin de que el padre Benedicto estuviera en el lugar apropiado para que a su muerte tuviera las mayores opciones de sucederle... Lo hicimos bien y así sucedió...

—¿Y? —No entiendo adónde quiere llegar.

—El padre Benedicto ha ido cambiando poco a poco los conceptos de la Iglesia tal y como la hemos conocido hasta ahora... La última profecía hablaba del último papa, el Papa Negro... Hay quien incluso se ha atrevido a nombrar al Anticristo... No podíamos permitirlo... Hemos trabajado duro y ahora llegará alguien que cambiará el curso de la historia... ¡Ya lo verás, María! —Me ha contado entusiasmada. Me da envidia. Me gustaría creerla, pero la verdad, no lo veo nada claro.

—¡Dios te oiga, Clío!

—¡Dios ya nos ha oído, María! ¡Tu hijo, su hijo, ya ha venido! —Está extasiada. No conocía tampoco a esta Clío. —¡Y venga, menos cháchara y vamos para la habitación! —Y cogiendo la cabecera de la cama la gira con energía hasta conducirme por un gran pasillo hasta la última puerta de la izquierda, donde parece ser que me van a ubicar ahora.

Antes de llegar escucho las voces inconfundibles de los míos, que me van avasallando uno a uno, besándome, abrazándome, pellizcándome, dándome la enhorabuena... El primero que se acerca con la cara descompuesta y feliz es mi marido. Me agarra la mano con ternura, me hace cosquillas en la palma y me acaricia el pelo.

—¡*Quérote*, mamá! —Y me besa.

Están todos y todos radiantes como si se les hubiera quitado un gran peso de encima. Esther llora emocionada. Alba se contagia y Nora me achucha. Lucas me mira nostálgico, pensando seguramente en el fin de su amada Helena y lo que pudo haber sido si todo hubiera sido distinto. Marcos entrelaza sus dedos sobre la barriga de Nora. Juan le limpia sonriente las lágrimas a Alba al tiempo que le habla cositas al oído, como un niño sin sentido. Rosalía y Mateo me lanzan besos al aire abrazados por la cintura. Jacobo le da una palmada sonora en el culo a su mujer y le mordisquea el cuello. Mi padre, pleno, irradia orgullo a raudales, y a mi cabecera se agacha y roza sus labios con mi frente. Al fondo, y para sorpresa mía, Inés y Antón me saludan contentos. Los compañeros de Esther y Jacobo están afuera respetando este maravilloso instante nuestro, pero al entrar en la estancia pude comprobar sus expresiones de algo así como "misión cumplida". Y en la entrada, controlando al personal, como siempre, mi gran amigo el poli, que no para de mirar al pasillo, a ver si la señora doctora se digna en venir y traerme a mi hijito.

También siento las presencias de otros seres y les visiono bailando, revoloteando con sus almas traviesas por el techo. Aquí están también Tomás, Felipe y Andrés, que tiran de Helena, que parece acobardada. Me falta Thalía... No, también está, cómo iba a faltar. Viene desde el ventanal, cantando el Ave María. Le doy gracias a Dios por haberles concedido este permiso celestial.

Clío enciende una televisión plana y grande que hay colgada en la pared de la habitación enfrente de mí y que parece puesta a propósito, pues la decoración acompaña más al estoicismo que a las últimas tecnologías. Me quedo mirándola sin comprender. Me guiña un ojo. Aparece la imagen de la plaza de San Pedro, en Roma. Son las ocho de la tarde de un trece de marzo de dos mil trece. Sube el volumen para que todos podamos escuchar. Se ve a la multitud abrazándose entre sí y posteriormente un primer plano de la fumata blanca. Todos nos quedamos callados y llenos de expectación. Un cardenal sale al balcón...

—¡*Habemus papam!* —Las palabras esperadas y no por ello menos mágicas. Nadie dice nada ansioso por saber su nombre…

—*Papa Francisco I.*

—¡El padre Francisco! —Grito estupefacta mirando incrédula a Clío, que sonríe llena de razón. —¡Tú ya lo sabías!

—¡Hoy es un gran día para el Señor y para nosotros sus discípulos! ¡Ha nacido su Hijo y el padre Francisco es nuestro nuevo Papa! —Exclama eufórica Clío.

—¡Misteriosos e insondables son los caminos del Señor! ¡El último eslabón se ha cerrado! –Digo aún impresionada. Rosalía reparte copas de cristal y Mateo se dispone a abrir una botella de cava. ¡Lo tenían preparado!

—¡Esto hay que celebrarlo! —Alzando su copa, invita al brindis mi hermano Antón… No sabía que también era capaz de desinhibirse.

—Afuera, en la plaza, se está agolpando una multitud de gente. Algunos tienen hasta pinta de peregrinos… —Comenta Alba. —Seguro que han seguido la estrella y vienen a conocer a su Señor.

—¡No digas barbaridades, Alba! —Le recrimino escéptica.

—¿Ah, no? ¡Pues mira por la ventana! —Me reta. Hago por levantarme y al final lo consigo con la ayuda de Rosalía y Esther.

—¡No me lo puedo creer! —Estoy fascinada. Cientos de personas, de toda condición y tipo, de diferentes razas, la mayoría con su mochila a cuestas, rodean la entrada central a la iglesia.

—¡Es cierto, María! ¡Los ángeles del Señor también trabajan! —Me dice sonriente Esther. La contemplo absorta y reflexiva, como empezando a entender el difícil papel que me toca desempeñar a partir de ahora.

—¡Aquí viene Eva con el niño! —Nos avisa Santiago, que ya estaba un poco impaciente…

—¡Un par de minutitos nada más, que lo tengo que devolver a las cuidadoras! —Me sonríe, rara, Eva. Lo ha traído en un carrito cunita, totalmente cubierto y con un artilugio conectado al pequeño habitáculo trasparente y herméticamente cerrado…

—¿Qué tiene, Eva? —Le pregunto azorada.

—¡Nada, cariño! ¡Ya te dije! ¡Es prematuro y hay que incubarlo unos días para que desarrolle fuerte y sano! ¡Esto no tiene problema alguno! —No me gusta de todos modos su tono.

—¿Puedo? —Le pido permiso para levantar la tapa y así poder tocarlo un poquito. Me asiente ligeramente con la cabeza y me hace un gesto juntando el índice y el pulgar que me indica que muy poquito tiempo.

—¡Por cierto! ¿Cómo lo vais a llamar, María? —Jose y yo no lo teníamos claro, así que habíamos decidido que cuando lo tuviéramos con nosotros ya se nos ocurriría…

—¡Jesús! —Pronuncio sin pensar. Jose me refrenda que le parece bien con un movimiento afirmativo. —¡Jesús de Nazaré, hijo de María y de José!

—¡Te lo han dicho las estrellas! —Asevera con firmeza Alba. Le miro a los ojos para corroborar su premonición.

—Ahora sí que tengo una gran historia que contar… —Pienso en voz alta. Algo me desazona. Denoto algo extraño que no acierto a adivinar en la carita de mi hijo. Observo a Eva mientras con mi meñique toco la manita de Jesús, que mueve a mi contacto todos sus deditos. — Eva, ¿qué me estás ocultando? —Le sacudo sin más, proveniente de mi primerizo instinto de madre. Me devuelve la mirada seria y me la mantiene firme, pero vidriosa.

—María… Tu hijo ha nacido con Síndrome de Down.

Tuve dos profesores que dejaron en mí una huella muy especial: Don Jacinto y el padre Fernando Muguruza. El primero me daba ciencias sociales en el segundo ciclo de la ya extinta E.G.B., y con él aprendí a amar la historia y a valorar, en aquellos años del inicio de nuestra etapa democrática, la oportunidad de ser libres y vivir en convivencia. El segundo era jesuita y ya en el instituto nos cambió la asignatura de religión por ética y moral y sus lecciones me enseñaron a ser una persona con criterio y pensamiento propio y sobre todo, buena gente.

D. Jacinto no sé si vivirá ya. Si lo hace espero que pueda leer esta mi semblanza. Al padre Fernando me lo volví a encontrar hará tres años en el colegio Apóstol Santiago de Vigo y tuve la oportunidad de decírselo personalmente.

A los dos, desde lo más profundo de mi corazón: Gracias Maestros.

Todos los hombres tendríamos que tener una meiga en nuestra vida... A mí la vida me ha premiado con una muy especial.

A mi mujer, la persona que ha tenido el valor de aguantarme estos 25 años en mis errores y manías, en mis vicios, en mis ilusiones, la que me ha convertido en lo que soy: Un hombre. ¡Quérote Mari!... Ya sabes que eres mi brujita.

Y a lo que más me importa... a Ticha y a Mofi.
Sois lo que más quiero aunque a veces mi actitud sea lo más parecida a la de un ogro.

Claro que me equivoco, hija, me equivoco muchas veces y es el ansia de evitarte los duros golpes que a veces da la vida lo que me ciega y me incomunica contigo. Espero que sepas perdonar mis reproches. Solo intento ser un buen padre. El mayor de mis deseos es que encuentres la estrella que ilumine tu camino... Yo estaré siempre ahí para ayudarte a reconocerla. Te quiero, Lety.

Juan Manuel, te envidio... Envidio la pasión que tienes por aquello que te gusta aunque a veces me agobies con ella. Disculpa mis sermones. Ya sé que a veces parezco un cura. Mi única intención es corregir tu ímpetu, evitar que te precipites al vacío... Sé que tendré que aprender a que lo hagas... Y también estaré ahí para protegerte. Por favor no dejes nunca de besarme y de abrazarme, haces que me sienta bien. Te adoro.

Los dos sabéis de sobra que solo soy un ogro gruñón, algo así como Shrek. Os quiero.

Seguro que no voy a ser muy original, pero aunque vaya a ser un típico tópico, los siento de verdad... y de bien nacidos es ser agradecidos...

A Ana Romero, por tu crítica mordaz, las divertidas y apasionadas discusiones políticas y todos los ánimos que le diste a Mari cuando cayó enferma, y que ahora tú te mereces; a Fernando Miranda, por ser uno de esos amigos que ya no existen, aparte de mi librero preferido, ya sabes que queda prometido, ojalá, la primera presentación de este libro, contigo y en Bueu "onde ia a ser"; a Tino por ilusionarte tanto con los proyectos de los demás, prepárate si tengo muchos lectores, no pienso cambiar de abogado para negociar con las editoriales...; a Fernando Gutiérrez por esos momentos cultos en los que arreglamos el mundo tomando una cañita en el Savoy; a Brais por tener siempre una sonrisa y la alegría que me transmites de buena gente, tampoco pienso cambiar de bancario, que lo sepas...; a Joana por soportarme cada tarde y servirme las cañas y algún chupito para alimentar mi inspiración mientras escribía en La Berlinesa y a Roberto, el psicólogo, por mostrar tanto interés por mi trabajo y preparar un hueco de tu agenda literaria esperando mi libro. A todos vosotros, muchas gracias, por haber aceptado el primer reto de leerme viviendo durante estos meses tantos momentos con ilusión e insuflándome ánimos... expectantes y dispuestos a ser mis cobayas en este mi sueño, esperando pacientes a que yo me decidiera a terminar, día a día, semana a semana y mes a mes. Gracias.

A Sara y a Cesáreo. A Sara por hacer caso a su marido y prestarse a leer a un desconocido, por mucho que nuestros hijos sean amigos, y su sincero cariño, impresionada y emocionada al terminarlo. Y a ti, Cesáreo por tu cercanía y disposición, eliminando barreras y buscando colaboraciones, y esperando que me vuelvas a deleitar con tus clases de historia y socio-política al alcance de muy pocos.

A Elena por las horas que le has dedicado al blog y la conexión causal que nos puso en el mismo camino. A Ismael, mi diseñador preferido, por la seguridad y tranquilidad que me transmites siempre y porque nunca me dices no, con lo pesado que soy. A Marta por decir sí a la primera y buscar el lado más escéptico de mi trabajo, la portada ha sido increíble.

A Raquel, viniste de la mano de Silvia, y viviste desde el primer momento este proyecto... Y al segundo día, con tus palabras, mientras corregías mis textos, me elevaste a lo más alto, convenciéndome de que no había levantado falsas expectativas. No sabes cuánto ha significado para mí. Gracias.

Y a Silvia. Sin ti no lo hubiera conseguido. Sin tus ánimos, tus consejos, tus e-mails, tu esencia, esto no hubiera sido posible. Creíste en mí y prometo ante todos, que yo te lo devolveré, si la vida me lo concede, con creces. Te quiero, mi Consejera Editorial.

A TODOS, DESDE LO MÁS PROFUNDO, GRACIAS DE CORAZÓN

Making Off

Seven, como la película. Es posible que con este libro me haya llenado de soberbia, uno de los siete pecados capitales. Si así lo piensas querido lector, perdón.

Perdón a aquellos que por creyentes se puedan sentir heridos, no era mi intención. Perdón también a los que sin serlo se hayan sentido agredidos por mi misticismo o la exaltación de valores tan puros como los cristianos. A los dos grupos, perdón. Quisiera decir que no hay frivolidad alguna en mis frases y mis planteamientos, aquellos que me conocen personalmente, pueden dar fe de ello. María, la protagonista, tiene mucho de mí, y yo he recogido y aprendido mucho de ella escribiéndola.

Pero empecemos desde el principio, mejor...

Seven, porque siete años me ha llevado decidirme a escribir esta novela desde que tomé la decisión de hacerlo, allá por Noviembre de 2.007. Y seven, porque algo más de siete meses me ha llevado desde que redacté la primera línea hasta que la he terminado. No creo que sea casual, sino más bien causal.

Hace ya muchos años, alla por 1.990, para ser más exactos, uno de mis primeros amigos pontevedreses, Manuel Rodríguez Pousada, descanse en paz por cierto, pues falleció hace *unos meses, me descubrió la figura de María Soliño a través del Conxuro da Queimada. Desde entonces no me la pude quitar de encima. Yo ya escribía, lo hago desde chaval, en la primera etapa de la adolescencia, pero yo mismo me consideraba muy rebuscado y gótico, como mínimo barroco, con demasiados adornos y no me gustaba el resultado hasta tal punto que no guardo ninguno de mis escritos. Es más que probable que algún amigo mío del instituto conserve algún fragmento de mi juventud que yo ya no tengo. Así que ni siquiera me lo llegué a plantear en serio, el volver a escribir.*

No recuerdo que pasó hace siete años, pero algo fue, que la idea se me hacía cada vez más presente. De vez en cuando, muy de vez en cuando mejor dicho, investigaba, tomaba alguna nota e iba desarrollando una especie de pequeño guion técnico.

Mi mujer siempre me decía que nunca terminaba lo que empezaba. Hace un año hice propósito para ello y cada vez iba recopilando más datos en función de la trama que tenía pensado desarrollar. Y fue en diciembre pasado, aprovechando las vacaciones de navidad, cuando me comprometí con muchos de los amigos que nombro en mis agradecimientos para pasarles un primer borrador y ver qué pasaba. Así nació el manuscrito de La Primera Meiga.

Aunque sabía que mi lenguaje había mejorado, la verdad es que solo me centré al cien por cien en la trama. Desarrollé solo la parte histórica con el pensamiento de que sería la parte central de la novela... pero pronto se me torcieron los planes y la otra parte de la historia, la actual, iba cogiendo cada vez más fuerza en mi cabeza y en mi corazón. El once de enero en el café Plantaciones de Origen de Cangas, que existe, es de verdad, nos juntamos parte de este primer grupo que tan solo unas horas antes habían recibido aquellas primeras páginas. La noche anterior ni siquiera había dormido y además me puse a releerlas. ¡Qué mal lo pasé!, pues pensé qué cómo podía molestar un sábado por la tarde a esta gente con algo de tan poco nivel. Según ellos estaba equivocado. Tenía que pulir muchas cosas, mis prisas por terminar, mis ansías, algunas controversias e imposibles en los personajes, pero la trama parece ser que había gustado...

Animado fundamentalmente por Silvia comencé a desarrollar la parte que transcurre en nuestra época actual marcándome además plazos que nunca cumpliría pero que me sirvieron para obligarme a casi una disciplina militar y contradecir de paso a mi mujer, pues al final conseguí terminar aquello que había empezado, por primera vez en mi vida. Fue duro, muy duro. Quise dentro de la ficción, que todo fuera posible e incluso creíble y ello me exigió un serio y arduo trabajo de documentación.

Google, Word Reference, Wikipedia y multitud de páginas magníficas me dieron el conocimiento que me faltaba. He sido todo lo riguroso que he podido no sólo en las recreaciones sino hasta en los pequeños detalles, los cuales pienso desarrollar y desmenuzar en el blog para satisfacer a las mentes más curiosas. Admiro mucho más si cabe a todos aquellos escritores anteriores a las nuevas tecnologías, porque su trabajo debió ser agotador y encomiable. Yo seguramente hubiera desistido.

Y así con los cascos en la oreja, escuchando mis listas de reproducción que cree al efecto en mi biblioteca de itunes, donde, César Benito, Abel Korzeniowski, Ennio Morricone, Hans Zimmer, James Horner, John Debney y algún otro con sus bandas sonoras magníficas y Enya y Luar na Lubre con sus temas, me hacían de fuente de inspiración capítulo a capítulo mientras dejaba la suela de mis deportivas medio desgastada paseo tras paseo entre las playas de Portocelo y Aguete del Marín en el que vivo o del Paseo Marítimo a la Illa das Esculturas de la Pontevedra a la que amo.

María, mi personaje fue creciendo igual que crecen nuestros hijos. No había escogido su historia por azar sino por convicción. Fuera como fuere, provengo de una familia desestructurada a finales de los años setenta, entonces ni siquiera existía la ley del divorcio. De muy chico me tocó asumir las tareas del hogar y ejercer algo de madre de mi hermano cinco años menor que yo. De aquellas nadie hablaba de violencia de género ni nada parecido. El caso es que siempre tuve a la mujer como un igual, quizás porque comprendí siendo niño, su valor y sus miserias, y la falta de agradecimiento y desprecio a su trabajo.

Esa era la base de mi historia, una mujer luchando por su destino, con fuerza, dueña de sí misma y en igualdad verdadera, con respecto al hombre, sin obviar evidentemente los factores físicos y fisiológicos que a fin de cuentas es lo único que nos diferencia. A partir de ahí, nace María Nova.

Por otro lado siempre me ha gustado la historia y cómo no la fantasía y las aventuras. Así que tenía los ingredientes perfectos. Solo me faltaba definir bien los personajes y dotarles de fuerza interactiva. Parece ser que lo he conseguido... Y además, como mi protagonista, fui educado religiosamente y también había pasado por todas las fases, negación, indiferencia y puede ser que regreso. Tuve una formación moral profunda y en valores pero libre. Estudié en los jesuitas y su visión de la iglesia siempre ha sido progresista. No estando de acuerdo con los actos, preceptos y rituales católicos de épocas anteriores quise reforzar también esta idea. Me considero cristiano, más allá es afirmar mucho. Pero tengo que reconocer que los dos últimos Papas han dado pasos importantes para acercarse al pueblo y al cometido que el Señor les encomendó, alejándose del poder mundano y sirviendo a los *más necesitados. De ahí que para mí era importante reflejar con mis personajes, a través de los lugares y de sus nombres esta pequeña esperanza que albergo en mi interior.*

Los nombres de las mujeres de Cangas los elegí a propósito buscando entre la mitología y las diferentes culturas al respecto, cuidando su significado y basándolos en lo que serían en la novela, pues para mí era muy importante. Si Sofía significa sabiduría estaba claro que iba a ser la maestra. Con los de los hombres lo tuve más fácil, pues si iban a custodiar al salvador la idea de retomar los de los apóstoles de Cristo me pareció muy apropiada. En mi blog cuento con todo lujo de detalles este proceso.

Hay un nombre que falseo a posta que es de Al-Aruk. Si como parece ser fue la flota pirata de Argel la que desembarcó en Cangas, este no era otro que Barba Roja. Pero con la saga tan reciente de Piratas del Caribe, pensé que le iba a quitar credibilidad y personalidad propia al personaje así que retomé el nombre auténtico del corsario, Faruk y dándole una vuelta, haciéndolo más árabe, nació Al-Aruk, y su etimología de "el que discierne el bien del mal" es correcta también.

Los lugares y parajes que describo de Galicia los conozco bien. Hice a pie dos veces el Camino de Santiago Portugués. Sus albergues y monasterios son reales y la ruta a caballo tal cual. También es cierto que se puede llegar al Obradoiro siempre y cuando sea entre las siete y las nueve de la mañana, por ello a mis personajes no les hubieran prohibido entrar montados hasta San Martín Pinario, que está justo al lado.

No he estado nunca en Roma, ni en Buenos Aires, ni en Argel. Pero me he basado en datos y fotos para mis descripciones. Y en Velletri-Segni estuvo hace unos meses mi hija. Si algo no he hecho bien o no se corresponde mínimamente a la realidad ruego me sepas disculpar, querido lector. Entendí que era importante que todo fuera así y a lo mejor mi osadía ha sido demasiado grande.

He querido combinar con toda la leyenda los grandes mitos de esta mi preciosa tierra, Galicia: La Santa Compaña, Las Nueve Olas, Las Meigas... Pues la personalidad de este país es singular, y solo entendiéndola se puede comprender el sentir de muchos de los personajes. Espero haberlo conseguido.

En relación al embarazo de María, he intentado relatar sus fases, todo su proceso de una forma natural y gutural. Es cierto que hay hechos que pueden sorprender, pero son posibles. Cuando cuento que desde el primer momento sintió cambios sustanciales en su cuerpo, hablo desde la experiencia. A mi mujer le pasó con *nuestra hija, de tal modo que ni el ginecólogo encontraba el óvulo fecundado en la primera revisión, creo recordar que la tuvo que repetir hasta tres veces pues las pruebas sí que daban positivo. Es raro, peculiar si se quiere, pero es posible. Y así he hecho o por lo menos lo he intentado con todo.*

Cuando empecé La Primera Meiga tenía muy claro que no habría segunda parte, no lo veía. El final era otro, evidentemente. Fue la propia protagonista cuando queda embarazada y comienza a tener dudas de sí todo saldrá bien cuando la idea de este final me empezó a dar vueltas en la cabeza. Y una pregunta me daba la respuesta: ¿Y por qué no? A medida que me iba acercando al mismo se me hacía más necesario. No tardé en convencerme.

Habrá entonces segunda parte. Aún no me he planteado qué va a ocurrir, no tengo ni idea. Cuando llegué el momento se verá. Pero lo voy a hacer con mucho respeto. Analizando bien los planteamientos y con un trabajo de investigación serio, sin ningún tipo de frivolidad. Creo que debo hacerlo. No sé a dónde me va a conducir, ni en las profundidades morales en las que me voy a embarcar y encharcar, pero pienso que si has llegado hasta aquí mereces que no te deje a medias, estimado lector.

En Marín a dieciocho de Julio del año dos mi catorce de nuestro Señor.